해제

1. 개요

심덕부沈德符, 1578~1642의 『만력야획편(상)萬曆野獲編(上)』은 보사적補史的·야사적野史的 성격이 강한 명대明代 필기筆記이다. 명대 초기부터 만력萬曆 말기까지의 전장제도典章制度, 인물과 사건, 전고典故와 일화逸話, 통치 계급 내부의 분쟁, 민족 관계, 대외 관계, 산천지리와 풍물, 경사자집經史子集, 불교와 도교, 신선과 귀신 등에 대해 다방면으로 기술하고 있다. 특히, 세종世宗과 신종神宗 두 조대의 전장제도 및 전고와 일화를 자세하게 기록하고 있어 당시 중국의 정치, 사회, 역사, 문화, 문학, 지리 등 다양한 학문 영역에서 그 학술적 가치와 의의가 매우 중시된다.

『만력야획편萬曆野獲編』(상上·중中·하下)은 총 30권으로 구성되며, 그 중 『만력야획편(상)』은 제1권부터 제12권에 해당한다. 먼저, 본서 서두의 「서序」, 「속편소인續編小引」, 「보유서補遺序」, 「보유발補遺跋」에서 구양수歐陽修가 쓴 『귀전록歸田錄』의 체례를 따른다는 저술 동기와 편찬 과정 등을 서술하고 있다. 제1권과 제2권의 「열조列朝」 109편, 제3권 「궁위宮闈」 43편, 제4권 「종번宗藩」 40편, 제5권의 「공주公主」 10편과 「훈척勳戚」 27편, 제6권 「내감內監」 36편, 제7권과 제8권, 제9권의 「내각內閣」 107편, 제10권 「사림詞林」 47편, 제11권 「이부吏部」 67편, 제12권의 「호부戶部」 7편과 「하조河漕」 13편 등 총 506편으로 구성되어 있다.

2. 저자

작자 심덕부의 자는 경천景倩 혹은 호신虎臣이며 호는 타자他子로, 수수秀水: 지금의 절강 가흥 사람이다. 그의 증조부, 조부, 부친이 대대로 벼슬을 했던 관계로 어려서부터 자연스럽게 명대의 정치와 법률, 일문逸聞과 일사逸事 등 다방면의 지식과 소식을 접할 기회가 많았고, 이러한 박학다식한 견문과 학식은 저술의 충분한 자양분이 되었다.

『절강통지浙江通志』의 기록에 의하면 심덕부의 증조부와 조부, 부친은 모두 진사 출신이었다. 증조부인 심밀沈諡은 수수사람으로, 자가 정부靖夫이고 호는 석운石雲이며 석호선생石湖先生으로 불리기도 했다. 심밀은 가정嘉靖 7년에 무자과戊子科에 급제한 뒤 가정 8년에 진사에 합격해서 산동山東지역의 첨사僉事를 지냈다. 『수수현지秀水縣志』에 따르면 심밀은 일찍이 서원을 세워 왕양명王陽明을 받들었고, 조부인 심계원沈啓原은 가정 38년1559에 진사가 되어 섬서의 안찰부사를 지냈다. 부친 심자빈沈自邠은 자가 무인茂仁이고 호는 기헌幾軒이며 만력 5년1577에 진사로 합격해 수찬修撰이 되었고, 후에 『대명회전大明會典』을 편찬했다.

심덕부는 명 신종 만력 6년1578에 태어났으며, 어렸을 때 조부와 부친을 따라서 북경北京에서 살았다. 경제적으로 윤택한 삶과 책을 좋아하는 명문가의 면학 분위기는 어린 시절부터 그의 학문적인 성향에 깊은 영향을 주었다. 또 심덕부가 생활했던 북경은 명대 정치의 중심지로, 다양한 경로를 통해서 그는 당시의 황실과 관련된 일들을 들을 수

가 있었다. 또한, 조부와 부친의 영향으로 공경대신과 사대부 등 유력
인사들과 교류했으며, 학식 있는 집안 어른들로부터 전대前代의 사건들
과 법률, 제도 등에 대해 자세히 들을 기회가 많았다. 이러한 과정을
통해서 저술에 도움이 될 만한 풍부한 자료들을 자연스럽게 축적했고
광범위하고도 탄탄한 지식의 기초를 다질 수 있었다. 그는 만력 46년
1618에 거인擧人이 되어 국자감에서 학업에 열중했으며, 저서『만력야
획편』외『청권당집淸權堂集』,『폐추헌잉어敝帚軒剩語』,『고곡잡언顧曲雜言』,
『비부어략飛鳧語略』,『진새시말秦璽始末』등을 남겼다.

3. 서지사항

본 번역서『만력야획편(상)』은 표점본만 현존하고, 중국에서조차
아직까지 번역 및 주석본이 거의 전무하다. 현재『만력야획편(상)』은
중화서국中華書局과 상해고적출판사上海古籍出版社에서 출간된 두 종류의
판본이 통용되고 있다. 두 판본 모두 속편을 포함해 총 30권으로 전해
지는데, 원본을 먼저 정리하고 추후에 속편을 정리한 것으로 기록되어
있다. 최초의『만력야획편(상)』은 심덕부가 과거에 낙방한 후 만력 34
년1606에서 만력 35년1607 사이에 정리해두고, 이로부터 상당한 기간이
지난 후 집중적으로 집필했다. 이때 속편을 더해 만력 47년1619에 완성
했으며, 총 30편이었는지는 분명하지 않다. 그리고 이후 10여 년간 심

덕부가 다시 집필한 기록은 달리 보이지 않기 때문에 그가 「속편소인續編小引」에서 『만력야획편』을 총 30권이라고 말한 데에는 크게 이견은 없어 보인다. 다만, 명·청 교체기에 산일된 부분이 많아 원본의 절반 정도만이 전해진 것으로 알려져 있고, 『명사明史·예문지藝文志』에는 8편으로 기록되어 있다. 전방錢枋의 「서序」에 의하면, 위로는 조종 백관, 예문 제도, 인재 등용, 치란의 득실을 다루고, 아래로는 경사자집, 산천풍물, 불교와 도교, 쇄문, 잡다한 소설 등에 이르기까지 광범위한 내용을 포함하며, 고증을 거친 사실만을 수록하고 있다. 현재는 청 도광道光 7년의 요씨각본동치보수본姚氏刻本同治补修本이 통행되며, 이는 총 30권과 보유 4권으로 구성되어 있다. 심덕부의 5대손 심진沈振의 「보유서補遺序」에는 전방이 주이존朱彝尊에게서 얻은 판본들을 가지고 문門과 부部를 나눠 목차를 정했고, 원래 목록과 대조해보면 열 개 중에 예닐곱 개만 복원해 원본의 모습과는 다르다고 기록되어 있다. 따라서, 전방이 주이존의 구초본旧抄本에 근거해 30권으로 기록했지만, 주이존의 초본은 30권에 미치지 못한다. 이는 전하는 과정 중에 순서가 혼동되고 새로운 권질이 더해진 것으로 이해할 수 있다. 후에 심덕부의 5세손 심진이 전방의 판본을 위주로 여러 사람들이 소장한 것을 수집하고, 빠진 부분을 보충해 230여 조條 8권으로 만들어 전한 것이다.

따라서, 『만력야획편(상)』의 중요한 초본鈔本은 명말대자본明末大字本 『분류야획편적록分類野獲編摘錄』 초본 5책, 청 강희康熙 초년 심과정沈過庭 등이 편교編校한 상上·중中·하下 3편 6책, 청 강희 31년1692 주이존 가

장본家藏本, 전방 가장본 30권, 강희 52년1713 심진집보본 보유補遺 8권 130여 조가 있다. 각본刻本으로는 명말대자본『분류야획편적록』44류 466조와 청 강희 39년1700 전방활자인본錢坊活字印本 48문이 있는데, 모 두 전하지 않는다. 또, 청 도광 7년1827 전당요조은부려산방각본錢塘姚祖 恩扶荔山房刻本 24책冊 1협夾으로, 제목을 '야획편삼십권보유사권野獲編三十卷補遺四卷'이라 붙인 것이 있고, 청 동치同治 8년1869 요덕항중교간보부려산방각본姚德恒重校刊補扶荔山房刻本이 있다. 현재 전해지고 있는『만력야획편』은 다음과 같다.

1. 심덕부 찬撰,『만력야획편상중하』, 북경 : 중화서국, 2015.

2. 심덕부 찬, 양만리楊萬里 교점校點,『만력야획편』3책, 상해 : 상해고적출판사, 2012.

3. 심덕부 찬, 손광헌孫光憲 외편,『만력야획편』, 학원출판사學苑出版社, 2002.

4. 심덕부 찬,『만력야획편』, 대만사어소부사년도서관臺灣史語所傅斯年圖書館 소장초본영인본.

5. 심덕부 찬,『만력야획편』, 요조은부려산방각본.

6. 심덕부 찬,『역대필기영화─만력야획편』, 북경 : 연산출판사燕山出版社, 1998.

7. 심덕부 찬,『만력야획편』(상·하), 북경 : 문화예술출판사文化藝術出版社, 1998.

8. 심덕부 찬, 사고전서총목편위회 편,『전세장서傳世藏書 자고子庫 잡기雜記
　　2－만력야획편』, 해남 : 해남국제신문출판중심海南國際新聞出版中心, 1996.

9. 심덕부 찬,『만력야획편』전오책, 대북臺北 : 위문도서偉文圖書, 1976.

4. 내용

　　『만력야획편(상)』은 황실과 고위 관료 사회를 중심으로 한 전장 제
도 및 다양한 인물들의 사적과 일화 등을 기술하고 있으며, 감찰과 조
세 및 부역, 수리 정책 등에 관한 내용이 포함되어 있다. 본 연구서의
첫머리에 심덕부가 쓴 「자서」와 「속편소인」, 심진의 「보유서」와 「보
유발」에서 저서의 동기와 저술 과정, 편찬 과정 등에 관해 상세하게 서
술하고 있다. 심덕부는 박식한 견문과 풍부한 사료를 근거로, 구양수
가 쓴『귀전록』의 체례를 따라 보사적·야사적 특징을 지닌 필기『만
력야획편(상)』을 저술했다.『만력야획편(상)』은 총 12권 506편으로
구성되는데, 「열조」, 「궁위」, 「종번」에서는 황실의 예법과 그에 관한 평
가, 궁중 제도와 법규, 종묘사직의 제도, 숨겨지거나 잘못된 역사적 진
실, 황후와 비빈들의 일화 등에 관해 고증을 통한 정확한 기술과 평가
를 내리고 있다. 「공주」와 「훈척」, 「내감」에서는 공주들의 인생 경로
와 활약상에 따른 행·불행, 공훈에 따른 훈척들의 관직의 이동異同, 환
관들의 권세와 횡포 등으로 인한 부작용 등에 관해 기술하고 있다. 「내

각」과 「사림」에서는 고위 관료들의 정치 상황과 권력 다툼을 위한 내부 분쟁, 서길사와 한림원 출신 관료들의 실상과 연관 관계 등을 매우 상세하게 서술하고 있다. 「이부」, 「호부」, 「하조」에서는 감찰제도의 운용과 그에 따른 허점, 부역과 조세 제도의 관리와 운용, 운하의 건설에 따른 비용 절감, 효용 가치 등을 중심으로 한 여러 가지 사례들을 제시하고 수리 사업 등에 관해 기술하고 있다.

5. 가치와 영향

『만력야획편(상)』은 야사류로 분류되는 12권의 필기로, 명대 역사를 살피는 데 기본서로 꼽힐 만큼 치밀한 고증과 정확한 사료를 담고 있다. 중국 고대의 역사가들이 전통적으로 정사正史를 우수한 전통으로 여겼기 때문에 역사 기록 중의 많은 오류가 집적돼 왔음에도 불구하고 이러한 폐단을 오랜 시간 방치해 왔다. 심덕부는 이러한 오류를 바로잡고 누락한 역사적 사실을 보완하고자 본서를 집필했다. 우선 『만력야획편(상)』은 제재와 구성 면에서 일반적인 필기와는 큰 차이가 있다. 당시 일반적인 필기는 문인들에게 일종의 소일하는 방식으로 여겨졌고, 기록한 내용들도 일상의 잡다한 일이나 알려지지 않은 흥미위주의 소재였다. 물론 『만력야획편(상)』도 기타 필기들과 마찬가지로 민간의 풍속이나 기이한 사건들, 불교와 도교의 귀신 이야기도 다루고 있지만, 국가의 법률, 제도, 정치, 역사 등에 관련된 분량이 전체의 70%에 달한다. 『만력야획편(상)』에서 언급한 자료들의 내원과 참고 자료들을 살펴보면 왕세정王世貞의 『엄주산인론고弇州山人論稿』, 각 조대의 『실록實錄』, 『입재한록立齋閒錄』 등의 기록들, 개인 묘지명, 『호광통지湖廣通志』와 같은 각지의 통지류의 문장들이다. 또한, 심덕부가 자서自序에서 구양수의 『귀전록』의 체례를 따랐다고 밝힌 바, 정사의 누적된 폐단을 비판하고 역사를 책임지고 편찬하려 했음을 알 수 있다. 구양수의 『귀전록』은 사마천司馬遷이 기전체紀傳體 사서史書에서 시도한 인물과 제재의 선택과 집중, 호견법互見法의 사용, 생동감 있는 구어로 된 대화체의 다용, 해학성과 풍자성 등이 선명하게 표출되어 있다. 따라서, 심덕부 스스로 『귀전록』의 체례를 따랐다고 한 것은 사마천과 구양수의 저술 동기와 목적을 염두에 둔 것이다. 이러한 점에서 『만력야획편(상)』의 가치와 의의를 평가할 수 있다.

만력 연간 중심의 시기는 명나라뿐만 아니라, 당시의 조선朝鮮과도 매우 밀접한 연관성을 지니므로, 본서에 기록된 관련 자료는 국학 연구에도 크게 일조할 것으로 기대된다. 또한, 조선 이외의 외국에 대한 입장과 정치적 관계를 비롯한 다양한 외교 관계 등을 조명해 볼 수 있는 사료가 풍부하게 내포되어 있다. 그러므로, 본서에 대한 연구는 과거사의 조명을 통해 현재의 중국에 대한 전략적 이해와 대응책을 마련할 수 있는 계기가 되는 점에서 또한 그 가치와 의의가 매우 크다.

6. 참고사항

1) 명언

• 지금 일에 통달한 것이 옛 일에 밝은 것을 이길 수 없음을 알 수 있다可見通今之難勝於博古.「선조의 유훈을 인용하다引祖訓」

• 길흉화복은 변화가 무상하여 인력으로 다툴 수 없음을 알겠다乃知禍福吉凶, 倚伏無常, 非人力可爭矣.「황제 옹립 후의 대우가 판이하다定策拜罷迴異」

• 부귀는 이미 정해진 것이고, 성명한 군주의 기쁨과 노여움은 우연히 만나는 것이니 기쁜 얼굴로 아첨하는 것이 하등에 도움이 되지 않는다는 것을 이제야 알았다乃知富貴前定, 聖主喜怒偶然值之, 容悅無益也.「시를 바치고 아첨하여 미움을 받다進詩獻諛得罪」

• 또 조선朝鮮의 부녀자들을 선덕 초부터 데려왔는데, 황상께서 고향과 부모를 그리는 마음을 불쌍히 여기셔서, 환관宦官에게 명해 김흑金黑 등 53명을 조선으로 돌려보내고 조선 국왕에게 그들을 집으로 돌려보내되 의지할 곳을 잃지 않게 하라고 하셨다. 선종께서는 혼신을 다해 나라를 다스렸어도 이처럼 음악과 여색女色을 즐기는 걸 피하지 못했지만, 영종 초에는 어진 정치가 온 나라와 이민족에게 두루 미쳤다又朝鮮國婦女, 自宣德初年取來, 上憫其有鄕土父母之思, 命中官遣回金黑等五十三人還其國, 令國王遣還家, 勿令失所. 以宣宗勵精爲治, 而不免聲色之奉如此, 英宗初政, 仁浹華夷矣.「악공樂工과 이국夷國 여인들을 풀어주다釋樂工夷婦」

3　　　　해제

권9

25　　　**내각內閣**

25　　　내각대신이 어필御筆을 바치다

28　　　강릉공 장거정張居正이 황상을 놀라게 하다

31　　　강릉공 장거정의 가법家法

33　　　강릉공 장거정의 두 고향 사람

36　　　상서 유소로劉小魯

39　　　삼조정三詔亭

42　　　재상의 대련對聯

45　　　이남양李南陽을 위해 패방牌坊을 세우다

48　　　내각에서 대인이라 부르다

50　　　담비 모피로 만든 모자와 허리 높이의 가마

53　　　아첨하여 해를 입다

56　　　강릉공 장거정의 처음과 끝을 환관이 함께하다

59　　　상공相公이 사례태감에게 명첩을 내놓다

60　　　언관이 사람에 대해 논하다

66　　　절강과 민閩 땅 사람이 동시에 정권을 잡다

69　　　민현閩縣 임씨林氏 가문의 번성

73　　　심사명沈四明의 동향 사람

75　　　재상 이온릉李溫陵

79　　　동왕東王과 서왕西王, 동리東李와 서리西李

81　　　재상 왕태창王太倉

86　　　친히 상주문을 쓰다

88　　　문숙공 왕석작의 비밀 상소가 드러나다

92   원단元旦에 지은 시
95   『오칠구전五七九傳』
99   내각 대신의 사직 양상이 판이하게 다르다
101 원로들이 지은 당堂의 명칭이 서로 같다
103 옛 법도
108 재상 임명을 원하지 않다
112 종백宗伯이 재상에 임명되다
114 태재가 내각을 추천하다
118 재상이 알현 받던 조방朝房의 체제
121 총재冢宰가 내각대신에게 길을 비켜주다
126 내각대신의 막중함
131 원로대신이 고향에 머물 때의 도리
134 문화전과 무영전, 그리고 제칙방과 고칙방의 중서사인
141 서판書辦
143 인지전仁智殿을 비롯한 전각의 관리
148 비과거급제 출신자가 중서사인으로 처음 제수되다

권10

153 사림詞林
153 한림원의 권한이 막강하다
155 서길사 선발의 시작
158 네 아문衙門을 두루 거치다
160 멸망한 나라의 문학시종文學侍從이 사신으로 나가다
163 한림학사와 중서사인이 서로 자리를 바꾸다
165 정갑鼎甲이 함께 서길사가 되다
171 서길사의 기록이 누락되다

173 의관醫官이 다시 저술을 관장하다

175 서길사가 불경을 베껴 쓰다

177 진사가 사관史官에 제수되다

180 정통 연간 무진戊辰년에 선발된 서길사

183 무관이 한림학사를 남기다

185 검토檢討가 한림원을 관장하다

187 외자 이름의 한림학사들

189 개명改名해 의심을 받다

191 한림학사의 빠른 승진

195 한림학사가 간언으로 유명해지다

200 정덕 연간의 정갑鼎甲 출신 서길사

202 서길사가 다시 학문하다

204 관직館職 선발 제도

206 한림학사가 관직을 옮기다

208 서길사가 지주知州와 지현知縣에 제수되다

211 한림학사가 한때 지방관이 되다

213 임술년 과거시험에서 서길사 선발을 중지하다

215 정갑鼎甲의 시험 문장

217 한림편수 양명揚名

219 한림원의 산관散官

221 한림학사가 태재太宰로 제수되다

224 교유交遊

226 한림학사가 황명으로 시문을 짓다

228 한림학사가 먼저 일을 아뢰다

231 서길사가 관직을 제수받다

234 서길사가 학관을 마치다

236 정미년丁未年 민閩 땅 출신 한림학사의 활약

238 무진戊辰년 한림학사가 재상에 제수되다

240 사륙문四六文

243 황신헌黃愼軒을 쫓아내다

246 한림원의 선후배

248 4품의 금색 부채

249 한림원에 교방사敎坊司를 두다

251 시종관侍從官

254 태자궁의 속관을 과하게 추증追贈하다

257 황제를 따라 외지로 옮기다

259 춘방春坊과 사경국司經局

261 태자의 속관이 겸직을 달리하다

264 한림학사 지제고知制誥

266 궁서宮庶 왕조적王祖嫡

권11

275 이부吏部

275 이품정경二品正卿을 여러 차례 겸하다

278 관직을 빌어 사신으로 나가다

280 과도관에서 주부州府로 승진하다

283 전봉관傳奉官의 남발

285 지방관이 사직하고 직함을 더하다

287 당관堂官이 속관을 태형으로 다스리다

289 구경九卿이 사속司屬에게 예를 올리다

291 공숙공恭肅公 엄청嚴淸

293 사직

295 국자감 생원이 정식 관리로 선발되다

298 　 태재가 이과에 예를 올리다

300 　 육오대陸五臺와 심계산沈繼山

302 　 장인 정락鄭洛과 사위 장준잠蔣遵箴

304 　 내각의 중서가 지방관으로 가다

306 　 어사가 학관學官으로 옮기다

308 　 음서로 낭서郎署가 되다

312 　 이부의 관리

316 　 이부의 관리가 손님을 만나다

318 　 이부의 세 당관은 모두 절강 사람이다

319 　 사농司農이 인재 선발을 하다

321 　 새승璽丞이 이조로 옮기다

323 　 추첨으로 관직을 제수하다

326 　 이부와 병부의 관리 선발

328 　 이부의 관리를 추천하다

332 　 과도관의 선발

334 　 과도관이 임기를 채우고 지방관으로 가다

339 　 도찰원과 육과 간의 인사 이동

343 　 네 관서의 좌천된 관리

347 　 재주에 걸맞지 않게 기용하다

350 　 다양한 방법으로 임용하다

353 　 위경력衛經歷으로 예정되다

356 　 형부의 서강西江 장수붕張壽朋

358 　 주동州同이 지현知縣으로 강등되다

360 　 노인이 여색을 탐하다

362 　 신하가 지나치게 여색을 탐하다

364 　 중앙관이 큰 가마를 피하다

366 　 대신이 여러 차례 쫓겨나거나 유임되다

368 대계大計의 연한과 조항

370 중앙관에 대한 감찰

374 지방관에 대한 감찰

377 심사평가서를 조사하다

378 지방관 인사고과에 황상께서 비답을 주시다

381 인사고과에서 친인척을 사사로이 여기지 않다

384 6년마다 실시한 인사고과

386 관례를 벗어난 인사 평가

권12

391 이부吏部

391 중서사인에 대한 감찰

393 신해辛亥년 두 번의 감찰에 대한 논쟁

396 감찰 대계로 내각을 적발하다

399 기해己亥년 감찰 대계의 적발

401 을사乙巳년 두 곳의 감찰이 다르다

405 전랑銓郎이 돈을 내고 관직을 산 사람을 수색하다

408 도급사都給事의 승진

411 다섯 현인이 감찰을 따르다

413 감찰로 기용을 보류하다1

416 감찰로 기용을 보류하다2

419 하급 관리가 감찰로 유보되다

421 대계에서 이부와 도찰원이 서로 비방하다

424 언관이 관례대로 자리를 옮기고서 따져 묻다

428 감찰대계 때 협박으로 모면하다

432 위조문서

435 무관은 왕부의 벼슬이다

437 일시에 육경이 모두 미수眉壽였다

439 문관과 무관이 동시에 각각 번성하다

441 사대부의 버릇

443 사대부의 위엄있는 모습

447 사대부가 화려하고 단정하다

450 2품이 바로 삼고三孤인 소사, 소부, 소보에 제수되다

453 **호부戶部**

453 해상의 시박사市舶司

456 농사를 권장하다

459 빈곤한 자를 구제하다

462 금영양金榮襄의 탈정奪情

464 소경 도윤의陶允宜

466 서북의 수전

472 서북의 수리水利

477 **하조河漕**

477 선대에 해운 관청을 설치하다

479 해운

485 영평부永平府의 해운

488 황하黃河의 뱃길

491 선부宣府와 대동大同 두 진鎭의 운하

494 변하汴河의 옛 길

497 관협關陜 삼변의 옛 길

499 가로하賈魯河의 옛 길

506 여량홍呂梁洪

508 서주徐州
511 가하迦河와 교래하膠萊河
515 교래하膠萊河의 편리한 길
519 가하迦河의 완성

522 참고문헌
525 찾아보기

만력야획편(상) 전체 차례

권1
　열조列朝

권2
　열조列朝

권3
　궁위宮闈

권4
　종번宗藩

권5
　공주公主
　훈척勳戚

권6
　내감內監

권7
　내각內閣

권8
　내각內閣

권9
내각內閣

권10
사림詞林

권11
이부吏部

권12
이부吏部
호부戶部
하조河漕

참고문헌
찾아보기

만력야획편 萬曆野獲編 上

권9

수수秀水 경천景倩 심덕부沈德符 저

동향桐鄕 이재爾載 전방錢枋 편집

번역 내각대신이 어필御筆을 바치다

 금상 4년 6월 수규首揆인 강릉 장공張公이 내각에서 보관하던 세종의 친필 성지 63개, 어제御製 44개, 성제표첩聖製票帖 70개를 바치고 또 세종께서 친히 비답批答하신 문장 63편을 찬수관纂修館에서 얻어 황상께 바쳤다. 이때 장공은 새로이 어사 유대劉臺의 탄핵을 받았는데, 논하는 사람들은 유대에 대한 분노가 뼈에 사무쳐 그를 극형에 처하지 못한 것을 한스러워했기 때문에 세종께서 언관들을 벌하여 황상의 위엄을 보이도록 했다고 말한다. 비록 선조를 본받는다는 핑계를 댔지만 사실은 사욕을 채운 것이었다. 금상 16년 3월 내각대신이 또 내각에서 오랫동안 보관해 온 태조의 어필 76개를 황상께서 살펴보시도록 바쳤는데, 당시에는 오현吳縣의 신공申公이 정무를 맡고 그 아래에 흡현歙縣의 허공許公과 태창太倉의 왕공王公이 있었다. 이때는 아침에 황상께 학문을 강연하는 일이 점점 드물어지고 안팎으로도 점차 소통이 되지 않았다. 논하는 사람들은 또 여러 공들이 태조의 어필로 황상을 움직여 고황제께서 신하들을 불러 만나고 정무에 힘쓰며 학문을 닦고 연구한 것처럼 하고자 했으니 그 뜻이 매우 아름답다고 말했다. 나는 두 가지 설이 어쩌면 억측에서 나온 것이라 심히 믿을 만하지 못하지만, 천자의 문장을 비각祕閣에 남겨 둔 것은 재상이 때때로 펼쳐보면서 정신을 일깨우고 또 선조 때에 군주와 신하가 한마음 한뜻이 되었던 것을 본받을 수 있게 한 것이라 생각한다. 지금은 모두 대궐 안으로 올라가 마치 육정六丁이 천계天界로 돌아간 것처럼 되어, 세상에 영원히 소식이 끊어졌으니 어찌 안타깝지 않겠는가! 당시 재상이었던 여러 공들 중에 깊은 뜻이 있는 이도 있었을 텐데, 이처럼 식견이 얕았다.

원문 閣臣進御筆

今上四年六月, 江陵張公爲首揆, 進閣中所藏世宗御筆聖諭六十三道, 御製四十四道, 聖製票帖七十道, 又纂修館中, 得親批本章, 共六十三本, 進之于上. 時張公新被御史劉臺[1]糾劾, 說者謂怒劉入骨, 恨其未置極典, 因以世宗刑戮言官諸事, 導主上威嚴. 雖借口法祖, 實快己私也. 至十六年三月, 閣臣又進閣中舊藏太祖御筆七十六道, 以呈御覽, 時吳縣申公當國, 其次爲歙縣許公太倉王公, 是時朝講漸稀, 內外亦漸否隔, 說者又謂諸公以此歆上, 欲如高皇召對勤政講學, 其意甚美. 竊謂兩說或出臆度, 未足深信, 然雲漢天章, 留之祕閣, 使輔臣不時展閱, 可以警策心魂, 且見祖宗朝君臣一體, 泰交[2]之盛. 今盡登禁掖, 譬猶六丁[3]取歸天上, 使人

1　劉臺 : 유대劉臺,?~1582는 호광湖廣 흥국주興國州 사람으로, 자는 자외子畏이다. 융경 5년1571 진사가 되어 형부주사에 제수되었고, 만력 초에 어사가 되어 요동遼東 지역을 순시했다. 만력 4년 장거정을 탄핵하는 상소를 올렸다가 북경으로 잡혀가 하옥된 뒤 곤장 100대를 맞고 수자리에 보내졌다. 사후에 광록소경光錄少卿으로 추증되었고, 천계天啓 연간 초기에 의시毅愍라는 시호를 받았다.
2　泰交 : 군신 간에 격의가 없고 한마음 한뜻이 되는 것을 말한다.
3　六丁 : 도교의 신명으로 화신火神을 가리킴. 육갑六甲 중의 정신丁神, 곧 정축丁丑·정

間永絶見聞, 豈不可惜! 當時揆地諸公, 或自有深意, 乃藿食之見則如此.

묘丁卯·정사丁巳·정미丁未·정유丁酉·정해丁亥의 여섯 신이 여기에 해당됨.

금상 원년에 강릉 장공을 높이고 중시했음은 말할 필요도 없다. 나중에 대혼大婚을 치르셨을 때는 보령이 이미 적지 않았는데 어쩌다가 술에 취해 어린 환관에게 노래를 불러 흥을 돋우라고 했다. 하지만 그 환관이 못한다고 거절하자 황상께서 술김에 칼을 뽑아 그의 묶은 머리를 잘라버리셨다. 환관들이 풍보에게 절실하게 참소했고 풍보가 자성황태후에게 그 일을 아뢰자, 다음날 황상을 불러 호되게 꾸짖으며 '사직이 중요하다'는 말까지 했다. 황상께서 눈물을 흘리며 사죄하고 호되게 질책하는 친필 조서를 써서 강릉 장공에게 주었다.

태감 풍보는 그가 미워하던 손해孫海와 객용客用을 겨냥해 두 사람이 황상을 꾀어낸 것이라고 말했고, 강릉 장공이 성지의 초안을 써서 두 사람 모두 정군淨軍으로 폄적시키고 남경으로 보내 채소를 재배하게 해 끝낼 수 있었다. 강릉공이 다시 상소를 올려 풍보의 말을 확대시키면서 태감 손덕수孫德秀, 온태溫泰, 주해周海가 모두 아첨했으니 이 세 사람을 내쳐야 한다고 말했는데 이들 또한 풍보가 평소 싫어하던 자들이었으며, 황상께서는 어쩔 수 없이 윤허하셨다. 고명대신顧命大臣이 안으로 모후를 등에 업고서 위엄을 떨치고 아래로는 권세 있는 환관과 영합해 불을 붙이면서 황상을 위협하려 했다. 어린아이처럼 오랫동안 울분이 쌓인 뒤에야 터뜨리면 화를 얻음이 이미 늦다. 객용은 오랫동안 금릉金陵에 머물며 관료들과 교류했는데, 선친과 같은 해 진사가 된 남경대리시승南京大理寺丞 주정익[朱廷益, 호는 우봉虞葑]은 이야기할 때마다 매번 그가 현명하다고 했다. 주정익은 성실하고 인정 많은 군자라 함부로 말하지 않는다. 왕엄주王弇州는 『수보전首輔傳』에서 황상께서 풍보의 양자 둘을 직접 베어 죽이셔서 자성황태후가 크게 노하셨다고 했는데, 이것은 한때 잘못 전해진 것으로, 사실은 그렇지 않다. 객용이 쫓겨난 뒤 몇 년 안 되어 풍보 또한 재산을 몰수당하고 봉어奉御로써 남경에 거했다. 무료하고 집이 그리워서 상소를 갖추어 가노家奴 풍계청馮繼淸을 보내 돌려보내 달라고 황상께 애원했지만 언관들의 공격을 받았다. 황상께서 남경 법사法司에 명해 심문하게 하시니, 남경 법사에서 "객용이 그 때문에 계략을 꾸몄으니, 풍보를 정군으로 폄적시키고 곤장 80대를 쳤다"고 말했다. 이 일은 남경 형부상서 강실姜實의 상소에 보이는데, 아마도 두 태감이 만년에 다시 만난 듯하다.

원문 **江陵震主**

　今上初元, 嚴重江陵不必言矣. 至後大婚, 聖齡已長, 偶被酒, 令小闔唱以侑之. 闔辭不能, 上倚醉拔劍斷其總角[4]. 羣豎膚訴[5]於馮保, 保奏之慈聖, 次日召上訴詰甚苦, 至有社稷爲重之說. 上涕泣謝過, 爲手詔尅責以賜江陵.

4　總角 : 총각. 머리를 양쪽으로 갈라 빗어 올려 귀 뒤에서 두 개의 뿔같이 묶어 맨 어린아이들의 머리 모양.
5　膚訴 : 피부에 와닿는 것처럼 하는 매우 절실한 참소讒訴.

而瑢保因得中其所仇孫海⁶客用⁷, 謂二人引誘, 江陵條旨, 俱謫淨軍, 發南京種菜, 亦可已矣. 江陵復再疏推廣保說, 謂太監孫德秀溫泰周海, 俱諂佞, 當斥三人, 亦保之素嗛者, 上不得已允之. 受遺⁸元老, 內挾母后以張威, 下迎權瑢以助焰, 要挾聖主. 如同嬰孺, 積忿許久而後發, 其得禍已晚矣. 客用久居金陵, 與縉紳大夫遊, 先人同年朱虞苟廷益⁹, 爲南京大理寺丞, 談次每稱其賢. 朱愿樸君子, 言當不妄. 弇州『首輔傳』, 謂上手刃馮保養子二人, 以致慈聖大怒, 此一時傳訛, 其實不然. 客用逐後不數年, 馮保亦籍沒, 以奉御¹⁰居南京. 無聊思歸, 乃具奏, 遣家奴馮繼清哀祈於上, 求放還, 爲言官所聚攻. 上命南法司究問, 云"客用爲之設謀, 乃謫保充淨軍, 笞用八十仍着伍." 事見南司寇¹¹姜實疏中, 蓋二瑢晚途復合矣.

---

6 孫海 : 손해孫海, 생졸년 미상은 명나라 신종의 총애를 받았던 태감이다.

7 客用 : 객용客用, 생졸년 미상은 손해와 함께 명나라 신종의 총애를 받았던 태감이다.

8 受遺 : 선황제의 유명을 받은 대신이 다음 황제의 정사를 돕는 것을 말한다.

9 朱虞苟廷益 : 명나라 만력 연간의 관리 주정익朱廷益, 1546~1600을 말한다. 주정익의 자는 여우汝虞이고 호는 우봉虞苟이며 절강 가흥부嘉興府 가선현嘉善縣 사람이다. 만력 5년1577 진사가 되어, 복건 장포漳浦 지현知縣, 연주連州 판관判官, 가정嘉定 지현, 강서제학부사江西提學副使 등의 벼슬을 거쳐 남경통정사참의南京通政司參議가 되었다.

10 奉御 : 명나라 때 환관의 직급으로, 지위가 태감, 소감少監, 감승監丞, 전부典簿보다 낮았다. 품계는 종육품이다.

11 南司寇 : 남경 형부상서. 명나라 때 사구司寇는 형부상서의 별칭으로 사용되었다.

[번역] 강릉공 장거정의 가법家法

　재상 강릉 장공이 권력을 장악하고 있을 때, 그의 집안사람 중에 유초빈遊楚濱이 가장 일을 잘했는데 그가 바로 세상 사람들이 말하는 유칠遊七이다. 관료들이 그와 더불어 즐겼으며 형제처럼 후대했다. 도급사중 이선李選은 운남雲南 사람으로 강릉 장공이 뽑은 사람인데, 유칠의 첩의 여동생을 측실로 들였기 때문에 동서와 돈독하게 지냈다. 어느 날 재상이 그것을 알고 유칠을 불러 수십 대를 때리고 급사중을 불러 면전에서 그를 여러 번 꾸짖으며 다시는 만나지 못하게 했다. 그리고 총재家宰를 불러 그를 지방으로 내보내게 하자, 다음 날 바로 강서참정江西參政으로 추천했다. 강릉 장공의 위세가 황상을 위협하던 때인데도 이처럼 명분을 밝히는 예법을 중시했으니, 이런 일을 어찌 다 없애 버릴 수 있겠는가! 당시 급사중 이종로李宗魯도 유칠의 첩의 고모를 아내로 맞이했는데, 그가 이선과 마찬가지로 지방에 첨사로 가게 된 것도 강릉 장공이 이부에 그 뜻을 전해서였다.

　○ 강릉 장공은 자식을 매우 엄하게 가르쳐서, 각 성의 독무督撫와 각 변방의 총독들 모두 그와 서신을 주고받지 못하게 했을 뿐만 아니라 북경의 요직에 있는 사람들도 감히 그와 왕래하지 못했다. 아마도 강릉 장공이 자식들에게 소허공小許公의 일을 이어나가게 하고자 미리 재상의 덕망을 가르친 것 같다.

江陵家法

江陵相怙權時, 其家人子游楚濱[12]最用事, 卽世所謂游七者. 縉紳與交
懽, 其厚者如昆弟. 有一都給事李選, 雲南人, 江陵所取士也, 娶七妾之
妹爲側室, 因修僚壻之好.

一日相君知之, 呼七撻數十, 呼給事至面數斥之, 不許再見. 因召家宰
使出之外, 次日卽推江西參政矣. 江陵公當震主時, 而顧惜名敎乃爾, 此
等事豈可盡抹殺! 時給事李宗魯, 亦娶遊七妾之姑, 與李選同外補僉事,
亦江陵傳示吏部.

○ 江陵敎子極嚴, 不特各省督撫及各邊大帥, 俱不許之通書問, 卽京
師要津, 亦無敢與往還. 蓋欲諸郎君繼小許公[13]事業, 預養其相望耳.

---

12 遊楚濱 : 명나라 만력 연간에 내각수보를 지낸 장거정 집안의 집사인데, 유칠遊七로
　　더 잘 알려져 있다.
13 小許公 : 당나라 개원開元 연간에 재상을 지낸 소정蘇頲, 670-727을 말한다. 부친 소괴蘇
　　瓌의 허국공許國公이란 작위를 이어받아서 소허공小許公이라 불렸다. 소정은 경조京兆
　　무공武功 사람이며, 자는 정석廷碩이고, 시호는 문헌文憲이다. 무측천武則天 때 약관의
　　나이로 진사가 되어 오정위烏程尉에 임명된 뒤, 좌대감찰어사左臺監察御史, 급사중給事
　　中, 수문관학사修文館學士, 중서사인中書舍人 등의 벼슬을 거치고 중서문하삼품中書門下
　　三品이 되어 부자가 나란히 추밀樞密을 관장했다. 개원 4년716 송경宋璟과 함께 재상
　　에 임명되어 중서시랑中書侍郎과 동평장사同平章事를 맡았다.

번역 강릉공 장거정의 두 고향 사람

　강릉 장공이 재상 자리에 있을 때 그를 의지하며 따르는 자들이 많았어도 친척을 가장 후대했는데, 승천承天 사람 대사공大司空 증성오曾省吾와 이릉夷陵 사람 소재少宰 왕전王篆 두 사람보다는 못했다. 그 뒤 둘 다 삭탈관직 되고 장공이 맡겨 두었던 재물을 빼앗기며 온갖 모욕을 겪었지만 두 사람의 사람됨이 참으로 달랐다. 증성오는 촉 지방의 순무로 구사산九絲山를 평정한 명성과 공적이 있어 공부工部에서도 그 노고를 분명히 인정했기 때문에 재상의 집에서 이 한 사람을 구태여 모함한 적이 없다. 왕전은 음험하고 탐욕스러우며 전횡을 일삼아 진실로 명교名敎가 버린 자인데, 증성오가 불행하게도 그와 같은 죄로 화를 당했으므로, 세상 사람들이 이를 많이 안타까워했다. 구월림丘月林이 장성張誠과 함께 초 땅으로 가 재산을 몰수할 때, 증성오가 방건方巾과 청포靑袍를 갖추어 입고 후당에 들어가 알현하니 구월림이 인사하고 그를 보냈다. 왕전은 죄수처럼 머리를 빗지 않고 초라한 옷을 입고서 입으로 '소인'이라 말하면서 말로는 아첨하면서도 깔보는 투여서 구월림과 장성이 노하여 곤장 20대를 쳐서 보냈다. 육오대陸五臺가 공평하지 않다 여기며 심계산沈繼山에게 "천하가 어지러워졌군요. 소재가 볼기를 맞는 일이 어디 있습니까"라고 말했다. 심계산이 웃으며 "공도 잘하시오, 그렇지 않으면 그런 일을 당할 테니"라고 말했다. 당시 육오대가 마침 소재였다. 이것은 비록 한때의 농담이지만 역시 천고의 교훈이 되기 충분하다.

　증성오는 강릉 장공의 후대를 받고 다시 도장만都掌蠻의 반란을 평정한 공으로 중시를 받았다. 증성오의 부친 증번[曾璠, 호는 양백陽白]은 그의 아들보다 세 번 늦은 임술년 과거에 진사가 되어 참의參議로 벼슬에서 물러났으며, 그 아들이 일품一品에 봉해진 것을 대대로 매우 영광으로 여겼다. 증성오가 실각했을 때 증번이 아직 생존해 있어, 강릉 장공의 태부인과 같은 상황이었다. 이릉 사람 왕전이 삭탈관직 되자 그의 아들 왕지정王之鼎과 왕지형王之衡 또한 거인擧人의 자격이 박탈되었는데, 홀로 장수를 누리며 지금까지도 건강하다고 한다.

원문 江陵二鄉人

　江陵在位時, 附麗者雖衆, 其最厚密戚, 無過承天曾大司空省吾,[14] 夷陵王少宰篆二人[15]. 其後並削奪追張氏寄頓贓物, 狼籍萬狀, 然兩人品實不同. 曾所至有聲績, 撫蜀尅平九絲[16], 冬曹亦著勞勩, 即在相門, 未始傾

14　承天曾大司空省吾 : 명나라의 정치가이자 문인 증성오曾省吾, 1532~1581를 말한다. 증성오는 호광湖廣 승천부承天府 종상현鍾祥縣 사람으로, 자는 삼성三省이고 호는 확암確庵이며, 만년에는 각암恪庵이라는 호를 사용했다. 가정 35년1556 진사가 되었다. 우첨도어사右僉都御史로 사천을 순무하던 만력 원년1573 도장만都掌蠻족의 반란을 진압했고, 그 뒤 병부우시랑, 공부상서 등의 벼슬을 지냈다. 장거정의 문하로, 장거정 사후에 그의 재산 은닉에 공조했다는 탄핵을 받아 만력 12년 재산이 몰수되고 삭탈관직당해 평민이 되었다. ◉ 大司空 : 공부상서工部尙书의 별칭.

15　夷陵王少宰篆 : 명나라 후기 이릉주吏陵州 출신의 관리 왕전王篆을 말한다. ◉ 少宰 : 이부시랑의 별칭.

16　尅平九絲 : 명나라 만력 원년1573 구사산九絲山 일대를 중심으로 거주하는 소수민족

陷一人. 王則狡險貪橫, 眞名敎所棄, 曾不幸與同科受禍, 世多惜之. 方丘月林[17]同張誠往楚籍沒時, 曾具方巾[18]靑袍[19], 入謁於後堂, 丘與揖而送之. 王則囚首楚服, 口稱小的, 言詞佞而鄙, 丘與張怒, 笞二十而遣之. 陸五臺[20]不平, 謂沈繼山[21]曰, "天下亂矣." 那有少宰決臀之理. 沈笑曰, "公善爲之, 不然, 行且及矣." 時陸正爲少宰也. 此雖一時戲言, 亦足爲千古至戒.

按曾爲江陵所厚, 復以平都蠻[22]功受知. 曾之父陽白名璠, 後其子三科, 登壬戌進士, 以參議告歸, 受乃子一品之封, 世甚榮之. 及敗時, 則陽白尙在堂, 與江陵太夫人同一光景. 王夷陵旣奪官, 子之鼎之衡, 亦削鄕擧籍, 獨享壽考, 聞至今尙無恙.[23]

인 도장만족이 반란을 일으켰을 때, 사천 순무 증성오와 도독총병都督總兵 유현劉顯이 14만 명의 관병을 이끌고 진압한 사건을 말한다. ◉ 九絲 : 사천성 홍문현興文縣에 있는 산 이름.

17 丘月林 : 명나라 후기의 관리 구순邱橓을 말한다. 월림月林은 구순의 호다.

18 方巾 : 명대에 문인이 썼던 두건.

19 靑袍 : 소매가 길고 발목까지 내려오는 중국 고유의 긴 옷.

20 陸五臺 : 명나라 만력 연간에 이부상서를 지낸 육광조陸光祖를 말한다.

21 沈繼山 : 명나라 후기의 관리 심사효沈思孝를 말한다.

22 都蠻 : 명대 사천 지역에서 활약하던 소수민족인 도장민都掌蠻을 말한다.

23 按曾爲江陵所厚~聞至今尙無恙 : 증성오의 호는 확암確菴이고 왕전의 호는 소방少方이다曾號確菴, 王號少方. 【교주】

번역 상서 유소로劉小魯

유일유[劉一儒, 자는 소로小魯]는 돌아가신 조부와 같은 해에 진사가 되었는데, 이릉주夷陵州 사람으로 강릉 장공과 사돈을 맺었다. 강릉 장공의 권세가 대단할 때 유일유는 홀로 한직으로 물러나 피해있었다. 장공은 일부러 그를 멀리 한다고 말하며 매우 기분 나빠했다. 매번 장공이 가혹하게 법을 집행하고 진언하는 자들을 형벌로 능욕할 때마다 그가 번번이 쓴소리로 권고하자 마침내 크게 사이가 벌어져, 남경의 이경貳卿에서 몇 년 동안이나 승진하지 못했다. 강릉 장공이 실각하자 언관들이 돌아가며 상소를 올려 위로하고 천거해 비로소 남대사공南大司空으로 승진했다. 얼마 안 되어 스스로 벼슬을 그만두었고 나중에 다시 기용되었지만 나오지 않았다. 그의 장자 유감지劉戡之는 젊은 시절 자태가 아름답고 뛰어난 재주를 지니고 있어 그의 장인이 매우 아꼈다. 그가 회시會試를 보게 되었을 때 강릉 장공이 시험관에게 그를 뽑게 했다는 사실을 그의 부친이 듣고는 병을 핑계로 시험장에 가지 못하게 하니, 강릉 장공이 크게 노하였다. 나중에 음서제蔭敍制를 통해 관리가 되어 지금은 호부랑戶部郎이 되었다.

○ 유감지의 자는 원정元定이고 나와 사이가 좋다. 그의 처는 강릉 장공이 아끼던 딸로 미모가 선녀 같았다. 그녀는 말과 웃음이 그다지 많지 않고 하루 종일 그저 조용히 앉아 있거나 경문經文과 주문呪文을 암송했는데, 그 경문의 이름을 물어보면 대답하지 않았다. 유감지에게

시집 온 지 몇 년이 지난 어느 날 가부좌를 한 채 죽었는데 그 모습이 신선이 된 자와 같았다. 남편과 끝내 부부 관계를 맺지 않고 결국 처녀로 세상을 떠났다. 담양자曇陽子와는 비록 명암이 다른 행적이었지만, 그녀가 남다른 사람이라는 사실은 같다.

원문 **劉小魯尙書**

劉小魯一儒[24], 先大父同年進士, 亦夷陵州人, 與江陵相兒女姻也. 當江陵炙手時, 劉獨退避居冷局. 張謂有意遠之, 已不相悅. 每遇其行法嚴刻, 及刑辱建言者, 輒苦口規之, 遂大矛盾, 滯南京貳卿, 數年不遷. 江陵敗, 言路交章慰薦, 始晉南大司空. 尋自免去, 後再起遂不出. 其長子名戡之, 少年美丰姿, 有儁才, 爲婦翁所器愛. 當赴省試[25], 江陵授意主者錄之, 乃翁聞之, 令謝病不入闈, 江陵大怒. 後以任子得官, 今爲戶部郞.

○ 戡之字元定, 與予善. 其內子爲江陵愛女, 貌美如天人. 不甚肯言笑, 日唯默坐, 或暗誦經呪, 問此經何名, 不對也. 歸劉數年, 一日跌坐而化, 若蛻脫者. 與所天[26]終不講衾裯事, 竟以童眞[27]辭世. 蓋與曇陽[28]雖顯

---

24 劉小魯一儒 : 명나라의 정치가 유일유劉一儒, 1535~1585를 말한다. 그의 자는 맹진孟眞 또는 소로小魯이고, 형주부荊州府 이릉吏陵 사람이다. 가정 38년1559 진사에 합격한 뒤, 형부시랑을 거쳐 남경공부상서가 되었다. 천계天啓 2년1622 장개莊介라는 시호를 받았다.
25 省試 : 과거제도 중 예부에서 주관하는 회시會試를 말한다.
26 所天 : 남편.
27 童眞 : 평생 여색女色을 일체 가까이 아니한 사람.
28 曇陽 : 명 만력 연간의 여도사女道士 담양자曇陽子, 1558~1580를 말한다. 명대 만력 연간

晦異迹, 其爲異人一也.

에 내각수보를 지낸 왕석작의 차녀로, 속명은 왕도정王燾貞이고, 소주부蘇州府 태창
太倉 사람이다. 곤산昆山의 사인士人 서경소徐景韶와 혼인하려 했지만, 서경소가 갑자
기 죽어 혼례를 올리지도 못한 채 수절했고 나중에 득도해 신선이 되었다고 전해
진다.

　　강릉 장공은 천하를 경영하는 것을 자신의 소임으로 여겼기 때문에, 재상의 공적에 아첨하는 자가 있으면 "나는 재상이 아니라 섭정을 하네"라고 말했다. 강릉 장공에게 있어 '섭정한다攝'는 말이 원래 틀린 것은 아니지만, 예로부터 오직 희단姬旦과 신망新莽 두 사람뿐이었는데 그가 지금 세 번째가 될 만한가? 경진년 봄 그의 동생 장거겸張居謙이 죽자 고향으로 돌아가려고 마음먹었는데, 상소에서 '벼슬에서 물러나기를 청합니다'라 말하지 않고 '삼가 머리 조아려 정권을 돌려드립니다'라고 했으니, 황상께서 꼭 흡사 왕이 되는 것 같았다. 만년에도 틀림없이 자신의 사후를 보장하지 못하리라는 것을 알고, 초 지역 순무어사 주련朱璉에게 삼조정三詔亭 짓는 것을 사양하는 서신을 써서 다음과 같이 말했다. "삼조정을 지으려는 뜻은 매우 좋습니다. 다만 장차 시대가 달라지면 상황이 달라지는 법이라, 높은 누대가 기울고 굽이진 못이 평평해지며 나의 거처 또한 남아 있지 못할 겁니다. 그때가 되면 이 정자는 5리에 펼쳐 관원을 맞이하는 일개 정자에 불과할 뿐 어찌 '삼조정'임을 알아보겠습니까!" 호랑이를 타고 달리는 상황에서는 스스로 중간에 내리기 어려워서 곽광霍光과 우문호宇文護가 끝내 화를 면치 못했다. 담양자가 강릉 장공을 당대의 호걸이라고 하자, 태창太倉 왕상공王相公은 놀라면서도 그 말을 믿었다. 그래서 북경에 들어가 더 이상 그를 물리치는 글을 쓰지 않고 오히려 보호하면서 신선이 된 딸의 말을 따랐다.

江陵以天下爲己任, 客有諛其相業者, 輒曰, "我非相, 乃攝也." 攝字於
江陵固非謬, 但千古唯姬旦[30]新莽[31]二人, 今可三之乎? 庚辰之春, 以乃
弟居謙[32]死, 決意求歸, 然疏語不曰乞休, 而曰拜手稽首[33]歸政[34], 則上固
儼然成王矣. 晚年亦自知身後必不保, 其辭楚按臣朱璉建亭書曰, "作三
詔亭, 意甚厚. 但異日時異勢殊, 高臺傾, 曲沼平, 吾居且不能有. 此不過

---

29 三詔亭: 명나라 만력 연간에 내각수보를 지낸 장거정의 고향 호광湖廣의 관원들이
장거정을 위해 지으려고 했던 정자. 만력 6년1578 부친상을 치르기 위해 고향인 호
광으로 돌아갔는데, 당시 장거정은 내각수보로써 신종神宗 황제를 대신해 정사를
돌보고 있었다. 장거정이 상을 치르느라 머문 하루 동안 신종이 하루빨리 북경으
로 돌아오라는 조서를 세 번이나 내렸다. 호광의 관원들은 황제의 총애를 한 몸에
받는 장거정을 자랑스러워하며 하루에 세 번이나 조서를 받은 일을 기념하기 위해
삼조정三詔亭을 지으려 했다.

30 姬旦: 희단姬旦,?~B.C.1104 추정은 주공周公을 말한다. 서주西周 시기의 대신으로 채읍采
邑이 주周였기 때문에 주공周公이라고 부른다. 무왕武王 희발姬發의 아우로 무왕을 도
와 상商나라를 멸하고, 성왕成王 희송姬誦이 성장해 친정親政할 때까지 보좌해 대신 섭
정攝政했다.

31 新莽: 한漢 왕조를 찬탈해 신新 왕조를 세운 왕망王莽,B.C.45~A.D.23을 말한다. 왕망의
자는 거군巨君이고 위군魏郡 원성현元城縣 사람이다. 경녕竟寧 원년B.C.33에 황문랑黃門郎
이 되고, 영시永始 원년B.C.16에 신야후新野侯가 되었다. 원시元始 5년A.D.5 평제平帝를 독
살한 뒤 2살 된 유영劉嬰을 황제로 세우고 자신을 가황제假皇帝라 칭하며 신하들에게
는 섭황제攝皇帝라 부르게 했다. 초시初始 원년A.D.8 유영을 몰아내고 신新이라는 나라
를 세워 스스로 황제가 되었다. 개혁정책을 펼쳤지만 한말漢末의 모순과 사회문제
를 해결하지 못한 채 모두 실패했다. 건국한 지 15년 만에 장안長安의 미앙궁未央宮에
서 부하의 칼에 찔려 죽었다.

32 居謙: 장거정의 셋째 동생인 장거겸張居謙, 생졸년 미상을 말한다.

33 拜手稽首: 두 손을 마주 대고 이마가 땅에 닿도록 몸을 굽혀 절함. 아주 공손한 모
양을 말한다.

34 歸政: 임금을 대리해 통치권을 맡아 나라를 다스리던 사람이 통치권을 다시 임금
에게 돌려주는 일.

五里鋪上一接官亭耳, 烏睹所謂三詔哉!" 蓋騎虎之勢自難中下, 所以霍光宇文護[35], 終於不免. 曇陽子稱江陵爲一世豪傑, 太倉相公駭而信之. 故入都不復修卻, 反加調護, 亦用化女之言也.

---

35 宇文護 : 우문호宇文護, 513-572는 북주北周 초기의 권신으로, 서위西魏의 실권가인 우문 태宇文泰의 조카다. 그의 자는 살보薩保이고, 대군代郡 무천武川 사람이며, 선비족鮮卑族 이다. 우문태 사후에 권력을 물려받은 우문호는 서위의 공제恭帝를 제위에서 밀어 내고 우문태의 아들들을 왕으로 내세운 새로운 왕조 북주北周를 세웠다. 북주 건국 후 대사마에 봉해지고 진국공晉國公이라는 작위를 받았다. 권세를 휘두르다 북주 무제에게 암살당했다. 건덕建德 3년574 진공晉公의 작위를 회복하고 '탕蕩'이라는 시 호를 받았다.

강릉 장공의 권세가 높을 때 어떤 이가 그에게 "재상이자 태사太師께서 한결같은 덕으로 3대를 보좌하니 그 공이 해와 달처럼 빛나네. 장원狀元과 방안榜眼으로 두 아들이 어렵게도 두 차례 과거에서 급제하니 그들의 학문이 천인天人과 같이 으뜸이네"라는 대련을 보내 아첨했다. 강릉 장공이 기뻐하며 집안의 대청에 걸어두었다.

이에 앞서 화정華亭 서공徐公이 재상을 그만두고 고향으로 돌아갔는데 그 집 대청에 있는 대련에 "집안의 가르침이 여전히 존재하니 나이 들어 떠나도 탄복함을 감히 잊을 수 없도다. 나라의 은혜 아직 갚지 못해 돌아와도 여전히 부끄럽고 두렵구나"라고 되어 있었다. 비록 자신의 입장을 지키면서도 글의 뜻은 겸손하니 강릉 장공의 호기로운 말보다 훨씬 뛰어나다. 예전에 은역성殷歷城이 재상을 그만두고 고향에 있을 때 장강릉이 송시宋詩로 "산 속 재상에게는 관부官府가 없지만, 하늘 위 신선에게는 자손이 있네"라는 대련을 지어 그에게 보냈다. 대체로 아부와 조롱이 반반씩이었다. 근래에 심사명沈四明이 사직하고 집에 거하면서 이적지李適之의 말을 직접 이용해 "현인을 피해 처음 재상 그만두고 술을 즐기며 또 잔을 들었네"라고 했다. 또 현 재상 복청공福淸公이 집에 붙여둔 춘련에서는 "다만 약봉지는 쇠약하고 병든 이에게 주고, 사소한 것도 가지지 않고 조정에 보답하네"라고 했다. 아주 질박하고도 고아하다. 적제성翟諸城, 엄상숙嚴常熟, 신오문申吳門 같은 다른 재상들의 대청 대련은 진미공陳眉公이 이미 기록했다.

○ 강릉 장공이 처음 고향에 집을 하사받았을 때 황상께서 어필로 친히 "마음속으로 진실된 충성을 지키니 올바른 기운이 만세萬世에 드리우고, 혁혁한 공으로 황상을 받드니 훌륭한 공적이 백 년 동안 퍼지리라"라는 대청 기둥의 대련을 새겨주셨다. 남다른 은전이요 최고의 칭찬이라 말할 수 있다. 계미년 가산이 몰수될 때 그 저택도 보전하지 못했다. 다만 그 대련은 황제의 친필이었으니, 당시의 담당자가 어떻게 처리했는지는 알지 못한다.

○ 일찍이 북경에서 해임되어 한가로이 지내는 내관을 만난 적이 있는데, 그 집 대청에 "자손이 없으니 모두가 다른 사람의 것이구나. 꽃과 술이 있으니 그럭저럭 한 해를 즐겁게 보내리라"라는 대련이 적혀 있었다. 또 남송 때의 재상 교행간喬行簡의 시사詩詞에 있는 말을 온전히 사용했는데, 이들 역시 이처럼 생명의 본의를 알았다.

원문 **宰相對聯**

江陵盛時, 有送對聯諂之者, 云 "上相太師, 一德輔三朝, 功光日月. 狀元榜眼, 二難登兩第, 學冠天人." 江陵公欣然懸於家之廳事.

先是華亭公罷相歸, 其堂聯云, "庭訓尙存, 老去敢忘佩服. 國恩未報, 歸來猶抱慙惶". 雖自占地步, 然詞旨謙抑, 勝張之誇詡多矣. 往年殷歷城[36]罷相在里, 張江陵以宋詩爲對聯寄之曰, "山中宰相無官府, 天上神仙有子孫". 蓋詼與嘲各半. 頃者沈四明³⁷謝事居家, 則直用李適之語云, "避賢初罷相, 樂聖³⁸且銜盃", 又今相國福淸公邸中所粘桃符, 則云, "但將藥裹供衰病, 未有涓埃答聖朝". 尤爲渾雅, 他宰相翟諸城嚴常熟申吳門諸堂聯, 則陳眉公已記之矣.

○ 江陵公初賜第於鄕, 上御筆親勒堂對³⁹曰, "志秉純忠正氣垂之萬世. 功昭捧日休光播於百年". 可謂異典極襃. 至癸未籍沒, 則幷第宅不保矣. 但對聯爲御製御書, 不知當時在事者, 何以處此.

○ 嘗於都下見一罷閒中貴, 堂中書一對云, "無子無孫盡是他人之物. 有花有酒聊爲卒歲之歡." 又全用南宋宰相喬行簡⁴⁰詞中語, 此輩亦知達生如此.

---

36 殷歷城 : 명나라 융경 연간에 내각대학사를 지낸 은사담殷士儋, 1522~1581을 말한다. 은사담의 자는 정보正甫 또는 당천棠川이고, 제남齊南 역성歷城 사람이라서 은역성殷歷城이라고도 부른다. 가정 26년1547 진사가 되어, 서길사, 한림원검토, 시독학사, 이부우시랑, 예부상서, 문연각대학사, 무영전대학사, 태자태보太子太保 등의 벼슬을 역임했다. 사후에 태보로 추증되었고, 처음에는 문통文通이라는 시호를 받았지만 나중에 문장文莊으로 시호가 바뀌었다.

37 沈四明 : 명 만력 연간에 내각수보를 지낸 심일관沈一貫을 말한다.

38 樂聖 : 옛 사람들은 청주淸酒를 성인에 비유하고 탁주濁酒를 현인에 비유했다. 여기서는 술 마시기를 좋아하는 것을 말한다.

39 堂對 : 대청 기둥에 있는 대련對聯.

40 喬行簡 : 교행간喬行簡, 1156~1241은 남송 시기의 대신으로, 자는 수붕壽朋이고 절강 동양東陽 사람이다. 송 광종光宗 소희昭熙 연간에 진사가 되어, 참지정사參知政事, 동지추밀원사同知樞密院事, 우승상右丞相, 좌승상左丞相, 평장군국중사平章軍國重事 등의 벼슬을 역임했다. 노국공魯國公에도 봉해졌다.

　강릉 장공이 탈정奪情을 해서 다섯 어진 선비들에게 규탄을 받았고 또 옛 재상 이현[李賢, 시호는 문달文達]과 비교되었다. 한때 북경에서는 나 이정羅彝正의 옛 상소를 서로 베껴 써서 종이값이 귀해졌다. 강릉 장공이 매우 화를 내며 "나윤羅倫 그 놈이 뭘 알아?"라고 추궁해 욕했다. 얼마 안 되어 부친을 안장하러 고향으로 돌아가다가 남양南陽을 지났는데, 그곳의 순무巡撫가 이문달을 위해 패방을 지어 그 저택을 표창했다고 격문을 써 성토했다. 이것은 또한 진회秦檜가 여러 차례 관직이 있는 자를 장원狀元으로 삼아서 자신의 아들 진희秦熺가 요행이 아니라는 것을 밝힌 것과 같은 속내였다. 하지만 구양영숙歐陽永叔과 호명중胡明仲은 모두 송대의 대학자다. 구양영숙은 『오대사五代史』의 「의아전義兒傳」과 「가인전家人傳」에서 자신의 뜻을 밝혀 복왕濮王의 추존과 관련된 자신의 논의가 옳음을 피력했다. 호명중은 『독사관견讀史管見』을 썼는데, 모자간의 일들은 꼭 여러 번 그 시비是非를 분별해 논했다. 당시 생모의 상을 당해 상복을 입지 않아서 세상 사람들의 비웃음을 받았다. 옛 현인들도 이미 이러했는데 하물며 강릉 장공은 어떻겠는가?

江陵公之奪情也, 爲五賢[42]所紏, 且引故相李文達賢爲比. 一時京師傳寫羅彝正[43]舊疏, 爲之紙貴. 江陵恚甚, 追詈"羅倫小子, 彼何所知?" 尋以葬父歸過南陽, 檄彼中撫按, 爲文達建坊, 表其宅里. 亦猶秦檜之屢用有官者爲狀元, 以明其子熺之非倖, 同一心事也. 然歐陽永叔[44]與胡明仲[45], 俱宋世大儒. 歐陽『五代史』[46]屢致意於義子家人, 以申己濮議[47]之正. 胡

41　建坊 : 공명을 얻거나 특수한 사적이 있는 사람의 공적을 칭송하기 위해, 관부에서 그의 집 앞에 나무나 돌로 된 아치문을 세우던 것을 말한다.

42　五賢 : 장거정의 탈정을 규탄한 오중행吳中行, 애목艾穆, 심사효沈思孝, 조용현趙用賢, 추원표鄒元標 등 5명을 말한다.

43　羅彝正 : 명나라 중기의 관리이자 이학가理學家인 나윤羅倫을 말한다.

44　歐陽永叔 : 송나라의 정치가 겸 학자인 구양수歐陽修를 말한다.

45　胡明仲 : 송나라 때의 학자 호인胡寅, 1098~1156을 말한다. 호인은 건녕建寧 숭안崇安 사람으로, 자는 명중明仲이고 호는 치당致堂이다. 휘종徽宗 선화宣和 3년1121 진사가 되어, 교서랑校書郞, 기거랑起居郞, 중서사인, 엄주지주嚴州知州, 영주지주永州知州, 예부시랑 겸 직학사원直學士院 등의 벼슬을 역임했다. 진회秦檜가 정권을 잡자 조정을 비방하고 폄하했다는 이유로 파직되었다가, 진회가 죽은 뒤 복직했다. 시호는 문충文忠이다.

46　『五代史』 : 송나라의 구양수歐陽修가 저술한 사서史書인데 74권으로 되어 있다. 정사正史로서 오대왕조五代王朝의 사적事蹟을 기전체紀傳體로 서술했다. 처음에는 개인 저서라서 『오대사기五代史記』라 했지만, 저자가 죽은 뒤 정사로 받아들여졌다. 조정에서 편찬한 『구오대사舊五代史』가 역대 실록實錄을 바탕으로 한 사실주의史實主義 성격의 사서라면, 이 책은 군신도덕君臣道德과 중화사상中華思想에 기초한 그의 역사관으로 일관되어있다. 고문체古文體의 간결한 문장으로 원사료原史料를 고쳐 썼기 때문에 사료적 가치로는 『구오대사』에 뒤지지만, 서술이 일관성이 있고 소설까지도 사료로 이용하고 있어 편집에 독창성이 인정된다.

47　濮議 : 송나라 영종英宗의 친부인 복왕濮王의 추존과 관련된 논의. 인종이 아들이 없어서 복왕의 제13자인 조서趙曙를 양자로 들여 황위를 계승하게 했다. 황위에 오른 영종은 자신의 생부인 복왕의 추존을 삼성三省과 어사대御史臺에 명해 논의하게 했다. 이때 참정參政 구양수歐陽修 등은 복왕을 황고皇考라 불러야 한다고 주장했고, 어사御史 여회呂誨 등은 영종이 인종의 후사를 이었으므로 황고라 부르는 것은 옳지

作『讀史管見』,[48] 但遇母子間事, 必再三辨論. 則以當年不喪生母, 爲世所嗤也. 古賢已如此, 何況江陵公?

않고 황백皇伯으로 불러야 한다고 했다. 태후太后가 수서手書를 내려 복왕을 높여서 황皇으로, 복왕의 부인은 후后로 부르라고 했지만, 영종은 감히 그렇게 하지 못했다.

48 『讀史管見』: 송나라 때의 학자 호인胡寅이 지은 역사평론 서적인데 30권으로 되어 있다.

내각에서 대인이라 부르다

　돌아가신 조부께서는 금상 원년 겨울 사천의 소참少參으로 복상服喪
기간을 끝내고 복직을 알렸다. 당시 강릉 장공은 새로 집권해 재상의
지위와 업무에 대해 스스로 매우 긍지를 느껴 손님을 마주하고 한 마
디도 나누지 않았다. 조부께서 사람들을 따라 조방朝房에서 알현할 때,
강릉 장공이 문득 "저분이 심대인沈大人인가?"라고 물었다. 조부께서 나
서 "그렇습니다"라고 대답했다. 강릉 장공이 다시 예를 올리고는 더 이
상 다른 말 없이 떠났다. 아마도 평소에 만난 일이 없어 어디서부터 알
아가야 할지 몰라 이렇게 물은 것 같다. 조부께서는 얼마 안 되어 산동
의 임지로 가셨다가 섬서陝西를 돌아 귀향하셨다. 강릉 장공은 한결같이
정무를 보았고 따로 마음에 담아두지 않았다. 근래에 여러 번사藩司와
얼사臬司들께 물어보았는데, 정부에서 마음이 잘 맞아 깊이 대화를 나누
는 사이에서 공公이나 장丈으로 부르는 경우는 많지만 더욱이 대인大人
이라 부르는 것은 들어보지 못했다.

內閣稱大人

　先大父以今上初元之冬，從四川少參[49]，服闋詣補. 時江陵公新得國，
以位業自矜重，對客不交一言. 先大父隨衆謁於朝房[50]，張忽問曰，"那一

---

49 少參 : 명대 포정사布政使 아래의 관직인 참의參議.

位是沈大人?"先大父出應曰, "某是也." 江陵因再揖, 更無他語而別. 蓋
素昧平生, 不知何從見知而有此問. 先大父尋補山東, 轉陝西而歸. 江陵
始終在事, 別無他留意也. 近問之藩臬諸公, 則政府款洽深談, 呼公呼丈
者多矣, 更不聞有大人之稱.

　북경의 겨울에는 관례대로 담비 모피로 귀를 따듯하게 했는데, 매번 극심한 추위가 올 때마다 황상께서 궁 안팎의 신하들에게 두루 하사하시면 다음 날 모두 담비 모피를 하고서 조정에 와 감사드렸다. 다만 근래에 황상께서 이 조칙을 중지하시어 이 일이 몇 년간 중단되었다. 백관들이 관서에 드나들 때 특히 고통스러워하는데, 내각에 들어가는 재상들은 더 심각하다. 새벽에 북쪽으로 걸어 들어가면 서릿발 같은 삭풍朔風이 얼굴을 에여 비틀거리며 걷다 보면 몇 리가 멀기만 해 도착할 때는 이미 반쯤 얼어 있다. 담비 모피를 하사하시는 날에는 궁중에서 관례에 따라 돈 수만 꿰미를 쓰기 때문에 금상께서는 그것을 아까워하셨다. 하지만 또 다른 이야기도 있으니, 강릉 장공이 정무를 맡았을 때 복용한 약이 지나치게 많아 머리에 독성이 발생해서 겨울에 담비 모자를 쓰지 않았다. 육경六卿에서 과도관에 이르는 대신들은 매번 퇴청해 내각에 들를 때마다 반드시 귀마개를 벗어 감추었고 강릉 장공 또한 놀랍게 여기지 않았으니, 이것은 이미 하사하신 것을 받고서도 명을 어기고 사용하지 않은 예이다. 또 가정 중엽 서원西苑에서 문장을 짓는 나이든 대신들은 성지를 받들어 궁에서 말을 탈 수 있었으니 매우 특별한 은총이었다. 오직 적석문翟石門과 하계주夏桂洲 두 공이 자체적으로 허리 높이의 가마를 만들어 타고 출입하니 황상께서 크게 기분 나빠 하셨다. 그 후 적석문이 삭탈관직당하고 하계주가 사형에 처해졌으니, 이 일이 또한 화를 입은 한 이유이며, 이것은 하사받지 않았는데 명을 어기고 제멋대로 사용한 예이다. 재상은 백관의 모범인데 이처럼 자신이 하고자 하는 대로 행동했으니 공명功名이 어찌 유종의 미를 거두겠는가?

○ 심사명沈四明이 두문불출하던 때 이미 연로한 상태인 귀덕공歸德公이 우연히 홀로 내각에 들어갔다. 마침 혹한酷寒의 날씨라 목에 목도리를 두르고 머리에는 담비 모피를 썼는데도 눈물 콧물이 수염에 흘러서 고드름이 되어 마치 유리로 된 광명불光明佛 같았으니 정말 가련해 보였다. 서원의 길은 원래 많지 않은데, 무일전의 직려直廬에서 상재궁上齋宮까지는 몇 걸음에 불과하며 춥고 더울 때는 말을 탈 수도 있는데 어찌 허리 높이의 가마가 필요하겠는가?

원문 貂帽腰輿

京師冬月, 例用貂皮煖耳, 每遇沍寒, 上普賜內外臣工, 次日俱戴以廷謝. 惟近來主上息止此詔, 業已數年. 百寮出入省署, 殊以爲苦, 而進[51]閣輔臣爲甚. 蓋侵晨向北步入, 朔風劈面, 不啻霜刀, 蹣跚顚躓, 數里而遙, 比至已半僵矣. 蓋賜貂之日, 禁中例費數萬緡, 故今上斬之. 然又有異者, 張江陵當國, 以餌房中藥過多, 毒發於首, 冬月遂不御貂帽. 大臣自六卿至科道, 每朝退見閣, 必手摘煖耳藏之, 江陵亦不以爲訝, 此已拜賜而違命不用者. 又嘉靖中葉, 西苑撰元諸老, 奉旨得內府乘馬, 已爲殊恩. 獨

---

51 進 : 진進은 원래 근近으로 쓰여 있는데, 사본에 근거해 고쳤다進原作近, 據寫本改. 【교주】

翟石門夏桂洲二公, 自製腰輿, 异以出入, 上大不懌. 其後翟至削籍, 夏乃極刑, 則此事亦掇禍之一端也, 此未得賜而違命擅用者. 宰相爲百辟師表, 而自行其意如此, 功名安得終?

○ 四明杜門時, 歸德公已老, 偶獨進閣. 正值嚴寒, 項繫回頞, 冠頂數貂, 而涕洟垂鬚, 盡結冰筯, 儼似琉璃光明佛, 眞是可憐. 若西苑路本無多, 自無逸殿直廬, 至上齋宮, 不過步武間, 卽寒暑時乘馬皆可, 何必腰輿?

번역 아첨하여 해를 입다

　무인년戊寅年 강릉 장공이 북경에서 부친의 상을 치르러 고향으로 돌아갈 때와 형주荊州에서 조정으로 돌아갈 때, 남다른 예우로 그를 모신 사람들 중에 곧바로 높은 자리에 오르지 않은 이가 없다. 진정眞定의 지부知府 전보錢普는 강릉 장공이 즐기는 음식을 올려서 가장 마음에 들어했다. 또 서재만 한 가마를 만들어 그 안에 어린 종을 두고 병풍과 평상을 놓아둘 수 있게 한 것이 강릉 장공은 매우 마음에 들었다. 그는 요직으로 보답해 부족한 자격을 다소 완충시켜주려 했다. 전보는 부모상을 당해 고향으로 돌아갔고 탈상했을 때에는 강릉 장공이 이미 죽었다. 이듬해 계미년 지방관 승진 심사에서 결국 '신중하지 않다'는 평가를 받아 쫓겨나서 전혀 보답을 받지 못했다. 또 애초에 강릉 장공이 탈정奪情할 때 남북의 대소 신료들은 찬성하지 않았다. 북직례北直隸 헌현獻縣 사람인 그의 진사 동기 진찬陳瓚은 당시에 좌도어사左都御史로서 서대를 관장하고 있었는데 구경九卿을 이끌고 그를 지키려는 계책을 세웠지만 병세가 위중하자 사람을 보내 성명을 동료에게 전하면서 반드시 상소를 올려야 한다고 말하게 했다. 또 이 사람이 눈이 어두울 것을 대비해 나는 헌현의 진찬이지 남직례의 진찬이 아니라고 재차 당부하게 했다. 당시에 동명이인인 상백常伯이 있었기 때문에 그가 혹시 실수할까 봐 걱정했을 뿐이다. 얼마 안 되어 진찬은 병으로 사직하고 오래지 않아 죽었고 간숙簡肅이라는 시호를 얻었다. 최근 몇 년 사이에 곽강하郭江夏가 시호를 박탈할 사람 5명에 대해 의론했는데, 진찬이 그중 하나였다. 비록 이 의론이 행해지지는 않았지만 그 일이 이미 세상에 널리 퍼져 역사서에 오점을 남겼으니 또한 어떤 이로움이 있겠는가?

○ 전보는 문재文才가 있고 관직에 있을 때도 더러운 일을 하지 않았다. 헌현의 진찬은 임지에서 청렴결백함으로 칭송받았다. 한때의 실책으로 평생을 다 잃었으니 실로 안타까울 만하다.

원문 諂附失利

戊寅江陵自京師歸葬, 及自荊州還朝, 其以異禮事之者, 無不立致尊顯. 惟眞定知府錢普, 以嗜味進, 最爲當意. 又造步輦如齋閣, 可以貯童奴, 設屛榻者, 江陵甚喜. 將酬美官, 以資淺稍緩. 錢丁艱歸里, 比公除, 則江陵已歿. 次年癸未外計[52], 竟以不謹罷斥, 毫不沾酬報也. 又初奪情時, 南北大小臣僚保留. 其同年陳瓚[53]者, 北直獻縣人, 時以左都御史領西臺, 謀率九列保之, 會其病亟, 遣人以姓名傳送同事者, 謂必登疏, 且

---

52 癸未外計 : 중화서국본 『만력야획편』에는 '부計'로 되어 있고, 상해고적본에는 '계計'로 되어 있다. 문맥상 3년에 1번 지지地支가 진辰, 술戌, 축丑, 미未로 끝나는 해에 행해지는 '지방관의 인사 평가'를 나타내는 것으로 보이므로, 상해고적본에 근거해 수정했다. 〖역자 교주〗

53 陳瓚 : 진찬陳瓚, 1505~1578은 명나라 후기의 관리다. 직례直隷 하간부河間府 헌현獻縣 사람으로, 자는 경부敬夫이고 호는 옥천玉泉이다. 가정 26년1547 진사가 되어, 산서 양곡현陽曲縣 지현知縣, 산동도감찰어사山東道監察御史, 하남안찰사河南按察使, 호부좌시랑, 남경호부상서, 도찰원좌도어사都察院左都御史 등의 관직을 역임했다. 세종, 목종, 신종 세 황제를 모시면서 청렴하고 강직한 일처리로 칭송을 받았다. 사후에 태자태보로 추증되었고, 시호는 간숙簡肅이다.

待此以瞑, 更囑我爲獻縣之陳瓚, 非南直之陳瓚, 蓋一時有一人同名, 同爲常伯[54], 慮其或誤耳. 未幾瓚病去位, 旋卒, 得諡簡肅. 近年郭江夏議奪諡者五人, 瓚居一焉. 雖議不行, 而事已流傳, 汙史冊矣, 亦何利之有?

○ 錢有文學, 居官亦無穢狀. 卽獻縣之陳, 所至以廉潔稱. 一時失計, 生平盡喪, 眞足可惜.

---

54 常伯 : 6부의 상서나 시랑을 가리키는 별칭.

번역 강릉공 장거정의 처음과 끝을 환관이 함께하다

　강릉공 장거정이 정권을 잡은 사실은 태감 풍보의 도움으로 온 천하에 공표될 수 있었고, 시종일관 그가 받은 남다른 예우도 모두 환관의 손을 빌어 얻은 것이다. 탈정奪情 사건을 가지고 말해보겠다. 그가 처음 부모상을 당했다는 소식을 들었을 때 황상께서는 사례태감 이우李佑를 사저로 보내 위문하셨고 두 태후께서는 태감 장중거張仲擧 등을 파견해 부의를 보내셨으며 근신近臣 손량孫良, 상명尙銘, 유언보劉彥保, 이충李忠 등은 술과 음식을 주었다. 장거정의 아들이 대신 돌아가 상을 치르니 사례태감 위조魏朝가 초楚 지역의 군영으로 함께 들어가 묘지를 하사했다. 장거정 자신이 휴가를 얻어 장례를 치르러 고향으로 돌아갈 때, 황상께서 사례태감 장굉張宏을 보내 교외에서 송별연을 베풀고, 사례태감 왕진王臻은 '황제가 충성스럽고 선량한 신하에게 하사한다[帝賚忠良]'라고 새겨진 은으로 된 인장을 가져와 하사했다. 황태후께서는 태감 이용李用에게 여비패를 하사하게 하고 이왕李旺에게는 여덟 가지 보물을 감상용으로 하사하게 했다. 그가 조정으로 돌아올 때는 황상께서 사례태감 하진何進을 교외로 보내 그를 맞이하고 위로하게 했다. 장거정의 모친이 장거정에게 보살핌을 받으러 올 때는 황상께서 먼저 보낸 위조가 그녀를 모시고 북경으로 들어왔고, 황상께서는 또 사례태감 이우에게 명해 교외로 나가 마중하게 했다. 황태후께서는 근가謹柯와 진상陳相을 보내 진귀한 옷과 장식품을 하사하시고, 또 태감 이기李琦 등에게 명

해 교외로 나가 맞이하게 했다. 그가 탈상脫喪을 하고 평상복인 길복吉服을 입게 되자 황상께서 사례태감 장굉을 시켜 장거정이 자성태후慈聖太后와 인성태후仁聖太后 두 분을 알현하게 했고, 곧바로 장굉에게 모시고 연회를 베풀게 했다. 만 12년이 되었을 때는 또 사례태감 장성張誠을 보내 포상하는 유지를 내렸다. 그가 죽었을 때는 또 사례태감 진정陳政을 보내 장례를 맡아 보살피며 고향으로 돌아가게 했다. 모든 특별한 은전은 다 환관의 손에서 나온 듯하다. 그런데 마지막에 장거정이 탄핵되어 가산이 몰수될 때에도 사례태감 장성이 그 일을 했는데, 환관으로 시작했으니 반드시 환관으로 마쳐야 한다는 말인가? 고신정高新鄭의 경우 재상으로 들어온 초기에는 이방李芳이, 그 뒤에는 진홍陳洪과 맹충孟沖이 함께 했고, 그가 실각한 것은 또 풍보 때문이었다. 하지만 강릉공 장거정이 문장을 새겨넣으며 준비한 것처럼 상소문에서는 내신內臣의 성명을 열거하지 않았다. 벼슬할 때 도와주는 환관이 없으면 사직하고 고향으로 돌아가 농사짓는 게 나으니, 이것은 옛날부터 그러했다.

원문 **江陵始終宦官**

江陵之得國也, 以大璫馮保力, 海內能訟言之, 至其前後異禮, 皆假手左貂. 卽就奪情一事而言. 其始聞喪也, 上遣司禮李佑慰問於邸第, 兩宮聖母則遣太監張仲擧等賜賻, 近侍孫良尙銘劉彦保李忠等賜酒饌. 其子代歸治喪, 則司禮魏朝[55]偕入楚營賜域. 其身給假歸葬, 上遣司禮張宏郊餞, 司禮王臻賫帝賫忠良銀記[56]賜之, 聖母則太監李用賜路費牌子, 李旺賜八寶充賞人之用. 其還朝也, 上遣司禮何進迎勞郊外. 其太夫人就養也, 則上所先遣魏朝伴之入京, 上又命司禮李佑郊迎, 聖母則遣謹柯陳相, 賜衣飾珍異, 又命太監李琦等郊迎之. 至其除服卽吉[57], 上使司禮張宏引見於慈聖仁聖兩宮, 旋使宏侍賜宴. 其滿十二年也, 又遣司禮張誠賫敕襃諭. 至其歿也, 又遣司禮陳政護喪歸. 蓋一切殊典, 皆出中貴人手. 而最後被彈, 以至籍沒, 亦以屬司禮張誠, 豈所謂君以此始, 必以此終乎? 若高新鄭之入相, 則初以李芳, 繼以陳洪, 孟沖, 而其敗也, 又以馮保. 然奏疏中未至臚列內臣姓名, 如江陵公刻稿之備也. 仕無中人, 不如歸耕, 自古然矣.

55 魏朝 : 위조魏朝, 생졸년 미상는 명나라 신종神宗, 광종光宗, 희종熹宗의 세 황제를 모신 태감이다. 명나라 말기의 유명한 환관 위충현魏忠賢의 의형제로, 위충현을 입궁시킨 장본인이다.

56 銀記 : 은으로 만든 인장.

57 吉 : 3년 상을 치른 뒤에 입는 평상복인 길복吉服을 말한다.

상공相公이 사례태감에게 명첩을 내놓다

　　왕엄주王弇州의 『고부고록觚不觚錄』에 "강릉공 장거정이 사례태감 풍보에게 후배라는 의미의 명첩을 내놓았다"라는 말이 있다. 이 말은 너무나 터무니가 없어 내가 감히 믿지 못하겠다. 풍보의 권세가 비록 높았지만 강릉공의 지시를 전적으로 따랐는데, 강릉공이 풍보와 한 몸처럼 친밀하게 굴었던 것은 그저 자성태후에게 줄을 대려던 것일 뿐이다. 그런데 어찌 이 정도로 자신을 낮추었겠는가. 선친께서 사관史官으로써 내서당內書堂에서 환관들을 가르치실 때 풍보가 쫓겨났고 장성張誠이 그를 대신했다. 그때 주고받은 것이 모두 단홍첩單紅帖이고 서로 시생侍生이라 불렀으니, 재상이 어떻게 했을지는 알 수 있다.

相公投刺司禮

　　弇州『觚不觚錄』[58]云, "江陵相公謁司禮馮瑠投晚生帖[59]". 此語最爲孟浪, 予不敢信. 馮保勢雖張, 然一唯江陵指麾, 所以膠漆如一人者, 僅以通慈聖一路耳. 何至自卑如此. 先人以史官敎習內書堂[60], 馮逐而張誠代之矣. 其往還俱單紅帖[61], 彼此稱侍生[62], 則撲地可知矣.

---

58 『觚不觚錄』: 명대 왕세정이 편찬한 명대 전장제도를 기록한 책.
59 晚生帖: 기본적으로는 대등하지만 지위가 약간 낮은 자가 지위가 약간 높은 자에게 사용하던 옛날 관리 사회의 명첩.
60 內書堂: 명대에 환관들이 글을 배우던 궁궐 내의 학당.
61 單紅帖: 옛날 관리 사회에서 사용하던 접지 않는 명첩으로, 단홍자單紅刺라고도 한다.

　　강릉공 장거정은 나이 어린 황상을 보필하는 데 있어 매우 큰 공로가
있다 자부하면서, 그가 인륜의 명분을 중시하는 명교名敎에 죄를 지었지
만 다만 자신은 그렇게 해야 했다고 여길 뿐이었다. 옛날 한탁주韓侂胄의
머리가 금金나라에 도착하자 완안씨完顏氏가 그를 장례 지내고 충무후忠
繆侯라는 시호를 내리면서 그는 나라의 이익을 도모하는 데 충성하느라
자신을 잘 돌보지 못했다고 했다. 지금 강릉공의 공과 죄는 대략 엇비슷
한데도 그의 사후에는 회복할 수 없을 정도로 처참한 상태가 되었으니
말하는 이들은 진귀한 이야깃거리로 보았다. 어사 양사지楊四知라는 자
는 강릉공의 탐욕스러움을 의론하며 "은으로 만든 화로가 삼백 개였고
여러 공자들이 부순 은주발과 은잔이 수백 개였다"고 했는데, 이것은
누가 따라가 본 것인가? 또 "장사 지내러 고향으로 돌아가는 길을 따라
다섯 걸음마다 우물 하나를 파고 열 걸음마다 오두막을 하나씩 지었다"
고 한 것도 이치를 벗어난 말이다. 상주국上柱國이라는 그의 훈작은 이전
에 그에게 내려졌지만 받지 않았고 사후에 추증되었는데, "생전에 이미
제수되었다"고 말해 모반죄의 증거로 삼았으니 더더욱 황당무계하다.
또 "오늘 황자가 탄생해 대신들에게 은혜를 베풀었고, 장거정에게도 더
하여 꼭 후백侯伯으로 올리고 구석九錫을 더해주었다"라고 말했다. 지금
까지 후궁에서 황자를 낳아 기르는 일로 재상에게 은혜를 내린 적이 없

62　侍生 : 후배가 선배에 대해 자신을 겸손하게 일컫는 말.

으며 있더라도 사실 강릉공 사후에 시작되었으니 식견이 있는 자들은 매우 잘못되었다고 여긴다. 그렇다면 양사지는 어째서 일을 맡은 정부를 분명히 바로잡지 않고 죽은 권신權臣을 더듬어 생각했는가. 상소가 올라가고 재산을 몰수하라는 성지가 내려지자 양사지는 이 일로 올바른 사람에 가까워져 지방 순무를 몇 차례 거쳐 대리좌소경大理左少卿에 제수되었다. 하지만 급사중 왕덕완[王德完, 별명은 희천希泉]에게 공격당했는데, 양사지가 주련朱璉과 왕전王篆의 잔당이면서도 얼굴을 바꿔 거짓으로 올바른 척했다는 것과 아울러 그의 추악한 행위가 지적되어 지방으로 좌천되어 떠났다. 계사년 지방관 승진 심사에서 '신중하지 않다'는 평가를 받아 파면되었는데, 상소를 올렸던 때로부터 10년이 지났다. 또 무신년에 한 예부랑禮部郎이 수규首揆 주산음朱山陰의 12가지 큰 죄에 대해 논했는데 그 일의 과장된 설명은 말할 가치가 없고 광세礦稅를 걷는 무뢰한들이 모두 그의 집안사람이며 얻어낸 재화는 모두 주산음의 개인 주머니로 들어갔다고 한 말은 온 조정이 믿지 않았다. 그리고 또 그의 시험관과 이진강李晉江까지 지적하고 아울러 그의 문생인 한림학사의 죄상을 몰래 폭로해서 훗날 재상에 제수되는 것을 방지했다. 이것 또한 누군가의 지시를 받은 것이지만 역시 용서하지 않았다. 예부랑이 이 상소를 처음 올렸을 때 당시 세간에서도 알고 충격을 받았고 나중에 점차 사람들에게 알려져 탄핵을 받았으며, 신해년 승진 심사에서 역시 '신중하지 않다'는 평가로 처벌을 받아 쫓겨났으니 상소를 올린 때로부터 겨우 3년이 되었을 뿐이다. 무신년 이후 새로이 황상의 명이 내려지자 왁

자지껄 논란이 어지러이 일어나 왕태창王太倉과 이진강에 대한 공격이 끝나지 않았고 곤攷과 상湘에 대한 공격이 사방에서 일어나, 한 사람을 때렸다가 두 사람을 두드린다는 말이 있었다. 혹자는 홍묘紅廟에서 맹세했다고 하고 혹자는 관묘關廟에서 희생의 피를 마시며 맹세했다고도 하며 혹자는 황상께서 듣기 싫어하셨을 뿐만 아니라 왕태창의 장화를 품에 안고 통곡했다고도 했다. 이것이 관보에 베껴 전하니 모두 서로 보여주며 연회 석상의 이야깃거리로 삼고 술자리의 농담거리로 제공되었다. 태사太史 동사백董思白이 그것을 보고 '살아 있는 『수호전水滸傳』'이라 여겼는데 정말로 그렇다.

○ 계미년과 갑신년 사이에 남경급사중南京給事中 유일상劉一相과 어사 정차려丁此呂가 '순舜 임금이 우禹 임금에게 명했다'는 한림학사 고계우高啓愚의 과거시험 문제를 밝혀서 고계우는 삭탈관직을 당했다. 정차려는 폄적당해 떠났다가 나중에 대참大參에 이르렀으며 을미년 지방관 감찰에서 '신중하지 않다'는 평가로 쫓겨났다. 손부평孫富平이 다시 규명해 그의 죄를 적발하자, 정차려는 수자리로 보내졌다. 유일상은 얼마 뒤 전임 지현知縣에서 전사典史로 폄직되었고 여러 관직을 거쳐 副使에까지 이르렀는데, 경술년 지방관 승진 심사 때에 손부평이 다시 기용되어 인사를 담당하게 되면서 역시 '신중하지 않다'는 평가를 받아 벼슬을 그만두었다.

원문 言官論人

張江陵身輔沖聖, 自負不世之功, 其得罪名教, 特其身當之耳. 昔韓侂胄[63]首至金國, 完顏氏[64]葬之, 諡曰忠繆侯, 謂其忠於謀國, 繆於謀身. 今江陵功罪, 約略相當, 身後一敗塗地, 言者目爲奇貨. 如楊御史四知[65]者, 追論其貪, 謂"銀火盆三百架, 諸公子打碎玉盌玉杯數百隻," 此孰從而見之? 又謂"歸葬沿途, 五步鑿一井, 十步蓋一廬," 則又理外之談矣. 其上柱國[66]勳銜雖曾加而不受, 至歿後遂以爲贈, 乃云"生前曾拜", 以實其無將之罪, 更謬之甚者. 又云"今日皇子誕生, 加恩大臣, 使居正而在, 必進侯伯加九錫[67]矣." 從來後宮誕育, 未有恩及宰輔者, 有之實自江陵身後始, 有識者頗以爲非. 然則楊何不明糾當事之政府. 而追忖朽骨之權臣也. 疏上而籍沒之旨下矣, 楊以此附正人, 歷巡方數任, 至拜大理左少卿.

---

63 韓侂胄 : 한탁주韓侂胄, 1152~1207는 남송南宋의 정치가다. 그의 자는 절부節夫이고, 상주相州 안양安陽 사람이다. 음서로 벼슬에 나가 여주방어사汝州防御使, 의주관찰사宜州觀察使 겸 추밀도승지樞密都承旨, 태사太師, 평장군국사平章軍國事 등의 벼슬을 지냈고, 평원군왕平原郡王에 봉해진 뒤 13년 동안 정권을 좌우했다. 개희開禧 2년1206 여러 차례 금나라 토벌을 주도했지만 실패했다. 화의를 주장한 예부시랑 사미원史彌遠과 양황후楊皇后가 전쟁에 앞장섰던 사람을 잡아 보내라는 금나라의 요구에 맞추기 위해 한탁주를 살해하고 머리를 베어 금나라 조정에 보냈다.

64 完顏氏 : 금나라 제6대 황제인 장종章宗 완안영完顏環을 말한다.

65 楊御史四知 : 명대 상부祥符 사람 양사지楊四知, 생졸년 미상를 말한다. 만력 2년1574 진사가 되어 행인行人에 제수되었고 섬서도어사陝西道御史에 발탁되었으며 관직은 대리시소경大理寺少卿에 이르렀다.

66 上柱國 : 나라에 큰 공훈을 세운 사람에게 부여되는 전국시대부터 사용된 훈작勳爵의 명칭.

67 九錫 : 천자가 특별한 공로가 있는 신하에게 내리는 아홉 가지 은전恩典. 즉 거마車馬, 의복衣服, 악기樂器, 주호朱戶, 납폐納陛, 호분虎賁, 궁시弓矢, 부월斧鉞, 거창秬鬯을 말한다.

而爲給事王希泉德完⁶⁸所擊, 指爲朱璉王篆餘黨, 反面賣直, 幷及他穢狀, 調外去. 至癸巳大計, 以不謹罷, 距抗疏時十年矣. 又如戊申年一禮部郎, 論首揆朱山陰十二大罪, 其事之裝飾不足言, 至謂礦稅棍徒, 皆其家人, 所得御人之貨, 盡歸朱私橐, 此則舉朝所不信. 而又指及其座師李晉江⁶⁹, 且幷暗摘其門生詞林, 以杜後日大拜. 此又自有人授指, 然亦不恕矣. 此疏初上, 一時耳目亦覺振動, 後漸爲人所覺, 卽被彈章, 至辛亥大計, 亦坐不謹斥, 距抗疏時, 止三年耳. 戊申以後, 新咨命下, 瓦缶亂鳴, 攻太倉晉江未已, 而攻崑攻湘者四起, 有所謂單打雙敲之說. 或云紅廟設誓, 或云關廟歃血, 或云抱太倉靴腳慟哭, 不唯聖主厭聞. 而邸報抄傳, 俱相示以滋席間談柄, 供酒中笑謔. 董思白⁷⁰太史, 目之爲活『水滸傳』, 信然哉.

　○ 癸未甲申間, 南給事劉一相⁷¹御史丁此呂⁷², 諭詞臣高啓愚舜命禹

---

68 王希泉德完: 명나라 만력 연간의 대신 왕덕완王德完을 말한다.

69 李晉江: 명나라 말기에 내각수보를 지낸 이정기李廷機를 말한다.

70 董思白: 명나라 말기의 저명한 서예가인 동기창董其昌, 1555~1636을 말한다. 동기창은 송강부松江府 화정華亭 사람으로, 자는 현재玄宰이고, 호는 사백思白 또는 사옹思翁이며, 별호는 향광거사香光居士다. 만력 17년1589에 진사가 되었고, 벼슬은 한림원편수, 호광제학부사湖廣提學副使, 하남참정河南參政, 태상소경太常少卿 등을 거쳐 남경예부상서에 이르렀다. 광종光宗 때에『명신종실록』편찬에 참여했다. 산수화를 잘 그렸고, 그의 그림과 화론畫論은 명말청초明末淸初 화단畫壇에 큰 영향을 주었다. 시호는 문민文敏이다.

71 劉一相: 유일상劉一相, 1542~1624은 명나라 말기의 대신으로, 자는 유형惟衡이고 호는 정소靜所 또는 경양頃陽이다. 산동 장산長山 사람이다. 만력 7년1579 진사가 되어, 산서 택주澤州 고평현高平縣 지현知縣, 남경 이과급사중, 형부랑중, 사천 포정사 참의參議, 섬서 안찰사 부사副使 등의 벼슬을 지냈다. 만력 37년1609 사직하고 귀향했다.

72 丁此呂: 정차려丁此呂, 생졸년미상는 명나라의 관리다. 그의 자는 우무右武이고, 강서 신건현新建縣 사람이다. 만력 5년1577 진사가 되어, 장주漳州 추관推官, 태복승太僕丞, 절강우참정浙江右參政 등의 벼슬을 지냈다. 장거정의 잔당을 몰아내고 서작徐爵과 유칠

題, 高坐削官奪告身[73]. 丁謫去, 後至大參, 乙未大計, 以不謹斥. 孫富平[74]復追劾之, 坐遣戍. 劉尋以前任知縣謫典史, 歷任至副使, 庚戌大計, 富平再起掌銓, 亦以不謹罷之.

游七을 주살했다. 나중에 승진 심사에서 파면되었지만 다시 체포되어 하옥되었다가 변방으로 수자리를 갔다.

73 告身 : 조정에서 벼슬을 임명하기 위해 내리는 사령서

74 孫富平 : 명나라 후기의 대신 손비양孫丕揚, 1532~1614을 말한다. 손비양의 자는 숙효叔孝이고 섬서陝西 부평富平 사람이다. 가정 35년1556 진사가 되어 행인行人, 어사御史, 대리승大理丞, 우첨도어사右僉都御史, 형부상서, 이부상서 등의 관직을 역임했다. 사후에 태보太保로 추증되었고, 시호는 공개恭介다.

금상 을유년에 왕태창이 문연각에 들어가면서부터 먼저 신오현申吳縣과 허흡현許歙縣을 임명했는데 모두가 남직례南直隸 사람이었으니 매우 기이한 일이다. 하지만 제일 아래 재상 왕산음王山陰은 진晉 땅 사람이었다. 병술년에 왕산음이 부모상을 당해 떠났다가 신오현, 허흡현, 왕태창 이 세 공이 함께 일한 지 3년이 되어서야 왕산음이 비로소 다시 기용되었다. 그 후로 무술년 가을 차규次揆 장신건張新建이 죄를 얻어 떠나면서 수규首揆의 자리는 조란계趙蘭谿에게 돌아가고 차규로는 심사명沈四明이 되었는데 두 공 모두 절강 사람이었다. 함께 일한 지 얼마 안 되어 조란계는 병으로 사저에서 몸져누워 내각에 들어가지 못하고 심사명 홀로 재상 일을 했지만, 재상의 이름을 나란히 적어 매번 상소나 게첩揭帖을 올릴 때는 여전히 조란계를 맨 앞에 두었다. 약 3년이 지나 조란계가 재임 중에 죽었다. 또 무신년 겨울에는 수규 주산음朱山陰이 죽어서 수규의 자리가 이진강李晉江에게 돌아가고 차규로는 섭복청葉福淸이 되었는데 민閩 땅 사람인 두 공이 함께 일하게 되었다. 그러나 이진강은 이미 진무묘眞武廟로 옮겨 황상께서 놓아주기를 기다리며 다시 거처로 돌아오지 않아서 섭복청 홀로 재상 일을 했지만 상소와 게첩을 올릴 때는 예전처럼 맨 위에 이진강의 이름을 적었다. 대략 5년이 지나서야 이진강의 요청이 받아들여져 벼슬을 그만두었다. 앞뒤로 절강과 민 땅의 네 공은 모두 동향이자 과거급제 동기이자 함께 재상을 했지만, 수규가 된 자는 모두 방해를 받아 뜻을 펼치지 못했다. 대체로 경로와 추세를 원래 서로 도모하지 않아서 고향이 오히려 멀리 떨어져 있는 것이다. 을 유년부터 병술년까지처럼 세 재상이 같은 마음을 먹으려 했다면 그렇게 될 수 없었다.

원문 **浙閩同時柄政**

自今上乙酉進王太倉於文淵閣, 而先任申吳縣[75], 許歙縣[76], 同爲南直人, 最爲奇事. 然末相王山陰[77], 則晉人也. 至丙戌, 山陰憂去, 申許王三公, 同事者三年, 而山陰始復起. 此後則戊戌之秋, 次揆張新建[78]得罪去, 首揆屬趙蘭谿[79], 次揆爲沈四明, 兩公俱浙人. 同事未幾, 趙臥病邸第, 不入閣. 四明獨相, 然列名元輔, 每進疏揭[80], 仍以趙冠之. 凡三年而蘭谿卒於位. 又至戊申之冬, 則首揆朱山陰卒, 而首揆屬李晉江, 次揆爲葉福淸[81], 兩公俱閩人同事. 而晉江已先遷眞武廟[82]待放, 不復還寓. 福淸獨

---

75 申吳縣 : 명대 만력 연간에 내각수보를 지낸 신시행申時行을 말한다.
76 許歙縣 : 명나라 후기 내각대신을 지낸 허국許國을 말한다.
77 王山陰 : 명대 만력 연간에 내각수보를 지낸 왕가병王家屛을 말한다.
78 張新建 : 장위張位를 말한다.
79 趙蘭谿 : 명 만력 연간 내각수보를 지낸 조지고趙志皐를 말한다.
80 揭 : '게揭'는 명대 상소문 형식 중 하나로 두 가지 종류가 있다. 하나는 내각대신이 황제에게 바치는 비밀문서인 '밀게密揭'이고, 다른 하나는 제題, 주奏, 계啓의 사본인 '게첩揭帖'이다. 명대에는 신하가 올린 상소문 원본 이외에 반드시 사본을 작성해 관련 부서에 보내는 규정이 있었다.
81 葉福淸 : 명나라 만력 연간과 천계 연간에 내각수보를 지낸 섭향고葉向高를 말한다.
82 眞武廟 : 명나라 때 세워진 도교 사원. 진무묘眞武廟는 지금의 북경 방산구房山區 불자장향佛子莊鄉에 있다. 진무대제眞武大帝와 벽하원군碧霞元君을 모시는 두 개의 대전과

相, 其進疏進揭, 仍列李名於首如往事. 凡五年, 而晉江始得請謝政. 前後浙閩四公, 俱同鄉同年並相, 而爲首者俱見扼不展. 蓋途徑趨向, 本不相謀, 卽桑梓猶胡越也. 欲如乙酉丙戌間, 三相同心, 不可得矣.

좌, 우 양측에 있는 4개의 곁채로 구성되어 있다.

번역 민현閩縣 임씨林氏 가문의 번성

　왕엄주王弇州는 미담을 다음과 같이 기록했다. "민현에 남경병부상서 南京兵部尚書 임한林瀚이 있는데, 임한의 아들은 남경예부상서南京禮部尚書 임 정기林庭機이고 임정기의 아들은 남경예부상서 임렴林燫으로 3대가 육경 六卿을 지낸 것은 현 왕조에서 이 집안뿐이다. 또 모두 한림학사였고 모 두 좨주祭酒를 지내 매우 번성했다. 그 뒤 임렴의 동생 임경林熞도 남경 공부상서南京工部尚書에 제수되었고, 임한의 맏아들 임정앙林庭㭿도 그 이 전에 남경공부상서가 되었으니 대체로 3대 동안 합쳐서 형제 5명이 모두 상서에 올랐다. 모두 장수해 생을 마감했고 공적으로도 사적으로 도 비난 받은 적이 없으며 또 4명이 시호를 얻었으니 이는 전대미문의 일이다." 부자가 재상을 지낸 경우로는 남충南充 사람 진이근[陳以勤, 시호 는 문단文端]과 그의 아들 진우폐[陳于陛, 시호는 문헌文憲]가 있는데, 현 왕조의 유일한 집안이지만 또한 왕엄주가 기록하지 못했다.

　○ 근래에 여요餘姚 사람 손수孫燧는 부도어사副都御史로 죽어 상서에 추증되었고, 손수의 아들 손승孫陞은 예부상서였으며, 손승의 아들 손 롱孫鑨은 이부상서, 손정孫鋌은 예부시랑禮部侍郎, 손종孫鏓은 태상시경太常 寺卿, 손광孫鑛은 남경병부상서였으니 또한 임씨 가문에 견줄 만하다.

弇州紀盛事, 謂"閩縣有南京兵部尙書林瀚[83], 瀚子南京禮部尙書庭機[84], 機子南京禮部尙書㮣[85], 三代六卿, 在本朝只一家. 又俱係詞林, 俱爲祭酒, 以爲絕盛矣. 其後㮣弟熑[86]又拜南京工部尙書, 而瀚長子庭㭎[87]又先爲南京工部尙書, 蓋三世昆季共五人, 俱登八座. 壽考令終, 無公私之謗,

---

83 林瀚: 임한林瀚, 1434~1519은 명나라 복건福建 민현閩縣 사람으로, 자는 형대亨大고 호는 천산泉山이다. 성화成化 2년1466 진사進士가 되어 서길사를 거쳐 편수編修에 임명되었다. 성화 11년1475 『통감강목通鑑綱目』의 편찬에 참여했다. 정덕 원년1506 남경병부상서가 되었다. 사후에 태자태보太子太保로 추증되었고 시호는 문안文安이다.

84 庭機: 임한의 막내 아들 임정기林庭機, 1511~1587를 말한다. 임한의 자는 이인利仁이고 정덕 6년1511 민현 임포향林浦鄉에서 태어났다. 가정 14년1535 진사가 되어 서길사, 검토檢討, 사업司業, 남경좨주南京祭酒 등을 거쳐 공부상서에 이르렀다. 만력 9년1581 향년 76세로 세상을 떠났다. 태자태보로 추증되었고 시호는 문희文僖다. 아들로 임렴林㮣과 임경林熑이 있다.

85 㮣: 임정기의 맏아들 임렴林㮣, 1524~?을 말한다. 가정 26년1547 진사가 되어 서길사, 검토, 수찬修撰, 국자감좨주, 태상시경, 공부상서, 예부상서 등의 관직을 역임했다. 융경 원년1567 『세종실록世宗實錄』 편찬의 부총재副總裁를 맡았다. 만력 8년1580 향년 56세로 부친보다 먼저 세상을 떠났다. 사후에 태자태보로 추증되었고 시호는 문각文恪이다.

86 熑: 중화서국본과 상해고적본 『만력야획편』에 모두 '연熑'으로 되어 있는데, 『명신종실록』에는 임정기의 아들로 임경林熑을 언급하고 있고, 『명사』에서는 임경이 임정기의 둘째 아들이자 임렴林㮣의 동생이라고 언급하고 있다. 이에 근거해 '연熑'을 '경熑'으로 수정했다. 〖역자 교주〗 ◉ 임경林熑: 1540~1616의 자는 정요貞耀이고 호는 중산仲山이다. 공부상서를 지낸 임정기의 둘째 아들로, 임렴林㮣의 동생이다. 가정 41년1562 진사進士가 되어 호부주사, 태복소경太僕少卿, 남경공부상서南京工部尙書 등을 역임했다.

87 庭㭎: 임한의 아들 임정앙林庭㭎, 1472~1541을 말한다. 임정앙의 자는 이첨利瞻이고 복주福州 임포 사람이다. 홍치 12년1499 진사가 된 뒤 병부주사, 직방낭중職方郎中, 소주지부蘇州知府, 운남포정사좌참정雲南布政司左參政, 우부도어사右副都御史 등의 관직을 거쳐 공부상서 겸 태자태보가 되었다. 사후에 소보少保로 추증되었고 시호는 강의康懿다.

且四人得諡, 恐前代亦未有." 若父子宰相, 則有南充陳文端以勤[88]子文
憲于陛,[89] 本朝僅一家, 亦弇州所未及紀也.

○ 近日餘姚孫燧[90], 以副都御史死事贈尙書, 燧子陛[91]禮部尙書, 陛子
鑨[92]吏部尙書, 鋌[93]禮部侍郞, 鑅[94]太常寺卿, 鑛[95]南京兵部尙書, 亦堪並

88 陳文端以勤 : 명나라 중후기의 대신 진이근陳以勤, 1511~1586을 말한다. 그의 자는 일보
逸甫이고 호는 송곡松谷이며 청거산인靑居山人이라는 별호도 있다. 사천 순경부順慶府
남충현南充縣 사람이다. 가정 20년1541 진사가 되어 서길사, 수찬, 시독학사侍讀學士,
태상경太常卿, 예부좌시랑, 예부상서, 무영전대학사 등의 관직을 역임했다. 내각 수
보인 고공高拱과 의견이 맞지 않아 벼슬을 그만두고 귀향했다. 사후에 태보太保로
추증되었고 시호는 문단文端이다.
89 文憲于陛 : 명대의 관리인 진우폐陳于陛를 말한다. 문헌文憲은 진우폐의 시호다.
90 孫燧 : 손수孫燧, 1460~1519는 명나라 중기의 대신이다. 절강浙江 여요餘姚 사람으로, 자
는 덕성德成이고 호는 일천一川이다. 홍치弘治 6년1493 진사進士 출신으로 형부주사,
낭중郞中, 하남우포정사河南右布政使, 우부도어사右副都御史, 강서순무江西巡撫 등의 벼슬
을 역임했다. 사후에 예부상서禮部尙書로 추증되었고 시호는 충렬忠烈이다.
91 陛 : 충신忠臣 손수孫燧의 막내아들 손승孫陛, 1501~1560을 말한다. 손승의 자는 지고志高
이고, 호는 계천季泉이며, 절강浙江 여요餘姚 사람이다. 가정 14년1535 진사進士에 급제
해, 한림원편수翰林院編修, 응천부향시고관應天府鄕試考官, 국자감좨주國子監祭酒, 남경예
부상서南京禮部尙書 등의 벼슬을 역임했다. 사후에 태자소보太子少保로 추증되었고,
시호는 문각文恪이다.
92 鑨 : 남경예부상서를 지낸 손승孫陛의 맏아들 손롱孫鑨, 1525~1594을 말한다. 손롱의 자
는 문중文中이고 호는 입봉立峰이며 절강 여요 사람이다. 가정 35년1556 진사가 되어
무고주사武庫主事, 문선낭중文選郞中, 광록경, 남경이부상서, 이부상서 등의 벼슬을
역임했다. 사후에 태자태보로 추증되었고 시호는 청간淸簡이다.
93 鋌 : 손승의 둘째 아들 손정孫鋌, 1528~1570을 말한다. 손정의 자는 문화文和이고 호는
정봉正峰 또는 전봉前峰이며 절강 여요 사람이다. 가정 32년1553 진사가 된 뒤 서길사
, 편수, 좌춘방좌중윤左春坊左中允, 국자감좨주 등의 벼슬을 거쳐 남경예부우시랑南京
禮部右侍郞에 이르렀다.
94 鑅 : 손승의 셋째 아들 손종孫鑅, 1537~1592을 말한다. 손종의 자는 문병文秉이고 호는
학봉鶴峰이며 절강 여요 사람이다. 융경 2년1568 진사가 된 뒤 복건도감찰어사福建道
監察御史, 강서제학부사江西提學副使, 하남우포정사河南右布政使 등의 벼슬을 거쳐 태복
시경太僕寺卿에 이르렀다.

美林氏.

[번역] 심사명沈四明의 동향 사람

심사명은 관직에 있을 때 서북 지역과 화합하지 못했고 동향 사람을 특히 박대했다. 당시 절강의 이름난 석학으로 심사효[沈思孝, 자는 계산繼山]가 특히 유명했는데 다만 손부평孫富平과 서로 척을 져서 오랫동안 나오지 않았다. 임인년 겨울 심귀덕沈歸德이 차규次揆가 되어 처음 부임했는데, 두 사람이 교류한 지 얼마 안 된 어느 날 심사명에게 "공의 고향 사람이자 또 과거시험 동기인 사마司馬 심사효라는 자는 마땅히 조속히 기용해야 합니다. 나의 고향 사람 여곤[呂坤, 호는 신오新吾]도 마땅히 나와야 합니다"라고 말했다. 심사명이 불끈 화를 내며 "여곤이 기용되어야 하는 것은 말할 필요가 없지만, 사마 심사효에 대해서는 내가 감히 따르지 못하겠습니다"라고 말했다. 일이 결국 없던 일이 되었다. 사구司寇 여곤은 손부평의 후대를 받았고 사마 심사효와 다투다가 태재太宰에게 함께 파면되었는데, 심사명이 서북 지역과 좋은 관계를 맺으려고 심사효를 누르고 여곤을 높였던 듯하다. 심사명은 그에게 심사효의 부족함을 따져 말했지만 여전히 서북 지역에 자리를 주지는 않았다. 당시 심사명과 가장 사이가 좋았던 자들은 촉 땅 사람 급사중 전몽고錢夢皐와 어사 장사거張似渠, 제齊 땅 사람 어사 강비양康丕揚이었고, 절강 사람으로는 궁윤宮允 진지룡陳之龍, 급사중 요문울姚文蔚, 급사중 종조두鍾兆斗, 이부 하찬연賀燦然으로 모두 교분이 두터웠다. 하지만 마음과 뜻을 서로 존중해서 그런 것이지 고향 사람이기 때문은 아니었다.

沈四明在事, 與西北不治固也, 而待同鄉尤薄. 時浙之名碩惟沈繼山思孝[96]尤著, 特以與孫富平相搆, 久不出. 壬寅冬, 沈歸德爲次揆, 初抵任, 兩人交尙未離, 一日謂四明曰, "公之里人又貴同年如沈繼山司馬者, 宜亟用之. 吾同里門人之呂新吾坤[97], 亦宜一出." 四明怫然曰, "呂之當起不必言, 若沈司馬者吾不敢聞命." 事遂已. 蓋呂司寇爲富平所厚, 與沈司馬爭爲太宰同罷, 四明方欲結歡西北, 故抑司馬以伸司寇. 究之司馬絀, 而四明仍不爲西北所與也.

時四明最善者, 如蜀人錢給事夢皋張御史似渠齊人康御史丕揚[98], 若浙人則有陳宮允[99]之龍姚給事文蔚[100]鍾給事兆斗賀吏部燦然[101], 俱稱契厚. 然自以聲氣相引重, 非關桑梓也.

---

96 沈繼山思孝 : 명나라 후기의 관리 심사효沈思孝를 말한다.

97 呂新吾坤 : 명 만력 연간의 관리 여곤呂坤을 말한다.

98 康御史丕揚 : 강비양康丕揚, 1552~1632의 자는 사우士遇이고 호는 양한驤漢이며 산동 능현陵縣 사람이다. 만력 20년1592 진사가 되어 보지현寶坻縣 지현知縣, 산서순안山西巡按, 요양순안遼陽巡按 겸 학정學政 등의 벼슬을 역임했다.

99 宮允 : 첨사부詹事府 좌, 우 중윤의 별칭.

100 姚給事文蔚 : 명나라 후기의 관리 요문울姚文蔚, 생졸년 미상을 말한다. 그의 자는 양곡養穀이고 절강 전당錢塘 사람이다. 만력 20년1592 진사가 되어 서길사, 도급사중都給事中, 남경南京 태복시소경太僕寺少卿 등의 벼슬을 역임했다.

101 賀吏部燦然 : 명나라 후기의 관리 하찬연賀燦然, 생졸년 미상을 말한다. 그의 자는 백암伯闇이고 호는 도성道星 이며 절강 평호平湖 사람이다. 만력 23년1595 진사가 되었다. 만력 33년1605 이부원외랑吏部員外郎이던 하찬연은 감찰받은 언관과 권신 온순溫純을 비난하는 상소를 올렸다가 품계가 강등되고 변방 지역으로 좌천되었다.

번역 재상 이온릉李溫陵

　　정미년 내각 대신은 주산음 한 사람뿐이었는데 아직 수보首輔의 칭호를 얻지 못했다. 황상께서는 귀향해 있던 옛 재상 왕태창과 종백宗伯 우동아于東阿를 기용하고, 섭복청葉福淸을 남경에서 불러들이셨으며, 이온릉李溫陵은 현임 태종백太宗伯으로 함께 내각에 들어갔다. 당시 왕태창은 출사하지 않았고 섭복청은 아직 도착하지 않았으며 우동아는 북경에 도착해 알현한 지 3일 만에 죽었고, 이온릉만이 바로 내각으로 가 일을 처리했다. 이에 앞서 천거할 때 이온릉을 공격하는 언관들이 무수히 많았지만 황상께서 여론을 거슬러 그를 기용했다고 하지는 않는다. 하루아침에 주산음과 둘이서 함께 일하게 되자 사람들이 더욱 분노하고 두려워하며 그를 더욱 심하게 비난했다. 얼마 안 되어 섭복청이 도착하자 이온릉은 두문불출하며 벼슬에서 물러날 것을 청했다. 주산음이 또한 재임 중에 죽어 이온릉이 수규를 맡아야 했지만 그에 대한 공격이 다시 집중되었다. 이온릉이 마침내 출사하지 않기로 마음을 정해서 섭복청 홀로 재상 일을 하게 되었다. 의론하는 자들은 이온릉에 대한 황상의 총애가 아직 없어지지 않은 것이 여전히 두려워 그를 재빨리 쫓아냈다. 이온릉은 마침내 연상소演象所의 진무묘眞武廟로 옮겨 거처하며, 모두 가족에게 보내서 반드시 떠날 거라는 뜻을 나타냈다. 무신년부터 임자년까지 객지에 머문 지 5년 만에 비로소 벼슬에서 물러나겠다는 청이 받아들여졌다. 인심이 이미 가까이 하지 않고 대권도 관계없으며 추울 때도 더울 때도 문을 닫고 나오지 않으니 더 이상 그 집을 엿보는 이가 한 사람도 없었다. 그가 과거시험을 주관할 때 제일로 평가해 이미 한림원에서 방국坊局에 오른 자가 더 사람들에게 그를 비방하고 헐뜯어 대의를 위해서는 부모 형제도 돌보지 않는다는 뜻을 분명히 했다. 이온릉은 평소 너그럽지 않은 성품이었는데 이때에는 오히려 태연히 특별하게 여기지 않았다. 그와 동향인 한 진강晉江 사람이 현령이었다가 중앙의 공부랑工部郞으로 불려 들어와 창고를 관리하게 되었는데, 평소 이온릉을 책임지고 잘 돌보았다. 마침 무더운 여름에 진무묘의 지세가 낮고 좁아서 이온릉이 그에게 창고의 남는 목재로 차양을 만들어 해를 가려 달라고 부탁했다. 그가 일을 마치고 문을 나서다가 우연히 옛 친구를 만나게 되었는데 그를 보고는 질겁해 안색이 변해서는 그에게 비밀로 하고 말하지 말라고 애원했으니, 당시 인심의 경향을 알 수 있다. 예로부터 모욕을 당한 재상도 많지만, 이름을 수규에 올리지도 않았는데 황폐한 집에 거하며 재평가 기간을 거의 다 채우도록 이 정도로 쇠락한 자도 역사서에 보이지 않는다. 공부랑은 나중에 어사가 되어 양회兩淮 지역의 소금 관련 업무를 시찰하러 나갔다가 뇌물을 받아서 좌천되어 수자리로 보내졌다.

○ 이온릉이 진무묘에 거한 5년 동안 사직을 청하는 상소가 거의 70차례 올라갔는데, 상소문마다 하나의 의론이 있고 애당초 중복되지 않았으며 문장의 뜻이 훌륭하고도 분명했으니 진실로 노련한 문장가이다. 안타깝게도 당시에 대충 읽어보고 기록해두지 않았지만 그것을 살

펴보면 문장의 변화와 재능 있는 자의 마음 씀을 잘 알 수 있다.

원문 李溫陵[102]相

丁未歲, 閣臣獨朱山陰一人, 尙未得稱首輔. 上起故相王太倉宗伯于東阿於家, 召葉福淸於南部, 李溫陵以現任晉太宗伯[103], 同入閣. 時王不出, 葉召未至, 于抵京見朝三日而歿, 惟李卽赴閣辦事. 先是推擧時, 言路攻李者矢如蝟毛, 不謂上違衆用之. 一旦與朱兩人共事, 衆益忿懼, 詆之愈厲. 未幾葉至, 李杜門乞身. 朱亦卒於位, 李當首揆, 攻者矢石復集. 李遂決計不出, 而葉獨相矣. 議者尙恐上眷李未衰, 逐之轉急. 李遂移居演象所[104]之眞武廟, 悉遣家累, 以示必去. 自戊申至壬子, 旅居五年, 而始得請. 物情旣不附, 大權又不關, 寒暑閉門, 更無一人窺其庭. 卽其衡文所首擧, 已在詞林登坊局者, 更對衆訕詈之, 以明大義滅親. 李性素褊, 至是却恬然不以爲異. 有一同邑晉江士人, 從邑令行取[105]爲工部郎管廠, 平日荷李提挈不淺. 適當酷暑, 眞武廟地湫隘, 李乞其廠中餘材, 搭一席篷遮日. 畢事出門, 偶遇舊友, 見之惶駭無人色, 哀祈其祕弗言, 則一時人心趨向可知矣. 古來宰相受侮者亦多, 未有名列首揆, 身居敗屋, 幾滿再考, 淪落無聊至此者, 亦史冊所未睹也. 工部郎後改臺員, 出視淮豰,

---

102 李溫陵 : 이정기李廷機를 말한다.
103 太宗伯 : 예부상서의 별칭으로, 대종백이라고도 한다.
104 演象所 : 코끼리를 기르고 훈련시키던 곳으로 상방象房이라고도 했다.
105 行取 : 명청 시기에 지방관 중에서 치적治積이 훌륭한 사람을 중앙관으로 불러들이던 것을 말한다.

以簠簋落職遣戍.

○ 晉江公居破廟五年, 乞歸之疏幾七十上, 每篇有一議論, 初不重複, 且詞理燦然明白, 眞是文家老手. 惜當時草草閱過, 不曾錄得, 視之亦可以悉文章之變態, 才士之用心.

번역 동왕東王과 서왕西王, 동리東李와 서리西李

　선덕 연간 초기에 세 양공楊公이 재상으로 함께 내각에 있었다. 양사기楊士奇는 태화泰和 사람이라 '서양西楊'이라 불렸고, 양영楊榮은 건안建安 사람이라 '동양東楊'이라 불렸으며, 양부楊溥는 석수石首 사람이라 '남양南楊'이라 불렸다. 얼마 안 되어 두 왕씨王氏가 한림원의 동료로써 함께 황제의 명을 관리하고 더불어 상서에 이르렀다. 왕영王英은 강서江西 금계金谿 사람이라 '서왕西王'이라 불렸고, 왕직王直은 강서 태화 사람이라 '동왕東王'이라 불렸다. 대체로 그들의 저택에서 명칭이 생겨난 것으로 도성 사람들이 지칭한 것에 지나지 않을 뿐이다.

　금상 을유년에 두 왕씨가 같은 날 재상에 제수되었다. 왕석작은 남직례 태창太倉 사람이라 '동왕'이라 불렸고, 왕가병王家屛은 산서 산음山陰 사람이라 '서왕'이라 불렸다. 또한 지역을 가지고 말한 것이다. 속칭은 물론이고 황상께서 궁중에서 태감과 시녀를 대할 때에도 두 공이라 불렸으니 지나치다고 할 수 있다. 또 목종께서 잠저潛邸에 계실 때의 정비正妃 이씨李氏는 직례直隸의 기주冀州 사람인데 먼저 붕어해 융경 연간에 효의황후孝懿皇后라는 존호尊號를 봉해 바쳤다. 이씨의 집이 동성東城에 있어서 사람들이 '동리東李'라고 불렸다. 금상의 생모 자성황태후는 산서 익성翼城 사람인데 황귀비로 궁에 들어가 태후의 존호를 더했다. 원래 '동리'를 따라 궁에 들어가서 두 황후의 관계가 매우 돈독했는데, 도성 사람들이 '서리西李'라 불렸다고 한다.

원문 東西王李

宣德初年, 三楊相公同在閣. 士奇爲泰和人, 號西楊, 榮爲建安人, 號東楊, 溥爲石首人, 號南楊. 未幾二王同官詞林, 對掌制誥, 並至尙書. 英爲江西金谿人, 號西王, 直爲江西泰和人, 號東王. 蓋從居第得名, 不過都人所指稱耳.

至今上乙酉, 二王同日大拜. 錫爵爲南直太倉人, 號東王, 家屛爲山西山陰人, 號西王. 又以地言也. 無論俗稱, 卽上宮中對大璫女侍, 亦以呼二公, 可謂過矣. 又穆宗潛邸, 正妃李氏, 直隷冀州人, 先崩, 隆慶間進封尊號, 卽孝懿皇后也. 其家東城, 人稱之爲東李. 今上生母慈聖皇太后, 山西翼城人也, 以皇貴妃進加尊號太后, 故從東李入內, 兩家修好甚至. 都人目之爲西李云.

내가 알기에는 금상을 보좌하는 재상 중에 처신이 청렴하고 악행을 몹시 싫어하는 자로 재상 왕태창만한 이가 없다. 갑신년 담제禪制 중에 재상으로 기용되어 가기도 전에, 향시, 회시, 전시에서 연속으로 1등을 해 신미년 진사가 되고 오 지역 상숙常熟의 현령을 지낸 적 있는 어느 석평席平 사람이 문장을 써서 축하하며 "태창공께서는 원성元聖이시니, 공을 애형愛荊에 봉해 성업聖業을 열게 되었습니다"라고 말했다. 왕태창이 크게 노하여 즉시 상소를 올려 그를 탄핵하고자 했지만 왕엄주王弇州 공이 강력히 권해 그만두었다. 북경에 막 도착했을 때 몽음蒙陰 사람으로 회안부淮安府의 동지同知가 된 공일양公一楊이라는 자는 본래 기미년 진사로 낭중에서 여러 차례 승진을 못하자 이때 상소를 올려 진언하면서 사적인 서신을 보내와 불쌍히 여겨 달라 청했다. 왕태창이 그 서신까지 함께 황상께 올려서 동지가 쫓겨나 떠나자, 당시 백관들이 위엄 있는 모습으로 "거의 양관楊綰과 두황상杜黃裳의 풍모에 가깝구나"라고 말했다. 황제 생전에 미리 만들어 두는 무덤인 수궁壽宮 사건으로 소경少卿 세 명을 탄핵하면서 점차 언관들과 사이가 안 좋아졌다.

무자년에 그의 아들 왕진옥王辰玉이 향시에 1등으로 합격하자, 고계高桂와 요신饒伸이 시험의 불공정을 제기하는 사건이 일어나 의론이 분분해졌다. 대체로 시험을 주관한 장주長洲 출신의 한 소재少宰와 나의 동향 출신 태자궁 첨사가 다투어 추천 기용해 그 일을 꾸미면서 태자궁 첨사를 쫓아냈다. 왕진옥은 재주가 매우 뛰어나 두 번째 시험에서도 여전히 1등을 차지했는데 태자궁 첨사가 아직 그 지위에 있었다. 이에 언관들이 들고 일어나 총헌總憲의 태자궁 우첨사까지도 나쁜 평판을 받았다. 그런데 왕태창은 태자궁 첨사와 매우 사이가 좋지 않았고 그 상황을 아는 사람이 꽤 있었다. 그저 당시 공석이었던 이과도급사중의 자리는 자질과 경력으로 보면 택주澤州 사람 장양몽[張養蒙, 호는 원충元沖]이 되어야 했고 절중浙中 출신의 한 급사중이 그 다음이었는데 인망이 장양몽에 크게 못 미쳤다. 하지만 그는 왕태창이 갑술년 회시에서 1등으로 뽑은 사람이라 은밀하게 그 자리를 차지했다. 장양몽은 공과도급사중에 임명되었다가 이듬해 또 하남참정河南參政으로 나갔다. 장양몽 역시 왕태창이 정축년에 가르쳤던 서길사 문하생이자 또 신오문申吳門이 주시험관일 때의 문하생인데 왕태창이 자기 사람을 후대하느라 일부러 그를 억압했다고 말했기 때문에 또 그를 쫓아내었다. 억울함을 풀 수 없자 그 노여움이 수규 신오문에게로 옮겨갔다. 장양몽은 사람들의 기대를 등에 업고 서북 지역 관리들의 영수가 되었다가 얼마 후 참정參政에서 경경冏卿이 되었고 첨원僉院, 부원副院, 사농司農에까지 이르렀는데 의론을 주관한 지 10여 년 되었다. 손부평孫富平과 장신건張新建이 불구대천의 원수가 된 것도 사농 장양몽의 일에서 시작되었는데, 그 화가 지금까지 이어 내려와 더더욱 갈등이 끝날 날이 없다고 한다.

○ 왕태창공이 공일양이 뇌물을 준 것을 고발하면서 굳이 악행을 미워한다고 말한 것은 너무 지나치다고 생각한다. 나중에 남의 흉내를

냈다가 발각된 자가 잇따라 점차 더 이상 올바른 사람이 나오지 않게 되니 더더욱 왕태창 쓸데없이 이 일을 했다고 느끼게 된다. 근래에 새긴 문숙공집文肅公集에 이 상소가 수록되지 않았고 묘지墓誌와 행장行狀에도 이 거동을 적지 않았으니, 왕태창이 생전에 이미 그의 원고를 줄인 것으로 생각된다.

원문 **太倉相公**

今上輔相中, 以予所知, 持身之潔, 嫉惡之嚴, 無如王太倉相公. 甲申歲從禫制[106]中起家入相, 未行, 有席平人連三元[107]者, 辛未進士, 曾爲吳之常熟令, 作文賀之. 謂太倉爲元聖, 封公愛荊爲啓聖. 王大怒, 卽欲露章劾之, 爲弇州公力勸而止. 甫至京, 而有蒙陰[108]人, 淮安府同知公一楊者, 故己未進士, 從郞署[109]屢蹶, 至此具疏建白, 而以私書相干, 且行請乞憐. 王幷其書上之, 同知坐斥去, 一時百辟凜然, 謂庶幾楊綰[110]杜黃

---

106 禫制 : 대상大祥을 지낸 다음다음 달 하순에 지내는 담제禫祭 이후 길제吉祭 전까지의 상중喪中 기간.

107 三元 : 향시의 1등인 해원解元, 회시의 1등인 회원會元, 전시의 1등인 장원壯元을 말한다.

108 蒙陰 : 명대에 산동 청주부靑州府에 속한 몽음현蒙陰縣으로, 지금의 산둥성 린이[臨沂] 시에 있다.

109 郞署 : 낭중郞中. 명대 6부 청리사낭관淸吏司郞官의 별칭.

110 楊綰 : 양관楊綰, 718~777은 당나라 중기의 명상名相으로, 자는 공권公權이고, 화주華州 화음華陰 사람이다. 당 현종 때 진사에 급제해 태자정자太子正字에 제수되었고, 그 뒤 직방낭중職方郞中, 중서사인, 예부시랑禮部侍郞, 중서시랑, 동평장사同平章事 등의 벼슬을 지냈다. 사후에 사도司徒로 추증되었고 시호는 문간文簡이다.

裳[111]之風. 卽因壽宮事劾三少卿, 漸與諸建言者不諧.

至戊子而乃子辰玉[112]發解[113], 高饒事[114]起, 議者紛紛. 蓋長洲一少宰, 與吾鄕宮詹[115]主試者爭進用, 搆成其事, 以逐宮詹. 辰玉才實高, 覆試仍冠其曹, 而宮詹尙在位. 於是言者曹起, 幷總憲之右宮詹者, 亦被惡聲矣. 然太倉與宮詹實不厚, 頗有知其狀者. 惟其時吏垣都諫[116]缺, 其資俸當屬澤州張元沖養蒙,[117] 而浙中一給事卽其次, 人望大不及張, 然爲太倉

---

111 杜黃裳 : 두황상杜黃裳, 738~808은 당나라의 재상을 지낸 인물로, 자는 준소遵素이고 경조군京兆郡 만년현萬年縣 사람이다. 진사에 급제한 뒤 시어사侍御史, 태상시경太常寺卿, 문하시랑門下侍郞, 동중서문하평장사同中書門下平章事 등의 벼슬을 역임했다. 당 순종順宗 때 빈국공邠國公에 봉해졌다. 원화元和 3년808 세상을 떠난 뒤 사도로 추증되었고 시호는 선헌宣獻이다.

112 辰玉 : 명나라 만력 연간에 내각수보를 지낸 왕석작의 아들 왕형王衡, 1562~1609을 말한다. 왕형의 자는 진옥辰玉이고 호는 구산緱山이며 서명은 형무실주인蘅蕪室主人이다. 명대 남직례 소주부蘇州府 태창太倉 사람이다. 만력 16년1588 향시에 1등으로 합격했지만 부친이 내각대학사 왕석작이라는 이유로 시험의 불공정성이 제기되자 부친이 조정에 있는 동안 과거를 보지 않기로 했다. 만력 29년1601 왕석작이 벼슬에서 물러난 뒤 바로 회시를 치르고 진사에 급제해 한림원편수翰林院編修에 제수되었다.

113 發解 : 명청 시기에 과거 시험 중 향시에 합격해 거인擧人이 된 것을 말한다.

114 高饒事 : 왕석작의 아들 왕형이 순천부順天府 향시에서 1등을 하자, 예부낭관禮部郞官 고계高桂와 형부주사 요신饒伸이 시험의 불공정성이 의심된다는 상소를 올려 재시험을 칠 것을 건의했다. 왕석작은 매우 분개해 이 일을 해명하는 상소를 연이어 올렸고, 재시험 결과 왕형이 여전히 1등을 차지했다. 그 결과로 인해 요신은 하옥되고 관적이 박탈되었으며, 고계는 변방으로 폄적되었다.

115 宮詹 : 태자궁의 첨사詹事 즉, 태자궁에 속한 좌춘방서자左春坊庶子, 우춘방서자右春坊庶子, 유덕, 중윤, 찬선의 통칭이다.

116 吏垣都諫 : 이과도급사중을 말한다. 이원吏垣은 이과吏科, 도간都諫은 도급사중都給事中의 속칭이다.

117 張元沖養蒙 : 명나라 만력 연간의 대신인 장양몽張養蒙,?~1602을 말한다. 장양몽의 자는 태형泰亨이고 호는 견충見沖 또는 원충元沖이며 산서 택주澤州 사람이다. 만력 5년1577 진사에 급제한 뒤 서길사, 이과좌급사중吏科左給事中, 공과도급사중工科都給事中,

甲戌分考首錄士, 詭得之. 張補工科都, 次年又出爲河南參政. 張亦太倉
丁丑庶常敎習門生, 又吳門[118]大主考門生, 因謂太倉厚其所私, 而故抑
之, 且逐之. 恨遂不可解, 幷遷怒首揆吳門矣. 張負物望, 爲西北諸君子
領袖, 尋從參政擢冏卿, 以至僉院副院[119]司農[120], 主持議論者十餘年. 卽
富平[121]新建[122], 貿首相仇, 亦從司農公起見, 其禍蔓延至今. 益葛藤無了
日云.

○ 太倉公發公一揚賄, 固云娼惡, 竊以爲太過. 後來效颦[123]發覺者接
踵, 漸不復出正人, 益覺太倉多此一事. 今刻文肅公集, 不載此疏, 且志
狀中亦不書此擧, 想太倉存日, 已削其藁矣.

하남포정사사河南布政使司 우참정右參政, 태복시소경太僕寺少卿, 좌부도어사左副都御史,
　　호부우시랑戶部右侍郎 등의 벼슬을 지냈다.
118 吳門 : 명대 만력 연간에 내각수보를 지낸 신시행申時行을 말한다.
119 副院 : 명대 부도어사副都御史의 별칭.
120 司農 : 호부상서의 별칭.
121 富平 : 손비양孫丕揚을 말한다.
122 新建 : 장위張位를 말한다.
123 效颦 : 덩달아 남의 흉내를 내거나 남의 결점을 장점으로 알고 모방함.

친히 상주문을 쓰다

　　세종의 어찰은 내각으로 오는 것이 가장 많다. 서원西苑에서는 번을 서는 대신이 날마다 황상의 친필 조서를 받들었는데 무려 수십 개나 되었고, 여러 대신들이 황상께 답하는 글도 모두 직접 썼다. 가정 연간 신축년 하언夏言이 삭탈관직 당했다가 관직에 다시 복귀하면서 올린 감사의 상소에 지우고 고쳐 쓴 글자가 있어 황상께 꾸짖음을 당한 일이 그 예이다. 그런데 특히 도교 제문을 지어 황상을 모시던 나이 든 대신들은 그렇게 했지만 지방관은 이렇지 않았는데, 호종헌만은 절강에서 매번 상소를 올릴 때 반드시 예전처럼 손수 썼다. 마지막에 죄를 지어 사형에 처해졌을 때 황상께서 여전히 이 일을 칭찬하셔서 마침내 석방되어 돌아올 수 있었으니 역시 곡진하고 신중한 거동의 효과였다. 근래에 옛 재상 왕석작이 올린 비밀 상소 역시 그의 어린 손자가 쓴 것이므로 몰래 열어 본 자가 감히 사사로이 바꾸지 못하고 초고를 어전에 전달했다. 그렇지 않았다면 화가 어디서 끝났을지 알 수 없다.

親書奏章

　　世宗御札至閣最夥. 及在西苑, 則在直大臣, 日承手詔, 無慮數十[124],

---

124 十 : 중화서국본 『만력야획편』에는 '□'로 되어 있으나, 상해고적본에 '십十'으로 되어 있다. 상해고적본에 따라 '십十'으로 수정하고 이에 근거해 번역했다. 〖역자 교주〗

而諸臣回奏, 亦皆親書. 如嘉靖辛丑, 夏言以左削復官, 其謝疏中有洗改字面, 爲上所詰責是矣. 然特撰元侍奉諸大老爲然, 而外臣則不爾, 惟胡宗憲在浙江, 每疏必手書, 前後如一. 最後得罪坐死, 上猶稱述此事, 遂得釋還, 則亦曲謹之效也. 近年故相王錫爵密揭, 亦其幼孫所寫, 故竊啓者不敢私易, 得以初稿達御前. 不然, 禍不知所終矣.

[번역] 문숙공 왕석작의 비밀 상소가 드러나다

    정미년 누강공婁江公 왕석작이 올린 비밀 상소는, 모두가 회상淮上 순무巡撫였던 이수오李修吾가 베껴 전한 것에서 나왔다고 한다. 이수오가 마지막으로 적은 사본에서도 자신이 전해 퍼뜨렸다고 자인했다. 근래에 진미공陳眉公을 만났는데 또 이 일이 매우 억울하다고 말했다. 이것은 바로 이부의 왕경백王冏伯이 문숙공에게 유능한 노복을 뇌물로 바치고 열쇠를 훔쳐 몰래 그것을 기록하는 한편 그 문장을 고쳐서 언관의 분노를 일으킨 것이다. 강사창姜士昌 등을 엄벌에 처하라는 말을 남중단南中段의 황문공黃門公들에게 보낸 것은 사실 이중승李中丞이 아니었다. 애초에 왕경백은 언관들에게 무리지어 문숙공을 공격하라고 말하지 않았지만 내심 부끄럽고 두려워 이중승에게 죄를 떠넘겼다. 당시 중승은 상자를 몰래 열고 모의를 시작하지 않았을 때라 마땅히 직접 그의 무고함을 밝혀야 했으므로, 염치없게도 간신 적발에 있어 가장 큰 공을 차지해서 당시의 덕망 높은 이들에게 환심을 사는 것이 추천을 받아 내각에 들어가는 방법이라고 여겼다. 이 두 공이 한 것은 모두 군자의 도리가 아니다.

    ○ 왕경백은 문숙공의 선조 때부터 알던 집안의 자제로 아침저녁으로 왕래했으므로 원래 전혀 원한 관계가 아니었다. 다만 기축년 한림원 관리 선발 대상에 들지 못하자 이것에 한을 품고 평생 그를 미워했다. 하지만 이해 과거시험에서 선발된 자는 겨우 22명인데, 당시 왕궁

당[王肯堂, 자는 우태宇泰]은 문숙공의 절친으로 이미 학관의 수석을 차지했고, 동기창[董其昌, 호는 사백思白]은 당시의 압도적인 명성으로 인해 뺄 수가 없었다. 당효순[唐效純, 자는 완초完初]은 형천荊川 선생의 적장손으로 태상경太常卿 당응암唐凝菴을 부친으로 두었고 또 차보 허신안許新安의 수제자로서, 전력을 다해 선발되기를 도모했다. 강남의 네 집안 중에서 이미 세 명을 뽑았으니 절대 더 추가할 수는 없었다. 당시 송강松江 사람 육백달陸伯達 역시 명성이 있었지만, 종백宗伯인 부친 육평천陸平泉이 익명의 서신으로 강력히 그것을 저지하고 매우 간곡하게 부탁했다. 육백달은 마침내 선발 시험에 가지 않았고, 당시 사람들은 그의 개의치 않는 모습에 감복했다.

왕경백의 재주와 명망 그리고 가문은 당효순과 왕긍당에 처지지 않았기 때문에 분한 마음이 풀리지 않아서 매번 문숙공의 크고 작은 거동이 있을 때마다 은밀히 정탐해 사방에 말을 퍼뜨렸지만 문숙공은 끝내 알지 못하고 죽었다. 폭로된 일은 내가 일찍이 기록했었는데, 최근에야 이부의 왕경백에게서 나온 것임을 알았다. 하지만 누강공의 마음이 이수오에게 기울었고, 이수오의 서명으로 누강공의 노복을 남긴 것은 모두 실제 있었던 일이다.

원문 王文肅密揭之發

丁未年婁江公[125]密揭[126], 俱云出自淮上[127]抄傳. 卽李修吾[128]最後書揭中, 亦自認身所傳布矣. 近見陳眉公[129], 又云此事極冤. 是乃王吏部罔伯[130], 賂文肅幹僕, 盜鑰私錄之, 且添改其詞, 以激言路之怒, 如重處姜士昌等語, 以寄南中段黃門[131]諸公, 實不由李中丞也. 初罔伯不謂言路遂聚攻文肅, 意頗懟沮, 乃委罪於李中丞. 其時爲中丞者, 旣無肱僾始謀, 卽宜直辨其誣, 乃冒居發奸首功, 取悅時賢, 以爲擁戴入閣之地. 是兩公者, 均非君子之道矣.

○罔伯爲文肅通家子, 朝夕過從, 本無毫髮仇隙. 特以己丑館選不得預, 以此切齒, 終身恨之. 然是科入選者止二十二人, 其時王宇泰肯堂[132]爲文

---

125 婁江公 : 명대 만력 연간에 내각수보를 지낸 왕석작王錫爵을 말한다. 왕석작이 남직례南直隷 태창주太倉州 누강婁江 출신이기 때문에 지역명과 연관시켜 왕태창王太倉, 누강공婁江公, 누강왕상국婁江王相國 등으로 불렀다.

126 密揭 : 명대 내각대신이 황제에게 바친 비밀문서. 형태는 일반 상소문보다 폭이 좁고 길이가 짧으며, 문연각의 인장을 찍어서 황제에게 올린다.

127 淮上 : 명대 후기 조운총독을 지낸 이삼재李三才를 말한다. 이삼재가 13년 동안 회상淮上 순무巡撫를 지냈기 때문에 '회상'이라고 한 것이다.

128 李修吾 : 이삼재를 말한다.

129 陳眉公 : 명말의 유명한 문인이자 서화가인 진계유陳繼儒, 1558~1639를 말한다. 진계유의 자는 중순仲醇이고 호는 미공眉公 또는 미공麋公이며 송강부松江府 화정華亭 사람이다. 생원 출신으로 29세 때부터 곤산崑山에 은거했다가 나중에 동사산東佘山으로 옮겨 저술과 서화에 힘썼다.

130 王吏部罔伯 : 왕사기王士騏, 생졸년 미상를 말한다. 왕사기의 자는 경백罔伯이고 소주부蘇州府 태창太倉 사람이다. 명나라 만력 10년1582 강남 향시에서 1등을 했고 만력 17년1589에 진사에 급제했다. 병부주사, 예부원외랑, 이부낭중 등의 벼슬을 지냈다. 만력 31년1603 요서妖書 사건으로 처벌을 받아 삭탈관직 당했다. 사후에 천계 연간 초기에 태상시소경太常寺少卿으로 추증되었다.

131 黃門 : 명대 육과六科 급사중의 별칭.

132 王宇泰肯堂 : 왕긍당王肯堂, 1549~1613은 명나라 진강부鎭江府 금단金壇 사람으로, 자는 우태宇泰다. 만력 17년1589에 진사가 된 뒤, 검토檢討, 남경행인사부南京行人司副, 복건참정福建參政 등의 벼슬을 지냈다. 책 읽기를 좋아했고, 특히 의학醫學에 정통했다.

肅至契, 已居館元, 而董思白其昌[133]名蓋一世, 自不得見遺. 唐完初效

純[134]爲荆川先生冢孫, 乃父凝菴[135]太常, 又次輔新安[136]第一高足, 用全

力圖必得. 則江南四府, 已用三人, 萬不能再加矣. 時松江陸伯達[137]亦有

聲, 乃父宗伯平泉[138], 飛書力止之, 叮嚀甚苦. 伯達遂不赴考, 時服其恬.

　　閬伯才名家世, 不下唐王二公, 遂憤憤不能解, 每遇文肅大小舉動, 必

密偵以播四方, 而文肅終不悟以至於沒. 發揭事,[139] 余曾記之, 近乃知出

於王吏部. 然婁相之傾心准撫, 與准撫之款留婁僕, 皆實事也.

---

133 董思白其昌 : 동기창董其昌을 말한다.

134 唐完初效純 : 당효순唐效純,?~1589은 명나라의 유명한 유학자이자 산문가인 당순지唐順之의 손자다. 만력 17년1589 기축년에 진사가 되어 서길사로 선발되었지만 그해에 죽었다.

135 凝菴 : 명나라의 유명한 유학자 당순지의 아들인 당학징唐鶴徵, 1538~1619을 말한다. 당학징의 자는 원경元卿이고 호는 응암凝菴이며, 상주부常州府 무진武進 사람이다. 융경 5년1571 진사가 되어, 예부주사, 공부랑工部郎, 태상시소경太常寺少卿, 남경태상경南京太常卿 등의 벼슬을 지냈다. 환관 구속승殿屬丞을 탄핵한 뒤 병을 이유로 사직하고 고향으로 돌아갔다.

136 新安 : 명대 만력 연간 내각대신을 지낸 허국許國을 말한다.

137 陸伯達 : 육언장陸彦章, 1566~1631을 말한다. 육언장의 자는 백달伯達이고 호는 자양紫陽이며 송강 화정 사람이다. 만력 17년1589에 진사에 합격했지만 부친의 뜻을 따라 한림원에 들어가지 않고, 벼슬은 행인行人을 거쳐 광록시경을 지냈다.

138 平泉 : 명나라의 대신 육수성陸樹聲, 1509~1605을 말한다. 육언장의 부친이며, 송강부松江府 화정華亭 사람이다. 그의 자는 여길與吉이고 호는 평천平泉이며, 시호는 문정文定이다. 가정 20년1541 진사가 되어, 서길사, 한림원편수, 태상경太常卿, 남경좨주南京祭酒, 이부우시랑, 예부상서 등의 벼슬을 역임했다. 사후에 태자태보로 추증되었다.

139 而文肅~發揭事 : 중화서국본『만력야획편』에서는 구두점이 "이문숙종불오而文肅終不悟, 이지어몰발게사以至於沒發揭事."로 되어 있고, 상해고적본에는 "이문숙종불오이지어몰而文肅終不悟以至於沒, 발게사發揭事."로 되어 있다. 문맥상 상해고적본의 구두점이 더 타당하다고 생각되어, 이에 따라 구두점의 위치를 상해고적본과 같이 수정했다. 〖역자 교주〗

[번역] 원단元旦에 지은 시

　　상공 신문정申文定은 왕백곡王伯穀과 동향 사람이자 동갑이라서 사관 시절에 서로 친하게 지냈다. 재상을 사직하고 고향에 돌아가서는 매년 원단이 되면 꼭 칠언 율시를 한 수 지어서 왕백곡에게 보여주었고, 왕백곡은 즉시 그에 화답하고는 곧 두 시를 함께 벽에 붙여 놓고 섣달 그믐날이 되도록 떼지 않았다. 이듬해 원단에 신문정이 다시 시를 지으면 또 화답해 그것을 서재의 병풍에 걸고서야 지난해의 시를 떼어 냈다. 대체로 신묘년 신문정이 고향으로 돌아온 뒤로 임진년부터 임자년까지 21년 동안 해마다 그렇게 했다. 임자년에 왕백곡이 세상을 떠나고 다시 한해가 지난 갑인년에 신문정 또한 세상을 떠났다. 지하에 있는 두 사람이 틀림없이 생전처럼 새해가 되면 서로 시를 주고받을 거라 생각하지만, 병풍에 붙여둘지 어떨지는 확신할 수 없다.

　　○ 엄분의가 수규로 있을 때, 산인山人 오광吳擴이라는 자가 「원단에 재상 엄개계嚴介溪를 생각하며」라는 시를 써서 서재에 걸어두었다. 한 친구가 그에게 농담으로 "그대는 새해 첫날 현 조정에서 제일 높은 관리를 생각했으니, 만약 품계 순으로 내려온다면 우리 차례는 섣달 그믐날이 되어도 오지 않겠군"이라고 했다. 그런 것 같기도 하다.

원문 元旦詩

申文定相公**140**, 與王伯穀**141**同里同庚, 爲史官時卽與相善. 及罷相歸, 每元旦必作一七言律詩以示王, 王卽和而答之. 旋以兩詩並粘壁間, 直至 歲除不撤. 次年元旦, 申再有詩及又和而揭之齋屏, 舊者始除去. 蓋自辛 卯文定返里, 壬辰至壬子凡二十一年, 歲歲皆然. 是年百穀下世, 再閱歲 甲寅而文定亦捐賓客**142**矣. 想修文**143**地下, 其遇新歲唱和, 必如生前不 少衰, 而粘屏與否, 則不可周矣.

○ 分宜在首揆時, 山人吳擴**144**者作一詩, 其題云「元旦懷介溪**145**閣老」,

---

140 申文定相公 : 명대 만력 연간에 내각수보를 지낸 신시행申時行을 말한다. 문정文定은 신시행의 시호다.

141 王伯穀 : 명대 후기의 문학가이자 서예가인 왕치등王穉登, 1535~1612을 말한다. 왕치등 의 자는 백곡伯穀인데, 백곡百谷 또는 백곡百穀으로도 쓴다. 호는 반게장자半偈長者, 광 장암주廣長庵主, 옥차산인玉遮山人 등이다. 남직례南直隸 소주부蘇州府 장주현長洲縣 사람 이다. 가정 말년에 태학太學에 들어가 당시 내각수보이던 원위袁煒의 문하생이 되었 다. 만력 연간에 도륭屠隆, 왕세정, 왕도곤汪道昆 등과 '남병시南屛社'를 조직했다. 또 문징명文徵明을 스승으로 모시고 명대 중기의 회화 유파인 오문파吳門派의 대표인물 이 되었다. 만력 40년1612 77세의 나이로 세상을 떠났다. 저서에 『오군단청지吳郡丹 靑志』, 『왕백곡집王百穀集』, 『혁사弈史』 등이 있다.

142 捐賓客 : 지위가 높은 사람의 죽음에 대한 완곡한 표현.

143 修文 : 수문랑修文郎을 말한다. 수문랑은 저승에서 저술을 관장하는 관리를 말하므 로, 보통 문인文人의 죽음을 가리킨다. 여기서는 신문정과 왕백곡을 가리키는 것으 로 보인다.

144 吳擴 : 오확吳擴, 생졸년 미상은 명대 소주부蘇州府 곤산崑山 사람으로, 자는 자충子充이다. 시를 잘 지었고, 나이가 들어서도 여러 명승지를 유람하고 다녔으며, 스스로 산인 山人이라 불렀다. 명대 산인의 기풍을 대표하는 인물로, 엄숭과 긴밀하게 교류했으 므로, 당시 사람들이 재상가의 산인이라고 칭했다. 「원단회개계각로元旦懷介溪閣老」 라는 시를 지은 사실이 알려져 당시에 웃음거리가 되었다.

145 介溪 : 명대의 대표적인 권신이자 간신인 엄숭嚴嵩을 말한다. 개계介溪는 엄숭의 자다.

亦揭之齋中. 有友戲之曰, "君以新年第一日懷當朝第一官, 若循級而下, 懷至我輩, 卽除夕未能見及也". 似亦相似.

근래에 나온 『오칠구전五七九傳』이라는 작품이 가리키는 사람은 대개 금상의 수규였던 강릉공 장거정, 오현공吳縣公 신시행, 태창공太倉公 왕석작 세 공의 집사다. 칠七은 유칠游七로, 이름은 수례守禮이고 호는 초빈楚濱이다. 강릉 상공이 정권을 잡고 있을 때 꽤 세도를 부릴 수 있어서 또한 예전에 재물을 받고 지방관의 속관으로 만들었고 인재 추천에 막강한 영향력을 갖게 되자 사대부들과 함께 연회를 오갔다. 그 뒤 서작徐爵과 함께 참수에 처해졌는데, 서작은 죽은 지 이미 오래되었지만, 들리는 말에는 유칠이 지금까지 하옥되어 있다고 한다. 그가 잘 나갈 때, 후안무치한 자들은 절개를 굽히고 그와 교류했을 뿐이다. 강릉공은 매우 엄하게 아랫사람을 부렸는데, 유칠이 첩을 들였고 이씨 성의 두 급사중과 인척 관계를 맺었다는 말을 듣고는, 크게 노해서 그를 거의 죽을 정도로 매질했고 두 이씨는 모두 쫓겨났다.

오현공이 재상으로 있을 때 그의 위세는 이미 강릉공의 백분의 일에도 미치지 못했다. 이른바 구九라는 자는 원래 송宋씨이고 이름은 서빈徐賓인데, 오현공을 따라 신甲을 성씨로 삼았고 호는 쌍산주인雙山主人이다. 주인이 원래 온순하고 신중하며 화를 입을까 두려워하니 그 노복 또한 법을 준수했다. 다만 빈번히 변방의 장수와 왕래하며 뇌물을 받았는데, 예를 들어 이영원李寧遠 부자와는 모두 친밀한 관계였고 또한 벼슬아치 중에는 그에게 구석 자리를 남겨주는 이도 한둘 있었다. 그저 뇌물을 주고 경위京衛의 경력經歷이 되어 큰 은혜로 그의 부모도 봉해지게 되었다. 이것을 여론이 주인의 탓으로 돌리는데, 이것은 오현공이 지나치게 사리에 어두워서이다. 하지만 서문정徐文貞이 정권을 잡았을 때 그의 노복 서실배徐實輩는 이미 남의 공을 가로채 금의위 백호百戶가 되었다. 송구가 죽은 지 얼마 안 되어 그의 아들은 이미 매우 가난했다.

오ㅍ의 이름은 왕좌王佐이고 호는 염당念堂이다. 누강공婁江公은 가장 늦게 그리고 가장 짧은 기간 정권을 잡았는데, 집안이 평소 엄격해 감히 재물을 주고받는 이가 없었다. 다만 왕오王ㅍ는 왕엄주王弇州의 노복 도정陶正이라는 자와 가까운 친구 사이였는데, 골동품을 유별나게 좋아하는 그의 영향을 받아서 서화나 도자기류를 꽤 많이 모았으니 저택 내의 불한당이 당시에 그것을 좇은 것이다. 또 예전에 북경의 유명한 기생 풍씨馮氏를 첩으로 삼았는데, 누강공의 가법을 심하게 어겨 마침내 쫓겨났다. 왕오는 송구보다 더욱 소심해서 사대부를 만나면 최선을 다해 신중하게 피했는데, 지금 세 사람을 함께 늘어 놓았지만 앞의 두 사람과 함께 두기는 부끄럽다.

이 『오칠구전』은 동성東省에 있는 한림원의 한 대신이 쓴 것으로, 그 당시 마침 재상이 될 만한 명망을 누렸지만 사소한 원한으로 오현공의 환심을 잃어 내각에 추천되지 못했다. 신묘년 겨울 탄핵을 당했는데 의지擬旨에서도 굳이 그 일을 남기지 않았다. 여기에서 송구를 묘사해 그 주인의 부정부패를 밝힌 것이다. 왕오와 유칠은 관련 범인이다.

近有作『五七九傳』者, 蓋皆指今上首揆江陵[146]吳縣[147]太倉[148], 三相公用事奴也. 七爲游七, 名守禮, 署號曰楚濱. 當江陵相公柄國時, 頗能作威福, 亦曾入貲爲幕職, 至冠進賢, 與士大夫往來宴會. 其後與徐爵同論斬, 爵死已久, 聞七尚至今在獄. 當其盛時, 無恥者自屈節交之耳. 江陵馭下最嚴, 聞七娶妾, 與兩黃門[149]李姓者姻連, 大怒, 笞之幾死, 二李皆見逐矣.

吳縣在事, 其焰已不及江陵之百一. 所謂九者, 本姓宋, 名徐賓, 從吳縣初姓也, 署號雙山主人. 先自馴謹畏禍, 其僕亦能守法. 第頻與邊將往還通賂遺, 如李寧遠[150]父子, 皆爾汝交, 亦有一二縉紳, 留之座隅者. 維授納京衛經歷, 因覃恩得封其父母. 以此物論歸咎主人, 此則吳縣懞憧之過. 但徐文貞當國時, 其僕徐實輩, 已冒功爲錦衣百戶矣. 九死未久, 其子已酷貧.

五則名王佐, 署號念堂. 婁江[151]當國最晚, 最不久, 門庭素肅, 無敢以

---

146 江陵 : 장거정을 말한다.

147 吳縣 : 명대 만력 연간에 내각수보를 지낸 신시행申時行을 말한다.

148 太倉 : 명대 만력 연간에 내각수보를 지낸 왕석작王錫爵을 말한다.

149 黃門 : 명대 육과급사중六科給事中의 별칭.

150 李寧遠 : 명나라 후기의 명장 이성량李成梁, 1526~1615을 말한다. 이성량은 요동遼東 철령鐵嶺 사람으로, 자는 여계汝契이고 호는 인성引城이다. 당나라 말기 이성량의 조상이 조선으로 피란 갔다가 명나라 때 돌아왔다. 만력 초기 동북 변방의 여진족을 제압하며 지위와 명망이 갈수록 높아졌지만 지나친 사치와 허위 전공 보고로 탄핵을 받아 만력 19년1591 파직되었다. 10년 뒤인 만력 29년1601 복직되었다.

151 婁江 : 왕석작을 말한다. 왕석작이 태창 누강婁江 출신이기 때문에, 태창공 또는 누강공이라고도 부른다.

幣交者. 惟五與弁州僕陶正者爲密友, 因染其骨董之癖, 頗收書畵銅窑之屬, 邸中游棍時趨之. 又曾買都下名妓馮姓者爲妾, 頗干婪江家法, 其妓亦遂逐矣. 五比九尤爲小心, 見士大夫扶服謹避, 今臚列成三, 幷前二人無色矣.

此傳出東省一詞林大僚筆, 其時正負相望, 以小嫌失歡於吳縣, 不薦之入閣. 及辛卯冬被白簡, 擬旨[152]又不固留之. 以此描寫宋九, 以實主人之墨. 而五七, 則干連犯人也.

---

152 擬旨 : 명나라 때 소대召對의 번거로움을 피해 내각대신이 모든 장주를 보고 황제가 내려야 할 결정에 관해 인案을 세워 상주문 말미에 첨부시키던 것.

번역 내각 대신의 사직 양상이 판이하게 다르다

　재상의 사직은 국가 대사이므로, 그가 자처한 것이든 주상과 더불어 처리하는 것이든 모두 합당한 예에 따라야 한다. 선대 때는 물론이고, 금상께서 등극한 뒤에 고신정과 장신건을 쫓아낸 일이 황상의 뜻에서 나온 것임은 말할 필요도 없다. 예전에 여계림呂桂林은 4번 상소를 올리고서 물러났고 신오문은 황상의 총애를 받아 11번 상소를 올리고서야 윤허를 받았다. 나중에 왕태창은 더욱 총애를 받았어도 상소를 올린 즉시 승낙을 받았다. 허신안과 왕산음은 다소 황상의 뜻을 어기고 허신안은 3번 상소를 올렸고 왕산음은 5번 상소를 올리고서 모두 청이 받아들여졌다. 조란계는 병으로 집에 머물면서 3년에 걸쳐 거의 80여 차례 상소를 올렸지만 재임 상태로 세상을 떠났는데, 호사가들은 자제들이 권력과 지위에 미련이 있어 그의 부친이 그렇게 되도록 했다고 여긴다. 심사명이 사직을 청할 때 겨우 1년 동안 올린 사직 상소 또한 80통에 이르렀는데, 호사가들은 또 심귀덕과 함께 사직하려고 일부러 오랫동안 자리를 떠나지 않았다고 말하니, 이때 재상의 체통은 이미 땅에 떨어졌었다. 또 이진강은 내각에 있은 지 두 달도 되지 않아 진무묘로 옮겨 머물면서 거의 6년 동안 사직 상소를 100여 통 올리고서야 비로소 고향으로 돌아갈 수 있었다. 그야말로 죄수가 오랫동안 수감되고 짐승이 우리에 있는 것과 같을 뿐인데도, 여전히 재상의 체통이요 주상의 은혜라고 말할 수 있겠는가?

宰相進退係國家大體, 其自處, 與主上處之, 皆有禮. 先朝無論矣, 今上御極後, 如高新鄭張新建[153]之逐, 出自內旨不必言. 初則呂桂林[154]四疏而退, 申吳門爲上所眷, 留至十一疏亦允. 後則王太倉尤受寵注, 亦入疏卽見俞. 至許新安王山陰, 稍咈聖意, 許以三疏, 王以五疏, 俱得請矣. 至趙蘭谿臥邸則時歷三年, 疏凡八十餘上, 而卒於位, 說者以爲子弟輩貪戀權位, 制其乃父致然. 沈四明告歸僅匝歲, 而辭疏亦至八十, 說者又謂欲挈歸德[155]同行, 故久不去位, 是時相體已掃地矣. 又至李晉江則在閣不兩月, 而居眞武廟凡六年, 謝事之章百餘, 始放歸. 直如囚之長繫, 獸之在檻而已, 尙可曰相體, 曰主恩哉?

---

153 張新建 : 장위張位를 말한다.

154 呂桂林 : 명나라 후기의 명신 여조양呂調陽, 1516~1578을 말한다. 여조양은 광서廣西 계림桂林 사람으로, 자는 화경和卿이고 호는 예소豫所이며 시호는 문간文簡이다. 세종, 목종, 신종 세 황제를 모시는 동안 청렴한 정치를 행해 명성이 높았다. 가정 29년 1550 진사가 되어, 한림원 편수, 국자감좨주, 예부상서, 이부상서, 내각의 차보次輔, 문연각대학사, 무영전대학사, 태재소보 등의 벼슬을 지냈다.

155 歸德 : 명나라 만력 연간의 대신 심리沈鯉를 말한다.

원로들이 지은 당堂의 명칭이 서로 같다

　　송나라 주자양朱紫陽의 호가 회암晦庵이고 현 왕조의 유문정劉文靖 또한 호가 회암이지만 옛날과 지금이라 전혀 상관이 없다. 혹자는 주자양이 서명한 회晦는 유문정과 원래 달랐다고 말한다. 송나라의 재상 오육吳育은 호가 용재容齋이고, 남쪽으로 천도한 이후의 학사 홍매洪邁 또한 용재라 불렀다. 홍매는 평소 박식했는데 어째서 연장자의 별호를 바로 이어받아 썼는가? 세종 연간에 하문민夏文愍은 백구원白鷗園을 세웠는데, 그 안에 있는 사한당賜閒堂의 명칭을 제목에 사용해 출판한 시집이 지금도 여전히 세상에 전해지고 있다. 근래에 오문吳門 출신 신요천申瑤泉 상공이 사직하고 고향으로 돌아가서 또 사한당이라는 별장을 짓고는 도장을 새기고 시문에 서명할 때 모두 사한당이라는 명칭을 사용했다. 모두 수규를 지녔고 둘 사이의 시간상 거리가 수십 년도 안 되는데 어찌 이 정도로 비슷했는가? 어쩌면 우연히도 기억하지 못했을 뿐일 것이다.

元老堂名相同

　　宋朱紫陽[156]號晦庵, 而本朝劉文靖[157]亦號晦庵, 然古今不相及. 或云

---

156 朱紫陽 : 송나라의 저명한 이학자이자 사상가인 주희朱熹, 1130~1200를 말한다. 주희는 남검주南劍州 우계尤溪 사람으로, 자는 원회元晦 또는 중회仲晦이고, 호는 회암晦庵 또는 회옹晦翁이다. 자양서원紫陽書院에서 강학講學한 적이 있기 때문에 자양선생紫陽

朱所署爲晦, 與劉本不同也. 若宋宰相吳育[158]號容齋, 而南渡洪學士邁[159] 亦稱容齋. 洪素博洽, 何以卽襲前輩別號耶? 世宗朝夏文愍治白鷗園, 有 堂名賜閒, 卽以名其刻本詩集, 今尙行世. 而近日吳門申瑤泉相公謝事 歸, 亦搆別業名賜閒堂, 刻圖記署詩文俱用之. 同爲首揆, 相去不數十年, 何以雷同至此? 想或偶不記憶耳.

先生 또는 주자양朱紫陽이라고도 부른다. 또 시호가 문文이라서 주문공朱文公이라고
도 부른다. 19세에 진사에 합격해, 강서 남강지부南康知府, 복건 장주지부漳州知府, 절
동순무浙東巡撫, 환장각대제煥章閣侍制 겸 시강侍講 등의 벼슬을 지냈다. 사후에 태사太
師와 휘국공徽國公으로 추증되었다. 저서로 『사서집주四書集註』, 『태극도설해太極圖說
解』, 『주역독본周易讀本』, 『초사집주楚辭集注』 등이 있다.

157 劉文靖: 중화서국본 『만력야획편』에는 '유문정劉文靜'으로 되어 있으나, 상해고적
본 『만력야획편』에는 '유문정劉文靖'으로 되어 있다. 『명사』를 살펴보면 문정文靜이
라는 시호를 받은 사람 중에 유劉씨는 보이지 않고, 문정文靖이라는 시호를 받은
사람 중에는 명나라 중기에 내각수보를 지낸 유건이 유일하다. 또 회암晦庵이라는
호를 사용하면서 송대 주희와 같이 언급할 만큼 저명한 유씨 또한 유건이 유일하
다. 유건의 시호는 문정文靖이다. 이에 근거해 '유문정劉文靜'을 '유문정劉文靖'으로
수정했다. 〖역자 교주〗 ● 유문정은 명나라 중기 내각수보를 지낸 유건劉健을 말하
며, 문정文靖은 유건의 시호다.

158 吳育: 오육吳育, 1004~1058은 송나라 건주建州 포성浦城 사람으로, 자는 춘경春卿이고 시
호는 정숙正肅이다. 태평흥국太平興國 연간에 진사가 되어, 벼슬은 임안지현臨安知縣,
대리시승大理寺丞, 저작랑著作郞, 소주통판蘇州通判 등을 거쳐 참지정사參知政事에 이르
렀다. 사후에 이부상서로 추증되었다.

159 洪學士邁: 남송의 저명한 문학가 홍매洪邁, 1123~1202를 말한다. 홍매는 남송 요주饒州
파양鄱陽 사람으로, 자는 경려景廬고 호는 용재容齋 또는 야처野處다. 소흥紹興 15년
1145 진사가 되어, 복주교수福州敎授, 한림학사, 용도각학사龍圖閣學士, 단명전학사端明
殿學士 등의 벼슬을 역임했다. 사후에 광록대부光祿大夫로 추증되었고, 시호는 문민文
敏이다. 주요 저서에 『용재수필容齋隨筆』, 『이견지夷堅志』 등이 있다.

　옛 사람들은 사귈 때 먼저 마음이 잘 맞는 것을 중시하고 나중에 귀하거나 천해지는 것은 따지지 않았다. 위야魏野가 왕단王旦을, 소옹邵雍이 문언박文彦博과 사마광司馬光을 존중한 것이 그 예이다. 근래로 오면서 점차 이런 뜻이 사라졌지만 아직도 그 뜻을 지키는 자가 있다. 송강松江 출신의 종백 육평천陸平泉은 서화정徐華亭보다 20년 뒤에 과거에 합격해서 당시 서화정은 이미 대종백의 자리에 있었고 육평천은 아직 사관史官이었지만 대등한 예를 행했다. 이것은 한림원의 선후배 중에서 가장 격식에 얽매이지 않은 예이다. 또 금상 병술년에 왕태창이 수규의 자리에 있을 때, 해염海鹽 지역의 거인擧人 왕문록王文祿이라는 자가 회시에 응시하러 북경으로 왔는데, 왕태창이 그를 상석에 앉히니 왕문록 또한 사양하지 않고 평소처럼 손님 자리를 차지했다. 이것은 곤궁하거나 높은 관직에 오른 옛 벗들이 격식에 얽매이지 않은 예이다.

　전에 같은 해에 과거에 합격했지만 만년에 세상에 알려진 정도가 판이하게 다른 경우와 또 예전에 함께 공부했지만 나중에 사문師門을 나온 경우에 있어서는 체통에 전혀 사정을 봐주지 않는다. 왕엄주王弇州가 번얼藩臬일 때 장강릉이 정권을 잡고 있었는데, 그들은 과거급제 동기라서 편지를 주고받을 때 직함을 쓰지 않고 후배라고 하지 않아도 결국 쉽게 알아냈다. 돌아가신 외조부께서 산동 헌사憲使로 계실 때 과거급제 동기인 왕태창 상공에게 투서를 했는데, 직함을 쓰고 아래에 '동기 아우'라고 쓰면서도 그를 거스른다고 생각하지 않았다. 지금은 깨알 같은 글씨를 푸른 바탕의 홀에 잘게 쓰므로 감히 '동기'라는 글자를 언급하는 일이 없다. 다만 중앙의 고위 관료들 사이에는 여전히 그런 행위가 존재한다. 시랑이 '동기 후배'라고 하면, 상서는 그저 '동기 시교生侍教生'이라고 한다. 근래에 신오현申吳縣은 칠순이 되었고, 대사마 소악봉蕭岳峯은 그의 과거급제 동기다. 이때 신오현은 사직하고 고향으로 돌아가 머문 지 오래되었고 소악봉은 이미 삼고三孤에 올랐지만 여전히 축문에서 '시교侍教'라고 칭했으니, 다른 것은 알 만하다. 그렇다면 사마 조감趙鑑이 수규 비연산에게 '동기 아우'라 칭하며 신동의 꾸짖음을 표시한 것이 지금 어찌 이상히 여길 만하겠는가.

시험관과 합격자 간의 존엄과 권위는 더욱 엄격해, 평생의 우정에 상관없이 모두 제자의 예를 지켜야 한다. 예를 들어 이부의 고경양顧涇陽은 소재少宰 손백담孫柏潭에 대해, 공적인 모임에서는 사제 관계에 맞게 행했지만 연회에서 만나면 다소 융통성 있게 행동했다. 고공과 손공 모두에게 뒷소리가 들리는데, 두 공의 진정한 임품과 우정에도 관습을 벗어나지 못했으니, 어찌 다른 이를 논하겠는가. 아마도 옛 법도가 세속의 법에 가로막힌 지 오래된 듯하다.

○ 왕문록도 박식한 선비다. 병술년에 북경에 들어왔을 때는 나이가 이미 여든을 바라보고 있었다. 이해에 마침 왕태창이 주시험관이었는데, 합격자의 방을 붙인 뒤 왕문록의 시험지를 찾아 읽어보니, 첫 문장의 시작은 '군자가 명명하면 반드시 말할 만하다'였고 마지막 구는 '구

차하게 구는 바가 없을 뿐이다'였다. 왕문록은 끝맺는 말로 '이유가 있어 구차히 굴고, 구차히 구는 데는 이유가 있다'는 짧은 비유의 댓구를 썼다. 왕태창은 매번 사람들에게 이 예를 들어 보이며 웃음거리로 삼았다.

[원문] 古道

　古人交以先投契爲主, 不論後來貴賤. 如魏野[160]之於王旦, 邵雍之於文彥博[161]司馬光尙矣. 輓近漸失此意, 而尙有存者. 如松江之陸平泉[162]宗伯, 與徐華亭[163]科第相去二十年, 徐已位大宗伯, 陸尙史官, 講敵禮. 此詞林前後輩之最不拘套者. 又如今上丙戌年, 王太倉在揆地時, 海鹽擧人王文祿[164]者, 以公車[165]至, 太倉坐之上席, 文祿亦不遜, 踞客位如平日,

---

160 魏野 : 위야魏野,960~1020는 북송 시기의 시인으로, 자는 중선仲先이고 호는 초당거사草堂居士다. 원래는 촉蜀 지역 사람이지만 나중에 섬주陝州로 이주했다. 그의 시는 요합姚合과 가도賈島를 본받았지만 시의 풍격은 청담淸淡하고 소박하다. 평생 가난하게 살았지만 상황에 휩쓸리지 않고 지조를 지켰다.

161 文彥博 : 문언박文彥博,1006~1097은 북송 시기의 정치가이자 서예가로, 자는 관부寬夫이고 호는 이수伊叟다. 분주汾州 개휴介休 사람이다. 천성天聖 5년1027 진사에 합격한 뒤, 전중시어사殿中侍御史, 전운부사轉運副使, 추밀부사樞密副使, 참지정사 등의 벼슬을 거쳐 재상인 동평장사同平章事가 되었다. 거의 50년 동안 재상으로 있으면서 인종, 영종, 신종, 철종哲宗의 네 황제를 모셨다. 사후에 태사太師의 지위가 회복되었고 시호는 충렬忠烈이다.

162 陸平泉 : 명나라의 대신 육수성陸樹聲을 말한다.

163 徐華亭 : 서계徐階를 말한다.

164 王文祿 : 왕문록王文祿,생졸년미상은 명나라 절강 해염海鹽 사람으로, 자는 세렴世廉이고 호는 기양생沂陽生이다. 가정 10년1531 거인으로 저명한 학자다. 불평한 일을 보게 되면 반드시 호되게 꾸짖었으며 권세와 지위가 높은 사람에게도 예외를 두지 않았

此故友窮達之不拘套者.

至如先同年而晚途顯晦頓異者, 又曾同席硯而後出門牆者, 則體統迥不假借. 王弇州爲藩臬, 時江陵當國, 其同年也, 通書不書銜, 不稱晚, 竟究易之. 先外大父爲山東憲使[166], 投[167]書於同年太倉相公, 則書銜, 而下仍年眷弟[168], 亦不以爲忤. 今則蠅頭細書, 靑面手板, 無有敢及年字者矣. 惟京鄉尙有之. 侍郎則稱年晚生[169], 尙書則僅年侍敎生[170]. 近年申吳縣七旬, 蕭岳峯[171]大司馬其同年也. 時申久居林, 蕭已晉三孤[172], 尙於祝文稱侍敎, 他可知矣. 然則趙司馬鑑[173], 稱年晚生於首揆費鉛山, 致有神童之誚, 今何足異也.

다. 음률에 정통했고, 책을 좋아해 진기한 책을 보게 되면 주머니를 털어 사고야 말았다. 저서에 『염구廉矩』, 『예초藝草』, 『구릉학산丘陵學山』 등이 있다.

165 公車 : 도성으로 회시會試를 보러 가는 거인擧人들에게 제공되던 수레. 거인이 과거를 보러 도성으로 가는 것을 가리킨다.

166 憲使 : 명나라 때 제형안찰사提刑按察使의 별칭.

167 投 : 투投는 원래 수수로 되어 있는데, 사본에 근거해 고쳤다投原作授, 據寫本改.【교주】

168 年眷弟 : 연가권제年家眷弟의 줄임말로, 친분이 깊지 않은 사람들 사이에 사용하는 인사치례용 호칭. 연가年家는 같은 해에 과거에 급제한 사람들이 서로를 부르는 호칭이다.

169 年晚生 : 같은 해 과거급제자에 대한 겸칭.

170 侍敎生 : 학덕 있는 어른에 대해 자신을 낮추어 이르는 말.

171 蕭岳峯 : 명나라 후기의 중신인 소대형蕭大亨,1532~1612을 말한다. 소대형은 산동 태안주泰安州 사람으로, 자는 하경夏卿이고 호는 악봉岳峯이다. 가정 41년1562 진사가 되어, 유차지현楡次知縣, 호부랑중, 선부순무宣府巡撫, 병부시랑, 우도어사右都御史, 소보少保 겸 태자태보太子太保, 병부상서, 형부상서 등의 벼슬을 지냈다.

172 三孤 : 소사小師, 소부, 소보少保를 말한다.

173 趙司馬鑑 : 명나라의 대신 조감趙鑑,1453~1537을 말한다. 조감의 자는 극정克正이고 시호는 강민康敏이며, 청주부靑州府 수광현壽光縣 사람이다. 성화 23년1487 진사가 되어, 소산현蕭山縣 지현知縣, 광동도감찰어사廣東道監察御史, 남기마정김南畿馬政監, 양회염법도兩淮鹽法道, 대리시경, 형부상서 등의 벼슬을 지냈다. 사후에 태자태보로 추증되었다.

至座主門生等威更峻, 不論生平交誼, 槪執弟子禮. 如顧涇陽[174]吏部之于孫柏潭[175]少宰, 雖認師弟於公會, 而宴見則稍通融. 聞二公俱有後言, 二公眞人品眞交情尙不免俗, 何論其他. 蓋古道之窒於世法久矣.

○ 王文祿亦博洽士也. 丙戌入京都, 年已望八. 是科正太倉主考, 榜後搜取其落卷閱之, 首篇題爲君子名之必可言, 末句無所苟而已. 王之結語, 二小比相對云, "由哉苟也, 苟哉由也", 太倉每擧示人以爲笑柄.

---

174 顧涇陽 : 명나라의 사상가이자 동림당東林黨의 영수인 고헌성顧憲成, 1550~1612을 말한다. 고헌성은 강소 무석無錫 사람으로, 자는 숙시叔時이고 호는 경양涇陽이다. 동림서원東林書院을 만들었기 때문에 동림선생東林先生이라고도 불린다. 만력 8년1580 진사가 된 뒤, 호부주사, 이부문선사랑중吏部文選司郎中 등의 벼슬을 지냈다. 사후인 숭정崇禎 초년 이부우시랑으로 추증되었고 단문端文이라는 시호를 받았다.

175 孫柏潭 : 명나라 후기의 관리였던 손계고孫繼皐, 1550~1610를 말한다. 손계고의 자는 이덕以德이고 호는 백담柏潭이며, 강소江蘇 무석無錫 사람이다. 만력 2년1574에 장원급제로 진사가 되어, 한림원수찬, 경연강관經筵講官, 소첨사少詹事 겸 시독학사侍讀學士, 이부시랑吏部侍郎 등의 벼슬을 역임했다. 만력 8년1580 회시 때 시험관으로서 위대중魏大中과 고헌성을 발탁했다. 만년에 고헌성이 세운 동림서원에서 학생들을 가르쳤다. 사후에 예부상서로 추증되었다.

금상께서 등극하시면서 고향집에 있던 육평천을 종백으로 기용하셨다. 강릉공은 육평천이 선배여서 평소 존경하고 따랐으며, 그가 내각에 들어와 함께 함께 일할 수 있도록 도우면서 또 자신을 의지하게 하려는 뜻을 내보였다. 육평천은 모르는 척하다가 결국 병을 핑계로 사직하고 고향에 돌아가겠다고 청했다. 강릉공은 그가 자신과 뜻이 다른 것에 노여워하면서 억지로 그를 만류하지도 않았다. 고향에 돌아가서는 마침내 다시 출사하지 않으니 천하에서 그를 높이 평가했다. 그런데 이미 그에 앞서 이렇게 행한 사람이 있었다. 문민공文敏公 이정상[李廷相, 호는 포정蒲汀]은 무종 때에 사관의 신분으로 경연에 있었는데, 풍채가 건장하고 음성이 우렁차 황상께서 돌아보고 주목하셨다가 마침내 그를 재상으로 삼으려 하셨다. 이때 전녕錢寧과 강빈江彬 무리가 곧바로 치하하면서 대가를 바라고 은혜를 베풀었다. 이정상이 두려운 마음에 극구 사양했지만 소용이 없자, 술책을 써서 다른 태감에게 부탁한다며 거짓으로 간청해서야 모면할 수 있었다. 당시 그를 비난하던 자가 "공명이 진실로 손에 들어왔는데 어찌 그런 태도를 보이는가?"라고 말했다. 나중에 그의 제자 장나봉張蘿峯, 적석문翟石門, 엄개계嚴介溪와 또 제자의 제자인 하귀계夏貴溪가 연이어 재상이 되고 이정상은 끝내 재상이 되지 못했지만 후회하지 않았다. 이정상은 세종 때 마침 호부상서로 있으면서 한림학사를 겸하고 있었는데, 이 일은 현 왕조에만 보인다. 임기를 다 채우게 되자 정이품에 태자빈객太子賓客의 직위를 더했는데, 겨우 3품의 직위를 얻은 것 또한 전례에 없는 일이다. 이보다 앞선 경제 때에 시랑 유산俞山과 유강俞綱 등은 모두 동궁소사東宮三少의 직위를 더했으니, 또 3품상이 2품을 겸한 것이다. 이것은 이정상의 경우와 정반대로 모두 남다른 은전이다. 육평천공이 벼슬을 그만둔 뒤에 태자소보太子少保로 직위가 높아진 것은 특히 조정에서 원로를 우대해 행한 훌륭한 일이다. 두 공 모두 훌륭한 명예와 절조를 지키며 사직한 뒤 고향에서 노년을 보냈는데, 이것이 재상의 관서에서 모욕을 참으며 지내는 것보다 훨씬 낫다.

○ 정덕 연간의 여남[呂柟, 호는 경야涇野]은 유근劉瑾의 동향 사람이라서 순식간에 아경亞卿으로 승진시키고 또한 내각에 들이려했다. 여남은 유근과 왕래하지 않아서 거의 중상모략을 당할 뻔했지만 유근이 실각해 화를 면했다.

○ 금상 10년, 풍보가 가르침을 받았던 옛 스승인 반신창潘新昌은 고향집에 있다가 옛 재상의 천거를 받아 종백宗伯의 직위로 무영전대학사에 기용되었지만 도중에 황명으로 파면되었으니 그가 받은 모욕감이 더 심했다. 그 옛날 엄정지嚴挺之가 차라리 재상을 하지 않았기에 우선객牛仙客을 꼭 만나지 않아도 되었으니, 탁월한 결정이었다.

今上登極, 起陸平泉宗伯於家. 陸於江陵公爲前輩, 素所敬服, 將援之入閣與同事, 且示意使附己. 陸佯爲不覺, 竟托疾乞歸. 江陵慍其異己, 亦不堅留. 比歸, 遂不復出, 天下高之. 然而已有先之者. 李文敏蒲汀廷相[176], 在武宗時, 以史官在講筵, 儀表豐偉, 音吐洪亮, 上顧而屬目, 遂擬相之. 時錢寧江彬輩卽致賀, 且市德. 李惶懼力辭不得, 以權譎托他璫詭詞致懇始免. 當時尤之者曰, "功名到手爲眞, 奈何作態." 迨後門人張蘿峯翟石門嚴介溪, 又門人之門人夏貴溪, 相繼爲元宰, 而李終不得, 李不悔也. 李在世宗朝, 以正任戶部尚書, 帶兼翰林學士, 爲本朝僅見. 及考滿, 以正二品加太子賓客[177], 僅得三品, 亦故事所未有. 前此景帝朝, 侍郎兪山兪綱等, 俱加東宮三少[178], 則又三品上兼二品, 與此正相反, 皆異典也. 陸公以林下進加太子少保, 尤爲聖朝優老盛事. 二公俱以完名老林下, 勝於黃扉忍詬多矣.

○ 正德中, 呂涇野柟以劉瑾同鄕, 驟遷亞卿, 亦欲引之入閣. 呂遂不與往來, 幾爲所中, 瑾敗而免.

---

[176] 李文敏蒲汀廷相 : 명나라 중기의 대신이자 장서가인 이정상李廷相, 1481~1544을 말한다. 이정상의 자는 몽필夢弼이고 호는 포정蒲汀이며 시호는 문민文敏이다. 산동 복주濮州 사람이다. 홍치 15년1502 진사가 되어, 한림원편수, 병부주사, 시강학사, 춘방중윤春坊中允, 남경이부시랑, 호부상서 등의 벼슬을 역임했다.

[177] 太子賓客 : 동궁의 속관으로, 황태자를 보호하고 시중들며 충간하는 일을 했다. 정삼품으로 다른 관직에 있는 사람이 겸직했다.

[178] 東宮三少 : 태자소사太子少師, 태자소부太子少傅, 태자소보太子少保를 합쳐서 부르는 호칭이다. 황태자를 지도하는 동궁삼사東宮三師의 보좌관으로 정이품正二品이다. 동궁삼소는 후대로 갈수록 이름뿐인 직책이 되어, 다른 관직에 있는 사람이 겸직했다.

○ 今上之十年, 潘新昌¹⁷⁹爲馮保受業舊師, 在里中用故相薦, 以宗伯起武英殿大學士, 中道策免, 其辱更甚. 昔嚴挺之¹⁸⁰寧不爲相, 必不見牛仙客¹⁸¹, 卓哉.

179 潘新昌 : 명나라 후기의 관리 반성潘晟, 1517~1589을 말한다. 반성은 절강 신창新昌 사람으로, 자는 사명思明이고 호는 수렴水濂이다. 가정 20년1541 2등 방안榜眼으로 진사가 되어, 한림원편수, 남경국자감좨주, 예부상서, 무영전대학사 등의 벼슬을 지냈다. 한림원편수로 있을 때 『대명회전大明會典』 편찬에 참여했다.

180 嚴挺之 : 엄정지嚴挺之, 673~742는 당나라의 대신으로, 화주華州 화음華陰 사람이다. 본명은 엄준嚴浚이고 자는 정지挺之인데, 이름보다는 자로 더 유명하다. 중종中宗 신룡神龍 원년705 진사에 합격한 뒤, 의흥위宜興尉, 우습유右拾遺, 고공원외랑考功員外郎, 급사중, 형부시랑, 태부경太府卿, 상서좌승尚書左丞 등의 벼슬을 지냈다. 재상 이원굉李元紘과 이임보李林甫의 배척을 받아 지방관으로 쫓겨나기도 했다.

181 牛仙客 : 우선객牛仙客, 675~742은 당나라 현종玄宗 때의 재상으로, 경주涇州 순고현鶉觚縣 사람이다. 원래 순고현의 하급관리였는데, 군공軍功을 쌓아서 조주사마洮州司馬를 거쳐 하서절도판관河西節度判官이 되었다. 나중에 소숭蕭嵩의 천거로 태복소경太僕少卿, 하서절도사河西節度使가 되었고, 개원開元 24년736 삭방행군대총관朔方行軍大總管에 제수되었다. 그 뒤 공부상서를 거쳐 동평장사同平章事가 되었고, 빈국공豳國公에 봉해졌다. 재상으로 있을 때 제 몸만 잘 지키려는 마음으로 모든 일에 찬성만 했다. 사후에 좌상左相으로 추증되었고 시호는 정간貞簡이다.

번역 종백宗伯이 재상에 임명되다

　금상께서 임신년에 즉위하시면서 먼저 예부상서 여조양[呂調陽, 시호는 문간文簡]을 선발해 차규로 삼았고, 원년이 지난 뒤 무인년에는 마자강[馬自强, 시호는 문장文莊]을 다시 종백으로 들였지만 반년 만에 죽었다. 임오년에 장강릉이 신창新昌 사람 반성潘晟을 천거해 기존의 직위였던 예부상서로 무영전에 들어가게 되었지만 부임하기도 전에 파면에 처해졌다. 이후로 재상에 임명된 이들은 모두 시랑이었다. 신축년 9월이 되어서야 심귀덕沈歸德과 주산음朱山陰이 모두 고향집에서 기존의 직위였던 종백으로 동각東閣에 들어갔다. 여문간 이후로 꼭 30년 만이었다. 호사가들은 춘경春卿을 우둔한 사람이라고 여겼다. 또 임진년 이후에는 나만화[羅萬化, 호는 강주康洲], 범겸[范謙, 호는 함허含虛], 여계등[余繼登, 호는 운구雲衢] 세 공이 연이어 재임 중에 죽었고, 신축년 8월에는 풍기[馮琦, 호는 탁암琢菴]가 오랫동안 예부시랑으로 있다가 예부상서가 되었지만 그다지 기뻐하지 않았다. 한 달이 안 되어 심귀덕과 주산음이 재상에 제수되었다. 풍기는 오랫동안 재상이 될 거라는 기대를 저버린데다 또 현재 예부를 맡고 있어서 재상이 되지 못하니, 스스로 희망을 버려야 한다고 말했다. 더더욱 원망하며 울적해 하다가 부임한 지 1년여 만에 자택에서 병으로 세상을 떠났는데 이때 나이가 겨우 45세였다고 한다.

今上壬申卽位, 首簡禮部尙書呂文簡調陽爲次揆, 初元之後, 惟戊寅馬文莊自强[182]再以宗伯入, 甫半歲而卒. 到壬午張江陵薦潘新昌晟以舊禮卿入武英殿, 未任論罷. 自後大拜者, 俱以侍郎得之. 直至辛丑九月, 沈歸德朱山陰, 俱以故宗伯起田間入東閣. 自呂文簡以來, 恰三十年矣. 說者遂以春卿爲鈍物. 又壬辰之後, 羅康洲萬化[183], 范含虛謙, 余雲衢繼登[184]三公, 相繼歿於位, 辛丑八月馮琢菴琦以久次得之, 然甚不樂. 不旬月而沈朱大拜. 馮久負相望, 且以現任南宮不能得, 自謂必絶望矣. 愈以怏怏, 甫任歲餘, 亦病終於邸第, 年僅四十有五云.

---

182 馬文莊自强 : 명나라 중후기에 대신을 지낸 마자강馬自强, 1513~1578을 말한다. 마자강의 자는 체건體乾이고 호는 건암乾庵이며 시호는 문장文莊이다. 섬서 동주同州 사람이다. 가정 32년1553 진사가 되어, 서길사, 세마, 국자좨주, 소첨사少詹事 겸 시독학사, 예부우시랑, 예부상서 등의 벼슬을 역임했다. 장거정이 부친의 장례를 치르러 가기 전 마자강을 내각의 일원으로 천거해, 태자태보 겸 문연각대학사에 제수되었다.

183 羅康洲萬化 : 명나라 후기의 대신인 나만화羅萬化, 1536~1594를 말한다. 나만화의 자는 일보一甫이고 호는 강주康洲이며 시호는 문의文懿다. 상우上虞 동관東關 나촌羅村 사람이다. 목종穆宗 융경 2년1568 장원으로 진사가 되어, 한림원수찬, 시독侍讀, 국자좨주國子祭酒, 남경예부시랑南京禮部侍郎 등의 벼슬을 역임했다. 부친상을 당해 고향으로 돌아갔다가, 3년 상을 마친 뒤 다시 출사해 남경이부시랑南京吏部侍郎, 예부상서禮部尙書, 국사관부총재國史館副總裁 등을 지냈다. 예부상서를 사직하고 고향으로 돌아가던 중에 세상을 떠났다. 사후에 태자소보太子少保로 추증되었다.

184 余雲衢繼登 : 명나라 만력 연간에 대신을 지낸 여계등余繼登, 1544~1600을 말한다. 여계등은 하간부河間府 교하交河 사람으로, 자는 세용世用이고 호는 운구雲衢이며 시호는 문각文恪이다. 만력 5년1577 진사가 되어, 서길사, 한림원검토, 한림원수찬, 소첨사 겸 시독학사, 첨사詹事, 예부시랑 등의 벼슬을 지냈다. 한림원검토 시절 『대명회전』 편찬에 참여했다. 만력 26년1598 예부시랑이 된 후 광세鑛稅의 폐지, 황태자 책봉, 황제의 친정 등을 건의했지만 모두 받아들여지지 않자 마음에 병이 들어 57세의 나이로 재직 중에 죽었다. 사후에 태자소보로 추증되었다.

이부의 전형을 거치지 않고 황명으로 관리를 승진시키는 것은 원래 태평성대에 있을 법한 좋은 일은 아니고, 특별 승진을 한 대신에게도 더더욱 적절치가 않다. 선대인 정덕 연간은 말할 필요도 없고, 태평성대라고 하는 성화와 홍치 두 시기에도 이런 일을 면치 못했다. 예를 들어 남경대종백南京大宗伯이 된 예겸[倪謙, 시호는 문희文僖], 상서의 지위로 남직례순무南直隷巡撫가 된 왕서[王恕, 시호는 단의端毅], 태재가 된 도용[屠滽, 시호는 양혜襄惠], 종백이 된 서경[徐瓊, 직함은 궁보宮保]은 모두 특별 승진한 이들이다. 성지를 받아 내각에 들어가는 재상의 경우, 비록 선대에 다 그런 일이 있었다 해도 유독 세종 연간에 많이 있었지만 신하들이 감히 문제 삼지 못했다. 금상 신묘년에 신오현申吳縣이 사직하자 성지를 내려 조란계와 장신건 두 공을 기용해 내각에 들게 했는데, 사실은 신오현이 천거한 것이다. 당시 육장간陸莊簡이 새로 들어와 인사 전형을 맡고서 특별히 상소를 올려 그 일을 간언하며 "'비스듬하게 접은 봉투에 넣은 황제의 친필 명령'은 바로 말세에 보이는 어지러운 정치인데, 하물며 보필하는 가까운 신하가 한밤중에 관계없이 그것을 전해 나오는 관례가 점점 길어져서는 안 됩니다"라고 했다. 그 말이 매우 준엄했지만, 황상께서는 관대하게 받아들이며 이에 답하셨다. 다시 내각대신을 추천하라는 성지가 내려지니, 인사를 맡은 이부의 대신 육장간이 내각대신 대상자 몇 명을 적어 놓은 추천 상소의 맨 위에 자신의 이름을 둔 것은 모두 사람들이 바란 것이다. 상소에 대한 답이 오랫동안 내려오지 않다가, 황상께서 문득 비답批答을 내려, "경이 예전 상소에서 함께 모여 추천하는 옛 제도를 부활시키고자 했는데, 지금 과연 경의 이름이 명단의 맨 위에 있으니, 추천을 청한 뜻을 알 만하오"라고 말씀하셨다. 육장간이 황공해하며 감히 그렇게 하지 못하겠다 사양하고는 마침내 두문불출하며 사직을 청했다. 급사중 교윤喬胤이 황상의 뜻을 받들어 육장간을 탄핵해 쫓겨났다. 육장간이 처음에 고을을 잘 다스려 이름이 나자, 당시 권력을 가로챈 일가친척 육병陸炳이 그를 끌어들여 언관에 두려하자 그는 형조랑刑曹郎을 간절히 청했고, 또 이부랑吏部郎으로 삼으려 하자 남경 예부랑으로 바꾸어 고하고 나갔다가, 육병이 실각하자 비로소 추천으로 임용되었다. 나중에 장강릉과 굳은 친분 관계를 맺었지만 육병의 정치와 비교해 또 바른말을 하다 미움을 받고 떠났으니, 이때부터 당시에 유명해졌다. 만년에 재상의 자리를 간절히 바라다가 마침내 황상의 책망을 받았다. 정말 그야말로 날은 저물고 갈 길은 먼 형국이다.

원문 **太宰推內閣**

傳奉陞官, 本非治朝佳事, 至於傳陞大僚, 尤爲非體. 先朝正德間不必言, 卽成弘兩朝, 號稱盛世, 亦不免此. 如倪文僖謙[185]之爲南大宗伯, 王

---

185 倪文僖謙 : 명나라 때의 대신 예겸倪謙, 1415~1479을 말한다. 예겸의 자는 극양克讓이고 호는 정존靜存이며 시호는 문희文僖다. 남직례南直隷 응천부應天府 상원上元 사람이다. 정통 4년1439에 진사가 되어, 한림원편수, 학사, 예부우시랑, 남경예부상서 등의

端毅恕之以尙書撫南直隸, 屠襄惠滽[186]之得太宰, 徐宮保瓊[187]之得宗伯,
皆是也. 至於輔臣以中旨入閣, 雖先朝皆有之, 惟世宗朝爲多, 而臣下不
敢議. 今上辛卯, 申吳縣謝事, 中旨用趙蘭谿張新建二公入閣, 實申所揭
薦也. 時陸莊簡[188]新入領銓, 特疏諍之, 謂"斜封墨敕[189], 乃季世亂政, 況
輔弼近臣無夜半傳出之例, 漸不可長". 其詞甚峻, 上優容答之. 比有旨再
推閣臣, 則銓臣爲政陸於會推疏中列堪任者數人, 以己名居首, 俱人望
也. 疏久不下, 上忽批云, "卿向有疏欲復會推舊制, 今果卿居首, 足見請
推之意". 陸惶恐謝不敢, 遂閉門請罷. 給事中喬胤, 承風旨劾之, 見逐矣.

벼슬을 지냈다. 경태 연간에 사신으로 조선에 다녀온 적이 있어 『조선기사朝鮮紀
事』라는 책을 썼다. 사후에 태자소보로 추증되었다.

186 屠襄惠滽 : 명나라 중기의 대신 도용屠滽,1440~1512을 말한다. 도용은 은현鄞縣 사람으
로, 자는 조종朝宗이고 호는 단산丹山이며 시호는 양혜襄惠다. 성화 2년1466 진사가
되어, 감찰어사, 우첨도어사右僉都御史, 좌도어사左都御史, 태자태보, 이부상서, 태자
태부 등의 벼슬을 지냈다.

187 徐宮保瓊 : 명나라 중기의 대신 서경徐瓊,1425~1505을 말한다. 서경은 경양耿陽 사람으
로, 자는 시용時庸이고 호는 동곡東谷 또는 명농옹明農翁이다. 순치 원년1457에 전시
2등인 방안榜眼으로 진사가 된 뒤, 한림원편수, 시독侍讀, 남경 한림원시독학사, 예
부상서, 태자소보, 태자태보 등의 벼슬을 지냈다. 한림원편수 시절『대명일통지大
明一統志』의 편찬에 참여했고, 또 헌종 때에 『영종실록英宗實錄』편찬에 참여했다. 명
나라 때는 태자태보를 궁보宮保라고도 불렀는데, 서경은 앞에서 열거한 다른 사람
과 달리 시호가 없고 대신 태자태보를 지냈기 때문에 궁보라는 직함을 넣어 명명
한 것으로 보인다.

188 陸莊簡 : 명나라 만력 연간에 이부상서를 지낸 육광조陸光祖를 말한다. 장간莊簡은
육광조의 시호다.

189 斜封墨敕 : 중국 당나라 중종中宗 때 황후와 공주들이 뇌물을 받아먹고 벼슬을 내리
던 수법에서 유래한 권력형 매관매직의 대명사다. 사봉斜封은 봉투를 비스듬하게
접는다는 말로, 겉모양으로 뜻을 암시하는 방법을 말한다. 묵칙墨敕은 정부기관을
거치지 않고 임금이 직접 내려 보내는 친필 명령을 말한다. 주로 인사나 재물에
관한 일을 임금이 임의로 처리하고 싶을 때 사용하던 방법이다.

陸初治邑有聲, 當宗人陸炳盜柄, 欲引居言路, 苦乞刑曹郎, 又欲引爲吏部郎, 告改南禮部以出, 柄敗始進用. 後與江陵石交, 比其柄政, 又借端見忤而行, 自此名重一世. 迨晚節熱中捱地, 遂爲聖主所誚. 眞所謂日暮途遠[190]也.

---

190 日暮途遠 : 날은 저물고 갈 길은 멀다는 뜻으로, 몸은 늙고 쇠약한데 아직도 해야
할 일은 많음을 비유적으로 이르는 말이다.

[번역] **재상이 알현 받던 조방朝房의 체제**

송나라 때에 재상은 정사당政事堂에서 백관의 알현을 받았는데 모두 의자에 버젓이 앉아서 예를 행하지 않았다. 다만 한림학사, 중서사인, 시종 이상의 관리는 겨우 접대를 좀 할 뿐이었다. 현 왕조에서는 재상을 두지 않았고, 정사당도 없다. 내각대신은 다만 조방朝房을 소통과 알현의 장소로 삼았다. 하지만 한림원이라는 이름의 관서가 처음에는 관공서가 아니었다. 종전에는 조방에 나타나는 관리들은 질책을 받는 경우라서 대부분 서서 이야기를 나누었다. 우리 고향의 장간공莊簡公 육광조陸光祖가 경시卿寺로 있을 때 강릉공 장거정이 정권을 잡고 있었다. 강릉공 장거정의 기세가 대신들을 압도해서 손님과 서서 얘기를 나누다가 몇 마디 안 하고 바로 떠나게 했다. 육광조는 도착해서 인사를 마치고 바로 들어가 "오늘의 공무는 자세히 의논해야 하니 자리를 마련해 모시고 앉아야 그 우둔함을 다할 수 있습니다. 그렇게 하지 않고 물러난다면 앞으로 다시는 감히 의젓한 풍채를 바라보지 못할 겁니다"라고 말했다. 장강릉공은 그 기세를 두려워하며 비로소 앉으라 명하고 접대했다. 이 때부터 관례가 되어 모든 신료들 또한 자리를 얻어 앉게 되었다. 장강릉은 교만하고 거만했지만 오직 이 일만은 뜻을 굽힐 수 있었다고 한다. 육광조는 장강릉과 친분이 깊어서 감히 직언을 해도 그의 노여움을 사지 않았을 뿐이다. 육광조가 이전에 선랑選郎일 때, 도찰원 등 삼당三堂을 만나면 두 손을 맞잡고 길게 인사하되 무릎을 꿇지는 않은 채 서로 예를 최대한 갖추다 물러났다. 나중에 소재가 되어서는 서길사에게 길을 비키게 했다가 욕을 먹었다. 그저 장강릉과의 일에서만 이겼을 뿐이다.

○ 옛 한림원편수와 한림원검토는 모두 태재에게 길을 비켰는데, 가정 연간 만당萬鏜이 이부를 맡으면서부터 사관史官이 태재와 대등한 예를 취하기 시작했다. 서길사가 소재와 대등해진 일은 언제 시작되었는지 모르겠다.

원문 **宰相朝房體制**

宋世宰相居政事堂[191], 受百寮參謁, 俱踞坐不爲禮. 唯兩制[192]侍從以上, 始稍加延接耳. 本朝旣不設宰相, 亦無政事堂. 凡爲閣臣者, 但以朝房爲通謁之所. 然署名翰林院, 初非曹省公署也. 向來庶僚見朝房者, 有所請質, 大牛多立談. 至吾鄕陸莊簡光祖爲卿寺時, 江陵公當國. 氣蓋羣公, 與客立談, 不數言卽遣行. 陸至揖罷便進曰, "今日有公事當詳議, 須一席侍坐, 方可盡其愚. 不然且告退, 從此不復敢望淸光". 張憚其氣, 始命坐接對. 自此循以爲例, 卽庶僚亦得隅坐矣. 江陵驕倨, 獨此一事, 號爲能折節. 陸與深交, 故敢直言, 不致逢其怒耳. 陸先爲選郞[193], 見都察

---

191 政事堂 : 재상이 집무를 보던 곳.
192 兩制 : 내제內制와 외제外制. 내제는 사칙敎勅, 국서國書 및 궁금宮禁에서 사용하는 문사文辭를 말하고, 외제는 백관의 벼슬을 제수하는 임명장인 제사制詞를 말한다. 내제는 한림학사가 맡았고, 외제는 중서사인이 맡았으므로, 양제는 한림학사와 중서사인을 가리키기도 한다.
193 選郞 : 이부랑중吏部郎中을 말한다.

院三堂, 長揖不跪, 彼此爭禮不勝而屈. 後爲少宰, 勒庶吉士避道, 至遭阿罵. 唯此一番得勝耳.

○ 舊翰林編檢俱避太宰, 自嘉靖萬鑨[194]秉銓, 史官始與平交. 若吉士之抗少宰, 則不知始於何時.

---

194 萬鑨 : 만당萬鑨, 1485~1565은 명나라 중기의 대신이다. 강서 진현進賢 사람으로, 자는 사명仕鳴이고 호는 치재治齋다. 홍치 18년1505 진사가 되어, 형주부사, 남경우도어사 南京右都御史, 이부상서 등의 벼슬을 지냈다. 간신 엄숭을 등에 업고 전횡을 일삼다가 나중에 조문화의 배척을 받아 평민으로 쫓겨났다.

[번역] 총재冢宰가 내각대신에게 길을 비켜주다

　　원래 육경六卿은 모두 내각대신에게 길을 비키지만 태재만은 그렇지 않았다. 엄분의嚴分宜의 세력이 강해져 총재도 길을 비켜주게 되면서 마침내 전례가 되었다. 육평호陸平湖가 그것을 바로잡기 시작했는데, 미리 가마꾼에게 길을 빙 둘러서 내각대신과 마주치지 않도록 당부해두었기 때문에 결국 그의 임기동안 내각대신과 예를 다투었다는 의심을 받지 않았다.

　　나중에 손부평孫富平은 그저 육평호의 전례만 따르고 가마꾼에게 자신의 의중을 말하지 않아서 결국 장신건을 마주쳤다. 가마에서 내려 인사하려 하자, 장신건이 부채를 들어 얼굴을 가리고는 돌아보지 않고 떠나 마침내 원수가 되었다. 대체로 두 사람의 싸움은 전반적인 상황에서 비롯되었지만 이 일도 그들이 미워하게 된 한 이유다. 손부평이 다시 조정에 나왔을 때 섭복청葉福淸이 홀로 재상 자리에 있었기 때문에, 일부러 힘 있게 말했고 전대의 큰 명망을 생각하면 어쩌면 반드시 양보할 필요는 없었다. 손부평은 예전 일을 거울삼아서 유독 뒷일을 우려하며 길을 비켰는데, 섭복청은 기대 이상으로 크게 기뻐하며 모든 일에 훈壎과 지篪처럼 적절하게 비답批答을 해주었다. 오랜 시간이 지나 손부평이 섭복청을 위협하는 상황이 되고 그를 돕는 이들이 더 많아지자 정부에서는 오히려 그의 의향을 살폈다. 손부평의 임기가 다 되어 1품을 더하게 되자, 섭복청이 진귀한 옥대玉帶를 그에게 주고 싶지만 거절당할까 걱정되어 그의 손님 급사중 호흔胡忻에게 먼저 자신의 의중을 말하게 했다. 손부평은 "이것 또한 후배들에게 좋은 일인데, 내가 어찌 차마 사양하겠는가?"라고 천천히 말했다. 섭복청이 비로소 감히 바쳤다. 대체로 이렇게 형세가 돌아가게 된 것은 바로 크게 어진 이가 홀로 재상으로 있으면서 또 그의 말을 따랐기 때문이다.

○ 장강릉공이 재상으로 있을 때 총재는 일개 서리書吏에 불과할 뿐이었다. 신오문申吳門 때에는 서로 그 예의가 적절한 지 소통하고 상의했지만, 그 권한의 대부분은 여전히 내각에 있었다. 육평호가 이부를 맡으면서 비록 정부로부터 지위를 가져왔다 해도 스스로 권력을 지켰고 왕산음王山陰 또한 마음이 기울어 그것을 따르며 내각이 함께 기뻐했다고 말했다. 왕태창이 고향에서 와 수규의 자리에 앉을 당시 이미 먼저 태재 자리에 있던 손여요孫餘姚는 군자들의 협박으로 여러 차례 왕태창과 맞섰기 때문에 계사년 중앙관 인사 평가 때 고공랑중을 엄하게 처벌하는 일이 일어났다. 그 뒤로 손부평과 장신건은 각자 강력한 원군을 결성해 남북쪽의 이민족처럼 서로 공격해서, 내각은 두 송사訟事의 장이 되었다. 이연진李延津과 심사명沈四明은 다소 잘 맞았다. 그러나 황상께서 양소재楊少宰에게 이연진의 일을 계속하게 하시면서 그가 여러 명사들의 통제를 받아 심사명과 길을 달리하게 되었는데, 그래도 화목한 형세가 아직 완전히 깨진 것은 아니었다.

주산음朱山陰은 병으로 사저에 있는 날이 태반이라 이부의 인사 업무를 볼 수 없었고 이부상서의 자리 또한 차마 소홀히 하지 못했다. 섭복청이 홀로 재상으로 있게 되자 고향에 있던 손부평을 기용했는데 비록 사람들의 바람을 따른 것이더라도 또한 선배들과 같은 뜻으로 생각대로 도움을 얻기를 바랐다. 이때 조정과 재야에서 그를 추대했던 여러 공들이 각자 공로를 자처하며 그에게서 보상을 얻어냈다. 언관들은 또 도로써 서로 도울 수 없었고, 사람을 내치고 뽑는 이 큰 권한에 내각이 더 이상 간여할 수 없었다. 조정 중신의 웃고 찡그림에 재상자리에 대한 비방과 칭찬 그리고 거취가 달려 있었다. 섭복청도 매우 후회했지만 어찌할 도리 없이 그의 양 날개가 이미 완성되었고, 또 금시조金翅鳥에게 신룡神龍을 먹을 힘이 없어 오히려 일마다 턱으로 내각을 가리키게 되었으니, 장강릉 시절에 비하면 정말 손발의 위치가 바뀐 격이다.

○ 신해년 중앙관 인사 평가에서 한림학사들이 파직되고 폄적된 것은 모두 장원학사掌院學士 왕요주王耀州 한 사람이 정무를 처리했고 섭복청은 전혀 주재하지 못했다. 이것은 원래 관서의 일인데도 수규를 남아도는 무용지물처럼 경시했기 때문에 섭복청도 기분 나빠했다.

冢宰避內閣

自來六卿皆避內閣, 惟太宰則否. 自分宜勢張, 冢宰亦引避, 遂爲故事. 陸平湖[195]始改正之, 然預囑興夫, 宛轉迁道, 不使與內閣相值, 以故終其

---

[195] 陸平湖 : 명나라 만력 연간에 이부상서를 지낸 육광조陸光祖를 말한다. 육광조가 절강 평호平湖 사람이라서 육평호陸平湖라 한 것이다.

任, 閣部無爭禮之嫌.

後來孫富平但循陸故事, 不能授意於昇卒, 卒遇張新建[196]. 下輿欲揖, 張擁扇蔽面, 不顧而去, 遂成仇隙. 蓋兩家搆兵, 自有大局, 然此亦其切齒之一端也. 富平再出時, 福淸獨相, 故號聲氣, 意其前輩重望, 或未必相下. 富平鑒前事, 獨引避恐後, 福淸大喜過望, 一切批答, 相應如燻篪[197]. 久之孫威福旣成, 羽翼更衆, 政府反仰其鼻息. 會富平考滿加一品, 福淸有所珍玉帶欲遺之, 慮其見卻, 使其客胡給事忻[198]先道意. 孫徐曰, "此亦後生輩好事, 吾何忍何辭?" 葉方敢以爲獻. 蓋勢之所歸, 卽大賢獨相, 亦且聽之矣.

○ 按江陵在事時, 家宰不過一主書吏而已. 及吳門則通商搉, 相可否, 其權大半尙在閣. 至陸平湖秉銓, 雖從政府取位, 而自持太阿, 王山陰亦委心聽之, 故閣部號相歡. 王太倉自家來居首揆, 時孫餘姚[199]已先位太宰, 爲諸君子所脅持, 屢與太倉抗, 因而有癸巳京察重處功郎[200]之事. 此後則孫富平與新建各結強援, 相攻若胡越, 而閣部成兩訟場矣. 李延津[201]

---

196 張新建 : 장위張位를 말한다.

197 燻篪 : 훈壎과 지篪는 악기다. 여기서는 형이 훈이라는 악기를 불면 아우는 지라는 악기를 불어 화답한다는 훈지상화壎篪相和의 뜻을 말한 것으로 보인다.

198 胡給事忻 : 명나라 후기 내각대학사를 지낸 호흔胡忻,생졸년 미상을 말한다. 호흔은 진주秦州 사람으로 자는 모지慕之 또는 모동慕東이다. 만력 17년1589 진사가 되어, 산서 임분臨汾 지현知縣, 공과급사중, 태상시소경 등의 벼슬을 지냈다. 동림당東林黨의 일원이었다.

199 孫餘姚 : 명나라 중후기의 대신 손롱孫鑨을 말한다.

200 功郎 : 고공랑중考功郎中을 말하는데, 여기서는 손롱이 이부상서를 맡고 있을 때 고공랑중으로 있던 조남성趙南星을 말하는 것으로 보인다. 고공랑중은 관리들의 근무 성적을 평가하는 업무를 맡았다.

與沈四明稍洽. 而上饒楊少宰繼之, 亦受諸名流控制, 與沈途徑各分, 而體局猶未盡裂.

朱山陰病, 强半邸第, 不能干銓政, 銓地亦不忍忘之. 至福淸獨相, 起富平於家, 雖從人望, 亦以先輩同志, 冀得左右如意. 比至, 則擁戴諸公, 在朝在野, 各自居功, 以取償秦中[202]. 在言路者, 又不能以道相夾助, 於是黜陟大柄, 閣中不復能干預. 而冢臣一嚬笑間, 揆地之毁譽去留係之. 聞福淸亦甚悔恨, 無奈彼六翮已完, 又無金翅鳥[203]啖神龍力, 反事事頤指閣中, 視江陵時眞手足易位矣.

○ 辛亥內計, 詞臣之削謫, 皆掌院[204]王耀州[205]一人爲政, 福淸毫不得主. 此本衙門事, 而藐首揆若贅瘤[206], 福淸所以亦不樂.

---

201 李延津 : 명나라 후기의 대신 이대李戴, 1537~1607를 말한다. 이대는 연진延津 동가東街 사람으로, 자는 인부仁夫, 호는 대천對泉이다. 융경 2년1568 진사가 되어, 홍화興化 지현, 급사중, 섬서陝西 참정參政, 산동 순무巡撫, 형부시랑, 호부상서, 공부상서, 이부상서 등의 벼슬을 지냈다. 사후에 소보少保로 추증되었다.

202 秦中 : 섬서陝西 중부의 평원, 즉 관중關中 땅을 말한다. 춘추전국시대에 진秦 나라의 영토였기 때문에 진중秦中이라 부른다. 여기서는 진 땅 출신 손비양을 말하는 것으로 보인다.

203 金翅鳥 : 고대 인도의 신화전설에 나오는 거대한 신조神鳥.

204 掌院 : 명나라와 청나라 때 한림원 장원학사掌院學士의 약칭.

205 王耀州 : 명나라 만력 연간의 대신 왕도王圖, 생졸년 미상를 말한다. 왕도는 섬서 요주耀州 사람으로, 자는 칙지則之이고 시호는 문숙文肅이다. 만력 14년1586 진사가 되어, 만력 연간과 천계天啓 연간 동안 한림원검토, 우중윤右中允, 첨사詹事, 이부시랑, 예부상서 등의 벼슬을 지냈다. 숭정崇禎 연간 초기에 태자태보로 추증되었다.

206 贅瘤 : 혹을 말하며, 여기서는 남아도는 무용지물을 비유한다.

번역 내각대신의 막중함

6부가 가진 문文과 무武 두 종류의 권력은 정치적으로 매우 중요하다. 가정 초기에 장영가가 아직 재상이 되기 전 초기에는 세력이 미약했었다. 장영가가 예전에 서대의 관인을 맡고 있을 때 형벌로 대신들을 모욕하면서 세력을 확장했다. 근래에는 그가 권력을 얻고 황상의 총애를 얻어 천하를 통제하게 되었다. 그와 뜻을 같이한 방헌부와 계악桂蕚, 기사회생시킨 왕경王瓊, 그의 비호를 받아 그를 종처럼 섬겼던 왕횡汪鋐 이 네 사람은 10여 년간 연이어 이부상서의 자리에 있으면서 장영가와 늘 함께했다. 장영가가 떠나고 하귀계夏貴溪가 정권을 잡았는데, 그에 대한 황상의 총애와 신임은 장영가만 못했지만 그의 위세와 전횡은 장영가를 넘어서, 승진되었다 강등되었다 하며 각부의 대신들과 함께 부침을 겪었다. 하귀계가 처형되고 엄분의가 일을 맡아 거의 19년 동안 정권을 잡았는데, 이부와 병부를 외부外府로 삼아 좀 마음에 들지 않으면 죽이거나 내쳤다. 이부와 병부는 마치 아전이 원님을 대하듯 엄분의를 섬기며 주로 문서대로 받들어 행할 뿐이었다. 엄분의가 쫓겨나고 서문정徐文貞이 정권을 잡았는데, 자기 마음대로 일 처리한다는 평판이 없어서 구슬려 끌어들여 그의 환심을 살 수 있었다. 이부와 병부를 관장하는 자들은 그 술수에서 깨닫지 못했다. 선제께서는 고신정高新鄭 한 사람에게만 맡기셔서 수규로써 이부를 이끌었으니, 이는 고금을 통틀어 있는 큰 변혁이었다. 또 그의 재주는 그 일들을 직접 처리하기에 충분했고, 다른 대신들의 도움도 별거 아니라고 여겼다.

금상의 어린 시절, 장강릉이 선제의 유명遺命을 받고 재상의 자리를 맡자 황실과 조정이 하나가 되고 백관이 호응해 재상의 권한이 막중해졌으니 현 왕조에서는 필적할 이가 없다. 6부 대신들이 두 손을 모으고 그의 뜻대로 행하니 위엄 있는 군주나 엄한 부친에게 하는 것보다도 더했다. 장강릉이 죽고 상황이 크게 변했다. 신오문申吳門은 온유한 방법으로 천하를 다스렸고, 당시 양해풍楊海豐은 노구를 이끌고 이부를 관장했는데 온화하고 진중한 성품을 지녀서 10년 동안 정부가 평안했다. 양해풍이 떠나고 송상구宋商丘가 그를 대신하면서 크게 분발하려 했지만 기다리지 못하고 신오문 또한 재상직을 내려 놓았다. 육평호陸平湖는 원래 재상과 서로 알고 있었는데, 당시 이어서 정권을 잡게 되었지만 고향에서 아직 도착하지 않은 왕태창은 특히 육평호가 가장 믿는 절친한 친구였다. 그리고 잠시 대리로 정부를 다스리고 있던 왕산음은 육평호와 친해져 잘 지냈으므로 인사 업무는 거의 옛 모습으로 돌아갔다. 1년 만에 두 공이 모두 조정을 떠났다. 왕태창이 조정으로 돌아오고, 손룡과 진유년 두 공이 연이어 이부상서가 되었는데 모두 절강 사람에다 같은 고향사람이라 육평호의 전례를 따라 점점 재상을 거스르는 조짐을 보였다. 왕태창은 이부를 괴롭히는 자는 아니었지만 내각의 체제가 날로 경시되는 것은 매우 안타까웠다. 손룡과 진유년은 내각을 공격하는 자들은 아니지만 이부의 권위가 완전히 회복되지 않은 것이 너무나 유감스러웠다. 교활하고 일 만들기를 좋아하는 이들이 다시 옆

에서 그들을 부추겨서 마침내 반대하는 말이 나왔는데 왕태창 또한 이
때 갑자기 사직했다. 조란계는 명색이 수규인데도 평범하고 무능해 업
신여김을 받았다. 장신건張新建이 수규의 대행을 하면서 마침내 도당을
만들어 태재 손부평과 서로 공격하다가 두 사람 다 연이어 사직했고 만
연한 변고가 지금까지도 이어지고 있다. 그 후로는 심사명沈四明이 장신
건의 뒤를 이었고, 이부상서의 자리는 전임 이연진에 이어 지금은 소재
양상요楊上饒가 이부의 일을 처리한 지 매우 오래되었다. 지난해 을사년
의 인사평가를 살펴보면 내각의 의견을 대강 알 수 있다.

원문 **閣部重輕**

六曹文武二柄, 政爲極重. 其輕則始於嘉靖初, 張永嘉之未相也. 先攝
西臺篆, 刑辱大臣, 以張角距. 比得柄得君, 箝制天下, 方[207]桂[208]其同志
也, 王瓊其起枯骨而肉之者也, 汪鋐被其卵翼而奴事之者也, 四人者先後
在銓地十餘年, 與永嘉相終始. 張去而夏貴溪爲政, 其寵信不及張, 而氣
燄與橫肆過之, 旋進旋奪, 與部臣互有低昂. 比夏誅而嚴分宜在事, 凡秉
國十九年, 以吏兵二曹爲外府, 稍不當意, 或誅或斥. 二曹事之如掾吏之
對官長, 主奉行文書而已. 嚴之見逐, 徐文貞爲政, 無專擅之名, 而能籠
絡鉤致, 得其歡心. 秉東西銓[209]者, 在其術中不覺也. 先帝獨任高新鄭,

---

207 方 : 명나라 가정 연간에 내각수보를 지낸 방헌부方獻夫를 말한다.
208 桂 : 계악桂蕚을 말한다.
209 東西銓 : 이부와 병부를 가리킨다. 동전東銓은 이부의 별칭이고, 서전西銓은 병부의

以首揆領統均, 乃古今一大變革. 且其才足自辦, 視他卿佐蔑如也.

迨今上沖年, 張江陵以受遺當阿衡之任, 宮府一體, 百辟從風, 相權之重, 本朝罕儷. 部臣拱手受成, 比於威君嚴父, 又有加焉. 張歿而事體大變. 申吳門以柔道御天下, 時楊海豐[210]用耆舊秉銓, 和平凝重, 政府安之者十年. 楊去而宋商丘[211]代之, 欲大有振作而不及待, 吳門亦解相印矣. 陸平湖故與揆地相知, 時王太倉繼當國, 臥籍未至, 尤陸心膂石交, 而暫攝政府者爲王山陰, 與陸傾蓋相善, 銓政幾還舊觀. 甫期而二公俱去國矣. 太倉還朝, 孫[212]陳[213]二公相繼爲吏部, 同爲浙人又同邑也, 修平湖故事, 稍稍見忤端. 蓋王非撓部者, 而不能不惜閣體之日見輕. 孫陳非侵閣者, 而不能不恨部權之未盡復. 其黠而喜事者, 復從旁挑之, 遂有異同之

별칭이다.

210 楊海豐 : 명나라 중기의 대신 양외楊巍, 1516~1608를 말한다. 양외는 산동 해풍현海豐縣 사람으로 자는 백겸伯謙이고 호는 이산二山 또는 몽산夢山이다. 가정 26년1547 진사가 되어, 병과급사중, 산서안찰사山西按察司 부사副使, 우첨도어사右僉都御史, 병부우시랑, 남경호부상서, 공부상서, 호부상서, 이부상서 등의 벼슬을 지냈다. 만력 36년1608 향년 92세로 세상을 떠났으며, 사후에 소보少保로 추증되었다.

211 宋商丘 : 명나라 만력 연간의 대신 송훈宋纁:?~1591을 말한다. 송훈은 귀덕부歸德府 상구현商丘縣 사람으로, 자는 백경伯敬이고, 호는 율암栗庵이며, 시호는 장경莊敬이다. 가정 38년1559에 진사가 되어, 영평부永平府 추관推官, 산동도감찰어사山東道監察御史, 산서순안山西巡按, 남경 호부우시랑, 호부상서, 이부상서 등의 벼슬을 지냈다. 만력 18년1590 사직한 양외의 뒤를 이어 이부상서가 되어 재직 중에 죽었다. 사후에 태자태보와 영록대부榮祿大夫로 추증되었다.

212 孫 : 손롱孫鑨을 말한다.

213 陳 : 명나라 중기의 대신 진유년陳有年, 1531~1598을 말한다. 진유년은 절강 여요餘姚 사람으로, 자는 등지登之이고, 호는 심곡心穀이며, 시호는 공개恭介다. 가정 41년1562에 진사가 되어, 형부주사, 이부주사, 낭중郞中, 태상시소경, 이부우시랑, 이부상서 등의 벼슬을 지냈다. 여요 사람 손롱, 평호平湖 사람 육광조와 함께 '절강의 3대 태재'로 일컬어진다. 사후에 태자태보로 추증되었다.

說, 然王亦自此急引退矣. 趙蘭谿名曰首相, 以庸碌見輕. 張新建代庖,
遂與太宰孫富平植黨相攻, 先後並去, 禍變蔓延, 至今未已. 此後則沈四
明繼之, 在吏部者, 前爲李延津, 今爲楊上饒²¹⁴, 以少宰署事最久. 去年
乙巳²¹⁵一察, 閣部意見槪可知矣.

---

214 楊上饒 : 명나라 만력 연간의 관리 양시교楊時喬를 말한다.
215 去年乙巳一察 : 중화서국본 『만력야획편』에는 '거년일이일찰去年一巳一察'로 되어
있지만, 상해고적본『만력야획편』과 「만력야획편서萬曆野獲編序」에 근거해 수정했
다. '거년去年'은 '지난해'라는 뜻이고, 「만력야획편서」에 따르면 이 책을 쓴 시기
가 만력 34년 병오년丙午年으로 그 한 해 전인 만력 33년은 을사년乙巳年이 된다. 을사
년은 6년에 한 번 있는 중앙관의 인사평가가 있는 해이므로, '거년을사일찰去年乙巳
一察'의 '일찰一察'과도 일맥상통하게 된다. 상해고적본『만력야획편』에는 '거년을
사일찰去年乙巳一察'로 되어 있다. 〖역자 교주〗

번역 원로대신이 고향에 머물 때의 도리

   경인년 신오현申吳縣 상공이 국정을 맡고 있을 때 강남에 대기근이 발생했는데, 황상께서 급사중 양동명楊東明에게 명하여 칙서를 받들고 나가 오중에서 머물며 구휼 업무를 하게 하셨다. 매번 신오현의 집에 갈 때마다 시종을 물리고 걸어갔는데, 신오현은 바로 양동명의 정축년 과거 주시험관이었다. 당시 사람들은 그의 예가 지나치게 공손하다고 했다. 임진년에 신오현은 이미 재상직을 사직하고 고향으로 돌아갔다. 이때 오강吳江 지현으로 새로 부임한 황이재[黃以才, 호는 사화似華] 역시 신오현의 제자의 제자였다. 그가 성안으로 들어가 신오현을 방문할 때, 수행원들이 '물렀거라'라고 외치며 신오현의 집까지 간데다 화려한 빛깔의 옷을 입고 상좌에 앉아 있었기 때문에 신오현이 병을 핑계로 거절하고 만나지 않았다. 당시 사람들이 그의 예가 지나치게 거만하다고 했다. 두 사람 모두 촉 지역 사람이다. 그런데 신오현은 그 지방관과 왕래하며 매우 신중하게 고을 사람들에게 예교를 베풀었다.

   우리 고향의 심계산沈繼山은 그렇지 않다. 그는 평생 절대 고을 수령과 교류하지 않았으며, 꼭 만나고자 하는 사람은 일반 백성으로서 상대했다. 최근 정유년에 우도어사가 사직했는데, 그의 옛 동기 가화병사嘉禾兵使 유경劉庚을 먼저 방문하니, 갈포로 만든 두건에 짚신을 신고 나와서는 자신은 "병 때문에 문밖으로 나가지 않는다"고 하며 마당까지만 전송했고 또 답방도 하지 않았다. 유경이 대노하여 욕하고는 큰 옥사를 일으켜 그에게 죄를 씌우려 했지만 여론이 맞지 않아 비로소 그만두었다. 내가 너무나 놀라 살짝 그에게 "태재 육장간陸莊簡은 평생을 지저분하게 살았는데 이부상서를 그만두고 고향으로 돌아가서 가마가 현의 관아에 이르는 것을 직접 보고서도 어찌 그가 절조를 굽혔던 일을 좀 본받지 않았습니까?"라고 물었다. 심계산은 "육장간과 나는 절친한 사이입니다. 육장간은 만년에 재산을 너무나 많이 불렸지만 계승할만한 자식이 없어 후대에게 원망을 받을 겁니다. 나는 밭도 없고 자식도 없는데 무엇을 돌아보고 근심하겠습니까? 우선 내 뜻대로 행하면 될 뿐입니다"라고 말했다.

원문 **大老居鄕之體**

庚寅年, 吳縣申相公正當國, 時江南大饑, 上命給事中楊東明[216]銜專救出賑, 駐節吳中. 每過申門, 輒屛騶從步行, 蓋申乃楊丁丑大座師也. 時謂其禮太恭. 至壬辰, 申已謝相印[217]歸里, 時吳江知縣黃似華以才新調至, 亦申門人之門人. 入郡城訪申, 則呵殿至門, 彩服踞上坐, 申相辭以疾不面. 時謂其禮太倨, 二公皆蜀人也. 然申與其地方官往還, 修郡民

---

216 楊東明 : 양동명楊東明, 1548~1624은 명나라의 저명한 이학자로, 자는 기수起修이고 호는 진암晉庵이다. 하남河南 우성虞城 사람이다. 만력 8년1580 진사가 되어, 중서사인, 예과급사중, 태상시소경, 광록시경, 형부우시랑 등의 벼슬을 지냈다. 북방 양명학陽明學의 대표 인물이다. 사후인 숭정崇禎 원년1628 형부상서로 추증되었다.
217 印 : 인印은 원래 즉卽으로 되어 있는데, 사본에 근거해 고쳤다印原作卽, 據寫本改.【교주】

禮甚謹.

　吾鄉如沈繼山則不然, 生平絕不與守令交, 其必欲求晤者, 則野服相對. 頃丁酉年以右都御史告歸, 嘉禾兵使[218]劉庚, 其同年也, 首來相訪, 輒葛巾芒履以出, 自云"引疾不出門, 送至中庭而止, 又不報謁", 劉大怒詬罵, 欲起大獄羅織之, 以物論不可, 始息. 余訝其過亢, 私問之曰, "陸莊簡太宰, 生平骯髒, 然銓罷還家, 親見其肩輿抵縣門, 何不稍效其折節乎?" 沈曰, "陸余石交也, 晚年殖產太厚, 諸子無能繼述者, 不免爲後人屈. 余無田無子, 何所顧恤? 則姑行吾意可也".

---

218 兵使 : 명나라 때 안찰부사按察副使의 약칭이다.

문화전文華殿은 원래 주상과 동궁께서 강독하는 곳으로, 당나라의 연영전延英殿과 송나라의 집현전集賢殿을 본받아 그 장소가 매우 친근하며, 무영전처럼 잡직 관리들의 소굴이 아니다. 때문에 영락 연간 이후로 대학사로 제수된 재상들은, 화개전華蓋殿과 근신전謹身殿이 정전의 뒤에 있으므로, 모두 그 사이에 직함을 걸었다. 그러나 문화전은 편전이라 홀로 빠졌으니 그 장소가 깊숙한 곳을 향해 있기 때문이었다. 중서방中書房에 당직을 서는 자를 천자의 근신近臣이라 하는데, 문서와 서화를 담당했다. 예를 들어 내각대신 왕일녕[王一寧, 자는 문통文通]은 영락 연간의 진사로 한림수찬翰林修撰이 되어 문화전에서 봉직했다. 선덕 연간에 심도沈度는 이미 정식으로 한림학사에 제수되었고, 심찬沈粲은 이미 관직이 우춘방우서자右春坊右庶子였지만 여전히 문화전文華殿 서판書辦으로 직함을 적었다. 이응정李應楨은 거인으로 관직에 들어와 태복소경太僕少卿이 되었는데도 칭호를 그렇게 썼다.

정덕 연간과 가정 연간에 이르면 제칙방制敕房과 고칙방誥敕房의 직무 범위가 이미 문화전 위에 있게 되었다. 이에 주혜주周惠疇는 유생으로 출사해 관직이 공부상서에 이르렀고, 담상談相 역시 유생으로 출사해 관직이 공부좌시랑에 이르렀는데, 모두 태연하게 문화전 서판이라 칭했다. 그런데 정덕 연간 이후부터는 과거시험이 정도가 되면서 애써 취하려는 자가 한 사람도 없어지자 이런 관직은 날이 갈수록 업신여기게 되었다. 최근 몇 년 동안 관직을 파는 일이 생기면서 문화전과 무영전의 중서사인은 모두 돈을 내면 바로 임명하도록 허용되어 더 이상 예술적 기량을 심사하지 않게 되었다. 사람들이 마침내 그들을 함께 섞일 수 없는 다른 무리로 보았고 또 모두 국고를 낭비하면서 글 쓰는 일을 하지 않았다. 즉 하나의 전각이 이미 두 개의 길로 나뉘어 서로 왕래하지도 않았다. 동쪽과 서쪽의 두 전각 또한 더 이상 기복이 생기지 않았다.

제칙방과 고칙방이 지금 내각대신의 속관인 것은, 그저 당나라와 송나라 때의 재상이 서재 뒤의 일을 주관했던 것을 따른 것이다. 하지만 영락 연간 초기에 내각을 두어 원래 황명을 처리했는데, 그 뒤 점차 중서사인이 당직을 서면서 당나라와 송나라의 양제兩制가 가지는 의미와 같아졌다. 선덕 연간에 비로소 별도로 서쪽 방을 만들어 중서사인을 두고, 내각대신은 동쪽 방에 거처했으므로 양방兩房이라는 호칭이 생겼지만, 중서사인에게만 딸린 방은 아니었다. 그 뒤 또 황제의 조서를 맡은 제칙방制敕房과 관리에 대한 임명장을 맡은 고칙방誥敕房으로 나뉜 두 방을 마침내 중서사인이 관할하게 되었다. 내각대신의 속관이라지만 그들은 자연스레 문연각 서판 또는 내각 서판이라고 하는 직함을 사용하면서 오로지 재상을 따라 출입하며 모든 성지의 초안과 게첩에 대한 회답도 다 참여해 알 수 있고, 내각도 간혹 감시했다. 그들에 대한 선발은 원래 작은 일이 아니어서, 또 한림원 전적典籍과 시서侍書 및 사경국司經局 정자正字 등의 관직에 제수되면 좋은 집을 관사官舍로 주었다.

실록을 편찬하고 경서와 역사서를 편찬하는 일은 모두 힘들인 보람이 있다. 베껴 쓰고 편집하고 수집 및 보존하는 일을 하면서 동궁이 거처에서 나와 학문을 배우게 되면 또한 동궁을 모시고 경서를 강론한다. 훗날 동궁이 제위에 오르면 황상의 특별한 은덕을 입거나 음서의 혜택을 얻는 일은 다 문화전의 관리들이 감히 바라는 것이 아닌데, 또 어찌 무영전의 관리들을 논하겠는가. 이로부터 마침내 피휘해 서판이라 부르고 그 직함을 판사辦事로 고쳐 적었다. 이에 제칙방과 고칙방의 관리 중에는 간혹 진사 시험의 명사도 있다. 예를 들어 서학모徐學謨는 이부 주사로 들어와 봉직했고, 오국윤吳國倫은 이과급사중에 제수되어 나갔으며, 엄걸嚴杰은 어사가 되어 나갔고, 귀유광歸有光은 태복시승으로 들어와 봉직했다. 거인 시험에서는 뛰어난 재능이나 대단한 힘이 있는 사람이 아니면 들어갈 수 없다. 그곳에 오랫동안 머물기를 원치 않는 자는 모두 6부로 나가 번사藩司와 얼사臬司의 지방장관이 되었다. 감생이나 유생 중에서 뽑힌 자도 자격과 경력을 쌓아 구경九卿과 6부 상서 및 시랑 이상의 높은 관직을 직함으로 달 수 있었다. 목종 연간에 고신정이 처음으로 제칙방과 고칙방에 상서나 시랑을 제수해서는 안 되고 문화전과 무영전에는 4, 5품 이상의 관리를 제수해서는 안 된다고 건의했는데, 황상께서 윤허하시고 기록해 법령으로 삼게 하셨다. 하지만 얼마 안 되어 이미 완전히 그 기준을 넘어섰다. 제칙방과 고칙방은 또 날로 더 귀해지고 문화전과 무영전은 황상의 은총을 한가득 입게 되니, 주머니를 털고 가산을 탕진해서라도 들어가려 하지만 그럴 수 없는 지경에 이르렀다. 오늘날 두 중서사인이 서로 마주본다면 거의 구름과 진흙 또는 경수涇水와 위수渭水처럼 현격한 차이가 있다. 하지만 성화 이전에는 무영전만 다소 잡다했고, 문화전과 제칙방, 고칙방도 그렇게 우열이 심하지는 않았던 듯하다.

○ 태상소경太常少卿 정락程洛은 선덕 연간의 중서사인 정남운程南雲의 아들이다. 먼저 상보사승尙寶司丞으로 내각에서 고칙방을 맡았다. 성화 을유년 문화전의 동쪽 곁채에 서판으로 들어가서 지금의 관직에 이르렀으니, 중서사인의 옛 관례를 알 수 있다. 정남운은 태상경太常卿의 관직으로 정시廷試의 시험관을 맡았다.

원문 **兩殿兩房中書**

文華殿本主上與東宮講讀之所, 視唐之延英[219], 宋之集賢, 其地最爲親切, 非如武英殿爲雜流窟穴. 以故自永樂以後, 輔臣拜大學士者, 卽華蓋謹身, 在正殿之後, 皆繫衘其間. 而文華以偏殿獨缺, 則地望邃密故也. 其中書房[220]入直者, 稱天子近臣, 從事翰墨. 如閣臣王文通一寧[221]以永

---

219 延英 : 당나라 장안長安의 대명궁大明宮에 있던 연영전延英殿을 말한다. 황제가 문무대신을 접견하고 정사를 논하던 곳이다. 개원開元 연간에 세워졌다. 건부乾符 연간에 이름을 영지전靈芝殿으로 고쳤다가 곧 다시 연영전이라는 이름을 회복했다. 연영전 밖에는 중서성을 두었고, 연영전 안에는 내성內省 등 중추기구를 두었다.
220 中書房 : 명대 궁중에서 문서의 필사와 수발을 담당했던 기구.
221 王文通一寧 : 명나라 정통 연간에 예부시랑을 지낸 왕일녕王一寧,1397~1452을 말한다. 왕일녕의 이름은 당唐인데 자로 행세했으며, 나중에 자를 문통文通으로 고쳤고, 호는 절재節齋다. 절강 선거仙居 사람이다. 영락 16년1418에 진사가 되어, 선종宣宗 때

樂甲榜[222]翰林修撰, 供事文華殿. 宣德年間沈度[223]已正拜翰林學士, 沈粲[224]已官右春坊右庶子, 尚結銜文華殿書辦. 李應禎[225]自乙科入官太僕少卿, 其稱亦然.

至正德嘉靖間, 則兩房事寄已踞文華上矣. 乃周惠疇以儒士入, 官至工部尚書, 談相亦以儒士入, 官至工部左侍郎, 俱稱文華殿書辦[226]自若也. 然自正德以後, 科目正途, 無一人肯屑就者, 此官益以日輕. 自近年來鬻爵事興, 文華武英兩殿中書舍人, 俱許入貲直拜, 不復考校藝能. 人竟以異流目之, 且俱虛糜公廩, 不從事於濡染. 卽一殿之中, 已自分爲兩途, 不相往還. 而東西二殿亦不復低昂矣.

至制敕誥敕兩房, 今爲閣臣掾屬, 僅比唐宋宰相主書堂後之役. 然永樂

실록 편찬에 참여했다. 정통 13년1448에 예부시랑이 되었고, 경태 초에 한림학사가 되었다.

222 甲榜 : 과거 급제자. 진사.

223 沈度 : 심도沈度, 1357~1434는 명나라의 관리이자 서예가로, 송강부松江府 화정華亭 사람이다. 그의 자는 민칙民則이고 호는 자락自樂이다. 영락 연간에 글씨를 잘 써서 한림전적翰林典籍으로 발탁되었고, 그 뒤 시강학사를 거쳐 한림학사가 되었다. 관부의 서체인 관각체館閣體의 대표적인 인물로, 아우 심찬沈粲과 함께 서예로 유명했다.

224 沈粲 : 심찬沈粲, 1379~1453은 명나라의 관리이자 서예가로, 심도의 동생이다. 그의 자는 민망民望이고 호는 간암簡庵이며, 송강부 화정 사람이다. 형 심도의 추천으로 중서사인이 되었고, 그 뒤 시강학사, 대리시소경 등의 벼슬을 지냈다.

225 李應禎 : 이응정李應禎, 1431~1493은 명나라의 관리이자 서예가다. 그의 본명은 신甡이고, 응정應禎은 자인데, 자로 행세했다. 나중에 자를 정백貞伯으로 바꾸었고, 호는 범암範庵이다. 남직례 장주長洲 사람이다. 경태 4년1453 향시에 합격해 태학太學에 들어갔고, 성화 연간에 글자를 잘 써서 중서사인으로 발탁되었다. 그 뒤 남경병부랑중南京兵部郎中을 거쳐 남경태복소경南京太僕少卿이 되었다. 고문사古文詞와 서법書法에 뛰어났고 특히 전서篆書에 조예가 깊었다.

226 書辦 : 문서를 관리하고 처리하는 관리. 지금의 서기에 해당한다.

初[227]設內閣, 本理制誥, 其後漸以中書入直, 猶唐宋兩制之意. 宣德間始專設西房處之, 而閣臣身居於東, 因有兩房之稱, 非專屬中書官也. 其後制敕[228]誥敕[229]又分, 而兩房遂屬之中書. 稱閣臣屬吏, 然其銜自云文淵閣書辦, 或云內閣書辦, 專隨輔臣出入, 一切條旨答揭, 俱得預聞, 揆地亦間寄以耳目. 其選本不輕, 且得拜翰林典籍侍書, 及司經局正字[230]等官, 與玉堂稱寮寀. 而修實錄, 修書史, 俱得效勞. 充謄寫催纂收藏之役, 以至東宮出閣, 亦供事講筵. 他日龍飛, 並沾恩典, 或得蔭子, 俱非文華諸人所敢望, 又何論武英諸君. 自此遂諱稱書辦, 改署其銜爲辦事. 於是兩房諸寮, 間有甲科名士亦居之, 如徐學謨以吏部主事入供事, 吳國倫則出拜兵科給事中[231], 嚴杰出爲御史, 歸有光[232]則入爲太僕寺丞供事. 至

---

227 初 : 초初는 원래 상相으로 되어 있는데, 사본에 근거해 고쳤다初原作相, 據寫本改.【교주】
228 制敕 : 황제의 명령.
229 誥敕 : 명청 시기에 조정에서 관직이나 작위를 내리는 칙서, 즉 지금의 임명장과 비슷하다.
230 正字 : 명대 첨사부詹事府 사경국司經局의 종구품 관직으로, 서적의 교정과 글자 수정을 담당했다.
231 吳國倫則出拜兵科給事中 : 중화서국본 『만력야획편』에는 '오국윤'의 '윤倫'이 '윤綸'으로 되어 있고, '병과급사중'이 '이과급사중吏科給事中'으로 되어 있는데, 『명세종실록』 권422와 『명사』「열전 제175·문예文藝 3」에 근거해 수정했다.〖역자 교주〗
　● 吳國倫 : 오국륜吳國倫: 1524~1593은 명나라 후기의 저명한 문학가로, 호광 흥국興國 사람이다. 그의 자는 명경明卿이고, 호는 천루川樓 또는 남악산인南岳山人이다. 가정 29년1550에 진사가 된 뒤, 중서사인을 거쳐 병과급사중兵科給事中으로 발탁되었다. 엄숭의 눈 밖에 나 남강추관南康推官으로 쫓겨났고, 귀덕歸德으로 옮겼다가 얼마 뒤 사직하고 귀향했다. 엄숭이 실각된 뒤 다시 기용되어 하남좌참정河南左參政에 올랐지만, 승진심사에서 파직되어 고향으로 돌아갔다. 재기가 뛰어나고 시를 잘 지었으며, 후칠자後七子의 한 사람이다.
232 歸有光 : 귀유광歸有光, 1506~1571은 명나라의 관리이자 산문가散文家로, 강소 곤산崑山 사람이다. 그의 자는 희보熙甫 또는 개보開甫이고, 별호別號는 진천震川 또는 항척생項

於乙科, 非高才大力不得入. 其不願久留者, 俱以郎署出爲藩臬大吏矣. 其以監生儒士選者, 亦得積資帶銜卿寺部堂以上尊官矣. 穆宗朝, 高新鄭始建議, 兩房不得拜卿貳, 兩殿不得過四五品, 上允之, 命著爲令. 然未久已盡踰越. 而兩房又日以加貴, 卽兩殿有朶頤登瀛, 至傾橐罄家, 求改入而不得者矣. 以今日兩中書相視, 幾有雲泥涇渭之別. 然成化以前, 惟武英稍爲猥雜, 而文華之與兩房, 似亦不甚軒輊也.

○ 太常少卿程洛者, 卽宣德間中書程南雲之子, 先以尙寶司丞, 在内閣司誥敕, 成化乙酉年, 取入文華殿東耳房書辦, 以至今官. 則中書官舊例可知矣. 南雲官太常卿, 至充廷試讀卷官[233].

脊生이며, 호는 진천선생震川先生이다. 가정 19년1540 거인이 되었지만 회시會試에서 8차례 낙방하고 가정 44년1565 60이 다 되어서야 진사가 되었다. 진사 급제 후, 장흥지현長興知縣, 순덕통판順德通判을 거쳐 남경태복시승南京太僕寺丞이 되었다. 그 뒤 내각수보 이춘방李春芳의 눈에 들어 내각의 제칙방을 관장하면서 『세종실록』편수에 참여했다.

233 讀卷官 : 과거 시험 중 황제가 친히 참석하는 전시殿試의 시험관. 과거 응시자가 제출한 답안을 황제 앞에서 읽고 그 내용이 잘 되었는가를 설명하는 업무를 담당했다.

서판은 문서를 관리하는 자의 통칭이기 때문에 전각 이름을 가린 내각에서 직함을 단 중서사인들은 모두 서판을 직함에 넣으니 원래 피휘할 필요가 없다. 재상에 임명되어 성지를 받들면 '내각에 들어가 일을 처리한다'고 하고, 각 관서에서의 수습 기간이 끝났는데도 관직에 제수되지 않은 진사 급제자들은 '모 관부에서 일을 처리한 진사'라고 하는데, 모두 그가 하는 업무를 내세운 것이다. 문화전과 무영전에 각각 있는 당직을 서는 방과 또 내각에 있는 제칙방과 고칙방이 맡은 일은 문장에 불과하다. 지금 제칙방과 고칙방에서 승진하지 못하고 장기간 있는 자들은 스스로 직함을 높여 '장방사掌房事'라 하고, 그 다음은 '판사辦事'라 하며, 온 힘을 다해 애쓰는 자 또한 공사供事라고 부른다. 이렇게 스스로 서판과 구별을 하니, 문화전과 무영전의 중서사인 또한 이를 모방한다. 그러나 서판이라는 명칭은 마침내 크고 작은 관서에서 문서를 관장하는 하급관리의 전유물이 되었다. 지금 하급관리인 서판의 권한은 이미 각 부 주관 관원의 권한을 넘어섰다. 그리고 이부, 예부, 병부의 서판의 권한은 또 다른 여러 서판의 권한을 넘어섰다. 아마도 직함을 단 중서사인은 이렇게 권세가 크지 않을 듯하다.

書辦爲筆文書者通稱, 以故祕殿內閣, 凡帶銜中書科[234], 俱以入銜, 本不足諱. 如輔臣大拜, 奉旨則曰入閣辦事. 甲科各衙門觀政[235]期滿, 未授官者, 曰某部辦事進士, 蓋俱以政務所自出也. 若兩殿各有侍直房, 內閣又有制誥兩房, 所司不過筆札. 今兩房久次者, 忽自尊其銜曰掌房事, 其次則曰辦事, 至效勞者亦稱供事, 以自別於書辦, 兩殿官亦因而效響焉. 而書辦之名, 遂專屬於大小曹署之掌案胥吏矣. 今胥吏書辦之權, 已超本官之上. 而吏禮兵三部之權, 又超諸書辦之上. 恐帶銜中書官, 無此炙手也.

---

234 中書科 : 명청 시기에 책문冊文과 고칙誥勅 등의 필사를 관장하던 기구. 명나라 홍무 연간에 중서성에 중서사인을 두었다가, 중서사인과 급사중을 승칙감承勅監에 예속시켰다. 영락 연간에는 오문午門 밖에 중서과를 설치하고 종칠품의 중서사인 20명을 두었는데, 고칙, 제칙, 은책銀冊, 철권鐵券 등을 필사하는 업무를 했다.

235 觀政 : 진사에 급제한 유생에게 바로 관직을 제수하지 않고 6부와 9경 등의 관서로 보내 실습하게 하던 명대의 제도.

인지전仁智殿은 원나라 때 내원內苑의 만세산萬歲山 가운데 있는 황제의 나들이 장소였는데 지금은 더 이상 존재하지 않는다. 현 왕조에서는 무영전 뒤에 따로 인지전을 두었는데, 황후께서 하례를 받거나 붕어하신 역대 황제와 황후의 발상發喪을 하는 곳이다. 무영전의 동북쪽에 있는 사선문思善門은 백관과 봉호를 받은 부인들이 입궁해 조문하는 곳이다. 기술이나 재주로 등용된 잡직雜職의 관리들은 모두 인지전 소속으로 문화전과 무영전 소속이 아니다. 예전에 너무나도 뛰어난 여기呂紀의 영모도翎毛圖를 본 적이 있는데, 평생 그린 그림 중에서도 출중했으며, 아래에는 인지전 판사 겸 금의위시백호錦衣衛試百戶 왕 아무개라고 적혀 있었다. 아마도 그때는 온갖 기예를 가진 이들이 모여 있어서 물건을 만드는 장인들과 한 무리가 되었던 듯하다. 지금 무영전 사람들의 선배들은 내부內府의 각 감국監局과 사원들에 모두 있었는데, 소설과 잡서雜書를 필사하는 이가 가장 비천했다. 성화 연간에 주혜주周惠疇는 나중에 관직이 상서에 이르렀는데, 처음에는 대자은사大慈恩寺의 서판을 직함에 넣었지만 이후로는 마침내 무영전에 들어가 더 이상 인지전을 직함에 쓰지 않았다. 문화전과 무영전은 원래 분별이 있다. 문화전은 사례감司禮監이 관리하는데, 문화전을 감독하는 태감과 만나면 다만 스승과 제자의 예를 갖춘다. 무영전의 중서사인은 원래 선대에는 없었다. 오늘날에는 어용감御用監이 관할하는데, 책을 간행하고 인장을 새기며 병풍과 서까래 및 깃털 부채와 함께 그림을 배치하는 일까지 다 무영전의 중서사인에게 맡기므로, 어용감 태감을 만날 때는 그를 매우 높이는 예를 취한다.

성화 원년, 태감 부공傅恭이 기술직 관리인 문사원부사文思院副使 이경화李景華 등을 중서사인과 어용감서판御用監書辦으로 승진시킨다는 성지를 전했는데, 이때부터 봇짐장수나 하인이 황제에게 특별 임용되는 일이 끊이지 않았으니, 청렴한 근신의 무리라고는 할 수 없다. 이경화는 나중에 통정사通政司까지 승진했는데, 성지를 전할 때 여전히 어용감판사라고 칭했으니, 아마도 그때 무영전은 역시 직함에 넣는 것이 허용되지 않았지만 문화전의 체제는 여전히 존재했던 듯하다. 대체로 선덕 연간에 중서사인 몇 명을 두고 문화문文華門의 동랑東廊에서 일을 맡아 문에 붙이는 대련對聯이나 입춘날 붙이는 대련 등을 써서 올리게 했는데, '문화문이방서판文華門耳房書辦'이라고 직함을 썼으니, 원래 문장 및 서화와 밀접한 관계가 있었다. 성화 연간에 이르러 또한 각각 성지에 따라 관직이 오르게 되면서 지위와 명망이 점차 가벼워졌고, 마침내 문화전과 무영전의 서판이 대등한 위치가 되었다. 그 중에 일을 맡은 자들은 모두 기예로 승진했고 간혹 태감에게 시나 사를 바친 자들도 승진했기 때문에 진사 출신의 선비들은 그 대열에 참여하고자 하지 않았다. 헌종 때 형부주사 곽종郭宗은 태감 담창覃昌이 성지를 전해 상보소경尙寶少卿으로 승진하고 문화전을 맡았다. 곽종은 진사 출신이지만 도장을 잘 새겨서 환관의 추천을 받아 마침내 시정의 소인배들이 굽신

거리는 것과 다를 바가 없어졌으니, 부끄러워하고 원통해하다가 병 들어 죽었다. 정덕 연간 초기에 역적 유근劉瑾이 권력을 장악했을 때 공부 주사 서자희徐子熙도 진사 출신이었는데, 서책을 끼고 잡직 관리들과 함께 시험을 봐서 광록소경光祿少卿으로 승진해 문화전의 중서방中書房에서 일을 맡으니, 사대부들이 그를 천하게 여겨 그를 벼슬아치로 상대하지 않았다. 그 후로는 돈으로 관직을 산 평민들이 그 자리를 채우니, 비록 사대부라 자처하는 이들이 무영전을 얕잡아 보며 동료라 부를 가치도 없다 여겼지만, 당시 여론은 그렇게 말하지 않았다. 성화 연간과 홍치 연간 이후로 황제가 특별히 중서사인으로 임용하는 폐단이 완전히 사라진 지 거의 80여 년이 되었는데, 문화전과 무영전에 추가로 들이는 관례가 또 시작되었다.

원문 **仁智等殿官**

　仁智殿者, 故元時, 在内苑萬歳山之牛, 爲游幸之所, 今不復存. 本朝武英殿後, 別有仁智殿, 爲中宮受朝賀, 及列帝列后大行發喪之所. 武英殿之東北, 爲思善門, 卽百官及命婦入臨處. 凡雜流以技藝進者, 俱隷仁智殿, 自在文華殿武英殿之外. 曾見呂紀[236]翎毛[237]極工, 迥出生平濡染

---

236 呂紀 : 여기呂紀, 1477~?는 명나라 중기의 궁정화가로, 절강 은현鄞縣 사람이다. 그의 자는 정진廷振 또는 정손廷孫이고, 호는 낙우樂愚 또는 낙어樂漁다. 홍치 연간에 궁정 화가가 되어 인지전에서 일했고, 벼슬은 금의위지휘사를 지냈다. 새나 짐승을 그린 영모도翎毛圖에 뛰어났고, 산수화와 인물화도 잘 그렸다.
237 翎毛 : 새나 짐승을 그린 그림.

之上, 下題仁智殿辦事, 錦衣衛試百戶王某. 蓋其時百藝所萃, 與工匠爲
伍. 卽今武英殿諸人之前輩, 凡內府[238]各監局寺觀俱有之, 抄寫小說雜
書, 最爲猥賤. 成化間, 如周惠疇, 後官至尙書, 其初乃以大慈恩寺書辦
入銜, 然此後遂自列於武英殿, 不復稱仁智矣. 若文武兩殿, 本自有別,
文華爲司禮監提調, 與提督本殿大璫相見, 但用師生禮. 武英殿中書官,
先朝本不曾設, 其在今日, 則屬御用監管轄, 一應本監刊刻書篆, 幷屏幛
楔角, 以及鞭扇陳設繪畫之事, 悉以委之, 其見大璫禮頗峻. 成化初元,
太監傅恭傳旨, 陞技術士文思院[239]副使李景華等爲中書舍人, 御用監書
辦, 自是負販廝養傳奉不絕, 幾不可□, 淸近之班.

　　景華後陞至通政司, 傳旨尙稱御用監辦事, 蓋其時卽武英殿, 亦未許入
銜也. 而文華之體則尙在, 蓋自宣德間, 置中書舍人數員, 供事文華門東
廊, 備上宣喚寫門聯年帖[240]之屬, 署銜曰文華門耳房書辦, 本係翰墨親
近, 至成化間, 亦各以傳旨進秩, 地望漸輕, 遂對稱爲兩殿官. 其間供事
者皆以藝進, 或獻詩詞於大璫者亦得之, 於是科目淸流, 無肯預列. 憲宗
朝, 刑部主事郭宗[241], 以太監覃昌傳, 陞尙寶少卿, 直文華殿, 宗起進士,
工刻印章, 爲中人所引, 遂與市井小人趨走無別, 愧恨成疾以死. 正德初,

---

238 內府 : 환관들의 조직으로 12감監, 4사司, 8국局으로 구성되어 있다.
239 文思院 : 명나라 때 가마, 옥책玉冊과 금보金寶, 각종 의복과 물건에 사용되는 장식물
　　등을 제작 공급하던 기관. 대사大使와 부시副使 등의 관직을 두었다.
240 年帖 : 명나라 때 춘첩春帖을 부르던 명칭. 춘첩은 입춘날에 대궐 안의 기둥에 써
　　붙이는 대구를 이루는 문구를 말한다.
241 郭宗 : 곽종郭宗, 생졸년 미상은 명나라 중기의 관리다. 요동遼東 요해위遼海衛 출신으로,
　　명나라 성화 14년1478에 진사가 되어, 벼슬은 형부주사와 상보시소경尙寶寺少卿을
　　지냈다.

逆瑾用事, 時有工部主事徐子熙者, 亦起家進士, 挾冊與雜流並試, 得陞光祿少卿, 供事於文華殿之中書房, 士林賤之, 不齒之縉紳焉. 此後則貲郎白身輩, 充牣其中, 雖自命淸流, 忽視武英, 不屑與稱僚寀, 而時論不謂然. 然自成弘後, 中書傳奉之弊一淸, 凡八十餘年, 而兩殿加納之例又開矣.

번역 비과거급제 출신자가 중서사인으로 처음 제수되다

　문화전과 무영전의 중서사인은 비록 분별이 있지만 시험을 쳐서 관직을 제수하는 체제는 다르지 않다. 감생으로 들어온 자는 3년이 지나면 중서사인으로 제수되고 만약 9년이 되면 승진해 육부나 오시에 직함을 달게 된다. 유생 출신은 겨우 홍려시鴻臚寺의 서반序班 자리를 얻고, 9년 임기가 다 차면 비로소 종팔품이 되며, 다시 9년이 지나면 비로소 중서사인에 제수되니, 벼슬길이 이처럼 우회적이었다. 그 뒤 봉록을 더하고 승진을 거쳐 중앙 관서의 관리가 되면 차이가 없어진다. 최근 몇 년 사이에 재물을 헌납하고 승진했다면 또 그렇지 않다.

　○ 지난날을 기억해보면, 송강松江 사람 반운룡潘雲龍은 감생으로 시험을 쳐서 무영전시중서武英殿試中書에 제수되었다. 악청樂淸 사람 조사정趙士楨은 황제의 부르심을 받고 문화전에 들어갔지만, 유생으로 재직한 지 20년이 되도록 여전히 홍려시 주부主簿로 있었다. 휴녕休寧 사람 황정빈黃正賓도 유생으로 무영전에 들어가 관직이 홍려시 사빈서승司賓署丞에 그쳤다. 이 세 사람은 모두 비과거 급제자로 벼슬길에 들어선 사람들 중 유명한 이들인데, 당시에는 돈으로 관직을 사는 체제가 아직 시작되지 않았다.

원문 異途中書初授

兩殿官雖分, 而考授例則無異. 其以監生入者, 歷三年卽拜中書舍人,

若九年卽陞帶銜部寺矣. 其以儒士起家者, 僅得鴻臚序班[242], 九年滿, 始

得從八品, 又九年, 始拜中書舍人, 其途紆迴如此. 此後歷俸加陞, 則郎

署卿寺便無分別. 若逈年納級, 則又不然矣.

○ 猶憶往時, 松江潘雲龍, 以監生考授武英殿試中書. 樂清趙士楨[243],

以欽召入文華殿, 然以儒士在直二十年, 尙爲鴻臚主簿. 休寧黃正賓, 亦

以儒士入武英, 止鴻臚司賓署丞[244]. 此三人皆他途中知名者, 時納官例

未開也.

---

242 序班 : 명나라 때 처음 설치한 종구품의 관직으로 홍려시 소속이다. 황궁 내의 행사
　　 에서 관직의 고하에 따라 위치를 정하는 일이나 황제의 칙명 전달, 통역 등의 일을
　　 담당했다.
243 趙士楨 : 조사정趙士楨, 1553~1611은 명나라의 군사발명가이자 화기제작자로, 온주溫州
　　 악청樂淸 사람이다. 그의 자는 상길常吉이고 호는 후호後湖다. 만력 연간에 '신뢰총迅
　　 雷銃', '체전총掣電銃', '화전류火箭溜', '노밀총魯密銃', '응양포鷹揚炮' 등의 화기를 발명
　　 하고 제작해, 당시 왜구와의 전쟁에서 큰 성과를 거두었다.
244 司賓署丞 : 홍려시 아래에 있는 사빈서司賓署의 수장이다. 정구품이며, 조공하러 온
　　 외국 사신들에게 황제를 알현할 때의 절차와 예의를 가르치는 일을 했다.

만력야획편萬曆野獲編 上

권10

수수秀水 경천景倩 심덕부沈德符 저

동향桐鄕 이재爾載 전방錢枋 편집

◎ 사림詞林

[번역] 한림원의 권한이 막강하다

    내각의 재상은 모두 사림詞林에 직분을 가지고 있는데, 지금 관직에 부임해서 일을 처리할 때도 여전히 한림원에 있으면서 공문서에 모두 한림원의 인장을 사용한다. 사람들은 한림학사에게 편중되는 것이 잘못되었다고 하는데, 태조 때에 그런 제도가 있었는지 알지 못한다. 홍무 14년 10월 법사法司에서 법률에 따라 범죄를 판결하는 상소를 올리면 한림원 춘방春坊에서 공평 타당함을 심의하고 그 뒤에 판결 내용을 검토해 황상께 아뢰게 했으니 이 생사를 결정하는 큰일이 한림학사에게 달렸었다.

    12월에 또 한림翰林, 편수編修, 검토檢討, 전적典籍, 좌춘방左春坊과 우춘방右春坊, 사직司直, 정자正字 등의 관리에게 법사에서 올린 판결문을 살펴보고 잘못된 점을 고쳐 보고하되, 타당하면 "한림원겸평박제사문장사翰林院兼平駁諸司文章事 모관某官 아무개"라고 서명하고 차례대로 이름을 써서 작성해서 바쳤으니, 당나라와 송나라 때의 평장平章과 참정參政의 임무를 또 겸한 것이다. 15년에 사보관四輔官을 폐지하고 마침내 화개華蓋 등의 전각대학사殿閣大學士를 두었는데 소질邵質 등이 그 직책을 맡았다. 23년에는 학사라고만 칭했지만 맡은 일은 예전과 같았다. 다만 건문 연간에는 학사를 두지 않았고, 영락 연간에는 여전히 전각대학사였으며 품계는 사관보다 높았다. 좌우 춘방과 사경국司經局에서 어찌 문학시종의 기탁을 맡지 않을 수 있었겠는가. 의론이 분분했는데 올바로 전례를 살 피지 않았을 뿐이다.

원문 **翰林權重**

內閣輔臣, 俱繫職詞林, 至今上任視事仍在翰苑, 凡文移俱以翰林院印 行之. 人謂詞臣偏重爲非是, 未知太祖時故事也. 洪武十四年十月, 命法 司論囚擬律奏聞, 從翰林春坊會擬平允, 然後覆奏論決, 是生殺大事, 主 於詞臣矣.

至十二月, 又命翰林編修檢討典籍左右春坊司直正字等官, 考駁諸司 奏啓以聞, 如平允, 則序銜¹曰翰林院兼平駁諸司文章事², 某官某列名書 之以進, 則唐宋平章參政之任又兼之矣. 十五年廢四輔官³, 遂設華蓋等 殿閣大學士, 以邵質等爲之. 二十三年止稱學士, 而任事如故也. 惟建文 不設學士, 而永樂仍爲殿閣大學士, 秩本尊於史官. 坊局安得不司禁密⁴ 之寄. 議者紛紛, 正未考夫典故耳.

1　序銜 : 공문서에 직함과 성명을 순서대로 갖추어 적는 것.
2　翰林院兼平駁諸司文章事 : 명대 한림원과 첨사부의 좌춘방 관리가 다른 관서의 상 소문과 같은 문서를 심의해 따져서 바로잡을 때 더하는 직함.
3　四輔官 : 홍무 12년1380 처음 설치되었다. 춘, 하, 추, 동 네 부분으로 나누었는데, 춘관春官에 유사 왕본王本, 두우杜佑, 공효龔斆를, 하관夏官에 두효杜斆, 조민망趙民望, 오 원吳源을 두고, 추관秋官과 동관冬官은 춘관과 하관이 겸임했다.
4　禁密 : 문학 시종 또는 궁정의 기관.

지금은 회시會試를 치른 후에 심사해 서길사를 선발한다. 사람들은 문황제 영락 연간 갑신년 과거에서 별자리에 맞춰 28명을 뽑은 데서 비롯되었다고 말하는데, 전해 내려온 지 오래되어서 결국은 그렇지가 않다.

태조 홍무 4년에 과거를 실시해 서길사를 뽑은 이래로 홍무 6년 계축년에 또 회시 때 명을 내려 과거에서 서길사를 뽑는 것을 그만두게 했다. 특별히 하남河南 거인擧人 장유張唯 등 4명과 산동山東 거인 왕련王璉 등 5명을 선발해 모두 한림원편수翰林院編修에 제수하고 찬선대부贊善大夫 송렴宋濂과 계언량桂彦良 등에게 가르치게 했다. 시험으로 서길사를 선발하는 것은 여기에서 시작되었다. 홍무 18년 을축년 과거에서 일갑一甲의 정현丁顯, 연자녕練子寧, 황자징黃子澄 3명은 모두 한림원수찬翰林院修撰에 제수되었는데, 이렇게 해서 과거의 일갑 3명이 한림원에 처음 들어가게 되었다. 이해 과거에 서길사 양정楊靖이 있었는데, 이과에서 일을 하다 곧 사신으로 파견되었다가 돌아와 바로 호부시랑戶部侍郎으로 승진했으니 심사로 서길사를 선발하는 것은 이해에 시작된 것 같다. 하지만 『대고大誥』를 읽어보면, 또 승칙감承敕監 서길사 요맹첨廖孟瞻이 뇌물죄로 죽임을 당했다는 기록이 있는데, 그 일이 홍무 18년에 있었으니 을축년에 시작된 것은 아니다. 또 「서맹소전徐孟昭傳」에는 "서맹소가 홍무 을축년에 진사가 되어 강서도감찰어사江西道監察御史를 배수받고 예과禮科 서길사로 들어갔다"고 되어 있다. 「서맹소전」은 양용지梁用之가 쓴 것이다.

또 탕계백湯溪伯으로 추봉追封된 곽자郭資도 을축년 한림서길사翰林庶吉士였다. 홍무 21년 무진년의 해진 또한 중서서길사中書庶吉士였다. 무진년에서 갑신년까지 7번 과거가 있은 뒤 문황제가 태조 때의 관례를 수정해, 일갑의 증계曾棨, 주술周述, 주맹간周孟簡 세 사람은 모두 수찬修撰으로 제수하고 또 양상楊相 등 28명을 서길사로 선발했는데 애숙挨宿 주침周忱까지해서 29명이 되었을 뿐이다. 지금까지 기술한 것은 전혀 대조하지 않은 것이다.

○ 홍무 18년 장원이 화륜花綸이라는 것은 『수평지永平志』에 보인다. 등위기鄧偉奇가 방안榜眼이라는 것은 『초기楚紀』에 보인다. 이 해 회시의 장원이 황자징黃子澄이라는 말과 등위기라는 말 중 어느 것이 옳은지는 알 수 없다.

원문 **選庶吉士之始**

今會試後, 考選庶吉士. 人謂始於文皇帝永樂甲申科, 取二十八人以應列宿, 相傳已久, 而竟不然.

自太祖洪武四年開科取士, 至六年癸丑, 又當會試, 詔命罷之. 特選河南舉人張唯等四名, 山東舉人王璉等五名, 俱授翰林院編修, 命贊善大夫宋濂桂彥良等教習. 此卽選考庶常, 權輿於此矣. 至十八年乙丑科, 而一甲三名丁顯練子寧黃子澄, 俱授翰林院修撰, 此鼎甲[5]得詞林之始也. 是

---

5 鼎甲 : 과거제도에서 장원, 방안, 탐화를 합쳐서 부르는 말.

科即有庶吉士楊靖者, 試事於吏科, 尋出使還, 即陞戶部侍郎, 則遴考庶常, 似是此年創始. 然讀『大誥』[6], 又載承敕[7]庶吉士廖孟瞻, 以受贓誅, 事在十八年, 則不始於乙丑矣. 又「徐孟昭傳」[8]云, "孟昭擧洪武乙丑進士, 拜江西道監察御史, 入爲禮科庶吉士." 其傳爲梁用之所作. 又戶部尙書, 追封湯溪伯郭資[9], 亦乙丑科翰林庶吉士. 至二十一年戊辰, 解縉亦爲中書庶吉士. 自戊辰至甲申又七科, 而文皇帝修太祖故事, 一甲曾棨[10]周述周孟簡三人, 俱授修撰, 又選楊相等二十八人爲吉士, 併挨宿[11]周忱爲二十九人耳. 向來紀述者殊未核.

○ 按洪武十八年狀元, 有云花綸者, 則見『永平志』. 有云鄧偉奇爲榜眼者, 見『楚紀』. 是科會元有云黃子澄者, 有云鄧偉奇者. 俱未知孰是.

6　『大誥』: 명 태조 주원장朱元璋이 직접 제정한 형전刑典으로 홍무 18년1385에 반포되었다.

7　承敕: 승칙감承敕監. 명 홍무 9년1376 처음 설치한 기구로 정6품 령승 1명과 종6품 승丞 2명을 두었다.

8　「徐孟昭傳」: 명대 정민정程敏政이 쓴『명문형明文衡』권61에 수록된 명나라 초기의 인물 서욱徐旭에 관한 전傳이다.

9　湯溪伯郭資: 곽자郭資,1361~1433는 명나라 초기의 중신으로, 무안武安 사람이다. 자는 존성存性이고 호는 정암靜岩이며, 시호는 충양忠襄이다. 홍무 18년1385에 진사가 되어, 북평좌포정사北平左布政使, 호부상서, 태자태사 등의 벼슬을 지냈다. 사후에 탕음백湯陰伯으로 봉해졌다.

10　曾棨: 증계曾棨,1372~1432는 명나라 강서 영풍永豊 사람으로, 자는 자계子啓이고, 호는 서서西墅이며, 시호는 양민襄敏이다. 영락 2년1404 진사가 되어, 수찬, 소첨사 등의 벼슬을 지냈다.『영락대전永樂大典』편찬에 참여했다.

11　挨宿: 명대에는 서길사를 선발할 때 원래 28수의 별자리에 맞춰 28명을 뽑았는데, 각각 하나의 별자리에 대응되도록 했다.

번역 네 아문衙門을 두루 거치다

지금 세상에서 한림원, 이부吏部, 6과科 급사중과 도찰원 13도道 감찰어사를 네 아문이라고 하며 매우 청렴결백한 이들을 선발했는데, 지금까지 그곳을 두루 거친 자는 없다. 현 왕조에서는 다만 강서江西 악평樂平 사람 맹소孟昭 서욱徐旭은 홍무 18년 을축년 진사로 하남도어사河南道御史에 제수되어 예과급사중禮科給事中으로 들어갔다. 그런데 성지를 거역해 탁주涿州 훈도訓導로 강등되었다가 봉양鳳陽 교유敎諭로 승진했고 안왕부安王府의 기선紀善으로 뽑혀 추천으로 지주知州로 승진해 또 직사관直史館으로 들어갔다가 이부고공원외랑吏部考功員外郎이 되었다. 태종께서 황위를 계승하시자 낭중郎中으로 승진해 『태조실록太祖實錄』 편찬에 참여한 뒤 국자좨주國子祭酒로 승진했다가 운남雲南 참의參議로 강등되었고 다시 한림수찬翰林修撰이 되어 『영락대전永樂大典』을 편찬하도록 명 받은 지 얼마 안 되어 죽었다. 거의 네 아문의 좋은 관직을 거치지 않은 것이 없었다. 또다시 교관이 되었고, 왕부의 식객으로 나갔으며, 주군州郡을 관장하고, 지방의 군정軍政에 참여했으며, 또 일찍이 대사성大司成의 자리를 정비하고, 세 번 저작의 임무를 맡았다. 만년에 6품 사관史官으로 마쳤는데 법으로는 사후 특전을 누리지 못하므로, 문황제께서 예부 주사를 보내 예를 다해 제사를 고했고 또 관리에게 관을 주어 염하게 하셔 은덕이 한결같이 남달랐다.

○ 일설에는 서욱이 영락 4년 병술년 회시의 동고관同考官이고 궁궐

안에서 죽었다고 한다.

遍歷四衙門

　今世呼翰林吏部科道, 爲四衙門, 以其極淸華之選也, 然未有遍歷之者. 本朝惟江西樂平人徐旭[12]字孟昭, 登洪武十八年乙丑進士, 授河南道御史, 入爲禮科給事中. 以忤旨降涿州訓導, 進鳳陽敎諭, 擢安王府紀善, 以薦者陞知州, 又入直史館, 出爲吏部考功員外郞[13]. 太宗入紹, 陞郞中, 預修『太祖實錄』, 陞國子祭酒, 降雲南參議, 改翰林修撰, 命修『永樂大典』, 未幾卒. 蓋於四衙門美官, 無所不歷. 又再爲敎官, 一出曳裾, 一典方州, 一參方面[14], 且曾正大司成之位, 三領著作之任. 晚終於六品史官, 於法不得卹[15], 乃文皇遣禮部主事端禮諭祭, 又命官給槥以殮, 恩禮始終, 亦異矣.

　○ 一云旭爲永樂四年丙戌會試同考[16], 卒於闈中.

12　徐旭 : 서욱徐旭, 1355~1406은 명나라 강서 낙평樂平 사람으로, 자는 맹소孟昭다. 홍무 17년1384에 진사가 되어, 도찰원절강도감찰어사都察院浙江道監察御史, 서길사, 국자감좨주, 한림원수찬 등의 벼슬을 지냈다. 『영락대전』 편찬에 부총재副總裁를 맡았다.
13　考功員外郞 : 명대 이부의 고공청리사考功淸吏司에 속한 종오품의 관직명이다. 관리의 인사고과와 인사이동 등의 일을 맡았다.
14　方面 : 한 지방의 지방관 또는 군정軍政을 맡은 요직.
15　卹 : 공로자의 죽음에 대해서 주어지는 여러 가지 특전.
16　同考 : 명청 시기 향시나 회시의 과거 시험관 또는 과거 시험의 부심사관.

번역 멸망한 나라의 문학시종^{文學侍從}이 사신으로 나가다

태조께서 천하를 평정하시자 원나라의 문학시종 위소^{危素}와 주백기^{周伯琦} 등이 목숨을 버리면서 절개를 지키지 않았는데도 그들을 박대하면서 모두 내치고 죽이지 않은 것은 태조를 섬기도록 권하기 위해서였다. 그런데 이런 이들과는 매우 달리 한림시독^{翰林侍讀} 장이녕^{張以寧}과 같은 이는 원나라 태정^{泰定} 정묘년에 진사가 되어 황암주^{黃巖州} 판관^{判官}으로 부임했고 다시 육합^{六合} 지현^{知縣}으로 승진했다. 또 회남^{淮南}의 교유^{教諭}가 되었다가 다시 국자조교^{國子助敎}로 불려가면서 여러 차례 한림원에 들어가, 40여 년이나 봉록을 받았다. 명나라가 세워지자 예전의 관직에 제수되어 황명을 받고 안남^{安南}에 사신으로 가 그 나라의 군주를 봉하려 했지만 그가 이르기 전에 왕이 죽었다. 그 나라 백성들이 세자를 세우기를 청했지만 장이녕이 들어주지 않고 다시 조정에 명을 청하니, 황상께서 그것을 허락하셨다. 황상께서는 그가 명을 받들어 사신으로 가는 것을 업신여기지 않으시고 어제시^{御製詩} 8편을 하사하셨으니, 그에 대한 총애가 이처럼 남달랐다. 장이녕의 조부 장유손^{張留孫}은 원나라의 예부상서였고 부친 장일청^{張一淸}은 참지정사^{參知政事}로 원나라의 신하였기 때문에 순식간에 그 은혜를 잊어서는 안 되었다. 또 나준의^{羅俊仁}는 진우량^{陳友諒}이 세운 위한^{僞漢}의 한림편수^{翰林編修}였는데, 태조께서 구강^{九江} 차지하면서 그를 국자조교로 삼고 진우량의 아들 진리^{陳理}를 설득하도록 보내 무창에서 항복시켰다. 또 산서에 사신으로 보내 확곽첩

목이擴廓帖木兒를 항복시켜서 한림편수로 옮겼다. 또 안남에 사신으로 갔는데 선물을 받지 않으니, 황상께서 그것을 가상히 여겨 홍문관학사弘文館學士에 제수하셨으며, 그가 소박하다 여기시고 이름을 부르지 않고 '성실한 나공'이라 부르셨다. 벼슬을 그만두고 고향으로 돌아가길 청하자 대포의大布衣를 하사하시며 그 위에 "성품은 비록 거칠고 침착하지 못하지만 충직함이 가상해 그대에게 포의布衣를 하사하며 고향으로 돌려보내노라"라고 쓰셨다. 다시 북경으로 불렀는데, 황상께서 그의 노쇠함을 가련히 여기시고 돌려보내시면서 옥대玉帶, 쇠지팡이, 갖옷, 말, 식기 등을 하사하셨다. 그가 받은 총애는 장이녕의 10배여서, 송금화宋金華와 도당도陶當塗가 감히 바라볼 수 없는 정도였다. 어찌 장이녕과 나준의 이 두 사람이 두 나라에서 벼슬을 하고서도 위소와 주백기의 현귀顯貴함에 미치지 못했는가? 아니면 사신으로 나갔을 때 말로 설득하는 수고로움이 있어서인가? 이것은 알 수 없다.

원문 **勝國詞臣出使**

太祖定天下, 以元故詞臣危素[17]周伯琦[18]輩, 不能殉節薄之, 俱廢置不

---

17 危素 : 위소危素, 1303~1372는 원명 교체기 때 강서 금계金溪 사람으로, 자는 태박太朴 또는 운림雲林이다. 원나라 지정至正 연간에 경연검토經筵檢討에 제수되고, 송, 요, 금세 나라의 역사를 편수했으며, 한림학사승지翰林學士承旨에 올랐다. 송렴宋濂과 함께 『원사元史』를 엮었다.

18 周伯琦 : 주백기周伯琦, 1298~1369는 원나라 요주饒州 사람으로, 자는 백온伯溫이고, 호는 옥설파진일玉雪坡眞逸이다. 어려서 국학國學에 들어가 상사생上舍生이 되고, 음보

終, 所以勸事君也. 然有極異者, 如翰林侍讀張以寧[19], 登元泰定丁卯進士, 任黃巖州判官, 再陞六合知縣. 又教諭淮南, 再徵國子助教, 累入翰林, 蓋食其祿者四十餘年. 至明興拜前官, 奉使安南, 封其國主, 未至王卒. 國人請立世子, 以寧不從, 復請命於朝, 乃許之. 上以其奉使不辱, 御製詩八篇賜之, 其寵異如此. 按以寧祖名留孫, 元禮部尙書, 父一淸參知政事, 爲元世臣, 不宜遽忘其恩也. 又羅俊仁者, 爲僞漢陳友諒翰林編修, 太祖取九江歸附, 以爲國子助敎, 遣說友諒子陳理於武昌降之. 又使山西, 諭降擴廓帖木兒, 遷翰林編修. 又使安南, 不受饋遺, 上嘉之, 拜弘文館學士, 以其樸野, 呼老實羅而不名. 乞致仕歸, 賜以大布衣, 題其上曰, "性雖粗率, 忠直可嘉, 賜汝布衣, 放歸田里." 復召至京, 上憐其老遣還, 賜以玉帶, 及鐵杖裘馬食具. 其被眷又十倍以寧, 有非宋金華陶當塗所敢望者. 豈以二人雖仕兩國, 不及危周之顯貴耶? 抑以出使時, 有口舌之勞也? 是未可測.

로 남해부南海簿가 되었다. 이후 한림수찬翰林修撰을 거쳐 참지정사參知政事가 되었다. 평강平江 장사성張士誠을 초유招諭해 절강행성좌승浙江行省左丞에 임명되고, 평강에 10여 년 동안 머물렀다. 장사성이 진압되자 돌아온 뒤 얼마 후 죽었다.

19 張以寧 : 장이녕張以寧, 1301~1370은 원말명초 때 복건 고전古田 사람으로, 자는 지도志道이고, 별호는 취병선생翠屛先生이다. 원나라 태정泰定 연간에 『춘추春秋』로 진사進士에 올라 황암판관黃巖判官을 거쳐 육합지현六合知縣에 올랐지만 일에 연좌되어 면직되고, 강회江淮에서 10년을 체류했다. 나중에 한림원翰林院 시독학사侍讀學士가 되었다. 명나라 군대가 원나라 수도를 점령하자 다시 시강학사에 임명되었다. 홍무洪武 3년1370 안남安南에 사신으로 갔다가 귀국하는 도중 죽었다.

번역 한림학사와 중서사인이 서로 자리를 바꾸다

　한림학사들이 글을 쓰는 곳과 중서中書가 쓰는 황상의 조서가 나오는 곳은 예로부터 함께 중시되었는데 건국 초기에 이르러서도 여전히 그러했다. 홍무 연간에 주맹변朱孟辨은 한림편수翰林編修로써 중서사인이 되었다. 영락 연간에 황회黃淮가 중서사인으로써 한림으로 불려 들어가 고문顧問을 하다가, 곧 명을 받고 내각에 들어가 조서를 관장하다 편수編修로 승진했다. 서길사 장익張益은 중서사인에 제수되었다가 좌평사左評事로 승진했는데 모두 한림원에서 직무를 맡았다. 요우직姚友直은 중서사인이었다가 태자세마太子洗馬로 승진했고, 서길사 고곡高穀 등 7명은 함께 중서사인에 제수되었는데, 고곡은 바로 춘방사春坊司 직랑直郎으로 옮겼다. 선덕 연간에 주조朱祚는 사부詞賦를 잘 지어 중서사인에 제수되었다가 한림수찬翰林修撰으로 승진해 내관內官들에게 글을 가르쳤다. 경태 원년에는 중서사인 진학陳學 등 4명이 모두 한림편수로 승진해 내각에서 문서를 관리했다. 아마도 당시에는 상규常規로 여겼지만 중서사인 중에 귀족 자제가 있게 되면서 책임이 점차 가벼워졌고, 그 뒤 돈을 내고 들어 온 자가 어지러이 흘러들어와 한꺼번에 뒤섞여 제수되어 양방兩房과 양전兩殿을 다 채웠다. 또 갑과甲科 출신으로 처음 이 관직을 제수받는 자는 반드시 별도의 표식으로 자신의 남다름을 나타냈다. 그런데 한림학사는 난잡했고, 당나라 때는 더욱이 심서, 화공畫工, 바둑 박사, 차와 술을 담당하는 관리까지 모두 한림원에서 조서를 기다려야 했다. 지금의 중서과中書科처럼 옥석玉石이 구별되지 않았다. 반드시 건국 초기의 전례와 같이 해야만 비로소 한림학사와 중서사인 두 관제의 의미를 잃지 않을 것이라고 한다.

원문 詞林中舍[20]互改

翰林著作之庭, 中書絲綸所出, 古來並重, 至我國初猶然. 如洪武間, 朱孟辨以翰林編修, 改中書舍人. 至永樂間, 黃淮以中書舍人, 召入翰林備顧問, 尋命入內閣掌制誥陞編修. 庶吉士張益[21]授中書舍人, 陞左評事, 俱仍於翰林院供職. 姚友直以中書舍人陞太子洗馬, 而庶吉士高穀等七人, 同授中書舍人, 高卽轉春坊司直郎. 宣德間, 朱祚以詞賦授中書舍人, 陞翰林修撰, 敎內官書. 景泰元年, 中書舍人陳學等四人, 俱陞翰林編修, 仍於內閣書辦. 蓋當時以爲恒典, 自舍人之有冑子而任漸輕, 其後雜流貲郎[22], 一槪混拜, 兩房兩殿[23]充塞, 且負甲科筮仕授此官者, 必別標署以自異矣. 然翰林之猥雜, 在唐尤甚, 如畫工碁博士茶酒司之屬, 咸得待詔翰林. 猶今日中書科, 薰蕕玉石之無別也. 必如國初故事, 始不失兩制遺意云.

---

20 中舍 : 중사中舍는 중사인中舍人이라고도 하며 태자의 속관이다.
21 張益 : 장익張益, 1395~1449은 명나라 때의 관리이자 화가다. 곤산崑山 사람으로, 자는 사겸士謙이고, 호는 준암蠢庵이며, 시호는 문희文僖다. 영락 13년1415에 진사가 되어, 벼슬은 중서사인, 대리평사大理評事, 수찬, 시독학사 등을 역임했다.
22 貲郎 : 돈을 내고 관직을 받은 사람.
23 兩房兩殿 : 양방兩房은 제칙방制敕房과 고칙방誥敕房을 말하고, 양전兩殿은 문화전文華殿과 무영전武英殿을 말한다.

번역 정갑鼎甲이 함께 서길사가 되다

건국 초기에 서길사는 진사들 중에서 뽑기도 하고 그해 합격자 중에서 뽑기도 했다. 영락 연간 갑신년 과거에서는 일갑一甲의 증계曾棨 등 3명과 양상楊相 등 25명이 28숙宿이고 주침周忱이 애숙挨宿이 되었다. 선덕 3년 무신년戊申年에 태자를 세우려 할 때, 황상께서 어진 인재를 뽑아 태자궁의 속관을 준비해 주려고 친히 '제갈공명諸葛孔明이 예악론禮樂論을 가히 일으킬 수 있었는가'라는 문제를 출제해 한림관 및 진사를 모두 31명 선발하셨다. 영락 연간 28숙의 예에 관직이 있는 자는 28숙에 들지 않았다. 특별히 장원 마유馬愉가 수석으로 뽑혔는데, 28명은 정사와 여러 서적에 성명을 기록하지 않아서 지금 알 수 없다. 다만 선종 재위 10년 동안 세 번 과거를 보았다. 선종 2년 정미년에는 그저 형공邢恭 한 사람만을 서길사로 삼았는데 자를 바꿔서 합격했기 때문에 그를 남긴 것이다. 이해에 서길사가 된 사람에는 또 소자蕭鎡가 있으니 모두 두 사람뿐이었다. 선종 5년 경술년庚戌年 과거에서는 대학사 양사기楊士奇 등에게 명해 살기薩琦 등 8명을 뽑아 서길사로 삼게 했는데, 황상께서 친히 '사람을 기용해 어떻게 그의 능력을 얻을 수 있는가를 논하라用人何以得其力論'는 문제를 내시고, 시독학사侍讀學士 왕직王直에게 명해 스승이 되고 영락 연간의 관례대로 숙소에 술과 음식을 주게 했다. 선종 8년 계축년에는 이해 3월 예부상서 호영 등에게 명해 새로 진사가 된 윤창尹昌 등 6명을 선발하게 하셨다. 황상께서 그들을 살기 등과 동일하게 서길사로 삼고 진학 하사품 또한 영락 연간의 관례와 같게 하라 명하시고, 여전히 왕직에게 그들을 감독하며 3개월 1번 그 문장을 시험보라 명하셨다. 그해 11월에 또 상서 건의蹇義 등에게 명해 이전 과거 때의 뛰어난 인재와 계축년 과거 합격자들 중에서 서정徐珵 등 13명을 선발해 서길사로 삼고 살기 등과 함께 한림에 진학하게 하셨다. 여전히 왕직이 훈독訓督하고 양영楊榮이 그들을 시험했다. 그달 기유일己酉日에 황상께서 또 이부상서 곽진郭璡에게 일러 말씀하시기를 "외부의 관원들 중에도 틀림없이 문학으로 뽑을 만한 자가 있을 테니, 짐이 그 사람을 기용하고자 한다. 경이 선발하기를 명하노라"라고 하셨다. 다음날 곽진이 68명을 가려 상소를 올리니, 황상께서 양사기 등에게 명해 조정에서 시험을 보아, 지현知縣 공우량孔友諒과 진사 호단정胡端楨, 요장廖莊, 송련宋璉, 교유敎諭 황순黃純과 서유초徐惟超, 훈도訓導 누승婁升 등 7명을 뽑게 하셨다. 황상께서 진사를 서길사로 삼아 황순 등과 함께 6과에서 일하며 기용을 대비하게 하셨다. 이해에는 세 번 서길사 시험을 치렀는데 지방의 교관敎官도 그 중에 포함되었다. 공우량은 영락 무술년 서길사로 지현에 제수되어 나간 지이미 18년이 되었는데, 또 서길사로 들어왔으니 더욱 기이한 일이다. 정미년과 경술년의 두 과거시험에서 뽑은 자들은 여전히 학업 중에 있어 수료하지 못했다. 선종 9년 갑인년 3월 황상께서 현임 한림수찬翰林修撰 마유馬愉, 진순陳詢, 임진林震, 조내曹鼐, 편수編修 임문林文, 공기龔琦, 종복鍾復, 조회趙恢, 대리시좌평사大理寺左評事 장익개張益開, 서길사 살기薩琦, 하선何瑄, 정건鄭建, 강연江淵, 이소李紹, 강홍姜洪, 서정徐珵, 임보林補, 뇌세융賴

世隆, 반홍潘洪, 윤창尹昌, 황찬黃纘, 방희方熙, 허남걸許南傑, 오절吳節, 엽석葉錫, 왕옥王玉, 유실劉實, 우영虞英, 조지趙智, 진금陳金, 왕진, 녹단逯端, 황회조黃回祖, 부강傅綱, 소자蕭鎡, 진혜陳惠, 진예陳睿 등 37명에게 명해 문연각에 진학하게 하시고 이에 좌순문左順門으로 불러들여 시험보게 하셨다. 황상께서 친히 등수를 매겨 하사품에 차등을 두셨고, 소첨少詹 겸 독학讀學 왕직이 가르친 공로가 있기에 돈 천 관貫을 하사하셨다. 이전의 수찬 4명 중 마유, 임진, 조내 3명은 모두 정미년, 경술년, 계축년 장원이고, 진순은 영락 무술년 서길사로 이때는 이미 17년이나 된 나이 든 한림학사였다. 편수 4명 또한 모두 정갑鼎甲으로, 조정에서 시험 본 서길사들과 함께 학업과 시험을 봤으니 모두 남다른 은덕을 받은 것이다. 얼마 안 되어 선종께서 승하하시어 세 차례 과거시험에서 발탁된 서길사들이 모두 관직을 제수받지 못했고, 정통 연간에 이르러서야 비로소 관직을 제수받았다고 한다. 앞에서 말한 소자는 경태 연간에 재상에 제수되어 역사 기록에서는 결국 이전에 서길사였다고 말하지 않았다. 「소자전蕭鎡傳」에 "선종께서 소자 등 20명을 뽑아 한림원에 들어가게 하면서 서길사로 바꾸어 학업하게 했다"고 되어 있으니, 당시 계축년에 수료한 것이 또 세 번 이상이다. 또 나의 동향 사람 조충趙忠이 경술년 과거에서 서길사로 뽑혔는데 사서에는 기록되어 있지 않다. 이상으로 여러 기록에 서길사로 뽑힌 내용이 보이는 자는 열 명 중에 한두 명뿐이다. 역사서를 대충 쓰는 것은 그 죄가 죽어 마땅하다. 경태 2년 신미년에 오회吳匯 등 25명과 장원 가잠柯潛 등 3명을 합쳐 모두 28명을 뽑아 영락 갑신년의 제도처럼 행해서, 비로소 옛 제도를 다 회복하고 모두 동각東閣에서 학업하게 했다. 따로 관사館司를 만들지 않고 외부에 나가 살지도 않으며 다만 내각대신에게 명해 가르치고 시험 보게 하니 그 제도가 특히 중시되었다고 한다. 만약 정갑이 서길사들과 함께 학업하지 않는다면 어느 과에 기용될 지 알 수 없다. 융경 5년 내각대신 고공高拱 등이 건의해서 여러 서길사와 함께 학업한 것 또한 신미년 과거부터라고 한다.

○ 왕문단王文端은 정미년부터 정통 연간 병진년까지 4번의 과거로 서길사를 가르쳤고, 계축년, 병진년, 기미년에 연이어 세 번 회시의 주시험관이 되었는데 모두 현 왕조에서는 없는 일이다.

원문 鼎甲同爲庶常

國初選庶吉士, 不獨諸進士也, 亦不獨新科也. 如永樂甲申科, 則一甲曾棨等三人, 楊相等廿五人, 爲廿八宿, 而以周忱爲挨宿. 宣德三年戊申, 將立太子, 上欲選賢才備宮寮, 上出題親試, 爲諸葛孔明可與禮樂論, 拔翰林官及進士共三十一人. 比永樂二十八宿例, 則有官者不列宿中矣. 特狀元馬愉仍爲選首, 而以所爲二十八人者, 正史及紀載諸書俱不載姓名, 今無可考. 惟是宣宗在御十年, 凡三開科. 宣德二年爲丁未, 僅留邢恭[24]一人爲庶吉士, 以譯字得第, 因留之. 是年所得吉士, 又有蕭鎡, 共二人而已. 五年爲庚戌科, 命大學士楊士奇等, 選薩琦等八人爲庶吉士, 上親

---

24 邢恭 : 형공邢恭, 생졸년 미상은 명나라 하남 개봉부開封府 정주鄭州 사람이다. 선덕 2년

試用人何以得其力論,　命侍讀學士王直爲之師,　給房舍酒饌如永樂例.
至八年爲癸丑科,　是年三月命禮部尙書胡濙等,　選新進士尹昌等六員.
上命改庶吉士同薩琦等,　進學賜賚亦如永樂例,　仍命王直督之,　三月一
考其文.　本年十一月又命尙書蹇義等選前科之俊,　倂癸丑新科,　得徐珵
等十三人爲庶吉士,　同薩琦等於翰林進學,　仍以王直訓督,　而楊榮考校
之.　本月之己酉日,　上又謂吏部尙書郭璡曰,"在外庶官,　亦必有文學可
取者,　朕欲得其人用之.　命卿選擇."明日璡卽引六十八人入奏,　上命楊
士奇等試於廷,　得知縣孔友諒進士胡端楨廖莊宋璉,　敎諭黃純徐惟超,
訓導婁升等,　共七人.　上命改進士爲吉士,　同黃純等,　歷事六科以備用,
則是年凡三試庶常,　外吏敎官亦列其中.　若孔友諒者爲永樂戊戌科吉士,
授知縣以出,　已十八年,　又入爲庶常,　尤爲奇事,　而丁未庚戌兩科,　尙讀
書未散館也.　至九年甲寅三月,　上命行在翰林修撰馬愉陳詢林震曹鼐,　編
修林文龔琦鍾復趙恢,　大理寺左評事張益開,　庶吉士薩琦何瑄鄭建江淵
李紹姜洪徐珵林補賴世隆潘洪尹昌黃纘方熙許南傑吳節葉錫王玉劉實
虞英趙智陳金王振逯端黃回祖傅綱蕭鎡陳惠陳睿三十七人,　於文淵閣進
學,　至是召入左順門試之.　上親第高下,　賜賚有差,　以少詹兼讀學王直有
訓勵勞,　賜鈔千貫.　其前修撰四員,　馬林曹三人,　俱丁未庚戌癸丑狀元,
陳詢者,　則永樂戊戌庶常,　至是已十七年老詞臣矣.　編修四人亦皆鼎甲,
乃與廷試吉士同業同考,　俱異典也.　未幾宣宗升遐,　三科吉士皆不及授
官,　至正統而始拜職云.　前所記蕭鎡,　景泰拜相,　而史竟不云曾爲吉士.

1427 진사가 되어, 서길사, 중서사인, 한림원편수 등의 벼슬을 지냈다.

鎡本傳中云, "宣宗選蕭鎡等二十人入館, 改庶常讀書", 則當時癸丑散館, 又不止三次.

又庚戌科趙忠, 爲吾邑人, 亦選吉士, 而史不載. 以上見各家記述中者, 什僅得一二. 修史之鹵莽, 罪不勝誅矣. 至景泰二年辛未, 選吳匯等二十五人, 與狀元柯潛等三人, 共二十八人, 如永樂甲申之制, 始盡復舊規, 皆讀書東閣中. 不別立館司, 不出居外署, 惟命閣臣教習考試, 其制特爲隆重云. 若鼎甲之不同庶常習學, 未知起於何科. 至隆慶五年, 閣臣高拱等建白, 始同諸吉士讀書, 亦辛未科云.

○ 王文端自丁未至正統丙辰, 四科爲吉士教習, 自癸丑丙辰己未, 連三科爲會試主考, 俱本朝所無.

번역 서길사의 기록이 누락되다

　지금 한림원의 사적과 『엄주별집弇州別集』에는 영락 22년 갑진년 과거의 서길사는 겨우 6명이라고 기재되어 있는데 사실은 20명이었다. 형과刑科의 고거高舉, 병과兵科의 유준劉俊, 어사 왕진王璡, 하지何志, 증천曾泉, 만경萬頃, 목눌木訥, 장관張觀, 심선沈善, 주안周安, 유준劉濬, 이경李敬, 노영盧瑛, 안탁晏鐸은 이 두 책에 누락되어 있다. 이해 과거의 서길사 성경成敬은 진부晉府의 봉사奉祠에 제수되었다가 선덕 연간 진晉 왕부 사건에 연루되어 부형腐刑을 당한 후 성부郕府의 전보典寶가 되었다. 경황제가 성부에서 황위를 잇자 내관감 태감으로 승진했다. 아들 성개등成凱登은 경태 2년 신미년에 진사가 되어 이과도급사중에 제수되었지만 얼마 안 되어 요절했다. 성경이 경태 4년 성묘하기를 청하자, 황상께서 직서와 묘제墓祭를 하사하시고 시까지 하사하시어 총애하셨는데 2년이 지나 죽었다. 관중關中 사람 경숙景叔 교세녕喬世寧이 성경을 위해 전을 써서 그 일을 온전히 기록했다. 이것은 한림원 사적에서는 그에 대한 기록을 꺼려할 수 있지만 왕엄주도 기록하지 않았으니 어찌 교세녕이 쓴 전을 보지 않았는가?

　○ 영락 연간 갑진년 서길사를 나 역시 예전에 6명만 기록했다.

今詞臣典故, 及『弇州別集』, 載永樂二十二年甲辰科, 庶吉士止六名,
其實二十人. 如高擧授行在刑科, 劉俊授行在兵科, 王璡何志曾泉萬頃木
訥張觀沈善周安劉濬李敬盧璟晏鐸, 俱御史, 此二書所失載者. 是科又有
庶吉士成敬者, 授晉府奉祠, 宣德間, 坐晉事波累, 腐刑後改鄭府典寶.
景皇自郕邸入纘, 陞內官監太監. 子凱登景泰二年辛未進士, 授吏科都給
事中, 尋夭. 敬以景泰四年乞省墓, 上賜敕及墓祭, 更賜詩以寵其行, 又
二年卒. 關中喬景叔世寧爲[25]敬作傳, 備載其事. 此在詞林典故諱之亦可,
弇州失記, 豈未見喬傳耶?

○ 永樂甲辰吉士, 予向亦只記六名.

---

25 關中喬景叔世寧 : 교세녕喬世寧, 1503~1563은 명나라 요주耀州 소구小丘 사람으로, 자는
경숙景叔이다. 삼석산三石山에서 공부한 적이 있기 때문에 삼석산인三石山人이라도
불린다. 가정 17년1538 진사가 되어, 남경호부광서사주사南京戶部廣西司主事, 복건사
원외랑福建司員外郎, 호광독학湖廣督學, 하남참정河南參政, 사천안찰사四川按察使 등의 벼
슬을 지냈다.

　　태의원太醫院 어의御醫 조우동趙友同의 자는 언여彦如인데, 대신이 그의 문재文才와 학문이 뛰어나다 추천하자 당시에 문황제께서 『영락대전永樂大典』을 편수하시며 그를 부총재副總裁로 기용했다. 나중에 오경五經, 사서四書, 성리학性理學의 여러 대전大全을 편수할 때 또 그를 찬수관으로 기용했다. 그 직책은 사실 한림원의 뛰어난 인재가 맡는 것인데, 직함은 여전히 의술을 지닌 잡직 관리였다. 언여 조우동은 송경렴宋景濂의 제자로 시작해 처음에는 좨주祭酒 호엄胡儼의 추천으로 화정華亭 훈도訓導에 제수되었다. 절강浙江의 향시鄕試를 주관한 적이 있고 9년의 임기를 채워 승진해야 마땅했는데, 그가 의술을 안다고 소사少師 요광효姚廣孝가 말해서 마침내 이 관직을 받았다. 그래서 북경에 머물며 찬수纂修를 맡았다. 또 그가 수리水利를 안다고 추천하는 자가 있어, 호부상서 하원길夏元吉을 따라 강남의 치수 작업을 하도록 했으니, 그의 다재다능함을 알 수 있다. 불행히도 의술로 알려져 문학근신文學近臣이 되지는 못하고 늙어 죽을 때까지 다른 길을 걸었으니 한탄스럽다.

원문 **醫官再領著作**

　　太醫院御醫趙友同[26], 字彦如, 大臣薦其文學, 時文皇帝方修『永樂大

26　趙友同 : 조우동趙友同, 1364~1418은 명나라 초기 의원이자 문학가다. 소주부 장주長州

典』，用爲副總裁. 後修五經四書性理諸大全，又用爲纂修官. 其職實詞林妙選，而銜仍方技[27]雜流[28]也. 始彥如爲宋景濂[29]弟子，初用胡祭酒[30]薦，拜華亭訓導. 曾主浙江鄕試，滿九載當陞，以少師姚廣孝言其知醫，遂得此官. 因而留京師充纂修. 又有薦其知水利者，命從戶部尙書夏元吉治水江南，其人之多才技可知矣. 不幸以醫見知，不及爲文學近臣，終老異途，可慨也.

사람으로, 자는 언여彦如이다. 홍무 말년 화정훈도華亭訓導를 지냈고, 영락 연간 초기에 어의御醫로 천거되었다.

27 方技 : 의술醫術 · 점성占星 · 점占 등의 기술.

28 雜流 : 옛날, 구품九品 내에 들지 못하는 잡직의 관리

29 宋景濂 : 송렴宋濂, 1310~1381은 명초 개국공신으로, 절강 사람이다. 자는 경렴景濂이고, 호는 잠계潛溪, 현진자玄眞子, 현진도사玄眞道士, 현진둔수玄眞遁叟 등이다. 고계高啓, 유기劉基와 더불어 '명초시문삼대가明初詩文三大家'로 일컬었다. 또한 장일章溢, 유기劉基 등과 더불어 '절서사선생浙西四先生'으로 일컬어진다. 그는 손자인 송신宋愼이 호유용胡惟庸 당 사건에 연좌되어 무주茂州로 유배를 가던 중에 기주虁州에서 병사했다.

30 胡祭酒 : 명나라 초기의 관리이자 학자 호엄胡儼을 말한다.

[번역] 서길사가 불경을 베껴 쓰다

    성화 연간에 태감 왕경王敬이 황제의 명을 받고 강남으로 갔는데, 징발하여 협박하는 일이 많았다. 그는 생원에게 불경을 베껴 쓰게 하기까지 했다가 소주蘇州 유생들에게 욕을 먹고 쫓겨났다. 이때 태재太宰 육전경陸全卿은 수재秀才의 신분으로 그들을 이끈 것으로 유명했다. 하지만 문황제 때의 선례를 보면 유생들을 부리는 것으로 끝나지 않는다. 영락 신축년에 한림서길사 고곡이 해인사海印寺에서 불경을 베껴 쓰다가 비를 만나 맨발로 뛰어 집으로 돌아갔다. 그것을 보고 불쌍히 여긴 사람이 이 일을 면해달라고 청하려 하니 고곡이 안 된다고 하며 "권력을 쥐고 베껴 쓰기를 일률적으로 금지하면 보전할 것이 더 커지지 않으리라고 어찌 말하겠습니까?"라고 말했다. 고곡은 을미년 과거에서 서길사가 되었는데 이때는 7년이 지났고 오랫동안 중서사인에 머물러 있다가 임기를 다 채우고서 편수가 되었다. 대개 건국 초기에는 안팎의 제도를 함께 중시했는데 당나라와 송나라의 관례와 같았다. 이때에는 세 양씨가 내각에 있을 당시에 권세가 매우 막강하다고들 하고 황상께서도 이들을 좋아하셔서 감히 그만두라 간하지 못했으니, 황제의 스승 합립마哈立麻 등이 작간을 부린 것이다.

원문 吉士寫佛經

　　成化間, 太監王敬奉敕至江南, 多所徵索[31]. 至令生員抄寫佛經, 爲蘇州諸生所噪逐. 時太宰陸全卿[32], 以靑衿[33]爲之倡, 以此知名. 然文皇朝有故事, 不特役諸生已也. 永樂辛丑, 翰林吉士高穀, 寫經於海印寺, 遇雨徒跣奔歸. 有見而憐之者, 欲爲丐免, 穀不可曰, "盍語當路, 槪行禁寫, 所全者不更大乎?" 穀以乙未科改庶常, 至是且七年矣, 久次拜中書舍人, 以考滿改編修. 蓋國初內外制並重, 如唐宋例也. 是時三楊在閣, 稱一時極盛, 而主上嗜好不敢諫止, 則帝師哈立麻輩爲崇也.

---

31 徵索 : 징발하여 협박하다.
32 陸全卿 : 명나라 중기의 대신 육완陸完을 말한다.
33 靑衿 : 명청대 수재秀才들이 입던 푸른색 복장을 말하며, 수재를 가리킨다.

[번역] 진사가 사관史官에 제수되다

원래 진사가 결국 사관에 재수되는 일은 건국 초기에는 말할 필요도 없이 당연한 일이었다. 다만 정통 4년 기미년 과거에서 문통文通 전부錢溥는 내시들을 가르치다가 바로 검토檢討의 벼슬을 받았다. 나중에 비록 높은 지위에 올랐지만 결국 내신 왕륜王倫과 교유해 영종의 유조遺詔를 멋대로 썼다가 순덕지현順德知縣으로 폄적되었다. 나중에 높은 지위로 다시 기용되어 남경南京 태재太宰에 이르러 겨우 시호를 받았다. 그는 평생 관리들에게 인정받지 못했다. 정덕 3년 무진년 과거에서는 이갑二甲 1등 초황중焦黃中과 삼갑三甲 1등 호찬종胡纘宗은 모두 검토에 제수되었는데 이것은 역신 유근劉瑾의 사심에서 비롯된 일이었다. 초황중은 말할 것도 없고 호찬종은 원래 재주 있는 신하인데 유근의 일에 연루되어 주판州判으로 폄적되었다. 나중에 중승中丞을 지낼 때 원수 왕련王聯의 비방을 받아 하옥되어서 거의 죽을 뻔했다가 수자리를 가게 되었다.

그 뒤로 효종 때에 기왕부岐王府와 익왕부益王府에서 학문을 배울 때가 되자 경진년 과거의 진사 여섯 명을 기용해 검토로 삼고 강독을 하게 하니 각자가 이부의 당에서 시끄럽게 꾸짖었다. 상서 경유耿裕가 상소를 올려 아뢰자 주동자는 수자리를 보내고 나머지는 하급관리로 강등시켰다. 세종 때 경왕景王이 학문을 배우게 되자 진사 두 명을 강독으로 기용했다가 역시 사관이 되었고 경왕을 따라 봉지로 가서는 모두 장사로 바뀌었으며 그 뒤 경공왕景恭王이 서거하자 비로소 다른 관직을 하게 되었다. 그들은 신선이 된 듯 기뻐했지만 모두 잘 풀리지는 못했다. 금상 초기에 노왕潞王이 학문을 배우게 되었을 때도 진사 서련방徐聯芳과 동월董樾을 검토로 삼았다. 내각대신이 상주해 허락을 받아서 9년 임기가 다 찬 뒤에 참의參議로 승진하게 되었는데, 노왕의 봉지로 가서는 별도로 다른 관원을 뽑아 왕부의 관리로 삼자 두 사람은 비로소 관직에 임하려 했고 나중에는 모두 참번參藩으로 옮겨서 나왔지만 끝내 고위관리가 되지는 못했다. 지금 복번福藩의 강독은 선례대로 행하고, 강독을 모시는 자는 지방의 요직으로 떠났다. 아마도 훗날 크게 기용된다면 이들의 울분이 풀릴 것이다.

○ 원종고袁宗皋 또한 홍치 연간 경술년 진사인데, 한림을 거치지 않고 결국 흥왕부興王府 장사에 제수되어 헌왕獻王을 따라 봉지로 갔다. 세종께서 황위를 잇게 되자 재상으로 들어와 생을 마쳤다.

원문 **進士授史官**

自來進士竟授史官者, 國初不必論. 惟正統四年己未科, 錢文通溥[34]以教習內侍, 得直拜檢討. 後雖通顯, 終以結交內臣王倫, 擅草英宗遺詔, 謫順德知縣. 後顯再起至南太宰, 僅得下諡. 其生平不爲正人[35]所許. 正德三年戊辰科, 焦黃中[36]以二甲第一名, 胡纘宗[37]以三甲第一名, 俱奉旨

---

34 錢文通溥 : 명대 전기의 대신 전부錢溥를 말한다.
35 正人 : 관리를 말한다.
36 焦黃中 : 초황중焦黃中, 생졸년 미상은 명나라 하남 필양泌陽 사람이다. 정덕 3년1508 진사

傳授檢討, 此出逆瑾私意. 焦不足言, 胡故材臣, 坐是謫州判. 後歷中丞, 爲仇家王聯所評. 下獄幾死, 得戍. 此後則孝宗朝, 岐益等府出閣, 用庚戌科進士六人, 爲檢討侍講讀, 各喧罵於吏部堂. 尙書耿裕奏知, 爲首充軍, 餘降爲史. 世宗朝, 景王出閣, 用進士二人爲講讀, 亦改史官, 隨封之國, 俱改長史, 其後景恭王薨逝, 始得他官. 其喜若登仙, 然皆不振. 若今上初年, 以潞邸出閣, 亦改進士徐聯芳董檖爲檢討. 閣臣奏准, 待九年考滿, 得陞參議, 至王之國, 別選他官爲藩僚以行, 二人始肯就職, 後皆轉參藩[38]以出, 然而終不顯. 今福藩講讀, 仍修故事, 侍講讀者, 得方面去矣. 意者他日能大用, 豁諸公蒙氣也.

○ 袁宗皐者, 亦弘治庚戌進士, 不由翰林, 竟授興府長史, 隨獻王之國. 世宗龍飛, 入相, 卒於位.

가 되어, 벼슬은 한림검토, 편수를 지냈다.

37　胡纘宗 : 호찬종胡纘宗, 1480~1560은 명나라 산동태안주泰安州 사람으로, 자는 효시孝思 또는 세보世甫이고, 호는 가천可泉 또는 조서산인鳥鼠山人이다. 정덕 3년1508 진사가 되어, 한림검토翰林檢討, 우부도어사右副都御史, 하남순무河南巡撫, 이부랑중吏部郎中 등 의 벼슬을 지냈다. 구가仇家의 모함을 받아서 파직되어 귀향했다.

38　參藩 : 명나라 승선포정사사참의관承宣布政使司參議官의 별칭.

정통 13년에 서길사 30명을 선발했다. 그 중에서 산서 사람 5명, 산동 사람 4명, 북직례 사람 6명, 하남 사람 3명, 섬서 사람 3명, 사천 사람 5명, 남직례 사람 3명은 모두 강북江北 사람이다. 절강, 복건, 호광, 강서의 네 성과 남직례의 강남에서 광동, 광서, 운남, 귀주까지는 모두 한 사람도 없었던 것이 가장 이상하다. 당시 수규 문충공文忠公 조내曹鼐의 동생 조정曹鼎은 서길사 중 2등이었다. 차규次揆 진순陳循은 강서 태화泰和 사람으로 총재冢宰 왕직王直과 동향이었는데 어째서 모두 고향을 위해 한마디도 하지 않았는가? 10등 이태李泰는 사례태감 이영창李永昌의 적자였는데, 결국 생모의 상을 치르지 않아서 한림원의 오점이 되었다. 그때 학관學館을 열어 가르친 자들은 모두 한림원의 고관이 아니었다. 먼저 시독습侍讀習 가언嘉言, 시강侍講 왕일녕王一寧, 편수編修 조회趙恢가 가르쳤고, 이어서 시강 유현劉鉉과 수찬修撰 왕진王振이 가르쳤는데, 왕진은 바로 왕순王恂으로 나중에 권세 있는 환관과 동명이라 이름을 바꾸었다. 유현은 을과乙科 출신으로 병부주사로써 승진해 들어간 점이 더욱 특이하며 나중에는 또 국자좨주國子祭酒가 되었다.

○ 이해 과거의 서길사는 30명이다. 학관을 마칠 때 만안은 편수로 남았고, 이본李本은 검토로 남았는데, 모두 사천 사람이다. 유길劉吉과 이태李泰는 편수로 남았는데 모두 북직례北直隷 사람이다. 나머지 26명은 모두 육과급사중六科給事中, 13도감찰어사道監察御史, 6부部, 5시寺로 나

갔다. 이관李寬이 또 행인사정行人司正이 된 것 또한 기이하다.

○ 이해 회시會試의 시험감독관은 교수敎授 1명, 교유敎諭 2명, 훈도訓導 1명으로 모두 공사貢士였다. 사서四書 문제 중에 『논어論語』는 두 문제, 『중용中庸』이 한 문제였고 『맹자孟子』 문제는 없었다. 정시廷試의 채점관은 관례상으로는 과거 합격자 출신 대신들을 기용하는데, 하급관리 출신 호부좌시랑戶部左侍郎 내형奈亨과 서예가 출신 태상소경太常少卿 정남운程南雲을 기용한 것은 모두 처음 있는 일이다. 또 검수관은 예부의제사禮部儀制司 주사主事 팔통八通이었는데 그의 성이 매우 드문 것으로 보아 항복한 오랑캐인 것으로 생각된다.

원문 正統戊辰庶常

正統十三年, 選庶常三十人. 內山西五人, 山東四人, 北直六人, 河南三人, 陝西三人, 四川五人, 南直三人, 俱江北. 而浙福湖廣江西四大省, 南直隷之江南, 以至兩廣雲貴, 俱無一人焉, 最爲怪事. 時首揆爲曹文忠鼐, 其弟鼎卽爲庶常第二人. 次揆陳循, 江西泰和人, 冢宰王直與之同邑, 何以皆不爲桑梓出一語也. 第十名李泰者, 爲司禮太監永昌嗣子, 竟不爲本生母治喪, 遂爲玉堂[39]之玷. 其時開館敎習, 俱非詞林尊官, 先爲侍讀習嘉言, 侍講王一寧[40], 編修趙恢, 繼之者侍講劉鉉[41], 修撰王振, 卽王恂,

---

39 玉堂 : 한림원.
40 王一寧 : 왕일녕王一寧,1397~1452은 명나라 절강 선거仙居 사람이다. 이름은 당唐인데, 자로 행세했으며, 자를 문통文通으로 고쳤고, 호는 절재節齋다. 영락 16년1418 진사

後以權瑠同名改焉. 鉉由乙科, 以兵部主事陞入, 尤爲異, 後又得爲國子
祭酒.

○ 是科三十吉士. 散館時, 萬安留爲編修, 李本留爲檢討, 俱四川人.
劉吉李泰留爲編修, 俱北直隸人. 其廿六人, 俱出爲科道部寺, 至李寬又
爲行人司正. 亦奇.

○ 按是年會試同考官[42], 一敎授, 二敎諭, 一訓導, 俱貢士[43]. 四書題,
『論語』居二, 『中庸』居一, 而無『孟子』. 廷試讀卷官, 例用正途[44]大臣, 而
用戶部左侍郎奈亨, 係吏員, 太常少卿程南雲, 係習字人, 俱爲創見. 又
印卷官, 禮部儀制司主事八通, 其姓甚稀, 想降夷也.

가 되어, 예부시랑, 한림학사 등의 벼슬을 지냈다. 선종 때 실록實錄을 예수했다.
41 劉鉉 : 유현劉鉉,1394~1458은 명나라 장주長洲 사람으로, 자는 종기宗器고, 호는 가암假庵
이며, 시호는 문공文恭이다. 벼슬은 중서사인, 교습서길사敎習庶吉士, 시강학사, 국자
감좨주, 소첨사 등을 역임했다.
42 同考官 : 명청 시기 향시나 회시의 과거 시험관 또는 과거 시험의 부심사관.
43 貢士 : 과거 시험에서 회시會試에 합격한 사람.
44 正途 : 과거 시험에 합격해 임관한 사람.

성화 연간 이전에 대소 신료들 중에는 탈정奪情하는 자가 실로 많았는데, 대부분 황상의 총애에서 비롯되었거나 내심 원해서 황상께 아첨해 남게 되었다는 말이 일리가 있는 것 같다. 다만 정통 13년 8월 한림수찬翰林修撰 허빈許彬이 부친상을 당해 삼년상을 치러야 했다. 금의위대봉도지휘사錦衣衛帶俸都指揮使 창영昌英이 상소를 올려 허빈은 오랑캐 문자를 번역하고 있는데 지금 오랑캐가 조공을 바쳐 외국 문서가 쌓이고 있으니 탈정을 명해달라고 청했다. 황상께서 윤허하셨다. 허빈은 영락 을미년 서길사로 시작해 검토를 거쳐 수찬으로 승진했는데, 문자를 번역했다고 했으니 진정한 한림학사다. 무관이 어찌 감히 그를 탈정하게 했는가? 허빈 또한 부끄러워하지 않고 뻔뻔하게 떠나지 않았으며 온 조정에서 한 사람도 그를 비난하지 않았다. 아마도 사유四維가 이미 끊어지고 삼강三綱이 거의 무너졌으니 이듬해에 토목土木의 변이 일어난 것도 당연하다. 하지만 천순 원년에 허빈이 마침내 재상이 되었고 죽어서는 양민襄敏이라는 시호를 얻었으니, 이야말로 이상한 일이다.

원문 **武弁[45]保留詞臣**

　成化以前, 大小臣工, 奪其情者固多, 然多出自聖眷, 或心欲留而夤緣

---

[45] 武弁 : 무관. 무과 출신으로 군사 일을 맡은 벼슬아치.

中旨得之, 猶爲有說. 惟正統十三年八月, 翰林修撰許彬, 聞父喪當守制. 而錦衣衞帶俸都指揮使昌英[46], 疏彬方譯寫夷字, 今外夷朝貢, 番文[47]塡委, 乞命奪情. 上允之. 按彬以永樂乙未庶常起家, 從檢討陞修撰, 卽云譯字, 固詞臣也, 武弁安敢留之? 彬亦不以爲恥, 卽靦顏不去, 擧朝無一人非之. 蓋四維已絶, 三綱將廢, 宜次年卽有土木大變. 但天順初元, 彬遂入相, 歿而得諡襄敏, 斯爲異矣.

---

46 昌英 : 창영昌英, 생졸년 미상은 명대의 군정 장관으로 외올인畏兀儿족이다. 영락 2년1404 부친의 직위를 세습받아 우림전위정천호羽林前衛正千戶가 되었다. 영락 11년1413 '창昌'이라는 성을 하사받았다. 서북 변경 지역의 전쟁에 여러 차례 참전해 전공을 쌓아서, 선덕 연간에 관직이 도지휘사까지 이르렀다. 정통 6년1441 금의위대봉통사錦衣衛帶俸通事가 되었고, 사이관四夷館에서 통역을 가르쳤다. 정통 14년1449 후군도독後軍都督으로 승진했다.

47 番文 : 소수민족이나 외국의 문장.

번역 검토檢討가 한림원을 관장하다

　　왕자王積는 강서 태화현泰和縣 사람으로 이부상서 문단공文端公 왕직王直의 둘째 아들이다. 평민의 신분에서 추천으로 태화현 훈도訓導로 제수되었다가 남경국자박사南京國子博士했으며 다시 한림검토翰林檢討로 승진해 감승監丞의 일을 맡았다. 3년의 임기를 채우고 북경으로 들어왔는데 마침 남경한림학사南京翰林學士 형관邢寬이 죽어 이부에서 왕자가 옛 직책으로 남경한림원을 관장하도록 상주했다. 3년 뒤에 모친상을 당해 고향으로 돌아갔다가 집에서 죽었다. 평민으로 한림원에 들어간 것이 첫 번째 특이한 점이다. 검토檢討 종칠품從七品 사관으로 한림원을 관장한 것이 두 번째 특이한 점이다. 평민 왕자가 장원 출신 형관의 뒤를 이은 것이 세 번째 특이한 점이다. 추천으로 한림원의 인장을 관장할 때 문단공이 총재로 있었는데 그 아들이 특별한 대우를 받았는데도 아무런 의심을 받지 않았다는 것이 네 번째 특이한 점이다. 천순으로 연호를 바꾸면서 옛 신하들이 거의 대부분 죽거나 쫓겨났고 문단공 역시 소부를 사직했는데, 당시 왕자는 남경한림원에 있었는데도 그것을 지적하는 사람이 없었다는 것이 다섯 번째 특이한 점이다. 아마도 문단공의 명망이 높은데다 자식을 사사롭게 대하지 않았고, 당시에는 오히려 순박한 시대라 일을 말하는 자들 또한 캐내고 들춰내는 습성이 아직 없어서 찾아낸 것이 없었다.

王積者, 江西泰和縣人, 吏部尙書王文端直次子也. 以布衣薦授本縣訓
導, 陞南京國子博士, 再陞翰林檢討, 署監丞事. 三年考滿入京, 適南京
翰林學士邢寬[48]卒, 吏部奏以積舊職掌南院. 又三年丁母憂, 卒於家. 以
布衣入翰林, 一異也. 以檢討從七品史館[49], 而握詞林篆, 二異也. 邢起家
狀元, 而積布衣繼之, 三異也. 其推掌院印時, 文端公方爲冢宰在事, 而
子膺異數, 不一引嫌, 四異也. 天順改元, 舊臣誅逐殆盡, 文端亦革少傅
致仕, 時積在南院, 亦無人指摘之, 五異也. 蓋文端重望, 非有私於子, 而
時猶淳樸, 言事者亦未嘗有穿鑿搜抉之習, 遂無物色及之者.

---

48 邢寬: 형관邢寬, ?~1454은 명나라 무위주無爲州 사람이다. 영락 13년1415 진사가 되어,
   수찬, 시강, 시강학사 등의 벼슬을 지냈다. 『선묘실록宣廟實錄』편찬에 참여했다. 정
   통 12년1447 순천향시順天鄕試를 주관했다.
49 館: 상해고적본『만력야획편』에는 '관官'으로 되어 있다.

후한後漢 사람 중에는 두 글자로 된 이름이 없었는데 종전에는 왕망王莽이 그것을 금지했다고 여겼지만 근거는 없다. 하물며 마일제馬日磾 등은 여전히 두 글자 이름이었다. 위진魏晉 이후부터는 점차 더 이상 그렇지 않게 되었다. 오호五胡가 중원을 훔쳤던 때에 오랑캐는 서너 글자로 된 이름을 썼다. 현 왕조에서는 정통 10년에 여섯 재상이 한 글자로 된 이름이었고 경제景帝가 즉위한 뒤 다섯 재상이 모두 한 글자로 된 이름이었던 것이 특이하다. 영종께서 다시 재위에 오르신 뒤 여섯 재상 중에서 수규 서유정徐有貞은 질책 받아 떠났고 나머지 다섯 재상은 또 모두 한 글자로 된 이름이었는데 공교롭게도 함께 내각에 있었으니 매우 특이하다. 영락 임진년 과거의 일갑一甲 마탁馬鐸 등 3명과 서길사 장례蔣禮 등 17명, 경태 갑술년 과거의 일갑 손현孫賢 등 3명과 서길사 오선吳瓛 등 3명은 모두 두 글자가 아닌 한 글자로 된 이름이었다. 이것이 비록 우연이긴 하지만 역사서에서는 드물게 보이기도 한다. 정통 무진년 과거의 일갑 팽시彭時 등과 서길사 만안 등 모두 33명 중에서 백행순白行順 한 사람만 두 글자로 된 이름인 것 또한 기이하다.

원문 **詞林單名**

後漢人無復名, 向以爲王莽禁之, 然而無據. 況有馬日磾[50]諸人, 則仍復名也. 自魏晉後, 漸不復然. 至五胡盜中原, 胡名遂有三四字者. 本朝惟正統十年, 六相單名, 景帝卽位, 五相俱單名, 以爲異. 至英宗復辟, 凡六相, 徐有貞以首揆譴去, 其五相又皆單名, 不先不後, 同居內閣, 已爲異矣. 若永樂壬辰一甲馬鐸[51]等三人, 吉士蔣禮[52]等十七人. 景泰甲戌科, 一甲孫賢[53]等三人, 吉士吳[54]璿等三人, 俱單名無二字者. 是雖偶然, 亦史冊僅見. 正統戊辰科, 一甲彭時等, 庶吉士萬安等, 共三十三人, 止白行順[55]一人複名, 亦奇.

---

50 馬日磾 : 마일제馬日磾,?~194는 동한東漢 후기의 대신으로, 자는 옹숙翁叔이고, 부풍扶風 무릉茂陵 사람이다. 어릴 때 마융馬融의 학문을 전수받아 재학才學이 돋보였다. 양표楊彪, 노식盧植, 채옹蔡邕 등과 전적을 교정했고, 구경九卿을 역임했으며, 헌제獻帝 때 태부太傅를 지냈다. 동탁董卓이 죽은 뒤 채옹을 구하려고 노력했다. 일시 정권을 장악한 왕윤王允이 권력을 전횡하자 이를 견제하려고 애썼다. 원술袁術이 핍박하며 군사軍師로 삼으려 하자 울분을 참지 못하고 죽었다.

51 馬鐸 : 마탁馬鐸,1368~1423은 명나라 복건 장락長樂 사람으로, 자는 언성彦聲이고 호는 매암梅巖이다. 원래 이름은 마락馬樂이었지만 성조의 연호인 영락永樂을 피휘하기 위해 탁鐸으로 개명했다. 영락 10년1412 장원으로 진사에 급제했다.

52 蔣禮 : 장례蔣禮, 생졸년 미상은 명나라 화주和州 사람이다. 영락 10년1412 진사가 되어 한림원편수에 제수되었고, 이후 관직이 예부랑중 겸 좌춘방중윤左春坊中允에 이르렀다.

53 孫賢 : 손현孫賢,1423~1478은 명나라 기현杞縣 부둔傅屯 사람으로, 자는 순경舜卿이다. 경태 5년1454 진사에 합격해 한림원수찬에 제수되어서『환우통지寰宇通志』의 편찬에 참여했다. 책이 완성된 뒤 시강학사가 되었다.

54 吳 : 사본에서는 오吳가 구邱로 되어 있다寫本吳作邱.【교주】

55 白行順 : 백행순白行順,?~1483은 명나라 청간淸澗 사람으로, 자는 치회致和이고 호는 납암納庵이다. 정통 13년1448 진사가 되어, 한림원서길사, 공부주사, 호부원외랑, 산서포정사참정山西布政司參政, 좌우포정사, 도찰원우부도어사, 호광순무 등의 벼슬을 지냈다.

개명改名해 의심을 받다

　옛 사람 중에는 일 때문에 개명하는 이가 매우 많았다. 현 왕조 경태 연간에 한림편수翰林編修 왕진王振은 내관과 이름이 같아서 토목의 변 때 왕순王恂으로 개명했다. 성화 연간에 편수 왕신王臣은 그와 이름이 같은 간악한 이가 형벌을 받아 죽었기 때문에 순공舜功으로 개명하기를 청했 지만 황상께서 허락지 않으셨다. 가정 연간에는 형과刑科의 서학시徐學 詩가 엄분의嚴分宜를 탄핵했다가 파면되었는데, 당시 종백宗伯 겸 태재太 宰인 예부랑禮部郎의 성명이 그와 같아서 이름의 시詩자를 모謨자로 바꾸 었다. 나중에 사직을 했다가 고관으로 기용되자 그를 비방하는 자가 있어 서학모가 해명하느라 매우 고생했는데, 당시 사람들이 반신반의 半信半疑했다. 이름은 부친이 지어주는 것이므로 임금이나 부친의 휘諱 를 범하거나 왕진과 왕신 같은 간악한 이와 이름이 같지 않으면 가벼 이 바꿀 필요는 없는 듯하다. 서학모가 권세 있는 이에게 아첨하려는 것이 아니었다면 또한 개명은 쓸데없는 일이었다.

改名被疑

　古人因事改名者甚多. 本朝景泰中, 翰林編修王振, 因與内宦同名, 土 木之變, 改爲王恂. 成化中編修王臣, 因有奸人與之同名伏法, 請改名舜 功, 上不許也. 嘉靖間刑科徐學詩, 以劾嚴分宜罷去. 時徐宗伯太宰[56]爲禮部郞, 姓名與之同, 乃改詩爲謨. 後致位通顯, 亦有譏之者, 宗伯辨白良苦, 時人疑信猶相半也. 名爲父所命, 苟非犯君父諱, 及同奸惡名如二王者, 似不必輕改. 若徐公卽非媚竈, 亦多此一事矣.

---

56 徐宗伯太宰 : 명나라 후기의 대신 서학모徐學謨를 말한다.

　현 왕조에서 관직 이동의 관례로는 반드시 9년에 두 등급을 올리게 되어 있다. 다른 관직은 중앙과 지방을 돌아가며 옮기는데, 한림학사만은 한림원을 떠나지 않고 이 제도를 확실히 지키기 때문에 승진하지 못하는 것에 대한 탄식을 하게 된다. 9년의 임기를 다 채운 경우 검토는 수찬으로 승진하는 데 그치고, 편수編修는 시독侍讀이나 시강侍講으로 승진하는 데 그치므로 모두 여전히 사관史官에 머물러 있다. 다만 수찬은 9년이 지나면 중윤으로 승진하게 되고, 시독과 시강은 다시 승진해 학사가 되거나 아니면 궁서宮庶와 좌우춘방左右春坊 및 대학사가 된다. 그런데 항상 그런 것은 아니다. 대개 선대에는 태자궁의 관료들은 모두 대신이 겸임하고 태자궁 관료로만 제수된 사람은 없었다. 따라서 성화 3년 좌유덕左諭德 여순黎淳은 『영종실록英宗實錄』을 완성해 좌서자左庶子로 승진했는데 관례를 인용해 극구 사양했다. 비록 내심 한림학사가 되고 싶어서 오랫동안 방국坊局에 있는 것을 상관하지 않았지만 그의 지론은 어긋난 적이 없었다. 근래에는 한림학사가 승진하면 모두 태자궁의 관료에 제수된다. 검토는 찬선贊善으로 옮기고 편수는 중윤이 되며 강독관은 마침내 폐지되었다. 춘방과 대학사는 양신도楊新都 이후로는 한 사람도 제수되지 않았다. 대체로 관직명이 내각대신의 명칭과 뒤섞여서 오히려 이 말이 생긴 것 같다. 한림학사는 가정 말년 장포주張蒲州가 특별히 배수되어 기이한 일로 여겨진 이래로 지금은 맥이 끊겼고 다만 대종백이 겸임할 따름이다. 한림학사는 비록 지극히 청렴하고 존귀한 사람으로 잘 뽑아야 하므로 중요한 것은 그 사람이 합당한 지를 살펴야 하지만 마땅하지 않으면 그 자리를 비워둔다.

○ 한림학사는 아주 중요한 5품이라 세 번 시험을 봐야 비로소 될 수 있는 자리인데 대개 이미 27년이 걸린다. 융경 이전에는 모두 그러했다. 근래 정유년에 초약후焦弱侯가 폄적당했을 때는 이미 9년을 지낸 후이지만 다만 아직 임기를 채우지 못했을 뿐이라서 마침내 수찬으로서 지방으로 폄직되었다. 경자년에 고개옹顧開雍은 편수로 북경에서 시험을 주관했는데 역시 이미 9년이 지나서야 겨우 수찬으로 옮겨 입궐했다. 초약후와 고개옹 모두 정갑鼎甲인데 오히려 감히 기한을 넘기지 못했다. 근래에 서길사가 사직史職에 제수되면 몇 년 안 되어 계속 옮겨 달라 청해 반드시 찬선과 중윤이 되니, 사업 또한 그를 무시했다. 방국의 6품은 불과 1년 만에 5품으로 옮긴다. 대개 가정 연간과 융경 연간의 선배들은 그것을 넘어서는 데 거의 20년이 걸렸다고 한다.

○ 한림학사는 마땅히 3품이나 4품이어야 하는데 자질이 다소 빈약한 자는 원래 모두 태상경太常卿과 소경少卿이 되었다. 대체로 정첨正詹과 소첨少詹을 태자궁 관료의 수장으로 삼는데 가벼이 제수하려 하지 않는다. 금상 무오년에 화우和宇 유우기劉虞夔는 상소常少로써 한림원을 관장했고, 최근 기유년에 탕반湯盤 부신덕傅新德은 상경常卿으로써 국자감을 관장했으니 여전히 이런 뜻이 남아 있는 것이다. 근래에 서자와 유덕이 된 자는 모두 마침내 소첨少詹으로 옮겨서 첨사詹事에 이르렀는데 예

부의 소경을 무시하고 하찮게 여기는 것 같다. 선대에 석수石首 양문정楊文定, 순안淳安 상문의商文毅, 안복安福 팽문헌彭文憲 등이 모두 상경과 소경으로 재상이 되었음을 알지 못했으니 또한 개탄할 만하다.

원문 **翰林陞轉之速**

本朝遷官故事, 必九年方陞二級. 他官猶內外互轉, 惟詞臣不離本局, 確守此制, 以故有積薪之歎[57]. 凡九年滿者, 若檢討止陞修撰, 若編修止陞侍讀侍講, 皆仍爲史官. 惟修撰九年得陞中允, 而侍讀侍講再陞得爲學士, 否則宮庶及左右春坊大學士. 然而不恒有也. 蓋祖宗朝, 凡宮僚俱以大臣兼領, 無專拜者. 以故成化三年, 左諭德黎淳, 以『英宗實錄』成, 陞左庶子, 引故事力辭. 雖其意欲得翰林光學, 不顧久處坊局, 其持論則未嘗謬也. 近日詞臣陞轉, 俱拜爲宮僚, 檢討一轉卽爲贊善, 編修一轉卽爲中允, 講讀之官遂廢不設. 至于春坊大學士, 則自楊新都而後, 無一人除者. 蓋以名稱與閣臣相亂, 猶爲有說. 若光學士, 則自嘉靖末年張蒲州特拜, 駭爲奇事, 今遂絶響, 但爲大宗伯兼官而已. 此官雖淸華極選, 要當視其人稱否, 不宜竟虛其位.

○ 詞林極重五品, 凡三考始得之, 蓋已二十七年矣, 隆慶以前皆然. 近

---

[57] 積薪之歎 : 적신지탄. 쌓이고 쌓인 섶나무의 탄식이라는 뜻으로, 먼저 쌓인 섶나무는 항상 아래에 있듯이 고참이 승진하지 못하고 늘 아랫자리에 있음을 한탄함을 이르는 말.

年丁酉, 焦弱侯被謫時, 已歷九年, 特未考滿耳, 竟以修撰外貶. 而庚子顧開雍, 以編修主試北京, 亦已九年, 僅遷修撰入闈. 二公皆鼎甲也, 尙皆不敢踰越. 近日庶常授史職, 不數年卽紛紛求轉, 必得贊善中允, 卽司業且厭薄之矣. 坊局六品, 不過一年卽轉五品. 蓋比嘉隆前輩, 超之幾二十年云.

○ 翰林當爲三四品, 而資稍淺者, 舊俱爲太常卿及少卿. 蓋以正詹及少詹爲宮僚之長, 未欲輕授也. 如今上之戊午年, 劉和宇虞夔以常少掌院, 頃者己酉年, 傅湯盤新德以常卿掌國子監, 猶存此意也. 近爲庶子諭德者, 俱竟轉少詹, 以至詹事, 似薄容臺[58]淸卿[59]不屑居, 不知祖宗朝, 石首楊文定淳安商文毅安福彭文憲輩, 俱以常卿少卿爲輔臣也. 亦可慨矣.

58　容臺 : 예부의 별칭.
59　淸卿 : 소경少卿의 별칭.

한림학사의 직분은 의론하고 완곡하게 간언하는 것이며, 황상의 면전에서 시비를 쟁론하는 것은 그들의 일이 아니다. 다만 성화 연간 초기 정월 대보름에 궁 안에 화등花燈을 놓은 일 때문에 편수 장무章懋와 황중소黃仲昭 및 검토 장창莊昶이 함께 상소를 올려 적극 간언했다가 모두 지방으로 폄적되었는데, 당시 사람들이 '한림삼간翰林三諫'이라고 했다. 정월 대보름에 화등을 산 같이 쌓는 일은 본래 선대부터 있었던 관례인데다 황태후 두 분을 봉양하고 있어 도리상으로 모시고 즐겁게 해드리는 게 마땅하다. 이 일은 애초에 황상의 잘못이 아니니 이 상소는 굳이 올릴 필요가 없었던 듯하다. 가정 연간 초기에 급사중이었던 산서첨사山西僉事 사도史道가 상소를 올려 재상 양정화楊廷和가 법망을 벗어난 원흉이라고 의론했다. 어사 조가曹嘉는 조정의 신하 50명을 4등급으로 나누어 평가해서 그들의 거취를 나름대로 정했다. 급사중 염굉閻閎도 양정화를 탄핵해 사도를 구하려다가 마침내 조가와 함께 모두 지방으로 폄적되었다. 당시 사람들이 이들을 '한림삼걸翰林三傑'이라고 불렀다. 세 사람은 모두 정축년 과거의 서길사로 애초에 사관史官으로 남기를 원했지만 양정화가 허락하지 않았기 때문에 이를 갈며 그를 미워했던 듯하다. 당시 어사 정곤鄭袞이 사도의 상소에 반박해 "양정화는 어지러운 세상을 바로잡았으니 시국을 구한 재상이라 칭할 만한데 그를 원흉이라고 말하고 먼저 소문을 낸 사람들이 그만두게 했으며 지방으로 임명되자 비로소 의론했으니 그의 속마음이 음흉함을 알 수 있습니다"라고 했다. 급사중 안반安磐은 조가의 말에 반박해 "현 왕조의 해진은 혼자서 많은 사람을 의론했지만 모두 황명을 받고 품평한 것이었습니다. 황상의 명이 없는데도 온 조정의 신하 중에 그 입을 함부로 놀리는 자는 없었습니다"라고 말했다. 두 상소 모두 공론이었다. 가정 19년 황상께서 갑자기 병을 핑계로 조회를 보지 않으셨다. 이에 동궁의 관료 찬선贊善 나홍선羅洪先, 사간司諫 당순지唐順之, 교서校書 조시춘趙時春이 황상께서 조회를 열지 않는 일이 빈번하기 때문에 각각 상소를 올려 새해 첫날 태자께서 문화전에 납시어 문무백관의 하례를 받게 하기를 청했다. 황상께서 진노하시어 다음과 같이 말씀하셨다. "짐이 궁중에서 조용히 쉬며 조리하는 것이 오히려 모든 일을 살피는 것이다. 지금 기운이 아직 회복되지 않았는데 어찌 내 몸을 아끼지 않을 수 있겠는가? 동궁東宮의 눈에도 아직 낫지 않은 것으로 보이면 어찌 움직일 수 있겠는가? 짐의 병이 완전히 낫지 않았는데 태자가 조회에 나가게 하려는 것은 필시 내가 일어날 수 없게 하는 것이다." 이 때문에 세 사람 모두 평민으로 쫓겨났다. 이때 황상께서는 조용히 휴양하고 계셨는데 동궁의 병이 더 위중해져, 황상께서 특별히 금년의 형 집행을 중지하고 태자의 안녕을 기원하라는 성지를 내려 천하에 두루 알렸다. 다시 조정에 나오시기를 청해야 했겠는가? 태자의 보령 또한 겨우 5세였을 뿐이다. 이런 논의는 그저 당 순종順宗과 송 광종光宗의 예를 가지고 주상을 대한 것이다. 그로 인해 말년에 틀림없이 곽희안郭希顔의 화를 당한 것이다. 대개 세 공이 나라에 충성스러워졌지만 그 말을 행해도 되는 지의 여부를 따질 겨를이 없었다. 당시 사람들은 그들을 높이 평가해서 '한림삼직翰林三直'이라고 불렀다 한다. 이상의 한림학사들은 모두 상소해 직언하는 것으로 유명했지만, 사도 등은 말할 가치가 없고 장풍산章楓山과 나염암羅念庵 등은 또 정곡을 찌르지 못했다. 무인년의 한림학사들이 강릉 장공과 탈정奪情 문제로 다투었던 것과 꼭 같으니 절대 비방해서는 안 된다.

○ 성화 원년 이문달李文達이 탈정했을 때 편수 진음陳音이 글을 써서 그가 상을 마치기를 적극 권했고, 이어서 수찬 나윤羅倫은 마침내 노골적으로 문장을 써 그를 공격했다. 무인년 한림학사 오중행과 조용현은 강릉공을 탄핵했지만 수찬 심군전沈君典은 또한 글을 써서 그 일을 완곡하게 간했으니 성황 연간의 일과 같다.

원문 **翰林建言知名**

詞林職在論思諷[60]議, 若面折廷諍[61], 非其事也. 惟成化初年, 以上元宮中放燈事, 編修章懋黃仲昭, 檢討莊㫤, 合疏力諫, 俱謫外, 時人名爲翰林三諫.[62] 按上元鰲山[63], 本祖宗故事, 且兩宮[64]在養, 理宜娛侍. 初非

---

60 諷 : 풍諷은 원래 풍風으로 되어 있는데, 사본에 근거해 고쳤다諷原作風, 據寫本改. 【교주】
61 面折廷諍 : 임금 앞에서 그 실책을 들어 시비是非를 쟁론함.
62 時人名爲翰林三諫 : 중화서국본에는 '시인명위한림삼간안상원오신時人名爲翰林三諫按上元鰲山'로 되어있으나, 상해고적본에서는 '시인명위한림삼간時人名爲翰林三諫. 안按, 상원오산上元鰲山'으로 '한림삼간翰林三諫'에서 문장을 나누었다. 상해고적본의 구두가 더 의미를 잘 살린다고 판단되어 상해고적본의 구두를 참고해 수정했다.

主上過擧, 此疏似屬可已. 至嘉靖初年, 山西僉事前給事中史道, 疏論元輔楊廷和漏網元凶. 御史曹嘉, 品第朝臣五十人, 列爲四等, 擅定去留. 給事中閻閎, 又劾楊以救史, 遂與曹俱貶外. 時人呼爲翰林三傑. 蓋三人俱丁丑科庶吉士, 初求留爲史官, 廷和不許, 以是切齒恨之. 時御史鄭袞駁史曰, "廷和撥亂返正, 足稱救時宰相, 道指爲元惡, 且先揚聲, 邀人浼止, 及補外而始發之, 其心迹詭祕可見." 給事安磐駁曹曰, "本朝解縉, 以一人而議衆人, 皆承君命品藻. 未有無上命, 而擧朝縉紳得恣其口吻者." 二疏皆公論也. 至嘉靖十九年, 上偶疾不視朝. 東宮官贊善羅洪先, 司諫唐順之, 校書趙時春, 以上免朝頗頻, 各疏請來歲元日, 太子出御文華殿, 受文武及朝覲官朝賀. 上震怒曰, "朕宮中靜理, 猶視庶事. 今氣體未復, 豈可不自愛? 東宮目上視未愈, 安得行步? 朕疾未全平, 遂欲儲貳臨朝, 是必君父不能起者." 由是三人俱斥爲民. 是時上方靜攝, 而東宮病更亟, 上特旨停今年行刑, 爲太子祈安, 布告天下. 豈宜復請臨朝? 且睿齡亦止五歲耳. 此等建白, 直以唐順宗宋光宗待主上矣. 使在末年, 必遭郭希顔之禍. 蓋三公忠於國, 而不暇計其言之可行否也. 時人高之, 又呼爲翰林三直云. 以上詞臣, 皆以抗疏顯名, 史道輩不足言, 若章楓山與羅念庵等諸君子, 亦未中肯綮. 必如戊寅詞林諸公, 與江陵爭奪情, 則斷無可訾矣.

[역자 교주]

63 鰲山 : 음력 정월 보름날 밤에 꽃등花燈을 산 같이 쌓은 것. 전설에 나오는 큰 자라 모양과 같다는 데서 유래했다.

64 兩宮 : 영종의 황후인 효장예황후孝莊睿皇后 전씨錢氏와 생모인 효숙황후孝肅皇后 주씨周氏를 말한다.

○ 成化初元, 李文達奪情, 編修陳音貽書力勸其終喪, 繼而修撰羅倫遂露章攻之. 戊寅詞林吳趙二公劾江陵, 而修撰沈君典, 亦僅以書婉諷其事, 與成化同.

번역 정덕 연간의 정갑鼎甲 출신 서길사

　무종께서 등극하신 뒤 18년 동안 5번의 과거가 있었는데, 정갑 15명 중에서 나중에 재상에 임명된 자와 정경正卿이 된 사람은 매우 적었다. 다만 신미년 과거의 계악, 정축년의 하언, 신사년의 장총은 모두 지방관에서 재상으로 들어왔고 모두 세종의 남다른 은총을 받아서 존귀함과 총애가 천하에 떨쳤다. 5번의 과거 중 무진년에 황제가 직접 8명을 임명한 것을 제외한 4번의 과거에서는 또 전시 1등을 포함해 모두 96명을 서길사로 뽑았다. 다만 신미년의 장석수張石首와 신사년의 장다릉張茶陵은 재상의 자리를 1번 차지했다. 장석수는 1년이 안 되어 노환으로 죽었다. 장다릉은 청사靑詞를 애써 짓고 싶어 하지 않아서 세종의 미움을 받아 내각에 들어간 지 1년 만에 근심으로 답답해하다가 죽었으니 재상을 하지 않은 것과 마찬가지다. 한때 한림원의 재앙이 이 지경에 이르렀으니 시대의 풍조 때문에 그렇게 된 것이다.

　○ 정덕 연간 무진년에 한림원의 전례에 기록된 것에 따르면 서길사는 초황중焦黃中, 호찬종胡纘宗, 소예邵銳, 황방黃芳, 유인劉仁 등 5명뿐이고 왕엄주王弇州의 『과시고科試考』에서도 그렇게 되어 있다. 하지만 호찬종의 묘지명에는 이지학李志學 등 3명이 더 있으니, 당시에 황제가 직접 임명한 이는 사실 8명이다. 이것은 근래의 일인데도 이렇게 잘못 전해지거나 누락되었으니 개탄할 만하다.

원문 正德朝鼎甲庶常

　武宗御極十八年, 放五科, 凡鼎甲十五人, 後來絕少大拜及爲正卿者.
惟辛未科之桂蕚, 丁丑科之夏言, 辛巳科之張璁, 俱以外僚入相, 俱蒙世
宗異眷, 貴寵震天下. 五科除戊辰傳奉八人外, 四科又皆選庶常, 幷首甲
凡得九十六人. 惟辛未張石首辛巳張茶陵, 一參揆席. 石首不一年以老病
死. 茶陵以不願效勞靑詞, 爲世宗所恨, 入閣亦一年, 以悒鬱死, 猶之乎
不相也. 一時詞林之厄至此, 蓋運會使然耶.

　○ 按正德戊辰科, 詞林典故所紀, 止得庶吉士焦黃中胡纘宗邵銳黃芳
劉仁等五人, 卽弇州『科試考』[65]亦如之. 然胡纘宗墓誌中, 尙有李志學等
三人, 則當時傳奉實八人也. 此近代事, 遂訛失至此, 可歎.

---

65 『科試考』: 명대 왕세정王世貞이 편찬한 과거시험에 관한 서적으로, 향시와 회시의
　과목 및 시험일시 등이 기록되어 있다.

번역 서길사가 다시 학문하다

　　옛 관례에 따라 서길사가 학관을 마치면 각각 한림학사, 과도관, 6부 낭관郞官 등의 관직에 제수된다. 다시 선발되었지만 시험을 통과하지 못하고 부모상을 치르러 갔다가 상을 마치고 돌아온 자들은 모두 다른 관직을 제수받고 사관으로 남겨지는 예는 없으며 또한 새로운 서길사와 동료가 되는 예도 없다. 다만 홍치 18년 을축년 서길사 손소선孫紹先이 부모상을 당해 돌아갔다가 정덕 3년 7월에 북경으로 왔는데 황상께서 그해 과거의 서길사와 함께 학문하게 하시고 나중에 검토에 제수하셨는데 이전에는 없던 일이다. 금상 기축년 서길사 부신덕傅新德이 부모상을 당해 갔다가 임진년에 다시 왔는데 역시 새로이 서길사가 된 자들과 같이 학관에 들어가 평가를 받고 나중에 역시 검토에 제수되었다. 이로부터 이것이 부모상을 당한 자들의 관례로 여겨져 지금까지 바뀌지 않고 있는데 그 후에도 과도관으로 바뀌어 제수되는 자가 있었다. 손소선과 부신덕 두 사람은 모두 산서 사람이다. 손소선은 다시 학관에 들어가 초황중焦黃中 등 8명과 동료가 되었는데, 혹자는 초황중의 부친 초방焦芳이 차규次揆로 실제 그 일을 주관했다고 한다. 부신덕은 18세에 향시에 합격한 뒤 바로 진사에 합격했는데, 당시 차규 왕태창이 그의 재능을 아꼈으므로 이 명을 내렸다. 사안은 같지만 일을 대하는 태도는 매우 달랐다.

원문 庶常再讀書

舊例, 吉士散館, 各授詞林臺省部郎等官. 其選改而未經考校以憂去, 服関而至者, 皆竟授他官, 無留補史官之例, 亦無再與新吉士同列之例. 惟弘治十八年乙丑, 庶吉士孫紹先憂歸, 至正德三年七月赴京, 上命同今科吉士讀書, 後授官檢討, 前此未有也. 至今上己丑科庶吉士傅新德丁憂, 壬辰年再至, 亦得與新科吉士入館考課, 後亦授官檢討. 自是丁艱者以爲例, 至今不改, 然此後亦有改授科道者矣. 孫傅二君俱山西人. 孫之再入館也, 與焦黃中輩八人同事, 說者以爲黃中父芳爲次揆實主之. 傅以十八歲發解連捷, 時次揆王太倉惜其才, 故有此命. 事雖同, 而心之公私夐別矣.

　　가정 13년 을미년 관직 선발 이후부터 매번 축년丑年과 미년未年에는 선발하고 진년辰年과 술년戌年에는 선발하지 않았는데, 결국 세종 연간 30여 년 동안 마침내 이것이 관례가 되었다. 그 뒤 병진년, 기미년, 임술년에 연달아 세 번의 과거에서 선발하지 않다가 을축년에 이르러 비로소 다시 시험 쳤을 뿐이다. 목종께서 2년 무진년에 등극하신 뒤 처음으로 과거를 실시해 특별히 30명을 선발했다. 만력 2년에는 비록 신종 때의 첫 과거였는데도 선발하지 않았다. 그 후 경진년에도 그러했다. 병술년에 이르러 차규 왕태창이 건의하며 "매번 과거 때마다 훌륭한 선비가 있게 마련인데 어찌 축년과 미년에는 많고 진년과 술년에는 없겠습니까?"라고 했다. 이에 상소가 비준되었고, 다만 회시 후에 모두 관직 선발을 실시해 전에 없이 한림원이 북적거렸다. 장영가가 병술년 타격을 받은 이후로 이때까지 시간이 오래 흘렀는데도 시대의 추세가 그대로였던 것은 황제의 관대함과 엄격함의 차이 때문만은 아니다.

원문 館選[66]定制

　　自嘉靖十三年乙未館選後, 遇丑未則選, 遇辰戌則停, 終世宗之朝三十餘年, 遂爲故事. 其後丙辰己未壬戌, 連三科不選, 至乙丑始復考耳. 而

---

66 館選 : 명대와 청대에 한림원과 첨사부詹事府의 관원을 뽑아 직무를 맡기던 것.

穆宗御極二年爲戊辰, 以龍飛首科, 特選三十人. 至萬曆二年, 雖首科亦不選矣. 此後庚辰亦如之. 至丙戌而次揆王太倉建議, 謂"每科必有佳士, 安見丑未盛而辰戌衰?" 於是奏准, 但會試之後, 俱行館選, 而木天[67]濟濟, 光前絕後矣. 自張永嘉丙戌摧殘以來, 至是恰周天, 蓋運會固然, 不第聖主之寬嚴異也.

67　木天 : 한림원의 별칭.

번역 한림학사가 관직을 옮기다

  한림원이 비록 높고 귀한 자리라고 하지만 승진이 가장 느리다. 편수와 검토는 승진 연한인 9년을 채워야만 비로소 옮길 수 있다. 이미 5품이 되고서도 10여 년에 이르러야 비로소 다시 진급할 수 있었던 사실은 전대의 비지문碑誌文에서 살펴볼 수 있는데, 가정 연간에 이르러 승진이 좀 빨라졌다. 다만 을축년 과거에 합격해 10년이 지나 태자궁의 속관이 된 자가 있었는데 고신정의 문생이라는 말이 있다. 하지만 계축년 이후로 3번의 과거에서 서길사를 뽑지 않아서 상황이 갑자기 바뀔 수밖에 없었다가 무진년에 다시 정체되었다. 옛 재상 심사명沈四明에 대한 기록에 의하면, 그가 오랫동안 7품에 머물러 있자 장난삼아 시를 써 같은 해에 진사에 급제했던 상공 왕산음王山陰에게 보냈다. "어찌 일하느라 붉어진 눈으로 푸른 양탄자를 바라보는가, 그대도 나도 편수로 늙는구나. 사업司業이 풍류스럽다고 그대 부러워 말게나, 일찍이 편수가 된 것이 7년 전이네." 사업이 비록 소경당小京堂이지만 한림학사들이 가장 싫어하고 경시하는 관직이라 나이 든 딸을 시집보내는 것처럼 여기며, 편수가 된 지 7년이 되었는데 새로 온 자가 더 높아지는 것은 예전과 같다. 그에 비해 근래에 승진이 빠른 자라도 분개하고 탄식함을 면치 못한다.

원문 詞臣遷官

詞林雖號淸華, 然遷轉最遲. 編檢[68]歷俸須九年始轉. 卽已得五品, 亦有至十餘年始得再轉者, 前輩碑誌可考, 至嘉靖間登進稍速矣. 惟乙丑科, 有十年而爲宮坊[69]者, 說者謂高新鄭私其門生. 然自癸丑後, 三科不選庶常, 勢不得不驟轉, 至戊辰仍復淹滯. 曾記沈四明故相, 久滯七品, 戲以詩寄同年王山陰相公云, "何勞赤眼望靑氈, 汝老編兮我老編. 司業[70]翩翩君莫羨, 也曾陪點七年前." 夫司業雖小京堂, 然詞林最厭薄之, 以爲嫁老女, 乃至陪點後七年, 而積薪如故. 較之近年速化者, 不免書空咄咄[71]矣.

68　編檢 : 명청 시기 사관史館에 있던 한림원 소속의 편수編修와 검토檢討를 말한다.

69　宮坊 : 태자의 관서.

70　司業 : 국자감國子監 또는 태학太學의 부장관.

71　書空咄咄 : 탄식하고 분개함.

서길사가 관직을 받아 외지로 부임하는 일은 영락 연간에서 선덕 연
간 사이에 정해진 제도였다. 당시 상황으로는 왕부王府의 전보典寶와 봉
사奉祠에 제수되는 자가 있었고 기선紀善으로 제수되기는 쉽지 않았다.
정덕 연간에는 자격이 크게 정해진 지 오래되었다. 정덕 6년 신미년 과
거 때 산동 무성武城 출신의 서길사 왕도王導가 중원으로 흘러든 도적떼
로 인해 큰 난리가 나자 조모를 모시고 강남으로 피난가고자 응천부應天
府 교수敎授로 옮겨주기를 청해 윤허받았다. 정덕 12년 정축년 과거 때
하남 의양宜陽 사람 왕방서王邦瑞가 부모상을 당해 떠났다가 다시 와 겨우
광덕廣德 지주知州로 임명되었다. 이 두 과거 때의 관직 선발에서는 지방
관으로 임명된 사람이 한 명도 없었는데, 하나는 자청했고 하나는 돌아
오자마자 바로 제수되어 모두 개의치 않고 부임했으며 원망하는 말이
들리지 않았다. 이에 앞선 정덕 3년 무진년 과거 때 초황중焦黃中 등이 황
제의 명으로 서길사가 되었다가 얼마 안 되어 편수, 검토, 시강侍講으로
승진했으니 뒷사람의 양보가 있어야 했다. 그후 왕도는 병부상서를 역
임하고 태자소보太子少保에 추증되었으며 양의襄毅라는 시호를 받았다.
왕방서는 이부좌시랑에 이르렀고 예부상서禮部尙書로 추증되었으며 문
정文定이라는 시호를 받았다. 그러나 초황중 등은 삭탈관직 당해 사림의
멸시를 받았다. 그러니 조급함과 평온함 중 과연 어느 쪽을 얻겠는가?
가정 5년 병술년 학관을 수료할 때는 서길사들이 모두 6과, 도찰원, 6부

의 속관屬官으로 제수되었고, 이원양李元揚 등 4명은 지현知縣에 제수되었다. 그러자 장나봉張蘿峯이 비밀리에 상소를 올려 "이들은 모두 옛 재상 비굉이 사적으로 심어둔 사람들이라 키우기 적합하지 않습니다"라고 말했다. 가정 8년 기축년 서길사는 모두 장나봉이 뽑은 문하생이지만 회원會元인 당순지唐順之 등은 모두 시험관에게 아첨하지 않아서 다 주사主事로 내쳐졌고, 겨우 급사중 2명, 어사 1명, 지주 2명, 추관推官 1명이 되었을 뿐이다. 이것은 권력을 쥔 신하가 세도를 부려 위력을 훔쳐서 겁박한 뒤에 승진시킨 것이라 황상의 뜻이 아니고 여러 선비들이 양보한 것도 아니다. 이때부터 지금까지 90년이 되었는데 이런 일은 더 없었다. 만력 기축년 학관을 수료할 때 우리 절강성의 한 서길사가 예부주사를 하게 되자 내심 싫어하고 경시해서 태재 육장간陸莊簡에게 간절히 청했다. 육장간의 동향 사람이 매우 기분 나빠하며 서길사에게 다음과 같이 말했다. "소생은 지난날 읍령邑令에서 형부랑刑部郎으로 옮겼다가 예부로 가게 되자 스스로 가장 존귀한 자리에 뽑혔다고 말했는데, 지금은 이미 이 정도로 부끄러운 자리가 되었습니다. 어찌 조정 대신들의 흠모를 받겠습니까?" 서길사는 결국 주시험관이었던 차규 허신안許新安의 힘을 빌어 어사에 제수되었고, 이때부터 갑진년까지 6차례 과거의 학관을 수료할 때 마침내 낭서郎署가 된 사람이 한 명도 없었다. 정미년 검黔지역 사람 반윤민潘潤民이 예부주사에 제수된 것도 처음 있는 일이다.

원문 庶常授州縣

庶常授官外任, 此永樂宣德間本有定制. 時事至有授王府典寶奉祠者, 卽紀善[72]亦不易得也. 至正德間, 則資格大定久矣. 乃六年辛未科, 則山東武城人庶吉士王導, 以中原流寇大亂, 欲奉祖母避地江南, 請改應天府敎授, 允之. 十二年丁丑科, 河南宜陽人王邦瑞, 以丁憂去, 再來僅補廣德知州. 此二科館選, 從無一人任外吏者, 一則自請, 一則直除, 俱恬然泣任, 不聞有怨言. 蓋前此正德三年戊辰科, 有焦黃中等, 以傳奉爲吉士, 尋陞編檢侍講, 宜有後人之退讓. 其後王導歷官兵部尙書, 贈太子少保諡襄毅. 邦瑞至吏部左侍郞, 贈禮部尙書, 諡文定. 而焦黃中等削籍, 爲士林不齒. 然則躁靜, 果孰爲得之耶? 至嘉靖五年丙戌散館, 盡授科道部屬, 而李元揚等四人授知縣. 則以張蘿峯密疏, 謂"皆故相費宏所植私人, 不足作養." 八年己丑吉士, 雖皆蘿峯所取門生, 然以會元唐順之等皆不附座師, 故盡斥爲主事, 僅得二給事中, 一御史, 又二知州, 一推官. 此柄臣弄權, 竊威福以鉗劫後進, 非上意, 亦非諸士退讓也. 自此至今九十年, 更無此事矣. 萬曆己丑散館, 吾浙有一吉士, 當得禮部主事, 心厭薄之, 以情祈於太宰陸莊簡. 陸同郡人也, 甚不樂, 謂吉士曰, "不佞往日, 從邑令轉刑部郞, 得調春曹, 自謂極淸華之選, 今已忝竊至此. 安見臺省之足慕耶?" 吉士終以座師次揆許新安力, 授御史, 自此至甲辰六科散館, 遂無一人爲郞署. 而丁未黔[73]人潘潤民授禮部, 且以爲創見矣.

---

72 紀善 : 명대 친왕의 속관으로 정8품이다.
73 黔 : 귀주貴州의 별칭.

번역 한림학사가 한때 지방관이 되다

곽올애霍兀崖가 처음 소첨사少詹事에 제수되고 사람을 기용하는 법도를 진언해 다음과 같이 말했다. "한림학사가 중앙관으로만 전전하도록 제한해서는 안 되니 위로는 내각 이하로부터 사국史局은 모두 지방관으로 나가야 하고 지방관은 거인擧人과 공생貢生을 막론하고 사관으로 들어와 태조 때의 첫 제도를 따라야 합니다." 그 말이 또한 채택될 만했다. 하지만 당시에 처음 시작한 것이 아니었는데도 하루아침에 바꾸니 사람들이 낯설어했다. 그러므로 태재 요기廖紀가 그 문제점을 강력히 말하니, 황상께서도 '시대에 맞춰 시행하라'는 성지를 내리셨는데, 아마도 세종께서도 내심 곽올애의 말이 시행되기 어렵다는 것을 아셨을 따름이다. 장나봉張蘿峯이 내각에 들어왔을 때 시독侍讀 왕전汪佃의 강독이 황상의 마음에 들지 않자 이부에서 지방으로 보내게 하셨다. 장나봉이 은밀한 상소를 올려 다른 사신들 중에 맞지 않는 자들까지 다른 관직으로 보내버렸다. 수규 양석종楊石淙이 그 말에 맞장구를 치면서 확대시키니 황상께서 마침내 그렇게 하라고 윤허하셨다. 왕전은 부통판府通判으로 보내고 중윤 양유총楊維聰과 시강侍講 최동崔桐 등 20여 명을 모두 지방관으로 바꾸어 보냈다. 북경의 '열 가지 우스운 일' 중에서 "한림학사가 한 사람 한 사람 다 지방관으로 갔다"는 이야기가 이것이다. 아마도 곽올애와 장나봉이 모두 다른 관부에 기용되었기 때문에 한림학사를 이렇게까지 심하게 억압한 듯하다. 단도丹徒 사람 양석종이 스스로 장나봉에게 맞장구쳐 계책을 시행했다고 말했지만 얼마 안 되어 또 장나봉에게 쫓겨났다. 이렇게 한림원에 일시에 액운이 불어 닥친 것은 다만 두 권신의 손만을 빌렸기 때문이다.

원문 **翰林一時外補**

霍兀崖初拜少詹事, 卽上言用人之法, 謂"翰林不當拘定內轉, 宜上自內閣以下, 而史局俱出補外. 其外寮不論擧貢[74], 亦當入爲史官, 如太祖初制." 其說亦可採. 但時非開創, 一旦更張, 人所不習. 故太宰廖紀, 力言其窒礙, 上亦有隨時酌行之旨, 蓋世宗亦心知霍說之難行耳. 比張蘿峯入閣, 因侍讀汪佃講書, 不愜上旨, 令吏部調外. 張因密揭幷他史臣不稱者, 改他官. 首揆楊石淙[75]附會其說而推廣之, 上遂允行. 旣調汪府通判, 而中允楊維聰, 侍講崔桐等二十餘人, 俱易外吏以去. 京師十可笑中所云"翰林個個都外調"者是也. 蓋霍張俱起他曹, 故痛抑詞林至此, 楊丹徒自謂附張得計, 未幾亦爲張逐矣. 此玉堂一時厄運, 特假手於兩權臣耳.

---

74 擧貢 : 거인擧人과 공생貢生.
75 楊石淙 : 명대의 대신이자 문학가인 양일청楊一淸을 말한다.

[번역] 임술년 과거시험에서 서길사 선발을 중지하다

    가정 연간에 계축년 과거에서 서길사를 선발한 뒤로 병진년과 기미년 2번의 과거에서는 선발하지 않았고 임술년에 이르러 서길사를 뽑아 한림원에 들이기로 결정하고 성지를 받들어 기한을 정했다. 선발하는 날 진사가 시험보러 들어올 때, 당시에 명성이 있어 지름길을 얻은 자들은 모두 가까이 앉아 먹을 갈아 붓을 적시면서 서로 돌아보고 담소를 나누며 좋은 자리에 뽑힐 것을 미리 축하했다. 하지만 내각에서 시험 문제를 작성해 황상께 올렸지만 시간이 지나도 나오지 않다가 돌연 어찰御札이 내려왔다. 내각 대신이 펼쳐 보니 문제의 왼쪽에 황상께서 친히 주사朱砂로 쓴 '금년차파今年且罷 : 금년에는 잠시 중지한다'라는 네 글자가 있어 이에 한바탕 소란이 일더니 흩어졌다. 가장 명성에 기대어 사전에 지름길을 얻었던 몇 사람은 이불을 뒤집어쓰고 부끄럽고 원통해하며 열흘 동안이나 감히 같은 해에 등과登科한 이들을 만나지 못했다고 한다. 아마도 이에 앞서 진사들은 환관에게 금을 바쳐서 수규 엄분의에게 뇌물을 주었는데, 그 동기들 중 함께하지 않은 자가 황상께 비밀리에 상소를 올려서 마침내 일을 중지하게 되었다. 세종께서 제왕다움이 이와 같아서, 그해 7월 엄분의가 마침내 쫓겨났다.

嘉靖自癸丑科選庶常之後, 丙辰己未二科不選, 至壬戌議定考館, 奉旨定期. 至日進士入試, 其有時名得徑路者, 俱相迫鄰坐, 磨墨濡毫, 相顧談笑, 預慶華選. 而內閣擬題呈御覽, 久之未出, 忽傳御札下, 閣臣披視, 則於題之左, 御筆硃書四大字, 曰今年且罷, 於是一鬨而散. 其最負聲且先道地者數人, 至擁被羞恨, 旬日不敢見其同年云. 蓋先是諸進士貸金於中貴, 以賂分宜首揆, 其儕類中有者不咸者, 密奏於上, 遂臨事中輟. 世宗之神聖[76]如此, 其年之七月, 分宜遂逐矣.

---

76 神聖 : 제왕의 존칭.

소부 원원봉袁元峯이 차규로써 가정 임술년 회시를 주관했는데 이해
에는 서길사를 뽑지 않았고 다만 일갑一甲의 소사少師 신시행, 궁보宮保 왕
석작 및 옛 소부 여유정余有丁만 한림원에 남겼을 뿐이다. 답례문과 황상
께서 짓게 하신 도교 제문에서 한림에 있는 중요 서적에 이르기까지 모
두 이 세 사람을 사저로 불러 대신 초안을 쓰게 했는데, 조금 마음에 들
지 않으면 그때마다 화난 얼굴로 꾸짖고 욕했다. 여유정은 원원봉의 동
향 사람인데 그를 꾸짖으며 "너는 이름에 정丁자가 있으니 마땅히 여백
정余白丁이라 불러야 하지 않겠느냐?"라고 했다. 원원봉은 이처럼 오만
하고 무례했다. 어떤 때는 서내西內의 직방直房에 들어가 문장을 올려야
하는데 결국 빗장을 걸고 가버리고 술과 음식도 주지 않았다. 이 세 사
람은 간혹 날이 저물 때까지 먹지도 못해 굶주린 얼굴로 돌아가는 일이
일상이 되었다. 왕석작이 여유정을 위해 그에게 말해도 인상을 찌푸리
며 견디지 못했다. 원원봉이 가장 마음에 들어 한 사람은 오중의 산인山
人 왕백곡王百穀으로, 그를 뛰어난 인재로 여겨 재상 장문헌張文憲의 선례
에서 경이卿貳의 자리까지 밀어줄 수 있었던 것을 말하면서 그를 고칙방
誥敕房에 들어가게 밀어주려 했다. 원원봉이 죽을 때까지도 이루어지지
못했다. 또 오 땅 사람 왕봉년王逢年도 원원봉이 밀어주려 했지만 그의
거만함을 참지 못하고 마침내 서신을 보내 사양하며 다음과 같이 말했
다. "소부께서는 시문時文이 뛰어나 회시의 장원이 되셨고 도가의 축문祝

文에 뛰어나 재상이 되셨지만, 어찌 소위 고문古文이라는 것을 아시겠습니까?" 마침내 절룩거리는 나귀를 타고 돌아가자 원원봉이 크게 화를 냈지만 어찌할 수 없었다.

원문 **鼎甲召試[77]文**

袁元峯[78]少傅, 以次揆主嘉靖壬戌會試, 是年不選庶常, 惟一甲申少師時行, 王宮保錫爵, 及故少傅余有丁, 在詞林而已. 每有應酬文字, 及上所派撰事玄諸醮章[79], 以至館中高文大冊, 悉召三門生至私寓, 代爲屬草, 稍不當意, 輒厲色呵叱, 惡聲繼之. 余其同郡人也, 至詬之曰, "汝安得名有丁, 當呼爲余白丁?" 其傲慢無禮至此. 有時當入西內直房, 供上筆札, 竟扃門而去, 亦不設酒饌. 三人者或至昏暮不得食, 遂菜色而歸, 以此爲常. 王相國每爲余言之, 尙顰蹙不堪也. 袁所最當意者, 惟吳中王百穀山人, 以爲異材, 欲援之入詁敕房, 如談相張文憲故事, 可援以至卿貳. 會袁卒, 不果. 又有吳人王逢年者, 袁亦欲援之, 而逢年不堪其倨, 竟移書辭之曰, "閣下以時文博會元, 以靑詞博宰相, 安知有所謂古文詞哉?" 竟策蹇歸, 袁大怒, 而無如之何.

---

77 召試 : 황제가 친히 불러 보는 면접 시험.
78 袁元峯 : 명대 가정 연간의 대신 원위袁煒를 말한다. 원봉元峰은 원위의 호다.
79 醮章 : 제단을 차려놓고 제를 올리면서 하늘에 고하는 글을 아뢰는 것을 말한다.

가정 임진년 편수 양명[楊名, 호는 방주芳洲]이 상소를 올려 왕횡汪鋐과 곽훈 등이 기만한 일을 논하니, 황상께서 옥에 가두라는 조서를 내리셨다. 양명은 촉蜀 땅 수녕遂寧 사람인데, 왕횡이 그를 옛 재상 신도공新都公 양정화楊廷和의 조카라고 지적하고 고의로 그에게 복수하고자 사형시키려 했다. 아마도 왕횡이 자신을 위해 그에게 죄를 덮어씌우고 또 수규 장영가에게 아첨하기 위해서인 듯하다. 병부시랑 황종명[黃宗明, 호는 경재敬齋]이 방주 양명을 구하려고 특별히 상소를 올리니, 황상께서 노하셔서 황종명마저 하옥시키고 심한 형벌을 가하셨다. 방주 양명은 말을 바꾸지 않았고 황종명 또한 굽히지 않았다. 황상의 노여움이 다소 누그러져 양명을 구당위瞿唐衞로 수자리를 보냈다가 그해에 바로 사면하고 사직하게 하셨다. 황종명은 복건참정福建參政으로 나갔다가 얼마 뒤 예부시랑으로 들어와 왕횡과 똑같이 경이卿貳가 되었다. 대체로 왕횡이 장영가에게 아첨했음은 말할 필요도 없는데, 계악桂萼과 곽도 이외에 당시에 대례를 논했던 방서초方西樵, 석원산席元山, 황경재黃敬齋, 웅조원熊兆原 등 여러 공들은 모두 뛰어나게 권세를 이루었고 권세 있는 자에게 빌붙으려는 자가 없었다. 이때부터 장영가의 세력도 점차 고립되어 2년이 안 되어 또다시 파직되어 더 이상 기용되지 않았다.

원문 楊名編修

嘉靖壬辰, 楊編修芳洲名[80]抗疏論汪鋐與郭勛等之欺罔, 上下之詔獄. 楊爲蜀之遂寧人, 汪遂指爲故相新都公之姪, 故爲之報仇, 擬大辟. 蓋爲己卸罪地, 且以媚首揆永嘉也. 會兵部侍郎黃敬齋宗明[81]特疏救芳洲, 上怒, 幷下之獄, 加以慘刑. 芳洲不爲改辭, 而敬齋語亦不屈. 上稍霽威, 楊戍瞿唐衞, 其年卽赦之令致仕. 黃出爲福建參政, 尋召入爲禮部侍郎, 與汪同爲卿貳. 蓋汪爲永嘉鳴吠不待言, 而當時議禮諸公, 自桂霍之外, 如方西樵席元山黃敬齋熊兆原諸公, 皆表表自樹, 無肯掃舍人門者. 自是永嘉勢亦漸孤, 不二年再罷, 不復起矣.

---

80 楊編修芳洲名 : 양명楊名, 1505~?은 명나라 사천 수녕遂寧 사람으로, 자는 실경實卿이고 호는 방주芳洲다. 가정 8년1529 진사가 되어 한림편수에 제수되었지만 모친상을 당해 사직하고 고향으로 돌아갔다.

81 黃敬齋宗明 : 명나라 중기의 관리 황종명黃宗明을 말한다.

　　한림원의 관리는 직위의 높고 낮음에 상관없이 낭郎이나 대부大夫라
고 부르며 모두 원래 관직의 아래에 직함을 두는데 이렇게 한지 이미 오
래되었지만 또 다 그런 것은 아니다. 가정 14년 을미년 과거 정시廷試의
시험관인 시독학사 오혜吳惠 등이 모두 봉직대부奉直大夫라는 관직명을
먼저 쓰고 그 아래에 학사라는 직함을 썼다. 시강侍講 강여벽江汝璧 등은
승직랑承直郎이라는 관직명을 먼저 쓰고 역시 똑같이 학사라는 직함을
그 아래에 썼다. 그다음 번 무술년 정시에 붙인 방에서도 한림원의 산관
散官이 본래 관직의 아래에 있었다. 가정 23년 갑진년 미봉관彌封官인 좌
춘방사직左春坊司直 사소남謝少南은 태자의 속관이 되면서부터는 각 관서
의 관례에 맞게 직함을 써야하는데도 여전히 사직司直이라는 관직명 아
래에 승덕랑承德郎이라고 썼으니, 이것은 또 알 수 없다.

　翰林官不論崇卑, 其稱郎稱大夫, 俱結銜於本官之下, 相沿旣已久矣,
而亦不盡然. 如嘉靖十四年乙未科, 廷試讀卷官侍讀學士吳惠等, 俱先書
奉直大夫, 次書學士. 及侍講江汝璧等, 先書承直郎, 亦如之. 至次榜戊
戌科廷試, 則詞林散官, 又在本職之下矣. 至二十三年甲辰, 彌封官[83]左

82　散官 : 관직명은 있지만 고정적인 일을 하지 않는 관리.

春坊司直謝少南, 自係宮官, 其結銜只宜如各曹之例, 乃亦書承德郎於司直之下, 此又不可曉矣.

---

83 彌封官 : 과거시험에서 시험지의 봉인을 담당하는 관리.

　내각대신으로 한림학사만을 기용하는 것은 가정 중엽부터 시작해 지금까지 꼭 60년이 되었다. 이것은 실로 편향되고 불공평한 일이다. 금년에 재상 심리와 심일관이 한꺼번에 물러나서 마침 재상을 제수하려 하는데 언관들이 안팎을 아울러 기용하자는 의론을 하니 그 말을 진실로 바꿀 수가 없었다. 그런데 옆에서 지켜보는 자들은 암암리에 추대하는 자가 있어서 이런 건의를 했다고 말했는데, 확실한 지의 여부는 알 수 없다. 다만 태재라는 관직은 원래 안팎에서 두루 기용했는데 선대는 말할 것도 없다. 세종 연간의 나흠순[羅欽順, 시호는 문장文莊], 엄눌[嚴訥, 시호는 문정文靖], 곽박[郭樸, 시호는 문간文簡]은 모두 한림학사로써 이부를 관장했다. 그런데 고공[高拱, 시호는 문양文襄]이 수규로써 거의 3년 동안 이부를 다스린 것은 또 최근 목종 연간의 일이다. 어째서 사관史官을 꺼려 제수하지 않았는가? 최근 계사년에 이부상서 자리가 비자 수규가 나만화[羅萬化, 종백宗伯]에게 부탁하려 했는데 이때 조용현[趙用賢, 호는 정우定宇]이 좌재학사左宰學士로서 인재 선발을 맡고 있었고 또한 열심히 그 일을 했다. 비록 한림학사가 이부를 맡았던 전성기로 돌아가고자 했지만, 또한 사람들의 바람을 따랐다. 급사중 주작朱爵이 그에 대해 간하며 관례를 파괴하는 것이라고 말하며, 또 차규 조란계趙蘭谿와 장신건張新建이 그들의 진사 동기를 사사로이 감싼다고 지적하면서 아울러 나만화의 품격을 헐뜯었다. 수규 왕태창王太倉은 화를 참지 못하고 심한 말로 급사중을 꾸짖었다. 주작은 비록 폄적되어 떠났지만 나만화는 결국 기용되지 못했다. 급사중이 말한 관례란 것이 결국 언제적 관례인지 모르겠다. 아마도 지방관이 재상으로 제수되지 못하는 것에 분개해 이를 빌어 불공평함을 토로했을 뿐인 듯하다. 이러한 논의는 체면을 지키면서 의기意氣를 다투면 된다고 말한 것이다. 만약 정말 인재를 아끼고 나라의 체재에 통달했다고 하면 꼭 그렇게 할 필요는 없었다.

원문 詞林拜太宰

　閣臣之專用詞林, 自嘉靖中葉始, 迄今恰六十年. 此誠偏枯不均之事. 今年二沈相公並去, 正擬爰立, 言官因有內外兼用之議, 其說眞不可易. 而旁觀者, 謂潛有所推戴, 故建此議, 未知確否. 惟太宰一官, 自來兼用內外, 祖宗朝所不論. 如世宗朝羅文莊欽順[84] 嚴文靖訥[85] 郭文簡樸, 俱以翰林掌銓曹. 而高文襄拱以首揆領吏部凡三年, 則又穆宗朝近事也. 何以禁史官不許拜. 近癸巳年, 吏部尙書缺出, 首揆意屬羅宗伯萬化,[86] 時趙定宇用賢[87]以左宰學士署銓, 亦力任之. 雖欲復詞林領銓盛事, 亦從人望

84　羅文莊欽順 : 명나라 중기의 관리 나흠순羅欽順, 1465~1547을 말한다. 그는 명나라 강서 태회泰和 사람으로, 호는 정암整庵이고, 자는 윤승允升이며, 시호는 문장文莊이다. 홍치 6년1493 진사가 되어, 편수編修, 남경국자감사업南京國子監司業, 이부우시랑吏部右侍郎 등의 벼슬을 지냈다. 유근劉瑾의 눈 밖에 나 혁직革職되고 평민으로 떨어졌다. 유근이 주륙된 뒤 복직했다.

85　嚴文靖訥 : 명나라 때 대신인 엄눌嚴訥을 말한다. 문정文靖은 시호다.

86　羅宗伯萬化 : 나만화羅萬化, 1536~1594는 명나라 후기에 예부상서를 지낸 대신이다.

87　趙定宇用賢 : 명나라 만력 연간의 관리이자 학자 겸 장서가인 조용현趙用賢을 말한다.

也. 給事中朱爵[88]起而諍之, 謂破壞成例, 且指次揆趙蘭谿張新建[89], 私其同年, 并訾羅之品格. 首揆爲王太倉, 不勝忿恚, 極口詆給事. 朱雖謫去, 而羅終不得用矣. 給事所云成例, 竟不知此例成於何時. 蓋憤外吏之不得大拜, 故借此以鳴不平耳. 此等建白, 謂之存體面爭意氣則可. 若云愛惜人材, 通達國體, 則未必然.

---

88 朱爵 : 주작朱爵, 생졸년 미상은 명나라 대명부大名府 개주開州 사람이다. 만력 14년1586 진사가 되어, 치평지현荏平知縣, 이과급사중 등의 벼슬을 지냈다. 조지고와 장위가 부정하게 나만화를 이부의 관리로 기용했다고 탄핵했다가 산서안찰지사山西按察知事로 폄적되었다. 천계天啓 연간에 태복소경太僕少卿으로 추증되었다.

89 張新建 : 장위張位를 말한다.

한림원의 사교 의식은 매우 간단하다. 처음에 들어온 자는 모든 관서의 정부 이하로부터 사관에 이르기까지 각각 하례품으로 금 7푼씩을 나누어 보내고 서찰 위에 이름을 쓰는데 다른 명첩은 넣지 않는다. 명을 받아 파견되어서 임명되었음을 아뢰러 들어오는 자는 청포青布 한 단을 갖추어 예를 올렸다. 이것은 선친께서 학관에 계실 때의 일인데 선대의 고아한 도리를 답습한 것으로 지금까지도 변하지 않았으니, 다른 부서에서는 알지 못한다. 돌아가신 증조부께서는 조정에서 산동첨사山東僉事로 옮기셨는데 결국 부모 봉양 때문에 고향으로 돌아가셨고 나중에 관직을 맡아 들어왔으니 조정을 떠난 지 거의 20년이 되었다. 당시 엄분의嚴分宜가 정권을 잡고 있었는데 예전부터 알고 지내던 사이라 얇은 비단 한 필과 부채 두 개를 가지고 그를 찾아갔다. 엄분의는 반갑게 맞이하며 부채는 받고 비단은 물렸는데, 임명된 관직이 또 그 옆 고을의 분순分巡이라 시종 서로 기뻐했지만 다른 것은 없었다. 아마도 비록 엄분의가 부정하게 축적한 재물은 이때부터 암암리에 들여오는 것으로 그의 일상적인 사교 방식이었지만 당시에는 모두 그러했으니 특별한 것이 아니다. 20년 동안 평소의 교제에는 반드시 비단 두 필을 썼는데, 네 필이 되고 여섯 필이 되더니 지금은 또 여덟 필에 이르렀다. 다른 물건을 그 수만큼 뇌물로 주는 것을 '팔대팔소八大八小'라고 하는데 이것이 언제부터 시작되었는지는 모르겠다. 그런데 나랏일을 맡은 자는 오히려 세속적인 관습이라 여기고 다 받으려 하지 않는다. 이에 팔대팔소를 바친 뒤에 따로 진귀한 물건과 토산품 중의 적합한 물건을 늘어놓고 선택하게 했다. 황금과 백금으로 된 술그릇 같은 것은 별도로 다른 이름을 만들어서 지켜보는 자들의 눈을 피하고 엿듣는 자들의 귀를 막았다. 이와 같은 나쁜 악습이 장차 언제 끝나겠는가!

원문 **交際**

詞林交際最簡. 其始入者, 合衙門自政府以下至史官, 各送賀儀分金七分, 卽書名於書儀之上, 不具他束. 其以奉差謁補入者, 具靑布一端爲禮. 此先人在館時事, 蓋沿襲先輩雅道, 想至今尙不變, 若他署則不及知矣. 先王大父, 從省中外遷山東僉事, 終養歸, 後入補官, 去國將二十年. 時嚴分宜當國, 故舊識也, 以一紗二扇謁之. 嚴欣然款接, 受扇而却紗, 補任又其鄰郡分巡, 始終相歡無他. 蓋嚴雖黷貨, 自是暮夜所入, 其尋常交際, 想當時皆然, 不以爲異也. 二十年來, 卽平交必用二幣, 至於四, 至於六, 今且至八幣. 而以他物如數侑之, 謂之八大八小, 不知始自何時. 而當之者反以爲俗套, 不肯盡收. 乃於八大八小之後, 另開珍異, 及土宜適用之物, 以備選擇. 至黃白酒鎗之屬, 別創異名, 以避旁觀之目, 掩屬垣之耳. 如此惡俗, 將何底止!

번역 한림학사가 황명으로 시문을 짓다

　금상께서 대혼大婚 이후에 여러 편의 문장과 사서를 마음에 담으셨는데, 원단元旦, 단오, 동지가 되면 반드시 한림학사에게 대련對聯과 시사詩詞류를 지어 바치도록 명하셨다. 간혹 내탕內帑에 소장한 서화書畵를 꺼내어 그것에 제목을 붙이고 시를 쓰게 하시고 간혹 연회를 열어 시를 바치게 하셨다. 경연經筵 때에는 더욱 융숭해, 연회와 포상 이외에 간혹 추가 하사품을 주기도 했으니, 선친과 선친의 진사 동기 및 선대의 여러 공들이 하루도 시문에 종사하지 않은 날이 없었다. 그러나 황상께서 드시는 좋은 고기와 술 역시 시시때때로 하사되었다. 그후로 황상의 조강朝講 점차 드물어지고 순유巡遊 또한 간소해져 오늘날에는 황상께서 행차하실 때 내는 소리가 들리지 않고 수라간은 준비되지 않는다. 세시의 절기가 되어도 황상께서 보실 문장이 한두 편도 바쳐졌다는 말을 듣지 못했다. 한림학사들은 날마다 문을 닫고 베개를 높이 하고 자거나 주연을 베풀어 모일 뿐이다. 비록 조용하고 한가로운 복을 누리지만 황상을 가까이 모시는 영광을 받지 못하니 또한 당시의 총애를 누리는 이들만 못한 것 같다.

今上大婚以後, 留意文史篇什, 遇元旦端陽冬至, 必命詞臣進對聯及詩詞之屬. 間出內帑所藏書畫, 令之題詠, 或游宴卽宣索進呈. 至講筵尤爲隆重, 宴賞之外, 間有橫賜, 先人與同年及前輩諸公, 無日不從事楮墨. 而禁臠[91]法醞[92], 亦時時及門. 以後上朝講漸稀, 宸游亦簡, 至今日而警蹕[93]不聞聲, 天庖不排. 當歲時節序, 亦未聞有一二文字進乙覽[94]. 詞臣日僵戶高臥, 或命酒高會而已. 雖享淸閒之福, 而不蒙禁近之榮, 似亦不如當時寵遇也.

---

90 應制 : 황제의 명에 따라 문장을 짓고 시를 쓰는 일. 주로 제왕을 즐겁게 하고 태평성대를 칭송하며 풍속을 찬미하는 기능을 했다.

91 禁臠 : 임금이 먹는 고기를 높여 칭한 것. 혹은 비유해 신하가 임금의 총애를 받아 귀하게 되는 것.

92 法醞 : 임금이 신하에게 하사하는 술.

93 警蹕 : 임금이 거둥할 때 일반인의 통행을 금한 일. '경警', '필蹕'은 모두 통행인을 제지한다는 뜻이다. 원래는 중국에서 천자가 밖으로 나갈 때는 '경', 안으로 들어갈 때는 '필'이라 해 통행을 제지했다.

94 乙覽 : 황제가 문서를 열람하다.

번역 한림학사가 먼저 일을 아뢰다

　현 왕조 조정의 의례에 따르면 아침 조회가 끝나면 각 관서에서 차례로 일을 아뢰고 황상께서 친히 결정 내리시기를 기다리는데 간혹 대신을 불러 얼굴을 마주보고 의논한다. 마지막으로 내각의 재상이 직무상 황상의 성지를 받아야 하므로 서둘러 어전으로 가 결재를 받는다. 그런데 관서의 오품五品들은 대신의 뒤에 멀리 떨어져 있어서 드나드는 것이 모두 불편했는데, 비로소 매번 낮 조회 때에는 한림원에서 먼저 일을 아뢰도록 명했다. 이것이 마침내 상규가 된 것은 재상의 체통을 중시했기 때문이다. 지금은 낮 조회가 오랫동안 행해지지 않아서 일을 아뢰는 일도 없어진 지 오래되었다. 금상 정해년에 언관이 건의해서 낮 조회의 옛 제도를 회복하기를 청했다. 며칠 안 되어 황상께서 문득 환관에게 "만약 낮 조회를 한다면 바로 지금 아니냐?"라고 물으셨다. 이 때문에 잘못 전해져 환관이 분주히 달리고 종과 북이 모두 울렸으며 황극문皇極門의 어좌도 바른 자리로 옮겼다. 동시에 시종 여럿이 급히 달려 들어가느라 비틀거리며 추태를 보였지만 황상께서는 결국 나오지 않으셨다. 또 건국 초기의 아침 조회에서는 재상과 사례감司禮監 태감이 보좌에서 마주 섰는데 문황제께서 말년에 건망증을 앓으셔서 매번 후궁의 관리자에게 명해 병풍 뒤에 서서 묻고 답하는 황상의 말씀을 기록하게 하셨다. 재상 금유자金幼孜 등이 비로소 붉은 섬돌 아래로 피해 섰다. 성화 연간에 이르러서는 예전처럼 위로 옮겨 섰다. 하지만 오늘날에는 일상적인 조회의 의례가 끝나면 모두 궁문宮門으로 물러나니 반열班列의 위아래를 심하게 분별하지 않아도 된다. 또 황상의 '기거起居 : 일상생활'를 기록하는 관리로 옛날에는 낭郎과 사인舍人이 있었는데, 당나라와 송나라 이후로 모두 섬돌 앞 평지에 서서 직접 황상의 말씀을 들었다. 현 왕조에는 이런 관직이 없었는데 금상 때에 처음 만들어서 한림학사가 겸임했다. 매번 조정에 나가 정무를 볼 때마다 과거시험 동기에게 모시고 서게 하고, 지금 원래대로 한림학사의 자리에서 예를 행하며 황상께서 편안히 쉬실 때 따로 모시지는 않았다. 『기거주起居注』라는 것은 경연할 때 수반해 문화전에서 모시고 물러나서는 각 관서가 올린 문서와 성지를 간추려 기록한 것에 불과할 뿐이다. '기거'라는 두 글자와는 전혀 상관이 없다. 현 왕조에서 이미 사관史官을 재상으로 삼고 또 사관의 직책을 사관에게 일임하지 않은 것이 하루 이틀이 아니다.

원문 **翰林官先奏事**

本朝朝儀, 凡早朝畢, 各衙門以次奏事, 待上親決, 或引大臣面議. 最後內閣輔臣, 職當承旨, 趨御前裁決. 然以衙門五品, 隔在大寮之後, 進退俱屬未便, 始命每遇午朝, 則翰林院先奏事. 遂爲成規, 所以重輔弼體也. 今午朝久不行, 奏事亦廢久矣. 今上丁亥年, 因言官建議, 請復午朝舊制. 不數日, 上忽問內臣, "若遇午朝, 正此時否?" 因而誤傳, 內臣紛走, 鐘鼓盡鳴, 皇極門御座亦移正矣. 一時侍從諸公, 奔趨入內, 跟蹌失度,而上竟不出也. 又國初早朝, 輔臣與司禮監內臣, 對立於寶座, 文皇晚年以病健忘, 每命後宮用事者, 立衰扆後, 紀載問答聖語. 輔臣金幼孜等, 始避立丹陛之下. 至成化間, 而仍移立於上. 然在今日, 則常朝禮訖, 俱退步宮門, 卽班序上下不深辨可矣. 又記注起居, 古有郎有舍人兩官, 唐宋以來, 俱立螭坳[95], 親聞天語. 國朝無此官, 至今上始創設, 以詞臣帶管. 每視朝亦令同科臣侍立, 今仍在本班行禮, 未嘗別侍燕閒. 所謂『起居注』, 不過講筵隨班侍文華殿, 退而節錄各衙門章疏, 及所奉聖旨而已. 與起居兩字毫無涉也. 蓋國朝旣以史官爲宰相, 又不以史職責成史官, 非一日矣.

---

95 螭坳 : 궁전 섬돌 앞의 평지. 조회 때 당직 사관史官이 서 있는 곳이다.

정축년에 한림원의 관원을 선발할 때 선친께서 1등으로 뽑혔는데 선례에 따르면 본국本局에 남겨 임명하는 것은 말할 필요도 없다. 당시 면양沔陽 사람 사추似崔 비상이費尙伊는 어린 나이에 뛰어난 명성이 있었으며 시험에서 여러 번 좋은 성적을 받았으므로 의심할 여지 없이 마땅히 남아야 했다. 기묘년 학관을 마치기 전 각시閣試에서 재상 장강릉이 '이강李綱이 그의 동향 사람을 사사로이 대하지 않다'라는 시험 문제를 하나 출제했다. 다른 재상들이 보고 아연실색하고는 비상이가 사관이 되지 못할 것임을 알았다. 얼마 후 학관을 마쳤는데, 비상이는 과연 급사중으로 나갔다. 이에 차보次輔 포판蒲阪 장사유張四維의 고향 사람 원충元沖 장양몽張養蒙이 급사중에 제수되고, 순형順衡 이직李植이 어사에 제수되었으며, 삼보三輔 오문 신시행의 고향 사람 신오愼吾 장정어張鼎魚, 함대涵臺 만상춘萬象春, 염교念橋 사계진史繼辰이 모두 급사중에 제수되어 감히 남는 자가 없었다. 이 해 과거에서 장강릉의 둘째 아들이 2등 방안榜眼이 되어 의심을 받지 않을 수 없었는데, 유독 고향 사람에게만 공정함을 나타낸 것은 어째서인가? 비상이는 곧 지방의 첨사僉事로 부임했는데 정해년 중앙관 감찰에서 '경솔하다'는 평가로 폄적되어 집에 머물다가 나중에 요주부饒州府의 추관推官으로 기용되었지만 결국 부임하지 못했다.

○ 이 해 과거에서는 사관과 과도관 이외에 선례에 따라 6부의 속관

으로 제수된 자가 2명이었다. 계미년 과거에서도 그러했다. 병술년부터 지금까지 과거시험에서 선발하지 않은 적이 없는데, 학관을 마치는 날 마침내 낭서郎署가 된 사람이 하나도 없었다. 8번의 과거에서 서길사들이 28숙을 경시한 것인가 아니면 천지를 틀어쥔 자가 학생들에게 뜻을 더한 것인가? 의식과 제도가 오래전에 폐지되어서 반드시 이를 일으켜 바로잡는 자가 있어야 했다. 가정 연간에는 을축년 학관을 마칠 때에만 낭서가 없었고 그 이전 3번의 과거에서는 한림원의 관원을 뽑지 않았으니 특별히 우대한 것이다. 무진년에는 또 선례를 따랐다.

원문 庶常授官

丁丑館選, 先人爲選首, 故事留補本局不必言. 時沔陽費似崔尙伊年少有雋聲, 且屢考前列, 當留無疑. 己卯散館前閣試, 江陵相出一論題, 爲李綱不私其鄕人. 衆相顧失色, 知費不得爲史官矣. 已而散館, 費果出爲給事中. 於是次輔蒲阪[96]之鄕人張元冲養蒙授給事, 李順衡植[97]授御史, 三輔吳門之鄕人張愼吾鼎魚萬涵臺象春史念橋繼辰[98], 俱授給事, 無敢留者矣. 是科江陵次子爲榜眼, 不曾引嫌, 獨於鄕人示公, 何也? 費尋外補僉事, 丁亥, 京察以浮躁謫居家, 後起饒州府之推官, 竟不赴.

---

96 蒲阪 : 명대 만력 연간 내각수보를 지낸 장사유張四維를 말한다.
97 李順衡植 : 명대 만력 연간의 관리 이식李植을 말한다.
98 史念橋繼辰 : 사계진史繼辰, 생졸년미상은 만력 5년1577 진사가 되어, 한림원서길사, 호과급사중, 예과급사중, 남경태복시경 등의 벼슬을 지냈다.

○ 按是科自史官科道外, 授部屬者二人, 循故事也. 癸未科亦然. 自丙戌至今, 遂無科不選, 散館日, 竟無一人爲郎署. 凡八科矣, 豈諸庶常薄視列宿耶. 抑握化爐者, 加意桃李也? 典制久廢, 必有起而正之者. 嘉靖間, 惟乙丑散館無郎署, 以前三科不選館, 故特優之. 戊辰, 則又遵故事矣.

근래에 도찰원과 육과六科는 한림원보다 훨씬 지위가 높고 업무가 과중해져서 매번 학관을 마칠 때마다 서길사들은 대부분 그곳에 남기를 간절히 바랐다. 서길사의 막일꾼들은 날을 세어가며 언관들을 곁눈질하면서 사관史官의 노복이 될까 두려워했다. 이들은 어사부御史府를 제일로 여겼는데, 감사의 제사를 지낼 때 도찰원에 들어가면 양과 돼지를 쓰고, 육과에 들어가면 닭과 거위를 썼으며, 만약 한림원에 남아 편수나 검토가 되면 탁주와 두부만을 사용했다고 한다. 금년에 갑진년의 서길사들이 학관을 마쳤는데, 어떤 사람이 이부의 문에서 기웃거리다가 노복들이 서로 묻고 답하는 것을 보았다. 한 사람이 "너의 주인은 무슨 관직에 제수되었느냐?"라고 물으니 우렁차게 "어사요"라고 답했다. 또 한 사람에게 물으니 천천히 "급사요"라고 대답했다. 마지막으로 한 사람에게 물으니 고개를 숙이고 한참동안 대답하지 않았다. 끝까지 캐물으니 그저 한숨을 푹 내쉬며 그대로 남는다는 말만 할 뿐이었다. 친구 요중함姚仲含이 이과에 제수되어 안색이 매우 애처롭고 낙담해 있자, 이부에서 본 것을 말해주니 한바탕 활짝 웃었다.

원문 **吉士散館**

近來臺省雄劇, 復出詞林上, 每遇散館, 諸吉士多顯望留. 其輿皁則計日以眊言路, 惟恐爲史官之隷人. 此輩就中, 又以烏府⁹⁹爲第一, 聞其賽願時, 入臺則用羊豕, 入垣則用雞鵝, 若留作編檢, 僅用濁醪豆腐而已. 今年値甲辰諸君散館, 有閒窺於吏部門者, 見諸隷互相詢答. 一人問"汝主拜何官?", 振聲應曰"御史". 又問一人, 徐對以"給事". 最後問一人, 垂首半日不應. 苦詰之, 第長吁照舊二字而已. 適友人姚仲含受吏科, 其顏色甚慘沮, 因語以吏部所見, 亦一爲啓齒.

---

99 烏府 : 어사부御史府.

예로부터 민 지역 출신 중에 재상으로 제수된 사람이 없었다. 유일하게 영락 연간 양문민楊文敏만이 내각에 들어갔지만 한림학사 출신은 아니었다. 그 뒤 200년 동안 내각에 들어간 사람이 없었다. 금상 정미년 회시會試에서 주시험관 양도빈[楊道賓, 호는 형암荊巖]과 황여량[黃汝良, 호는 의암毅菴] 두 사람이 모두 예부우시랑 겸 독학讀學으로 시험장에 들어갔다. 그리고 예부좌시랑 겸 독학으로 예부를 관장하던 이정기[李廷機, 호는 구아九我]는 지공거관知貢擧官이 되었다. 이들은 모두 복건福建 진강晉江 사람이었다. 동향 출신 세 사람이 회시를 주관한 것은 명나라가 세워진 이래로 없었던 일이다.

3월 전시殿試에서는 장서도張瑞圖 3등 탐화探花가 되었고, 5월 서길사 선발 시험에서는 임욕즙林欲楫과 양도인楊道寅이 서길사가 되었는데 또 모두 진강 사람이었다. 6월에 이정기가 상서로 승진하고, 복청 사람 섭향고가 남경소재南京少宰에서 예부상서로 승진했는데, 같은 날 재상에 제수되었다. 민 지역 출신 8명의 활약이 대단했다. 이 해 과거시험에서 경방동고관經房同考官 겸 검토檢討였던 황국정黃國鼎 또한 진강 사람이었다. 을유년 학관을 마칠 때 서길사 임욕즙과 양도인 두 사람은 모두 사관史官으로 남았다. 지금은 모두 지위와 권세가 대단하다.

원문 **丁未閩中詞林之盛**

　向來閩中無大拜者. 惟永樂間楊文敏入閣, 然不由翰林, 此後二百年絶響矣. 今上丁未科會試, 大主考二人爲楊荊巖道賓[100]黃毅菴汝良[101], 俱以禮右侍兼讀學入場. 而李九我廷機以禮左侍兼讀學署部, 爲知貢擧官, 俱福建晉江人也. 南宮大典[102], 以同邑三人主之, 此明興所未有.

　三月廷試, 則張瑞圖爲探花, 五月考館, 則林欲楫[103]楊道寅爲庶吉士, 又皆晉江人. 至六月而李陞尙書, 福淸葉從南少宰陞禮尙書, 同日大拜. 蓋八閩之盛際極矣. 是科經房同考官檢討黃國鼎[104], 亦晉江人. 至己酉散館, 林楊二吉士俱留爲史官. 今皆顯重矣.

---

100 楊荊巖道賓 : 양도빈楊道賓, 1541~1609은 명나라 복건성 진강晉江 사람이다. 자는 유언惟彦이고, 호는 형암荊岩이며, 시호는 문각文恪이다. 만력 14년1586 진사에 합격했다.

101 黃毅菴汝良 : 황여량黃汝良, 1562~1647은 명나라 복건성 진강 사람이다. 자는 명기明起이고 호는 의암毅庵이다. 만력 14년1586 진사가 되어, 서길사, 편수, 예부상서 등의 벼슬을 지냈다.

102 南宮大典 : 예부에서 주관하는 과거시험의 회시會試를 말한다.

103 林欲楫 : 임욕즙林欲楫, 생졸년 미상은 명나라 복건성 진강晉江 사람으로, 자는 평암平庵이다. 만력 35년1607 진사가 되어, 벼슬이 예부상서에 이르렀다. 『주역』에 조예가 깊어 『역경작해易經勺解』를 저술했다.

104 黃國鼎 : 황국정黃國鼎, 생졸년 미상은 명나라 복건성 진강晉江 사람으로, 자는 돈주敦柱이고, 호는 구석九石이다. 만력 17년1598 진사가 되어, 우춘방右春坊 우서자右庶子와 한림원시독을 지냈다. 저서에 『사서질문四書質問』과 『역경초해易經初解』가 있었지만 전하지 않는다.

번역 무진戊辰년 한림학사가 재상에 제수되다

   금상 22년 갑오년 수규 왕태창이 사직을 청하자 조란계趙蘭谿가 대신 정권을 잡았다. 당시 장신건張新建이 차규次輔였고 진남충陳南充과 심사명沈四明이 그 다음 지위였는데, 동료 네 사람이 모두 무진년 한림원 사람이었다. 현 왕조에서 지금까지 이렇게 번창한 적은 없었다. 네 공이 모두 내각에서 3년을 지냈는데 진남충은 내각에 있을 때 죽었다. 또 2년 뒤에 장신건이 죄를 짓고 문책당해 고향으로 돌아가서, 조란계와 심사명 두 공이 나란히 내각에 있었다. 또 4년이 지나 조란계가 죽었고, 금상 30년 임인년에 심귀덕沈歸德이 비로소 내각에 들어왔는데 을축년 진사였다. 무진년 진사 출신들이 조정에 몸담은 지 몇 십 년이 되었고 더군다나 그곳을 벗어난 사람이 없었으니 더욱 대단한 일로 여겨진다. 하물며 이전의 왕산음王山陰과 이후의 주산음朱山陰과 우동아于東阿도 모두 재상의 자리에 올랐다. 같은 해 과거 출신으로 일곱 명이나 재상이 된 것 또한 이전에 없던 일이다.

   ○ 갑오년 봄 수규가 된 조란계는 회시에서 1등을 해 관직을 제수받았고, 회시 2등 장신건은 차규가 되었으며, 3등 진남충은 삼규三揆, 4등 심사명은 사규四揆가 되어, 한 명도 빠지지 않고 순서대로 연결되었으니 더욱 기이하다. 이해 무진년 과거 전시殿試의 장원 나강주羅康洲와 2등 방안榜眼 황정의黃廷儀는 모두 예부상서의 지위에 있었고, 3등 탐화探花 조란계[호는 곡양穀陽]는 재상이 되어 모두 시호를 얻었다. 이들 또한 임술년 과

거 출신에 버금갈 정도로 번창했다.

원문 **戊辰詞林大拜**

今上二十二年甲午, 首揆王太倉請告, 趙蘭谿代爲政. 時張新建[105]爲
次輔, 而陳南充沈四明繼之, 同事凡四人, 皆戊辰詞館中人也. 本朝至今
從無此盛. 四公在閣凡三年, 而南充卒於位. 又二年而新建得罪譴歸, 趙
沈二公並列. 又四年趙卒, 至三十年壬寅, 而沈歸德始入, 仍爲乙丑科.
蓋戊辰諸公, 在政地者幾十年, 更無別籍中人, 尤稱盛事. 況前此則王山
陰, 後此則朱山陰于東阿, 俱登揆席. 一榜七相, 亦從來未有.

○ 甲午之春, 首揆趙以鼎甲起家, 而會試第二名張爲次揆, 三名陳[106]
爲三揆, 四名沈爲四揆, 依序排連, 不差一名, 尤奇. 是科戊辰一甲狀元
羅康洲[107], 榜眼黃廷儀[108], 俱正位禮卿, 探花趙濲陽[109]爲元輔, 且俱得
謚. 亦可亞壬戌之盛.

---

105 張新建 : 장위張位를 말한다.
106 陳 : 중화서국본과 상해고적본『만력야획편』에는 '육陸'으로 되어 있는데, 본문 앞
　　부분의 내용처럼 만력 22년1594 갑오년의 내각 구성원은 조지고趙志皐, 장위張位, 진
　　우폐陳于陛, 심일관沈一貫 네 사람이었다. 이 사실에 근거해 '육陸'을 '진陳'으로 수정
　　했다. 〖역자 교주〗
107 羅康洲 : 명나라 후기의 대신인 나만화羅萬化를 말한다.
108 黃廷儀 : 명나라 후기의 관리 황봉상黃鳳翔, 1538~1614을 말한다. 그는 천주泉州 사람으
　　로, 자는 명주鳴周이고, 호는 의정儀庭 또는 지암止庵이다. 융경 2년1568 진사에 합격
　　했다.
109 趙濲陽 : 명나라 만력 연간에 내각수보를 지낸 조지고趙志皐를 말한다.

번역 **사륙문**四六文

　사륙문은 비록 대구對句의 특징을 가지고 있지만 그 자체로 세상에 존재하는 하나의 문체이다. 지금 송나라 사람이 쓴 문장을 읽어보면 그 구성과 인용이 정교해서 사람들이 박자에 맞춰 춤추게 된다. 현 왕조에서는 이미 사부詞賦를 쓰지 않으므로, 사륙문도 강독하지 않는다. 세종께서는 도교를 신봉하셨기 때문에 당시에 여러 대신들이 온 힘을 다해 그 문장을 지었다. 엄분의, 서화정, 이여요李餘姚와 같은 천하의 명사들을 여러 차례 불러 모아 새롭고 기교 있는 문장을 다투어 쓰게 한 지 거의 30년이 되었다. 그중에 심오한 의미와 훌륭한 재주를 펼쳐 후세에 전할 만한 것이 어찌 없었겠는가. 안타깝게도 세종께서 승하하신 뒤로는 꺼려하며 말하지 않았다. 하지만 무진년 서길사들이 여전히 여습餘習을 따랐으며 진옥루陳玉壘, 왕대남王對南, 우곡봉于穀峯 등은 오히려 사륙문으로 이름을 날렸다. 그 뒤로 마침내 명맥이 끊겼다. 또 가정 연간 왜구의 일이 번다하게 일어났지만 주상께서는 상서로움을 추구하는 데 빠져 있어서 남방南方 총재總制 호매림胡梅林이 매번 승리의 소식을 알리고 상서로움을 바칠 때마다 사륙문으로 표表를 지어서 황상의 얼굴이 활짝 폈다. 황상께서는 또 그 문장에 마음을 두시고 대구 중에 특히 아름다운 곳에 모두 친필로 점을 찍어 환관에게 기록해 별책을 만들게 하셨다. 따라서 동남 지역의 재주 있는 선비 중에 관리된 전여성田汝成이나 모곤茅坤 등과 생원 서위 등이 모두 막하에 모였으니, 전류錢

鏐에게 있어 나은羅隱을 멸하지 않은 격이다. 그 뒤 총재의 군대 내에서도 이런 풍조가 완전히 사라졌다. 금상 임진년 영하寧夏의 난을 평정했는데, 그 격문에서 "녹산祿山의 강대함이 송강宋江의 용맹함을 멸하지 못한 것과 같다"라고 했다. 이 문장에서 녹산을 가지고 송강의 대對를 이루었으므로, 사인士人들이 거의 입이 찢어지도록 웃었다. 한 친구가 "어찌 '서해徐海의 강대함'이라는 말로 송강에 짝을 이루지 않았는가?"라고 말했다. '해海'는 서명산徐明山을 가리키는데, 총제 호매림이 사로잡은 일본의 추수酋首다. 비록 희롱하는 말이지만 정말 정확하게 문장이 대를 이룬다.

○ 원문영袁文榮은 도교 제문祭文을 쓸 때 매번 임술년 과거에서 1, 2, 3등을 한 문인 세 사람에게 대신 나누어 쓰게 했는데 때로는 흡족하지 못했다. 그는 이 일 덕분에 재상이 되었고 이 일에 온 정성을 다 쏟았다.

원문 四六

四六[110]雖駢偶[111]餘習, 然自是宇宙間一種文字. 今取宋人所搆讀之, 其組織之工, 引用之巧, 令人擊節起舞. 本朝旣廢詞賦, 此道亦置不講. 惟世宗奉玄, 一時撰文諸大臣, 竭精力爲之, 如嚴分宜徐華亭李餘姚, 召募

---

110 四六 : 변려문駢儷文의 일종이다. 네 글자와 여섯 글자로 대구를 이루는 형식으로, 남조 때에 형성되어 당·송 시대에 성행했다.
111 駢偶 : 대구.

海內名士幾遍, 爭新鬪巧, 幾三十年. 其中豈少抽祕騁妍[112]可垂後世者.
惜乎鼎成以後, 槩諱不言. 然戊辰庶常諸君尙沿餘習, 以故陳玉壘王對南
于穀峯輩, 猶以四六擅名. 此後遂絶響矣. 又嘉靖間倭事旁午, 而主上酷
喜祥瑞, 胡梅林總制南方, 每報捷獻瑞, 輒爲四六表, 以博天顏一啓. 上
又留心文字, 凡儷語奇麗處, 皆以御筆點出, 別令小內臣錄爲一册. 以故
東南才士, 縉紳則田汝成, 茅坤輩, 諸生則徐渭等, 咸集幕下, 不減羅隱
之於錢鏐. 此後大帥軍中, 亦絶無此風矣. 今上壬辰平寧夏之役, 其露布
中云, "彷彿祿山之强, 不減宋江之勇." 取山以對江, 幾笑破士人之口. 有
友人云, "何不取徐海之强, 以配宋江耶?" 海卽徐明山, 胡總制所擒日本
酋首也. 雖係戲言, 實是確對.

○ 袁文榮[113]撰玄文, 每命壬戌門人三鼎甲分代, 而有時不給. 其拜相
以此, 盡瘁亦以此.

---

112 抽祕騁妍: 깊은 뜻을 펼치고, 훌륭한 재주를 발휘한다는 뜻이다.
113 袁文榮: 명대 가정 연간의 대신 원위袁煒를 말한다.

황신헌[黃愼軒, 이름은 휘輝]는 태자궁의 속관으로 북경에 있을 때 평소 내심 도를 좋아해 도석궤陶石簣 무리와 부처를 모시는 모임을 만드니 당시의 많은 훌륭한 선비들이 그를 추종했다. 그리고 이를 시기하던 자들도 점점 늘어났는데 특히 정권을 잡은 이가 매우 싫어했다. 임인년 봄 예과도급사중 장문달[張問達, 자는 성우誠宇]이 이탁오李卓吾를 탄핵하는 상소를 올렸는데, 그 끝부분에 다음과 같이 말했다. "근래에 관직에 있는 사대부들도 받들어 빌며 염불하고 스님을 받들어 엎드려 절하며 손에 염주를 지니는 것을 계율로 삼습니다. 그리고 방에 불상佛像을 걸어 두는 것을 불교에 귀의하는 것으로 여깁니다. 공자의 가법을 따르지 않고 선교禪敎에 빠져 있습니다." 아마도 황신헌과 도석궤 등을 암암리에 공격한 것인 듯하다. 열흘이 안 되어 예경禮卿 풍기[馮琦, 호는 탁암琢庵]의 상소가 이어졌는데 대체로 장문달의 말과 같았다. 황상께서 성지를 내려 다음과 같이 말씀하셨다. "경들의 상소문을 살펴보니 세상의 가르침에 매우 도움이 된다. 도교와 불교는 원래 정통이 아닌 술법이라 마땅히 산과 숲에서 홀로 수련해야 한다. 그것을 좋아하고 숭상하는 자는 알아서 벼슬을 내놓고 떠나면 된다. 유가의 학술로 함께 관직에 나와 사람들의 마음을 미혹해서는 안 된다." 대체로 또 특별히 황신헌을 가리켜서 그를 쫓아내어 조속히 떠나게 한 것이다. 당시 어사 강비양康조揚 역시 풍기와 같은 날 상소를 올렸지만 홀로 달관과 조정 신하들이 맞장구치는 잘못을 탄핵했다. 두 상소가 동시에 서로 잘 보완했는데, 장문달과 강비양은 수규의 뜻을 받든 것은 말할 필요가 없지만 종백 풍기는 심사명에게 아부한 것이 아니라 단지 그가 숭상한 것이 황신헌과 우연히 달랐을 뿐이다. 황신헌은 병을 핑계로 급히 고향으로 돌아가기를 청했고 다시 불렀지만 끝내 더 이상 나오지 않았으며, 도석궤와 함께 모두 도를 배우려는 본심을 잃지 않았다.

원문 **黃愼軒之逐**

黃愼軒輝[114]以宮僚在京時, 素心好道, 與陶石簣[115]輩, 結淨社佛, 一時
高明士人多趨之. 而側目者亦漸衆, 尤爲當途所深嫉. 壬寅之春, 禮科都
給事張誠宇問達[116]㫋疏劾李卓吾, 其末段云, "近來縉紳士大夫, 亦有捧
呪念佛, 奉僧膜拜, 手持數珠, 以爲律戒. 室懸妙像, 以爲皈依[117]. 不遵孔
子家法, 而溺意禪敎者." 蓋暗攻黃愼軒及陶石簣諸君也. 不十日而禮卿

---

114 黃愼軒輝 : '휘輝'자는 중화서국본 『만력야획편』에 '휘暉'로 되어 있는데, 상해고적
　　본 『만력야획편』, 『명신종실록』, 『명사』「열전 제176·문예 4」에 근거해 수정했
　　다. [역자 교주] ◉ 명대의 시인이자 서예가인 황휘黃輝, 1555~1612를 말한다. 황휘의
　　자는 평천平倩 또는 소소昭素이고, 호는 신헌愼軒, 이춘거사怡春居士, 철암거사鐵庵居士
　　등이다. 만력 17년1589 진사가 되어, 서길사, 편수, 우춘방우중윤, 소첨사 겸 시강
　　학사 등의 벼슬을 지냈다.
115 陶石簣 : 명나라 때 관리이자 학자인 도망령陶望齡, 1562~1609을 말한다. 그는 회계會稽
　　사람으로, 자는 주망周望이고, 호는 석궤石簣이다. 만력 13년1585에 향시에서 제2등
　　으로 급제하고, 4년 뒤에 회시會試에서 일등으로 합격했다. 벼슬은 한림편수翰林編
　　修, 정사찬수관正史纂修官, 국자감좨주國子監祭酒를 지냈다.
116 張誠宇問達 : 명나라 말기의 대신 장문달張問達을 말한다.
117 皈依 : 불교에 귀의하는 의식.

馮琢庵琦之疏繼之, 大抵如張都諫[118]之言. 上下旨云, "覽卿等奏, 深於
世敎有裨. 仙佛原是異術, 宜在山林獨修. 有好尙者, 任解官自便去. 勿
以儒術並進, 以惑人心." 蓋又專指黃輝, 逐之速去矣. 時康御史丕揚亦有
疏與馮疏同日上, 則單參達觀, 及朝士附會之非. 二疏同時塡箎相和[119],
張康承首揆風旨不必言, 馮宗伯非附四明者, 特好尙與黃偶異耳. 黃卽移
病請急歸, 再召遂不復出, 與陶石簣俱不失學道本相.

---

118 張都諫: 명나라 말기의 대신 장문달을 말한다. ⊙ 都諫: 육과급사중六科給事中의 별칭.
119 塡箎相和: 형이 훈이라는 악기를 불면 아우는 지라는 악기를 불어 화답한다는 뜻
   으로, 형제간의 화목함을 비유적으로 이르는 말.

번역 한림원의 선후배

한림학사는 한림원에 들어온 순서를 매우 중시하므로, 한 회 먼저 과거에 합격한 자를 보면 반드시 숨을 죽이고 허리 굽혀 절하며 감히 말한마디도 더하지 못하는데, 혹자는 지나친 구속에 괴로워한다. 돌이켜 보면 예전에 선친께서 사관史官일 때 지금 종백이 된 진강 사람 이구아李九我가 2회 늦게 학관에 들어왔는데 거처가 가장 가깝고 취향도 가장 잘 맞았다. 선친께서 어쩌다가 새로운 물건이 생기면 불러서 함께 술을 마시거나 편지를 써 그것을 보냈다. 이구아도 같은 취미가 있어서 역시 그렇게 해 전혀 경계가 없었다. 근래에는 격식이 더욱 엄격해져 선후배가 거의 같은 사형제인데도 유대관계가 각박해지고 서로 알력다툼을 한다. 심지어 혹자는 남을 부추겨 드러내놓고 공격하거나 몰래 헐뜯으면 자신이 빨리 관리가 될 수 있다고 생각한다. 20년 전처럼 허물없이 사귀고자 하더라도 어찌 다시 그럴 수 있겠는가?

원문 詞林前後輩

詞林極重行輩, 卽前一科者, 見必屏氣鞠躬, 不敢多出一語, 或苦其太拘. 憶往年先人爲史官, 今晉江李九我[120]宗伯, 入館後二科, 而居址最近, 臭味亦最洽. 先人或得一鮮物, 卽邀與同酌, 或折柬移之. 李有一味, 亦

---

120 晉江李九我 : 명나라 말기 내각수보를 지낸 이정기李廷機를 말한다.

然, 毫無町畦也. 近日格套愈嚴, 前後輩幾同師弟, 而實情轉薄, 相傾相軋. 甚或唊人顯彈隱刺, 以自爲速化地. 欲如廿年前忘形相與, 安可再得?

선례에 따르면 북경 한림원의 춘방春坊과 사경국司經局은 5품 관리면 큰 금색 부채로 말에게 햇빛을 가려줄 수 있었는데 다른 관서에서는 3품 관리로 가마를 탈 수 있으며 금빛 부채를 사용했다. 그래서 태복시와 광록시는 모두 금빛 부채를 사용할 수 있었지만 좌·우 첨도어사僉都御史는 비록 높은 자리이긴 하지만 여전히 4품이기 때문에 다른 관리처럼 검은색 부채를 펼쳐 사용했다. 근래에 정미년 이후로 첨도어사가 갑자기 금색 부채를 스스로 만들어 쓰니, 매번 출타할 때마다 모두가 주목하며 놀라워했다. 이듬해에는 좌·우통정通政과 대리좌소경大理左少卿도 금색 부채를 사용했다. 대체로 똑같이 4품 대구경大九卿이 금색 부채를 사용했는데도 언관과 예관禮官 중에 감히 그것을 바로잡는 자가 없었다. 오랫동안 익숙하게 보다보니 지금은 당연하게 여긴다.

원문 **四品金扇**

故事, 京朝官詞林坊局, 五品卽得用大金扇遮馬, 其他須三品乘轎始用之. 故太僕光祿皆得金扇, 左右僉都雖雄貴, 以尙四品, 張黑扇如他官. 近年丁未以後, 僉都忽自製金扇, 每出皆屬目訝之. 逾年則左右通政, 與大理左少卿亦用之. 蓋以同爲四品大九卿也, 言官禮官無敢糾正之者. 習見旣久, 今且以爲固然矣.

번역 한림원에 교방사敎坊司를 두다

교방사敎坊司는 황궁 연회 공연을 전담해서 준비하며 외정外廷에 있는데, 조공을 바치러 온 외국 사신에게 연회를 베풀 때 문무 대신에게 연회에 참석해 교방사를 이용하게 했다. 대체로 당나라의 홍려사鴻臚寺와 송나라의 반형관班荊館의 전례를 따른 것인데, 멀리서 온 사람을 온화한 방법으로 복종시키기 위한 것으로 본래 특별한 예우이다. 또 진사에게 베푼 은영연恩榮宴에서도 교방사를 이용했으니, 조정에서 황제가 친히 주관한 제과制科 시험을 더 중시해 다른 길로 들어온 이는 바랄 수 없었다. 다른 신료의 경우는 임기가 꽉 찬 수보처럼 높은 자리에 있더라도 특별한 은혜로 연회를 베풀 때에야 교방사를 이용했다. 한림학사가 부임할 때는 교방사의 관기에게 시중들게 했으니, 이 또한 한림원의 미담이다. 병술년 서길사들이 학관에 들어갈 때 내가 선친의 동료를 따라 들어가 봤던 기억이 난다. 당시는 태평성대한 때라 격식을 굉장히 차렸었는데, 지금은 20년이나 지난 일이다. 송대에 한림학사들이 한림원에 갈 때는 개봉부開封府에서 명부名簿에 따라 예인을 모집해 대접하고 기녀까지 썼다. 하물며 현 왕조에서는 악공樂工만 부려 한림학사에게 대접했으니 지나친 것은 아니다. 당나라의 경우는 한림학사가 한림원에 들어갈 때 원숭이 공연까지 했으니 괴이하다.

원문 翰苑[121]設教坊

敎坊司, 專備大內承應, 其在外庭, 維宴外夷朝貢使臣, 命文武大臣陪宴乃用之. 蓋沿唐鴻臚寺, 宋班荊館故事, 所以柔服遠人, 本殊典也. 又賜進士恩榮宴[122]亦用之, 則聖朝加重制科, 非他途可望. 其他臣僚, 雖至貴倨, 如首輔考滿, 特恩賜宴始用之. 惟翰林官到任, 命敎坊官俳供役, 亦玉堂一佳話也. 猶記丙戌諸吉士入館, 余隨先人同官入觀. 時正承平盛時, 禮數極盛, 今二十年矣. 按宋世學士赴院, 開封府點集優伶供應, 至用女妓. 況本朝止役樂工, 以供詞臣, 非過也. 若唐世, 學士上翰林, 乃作弄獼猴戲, 則怪矣.

---

121 翰苑: 한림원의 별칭.
122 恩榮宴: 과거와 중시重試에 합격한 사람의 영예를 축복해 임금이 내리는 연회.

송대에는 중서문하中書門下와 추밀원樞密院의 집정 아래로 가장 지위가 높은 근신을 시종侍從이라고 하는데, 육부 상서와 잡학사雜學士에서부터 용도각대제龍圖閣待制 등에 이르는 이들이다. 집정이 무릎을 맞대고 국정을 논한 뒤에 불려 들어와 풍간하는 일을 또 차대次對라고 하는데, 어사중승御史中丞, 간의대부諫議大夫, 급사중, 중서사인이 모두 중요하고 많은 일을 하지만 여전히 여기에는 들지 못한다. 한림학사는 날마다 궁중에서 당직을 서니 굳이 말할 필요도 없다. 간혹 중대한 일이나 큰 포상이 있을 때면 성지에 반드시 '시종 및 중승, 양성兩省, 양제兩制'라는 말이 있는데, 대체로 모두 3품과 4품 관리로 종관從官의 품계에 높고 낮은 차이가 있는 것이다. 무관武官의 경우에는 관찰사觀察使 이상이 되어야 시종에 비할 수 있었으니 시종의 중요함이 이와 같았다. 현 왕조에서는 차대에도 들지 않는다.

육경六卿의 권력이 막강하고 서대의 수장 또한 서한의 재상에 버금가는 직책이고 송나라의 집정과 같지만 학사는 한림원과 춘방에만 있다. 춘방대학사는 이미 오랫동안 제수되지 않았고, 한림학사와 강독학사는 한림원의 원로가 겸직하고 있다. 현 왕조에서는 원래 대제라는 관직을 둔 적이 없다. 첫 관직으로 사국史局에 들어가고 지방관이 육과六科에 들어가는 것은 모두 시종으로 자처하는 것이라 사람들도 그의 분에 넘치는 행동을 탓하지 않으니 차대의 의미를 완전히 잃었다. 6부의 시랑,

서대의 양부兩副, 통정사와 대리시의 수장 및 그 수하의 4품 관리, 한림원 첨사詹事, 소첨少詹, 광학光學, 좨주祭酒, 태상시太常寺 등의 소구경小九卿의 3품 관리는 대종관大從官으로 명해야 마땅하다. 대리大理 좌·우승丞, 통정이참의通政二參議, 한림원의 강독학사, 춘방과 사경국의 5품 관리 및 태상시 등 소구경의 부관으로 4품에 오른 자는 차종관次從官이 되어야 한다. 이상의 사람들은 모두 내각대신, 6부의 당관堂官, 서대 수장의 뒤를 따라 별전別殿에서 자신의 생각을 논했다. 경연經筵의 일강관日講官은 모두 그중에서 뽑아 기용했는데, 경력과 자격이 황상의 뜻에 맞는 자는 불시에 파격적으로 재상에 제수되었다. 안으로는 한림학사가 재상으로 제수되기만을 바란다는 혐의를 없애고, 밖으로도 백관이 교묘한 책략으로 재상에 제수되려는 바람을 끊으니, 효종 때 유대하劉大夏와 대신戴珊 등이 얼굴을 맞대고 성지를 작성한 전례와 부합되는 듯하다. 송나라의 제도는 비록 모범으로 삼기는 맞지 않지만 황상의 다스림에는 도움이 되니 재상의 재목을 양성하는 것도 보탬이 된다고 한다.

<hr>

원문 **侍從官**

宋朝兩府[123]執政而下, 最貴近者, 名侍從, 自六部尙書雜學士, 以至龍圖等閣待制, 是也. 以執政造膝之後, 卽召入諷議, 故又名次對[124], 如御

---

123 兩府 : 송대의 정무를 담당하는 중서문하성中書門下省과 군사 업무를 관장하는 추밀원樞密院을 말한다. 중서문하성을 동부東府, 추밀원을 서부西府라고 했다.
124 次對 : 매달 여섯 차례씩 의정, 대간, 옥당 등이 나라의 중요한 일을 임금에게 아뢰

史中丞諫議大夫給事中中書舍人俱要劇, 尚不在此數. 若翰林學士, 則日直禁中, 固不必言矣. 或遇有大事大賚, 則出旨必有侍從, 及中丞兩省兩制云云, 蓋皆三品四品官, 所以有大小從官之別. 若右列, 必至觀察使以上, 始得比侍從, 其重如此. 本朝不列次對之名.

蓋六卿事柄雄重, 臺長亦西漢亞相之職也, 同宋之執政, 而學士惟翰林及春坊有之. 春坊大學士, 已久不除, 翰林學士及講讀學士, 僅爲翰林大老兼官. 若待制, 則本朝固不曾設也. 以故筮仕得入史局, 與外吏入諫垣, 皆以侍從自居, 人亦不尤其僭, 殊失次對之義矣. 竊謂部之貳卿, 臺之兩副, 以及通政大理之長, 及其佐之四品者, 詞林詹事少詹光學祭酒太常等小九卿三品者, 宜命爲大從官. 大理左右丞通政二參議翰林之講讀學士坊局之五品, 以及太常等小九卿之貳登四品者, 宜爲次從官. 以上俱得從閣臣部堂臺長之後, 論思於別殿[125]. 卽經筵日講, 俱於其中選用, 其積資稱上意者, 不時超拜揆地. 則內旣無詞臣崇覬大拜之嫌, 外亦杜庶寮巧圖爰立之望, 似與孝宗朝, 劉大夏戴珊等面議條旨故事相合. 宋制雖不足法, 然因以裨益聖政, 陶鑄相材, 亦或有補云.

는 일.

125 別殿 : 정전正殿 이외의 전당殿堂.

번역 태자궁의 속관을 과하게 추증追贈하다

　　인종께서 처음 즉위하신 뒤, 재직 중에 죽은 옛 태자궁의 속관으로 좌춘방의 좌찬선左贊善을 지낸 서선술徐善述을 태자태보太子少保로 추증하고 문숙文肅이라는 시호를 내렸다. 담당 관리에게 명해 제사지내게 하고 친히 제문을 써주셨다. 또 좌춘방의 우찬선右贊善 겸 편수였던 왕여옥王汝玉을 태자빈객太子賓客으로 추증하고 시호를 문정文靖이라 하셨다. 서선술은 자가 호고好古이고, 절강 천태天台 사람이다. 세공歲貢으로 기용되어 계양주학정桂陽州學正이 되었고 국자박사國子博士로 옮겼다가 지금의 관직에 이르렀다. 향시를 2번 쳤고 회시도 2번 쳤는데, 이것은 건국 초기에 있었던 일인 듯하다. 단지 찬선은 종6품인데 아홉 등급이나 높은 궁보宮保로 추증하고 시호와 제사를 하사했으며, 황태자가 친히 붓을 들어 제문을 썼으니, 진실로 현 왕조에 없었던 일이다. 왕여옥은 자로써 행동했는데, 오 지역 장주長州 사람이다. 거인으로 기용되어 응천훈도應天訓導가 되었고, 한림오경박사翰林五經博士를 거쳐 찬선 겸 검토檢討로 승진했지만, 사건에 연루되어 수자리를 살았다. 당시 동궁에서 인종을 모셨으므로 특별히 그를 용서하도록 명하여 전적典籍으로 강등되었다가 또 옛 관직을 회복했다. 나중에 「신귀부神龜賦」라는 응제시應制詩를 지어 1등을 하자 사람들이 그를 시기해 죄를 만들어서 하옥시켜 죽였는데, 이때에 이르러 제사를 내리는 등의 여러 은혜가 다 갖추어졌다. 대체로 종6품인데 일곱 등급을 높여 정3품으로 추증하고 또 시호를 내렸으니, 그 궁휼히 여김이 서선술보다는 좀 못했다고 한다. 당시에는 이처럼 유신儒臣을 예우하고 존중했었다.

○ 또 선덕 원년, 한림시강翰林侍講 겸 승직랑承直郎 왕진王璡이 죽었다. 왕진의 자는 여가汝嘉이고, 소주부蘇州府 장주 사람이다. 영락 연간에 명경明經으로 천거되어 훈도訓導에서 한림시강과 승직랑까지 지냈다. 일찍이 『영락대전』 편찬의 부총재副總裁를 맡았고, 응천應天, 광서廣西, 광동廣東 지역의 향시鄕試를 한 번씩 주관했으며, 세 번 예부 회시의 시험관을 맡았다. 홍희洪熙 초년에 홍문각弘文閣을 지어 한림학사 양부楊溥 등 네 사람과 함께 일을 맡았는데, 대체로 또한 내각의 재상에 해당되지만 제도상에는 다 기재되지 않았다. 왕진이 죽은 날, 전각대학사 이하 모든 사람이 가서 울었다. 왕진과 양부는 양동리楊東里와 동료라서, 그들의 묘지명이 모두 그의 손에서 나왔는데, 서술 내용이 매우 자세하고 확실하다. 왕진과 왕여옥은 사촌 간이다. 두 사람 다 진사 출신이 아닌데도 이렇게 좋은 기회를 만난 것은 우연이라 여길 만하다.

원문 宮寮超贈

仁宗初卽位, 故宮寮左春坊左贊善徐善述[126]卒於官, 贈太子少保, 諡

---

[126] 徐善述 : 서선술徐善述, 1353~1419은 명나라 절강성 천태天台 사람으로, 자는 호고好古이고, 시호는 문숙文肅이다. 홍무 연간 중에 세공법歲貢法을 시행했는데, 그가 수공首貢으로 국자감國子監에 들어갔다. 계양주학정桂陽州學正을 맡았다. 영락 초에 춘방찬선春坊贊善을 지냈다. 인종이 황태자 시절 항상 선생이라 부르면서 술과 시를 하사했다.

文肅, 命有司立祠祀之, 仁宗親爲文以祭. 又追贈左春坊右贊善兼編修王汝玉[127]爲太子賓客, 謚文靖. 徐字好古, 浙之天台人. 起歲貢, 爲桂陽州學正, 遷國子博士, 以至今官. 凡考鄕試者二, 會試者二, 此猶國初時有之事. 獨贊善從六品, 超九階而贈宮保, 且得謚賜祠, 儲君親灑翰祭之, 實爲本朝所未有. 王名璲, 以字行, 吳之長洲人. 起鄕舉, 爲應天訓導, 進翰林五經博士, 再進贊善兼檢討, 坐事謫戍. 時侍仁宗東宮, 命特宥之, 降爲典籍, 又復故官. 後以應制, 作「神龜賦」, 名第一, 時人忌之, 搆其罪, 又下獄死, 至是贈祭諸恩俱備. 蓋以從六品, 超七階而贈正三品, 亦得謚, 其卹稍亞於善述云. 蓋當時禮重儒臣如此.

○ 又宣德元年, 翰林侍講承直郎王璉卒. 王字汝嘉, 蘇之長洲人. 永樂間舉明經[128], 由訓導歷前官, 嘗爲『永樂大典』副總裁, 主應天廣西廣東鄕試各一, 同考禮部會試者三, 洪熙初建弘文閣, 與翰林學士楊溥等四人入直, 蓋亦內閣輔臣也, 而典故俱不載. 汝嘉歿之日, 殿閣大學士以下, 咸走哭. 二公與楊東里[129]同官, 誌銘俱出其手, 其敍置最詳確. 汝嘉汝玉, 蓋從兄弟也. 二王俱不由甲榜, 而遭逢如此, 可謂遇矣.

---

127 王汝玉 : 왕여옥王汝玉, ?~1415은 명 소주부 장주長州 사람이다. 본명은 왕수王璲이지만 자인 여옥汝玉으로 알려져 있다. 호는 청성산인靑城山人이다. 17세 때 절강 향시에 합격했고, 홍무 말련에 한림경학박사로 발탁되었다. 영락 초기에 춘방의 찬선으로 승진했으며, 『영락대전』 편찬에 참여했다.

128 明經 : 공생貢生의 별칭. 공생은 부府, 주州, 현縣의 수재秀才 중에서 성적과 자격이 뛰어나 도성의 국자감國子監에 들어가 수학하는 사람.

129 楊東里 : 명나라 초기의 대신이자 학자인 양사기楊士奇를 말한다.

번역 황제를 따라 외지로 옮기다

역대로 황제를 따른 옛 신하들은 모두 특별히 도찰원과 한림원에 발탁되었다. 다만 선종께서 등극하고 베푸신 은덕은 매우 변변치 못했으니, 예를 들어 춘방 중윤 임장무가 광동울림지주廣東鬱林知州로 옮겼을 정도다. 왕엄주는 그것을 기록하며 이해할 수 없어 했다. 내가 임장무를 조사해보니, 그는 영락 18년에 한림원편수로 황태손을 모시고서 글을 읽었고, 홍희 연간 초기에 중윤으로 옮겨서 6년 동안 태자의 속관으로 있었다. 인종께서 붕어하셨다는 소식이 이르자 시종관들은 태자를 수행해 북경으로 갔지만, 임장무는 말 타는 것이 불편하다고 거절하고 홀로 배를 타고 갔다. 그가 도착했을 때는 선종께서 이미 등극하셨었기 때문에 이렇게 지방으로 옮기게 된 것이며, 황상께서는 오히려 관용을 베푸시어 벌을 주지는 않으신 것이다. 이에 임장무는 태자궁 속관들의 승진 상황에 차이가 있고 불공평하다고 공언했다. 또 아우가 둘 있는데 하나는 6부의 속관이고 다른 하나는 감생인데, 모친이 연로하고 길이 머니, 힘들고 어려운 중앙의 관직으로 강등해주기를 원했다. 황상께서 노하시어 금의위에 하옥시키고 선덕 연간 내내 석방하지 않으셨다. 영종께서 등극하시면서 비로소 풀어주시고 옛 관직으로 돌아오게 하셔서, 결국 재임 중에 죽었다. 그러니 임장무가 주살되지 않은 것만도 다행이다. 당시 태자의 속관 중에 사직랑司直郎 장경량張景良이란 자가 사천순경통판四川順慶通判으로 옮긴 것은 이해할 수 없다.

歷朝從龍舊臣, 俱峻擢臺閣[130]. 惟宣宗登極恩, 最爲涼薄, 如春坊中允
林長懋者, 至轉廣東鬱林知州. 弇州書之以爲不可解. 余考長懋, 永樂十
八年, 以編修侍皇太孫讀書, 洪熙初, 轉中允, 是爲宮臣且六年矣. 仁宗
崩問至, 從臣扈從太子赴京, 而長懋辭以不便鞍馬, 自以舟行. 比至則宣
宗已登極, 故有是遷, 蓋上尙優容不加罪也. 乃訟言宮僚遷擢[131], 同異不
平. 且以二弟, 一爲部屬, 一爲監生, 母老路遙, 願改降繁難京職. 上怒下
錦衣獄, 終宣德一朝不釋. 至英廟登極, 始赦出, 令之故官, 遂卒於任. 然
則長懋免於誅殛, 亦幸矣. 時宮寮中, 有司直郎[132]張景良者, 轉四川順慶
通判, 則不得其解矣.

---

130 臺閣 : 명대 도찰원과 한림원을 함께 말한 것이다.

131 遷擢 : 승진하다.

132 司直郎 : 사직랑司直郎은 품계만 있고 실질적인 업무가 없는 환관의 관직인데, 종8
품으로 명대 환관 중에서 가장 낮은 등급이다.

근래에 한림원에서 승진하면 모두 춘방과 사경국을 중요 대상으로 여긴다. 만약 원래의 관서에서 번갈아 옮기게 되면 불만이 얼굴과 말에 나타난다. 강독은 모두 한림원의 속관이고 수찬修撰 이하는 모두 사관史官이기 때문에 재상에게 손님의 예로 대할 수 없다. 그래서 금상 기묘년에 응천부에서 시험을 주관할 때 먼저 중윤이 그리고 나중에는 시독侍讀이 고계우高啓愚가 시험문제에서 등극을 권했다고 의심했으니, 선조대에는 전혀 그렇지 않았음을 알지 못한 것이다. 영락 2년 이계정李繼鼎은 예부의제랑중禮部儀制郎中으로 우찬선을 겸했는데 오히려 지방관이라고 말했다. 영종 연간에는 악몽천岳蒙泉이 정통 무진년 과거의 정갑에서 편수가 되었고 임신년에는 이미 찬선으로 옮겼다. 천순 원년 정축년에 수찬으로 바뀌어 내각에 들어가 일을 처리했는데, 대체로 태자의 속관으로 옮긴 지 이미 6년이 지났기 때문에 원래 관서로 돌아온 것이다. 또한 두 관직 모두 종6품이니, 이처럼 한림원을 중시했다. 그 외에 한림학사가 춘방대학사春坊大學士를 겸한 것도 이루 헤아릴 수 없이 많다.

원문 坊局

近年詞林遷轉, 俱以坊局爲重, 若從本衙門遞轉, 則快快見辭色. 蓋因講讀俱爲翰林屬官, 而修撰以下俱史官, 不得與揆地講客禮也. 以故今上己卯應天主試, 先中允而後侍讀, 以至高啓愚出題有勸進[133]之疑, 不知祖宗朝殊不然. 如永樂二年李繼鼎, 以禮部儀制郎中, 兼右贊善, 猶曰外僚也. 英宗朝, 岳蒙泉由正統戊辰鼎甲編修, 至壬申已轉贊善, 天順元年丁丑改修撰, 入閣辦事, 蓋轉宮寮已六年, 仍還本衙門. 且兩官俱從六品, 其重詞館如此. 其他翰林學士, 兼春坊大學士, 又不勝紀矣.

---

133 勸進 : 신하가 황제에 뜻이 있는 실권자에게 등극하도록 권하다.

번역 태자의 속관이 겸직을 달리하다

　세종 연간에는 대부분 파격적으로 사람을 기용해 한림원에 넣었고 겸직도 남달랐다. 하문민夏文愍은 한림시독학사翰林侍讀學士로서 이과도 급사吏科都給事를 겸했으니, 이러한 특별한 은전은 말할 필요도 없다. 그외에 일반적인 겸직으로, 가정 23년 정시廷試에서 시험관 장치張治가 바로 한림광학사翰林光學士에 제수되어서 다른 관직을 겸할 수 없어 우유덕右諭德을 겸했다. 제조관提調官 손승은孫承恩이 예부좌시랑禮部左侍郞으로 시독학사를 겸한 것이 이것인데 또 소첨사의 직함도 지녔다. 시험지 관리를 맡은 장권관掌卷官 좌부도어사左副都御史 호수중胡守中은 원래 탄핵과 감찰을 책임 맡은 어사인데 첨사부승詹事府丞을 겸했다. 대체적으로 모두 태자의 속관을 중시했다. 또 이해 과거시험의 시험지 봉인을 맡은 미봉관彌封官 통정참의通政參議 겸 예과급사중禮科都給事 이봉래李鳳來는 조상의 제도를 헤아려서 당관堂官으로 속리屬吏를 겸했으니, 더욱 기이하다.

　○ 영락 연간에 양사기楊士奇와 금유자金幼孜輩 또한 일찍이 광학光學으로 태자의 속관을 겸했는데, 이때 인종이 동궁에 있었으므로 선발을 특히 중시했다. 나중에 한림원에 오랫동안 승진하지 못하고 있는 자도 태자의 속관으로 옮기지만 더 이상 높은 벼슬을 겸하지는 않는다. 세종께서 처음 장경태자莊敬太子를 책봉할 때는 사사건건 조상을 본받아 행해 태자의 속관들이 전대에 비해 특히 뛰어났지만, 말년이 되니 또 점차 그렇지 않게 되면서 태자의 속관은 이로부터 날로 중요해졌다.

옛날 성화 연간 초기에 여순黎淳이 『영종실록』을 완성해 서자로 승진했지만 극구 사양하고 원래 관서에서 응당 받아야 할 관직으로 돌아가기를 청했다. 그 당시에는 춘방과 사경국을 영예롭게 여기지 않았는데, 지금은 일찍 사국史局을 떠나는 것이 행운이라 여긴다.

○ 정통 8년 호엄胡儼은 태자빈객 겸 국자좨주로서 시강을 겸하고, 한림원의 일을 관장하다가 재임 중에 죽었다. 경태 연간에 『통지』를 완성해서 내각대신 상로商輅는 병부좌시랑에 태상경, 한림학사, 좌춘방대학사까지 겸했으니 더욱 기이하다.

원문 **宮僚兼官之異**

世宗朝用人入詞林多不次, 而兼職亦異. 如夏文愍以翰林侍讀學士兼吏科都給事, 此特恩不必言. 其他尋常兼官, 如嘉靖二十年廷試, 讀卷官張治直拜翰林光學士, 則不當帶他職, 而兼右諭德. 提調官孫承恩, 以禮部左侍郞兼侍讀學士是矣, 又帶少詹事. 掌卷官[134]左副都御史胡守中, 本憲職也, 而兼詹事府丞. 蓋皆以宮官爲重也. 又是年彌封官[135]通政參議兼禮科都給事李鳳來, 揆之祖制, 是以堂官兼屬吏也, 尤奇.

○ 永樂間, 楊士奇金幼孜輩, 亦曾以光學兼宮寮, 是時仁宗在東宮, 特重其選. 後館中久次者, 亦轉宮臣, 然不復以大寮兼矣. 世宗初立莊敬太

---

134 掌卷官 : 과거시험에서 시험지를 관리하는 일을 담당.
135 彌封官 : 과거시험에서 시험지의 봉인을 담당하는 관리.

子, 每事倣祖宗行之, 故宮官較前朝特異. 末年亦漸不然, 乃宮寮自此日重. 昔成化初, 黎淳以『英宗實錄』成, 陞庶子, 力辭, 願轉本衙門應得之官. 其時猶未以坊局爲榮也, 今惟以早離史局爲幸矣.

　○ 正統八年, 胡儼以太子賓客, 國子祭酒, 兼侍講, 掌翰林院事, 卒於官. 景泰間, 以修『通志』成, 閣巨商輅, 由兵部左侍郞加兼太常卿翰林學士左春坊大學士, 尤奇.

송나라 때는 내제內制와 외제外制로 나누어 한림학사와 중서사인이 함께 관리했는데, 현 왕조에서는 오직 한림학사에게만 주어진 임무가 되었다. 정통 초기에 특별히 학사 한 사람을 두어 그 일을 맡게 했다가 나중에 폐지하고 더 이상 두지 않았다. 홍치 7년에 비로소 상서나 시랑 한 명을 발탁해 임명하고 한림학사를 겸하여 내각에 들어가서 오직 고칙誥敕만을 관장하게 했다. 순서대로 재상으로 임명하므로 한림학사 중에서도 각로閣老라고 불렀다. 그들 중 재상에 들어가지 못하는 자는 열에 한, 두 사람이었다. 가정 24년에 이것을 폐지하고, 다만 강연하고, 읽고, 편찬하고, 검토하는 사신史臣 4, 5명을 기용해 나누어 관장하게 해 지금까지 이르렀다. 아마도 엄숭이 새로 수규의 자리에 올랐을 때 지고제知制誥 대신의 다그침이 싫어서 그것을 없애려는 계획을 세웠던 것 같다. 사신들이 나누어 관장하면서부터 각각 그 화려함이 꽃을 피워 문채가 날로 아름다워졌다. 수년 동안 도주망陶周望, 동현재董玄宰, 황평천黃平倩, 탕가빈湯嘉賓 등과 같은 태사들이 모두 재명才名을 대신하고 남은 용기를 부추겨, 아름다움과 상세하면서도 번다함이 공교로움을 다해 거의 송대 사륙문四六文의 자리를 빼앗을 정도가 되었다. 하지만 황상의 말씀의 체제를 헤아려보면 어쩌면 그렇지 않을 수도 있다.

○ 혹자는 대신이 고칙을 맡자 폐지해 두지 않다가 장영가가 정권을 잡았을 때부터 시작해 그렇지 않았다고 한다.

원문 詞林知制誥[136]

宋朝分內外兩制, 翰林學士與中書舍人對掌之, 本朝獨歸其任於翰林.
正統初年, 特置學士一人司其事, 其後廢不復設. 至弘治七年, 始簡命尚
書或侍郎一人, 兼翰林學士, 入內閣崇典誥敕. 需次[137]大拜爲輔臣, 以故
詞林中亦呼爲閣老. 其不得入相者, 十不一二人也. 至嘉靖二十四年而廢
之, 但用講讀編檢諸史臣四五員分掌, 以至於今. 蓋相嵩新居首揆, 惡知
制誥大臣之逼, 故設計去之. 自史臣分領以來, 各以葩藻見長, 其辭采日
盛一日. 以逮數年來, 如陶周望董玄宰[138]黃平倩湯嘉賓諸太史, 咸命代
才名, 鼓其餘勇, 騈麗詳縟, 殫巧窮工, 幾奪宋人四六之席. 然揆之綸綍
之體, 或稍未然.

○ 或云大僚司誥敕, 廢不設, 始於張永嘉柄政時, 是不然.

---

136 知制誥 : 조서·교서 등의 글을 지어 바치는 일을 맡아보던 한림학사가 겸직하던
   관직. 한림학사가 이를 겸직할 때는 내제內制, 다른 관서의 관원이 겸직할 경우에는
   외제外制라 했다. 특히 문장에 뛰어난 사람을 뽑아 이 직책을 맡겼다.
137 需次 : 순서에 따라 결원을 보충하다.
138 董玄宰 : 명나라 말기의 저명한 서예가인 동기창董其昌을 말한다.

신양信陽 사람 왕조적[王祖嫡, 호는 사죽師竹]은 우춘방우서자일 때 돌아가신 나의 부친과 매우 잘 지냈다. 또 한림원 선후배들의 속된 체제에 구속되지 않고 박학하며 겸허히 매우 친밀하게 교류했다. 그가 서길사로 있을 때 같은 관에 근무하며 작은 의심으로 이부의 관원에게 욕한 일이 있었다. 이때 포판蒲坂 사람 양부[楊溥, 시호는 양의襄毅]가 태재였는데, 그 일을 듣고는 크게 노해서 강릉공에게 모두가 강릉공이 뽑은 신미년 합격자 방에 있는 사람들이라고 하소연했다. 강릉공은 평소에 엄격해서 장영가가 세종 병술년과 기축년에 했던 전례처럼 양부가 서길사들을 다 지방관으로 내치려했는데, 관시館司인 동주同州 사람 마문장馬文莊이 그것을 쟁론했지만 뜻을 이루지 못했다. 서길사들은 각자 자신은 잘못이 없으니 빼달라고 너절하게 말했는데, 왕조적만이 분연히 일어나 자신이 혼자 책임을 지겠으며, 서길사들이 관원을 욕한 것에 또 무슨 죄를 물을 수 있느냐고 말했다. 강릉공은 직설적인 그의 말이 꺼려졌지만 노여움도 풀려, 그를 사국史局에 제수하니, 건문제의 연호를 회복할 것을 요청했다. 또 경황제의 칭호가 회복된 지 오래되었지만 『영종실록』에는 여전히 성려왕郕戾王이라 써서 덧붙였으니, 명칭과 사실이 맞지 않아 또한 바르게 고쳐야 한다고 말했다. 금상께서 선하다 칭찬하셨고, 영종실록 중의 옛 호칭은 마침내 경제로 고쳐졌다. 하지만 건문제의 연호 문제는 잠시 중지되었는데, 중대한 사안이라 갑자기 거행하기 어렵지만, 식자들은 진실로 그 의론을 바로잡아야 한다. 얼마 후 궁세宮洗로 옮겨 마침 명인사明因寺 비문을 써서 자성태후慈聖太后의 눈에 들어 금색 비단과 불상 등을 몰래 하사받았는데, 마음이 불편하고 다른 편법으로 빨리 출세하려 한다고 비난받을까 걱정이 되었다. 얼마 안 되어 서자로 옮기자 병을 핑계로 급히 고향으로 돌아가기를 청했다. 당시에는 다시 조정으로 나오기를 바라고 있었지만 겨우 예순 살에 죽었다. 그런데 만년에 귀가 좀 멀어서 내각에 오르기는 어려웠을 것 같다고 한다. 그의 집안은 무인 집안으로, 아들 왕연세王延世는 벼슬이 참장參將이었고 그도 문장을 잘 썼다.

○ 신미년 과거 출신 서길사들이 이부의 관원을 욕보인 일은, 계유년 가을에 일어났는데 이때는 학관을 마치기 겨우 1달 전이었다. 당시 서길사 송유宋儒는 평소 서길사 웅등박熊登樸과 의론이 있었기 때문에 강릉공에게 그를 참소하며 이부의 관원을 때린 것은 웅등박 한 사람뿐이라고 말했다. 강릉공이 그것을 믿고서 학관을 마칠 때, 송유는 예부 주사에 제수하고 웅등박은 병부주사에 제수했으니 의도적으로 그를 억압한 듯하다. 웅등박은 재주와 명망이 있고 학관의 시험에서도 여러 차례 상위권에 있어 송유에 비교할 수준이 아니었으므로, 한림원에 남지 않으면 중앙부서로 가야 마땅했지만 이 관직을 얻어서 서길사의 전각에 있게 되었다. 마음속으로 또한 너무나 화가 나서 원망하는 말을 꺼냈는데, 송유가 거기에 살을 붙여 또 강릉공에게 참소하며 웅등박이 이미 상소를 갖추어 양부와 스승이신 재상까지 탄핵하려 한다고 말했

다. 강릉공이 화도 나고 두렵기도 해 즉시 양부에게 그를 탄핵하라고
했다. 양부는 등업의 부친 웅과[熊過, 호는 남사南沙]와 진사 동기에 사이가
좋았기 때문에 거사를 일으키기 불편했다. 그래서 웅등박이 있는 병부
의 장관 대사마 담륜[譚綸, 호는 이화二華]에게 그를 참소하라고 부탁해 직위
를 강등하고 지방으로 보냈다. 그 억울함을 말하는 이가 좀 있어 강릉
공이 웅등박과 숭유를 불러 대질시키고서야 비로소 다 송유가 날조한
것임을 알게 되어, 송유도 마침내 먼 곳으로 폄적되었는데, 이때는 두
사람이 관직을 제수받은 지 만 1달 되었을 뿐이다. 생각해보면 양부와
강릉공 두 사람은 모두 한때 뛰어난 재주를 지녔던 큰 인물들인데, 어찌
송유가 나무판에 새긴 한낱 얘기로 서길사 30명에게 원한을 쌓게 되었
는가? 왕태사의 한마디로 중도에 멈추어 잘못을 고칠 수 있었다. 또 송
유의 참소하는 말로 인해 웅등박은 두 차례나 음해를 당해 아무 이유 없
이 폄적 당했다. 사람들이 강릉공은 사물을 똑똑히 잘 살피는데, 이 일
은 너무나 모호하다고 말한다.

○ 웅등박의 호는 육해陸海다. 폄적된 이후 다소 승진해 상덕부통판常
德府通判이 되었는데 그곳은 원래 강릉공의 고향인 초 땅의 옆 고을이었
다. 공무로 북경에 들어가 강릉공에게 인사하니, 강릉공이 그를 남겨
앉히고는 따뜻한 말로 다음과 같이 위로했다. "그대가 지금 점점 승진
하고 있어 매우 기쁘네. 열심히 정무를 처리하면 특별히 발탁되는 것
도 어렵지 않을 걸세. 우리 한림원은 중요한 일과 관계되는 곳이고, 나
의 이 말도 진심에서 우러나온 말이네." 웅등박이 천천히 일어나며 "그

저 선생님께서는 아파하실 필요 없습니다. '통하면 아프지 않고, 아프면 통하지 않는다'는 의서의 말을 기억하십시오. 이 두 마디 말로 효험을 보십니다"라고 말했다. 강릉공이 크게 웃고 매우 즐거워하며 헤어졌다. 웅등박은 나중에 학정學政이 되어 돌아갔다. 그의 부친 또한 기축년 서길사였는데, 장영가의 마음에 들지 않아 역시 겨우 주사만 제수받았으니, 더욱 특이하다.

원문 **王師竹宮庶**

信陽王師竹祖嫡[139]宮庶[140], 與先人最相善, 且不拘詞林前後輩俗體, 博洽虛心, 過從甚密. 其爲庶常時, 值同館有以微嫌詈吏部吏者, 時蒲坂楊襄毅溥爲太宰, 聞之大怒, 愬之江陵相公, 蓋以俱江陵所取辛未榜中人也. 江陵素嚴重, 蒲坂議欲盡斥諸吉士爲外寮, 如張永嘉世宗朝丙戌己丑故事, 館司同州馬文莊爭之, 弗能得. 諸吉士各絮語自明求免, 王獨奮然起, 願以身獨承之, 且謂庶常辱掾吏, 亦何罪可問. 江陵憚其詞直, 怒亦解, 授官史局, 以復建文帝號爲請. 且云景皇帝位號久復, 而『英宗實錄』中, 猶書郕戾王附, 名寶並舛, 亦宜改正. 今上稱善, 英錄中故稱, 遂釐爲景帝. 而建文之號, 則暫已, 蓋以事體大, 難驟擧行, 而識者固韙其議矣. 尋轉宮洗, 會以撰明因寺碑文, 受知慈聖太后, 拜金綺佛像諸密賜,

---

139 王師竹祖嫡 : 명대 후기의 관리 왕조적王祖嫡을 말한다.
140 宮庶 : 명대 첨사부 좌, 우 춘방과 좌, 우 서자의 별칭.

心不自安, 恐人議其以他途求速化也. 尋遷庶子, 卽以病請急歸. 時正冀其復出, 而僅以下壽[141]歿. 然晚年耳稍瞶, 似亦難以登綸扉云. 其家世爲右列, 有子延世, 官參將, 亦能文.

○ 辛未庶常之辱吏部掾也, 在癸酉之秋, 去散館止旬月耳. 時吉士宋儒者, 素與吉士熊登樸有口語, 乃譖之江陵, 謂毆吏止熊一人. 江陵信之, 比散館, 宋授禮部主事, 熊授兵部主事, 蓋有意抑之. 熊有才名, 館試亦屢前列, 遠非宋比, 卽不留亦當袚垣, 而得此官, 乃諸吉士之殿也. 意亦不無憤憤, 出怨望語, 宋儒者因增飾之, 又以譖於江陵, 謂登樸已具疏, 將劾蒲坂幷及吾師相矣. 江陵怒且恐, 亟語蒲坂參之. 蒲坂與登樸父名過號南沙[142]者相善, 同年也, 不便擧事. 乃囑之熊堂官大司馬譚二華綸參之, 坐降調外任. 稍有言其冤者, 江陵乃召熊宋二生面質, 始知盡出宋捏造, 宋亦遂遠貶, 時去二人授官匝月耳. 因思蒲坂江陵二老, 俱一時高才巨公, 何至爲一刻木, 而修怨於吉士三十人? 旣用王太史一言而中寢, 可謂能補過矣. 又因宋儒讒說, 致熊登樸兩遭蜮射, 無端左官. 人謂江陵英察, 茲事則太憒憒云.

○ 熊登樸號埜海. 從調稍進爲常德府通判, 其地故江陵楚旁郡也. 以公差入京謁江陵, 江陵留之坐, 溫語慰勞之, 曰“足下今漸進可喜, 努力修

---

141 下壽 : 나이 예순 살 또는 여든 살을 말한다.

142 登樸父名過號南沙 : 명대 '가정팔재자嘉靖八才子' 중 하나인 웅과熊過,1506~1580를 말한다. 웅과는 명나라 사천四川 부순富順 사람으로, 자는 숙인叔仁이고, 호는 남사南沙다. 가정 8년1529 진사가 되어 예부 사제낭중祠祭郎中을 지냈다. 일에 연좌되어 폄적되었다가 다시 평민으로 떨어졌다. 진속陳束, 이개선李開先 등과 함께 '가정팔재자'로 불렸다.

職, 峻擢不難. 我詞林衙門痛癢相關, 我此語亦出痛腸也." 熊徐起曰, "只
恐老師未必痛耳. 記得醫書云, 通則不痛, 痛則不通. 請以二語驗之." 江
陵爲大笑, 歡劇而罷. 熊後晉學使者歸. 其父亦己丑庶常, 以永嘉不愜,
亦僅授主事, 尤爲異云.

만력야획편萬曆野獲編 上

권11

수수秀水 경천景倩 심덕부沈德符 저

동향桐鄉 이재爾載 전방錢枋 편집

◎ 이부吏部

번역 **이품정경**二品正卿을 여러 차례 겸하다

　　홍무 연간 첨휘詹徽가 좌도어사로서 이부상서를 겸한 일은 매우 특이한 일이었지만 이때 관제가 아직 정해지지 않았기 때문이다. 정덕 연간 초에 도용屠滽은 이부상서로서 좌도어사를 겸했고, 가정 연간 웅협熊浹은 병부상서로서 우도어사를 겸해 모두 법을 다스리는 일을 전담했다. 이승훈李承勛과 왕정상王廷相 등은 모두 단영團營을 거느리고 육부의 일은 살피지 않았다. 가정 9년 왕굉汪鋐은 우도어사로 군사 업무를 맡았는데, 얼마 안 가서 병부상서가 되어 우도어사를 겸했다. 가정 10년에 태자태보로 우도어사가 되어 병부상서를 겸했다. 가정 11년에 또 태자태보로 이부상서가 되어 소보 겸 병부상서의 관작을 더했다. 대개 어사대부로서 본품을 얻은 것이 두 차례이고 또 태재로서 정식으로 대사마를 겸한 것이 한 차례였으니 모두 몸에 두 개의 인끈을 두르고 각기 권한을 거느렸으니 막강한 고금의 권한을 한 몸에 지닌 격이다. 또한 그 사람처럼 음험하고 탐욕스러운 자는 고금에 드문데, 어찌 이런 특별한 총애를 받았는가. 그 외 병부상서로 좌우도어사를 겸한 자로는 모백온毛伯溫 등이 있고, 남경 병부상서로서 좌우도어사를 겸한 왕수인 등과 다른 육부의 상서로서 좌우도어사를 겸한 자로 형부상서 홍종洪鍾 등은 모두 병권을 이용해 법을 관장하는 직함을 지녔는데, 정식으로 겸한 것은 아니었다. 나라 건국 초기부터 가정 연간까지 태재는 다른 관작들이 논하지 않았다. 융경 연간 이후 양의공襄毅公 양박楊博과 공숙공恭肅公 엄청앙嚴淸揚은 병부에 있은 지 한 달도 안 되어 바로 이부로 옮겼다. 금상 정해년 엄청 양은 본관으로 불려가 병부를 관장하게 되었는데, 그곳에 이르기도 전에 집에서 죽었다. 금상 무진년 공개공恭介公 진유년陳有年은 이부상서로 물러나 5년간 고향에 돌아가 있었다. 갑자기 남경 우도어사로 불렸는데, 당시 진유년은 이미 죽었을 때여서 새로운 명을 듣지도 못했다. 그러나, 자고로 북경 태재로 남경 어사대부를 지낸 자는 없었으니 혹자는 내각에서 고의로 그를 내친 것이라고도 한다. 생각건대 여러 공들이 모두 일시에 뛰어나 그들을 기용해도 재주를 다 쓰지 못한 경우가 많았다. 왕횡 같은 자는 악행을 거듭하면서 깨닫지 못했어도 이처럼 권한을 쥐고 오랫동안 재임했는데, 재상 장영가가 시종일관 그를 의지했기 때문이다.

원문 屢兼二品正卿[1]

洪武間, 詹徽[2]以左都御史兼吏部尙書爲極異, 然此時官制未定也. 正德初, 屠滽以吏部尙書兼左都御史, 嘉靖中, 熊浹以兵部尙書兼右都御史, 俱專領憲事. 李承勛王廷相等. 俱領團營, 不預部事也. 惟嘉靖九年汪

---

1 正卿 : 춘추시대부터 있어 온 제후국의 정치를 맡은 대신 겸 군사 최고 지휘자.
2 詹徽 : 첨휘詹徽, 1334~1393는 명대 홍무 연간의 문신이다. 수재의 신분으로 감찰어사에 취임해, 태자소보, 좌도어사 겸 이부상서의 관직에까지 올랐다. 홍무 26년 남옥 藍玉을 들어 반란을 도모한 사건으로 죽임당했다.

鋐以右都理戎政, 未幾改兵部尚書, 仍兼右都. 十年以太子太保改左都御史, 兼兵部尚書. 至十一年又以太子太保改吏部尚書, 又加少保兼兵部尚書. 蓋以御史大夫帶本品二次, 又以太宰正兼大司馬者一次, 皆身紆二綬, 各領事寄, 極古今權任之重, 一身當之. 且其人狙險貪狠, 古今所少, 何以當此異寵. 其他以兵部尚書領左右都者, 如毛伯溫[3]等, 以南兵書領者如王守仁等, 以別部領者如刑書洪鍾[4]等, 俱以用兵帶憲銜, 非正兼也. 自國初至嘉靖, 太宰爲他官者不論. 隆慶以後, 爲楊襄毅博嚴恭肅淸揚, 在兵部不踰月卽還吏部. 今上丁亥, 嚴以本官召掌兵部, 未至而卒于家. 今上戊辰, 陳恭介有年以吏部尚書予告, 歸五年矣. 忽以南右都御史召之, 時陳已先歿, 不及聞新命. 然自來無北太宰得南臺長者, 或謂內閣有意抑之.

按諸公皆一時名碩, 用之多不盡其材. 而稔惡不悛如汪鋐者, 乃持權久任如此, 則永嘉張相, 始終爲之奧主也.

---

3 毛伯溫: 모백온毛伯溫, 1482~1545은 명나라 가정 연간에 병부상서를 지낸 대신이다. 그의 자는 여려汝厲이고, 호는 동당東塘이며, 시호는 양무襄懋다. 강서 길수 사람이다. 정덕 3년1508에 진사가 된 후 대리시승에 올랐고, 가정 15년1536에 병부상서가 되었다. 이후 태자태보에 봉해졌지만, 가정 23년1544에 모함을 받아 변방으로 쫓겨났고, 가는 도중 사면되어 귀향했지만 얼마 지나지 않아 죽었다. 저서로 『모양무집毛襄懋集』, 『평남록平南錄』 등이 전해진다.

4 洪鐘: 홍종洪鐘, ?~1523은 명나라 중기의 대신이다. 그의 자는 선지宣之이고, 호는 양봉거사兩峯居士다. 전당 사람으로, 형부상서, 공부상서, 좌도어사, 우부도어사 등의 벼슬을 지냈다. 사천순무 임준과 함께 농민 반란군을 진압해 태자태보로 승진했으며, 강북순무를 지내다 귀향했다.

[번역] 관직을 빌어 사신으로 나가다

송나라 때 북쪽으로 가는 사신으로 정사正使와 부사副使 두 사람은 모두 높은 관직을 가장해서 국경을 나갈 때 위엄을 보였다. 현 왕조 경태 연간 초에 영종께서 북쪽으로 포로로 끌려가실 때 사신을 보내 상황을 살폈는데, 이때도 역시 관등을 넘어 관직을 빌렸다. 그러므로 나라 초기에 이미 이런 일이 있었다. 홍희 연간 원년에 선종께서 즉위하실 때 예부시랑 대행 홍로시승鴻臚寺丞 초순焦循과 홍로소경 대행 명찬鳴贊 노진盧進을 파견해 등극을 알리는 조서를 조선에 반포했다. 황상께서 다시 조선을 대대로 조공국으로서 대우하신다는 말씀을 하시고 또 예로써 스스로 지키도록 명하셨으니 먼 나라 사람을 품으시고 다른 나라보다 특별히 후대하셨다. 지금 고려에 사신으로 가는 자는 관례에 따라 한림학사나 급사가 정사가 되고 행인이 부사가 되며 더 이상 관직을 대행하지 않는다. 그러나, 일품의 의복을 하사하시어 보내고 다시 가져오라고 명하셨는데, 이것이 가장 격식을 갖춘 경우다. 그 후 유구국琉球國으로 사신을 보낼 때도 또한 그러했다.

조선에 사신으로 가는 자들은 명을 받고 즉시 떠났다. 그러나, 반드시 국경을 나갈 때는 의복을 새로 갈아입었다. 유구국은 한 단계 더 낮아서 5년으로 제한을 두었고, 차례대로 반드시 복건성에서 배를 만들며 체류하게 했다. 또, 5년간 외국에 나간 자는 민閩 땅에서 기린을 수놓은 옷을 입고 허리에 옥을 찬 채로 여덟 사람이 어깨에 메는 수레를 타고 군대의 깃발과 북을 드는 관원들을 두었으니 그 존귀함이 순무와 다름이 없어서 식자들은 격식이 아니라고 여겼다. 또 근래에 일본의 막부의 우두머리가 거병하자 조정에서 행인 사헌을 파견해 조선을 위로했다. 사군이 명을 받자마자 북경에서 린옥을 가지고 말을 달려 손님을 대하는 것처럼 예우하자 온 나라가 몰래 비웃었다. 사신이 돌아온 지 얼마 안 되어 요^遼의 순무가 그가 완패했다고 폭로했다.

원문 借官出使

宋朝使北, 正副二人, 皆假尊官出疆以示重. 我朝景泰初, 以英宗北狩, 遣使候問, 亦有超等借官[5]. 然國初已有之. 洪熙元年, 宣宗卽位, 遣行在鴻臚寺丞焦循攝禮部侍郞鳴贊盧進攝鴻臚少卿, 頒登極詔于朝鮮. 上復以朝鮮世修職貢, 簡用爾等爲言, 且命以禮自持, 其懷遠人, 較諸國特厚. 今使高麗者, 例以翰林或給事爲正, 行人爲副, 不復借官, 但賜一品服以往, 復命繳還, 最爲得體. 其後使琉球國亦然.

○ 使朝鮮者類拜命卽行, 然必出疆始改服. 惟琉球一差, 以五年爲限, 第必于福建造船逗留. 又有出五年外者, 以故在閩中腰玉被麟, 用八人肩輿, 多設中軍旗鼓等官, 其尊與撫臣無異, 識者以爲非體. 又近年日本關白擧兵, 廷遣行人司憲者, 慰諭朝鮮. 司君甫被命, 卽于都下麟玉騎馬拜客, 傾國竊笑之. 使還未幾, 爲遼撫所訐, 以墨敗.

---

5 官: '관官'자는 원래 '용用'자인데 사본에 근거해 고쳤다官原作用, 據寫本改. 【교주】

홍치 초년 이부상서 왕서王恕가 급사중 임정옥林廷玉을 탄핵하는 상소
문에 성화 연간 21년 형과도급사중 노우가 호광장사부통판湖廣長沙府通判
으로 승진했다고 했다. 급사중 진승秦昇은 사천광안주동지四川廣安州同知
로 승진했고, 급사중 동항童杭은 호광흥국주동지湖廣興國州同知로 승진했
다고 했다. 또 원래 예과도급사중이었던 소현蕭顯은 귀주진녕주동지貴
州鎮寧州同知로 승진했고, 절강도어사浙江道御史 왕규汪奎는 사천기주부통판
四川夔州府通判으로 승진했으니 모두 예전에 기용된 관원인데 황상이 등
극하시어 내린 은혜로운 조서에 따라 한꺼번에 발탁되어 기용된 것이
라고 했다. 이 여러 관리가 후일 관직의 부침을 겪은 것을 모두 알 수는
없다. 하지만, 헌종 말년 중앙 관리로 발탁되어 승진했지만 오히려 이처
럼 지방 관리로 흩어져 나가 지금은 혹은 삼품대참三品大參으로 나갔는데
도 화를 내며 소매를 걷어붙이며 살고 싶지도 않다 하니 어째서인가?

○ 영락 19년 신축년에 여념黎恬이 어사에서 교지남령주지주交阯南靈
州知州로 승진했고, 선덕 7년 임자년에 내부에서 우유덕右諭德으로 발탁
되었으니 이때는 관제가 아직 정해지지 않았을 따름이었다. 또 천순 5
년 공과급사중工科給事中 조정曹鼎은 9년 동안 임기를 채우고서 광서
평악부동지廣西平樂府同知로 승진했는데, 조정은 옛 대학사 조내曹鼐의 아
우로 정통 무진년 서길사였다. 또, 성화 7년 호부좌급사중戶部左給事中 이
심李森은 회경부통판懷慶府通判으로 승진했고, 성화 17년 병과도급사兵科都

^{給事} 장탁張鐸은 한양부통판漢陽府通判으로 승진했으며, 성화 21년 어사 왕규는 기주부통판夔州府通判으로 승진했으니 또 모두 헌종 때의 일이다.

원문 **科道陞州府**

弘治初年, 史部尙書王恕, 覆給事中林廷玉奏中, 有成化二十一年刑科 都給事中盧瑀[6]陞湖廣長沙府通判, 給事中秦昇, 陞四川廣安州同知, 給 事中童杭, 陞湖廣興國州同知, 又有原任禮科都給事中蕭顯, 陞貴州鎭寧 州同知, 浙江道御史汪奎, 陞四川夔州府通判, 俱先年陞用官員, 要依上 登極恩詔, 一體擢用. 此諸官他日敭歷陞沉, 俱不可考. 但憲宗末年, 臺 省陞擢, 尙得冗散外僚如此, 今或以三品大參而出, 尙裂眥攘臂, 如不欲 生何也?

○ 永樂十九年辛丑, 黎恬[7]以御史陞交阯南靈州知州, 至宣德七年壬 子, 內擢右諭德, 則此時官制未定耳. 又天順五年, 工科給事中曹鼎, 以 九年考滿, 陞廣西平樂府同知, 鼎卽故大學士鼐弟, 正統戊午辰科庶吉 士. 又成化七年戶部左給事中李森, 陞懷慶府通判, 成化十七年, 兵科都

---

6 盧瑀 : 노우盧瑀, 1424~1513은 명나라 중기의 관리다. 그의 자는 희옥希玉이고, 절강 은
현鄞縣 사람이다. 성화 5년1469에 진사가 되어 형과급사중에 제수되었고, 이후 공과
도급사중으로 승진했다. 진승秦昇과 함께 간언했다가 죄를 얻어 장사통판으로 좌
천되었다.
7 黎恬 : 여념黎恬, 1388~1438은 명나라 전기의 관리다. 그의 자는 잠휘潛輝이고, 강서 청
강淸江 사람이다. 영락 10년에 진사가 되어, 섬서도감찰어사에 제수되었고 남령주
지주, 춘방우유덕 등의 벼슬을 지냈다. 『선종실록宣宗實錄』 편수에 참여했고, 저서
로 『관과고觀過稿』 등이 전해진다.

給事張鐸, 陞漢陽府通判, 成化二十一年[8], 御史汪奎, 陞夔州府通判, 則又皆憲宗朝事也.

8 二十一年 : '이십일二十一' 세 글자는 원래는 빠져있는데, 『明史·列傳六十八』에 근거해 보충했다二十一共三字原缺, 據明史列傳六十八補.【교주】

전봉관傳奉官의 남발

전봉관 제도는 성화 연간에 가장 성했는데, 이자성 등이 행한 것으로 효종 때 모두 바뀌었다. 그러나 홍치 10년 청녕궁淸寧宮에 불이 나급사중 도단涂旦 등이 화재로 인해 전봉관이 된 정통程通 등 13명에게 상주했고, 육수정毓秀亭을 세워 전봉관이 된 강표康表 등 30여 명에게 말했다. 이 외에 이광으로 인해 전봉관의 수장이 된 66명과 높은 관료 138명은 성화 연간에는 거의 비슷했다. 이때는 이광이 일을 했던 시기였을 뿐이다. 홍치 14년에 이부와 병부에서 근래에 전봉관으로 문신이 된 자가 890여 명이고, 무신이 된 자는 280여 명에 이른다고 상주했다. 이광이 정치를 어지럽힌 것이 당시에 수배나 심했다. 대개 중관의 친척들이 전봉관의 반 이상을 차지했으니, 이런 일은 효종 때는 없던 일이다.

傳奉官[9]之濫

傳奉官, 莫盛于成化間, 蓋李孜省等爲之, 至孝宗而釐革盡矣. 然弘治十年, 淸寧宮災, 給事中涂旦等奏烟火傳陞者程通[10]等十三人, 建毓秀

9　傳奉官 : 명 헌종 재위 중에 총애하는 신하를 이부 혹은 추천 과정을 거치지 않고 황제가 직접 임명했는데, 일반적인 절차를 무시하고 선발한 관리이다.

10　程通 : 정통程通, 생졸년 미상의 자는 언형彦亨이고 안휘 적계績溪 사람이다. 홍무 18년에 태학에 들어갔고, 20세에 과거에 합격해 좌장사에 제수되었다. 「방어북병봉사소防御北兵封事疏」를 상소로 올려 전쟁 대비를 위한 책략을 논했다.

亭[11]陞者, 康表等三十餘人. 其他李廣傳陞匠官六十六人, 冠帶人匠百三十八人, 幾與成化間相埒. 此猶李廣用事時耳. 至十四年吏部兵部奏近年傳奉文職, 至八百九十餘人, 武職二百八十餘人, 視李廣亂政時又數倍. 蓋中官親戚居其大半, 此又憲宗朝所無矣.

---

11 毓秀亭 : 평호平湖의 육수문毓秀門 위에 세워진 정자.

[번역] 지방관이 사직하고 직함을 더하다

　지방관 중에서는 포정사가 최고지만, 오랜 기간 재임해도 중앙으로 옮길 수 없고 종종 장기간 방치되면 사직을 청한다. 또한 벼슬에 염증을 느끼면서도 스스로 말로를 보전하는 자들도 있다. 예전에는 대부분 중앙관리로 승진하는 것으로 그 행적을 인정받았는데, 광록경과 태복경 같은 벼슬은 조정에서 이미 특별한 전례였다. 홍치 15년 광동좌포정사廣東左布政使 주맹중周孟中이 사직을 청하니, 그가 지방에서 크게 기용될 추천을 받았는데도 과감히 사직을 한 것이므로 황상께서 우부도어사의 직함을 더해주시고 벼슬을 그만두게 하시며 역참에서 말을 내주어 고향으로 돌아가라 명하셨다. 정덕 2년 절강좌포정사浙江左布政使 임부林符가 사직을 청하자 그가 평생 동안 잘못이 없고 깨끗이 물러나는 것을 황상께서 기뻐하셨으니 또한 우부도어사의 직함을 더해 주시고 벼슬에서 물러나게 하셨다. 가정 5년 사천좌포정사四川左布政使 임무달林茂達이 새해 조회에서 사직을 청하자 그의 오랜 숙원이었기 때문에 황상께서 또한 우부도어사의 직함을 더해주시고 그 청을 들어주셨지만 거마를 탈 수 없었다. 이후에 지방관은 예우로 사직을 허락받으면서 오히려 높은 관직으로 승진했다. 근래에는 기강이 무너져 관직에서 물러나는 자들이 심의가 곧 있을 거란 것을 알고서 자신의 치부를 감추는 자들이 대부분이라, 당상관을 무시하며 명성이 끊기니 하물며 중승이야 논할 것도 없다.

外吏以布政使爲極, 其久任不得內遷, 往往以滯淫乞身. 亦有淡于宦
情, 自保末路者. 往時多晉京秩, 以寵其行, 如光祿太僕卿之屬, 在朝廷
已爲殊典矣. 惟弘治十五年, 廣東左布政使周孟中乞休, 上以其方會薦大
用, 勇于辭榮, 加右副都御史致仕, 仍命馳驛以歸. 至正德二年, 浙江左
布政使林符乞休, 以上其生平無過, 恬退可嘉, 亦加右副都御史致仕. 嘉
靖五年, 四川左布政使林茂達[12]覬歲乞休, 以上其有夙望, 亦加右副都御
史遂其請, 然而不得乘傳矣. 此後方伯以禮允歸, 尙量移淸卿. 近日四
維[13]稍裂, 其引退者, 類知史議[14]將及, 藏拙居多, 卽小京堂[15]絶響矣, 何
論中丞.

---

12 林茂達 : 임무달林茂達,1462~?은 명나라 중기의 관리다. 그의 자는 부가孚可이고 호는
    취정翠亭이며, 보전莆田 사람이다. 홍치 15년1502에 진사가 되어 행인行人에 제수되
    었고, 호광감찰어사, 직례안찰사, 귀주좌참정, 운남안찰사, 사천안찰사, 우좌포정
    사, 도찰원우부도어사 등을 지냈다. 저서로 『취정집翠亭集』이 전해진다.
13 四維 : 『관자管子 · 목민牧民』에 예禮, 의義, 렴廉, 치恥로 기록되어 있다.
14 史議 : 죄를 판결하는 일.
15 京堂 : 각 관아의 장관으로, 당상관을 말한다.

번역 당관堂官이 속관을 태형으로 다스리다

  옛 제도로는 당관이 속관을 태형으로 다스렸지만 오랜 기간 동안 행해지지 않았다. 가정 연간 이부상서 왕횡汪鋐은 일 때문에 속관 원외랑 장일준莊一俊에게 노하여 곤장 스무 대를 때리고 지방으로 폄적시켰다. 왕횡은 황상의 총애를 믿고 방자하게 굴어서 당시 사람들이 매우 의아하게 여겼다. 이전에 내 할머니의 조부이신 임강臨江 태수 전동여錢東畬 공께서 속관 지현知縣 한 명을 매질하셨는데, 고발되어 좌천되어 고향으로 돌아갔다. 50여 년이 지나도 이 일이 알려지지 않았다. 강봉剛峯 해서海瑞가 남경총헌南京總憲으로 기용되어 임지에 도착한 후 돌연 붉은색 긴 나무 걸상 두 개를 세워두고 불법을 저지른 어사의 곤장을 치려 한다고 말해서 순간 세상을 놀라게 했지만 괴이한 일은 아니었다. 그러나, 결국 걸상을 세워두기만 하고 사용하지 않았으니 그의 뜻 또한 관청의 기강을 엄하게 해서 잠시 위엄을 보이려고 한 것일 뿐이었다. 또, 상소를 올려 탐관오리를 징벌해 건국 초기의 살가죽을 통째로 벗기는 혹형 제도를 회복할 것을 청했다. 당시 여론은 이를 싫어했다. 어사 매곤조梅鵾祚는 황상께서 법에 없는 지나친 형벌을 내리도록 유도했다고 해서를 탄핵했는데, 받은 성지에는 또 해서가 우연히 실언을 한 것이니 그를 그 직책에 그대로 유임시킨다고 되어 있었다. 태조 때의 초기 제도 또한 우연히 한 번 행해졌을 뿐이었다. 소위 옛날에 있었는데 지금은 행할 수 없다고 하는 것이 이런 것이다. 왕엄주가 충개공忠介公 해서에 대해 다음과 같이 평했다. "죽음을 두려워하지 않고, 돈을 좋아하지 않으며, 당파를 짓지 않는 것이 그의 장점이다. 겸허하지 않고 사리에 밝지 않으며, 독서하지 않는 것이 그의 단점이다." 이 말이 역시 정론인 것 같다.

원문 堂官笞屬官

祖制, 堂官得笞其屬, 然久不舉行. 惟嘉靖間吏部尙書汪鋐, 以事怒其屬員外郎莊一俊, 笞二十論謫之外. 汪怗上寵, 恣胸臆, 當時已訝之. 其前則有余祖母之祖, 臨江守錢東畬公, 撻其屬一知縣, 亦被糾以調任歸. 五十餘年, 遂不聞此事. 海剛峯[16]起南總憲, 到任後, 忽設二大紅板櫈, 云欲笞御史不法者, 一時震駭, 以爲未有怪事. 然終設而不用, 其意亦欲姑示威稜, 以厲臺綱耳. 又上疏請懲貪官, 復國初剝皮囊草[17]之制, 時情尤恨之. 御史梅鵾祚, 因劾瑞導上法外淫刑, 得旨亦云瑞偶失言, 仍留供職. 按太祖初制, 亦偶一行耳. 所謂古有之, 而不可行于今者, 此類是也. 弇州評海忠介云, "不怕死, 不愛錢, 不結黨, 是其所長. 不虛心, 不曉事, 不讀書, 是其所短." 似亦定論.

---

16 海剛峯 : 명나라의 관리이자 역사학자인 해서海瑞를 말한다.
17 剝皮囊草 : 혹형으로, 인피를 벗기고 인분을 채워 넣어 벌을 가함.

구경九卿이 사속司屬에게 예를 올리다

　예전에는 이부의 지위가 가장 존중되었다. 일반 관료로 이부에 오는 자는 말할 필요도 없었고, 임기를 다 채우고 공무로 이부에 온 대구경大九卿은 먼저 이부에 와서 세 당상관을 만나는 일이 끝나고 공사功司로 가서 예를 올리면, 공사관이 밖을 향해 똑같이 답례를 한다. 이부의 관리 중 공무로 도찰원에 온 자 또한 등록하고 도어사에게 예를 행하는데, 하나같이 각 어사가 이부상서를 만날 때 취하던 예였고, 이를 행한 지가 오래되었다. 가정 연간 말년에 낭중 장염張濂이 처음으로 등록하지 않았고, 낭중 육광조陸光祖는 처음으로 이부상서에게 예를 올리지 않았다. 가정 45년 도찰원장원좌도어사都察院掌院左都御史 장영명張永明이 다스릴 수 없어서 사무청에 게시하고 옛 규범을 회복하라 명하셨다. 당시 치랑중値郎中 노량盧良이 반드시 등록하고 수장을 만나 임기가 다 끝나서 먼저 장영명의 사택에 가서 반드시 등록하고 수장을 만날 것을 약속했다. 그렇지 않으면 만나러 오지 않았다. 장영명이 분노가 상소를 올려 직접 폭로하니 장량 또한 상소로 스스로를 변론했다. 황상께서 그 일을 예부예과로 보내시니 예부상서 고의高儀 등이 장영명의 말대로 옛 제도를 회복해야 한다고 의론했다. 이에 이부사속이 도찰원에 올 때 이부에서 행한 예대로 똑같이 행했다. 그리고, 구경도 역시 더 이상 사사문四司門에 가서 예를 올리지 않았으니 임기를 채운 내각 대신 중에 자진해서 진술서를 제출해야 하는 자만이 이부의 별당에서 삼당을 만난 후 읍하고는 누가 공랑인지 묻고서 손수 진술서를 제출했기 때문에 결코 공사로 가지는 않았다.

원문 九卿揖司屬

故事, 吏部體最尊. 其庶僚至部者不必言, 凡大九卿以考滿及公事至者, 先赴部見三堂畢, 卽赴功司[18]揖, 司官向外答禮不少讓. 吏部司官有公事至都察院者, 亦報名庭參, 一如各御史見吏部堂官禮, 行之已久. 至嘉靖末年, 郎中張濂始不報名, 郎中陸光祖始不庭參. 至四十五年, 都察院掌院左都御史張永明不能平, 揭示司務廳, 命復舊規. 時値郎中盧良當考滿, 乃先詣永明私宅, 約必免報名庭參. 不然卽止不來謁. 永明忿甚, 上疏直訐之, 良亦上疏自辨. 上下其事于禮部禮科, 于是禮部尙書高儀等議, 當如永明言, 復舊規. 于是吏部司屬見都察院, 一如見本部之禮. 而九卿亦不復往四司門[19]揖, 其閣部大臣考滿, 應投供狀者, 只于吏部後堂見三堂後, 揖問孰爲功郞, 因手付以狀, 幷不詣功司矣.

---

18 功司 : 고공사考功司를 말하며, 이부의 소속으로 문관의 인사 등을 관장한다.
19 四司門 : 지방관으로, 사창司脹, 사침司寢, 사의司儀, 사문司門을 말한다.

　　태재 인소寅所 엄청嚴清은 전滇 지역 사람으로, 본적은 가흥현嘉興縣이
다. 내 조부는 촉蜀의 천남川南 분수分守였는데, 엄청이 중승으로 사천순
무四川巡撫가 되자 매우 기뻐하며 사천 지역 하급 관리의 횡포에 대해
매번 말했다. 처음에 엄청이 서주敍州의 부순령富順令이 되었는데, 이사
二司의 관리 중에 읍에 와서 탈세와 문서를 감찰하는 자가 번시생藩侍生
과 얼시심臬侍心이라고 쓴 명첩을 주자 내심 원망했지만 보복하지는 못
했다. 이후에 촉晉蜀의 번백藩伯으로 승진해서도 그들을 처리하지 못했
다. 근래에 관부를 열고서야 비로소 그 이름을 조사했는데, 옥리들 중
에서 아직 죽지 않은 자는 체포해 호되게 곤장을 치고 궁형을 내렸다.
지금 이사의 관리가 된 자들을 더욱 가혹하게 부렸다. 아마도 부순령
일 때 가졌던 깊은 원한을 갚은 것 같다. 엄청은 가정 갑신년 진사가 된
후 이때는 이미 거의 30년이 지났는데도 이처럼 하찮은 이들에게 원수
를 갚았다. 나의 조부가 웃으면서 "엄공은 자기 얘기를 들을 때 스스로
마음이 흔쾌해지는 일로 여겼는데, 그가 도량이 넓지 못한 것이 의아하
다"라고 했다. 그러나, 어려움 속에서 지킨 절개는 유일무이하고 이부
상서가 된 지 얼마 안 되어 병으로 사직을 청했다. 내 부친께서 병문안
을 가 침대 앞에 가서 보니 다 떨어진 이불을 덮고 있어 빈한한 선비만
도 못했다.

嚴寅所太宰淸[20]，滇人也，本籍嘉興縣人．先大父爲蜀之川南分守[21]，嚴以中丞撫其地，相得甚歡，每言川中胥吏之橫．初嚴筮仕爲敍州之富順令，而二司[22]之吏，至邑督逋稅及文卷者，投刺書藩侍生臬侍生，心恨之，而無以報．後晉蜀藩伯[23]，亦不及治．頃得開府，始覆其名，則刻木輩尙有未死者，捕至，痛與杖而脊靡之．其現爲二司吏者，馭之加峻．蓋修爲令時宿隙也．嚴嘉靖甲辰進士，至此已將三十年，而追仇輩小乃爾．先大父笑云，"嚴公見語時，自以爲快心事．而余心訝其不宏．"然冰蘗之操，目中無兩，正位統均[24]不久，以病告歸．先人往問疾，至其榻前，布衾破敝，寒士之不如也．

---

20 嚴寅所太宰淸 : 엄청嚴淸, 1524~1590은 명나라 후기의 대신이다. 그는 운남雲南 후위後衛 사람으로, 자는 공직公直이고 호는 인소寅所와 직보直甫다. 가정 23년1544에 진사가 되어, 부순지현富順知縣, 공부주사, 사천우포정사, 사천순무, 대리경, 형부상서, 이부상서 등의 벼슬을 지냈다. 사후에 태자태보로 추증되었으며, 시호는 공숙恭肅이다.
21 分守 : 안찰사按察使와 안찰분사按察分司의 별칭이다. 감사監司라고 칭하기도 한다.
22 二司 : 포정사와 안찰사를 말한다.
23 藩伯 : 포정사.
24 統均 : 이부를 말한다.

[번역] 사직

당송 시대의 사인들은 사직을 영광으로 여겼다. 예를 들어 백향산白香山이 노래 불러 사직을 축하한 것과 송대의 육무관陸務觀 또한 사직해서 사람들의 하례를 받은 것을 시집에서 살펴볼 수 있다. 대개 신하들은 기쁜 일이라 여겼을 뿐만 아니라 황상 또한 그들을 예우했다. 따라서, 당나라 법령에 따르면 사직한 관리가 조회에 참여하게 하고 모두 원래 지위보다 상좌에 있게 했으며, 송나라 때는 사직하면 모두 봉록의 반을 지급했다. 지금은 그렇지 않으니, 안팎에서 사직하고 연로해 병이 든 자를 감찰하고, 처벌을 받아 순순히 떠난 자와 죄가 다소 가벼운 자는 모두 사직해서 떠났다고 말해주었다. 이에 고향으로 돌아간 사람들은 사직을 수치로 여겼다. 다만 간숙공簡肅公 손식孫植이 생전에 형부상서로 사직을 청했다가 이후에 공부상서로 기용되니 손식이 사양하며 부임하지 않고 수차례 상소를 올려서야 비로소 윤허 받았는데, 칭찬과 함께 원래 관직으로 사직하라는 성지를 받은 일이 생각난다. 그의 사후에 그 집에서 내 조부께 묘비에 글을 써달라고 청해서 직함 위에 '사직'이라는 두 글자를 써 넣었는데, 그 집안에서 돌에 새길 때 그 글자를 지웠다. 조부께서 누차 옛 도리에 맞게 바로잡으려 했지만 따르지 않았다. 손식의 아들 여섯 중 하나는 음덕으로 관직을 했고, 또 하나는 갑과에, 다른 또 하나는 을과에 합격했으니, 진실로 풍속이 사람들에게 영향을 주었음을 볼 수 있다.

원문 致仕官

　唐宋士人以致仕爲榮. 如白香山[25]見之歌詠, 以誌慶幸, 宋陸務觀[26]亦受人賀禮, 詩集可考. 蓋不特臣子以爲幸事, 卽主上亦優禮之. 故唐令致仕官朝參, 俱居本班之上, 宋時致仕俱給半俸. 今則不然, 乃至內外考察, 以致仕處年老及有疾者, 而被論之善去者, 與得罪之稍輕者, 俱云着致仕去. 于是林下之人, 以致仕爲耻矣. 猶憶孫簡肅植生前, 以刑部尙書請告, 後以工部尙書起用, 孫辭不赴, 屢疏始允. 得旨加褒語, 以原官致仕. 身後其家求先大父文其墓石, 因于銜上入致仕二字, 其家入石時抹去之. 大父屢以古道規之不從. 孫有子六人, 一任子, 一甲科, 一乙科, 而所見乃爾, 眞習俗之移人也.

25　白香山 : 중당中唐 시기의 대표적인 현실주의 시인 백거이白居易, 772~846를 말한다. 그의 자는 낙천樂天이고, 호는 향산거사香山居士 또는 취음선생醉吟先生이다. 원진元稹과 함께 신악부新樂府 운동을 전개했다. 그의 시는 주제와 형식이 매우 다양하고, 언어는 평이하며 통속적이다. 벼슬은 한림학사, 좌찬선대부左贊善大夫를 지냈다. 대표적인 시로「장한가長恨歌」,「매탄옹賣炭翁」,「비파행琵琶行」등이 있다.

26　陸務觀 : 남송 시기의 관리이자 애국시인 육유陸游, 1125~1210를 말한다. 월주越州 산음山陰 사람으로, 자는 무관務觀이고, 호는 방옹放翁이다. 벼슬은 복주영덕현주부福州寧德縣主簿, 칙령소산정관敕令所刪定官, 융흥부통판隆興府通判, 예부낭중禮部郎中 겸 실록원검토관實錄院檢討官, 보장각대제寶章閣待制 등을 역임했다.

번역 국자감 생원이 정식 관리로 선발되다

    현 왕조의 국자감생원은 본래 중시되다가 경태 연간 때 납미納馬를 허용하게 되자 점차 경시되었다. 그러나, 정덕 연간과 가정 연간에 이르기까지 여전히 교직과 지주, 지현 등의 관직으로 선발되었다. 노비와 백정이 민간의 조직을 독점해 탐욕스럽고 포악한 자들이 더 이상 나가지 못하게 되었다. 비록 이부에서 논의가 일어났지만 백성들이 의지해서 살지 못했다. 융경 연간에 수규 고신정이 인재 선발을 관장해 처음에 이를 금지하고 제거할 것을 의론했는데, 두 달 만에 1등으로 과거에 합격한 자도 겨우 주동지州同知, 주판관州判官의 직위를 얻자 일시에 벼슬길이 이 때문에 점차 청렴해졌다. 근래에 공물을 바치는 일을 허용하기 시작해 처음 창고를 채우고 10년간 3번 과거를 보면서 공물을 바쳤는데, 나중에는 창고를 채우기만 하고 과거를 보지 않는 자들이 넘쳐났다. 시간이 흐르자 증액하면 제학提學이 창고에서 공납을 받아들이는 일을 비준했다고 한다. 최근에 서리시승胥吏市僧도 다른 사람의 힘을 빌려 요직을 구하니 결국 늠생廩生이 재물을 들여오는 일을 승인하는 것을 공물을 허용한다고 말했고, 곧이어 돈의 힘으로 부판府判을 선발되어 나갔다. 엄연히 2,000석을 주고 신료라 칭한 것이다. 세상이 거꾸로 뒤집혀 이 지경이 되니 사람들이 치를 떨었다. 고신정 공에게 일을 처리하라 하면 틀림없이 강력하게 곧 다 제거해 버릴 것이다.

○ 고신정이 인재 선발을 관장하고 역관驛官, 갑관閘官, 패관壩官 등이 돈과 곡식이 없이 일을 맡기기만 하니 모두 해당 성省에서 선발해 멀리서 관직을 하는 고충을 면해줘야 한다고 상주했다. 성지를 받들어 그대로 행해서 지금은 편리해졌다. 그 교관은 해당 성에서 선발되어야 한다. 내가 어렸을 때 조부께서 이것은 장영가가 허가할 것을 상주한 것이라고 말씀하신 것을 들었다. 최근에 어떤 어르신도 고신정이 말한 것이라고 하시는데, 전혀 그렇지는 않다.

원문 監生選正官

本朝監生本重, 至景泰時許納馬而漸輕. 然至正嘉間尙選教職, 及知州知縣等官. 以錢虜白丁, 得專民社, 所至貪暴不作進步想[27]. 雖史議旋及, 而民不聊生矣. 至隆慶間, 高新鄭以首揆掌銓, 始議禁革, 其雙月考中第一者, 亦僅得州同知州判官, 一時仕路爲之稍淸. 近年准貢事起, 初猶以實廩, 十年科擧三次者加納, 旣而甫補廩未科擧者亦濫觴矣. 久之, 而增附亦以居聞提學批廩納矣. 近日則胥吏市儈, 亦籍手津要, 竟批廩生[28] 入貲稱准貢, 旋以錢神選府判而出, 儼然與二千石稱僚友. 瀾倒至此, 令人切齒. 使新鄭公在事, 必奮臂刬除立盡矣.

○ 新鄭掌選, 奏驛閘壩等官, 無錢穀事寄, 俱得選本省, 以免遠宦之

---

27 不作進步想 : 사본에는 '부작진보상不作進步想'으로 되어 있지 않고 '부자애不自愛'로 되어 있다 寫本不作進步想, 作不自愛. 【교주】
28 廩生 : 과거를 보는 생원.

苦. 奉旨遵行, 至今便之. 其教官得選本省, 余自幼聞于大父, 云是張永嘉奏准行者. 近日有大老亦歸于新鄭所建白, 則大不然.

번역 태재가 이과에 예를 올리다

태재의 지체가 존귀해서 재상도 임기를 채우면 반드시 이부에 가서 심위 결과를 들어야 한다. 고공사考功司가 어전에서 상주문을 보고할 때도 반드시 공랑功郞의 뒤를 따라 하는데, 이것이 옛 관례이다. 음력 초하루와 보름에 태재가 친히 이과에 가서 명부를 작성한 일은 또한 대대로 행해 온 일이다. 근래에는 시랑도 이렇게 하지 않고, 태재가 명첩 하나를 관리에게 보내 설명할 따름이다. 이런 규범이 폐지된 것이 언제부터였는지는 모른다. 고신정이 수규로 인사권을 관장하면서 마침내 그만두고 행하지 않았다고 한다. 고신정의 권한이 안팎으로 떨쳐서 감히 그에게 대항하는 자가 없었다. 오부五部에서 이전의 관례를 따라 각 과에 가서 서명하는 일을 감히 이상하게 여기지 않았다. 만력 연간 신묘년에 이과도급사중 종우정鍾羽正이 새로 부임해 옛 규범을 되찾고자 특별히 상소를 올렸다. 당시 태재 장간공莊簡公 육광조陸光祖가 평소 추악한 것으로 알려졌는데 결국 되찾지 않았고, 후인들이 더 이상 이에 대해 감히 의론하지 않았다.

각부의 상서와 시랑이 각 과에 가는데, 각 과의 신료가 주렴을 친 채 안에 있고, 각 부의 신료는 안쪽을 향해 예를 올리면 각 과의 신료는 주렴 안에서 그에 답한다. 서명을 마치면 다시 예를 올리고 가는데, 두 사람은 서로 대면하지 않는다. 이부 안에서는 7품의 낮은 관리에게 허리를 굽혀 절하니 자신의 위엄이 깎이는 것 같아서 은근히 가지 않아도 된다고 여겼다.

원문 **太宰揖吏科**

太宰體尊, 卽輔臣考滿, 亦必赴部, 聽考核供狀. 而考功司引奏子御前, 亦必隨功郎之後, 此舊例也. 惟遇朔望則太宰親赴吏科畫名, 亦累朝所行故事, 其後改以侍郎代之. 近幷侍郎亦不行, 惟太宰以一名帖, 遣吏說知而已. 此規之廢, 不知始于何時. 聞高新鄭以首揆領銓, 遂罷不行. 高權傾中外, 無人敢抗之者. 若五部則遵往例, 赴各科畫本, 不敢異也. 萬曆辛卯, 吏科都給事中鍾羽正新任, 特疏欲復舊規. 時太宰陸莊簡光祖[29]素以骯髒見稱, 竟置不復, 後人無復敢議及矣.

○ 聞部堂之至各科, 科臣垂簾居內, 部臣向內揖, 科臣簾內答之. 畫本畢, 再揖而行, 兩人不相面也. 統均之地, 折腰于七品小臣, 似褻威重, 竊以爲不赴亦可.

---

29 陸莊簡光祖 : 명나라 만력 연간에 이부상서를 지낸 육광조陸光祖를 말한다.

번역 육오대陸五臺와 심계산沈繼山

　내 고향 사람 태재 육오대陸五臺가 처음으로 소재로 북경에 올라왔다. 당시 사마 심계산沈繼山은 수자리를 살다가 새승璽丞으로 기용되었는데, 같은 배로 황궁에 오니 두 사람이 형제를 만난 듯 기뻐했다. 육오대가 하루는 심계산에게 "공은 목숨을 걸고 간언하니 죽음을 두려워하지 않음이 분명합니다. 또 달리 두려워하는 바가 있습니까?"라고 물었다. 심계산은 "어려서부터 화포 소리 듣는 걸 싫어해서 이후에 관서의 일을 대범하게 처리하는 것이 가능하니 변새에서 오랑캐의 말이 뛰는 곳을 밟을 수 없을까 봐 걱정일 따름입니다"라고 답했다. 육오대가 인정했다. 이후에 심계산이 경경冏卿으로 부모상을 당해 집에 거하고 있었는데, 육오대가 인재 선발을 관장하는 자리로 승진하자 심계산을 훈경勳卿으로 기용해서 곧 진무秦撫에 배수했다. 그 후 3일이 지나자 유발劉哱이 반란을 일으켰다는 보고가 올라오자 가서 토벌하라는 명을 받아 하루도 전쟁터에 있지 않은 적이 없었다. 아마도 육오대가 이전에 한 말을 떠올리고는 일부러 그렇게 조치한 것 같다. 사마 심계산이 내게 말해줘서 포복절도했다.

원문 陸沈兩公

　吾鄕陸垚五臺太宰, 初以少宰北上. 時沈繼山司馬從戍所起璽丞, 同舟詣

闕, 兩人懽若兄弟. 陸一日問沈曰, "公抃命請劍, 其不畏死明矣. 亦他有
所畏乎." 沈云 "自幼惡聞火砲聲, 他日雍容曹署則可, 恐邊塞戎馬之場不
能踐耳." 陸頷之. 後沈以冏卿憂居, 陸晉掌銓, 用沈爲勛卿, 旋拜秦撫.
至之三日, 而劉哱反書聞, 卽被命移鎭協討, 無日不在矢石砲鼓中. 蓋陸
憶前語, 有意調之也. 司馬爲予言, 輒絶倒.

이부문선랑중 장준잠蔣遵箴은 광서 전주全州 사람이다. 북경에서 처를 잃었을 때 마침 병부시랑 정락鄭洛의 시집갈 나이가 된 딸이 아름답기로 소문이 자자해서 마침내 혼례를 올리게 되었다. 정락은 북직예 안숙현安肅縣 사람으로 월서粵西의 재상과 함께 만 리 먼 곳으로 떠나 사람들이 놀라고 탄식했다. 혹자는 장준잠이 인재선발권을 쥐자마자 정락이 변방으로 나가 것을 도모했는데, 위세에 의해 협박당한 것이니 또한 추하다고 한다. 이에 앞서 태상 서원춘徐元春의 딸이 금오劉金吾 유수유劉守有의 아들에게 시집갔다. 서원춘은 재상 서화정의 적장손이고 유수유는 옛 대사마 유천화劉天和의 손자로 마성麻城 사람이라 3천 리나 떨어져 있었다. 또 이에 앞서 가정 말년 태재 오붕吳鵬이 딸을 종백 동빈董份의 계실로 시집보내는데, 동빈은 당시 이미 대사공으로 소재의 일을 관장했고 나이 또한 비슷해서 마침내 대등한 예를 갖추고 더 이상 사위를 예우하는 예를 행하지 않았다. 그런데, 오붕은 가흥 사람이고 동빈은 호주 사람이어서 본래 인접해 있었다. 문선관文選官 장준잠은 광록경이 되고서 상서 서응룡舒應龍의 아들 서홍지舒洪志를 사위로 삼았다. 서홍지는 19세에 병술년 과거에서 일갑 3등으로 등과했으니 장인을 무시하고 왕래하지 않았다. 서홍지 부인의 외조부 정락은 당시 바로 크게 기용되었다. 정락의 맏아들은 호부랑이 되었고, 둘째 아들은 제수緹帥가 되었는데, 북경의 저택에서도 서로 방문하지 않았다. 서홍지는 장년도 안 되어 갑자

기 요절했으니 사람들이 그의 뜻과 절개를 크게 펼치지 못한 것을 애석
해했다고 한다.

원문 **鄭蔣翁壻**

吏部文選郎中蔣遵箴, 廣西全州人也. 在京喪偶, 適兵部侍郎鄭洛, 有
女及笄, 以美著稱, 遂委禽焉. 鄭爲北直隸安肅縣人, 與粤西相去萬里,
聞者駭歎. 或云蔣方秉銓, 鄭謀出鎭, 爲勢所脅取, 然亦醜矣. 前于此, 則
有徐太常元春, 以女字劉金吾守有[30]之子. 徐爲華亭相公冢孫, 而劉則故
大司馬天和孫, 麻城人也, 相去亦三千里. 又前乎此, 則嘉靖末, 吳太宰
鵬以笄女繼董宗伯份[31]之室, 董時已爲大司空, 管少宰事, 年亦相亞, 遂
講敵禮, 不復修半子之敬. 然吳嘉興人, 董湖州人, 固接壤也. 蔣文選官
至光祿卿, 有壻舒洪志, 爲尙書應龍之子. 十九而登丙戌一甲第三人, 鄙
其婦翁, 不與往還. 鄭爲其婦外祖, 時正大用. 鄭長子爲戶部郎, 次子爲
緹帥, 在京邸亦不通聘問. 舒未及壯[32]遽夭, 人惜其志節不及通顯云.

---

30 劉金吾守有 : 명대 후기에 좌도독을 지낸 유수유劉守有, 생졸년 미상를 말한다. 유수유가
   금의위도지휘사를 지냈기 때문에 금의위의 별칭인 금오金吾를 넣어 부른 것이다.
31 董宗伯份 : 명나라 가정 연간의 대신 동빈董份, 1510~1595을 말한다. 동빈이 예부상서
   를 지냈기 때문에 예부상서의 별칭인 종백宗伯을 넣어 부른 것이다.
32 壯 : 서른 전후의 남자 나이를 말함.

번역 내각의 중서가 지방관으로 가다

고신정이 수규 겸 총재로 다시 기용되었다. 내각 고칙방誥敕房에서 중서과의 일을 처리하는데, 서반序班 열 명을 시간이 지나면 순차적으로 옮겨 주어야 하는데, 고신정은 방치하고 살펴주지 않았다. 아마 서화정이 그들을 거두어서 의도적으로 미워했기 때문인 것 같다. 열 사람이 모두 조방朝房에서 고하고 또 임기가 차면 전례대로 해 줄 것을 청하니 고신정이 "그대들은 어떤 노고가 있는가?"라고 웃으며 말했다. 이에 "수고하면서 세 번이나 임기를 채웠습니다. 또한 장안에서 먹을 것을 구하며 박봉을 올려 호구지책으로 삼기를 바랄 뿐입니다"라고 답했다. 고신정이 비웃으며 "과연 그렇다면 내가 바로 응답하겠다. 반드시 그대들이 못난 선비들을 부러워하게 하진 않겠다"라고 했다. 이에 모두가 기쁘게 감사하며 물러나 즉시 각부로 들어가 모두 상소를 올렸다. 열 사람이 모두 품계에 맞게 지방관으로 나갔는데, 먼 변방의 대사가 되니 한 사람도 부임할 수가 없어서 모두 서러워하며 욕하고 고향으로 돌아갔다. 그 중 하夏씨 성을 가진 사람 하나를 내가 알게 되었다. 고신정이 막중한 권력을 잡고 함부로 행한 정황이 한두 가지가 아니었다. 이 일은 특히 가장 사소한 것인데도 이미 인심을 잃기에 충분했다.

新鄭再起, 以首揆兼冢宰. 有內閣誥敕房辦中書事, 序班十人, 久次當遷, 新鄭置不省. 蓋華亭所收, 意憎之也. 十人者, 齊訴于朝房, 且以秩[33]滿故事請, 新鄭呵曰, "若輩有何勞?" 對曰, "勞苦已三滿考. 且索米長安, 冀增薄祿餬口耳." 新鄭乾笑曰, "果爾耶, 吾卽有應, 必不令若曹有侏儒之羨." 俱喜謝而退, 卽刻入部具疏. 十人者俱對品調外, 爲邊遠倉[34]大使, 無一人能赴者, 皆慟罵歸. 中一夏姓者, 予及識之. 新鄭秉重柄, 任情非一. 此特其最小者, 然已足失人心矣.

---

33 秩 : '질秩'자는 원래 '직直'자로 되어 있는데, 사본에 근거해 고쳤다秩原作直, 據寫本改. 【교주】

34 倉 : '창倉'자는 사본에 근거해 보충했다倉字據寫本補 【교주】

번역 어사가 학관學官으로 옮기다

　영락 을미년 과거에서 방안榜眼 이정李貞과 탐화探花 진경저陳景著는 모두 복건 사람이다. 모두 9년의 임기를 채우고 부모봉양을 하러 가기를 청해서 한 사람은 고주부교수高州府教授가 되었고, 한 사람은 복주부교수福州府教授가 되었는데, 모두 그 관직으로 생을 마감했으니 매우 이상한 일인데 여전히 7품의 관직이었다. 홍치 원년 운남안찰사첨사 임회林淮가 상소를 올려 운남로원雲南路遠을 칭하며 노모가 연로해 봉양하기 위해 사직하니 집안이 빈한해 조석으로 봉양하기가 어려워 모친을 봉양하기 편하도록 그곳이나 혹은 부근의 교수에 제수되기를 청했다. 조서를 내려 이를 허락해서 임회가 상주부교수常州府教授에 제수되었고 모친이 돌아가시자 첨사에 제수되었다. 이는 5품의 지방 어사에서 종9품의 쓸모없는 관직으로 좌천된 것이다. 임회가 임지에 간 지 얼마 안 되어 모친이 돌아가셔서 고향으로 돌아가는 길에 지나치게 슬퍼하다가 병으로 죽었으니 결국은 본래의 관직으로 돌아오지 못한 것이다. 임회가 어느 곳 출신인지는 모르지만 소주, 송강, 가흥, 호주 사이에서 태어난 것은 확실하다고 생각된다.

　또 왕엄주의 『이전술異典述』에서는 "전당錢塘 사람 왕우王羽는 태상소경으로 봉양하기 편하도록 할 것을 청해 항주부교수杭州府教授가 되었다"라고 되어 있다. 또 정덕 5년 어사 진무열陳茂烈은 복건 흥화 사람인데, 모친이 연로해 고향으로 돌아갈 것을 청했는데, 생계를 꾸릴 수가 없어서 이부에서 다시 복건성의 복청교유福清教諭로 옮겨 주었다.『이전술』에서는 이에 대해 언급하지 않았다.

憲臣³⁵改學官

永樂乙未科榜眼李貞³⁶, 探花陳景著³⁷, 俱福建人. 俱以九年考滿, 乞就養, 一得高州府教授, 一得福州府教授, 俱終其官, 已爲異事, 然猶七品官也. 弘治元年, 有雲南按察司僉事林淮, 奏稱雲南路遠, 母老不堪就養, 辭官則家貧難供朝夕, 乞授本處或附近教授, 以便養母. 詔許之, 淮除常州府教授, 親終仍除僉事. 是以五品方面憲臣, 而左官至從九品冗職矣. 淮抵任未幾母死歸, 以過哀病卒, 竟不得還本職. 淮不知何許人, 料必生蘇松嘉湖間也.

○ 又弇州『異典述』云, "有錢塘王羽, 以太常少卿請便養, 亦得杭州府教授." 又正德五年, 御史陳茂烈³⁸, 福建興化人, 以母老乞歸, 不能自存, 吏部爲改本省福清教諭. 則『異典』未之及.

---

35 憲臣 : 어사를 말한다.
36 李貞 : 이정李貞은 원말 명초의 대신으로, 명 태조 주원장의 자형姊兄이다.
37 陳景著 : 진경저陳景著,1397~?는 명나라 복건 민현閩縣 사람으로, 이름은 종從이다. 다만 이름보다 자로 알려졌다. 영락 13년1415 진사에 합격한 뒤 한림원수찬, 한림원 편수 등의 벼슬을 했다.『오경사서성리대전五經四書性理大全』편찬에 참여했다.
38 陳茂烈 : 진무열陈茂烈,1459~1516은 명나라 복건 보전莆田 사람으로, 자는 시주時周이고 호는 여빈如賓이다. 홍치 9년1496 진사가 되어, 길안부추관吉安府推官, 감찰어사 등의 벼슬을 했다.

[번역] 음서로 낭서郞署가 되다

　홍치 연간과 정통 연간 이후부터 대관의 자식이 음서로 각 아문의 속관에 배수되어 종인부오도독경력宗人府五都督經歷으로 두루 승진했다. 관직이 경력에 이르면 5품이 되어 결국 지부로 승진하게 되었다. 대개 낭관은 28숙의 대열에 서야 하므로 가벼이 넘겨주려고 하지 않는다. 목종 때 수규 고문양高文襄이 인사권을 쥐고 다음과 같이 건의했다. "4품 지방관인 지부는 대신의 자제가 부유해서 얻을 수 있는 자리로 여겨지는데, 어찌 오히려 낭서를 감내하지 못할 이유가 있겠습니까? 또한 종인오부경력은 북경과 남경에서 열두 명밖에 없고 사람이 많이 부족해서 법 집행이 막히니 의당 모두 해결해야 합니다. 이부, 예부, 병부를 제외하고 나머지 세 부는 모두 자리를 옮겨 전례에 따라 임기가 차면 지부로 승진시켜 주십시오." 이에 성지를 얻어 행할 것을 윤허받았다. 당시 고문양의 권세가 대단해서 언관들이 감히 거스르지 못했다. 이에 반대편의 대관들도 자신의 자제들을 이롭게 하기 위해 역시 긍정적으로 찬성해서 마침내 지금까지 계속되고 있다. 그러나, 모두 도사태복승都事太僕丞에서 부랑副郎으로 옮기고, 또 태복승에서 오부경력으로 옮기고 비로소 원외랑이 되었으니 여지껏 직접 주사에 배수된 자는 없었다. 주사로 이갑으로 처음 관직을 제수받는 자와 지방 장관, 갑과로 육관이 된 자가 좋은 자리로 옮기지 못해서 원망했다. 근래에 이미 전례를 깬 자들은 장차 또 결국 본인들이 선례가 될까 봐 걱정한다.

○ 지금 대신의 적장자가 벼슬길에서 빨리 승진하는 것을 많이 요구하고, 심하게는 이부랑중을 욕하니, 인사를 담당하는 곳에서 인재를 꺼려하고 그들을 우대했다. 그러나, 내가 본 바로 상숙常熟 한 읍에서 두 사람을 얻었다. 그 중 한 사람은 경경冏卿 동관洞觀 구여직瞿汝稷으로 옛 종백 문의공文懿公의 맏아들인데, 문재와 인격이 당시에 출중해 처음에 첨사부록사詹事府錄事에 제수되었다가 10여 년 뒤 비로소 부랑이 되어 경력을 쌓아 태수로 나갔다. 당시 허문목許文穆과 왕문숙王文肅이 조정에 있었는데, 모두 문의공이 장원으로 뽑은 사람들이다. 지금 옛 소재 문의공文毅公의 장자인 시승寺丞 원도元度 조기미趙琦美가 강직하고 부친의 기풍이 있으며 박학다식해 일시에 겨룰만한 자가 적었다. 처음에 남경도찰원소미南京都察院昭磨에 제수되었는데, 지금 15년이 지나서야 태복시승으로 승진해 부랑을 높이 올려본다. 구여직과 나의 선친이 막역한 사이여서 나도 그에 대해 알고 조기미는 내 동학이다. 이 두 군자는 원래 일반적인 잣대로는 논할 수 없다.

○ 수규는 일품의 음덕으로 얻는 자리이며 전례에 따라 상보사승尙寶司丞에 배수된다. 차규와 육경에서 일품에 이르는 자들로 중서사인에 배수되고 12년의 임기를 채우고 나서야 비로소 3급 승진해 주사가 된다. 또 9년 후 상보경尙寶卿이 되어 모두 중서의 일을 관장하고 4품과 3품에까지 오르게 되니 사직하지 않으면 새경璽卿 등과 같아진다. 대신의 적장자들이 괴로워하며 중앙 속관인 낭서로 번갈아 옮기며 일찍 관복을 얻어 선량한 관리가 되는 것을 오히려 부러워한다. 그러나, 선조

들이 이룬 관례에 따라 감히 다른 자리로 옮겨가지 못한다. 근래에 세심洗心 은반殷盤은 원래 역하歷下의 상문공相文公의 장자인데, 비서祕書에 머무른지 오래되니 유독 분통해하며 2품과 3품의 음서를 받은 자들처럼 별도로 삼부낭관으로 승진을 원한다는 상소를 올렸다. 이에 성지를 받들어 윤허를 받아 은반은 처음으로 호부랑중이 되어 얼마 후에 정랑正郎으로 선부宣府의 곡식 저장 관리가 되었다. 이후에 중서의 대신 적장자는 더 이상 관직을 계승하는 것을 싫어하지 않았다.

원문 **任子爲郎署**

自弘正以後, 大僚任子, 拜各衙門幕職, 得遍陞宗人府五都督經歷. 若官及經歷, 則五品竟陞知府矣. 蓋以郎官應列宿, 不欲輕畀也. 穆廟時[39], 高文襄以首揆掌銓, 建議以爲"知府四品方面官, 大臣子弟既可以紈袴得之, 豈有反不堪郎署之理? 且宗人五府經歷, 兩京止十二人, 缺少人多, 銓法壅滯, 宜一切疏通, 除吏禮兵以外, 餘三部俱得遷轉, 待俸滿陞知府如故事." 得旨允行. 時高勢張甚, 言路莫敢忤. 大僚亦有相左者, 以其利己之子弟, 亦唯唯贊成, 遂相沿以至於今. 然皆從都事太僕丞轉副郎, 又有太僕丞轉五府經歷, 始得員外, 從未有直拜主事者. 以主事爲二甲初授官, 及外長吏與甲科爲六館者優轉之缺, 故靳之也. 近已有破例者, 恐將來亦遂爲故事矣.

---

39 時 : '시時'자는 사본에 근거해 보충했다時字據寫本補.【교주】

○ 今胄君在仕途多求速化, 甚而有詬詈選郎者, 銓地以忌器優容之. 然以余所見, 如常熟一邑得二人焉. 一爲瞿洞觀汝稷[40]囧卿, 故宗伯文懿公長君, 文采品格, 冠冕一時, 初授詹事府錄事, 凡十餘年而始得部郎, 積資以至出守. 時許文穆王文肅在政府, 俱文懿公所錄元魁也. 今日則有趙元度琦美寺丞, 故少宰文毅公長子, 抗直有父風, 且博洽一時少儷. 初授南京都察院昭磨, 今已十五年, 始進太僕寺丞, 視曹郎如登天也. 瞿與先人厚善, 予亦識其儀貌, 趙則余蠡魚友也. 二君子故不可以[41]恒格論.

○ 首揆一品恩蔭, 例拜尚寶司丞. 次揆與六卿至一品者, 得拜中書舍人, 中書考滿十二年, 始陞三級爲主事. 又九年爲尚寶卿, 俱仍管中書事, 卽加至四品三品, 不出局約略與璽卿[42]等.

諸胄君苦之, 反羨京幕郎署之遞轉[43]早得金緋, 膺龔黃[44]之寄. 然以祖宗成例, 莫敢爲遷就他徙者. 近年則殷洗心盤[45]故歷下相文公長子也, 居秘書年久, 獨憤上疏, 願得外陞三部郎官, 如二三品任子事例. 奉旨允行, 殷首出爲戶部郎, 旋以正郎出理宣府糧儲. 此後薇垣[46]諸胄君, 無復有厭承明者矣.

---

40 瞿洞觀汝稷: 구여직瞿汝稷,1548~1610은 명대 후기의 관리다. 그의 자는 원립元立이고 호는 동관洞觀, 나라굴학인那羅窟學人, 환기도인幻寄道人, 반담槃談 등이다. 남직례 소주 상숙 사람으로, 부친의 음덕으로 세습직을 받았다. 이후 형부주사, 지진주부, 장호 염운사, 태복소경 등의 벼슬을 지냈다.

41 以: '이以'자는 사본에 근거해 보충했다以字據寫本補【교주】

42 璽卿: 상보사경의 별칭.

43 轉: '보轉'자는 사본에 근거해 보충했다轉字據寫本補【교주】

44 龔黃: 한나라 순리循吏 공수龔遂와 황패黃霸의 병칭으로, 공무를 중히 여기고 법을 잘 지키는 선량한 관리를 말한다.

45 殷盤: 은왕殷王 반경盤庚을 말한다.

46 薇垣: 자미원紫薇垣의 약칭으로, 중서성을 말하며, 명대에는 승선포정사를 가리킨다.

[번역] 이부의 관리

이부는 비록 영화롭고 귀한 자리지만 육부와 나란한 서열로 관리에 대한 예우는 원래는 차별이 없지만 실은 크게 다른 점이 있다. 각부에서 담당하는 중대한 일이 있으면 모두 당이경堂貳卿에게 말하고, 동급의 관리들이 모두 판단해서 결정한다. 그런데 이부는 그렇게 하지 않고 승진시키거나 기용할 때 선발관이 혼자 태재가 쉬는 방에 가서 대면하고 가부를 결정한다. 그곳의 문고리는 모두 선발관이 스스로 열고 닫는데, 상의를 하다 시간이 오래 지나도 아무도 감히 엿보지 못한다. 상소가 올라오면 두 시랑이 아직 보고를 하지 않고 같은 사司의 원외랑과 주사도 감히 묻지 않는다. 이는 큰 권한이 있어서 다른 손을 빌리지 않는 것이다. 크고 작은 관리들이 가장 엄격하므로 자택에서 만나면 그를 문까지만 배웅하는데, 이부에서는 관리가 말에 오르는 데까지 배웅하고 헤어진다. 내가 처음 이를 보고 크게 놀라 물었을 때는 이 일이 전해진 지 이미 오래된 때였다. 이부상서의 지위는 예전부터 친숙하거나 냉담하니 어찌 사람들이 요직을 다투는 것을 책망하겠는가? 국자감에서 좨주와 사업이 하부의 각 청과 각 당에 명첩을 주면 모두 동료라 칭하며 떠난다. 재상이 되면 속관이 지방 관료로 흩어지고 또한 옛 동료라 칭하며 죽을 때까지 바꾸지 않는다. 대개 유자를 가르치는 자리는 중요한 자리라서 다른 부의 숙소와는 비할 수 없다. 이는 가장 바른 도로 선발하는 관서의 냉열함과는 매우 다르다.

○ 근래에 종백 탁암琢菴 풍기馮琦가 좌우소재가 된 지 3년이 되었는데, 연진延津 사람 대천對泉 이대李戴 시종일관 함께 했다. 태재 이대가 그와 도모하지 않은 일이 없었고 일을 행하면 풍기가 막는 일이 있었다. 긴요하게 올리는 상소는 모두 소재 풍기가 직접 썼고, 태재 이대가 한 글자도 바꾸지 않았으니 이과 사관 또한 감히 거스르는 말을 하지 않았다. 대개 이대는 풍기의 부친 앙근仰芹 나이가 같고, 탁암 풍기는 나라 안팎으로 명망이 높았기 때문에 자기를 낮추고 신뢰를 높이며 규범을 폐지해 크게 변화시켰다. 이후에 아마도 꼭 그렇지는 않은 것 같다. 신축년 지방관을 평의할 때 본녕本寧 이헌사李憲使란 자를 탄핵하고자 풍기에게 부탁해 저지할 것을 구했다. 이과 두명斗溟 왕사창王士昌이 습유를 기용해 그를 적발하고 풍기도 힘써 지지해서 험한 땅으로 폄적되었다. 처음 재판을 받을 때 이대의 속리인 수창지현遂昌知縣 탕현조가 이헌사를 내칠 것을 의론해 그가 떠나게 할 것을 의론하니 그의 거취를 가지고 다투게 되었지만 그렇게 할 수 없었다. 이에 거의 눈물을 흘릴 지경이 되었는데, 자신도 이부의 의론 중에 있게 될 줄은 몰랐다. 탕현조는 이전 이과도급사 동오東甌 항응상項應詳과 사이가 안 좋았는데, 항응상은 예전 수창의 벼슬아치였다. 당시 바로 황명을 듣고 북경으로 들어왔기 때문에 앙심을 풀 수 없었다. 이대와 풍기 두 공은 한낱 작은 재주를 믿었으니 진실로 사람들이 공경하기도 하고 슬퍼하기도 할 만하다.

吏部雖榮貴, 而並列六曹, 其堂屬體貌, 故無差別, 而實有大不同者.
各部有本司重大事, 俱說堂貳卿, 及同司官俱得商摧. 吏部則不然, 遇陞
遷用人, 選君獨至太宰火房, 面決可否. 其門檻皆選郎手自啓閉, 卽款語
移日, 無一人敢窺. 至疏上而兩侍郎尙不聞, 同司員外主事亦不敢問. 此
猶曰大柄所在, 不可他假手也. 堂屬大小最嚴, 凡見于私宅, 僅送之門而
止, 惟吏部則送其司官上馬方別. 余[47]初見之大駭, 比詢之, 則此事相傳
已久. 統均之地, 先自炎涼, 何以責人奔競要地耶? 唯國子監, 則祭酒司
業投帖于其屬各廳各堂, 俱稱寅卽去. 爲卿相而屬吏爲冗散外僚, 亦稱舊
寅生, 終身不易. 蓋師儒重地, 非他曹傳舍可比. 此却最爲雅道, 與銓司
冷熱迴別矣.

○ 近日馮琢菴宗伯琦[48]爲左右少宰幾三年, 與延津李對泉戴[49]相終始.
李太宰無事不與謀, 至有行而爲馮中止者. 緊要章疏俱少宰手筆, 太宰不
更一字, 本科司官, 亦不敢有違言. 蓋李爲馮尊人仰芹子履[50]同年, 而琢
菴方負中外重望, 以故折節尊信, 而敝規爲之一變矣. 此後則恐未必然.
辛丑外計, 有欲中李本寧憲使[51]者, 賴馮救止. 而史科王斗溟士昌[52]用拾

---

47 余: 중화서국본 『만력야획편』에는 '자子'로 되어 있지만, 문맥을 고려하여 상해고
   적본에 근거해 수정했다. 〔역자 교주〕

48 馮琢菴宗伯琦: 명대 후기의 대신 풍기馮琦를 말한다.

49 延津李對泉戴: 명나라 후기에 이부상서를 지낸 이대李戴를 말한다.

50 馮尊人仰芹子履: 명대 후기의 관리 풍자리馮子履, 1539~1596를 말한다. 그의 자는 예보
   禮甫이고 호는 앙근仰芹이며, 산동 임구 사람이다. 융경 2년1568에 진사가 되어, 직례
   고안지현, 내홍수문묘, 병부주사, 산서안찰사첨사, 참의부사 등의 벼슬을 지냈다.

51 李本寧憲使: 명대 후기의 대신 이유정李維楨, 1547~1626을 말한다. 그의 자는 본녕本寧

遺糾之, 馮又力持, 得薄讁. 初過堂時, 李之屬吏, 遂昌知縣湯顯祖[53], 議斥李, 至以去就爭之, 不能得. 幾于墮淚, 不知身亦在史議中矣. 湯爲前吏科都給事項東鼇應詳所切齒, 項故遂昌鄕紳. 時正聽補入京, 故禍不可解. 而李馮二公, 一片憐才至意, 眞令人可敬可悲.

　　이고, 호북 경산 사람이다. 융경 2년1568에 진사가 되어 서길사로 선발되었고, 편수, 수찬, 섬서우참의, 절강산서안찰사, 남경태복경, 태상시, 남경예부상서 등을 지냈다. 사후 태자태보로 추증되었다.

52　王斗溪土昌 : 명대 후기의 관리 왕사창王土昌, 생졸년 미상을 말한다. 그의 자는 영숙永叔이고 호는 십명十溟이며, 절강 임해 사람이다. 만력 14년에 진사가 되어 농계지현에 제수되었으며, 병과급사중, 예과급사중 등의 벼슬을 지냈다.

53　湯顯祖 : 탕현조湯顯祖, 1550~1616는 명대의 대표적인 희곡 작가다. 그의 자는 의잉義仍이고 호는 해약海若, 약사若士, 청원도인淸遠道人이다. 강서 임천 사람이다. 그의 희곡 작품에는 『모란정牡丹亭』, 『남가기南柯記』, 『한단기邯鄲記』 등이 있다.

이부의 관리가 손님을 만나다

　　이부의 관리는 비록 막중한 권한을 쥐었지만 그 지위는 낮은 시랑에 불과할 뿐이다. 지금 조방에서 손님을 만날 때는 재상과 동일하게 존엄을 갖춘다. 그리고, 언관들 역시 고개를 숙이고 기다리는데, 한쪽에서 기다리며 종일토록 감히 피로하다고 말하지 못한다. 혹자는 물러나서 뒷담을 하지만 다시 찾아가서 앉은 채로 기다린다. 딸린 식솔이 없으면 선발하는 부서에서 살았는데, 근래 선발관 우동毆同 예사혜倪斯蕙로부터 시작된 것을 말할 것도 없다. 그러므로, 현자를 승진시키고 불초한 자를 물러나게 하는 직분이니 스스로 중론을 두루 모아야하는 자리다. 태재 엄문정嚴文靖과 선랑 육장간陸莊簡 같은 연장자의 경우 사택에서 모두 하루도 빈객과 내왕하지 않는 날이 없고 그것을 비난하는 자를 들어보지 못했다. 하물며 권세가가 청탁하고 뇌물이 몰래 오가는 일이 어찌 조방과 관서에서 끊을 수 있겠는가. 이후에 탄핵을 당해도 이 때문에 사그러들거나 멈추지는 않았다.

吏部見客

　　吏部選君, 雖握重權, 其位不過郎吏耳. 今乃于朝房見客, 與揆地同一尊嚴. 而言路諸公, 亦俯首候之, 須其一面, 卽竟日不敢告疲. 或退有後言, 而再謁則仍坐以待矣. 至于不攜眷屬, 竟住選司, 則始于近年倪選君禹同斯蕙[54], 尤爲無謂. 卽以進賢退不肖爲職, 自應博采衆論. 前輩如嚴文靖之爲太宰, 陸莊簡之爲選郎, 私宅皆無日不通賓客, 未聞有譏評之者. 況要津之囑挾, 簠簋之潛通, 豈朝房公署所能絶耶. 其後抨擊所及, 亦不因此衰止也.

---

54 倪選君禹同斯蕙 : 예사혜倪斯蕙, 1568~1642은 명말의 관리다. 그의 자는 이담爾澹이고 호는 우동산인禹同山人이며, 사천 파현巴縣 사람이다. 만력 20년1592에 진사가 되어 남경태복시소경, 남경호부시랑 등의 벼슬을 지냈다.

금상 임진년 입봉立峯 손롱孫鑨이 이부상서에 제수되었는데, 절강 소흥부 여요 사람이다. 좌시랑 강주康洲 나만화羅萬化는 절강 소흥부 회계 사람이다. 우시랑 심곡心穀 진유년陳有年도 절강 소흥부 여요 사람이다. 동시에 같이 인사권을 잡고 있었으니 우리 절강의 가장 성대한 일이다. 얼마 안 되어 손롱이 지위를 떠나고 진유년은 남경총재에서 북경총재로 바뀌어 그 자리를 이었으니 더욱 특별나다. 손롱 이전에 또 우리 고향의 평호平湖 출신 오대五臺 육광조陸光祖도 절강 사람이다. 이후에는 절강 사람이 없다.

[원문] 吏部三堂俱浙人

今上壬辰, 孫立峯鑨[55]拜吏部尙書, 浙江紹興府餘姚人也. 左侍郎羅康洲萬化, 則浙江紹興府會稽人. 右侍郎陳心穀有年, 則又浙江紹興之餘姚人. 一時同領銓柄, 最爲我浙盛事. 未幾孫去位, 而陳卽以南冢宰改北繼之, 尤爲奇特. 然孫之前, 又我郡平湖之陸五臺光祖, 亦浙人也. 此後不可得矣.

---

55 孫立峯鑨 : 명대 후기 이부상서를 지낸 손롱孫鑨을 말한다.

번역 사농司農이 인재 선발을 하다

    금상 병신년과 정유년 사이에 태재 손부평孫富平이 지위를 떠나고 호부상서 본암本菴 양준민楊俊民이 이부의 일을 맡은 지 거의 일 년이 되었지만, 중앙관과 지방관의 심사를 주관한 적은 없었다. 계축년 겨울 태재 이연진李延津이 지위를 떠나고 호부상서 남저南渚 조세경趙世卿이 이부의 일을 관장한 지 반년밖에 안 되었지만, 갑신년 지방관 감찰을 맡았다. 당시의 여론은 모두 두 공이 정치를 위한 복심이 있어서 이렇게 했다고 했다. 그러나 세종 때 이미 이런 일은 있었다. 가정 18년 기해년 대계大計에서 황상께서 호부상서 단숙공端肅公 양재梁材에게 그 일을 맡도록 명하셨는데, 수백 명을 폄적시켰다. 당시 영보靈寶 사람 문간공文簡公 총경冢卿 허찬許讚 아직 인장을 사양한 적이 없고 양재도 이부를 맡은 적이 없었는데, 특별히 황상의 성의와 관심을 주신 것일 뿐이다. 또, 이해 형부에 여러 건의 큰 옥사가 있었는데, 또 양재에게 명하시어 인장을 두고 심의하고 일을 마친 후 인장을 돌려주라고 하셨다. 이듬해 양재가 마침내 관직을 빼앗기고 고향으로 돌아갔으니, 세종의 은덕과 위엄은 이처럼 헤아릴 수 없다.

    ○ 양준민과 조세경 두 사농이 좀 오랫동안 인사를 맡았는데, 남은 한두 달에 있었던 일은 기록하지 않았다. 선덕 초년에 호부상서 사달師達이 이부를 2년간 맡았으니 관제가 아직 안정되지 못한 것이다.

今上丙申丁酉間, 太宰孫富平去位, 以戶部尙書楊本菴俊民署吏部事, 幾一年, 然未嘗主內外計也. 至癸丑之冬, 太宰李延津去位, 以戶部[56]尙書趙南渚世卿署吏部, 止半年, 然司甲辰外察矣. 時論皆議二公爲政府腹心, 故有此擧. 然而世宗朝已有之. 嘉靖十八年己亥大計, 上命戶部尙書梁端肅材[57]司其事, 凡斥譴數百人. 時靈寶許文簡讚爲冢卿, 未嘗辭印, 梁亦未嘗署部, 特出聖意簡注耳. 又是年刑部有大獄數事, 則又命梁署印讞治, 事竣而後還印. 至次年梁遂奪官歸, 世宗恩威不可測如此.

○ 楊趙二司農署銓稍久, 餘一二月者不紀. 若宣德初年, 戶部尙書師達, 署吏部者二年, 則官制未定也.

---

56 部 : 중화서국본 『만력야획편』에는 '랑郎'자로 되어 있지만, '호부상서戶部尙書'의 오타로 보이므로 상해고적본에 근거해 수정했다. 〖역자 교주〗

57 梁端肅材 : 명대 중기의 관리 양재梁材, 1470~1540를 말한다. 그의 자는 대용大用이고, 호는 검암儉庵이며, 남경 금오우위 사람이다. 홍치12년 1499에 진사가 되어 덕청지현이 되었고, 정덕 연간 초에 형부주사를 거쳐 감찰어사가 되었다.

　　상보사尙寶司의 왕규汪奎는 6품이지만 소구경을 보좌한다. 수보의 음덕을 받은 아들로 처음 제수되지 않고 당시의 명망으로 다른 부서에서 옮겨온 자는 고귀한 자리로 선발되어 재상 같은 대신의 자리로 한 걸음씩 옮겼는데, 그중에는 또한 번사藩司와 얼사臬司를 돌다가 나온 자가 있다. 그러나, 낭서로 옮긴 경우는 없어서 체계가 완전히 끊어졌기 때문이다. 가정 말년 북직예 사람 목문희穆文熙가 새승으로 이부랑이 되자 이상하다고 의심받았다. 금상 계사년에 복건 사람 장시형蔣時馨이 그 자리를 이어받았다. 그러나, 목문희는 대계大計의 제도에 따라 지방으로 폄적되었고, 장문형은 문선정랑文選正郎이 되었다가 탄핵으로 삭탈관직당했으니 두 사람은 모두 다시 기용되지 못했다. 진실로 상보사에서 편안히 있으면서 영화로운 자리에 앉는 것만 못했다. 아무리 고통스러워도 상소하는 영광을 구하니 별 볼 일 없는 자리를 박대하고 좋은 자리를 차지하려 할 만하다. 장시형 이전에 당백원唐伯元이란 자도 상보승에서 이부 선랑이 되었는데, 역시 자리를 옮기지 못하고 사직해 지금까지 기용되지 않았다. 당백원 이전에 또 새승 진우승陳于陛도 이부부랑으로 옮겨 점차 크게 기용되었는데, 드문 경우다.

尙寶司汪雖六品, 然小九卿之佐. 若非首輔任子初授而以時望自他曹遷者, 爲淸華之選, 步趨公輔間, 亦有轉藩臬以出者. 然從無改郞署之理, 則以體統懸絶也. 唯嘉靖末年, 北直隷人穆文熙[58], 以璽丞調吏部郞, 訝爲怪事. 今上癸巳, 則福建蔣時馨[59]繼之. 然而穆以計典外謫, 蔣爲文選正郞, 被劾削籍, 兩人皆不復振. 固不如安于符臺, 坐致榮膴, 何苦而求啓事之榮也, 薄冷局而羶熱地者, 可以思矣. 蔣之前, 又有唐伯元者, 亦以尙寶丞改吏部爲選郞, 亦不得遷而歸林下, 至今未起. 唐之前, 又有璽丞陳于陞, 亦改吏部副郞, 馴至大用, 則僅見者.

---

58 穆文熙 : 목문희穆文熙, 1532~1617은 명대 후기의 관리다. 그의 자는 경보敬甫이고 대명부 동명현 사람이다. 가정 41년 1562에 진사가 되어 공부랑중, 상보사시승, 이부고공사원외랑, 광동안찰사, 호부시랑 등을 지냈다. 저서로는 『사사홍재四史洪裁』, 『칠웅책七雄策』 등이 전해진다.

59 蔣時馨 : 장시형蔣時馨, 1548~?의 자는 덕부德夫, 호는 난거蘭居다. 복건 장평 사람이다. 만력 5년1577에 진사가 되어, 강서 신유지현新喩知縣, 호북 가어지현嘉魚知縣, 이부고공랑, 문선낭중이 되었다. 이부에 있을 때 동림당과 환관의 세력 다툼에 개입되자 병가로 사직했다. 태상소경으로 추증되었고, 저서로 『체인편體仁篇』 등의 문집이 있다.

　이부에서 추첨하는 규정은 근래에 태재 손부평孫富平에서부터 비롯되었는데, 이전에는 없던 제도였다. 손부평이 명망이 높아 기용되자 재상 장신건張新建과 꼬투리를 잡아 서로 공격하며 찾기 어려운 쥐구멍까지 공격하려고 했다. 장신건이 장악하고 추첨할 것을 건의하고 제비에 그 책임을 모두 평계댔다. 처음 추첨할 때 주관하는 자가 추첨기준으로 책임을 미루고 요행히 판단을 거부하고, 추첨이 된 자는 또한 천명으로 여기고 스스로 안도하며 원망과 슬픔을 조금 덜어내니 모두 다 편리한 계책이었다. 그러나, 당시에 경서에 밝은 섬서의 한 나이든 자가 절강항주부의 추관이 되었는데, 덜덜 떨며 면직하고자 했다. 손부평이 대노하며 "너는 감히 고향의 잘못된 사사로운 감정으로 처음부터 우리의 법도를 흔드느냐?"라고 했다. 그를 꾸짖으며 법사를 보내 죄를 다스리게 하니 그 사람이 눈물을 훔치며 나갔다. 그가 임지에 이를 즈음 수군의 형관이 모든 책임을 돌리니 결과적으로 재능을 발휘할 수 없었다. 순무와 안찰사는 절동의 갑과로 뽑혀 서로 번갈아 임용되었는데, 손부평이 그 연고를 알았는데도 거짓으로 모르는 척하고 허락했다. 이후에 이를 분별해야 한다고 기록했는데, 양陽이면 남북과 원근과 원적을 구분하고 각각 대롱 하나를 만들었다. 죽간에 구멍이 없는 것은 스스로 취하도록 맡긴다. 그리고 그중 좋은 것을 몰래 숨긴 자는 기다렸다가 나중에 왔다. 역창이 심한 고을에 배수된 자는 울면서 슬피 하소연했는데, 대롱으로 그는 이미 배수된 것이다. 처음에는 오히려 서리의 무리와 함께 이런 기량을 썼을 뿐인데, 나중에는 사관을 선발할 때마다 매번 큰 선발을 하기 이삼일 전에는 그때마다 낭관이 쉬는 방의 빗장을 걸어둔다. 그리고, 손수 곳곳에 복제하고 높고 낮음을 몰래 표시해두고, 추첨할 때 대롱의 길이, 크기, 두께 등은 각기 비밀로 숨기고 티 나지 않게 하며 속리들도 알 수 없게 하고는 '제비뽑기'라고 이름 붙였다. 널리 사람들에게 알리고 꺼리지 않게 했다. 이에 간사하게 규정을 어긴 자는 오히려 이부의 하급 관리도 되지 못했다. 혹 미리 약속이 되었는데, 잘못 배수된 자는 한 번도 바꾸고 두 번도 바꾸고 세 번도 바꾸어 반드시 하고 싶은 대로 뽑아야 그만두었다. 달리 말하려 해도 꾸짖고 욕하며 끌고 나가니 말은 체계적이고 공평하다 하는데, 이처럼 하고 마는 것인가?

원문 掣籤[60]授官

吏部掣籤之法, 始自邇年孫富平太宰, 古今所未有也. 孫以凤望起, 與新建張相, 尋端相攻, 慮銓攻鼠穴難塞. 爲張所持, 乃建此議, 盡諉其責于枯竹. 初行時, 主者旣以權衡弛擔, 幸謝揣摩, 得者亦以義命自安, 稍減怨悲, 亦便計也. 然其時有一陝西老明經, 以推官掣得浙江杭州府, 震慄求免. 富平公大怒, 謂, "若敢以鄉曲私情, 首撓吾法?" 叱令迭法司治罪, 其人扐淚而出. 比抵任, 則首郡刑官, 百責所萃, 果不克展布. 撫按爲

---

60 掣籤 : 추첨.

題一浙東甲科, 互相更調, 富平心知其故, 佯不悟而允之. 此後則記認分別, 陽則曰南北有分, 遠近有分, 原籍有分, 各爲一筒. 簡無徑竇者, 任其自取. 而陰匿其佳者以待後來. 其授絕域瘴鄉之人, 涕泣哀訴, 筒已他授矣. 初猶同胥吏輩共作此伎倆耳, 至其後也, 選可官每遇大選前二三日, 輒扃其火房. 手自粘帖地方, 暗標高下. 以至籤之長短大小厚薄, 靡不各藏隱謎, 書辦輩亦不得與聞, 名曰做籤. 公然告人, 不以爲諱. 于是作奸犯科, 反不在曹掾矣. 其或先有成約, 而授受偶誤者, 則一換二換三換必得所欲而止. 他有欲言, 則叱詈扶出矣, 曰統, 曰均, 如斯而已乎?

번역 이부와 병부의 관리 선발

무릇 짝수 달에 이부에서 관리를 선발할 때 이부의 당상관이 선발하는 사관을 인솔해 안으로 들어가서 선발하게 된다. 이때 이과도급사중이 함께 들어가 선발관의 인장을 찍어 방을 붙이고 명부에 올리는 것을 지켜보고서 총격總繳이 안으로 들어오기를 기다린다. 비록 큰 권한으로 간여할 수는 없지만 감독하면서 미미한 의견을 낼 수는 있었다. 이날 관례대로 이부에 술과 음식을 하사하고 이부상서가 상석에 앉고 도급사중이 아래에 앉는다. 이는 중앙 기구의 격식으로 스스로 존중하는 것이다. 금상 신묘년에 급사 종우정鍾羽正이 이과도급사로 배수되어 상소를 올려 이에 대해 쟁론해 다음과 같이 말했다. "전례에 따르면 도급사중과 총재는 모두 상석에 앉는데, 근래 이과 관리 진삼모陳三謨 때부터 높은 사람에게 아첨하느라 스스로 아랫 자리로 내려가 앉았습니다. 또한, 병부에서 관리를 선발할 때도 병과도급사와 대사마가 모두 동열에 앉는 것이 그 근거이니 바르게 시정할 것을 강력히 청합니다." 그런데 이 일이 결국 시행되지 않아서 지금도 여전히 아랫자리에 않는다. 태재는 백관의 모범이 되므로 스스로 다른 관부에 비할 바가 아닌 것 같다. 따라서 이부와 병부의 체례가 다름은 말할 것도 없다. 선대에 오랫동안 있어온 정해진 제도가 마땅히 있으니 꼭 진삼모의 죄라고 할 수는 없으니, 이 설이 무엇을 근거로 했는지는 알 수 없다. 덕망 있는 높은 어른을 모심에 있어서도 동일하게 맞추어서는 안 되니 어째서인가?

○ 이부에서 관리 선발을 할 때는 점심 한 끼를 주는데, 병부에서는 점심이 없으니 그 격식이 매우 다른 것이다.

원문 吏兵二部大選

凡雙月吏部大選, 則吏部堂官, 率選司官入內銓除. 吏科都給事中同入, 看打選官印子, 掛榜登簿, 以待總緻入內. 雖大權不得干預, 亦寓監制微意焉. 是日例賜酒飯於內, 則吏部尙書上坐, 都給事下席. 此在掖垣之體, 已自尊重. 至今上辛卯, 鍾給事羽正[61]拜吏科都[62], 上疏爭之, 謂故事, "都諫與冢宰俱上座, 自近年吏科臣陳三謨, 諂媚要津, 自貶下席. 且以兵部選官, 兵科與大司馬並列爲證, 力請改正." 其事迄不行, 今下座如故也. 按太宰表率百僚, 自非他曹可比. 卽吏兵體例不同, 不爲無說. 先朝當久有定制, 未必三謨之罪, 此說未知何據. 在事耆夙大老, 亦不一爲折衷, 何也?

○ 吏部大選, 加午飯一頓, 兵部則無之, 其體已自不同.

---

61 鍾給事羽正 : 명대 말기에 공부상서를 지낸 종우정鍾羽正,1561~약1636을 말한다. 그의 자는 숙렴叔濂이고, 익도益都 사람이다. 만력 8년1580에 진사가 되어 골현령滑縣令에 제수되었고, 여러 관직을 거쳐 공부상서에 올랐다. 저서로『숭아당집崇雅堂集』이 전해진다.

62 鍾給事羽正拜吏科都 : 중화서국본『만력야획편』에는 "종급사우鍾給事羽, 정배리과도正拜吏科都"로 구두점이 찍혀 있지만, '급사중 종우정鍾羽正이 이과도급사중에 배수되었다'는 의미로 보이므로 상해고적본에 의거해 구두점을 수정했다.『역자 교주』

    이전에 인재 선발 관리는 모두 태재가 직접 뽑았다. 장신건이 정권을 잡은 후로 처음 각 성의 대신들에게 태재의 권한을 발휘해 그 동향 사람을 추천하도록 명했다. 이에 동향에서 먼저 고관에 오른 자들이 많으면 대부분 사적인 감정으로 추천해서 한 명이 결원이 되면 예닐곱 명을 추천해 가부를 결정했다. 요직을 바라보는 자를 추천해 비로소 상주했다. 신축년 절강의 이부에서 결원이 생기자 이 자리에 욕심을 부리는 이들이 여러 명이 있었는데, 가흥 사람 백암伯闇 하찬연賀燦然이 그 중 한 사람이었다. 하찬연은 이전에 제생이었을 때 명망이 높았는데, 부모상을 당하자 회시를 보러 가는 한 사람과 함께 북경에 들어갔다. 당시 소재 주국조朱國祚는 어린 나이로 북경에 있었는데, 예물을 가지고 배움을 청했지만 하찬연이 달가이 받지를 않았다. 주국조가 바로 계속 과거에 장원으로 급제해 여러 관직을 거쳐 시랑이 되었고 이 해 예부좌시랑서부사가 되었다. 하찬연은 을미년에 급제해 행인이었다. 예전에는 예부의 명첩을 주고 관례대로면 '문하만생門下晚生'이라고 칭해야 했지만 하찬연 자신은 동향의 선배였기 때문에 옛 관례를 따르려고 하지 않았다. 주국조가 자못 뒷말을 하니 하찬연이 듣고서 장문의 글을 써서 그를 꾸짖어서 두 공이 마침내 절교했다. 하찬연이 이때 걱정하며 별 계획이 없이 "주국조는 반드시 재앙을 당할 것이다"라고 했다. 동향 사람 의생 손성孫姓 이란 자가 두 공의 문하와 가깝게 교유했었는데,

하찬연이 손성에게 계획을 묻자 손성이 "이런 일은 어렵지 않으니 내가 힘써 해낼 수 있다"라고 말했다. 이에 주국조에게 가서 다음과 같이 말했다. "하찬연이 그대에게 죄가 있다고 하는데, 북경 사람들은 들어본 적도 없다. 지금 그대가 이부의 인사를 막을 수 있으며, 꼭 높은 관직과 그의 수하를 막아서 적으로 삼을 필요는 없으니 그들을 거두어 받아들이는 것만 못합니다"라고 했다. 주국조가 과연 그렇다 하고 마침내 그를 적극 추천했다. 당시 주국조가 한창 명망이 높던 때라 동향 사람들도 그의 명성에 걸맞게 그들을 허용한 것을 칭찬했고, 하찬연은 이부의 인사 관리로 옮기어 당시 모두가 주국조가 매우 너그럽다고 했다. 이듬해 임인년에 남직예 강남 이부에 결원이 생겼는데, 당시 병부의 염생淡生 왕사기王士騏가 가장 유명해 그 자리를 얻었다. 같은 관부의 병부시랑 장기렴張其廉이 종덕령宗德令 진윤견陳允堅과 함께 또 우열을 다투었는데, 진윤견이 특히 당시 현인들에 의해 추천을 받았다. 왕사기가 이에 강남의 여러 연로들과 각 부의 대신들, 과도관에까지 두루 찾아다녔으니 왕사기를 추천하지 않는 자가 없었다. 이에 이부에서 결국 한 사람의 명단만 상소를 올려 겨루는 자가 한 사람도 없었고, 또 최근의 관례대로 행해졌으니 이전에 없던 일이었다. 진윤견이 관직에 있을 때 왕사기가 내린 명을 듣고 고심하며 울다가 죽었다. 장기렴은 겨우 예부의 관직을 얻었고 그 역시 병을 핑계로 고향으로 돌아가 집에서 죽었다. 대개 인사 선발 관리를 추천하는 일이 더 이상 태재의 손에 달려 있지 않고, 승낙하고 명을 들을 뿐이었다. 순무에 결원이 생겨도 또한 구경과 과도관이 추천

한 지인을 허락했다. 근래에 광서에서 순무에 결원이 생겼는데, 당시 좌
할左轄이 관여해서 아직도 북경에서 처리 중이다. 이에 이부에서 아홉
명의 추천자를 모아 상소를 올렸는데, 그중 여덟 명이 좌할이 되었다.
북경에서는 "광서의 순무는 북경의 향수와 북경의 비단으로 결정되네"
라고 노래한다. 이를 듣는 자들이 배를 움켜잡고 웃었다. 최근에 점차
바뀌었으니, 또한 형세가 변하지 않을 수 없다.

원문 **擧吏部**

往時銓屬, 俱由太宰自擇. 自張新建爲政, 始令各省大僚, 各擧其鄕人,
以發太宰之權. 于是鄕先達多以愛憎行其意, 一缺出, 至薦六七人, 甲可
乙否. 惟望重地尊者所擧, 始登啓事. 辛丑年, 浙江吏部缺出, 朵頤者凡
數人, 嘉興賀伯闇燦然[63]其一也. 賀先爲諸生時, 有盛名, 適丁艱, 同一偕
計者入都. 時朱少宰方蓍年在京, 願學執贄, 而賀不屑受.

朱[64]尋聯捷爲鼎元, 循至卿貳, 是年適以禮部左侍郎署部事. 賀已登乙
未第, 爲行人矣. 向來投刺春曹, 例應稱門下晩生, 而賀自以同里前輩,
不肯遵舊例. 朱頗有後言, 賀聞而作長書詈之, 二公遂絶交. 賀至是憂撓
無計, 謂, "朱必下石厄之." 而同里有醫孫姓者, 游二公之門甚昵, 賀問計
於孫. 孫曰, "是不難, 我力能得之." 乃往說朱, 謂, "賀之開罪於公, 都下

---

63 賀伯闇燦然: 명나라 후기의 관리 하찬연賀燦然을 말한다.
64 朱: 명나라 말기에 예부상서를 지낸 주국조朱國祚, 생졸년 미상을 말한다.

莫不聞. 今公能沮其銓曹, 未必能收沮其臺瑣, 與其樹以爲敵, 不如收以爲援." 朱大然之, 遂力薦之. 時朱方有相望, 同鄉亦隨聲稱許, 而賀立改銓曹, 時咸多朱之恕云. 次年壬寅, 南直江南吏部缺出, 時兵曹王淡生士騏[65]最有名, 當得之. 其同府則兵部郎張其廉[66], 與宗德令陳允堅[67], 亦在伯仲間, 而陳尤爲時賢所推轂. 王乃遍約江南諸大老, 及各曹大僚, 以至科道, 無不以王登薦. 於是吏部竟以單名上疏, 無一人陪者, 亦近例行後未有之事也. 陳在官聞王命下, 推案一噓而歿. 張僅得調禮部, 亦引疾歸歿於家. 蓋一時推銓司不復由太宰, 惟畫諾聽命而已. 至於巡撫缺出, 亦許九卿科道各薦所知. 近年覲後, 廣西適缺巡撫, 時左轄入覲, 尚在都下. 於是吏部彙薦舉者九人以入疏, 其八人左轄也. 京師遂謠曰, "廣西撫院, 京香京絹." 聞者捧腹. 邇來始漸變, 亦體勢之不得不變也.

65　王淡生士騏 : 명대 말기의 관리 왕사기王士騏를 말한다.
66　張其廉 : 장기렴張其廉, 생졸년 미상의 자는 백우伯隅이고 가정嘉定 사람이다. 만력 23년 1595에 진사가 되어 무학교수, 국자감조교, 차가사주사, 남경이부문선사 등을 지냈다.
67　陳允堅 : 진윤견陳允堅, 생졸년 미상은 만력 26년1598에 진사가 되었다.

　성화 연간과 홍치 연간 사이에 지방관을 기피하는 진사들은 대부분 삼사三司에서 실무를 익히기를 원했다. 이런 일이 오래되니 '사법에 관한 일을 3년 한 후에는 당관이 된다'는 말이 생겨 법률에 정통하다고 보고되면 바로 어사에 제수되었다. 그래서 감생이 실무를 익힌 지 오래되어 어사에 제수되었다. 대개 이때 실무를 익히도록 각 관서에 배치하는 것에는 아직 정해진 일정한 법규가 없어서 교활한 자는 순서를 차례를 건너뛰어 앞서 배치되었다. 그런데도 반드시 먼저 직책을 맡았는데, 혹자는 일 년이 지나 다시 평가해서 기준에 맞지 않으면 다른 관서에 제수되었으니 그 뒤로 점점 이런 일이 없어졌다. 급사중을 선발할 때는 우람한 외모를 가진 자만을 뽑았다. 이 때문에 성화 연간 초에는 편수 장원정張元楨이 육과에서 기골이 장대한 외모에 얽매일 필요가 없고 마땅히 학식과 문재를 위주로 선발해야 한다고 건의했다. 그러나, 당시의 여론이 그의 설을 따르지 않았다. 대개 근시관近侍官으로 대양對揚을 겸해서 주관하는 자는 반드시 용모가 장대하고 말이 정확한 자를 기용해야 장관으로 여겨진다. 그러므로 당시에 "급사중을 선발할 때는 문장을 잘하는 자를 뽑지 않고 다만 타고나게 수염이 풍성하고 긴 자를 필요로 한다"고 했다. 그래도 역시 이부에서 문장 시험 결과에 따라 거취를 결정한다. 대개 본래 당나라 사람들은 용모, 말솜씨, 글재주, 판단력을 위주로 관리를 선발했는데, 그중 용모를 제일로 삼았으니 또한 이에 기인한다. 지금 관리를 선발할 때 대신과 네 관서에 실무를 익히러 가는 자의 명단을 발부하고 이름이 알려진 정도에 따라 성적을 매기니 태재도 전권을 가질 수는 없었다. 어찌 드러난 이름만을 중시해서 관리를 선발했는가.

원문 **選科道**

　成弘之間, 進士避外官者, 多營求三法司觀政[68]. 久之名曰理刑三年後堂官, 以刑名精熟上聞, 卽授御史. 卽監生歷事[69]久者亦得之. 蓋此時撥各衙門觀政, 尙未限定常規, 以故巧黠者能越次得之. 然而必先授試職, 或踰年再考不稱, 則又調別衙門, 嗣後漸不然矣. 至給事中之選, 則專取姿貌雄偉. 以故成化初, 編修張元楨建議, 六科不必拘體貌長大, 當以器識學問文章爲主. 而時論不從其說. 蓋以近侍官兼主對揚[70], 必用體貌長而語言確者, 以爲壯觀. 故當時爲之語曰, "選科不用選文章, 只要生來黥胖長." 然亦聽吏部試文以爲去取. 蓋本唐人身言書判之法, 以身爲第一義, 亦其遺意也. 今之考選, 發訪單于大僚及四衙門, 以揄揚多少爲殿最, 卽太宰亦不能專其柄矣. 何以尙名考選.

---

68 觀政 : 선비가 진사 급제 후 관직을 제수받지 못하고 6부 9경 등의 관청으로 파견되어 정사를 실습하는 제도이다. 홍무 18년에 시작되어 명대 말기까지 지속되었다.
69 歷事 : 명대 관리의 실습제도로, 대개 3개월 동안 실무를 익힘.
70 對揚 : 관직을 제수받은 후 사은을 행하는 의식.

정덕 연간과 가정 연간 이후 도급사중이 지방관으로 갈 때는 반드시 한결같이 참정으로 승진한다. 또 봉록에 상관없이 서열에 따라 도급사중에 제수된 지 하루 만에도 3품이 되었다. 서대에서는 그렇지 않아서 북경의 당관이 되지 못하고 부사가 되는 것에 그쳤는데, 9년 임기를 채웠어도 그러했다. 대개 건국 초기의 어사가 세 번의 평가 동안 잘못이 없어야 주사로 겨우 승진했다. 근래 정유년 중승 연표連標가 어사가 되어 또한 9년을 채웠는데, 두문희杜門戱가 사람들에게 "만약 우리 이부의 주정으로 승진하는 자가 있다면 내가 바로 기용되어 부임할 것이오"라고 했다. 대개 오히려 관례대로면 비웃음을 당했을 것이다. 근래에 관부의 인사가 적체되어 쌓인 녹봉이 10년이 넘은 자가 있으므로 응당 조정 대신이 높은 봉록을 받고 지방관으로 옮겨야 한다면 특별히 참정으로 승진했으니 마침내 어사가 3품을 받는 일은 이전에 없던 일이다. 최근에 대참으로 나간 도급사중은 마치 구덩이에 들어가는 것처럼 괴로워했다. 그래서 호과戶科의 양곡養穀 요문위姚文蔚는 순차가 오래되어 응당 지방관이 되어야 해서 갑신년에 또 일찍이 상소를 올려 지방관으로 갈 것을 청했고 성지를 받들어 겸허하게 물러나 칭찬을 받았지만 누차 참정이 되지 못했다. 정미년 10월 어사가 9년 임기를 채우고 모두 북경의 대신으로 승진했는데, 요문위는 또 사직을 청하며 상소를 올려 "봉록을 받은 지 오래되어 이미 기한을 넘겼지만 감히 9년의 평가를 받지 않겠습니다"라고 했다. 이는 암암리에 내각에 머물러야 한다는 의중을 숨긴 것이다. 황상께서 그를 당상관으로 승진시켜 머물게 하라 명하셨다. 그때 성전惺田 양유년梁有年과 구생九生 소근고蕭近高는 모두 도급사중으로 마땅히 자리를 옮겨야 했는데, 요문위가 예전부터 싫어해서 마침내 전후로 모두 대참大參을 청해 떠났다. 요문위는 마침내 남경태복소경이 될 예정이었지만 바로 무신년이 돼서야 황명이 비로소 내려왔다. 요문위가 지방관을 피하고 내각에 있기를 원했기 때문에 그를 제대로 평가하지 않았다. 이부의 소재 양시교楊時喬의 상소에서 '지혜와 능력을 모두 다 써서 결국 얻어낸 자'라고 한 것은 요문위를 두고 한 말이다. 당시 요문위는 등과한 지 15년인데 실제 봉록은 12년에 해당했다. 양유년과 소근고는 모두 을미년 서길사인데, 요문위가 또 한 해 먼저 서길사가 되어 안팎에서 추천을 받았지만 누차 얽혀버렸다. 그때 급사중이 모두 말들이 많았고, 한림학사들도 옛 동료를 박하게 대하며 불만이 없지 않았다. 신해년 중앙관 심의에서 요문위는 결국 좌천되었다. 그가 당상관이 된 것은 겨우 한 해였을 뿐이니 또 어찌 이득이 있었는가!

○ 융경 연간 이과도급사 한즙韓楫 또한 "도급사가 스스로 흩어져 중앙관이나 지방관으로 가면 품계가 비록 달라도 하는 일은 같으니, 청컨대 통찰해주십시오"라고 청했다. 황상께서 이 말이 옳다 하시고 영을 내리셨다. 당시 고신정이 수규로 인재 선발을 맡고 있었는데, 한즙은 그의 심복이었기 때문에 이처럼 감히 선대의 제도를 훼손했다. 얼

마 안 가서 두 사람은 실각했으니 이러한 전례도 폐지되었다.

○ 근래에 계축년 이후 육과의 회의에서 해마다 한 사람을 뽑아 옛 전례를 바꾸어 새 제도를 만들었다. 대개 공론을 통해 모두 폐기하는 것이 마땅한 것 같다. 을묘년 병과도급사중 익진翼眞 장국유張國儒가 참정으로 나갔는데, 도급사중의 임기가 이미 다 찼고, 또 노고와 공적을 따지면 본래 지방관으로 가서는 안 되었지만 다만 인품 때문에 배척당한 것이지 더 이상 중앙관과 지방관이 번갈아 되는 옛 전례 때문은 아니었다. 장국유는 견딜 수 없어서 상소를 올려 스스로 변호했는데, 이부에서 마침내 바로 그를 지방관으로 원래대로 보냈다. 장국유가 더욱 성내며 원통해하면서도 잘못을 시인하고 스스로 물러났는데, 정사년 지방관 심의에서 그에 대해 언급했다. 대개 역대로 도급사중의 자격과 경력을 순서 매겨 대참을 발탁하는 제도가 이때부터 폐지되었다. 다만 끝까지 폐지되지 않을까 걱정될 따름이다.

원문 **科道俸滿外轉**

正嘉以後, 都給事之外轉, 必陞參政固矣. 又論序不論俸, 卽拜都科僅一日, 亦得三品. 唯西臺則不然, 非轉京堂, 止得副使, 雖滿九年亦然. 蓋國初御史, 三考無過, 僅陞主事也. 頃丁酉年連中丞標[71]爲御史, 亦滿九

---

71 連中丞標 : 명 만력 연간의 관리 연표連標, 생졸년 미상를 말한다. 그의 자는 맹회孟准고, 우주禹州 사람이다. 만력 11년 1583에 진사가 되어 행인에 제수되었다. 부도어사를 지냈으며 우도어사로 추증되었고, 저서로는 『역유초歷游草』 일부분이 전해진다.

載, 杜門戲謂人曰, "若陞我吏部主政, 我卽立起赴任矣." 蓋尙以故事解
嘲. 近年臺班壅滯, 積俸有十年以外者, 于是應朝卿以首俸應外遷, 特陞
參政, 遂爲御史得三品破天荒之始矣. 至若邇年, 都諫出爲大參者, 苦之
如赴坑塹. 卽戶科姚養蔚文蔚[72], 序次久應外補, 甲辰年亦曾上疏求外,
奉旨以謙退襃之, 然屢推參政不下. 至丁未年十月, 因御史九年俸滿, 盡
陞京卿, 姚又自請致仕, 而疏中又云, "科俸久已逾期, 但不敢通考九年."
暗藏當內之意. 上命留陞京堂. 其時梁惺田有年[73], 蕭九生近高[74], 俱以都
科應轉, 而以姚故見壓, 遂先後俱自乞大參以去. 姚遂得擬南太僕少卿,
然直至戊申年命始下. 說者因謂文蔚避外營內, 大不直之. 署部少宰楊時
喬疏, 所云智盡能索而後得者, 指姚也. 時姚科資已十五年, 實俸亦十二
矣. 梁蕭俱乙未吉士, 姚又先一科庶常, 而推敲內外, 屢致紛紜. 其時科
臣俱有林言[75], 詞臣亦以薄于舊僚, 不免腹誹. 辛亥內計, 姚竟坐斥. 其得

---

72 姚養蔚文蔚 : 명 만력 연간의 관리 요문울姚文蔚을 말한다.
73 梁惺田有年 : 명 만력 연간의 관리 양유년梁有年, 생졸년 미상을 말한다. 그의 자는 서지
    書之이고, 호는 성전惺田이며, 순덕順德 사람이다. 만력 23년1595에 진사가 되어 한림
    원서길사에 제수되었고, 이부급사, 예부급사, 형부급사를 지냈다. 1품의 관복을
    하사받고 조선의 사신으로 갔는데, 금품을 물리치고 받지 않아 조선에서 그를 매
    우 특별하게 여겼다. 이후 감찰어사, 산동참정, 하남호광안찰사, 절강포정, 운양순
    무 등을 지냈다. 저서로 『소초疏草』, 『사동방집使東方集』 등이 전해진다.
74 蕭九生近高 : 명 만력 연간의 관리 소근고蕭近高, 1555~1630를 말한다. 그의 자는 손지損
    之 혹은 억지抑之이고, 호는 구생九生이며, 강서 여릉 사람이다. 만력 23년에 진사가
    되어, 공부좌우시랑, 남경병부좌시랑 등을 지냈다. 공부상서로 추증되었으며 저
    서 『삼초집三草集』 등이 전해진다.
75 林言 : 중화서국본 『만력야획편』에는 '□언□言'이라고 써서 글자가 누락된 것으로
    표시되어 있으나, 상해고적본에 '임언林言'으로 되어 있으므로, 이에 근거해 수정
    하고 번역했다. 〔역자 교주〕

京堂僅閱歲耳, 亦何利之有!

○ 隆慶中吏科都給事韓楫, 亦請"科臣自散至左右至都, 品雖不同, 職業則一, 請得通考." 上是之, 著爲令. 時高新鄭以首揆領銓, 韓其心腹門人也, 故敢破壞祖制如此. 未幾二人敗, 此例亦廢.

○ 近自癸丑以後, 六科會議, 歲出一人, 以存例轉舊規. 蓋公論共棄者當之. 乙卯年, 兵科都張翼眞國儒出爲參政, 其都諫俸亦已考滿, 又敍勞績, 本不當外轉, 特以品望見擯, 非復一內一外之舊. 張不能堪, 具疏自辨, 銓部遂直發其當外之故. 張益恚恨, 投劾自罷, 丁巳大計, 不謹及之矣. 蓋累朝來都諫序資俸, 擢大參, 成規從此遂廢. 但恐不能終廢耳.

번역 도찰원과 육과 간의 인사 이동

왕엄주의 『이전술異典述』에서 급사중 유동孺東 서정명徐貞明이 지방관
으로 좌천된 후 상보경 겸 어사가 되어 치수治水를 관장했는데, 어사와
급사중을 함께 맡은 것은 이례적인 일이다. 이후에 급사중 목래보穆來輔
가 좌통정사로 옮겼다. 경인년 변방의 일이 긴박해서 어사를 겸하라는
명을 받고 계진薊鎭과 창진昌鎭을 돌아보니 서정명과 하는 일이 비슷했
다. 또, 같은 시기 함께 파견된 회극懷棘 왕세양王世揚이 먼저 호광도어
사湖廣道御史로 부임해 대리좌소경을 거쳐 어사를 겸해 연수진延綏鎭을 돌
아보았다. 또, 건제健齊 증건정曾乾亭은 처음에 산동도어사였다가 간언
때문에 폄적되어 광록소경으로 옮겼고, 또한 하남도어사를 겸해 선부
宣府와 대동大同 두 변방 지역을 돌아보았다. 또, 문륙文陸 종화민鍾化民은
처음에 어사에서 사건에 연루되어 행인사정으로 폄적되었다. 곧이어
광록시승 겸 어사로 승진해 하남 땅을 구휼했으니, 어사대로 다시 들
어간 일은 더욱 특이한 경우였다.

이부의 관리도 다시 들어간 자가 없었다. 어사 고경양顧涇陽은 이부
시랑으로 좌도어사 신자수辛自修를 구제하려다 지방관으로 좌천되었는
데, 나중에 다시 이부로 들어왔으니 이런 일은 처음이었다. 그러나 명
망이 높았음에도 결국 뜻을 이루지 못하고 떠났다. 감찰과 탄핵의 일
을 맡은 한림학사는 가정 연간 경술년에 오랑캐가 도성을 넘보니 상공
조내강趙內江은 사업司業으로 건의해 유덕諭德으로 승진했으며 하남도어

사를 겸하여 병사들을 위로하고 지휘했다. 이후 70년이 흘러 태사 원호元扈 서광계徐光啓가 그를 계승해 상소를 올려 군사에 대해 논하자 특별히 성지가 내려져 소첨사로 승진했고, 하남도어사를 겸해 도성에서 병권을 다스렸다. 대개 군대의 일로 특별한 은전을 받은 것은 전후 모두 마찬가지이지만 관례라 할 수는 없다.

생각건대 도찰원과 육과의 인사 이동은 선대에 훨씬 많았고, 정덕 연간 이후로는 점차 드물게 되었을 따름이다.

원문 **臺省互改**

弇州『異典述』謂徐孺東貞明[76]以給事中外謫, 後轉尙寶卿兼御史, 治水利, 凡兩居臺瑣, 以爲異. 後來有穆來輔者, 以給事轉至左通政矣. 庚寅歲, 邊事孔亟, 奉命兼御史, 閱視薊昌, 與徐事略同. 又同時並遣者王懷棘世揚[77], 先任湖廣道御史, 歷大理左少卿, 至是又兼御史, 閱事延綏. 又曾健齊乾亭, 初以山東道御史, 言事謫官, 轉至光祿少卿, 亦兼河南道

---

76 徐孺東貞明 : 서정명徐貞明, 약1530~1590의 자는 유동孺東이고, 강서 귀계 사람이다. 융경 5년1571에 진사가 되어 강서산음지현에 제수되었으며, 공과급사중 등을 지냈다. 이후 인정을 받지 못하고 태평부동지로 좌천되었는데, 이때 수리 전문저서인 『노수객담潞水客談』을 지었다. 이후 상보사소경 등을 지냈지만 결국 언관의 탄핵 등으로 사직하고 병사했다. 명대 만력 연간의 수리에 관한 업적이 뛰어난 대표적인 인물로, 그의 저서는 후대에 높은 평가를 받았다.

77 王懷棘世揚 : 왕세양王世揚, 1544~1608의 자는 효보孝甫이고 호는 회극懷棘으로, 하북 한단 사람이다. 만력 5년1577에 진사가 되어 행인에 제수되었고 이후 호엄도감찰어사, 절강순안, 선부순무, 선대총독, 좌도어사협리융정, 병부상서 겸 태자소보 등을 지냈다. 사후 태자태보로 추증되었다.

御史, 閱視宣大二邊. 又鍾文陸化民[78], 初以御史罣誤謫行人司正. 尋陞
光祿寺丞兼御史, 賑濟河南, 則再入臺班矣, 尤爲異事.

○ 吏部曹郞, 亦無再入者. 唯顧涇陽憲臣[79]以銓郞[80]救辛總憲[81]外謫,
後再入吏部, 最爲創見. 然重望高名, 終不得志而去. 至詞林帶憲職[82]者,
唯嘉靖庚戌, 虜薄都城, 趙內江相公[83], 以司業建言, 陞諭德, 兼河南道御
史, 宣慰行營將士. 此後七十年, 而徐元扈光啓[84]太史繼之, 以上疏論兵,

---

78 鍾文陸化民 : 종화민鍾化民, 약1545~1596의 자는 유신維新이고 별호는 문륙文陸으로 인화
博陸 사람이다. 만력 8년1580에 진사가 되어 혜안지현에 제수되었고, 백성의 억
울함을 해결해주는 등 복잡한 사안을 원만하고 합리적으로 해결함으로써 '중청천
鍾青天'으로 불렸다. 『세원록洗冤錄』등이 전해지며 관직도, 목숨도, 돈도 원하지 않
았던 '삼불요三不要'의 현령으로 칭송받았다.

79 顧涇陽憲臣 : 고헌신顧憲臣, 1550~1612의 자는 숙시叔時이고, 호는 경양涇陽이며, 동림선
생東林先生으로 존칭되었다. 강소 무석 사람으로, 만력 8년1580에 진사가 되어 호부
주사, 이부우시랑 등의 관직을 지냈으며 동림당의 영수이다. 저서로 『소심재찰기
小心齋札記』, 『경고장고涇皐藏稿』 등이 전해지며 시호는 단문端文이다.

80 銓郞 : 관리의 인사권을 행하는 이부와 병부의 정 5품 정랑과 정6품 좌랑의 통칭.

81 辛總憲 : 총헌總憲은 명대 도찰원 좌도어사의 별칭이며, 신자수辛自修, ?~1593를 말한
다. 자는 자길子吉 혹은 자언子言이고 호는 신헌愼軒으로 하남 양성 사람이다. 가정
35년1556에 진사가 되어 해저지현, 이과급사중, 예과도급사중, 태부소경, 광록사
경, 병부좌우시랑, 남경우도어사, 좌도어사, 남경형부상서, 공부상서 등을 지냈
다. 태자태보로 추증되었으며 시호는 숙민이다.

82 憲職 : 탄핵과 감찰을 책임 맡은 어사.

83 趙內江相公 : 조정길趙貞吉, 1508~1576의 자는 맹정孟静이고 호는 대주大洲로 사천 내강
사람이다. 가정 14년1535에 진사가 되어 한림편수에 제수되었고 국자사업, 좌유덕
감찰어사, 예부상서 겸 문연각대학사, 태자태보 등을 지냈다. 소보로 추증되었으
며, 시호는 문숙이다.

84 徐元扈光啓 : 서광계徐光啓, 1562~1633의 자는 자선子先이고 호는 현호玄扈이며 상해 사
람이다. 만력 연간 진사가 되어 예부상서 겸 문연각대학사, 내각차보 등을 지냈다.
천주교 신자였으며, 서양의 천문 역법과 수리 등의 과학 기술을 연구해 저서 등을
통해 소개하고 추진하는 등 중요한 공헌을 했다. 시호는 문정이다.

特旨陞少詹事, 兼河南道御史, 治兵于都城. 蓋軍興異典, 前後一揆, 不可以常格拘也.

○ 按臺省互改, 前朝甚多, 至正德後稍稀耳.

[번역] 네 관서의 좌천된 관리

　　근래 이부, 한림원, 육과, 도찰원에서 지방으로 좌천된 자들은 모두 부임하지 못했다. 겨우 몸이 지방의 경계에 이르면 공문이 전달되어 증거를 찾아내 고향으로 돌아가 대기했다. 능묘년 겨울 내 고향의 급사중 하나가 좌천되어 민閩 땅의 번왕부로 들어갔는데, 마침 여참與參 황승원黃承元이 남경에서 중승으로 발탁될 조짐이 있어 복건순무로 고향으로 돌아오자 급사가 인척의 명첩을 가지고 가서 기다렸다. 다른 문지기를 만났는데, 약간 난색을 표하자 급사가 서서 명첩을 찾자 마침내 떠났다. 황승원이 돌아와 크게 걱정하며 문지기를 심하게 볼기를 치고 몸소 솔선해 사죄했는데, 수차례를 가서야 비로소 대면하고 풀 수 있었다. 나이든 사람들을 기억해 내 고향에서 이전에 계축년 과거로 소재가 된 우문禹門 요홍겸姚洪謙이 편수로 지방관으로 좌천된 것을 설명하고 중승을 만나 그 자리를 북향으로 옮기니 중승이 웃으며 그를 그대로 두었다. 대개 오랫동안 한림학사로 있으면서 순무가 주인 노릇을 할 때는 남쪽을 향해 앉는 것을 몰랐던 것이다. 또, 내가 본 바로 신묘년 풍구구馮具區가 광덕주판관廣德州判官으로 좌천되었는데, 마침 태수가 없어서 두 달 동안 인장을 관리하다가 남행인사부南行人司副로 옮겨 비로소 돌아왔다. 또, 무술년 시어侍御 성석星石 허문조許聞造가 여러 대신들을 의론해 산서가람주판관山西岢嵐州判官으로 좌천되어 순무 경천見泉 위윤정魏允貞을 만났다. 위윤정은 이전에 또한 어사대 관료로 일찍이 간언 때문에 지방으로 좌천되었는데, 허문조가 상소를 올려 대신들을 탄핵할 때 위윤정도 그중 한 사람이었다. 두 사람이 서로 만났을 때 위윤정이 기뻐하며 돈을 주며 노형이라 부르며 위로했다. 허문정은 원래 을과로 기용되었지만 오히려 당당한 얼굴색을 보였고, 위윤정은 끝까지 개의치 않았다. 이런 일은 모두 내 고행 선배들의 이야기인데, 변경 지역의 일설로 어느 해에 어떤 사람의 일인지 알 수는 없다. 또, 을유년 내 고향사람으로 형부의 곽암廓菴 마응도馬應圖가 상소를 올려 당시 재상을 논하고 여러 언관들까지 언급해서 산서마읍전사山西馬邑典史로 좌천된 일이 생각난다. 당시 어사는 전滇 땅 사람 손유현孫愈賢인데, 선부와 대동의 안찰사로 마응도가 가장 먼저 규탄한 자였으니, 대개 인사권으로 그를 곤란케 하려는 의도가 있었던 것 같다. 임지에 이르러 손유현을 찾아갔지만 못본 척하니 마응도가 하루 종일 무릎을 꿇고 있다가 일이 끝난 후 인사를 올리고 들어갔으니 능욕을 당할 것을 단단히 대비한 것이다. 마응도가 나약해 저항할 수 없었다. 그러므로 손유현의 식견이 위윤정보다 훨씬 좁았다. 또한 두 공의 인품 역시 천양지차라 본래 함께 거론하기에 부족하다. 마응도 또한 성급해서 우연치 않게 그의 조카 이씨李氏와 식언을 했는데, 옛 태사 견정見亭 이자화李自華의 아들인 이씨는 상공 왕태창王太倉에게 하소연하며 마응도가 남의 것을 빼앗는 상황을 설명했다. 왕태창이 그의 말을 믿었는데, 그가 재상이 되자 사람들의 꾸짖음을 당하면 반드시 그를 엄중히 처벌하고자 했으므로 마응도가 좌천을 청해 항소할 것을 결심한 것이다. 왕태창이 나랏일을 맡기를 기다리며 마웅도를 기용해 다시 옛 관직을 준 것은 아마도 진심은 아니었을 거라고 한다.

원문 **四衙門遷客**[85]

近日吏部翰林科道外謫者, 皆不赴任. 僅身至境上, 移文索公據, 歸而待遷. 如乙卯之冬, 吾鄉一給事, 謫爲閩藩幕, 適黃與參承元[86]自南京兆擢中丞, 撫福建還里, 給事持眷弟刺往候. 值其他適閩者微有難色, 給事立索名刺竟去. 黃歸大恐, 痛答閽人, 身率謝罪, 凡往數次, 始得面解. 因憶老人輩, 述吾鄉前癸丑科姚禹門少宰洪謙以編修外謫, 謁中丞而移其座北向, 中丞笑而置之. 蓋久爲詞林, 不知撫臺作主, 亦南面也. 又余所目觀, 則辛卯年馮具區祭酒, 謫廣德州判官, 適缺州守, 署印兩月, 轉南行人司副始歸. 又, 戊戌年許星石聞造侍御[87]論列諸大臣, 謫山西岢嵐州判官, 謁撫臺魏見泉允貞[88]. 魏前亦臺臣, 曾以言事外謫, 許疏中所劾大僚, 魏亦一人也. 相晤時, 魏留款歡然, 稱老道長, 慰勞有加. 許故乙科起家, 反侃然作色, 魏終不以介意. 此皆吾郡先輩故事, 不知抵境上一說,

---

85 遷客 : 폄적된 관원.

86 黃承元 : 황승원黃承元. 생졸년 미상은 만력 연간에 복건순무를 지냈으며, 주로 복건의 군정 사무를 맡았다.

87 許星石聞造侍御 : 허문조許聞造는 해녕海寧 사람으로, 귀주貴州의 도어사다許海寧人, 貴州道. 【교주】

88 魏見泉允貞 : 위윤정魏允貞, 1542~1606의 자는 무충懋忠이고 호는 견천見泉이며, 대명부 남락현 사람이다. 만력 5년1577에 진사가 되어 허주판관, 우통정우첨도어사, 산서순무, 병부우시랑 등을 지냈으며, 시호는 개숙介肅이다.

起于何年何人也. 又憶乙酉年, 吾鄕馬廓菴應圖[89]比部, 疏論時宰, 侵及
諸言官, 謫山西馬邑典史. 時御史滇人孫愈賢, 按宣大, 正馬所首糾者,
蓋銓地有意困之也. 抵任謁臺孫佯不見, 馬長跪竟日, 至事畢而後揖之
入, 所以窘辱之者甚備. 馬內荏, 勿能抗也. 則孫之識見, 隘于魏遠矣. 且
兩公品亦薫蕕, 本不足並論. 馬亦狷者偶與其甥李氏有違言, 李故太史見
亭自華子, 膚愬于王太倉相公, 述其呑噬之狀. 王信之, 適大拜出山, 逢
人痛罵, 必欲重處之, 故馬決計抗疏求謫. 王俟當國, 起馬復故官, 蓋亦
無成心云.

---

89 馬廓菴應圖 : 마응도馬應圖, 생졸년 미상의 자는 심역心易이며 절강 평호 사람이다. 만력
5년1577에 진사가 되어 남경예부랑중이 되었으며, 이후 예부주사, 원외랑 등을 지
냈다.

대신이 위엄으로 고아한 선비와 속인을 복종시키고 변방까지 힘을 펼치는 일은 본래 다른 두 가지의 일이다. 현 왕조의 두 태사 마단숙馬端肅과 양양의楊襄毅는 차례대로 권한을 쥐고 인재 선발을 관장했는데, 모두 당시에 칭찬을 받았으니 진실로 훌륭한 인재이다. 다른 원로가 꼭 수장을 할 필요가 없었으며 그들의 명석함을 해하지 않았다. 금상 초년에 인재를 기용할 때 재주에 따라 일을 시켜서 각기 명성과 공적을 드러내었다. 최근 20년 동안 모두 자질과 명망으로 추천받아 기용되어 그의 재주가 일에 적합한지의 여부는 더 이상 논하지 않았다. 다만 사마 심계산沈繼山이 강직하기로 유명해서 그를 백관들에게 본보기로 삼게 하니 얼마나 진중했겠는가! 이에 오랑캐 유발劉哱의 변란을 막도록 기용되어 충분히 막아냈지만 추격을 하지는 못해서 성공할 수는 없었기 때문에 중주中州의 순무로 나갔는데, 부임하지 않고 떠났다. 사마 손월봉孫樾峯이 이부낭중일 때 청렴하고 강직하며 결점이 없어 선비들이 따랐는데, 바로 총재가 되었어도 또한 그 본분을 지켰다. 이에 왜구를 막도록 기용되었는데, 마침내 병부상서와 서로 좌시해 탄핵하는 상소를 올려 쳐냈다. 두 공은 나중에 다시 나왔지만 결국 이전의 의론 때문에 크게 기용될 수 없었다.

또, 석동천石東泉은 선대의 곧은 신하로 사도司徒였을 때 정식으로 송장민宋莊敏의 뒤를 계승했는데, 지모와 품행이 이전 사람보다 부족하지 않아서 오랫동안 호부를 맡았으니, 국고에 반드시 여유가 있게 되었다. 일본 관백關白의 사건이 일어나 공봉을 적극적으로 맡아 마침내 패배시켰다. 또, 만구택萬邱澤은 변방의 정세를 잘 알아서 누차 수고로움을 드러내고 조선의 전쟁을 다스렸으며, 승리를 알리고 돌아왔고, 당시 병부상서로 보답을 받아도 과하지 않게 여겨졌다. 이에 협리좌원協理坐院으로 기용되었는데, 여러 대신들이 말이 많아 다시 녹봉을 더해 변방으로 나가게 되어 그곳에서 죽었다. 다른 이야기들에 관해서는 다 기록할 수는 없다. 허소미는 상소에서 다음과 같이 말했다. "심사효는 청렴 정직한 명신이라 그를 중앙관으로 삼으니 청렴한 기풍을 보일 것이다. 이에 섬서순무로 보내 영하寧夏 지역 토벌을 돕게 하니 바로 둥근 죽장으로 사각 죽장을 만들고 쪼개진 무늬가 있는 거문고에 옻칠을 하는 격이니 조금도 쓸모가 없고 보물이 훼손되는 것이다." 이 상소에서 말한 것이 정말 지론이라 할만하다. 이것은 계사년의 일인데, 허소미는 병과도급사로 이름은 홍강弘綱이다.

원문 **用違其才**

大臣坐鎭雅俗與宣力封彊, 本是兩事. 本朝如馬端肅楊襄毅兩太師, 前後握樞秉銓, 俱有稱于時, 眞全才也. 其他大老, 未必兼長, 然不害其爲名碩. 今上初年用人, 隨材器使, 各著聲績. 近二十年來, 俱以資望推用, 不復論其材地相宜與否. 只如沈繼山司馬, 伉直著聞, 以之儀表百僚, 何等凝重! 乃用以御房劉哮之變, 扞守有餘, 驅剿稍遜, 迄不能成功, 改撫中州, 不赴而去. 孫樾峯司馬爲選朗時, 淸勁無染, 士林推服, 卽爲家宰, 亦其分內. 乃用以御倭, 卒與本兵相左, 爲白簡擊去. 二公後雖再出, 終以前議, 未得大用也.

又如石東泉[90], 先朝直臣, 爲司徒時, 正繼宋莊敏之後, 心計操守, 不減前人, 久任計曹, 國計必裕. 忽移之兵部, 値關白[91]事起, 力任貢封, 遂致僨轅. 又如萬邱澤[92], 熟諳邊情, 屢著勞勩, 經略朝鮮, 奏凱而旋, 其時酬以本兵, 亦不爲過. 乃用爲協理坐院, 諸臺臣起而譁之, 復加秩出鎭, 終于塞上. 其他尙未能悉記. 善乎許少薇[93]之疏曰, "沈思孝淸直名臣, 使其建牙內地, 將見一路風淸. 乃使作陝西巡撫, 助討寧夏, 正如斲圓方竹杖, 刮漆斷紋琴, 毫無濟于用, 而至寶損矣." 可謂至論. 此癸巳年事, 許爲兵科都給事, 名弘綱[94].

---

90 石東泉 : 명나라 만력 연간에 병부상서를 지낸 석성石星을 말한다.
91 關白 : 일본의 막부 수장으로, 당시 관백은 풍신수길豊臣秀吉이었다.
92 萬邱澤 : 명대 산서 편관編關 사람 만세덕萬世德, 1547~1603을 말한다. 그의 자는 백수伯修이고, 호는 구택邱澤이며 만년의 호는 진택震澤이다.
93 許少薇 : 명나라 후기의 대신 허홍강許弘綱, 1554~1638을 말한다. 그의 자는 장지張之이고, 호는 소미少薇이며, 황전판黃田畈 자미산紫薇山 사람이다. 1580년에 진사가 되어 적계현령, 순천부윤, 남경병부상서 등을 지냈다. 태감 위충현과 불화로 사직하고 귀향했으며 사후 태자소보로 추증되었다.
94 弘綱 : 중화서국본『만력야획편』에는 '굉강宏綱'으로 되어 있는데, 상해고적본, 『명신종실록』, 『명사』에 근거해 '홍강弘綱'으로 수정했다. 【역자 교주】

번역 다양한 방법으로 임용하다

천거, 초빙, 과거의 세 가지 방도를 함께 써서 기용할 것을 강릉공 장거정이 의론했다. 이때 지현知縣을 맡은 지방관으로 산동성 래무현萊蕪縣의 조교趙蛟와 비현費縣의 양과楊果는 모두 9년 동안 재임하면서 녹봉을 더했고, 다시 주부사동지州府司同知로 승진했으니 제대로 기용되었다 할 만하다. 두 사람이 모두 순리循吏는 아니지만 일을 잘 처리하고 민첩해 번잡하고 어려운 일을 이겨낼 수 있었다는 말이 종종 들린다. 과연 처음 관리가 되면 여러 유생들이 그를 무시하고 만나러 오는 자가 없었는데, 갑자기 매 분기마다 거행되는 정해진 시험 날짜를 공지하면 유생들이 관례대로 잠시 가서 시험을 치르고 또 그가 어떤 행동을 하는지를 살폈다. 여러 사람이 모이면 교관에게 출제를 하도록 청하며 "재주가 없이 붓을 들고 모든 일을 기억하지 못하며 또 전장제도를 감히 폐하지 못하니 원컨대 선생님께서 유념해주십시오"라고 했다. 이날은 제공하는 찬거리는 모두 부엌에서 내오는데 매우 풍성했다. 답안지를 걷으면 엉망으로 적힌 글자는 겨우 몇 줄이거나 혹은 속된 말로 글자를 희롱해 비웃음거리가 되었다. 과연 묶어서 항자에 넣고 밤에 격문을 써서 독학에게 드리면서 다음과 같이 말했다. "신은 다른 경로의 혼탁한 부류로 들어와 갑과나 을과에 합격하기는 어렵습니다. 가르치는 직분 또한 사제간에 친숙하고 인품을 평가함에 있어서도 매우 사사롭습니다. 감히 수고로우시겠지만 문종께서 친히 읽어주시고 그 고하를 순서 매겨 주셨습니다." 유생들이 이를 듣고 공손하게 머리를 조아리며 동정을 구하고 관부에서 손수 정해 문장으로 명을 내려주실 것을 청하니 누가 감히 승복하지 않겠는가. 이때부터 잘못을 깨끗이 뉘우치고 지도를 받아들였다. 두 학사가 또 번갈아들며 노력해서 마침내 허심탄회하게 안건을 내어놓고 그 임무를 마쳤으니 감히 운운하는 유생이 한 명도 없었다. 또, 서리 황청黃淸이란 사람은 강서의 상요上饒 사람으로 사옥司獄으로 기용되어 우리 군 가흥동지嘉興同知를 역임했다. 초라한 모습에 애꾸눈이었지만 재주와 지모가 뛰어나고 임기응변에 능해 다른 사람의 장단점을 잘 파악했다. 군읍의 수장으로 조금도 예우를 더하지 않았으니 숨겨진 일을 폭로하고 들추어 사람들이 그를 뱀처럼 두려워했다. 고보高寶의 여러 하천에 제방을 축조할 것을 건의했는데, 오랫동안 받아들여지지 않았다. 강릉공 장거정이 청렴하지 않으면 안 된다 하고 바로 회안부로 직함을 바꾸게 한 지 일 년 남짓이니 이미 반은 성공한 셈이다. 강릉공 장거정이 크게 기뻐하며 양회운사동지兩淮運司同知로 올려주시고 준공을 보류했으며 또 만 일 년의 공로 또한 완벽하게 보답했다. 하루는 어사를 배 안에서 만났는데, 나무판을 잘못 밟아 물속으로 떨어져 얼어죽었다. 아마도 상관이 그가 거스르는 것을 미워하고 그의 능력을 시기해 사람을 시켜 그를 밀어뜨린 것 같다. 이 일이 알려지자 특별한 제사를 하사하시고 태복경으로 추증했으며 음서로 아들 한 명을 주감冑監으로 들였다. 그가 살아 있다면 반드시 포정사와 안찰사가 관부를 열었을 것이다. 당시 이처럼 파격적으로 사람을 기용했다.

三途[95]並用, 江陵公建議也. 是時以吏員任知縣者, 山東一省, 則有萊蕪之趙蛟費縣之楊果, 俱任九年, 加服俸, 再加州府司同知, 可謂得其用矣. 頗聞兩人, 俱非循吏[96], 但幹局開敏, 能肩繁鉅. 果初涖事, 諸儒生侮易之, 無一來謁者, 忽揭一示, 訂期季考, 諸生以故事, 姑往試, 且窺其作何舉動. 比衆集, 則請校官來出題, 且云, "不佞擧刀筆, 不諳擧業, 又不敢廢典制, 願先生留意." 是日供膳, 皆出中庖, 甚豐. 比收卷, 則鴻乙滿紙, 或僅數行, 或戲爲俚詞, 以寓嘲謔. 果束爲一篋, 夜作檄呈督學云, "身卽異途濁流, 難定甲乙. 教職又師生親暱, 評品多私, 敢煩文宗親閱, 第其上下." 諸生聞之, 囚服叩首求哀, 乞就明府手定, 文章司命, 孰敢不心服. 從此洗腸滌胃, 以聽指南. 兩學師又代爲懇, 遂恣胸臆發案, 終其任, 無一青衿敢譁者. 又有一胥名黃淸, 江西之上饒人, 起司獄, 歷任我郡嘉興同知. 貌寢而眇一目, 然才智四出, 應變無窮, 能持人短長. 郡長邑令, 稍不加禮, 卽暴其陰事相訐, 人畏之如蛇蝎. 及高寶諸河議築內隄, 久不就. 江陵公謂非淸不可, 乃改銜爲淮安府, 甫歲餘, 成功者已半. 江陵大喜, 加兩淮運司同知, 留竣役, 又匝歲功[97]且報完. 一日謁臺使者于舟中, 誤踐板墮水中, 因中寒死. 蓋上官憎其忮, 妬其能, 令人擠之也. 事聞, 賜特祭, 贈太僕卿, 蔭一子入胄監. 使其尙在, 必藩臬開府矣. 是時用人, 能破格如此.

---

95 三途 : 관직으로 나가는 세 가지 길.

96 循吏 : 법을 잘 지키며 열심히 일하는 선량한 관리.

97 功 : '공功'자는 사본에 근거해 보충했다功字據寫本補. 【교주】

번역 위경력衛經歷으로 예정되다

　　현 왕조의 낮은 지방관을 평가에 따라 차례대로 관리를 임용하는 송나라의 법을 쓰지 않고 재주와 품덕이 모자란 자를 관례대로 왕부의 속관으로 승진시켰다. 처음에는 또한 한때 임시방편으로 소통하는 방법이었지만 나중에는 마침내 이런 일이 관례가 되어 바꿀 수 없었다. 금상 경술년에 서월西粤 사람 무기無技 문립진文立縉이란 자가 문선부랑文選副郞이 되어 인재를 선발하는 일을 맡았는데, 인재 선발이 적체되는 것을 걱정해 또 한 가지 법을 새로 만들었다. 모든 주현의 낮은 관리 중에 상등급이 아닌 것으로 평가된 자가 바로 상등급이 되고서도 그 자리에 오래 머무른 자가 번번이 지방의 위소衛所의 예비 경력으로 승진하는 것을 두고 이미 반은 왕부의 속관이 되었다고 했다. 정무 땅의 태재 손부평孫富平은 훌륭하다고 크게 칭송받아서 바로 승진이 윤허되었으니 역시 제청을 거치지 않았다. 그러나, 언관이 손부평의 옛 지인이라 한 사람도 감히 건의하지 않았다. 처음에는 한 명이 빠져 한 사람만 기용했는데, 시간이 지나면서 두세 사람을 기용했고, 수년 뒤에는 점차 늘어나 왕부의 속관과 다를 바가 없었다. 왕부의 속관은 중원과 초 지역과 촉 지역, 강우江右 등 여러 곳에서만 나오니, 그 곳에서 결원을 기다리는 자는 오히려 적었다. 지금 위소의 막부에는 천하 사람들로 가득 차 결원을 기다린다고 걸핏하면 얘기하니 모든 주좌州佐, 현좌縣佐와 역승驛丞, 창순倉巡 등의 관리는 매번 관리 하나가 빠질 때마다 번

번이 대신할 자리를 구했다. 멋대로 행동하며 자리를 뺏을 것을 계획하다가 혹은 상사의 조사를 받거나 고발당하면 다른 지방으로 숨고는 고향으로 돌아갔다가 일이 끝나면 다시 오겠다고 속여 말했다. 또, 힘 있는 자에게 청탁해서 여지를 남겨두고 빠진 자리를 이으려고 도모한다. 고관대작들은 거취를 예측하지 못해 따르거나 쫓아내는 명령이 없고, 이부에서는 폐지된 지 오래되어 관리를 평가하는 법이 없다. 진실로 식인귀가 사람을 골라 잡아먹는 것처럼 천하에 선비를 거느림에 그렇지 않은 곳이 없다. 악질 관리가 민생을 해치니 진실로 최악의 정치다. 주 문왕이 실제로 꼭두각시를 만든 것처럼 이부의 간악한 관리가 또 빠진 자리를 바꿔 채워가며 위아래를 뒤집을 수 있다. 하급 관리는 마땅히 낮은 자리로 옮겨 다녀야 하는데, 또 남의 손을 빌려 왕부의 속관으로 피하고 허수아비들에게 작은 뇌물을 주면 바로 자리를 충분히 얻었다. 파리가 한곳으로 모여들어 이를 갈고 입술을 찌르면 식인 짐승 알유猰㺄가 되고 다시 10여 년이 지나면 어디에서 죽을지를 모른다.

원문 添注[98]衞經歷[99]

本朝簿尉[100]卑官, 不用宋人注官待次之法, 凡才品劣者, 例陞王官. 初

---

98 添注 : 실질적인 관직은 없지만 관직에 임용된 것으로 여기고 대기하는 것.
99 衞經歷 : 명대 각 위衞의 지휘사사 소속의 경력사역으로, 1인을 두어 각 위의 수령관으로서 문서와 격문에 관한 일을 맡아 했으며, 종 7품에 해당한다.
100 簿尉 : 주부主簿와 현위縣尉로, 지방관좌리 관원을 지칭한다.

亦一時權宜疏通之術, 後遂循爲故事, 不能改矣. 至今上之庚戌, 西粤人文無技立縉者, 爲文選副郎, 署選事, 患銓選壅滯, 又創爲一法. 於凡州縣卑官, 有考語非上等者, 卽上考而歷任稍久者, 輒陞外衞候缺經歷, 謂之半王官. 呈之太宰孫富平, 大稱善卽爲允行, 亦不經題請. 而言路以富平故, 無一人敢議. 初猶一缺止用一人, 久而二三人, 更數年則累累若若, 與王官無異矣. 王官止中原楚蜀江右數處, 在彼候缺者尙少. 今衞幕則布滿天下, 動云待缺, 凡州佐縣佐以及驛丞倉巡之屬, 每一缺官, 輒求代署. 恣行畫攫, 或憲訪, 或告發, 則潛匿他方, 詭云回籍, 及事過再來. 又浼有力者道地, 以圖承乏. 在上臺則以去來莫測, 無從行驅逐之令, 在吏部則以閒廢已久, 無從中考功之法. 眞如飛天野叉[101], 擇人而食, 普天率土, 無處不然. 其蠹吏治害民生, 眞第一敝政. 文君實作之俑, 而吏部奸胥, 又利缺之易出, 可以上下其手. 下吏應劣轉者, 又借以避王官, 稍賂刻木輩, 卽已得之. 蠅集一方, 磨牙棘吻, 爲蒼生猰[102], 更十許年, 不知何所終矣.

---

101 飛天野叉 : 불교 전설 중의 식인귀.
102 猰㺄 : 고대 전설 속의 사람을 잡아먹는 짐승.

[번역] 형부의 서강西江 장수붕張壽朋

　강우江右의 서강西江 장수붕張壽朋이 처음 형부에 제수되었는데, 정해년 중앙관 감찰에서 지방관인 산동 태안주동지泰安州同知로 좌천되었다. 또, 동료와 향전香錢을 다툰 일로 한 등급 내쳐져서 이부로 가서 대기하다가 영평부추관永平府推官으로 강등되었다. 언관들이 일어나 이를 쟁론하며 다음과 같이 말했다. "주관州官의 보좌관이 옥사를 맡는 사리司理가 되니 운동運同은 한 단계 강등되어 안찰사첨사按察司僉事가 되어야 하며, 지부知府는 한 단계 강등되면 포정사참의布政司參議가 되어야 하고, 운사運司가 한 단계 강등되면 근찰사부사按察司副使가 되어야 합니다." 당시 문선낭중文選郎中 사정채謝庭采가 상소를 올려 자신의 수족을 변호했다. 장수붕이 이에 만전도사萬全都司 단사斷事로 강등되어 상황을 판단하고 떠나 떨쳐 일어나지 못하고 벼슬을 그만두고 고향으로 돌아가 지금까지 나오지 않았다. 장수붕이 이렇게 추관이 된 일은 본래 처음 있는 일이었고, 사정채가 잘 아는 동향 사람을 파격적으로 기용한 것이다. 그러나, 선대에 지현知縣은 대부분 주동지州同知로 승진했다. 가정 연간 초에도 여전히 그러했고, 이후 마침내 서리 중에 승진 시험에 합격한 관리와 돈을 주고 관직을 산 사람 가운데 우수한 인재로 선발된 사람들은 청렴하게 거한 자가 없었다. 지금 강등되고서 오히려 형벌을 관장하는 관리가 되었으니 깜짝 놀랄 만한 일인 듯하다. 이 관직도 종6품이라서 품계가 낮지 않다고 생각하기 때문이다. 그러나, 지현知縣을 보좌하는 자리에 서서 머리를 조아리며 '나으리'라 부르면서 매번 직접 순행을 나가니 큰 모자와 군복을 입고 쫓아가 죄인을 잡았다. 전혀 개의치 않고 먼지가 일도록 곤장을 쳐대니 천인들과 다를 바가 없다. 부의 사리司理가 되어도 또한 볼기를 치고 욕하니 문선낭중 사정채는 탄핵을 받아야 마땅하다.

원문 張西江比部

江右張西江壽朋[103]初拜比部, 丁亥京察, 外謫爲山東泰安州同知. 又以與同寅爭香稅事, 當鐫一級, 赴部聽補, 得降永平府推官. 言路起而爭之, 謂, "以州倅得司理, 則運同降一級, 當爲按察司僉事, 知府降一級, 當得布政司參議, 運司降一級, 當爲按察司副使矣." 時文選郞中爲謝庭寀, 疏辯殊支. 張乃改降萬全都司[104]斷事而去, 迄不振罷歸, 至今未出. 張此補本屬創見, 謝選君同鄕相善, 破格用之. 但先朝知縣, 多陞州同知, 嘉靖初尙然, 後遂爲胥吏輩考中之官, 及貲郞之優選, 無一淸流居之. 今下遷反爲理官, 似駭聽聞. 因思此官亦從六品, 秩已不卑. 然列縣佐之班, 叩首呼老爺, 每直指行部, 則大帽戎衣, 趨走巡捕. 一不當意, 棰楚塵埃間, 與輿皂無異. 至府司理, 亦得而笞之詈之, 宜謝選郞之受抨也.

---

103 張西江壽朋 : 장수붕張壽朋, 생졸년 미상은 명대 서강 사람으로, 형부주사, 태안주동지, 여주부 통판 등을 역임했다.

104 萬全都司 : 만전도지휘사사萬全都指揮使司의 약칭.

근래에 서강西江 장수붕張壽朋이 계미년에 진사가 되어 또한 명사로 알려졌는데, 형부랑에서 주동지州同知로 폄적되고 어떤 사건으로 인해 한 단계 강등되어 추관으로 임명되었다. 언관들의 규탄을 받아 부단사副斷事로 강등되었고, 사선랑謝選郎까지도 죄를 얻었다. 조정에서 사선랑은 억울하지 않다고 의론했다. 그러나, 현 왕조의 주의 보좌관에서 부의 보좌관이나 현의 수장으로 강등된 자가 매우 많은데, 선대에는 말할 것도 없다. 융경 초년에는 남직례 통주동지通州同知 왕여신汪汝信이란 자가 가정 연간 계축년에 진사가 되어 또한 호부주사에서 이 관직으로 강등되었는데, 이후에 논의가 되어 다시 한 단계 더 강등되었다. 당시 수규 광릉廣陵 이문정李文定이 그가 어질다고 적극 추천해 그곳의 흥화지현興化知縣으로 강등되었는데, 바로 호부주사로 승진했다가 통정참의通政參議로 영전했다. 그 사람이 금상 초년까지도 여전히 자리에 있으니 먼 일이 아니다.

近年張西江壽朋, 癸未進士, 亦知名士也, 以刑部郎謫州同知, 又因事降一級, 補任推官. 爲言官所糾, 改降副斷事, 并謝選郎俱得罪. 朝議不以選郎爲冤. 但本朝州佐降府佐縣正者甚多, 無論祖宗時. 卽隆慶初年,

南直通州同知王汝信者, 登嘉靖癸丑進士, 亦以戶部主事降是官, 後被論
再降一級. 時廣陵李文定爲首揆, 力薦其賢, 因降補其邑興化知縣, 尋陞
戶部主事, 優轉通政參議. 其人至今上初年尚在, 非遠事也.

번역 노인이 여색을 탐하다

　산서 양성 사람 태재 왕국광王國光이 벼슬을 그만둘 때 나이가 이미 70을 넘었는데, 여전히 건강하게 잘 먹고 젊었을 때처럼 여자와 잠자리를 했다. 금상 18년에 나랏일을 그만둔 지 9년이 지났는데, 당시 양성의 백성 백호례白好禮란 자가 병으로 죽었다. 그 처 이씨가 미인이어서 왕국광이 그녀의 아름다움을 매우 흠모해 유생 전대수田大狩 등에게 부탁해 유혹해서 아내로 맞았다. 백호례의 부친 백서白書는 처음에는 고집을 부리며 따르지 않다가 나중에 위협을 받고 다시 이득 때문에 마음이 움직여 마침내 허락했다. 이씨는 개가하지 않겠다고 맹세하자, 또 그녀를 힘으로 핍박하니 칼을 물고 죽어서 당시 기이한 일로 전해졌다. 순안어사 교벽성喬璧星이 이 일을 알고 마침내 상소를 올려 보고했다. 황상께서 이 사건을 조사하라 명하신 뒤에도 그 일을 완수하지 못하고 그만두었다. 8년이 지나도록 혹 벼슬길에 오르길 바라거나 재물을 도모하는 자는 세상에 있게 마련인데, 젊은이 같은 기량을 발휘해 미색을 낚아 음란한 짓을 하는 이런 자는 전대미문이다. 혹자는 왕국관이 방중술에 능해 늙어서도 기력이 쇠하지 않았다고 한다.

원문 老人漁色

　山西陽城王太宰國光[105], 休致時已七十餘, 尙健飮啖, 御女如少壯時.

至今上十八年, 則去國凡九年矣, 時陽城民白好禮者, 病亡. 其妻李氏, 國色也, 王夙慕其豔, 托諸生田大狩等, 誘以爲妾. 其翁名白書, 初執不從, 後以威脅, 再以利動, 遂許焉. 李氏誓不更適, 又力逼之, 以刀刎死, 一時傳爲奇事. 按臣喬壁星得之, 遂疏以聞. 上命查勘後, 亦不竟其事而罷. 夫踰八之年, 或嗜仕進, 營財賄者, 世亦有之, 至于漁色宣淫, 作少年伎倆, 則未之前聞. 或云王善房中術, 以故老而不衰.

---

105 王太宰國光 : 명대 가정 연간에 이부상서를 지낸 왕국광王國光을 말한다.

금상 임인년 이부시랑 조방청趙邦淸이 어사 금충金忠과 공과 급사중 장봉상張鳳翔 등에 의해 비난받았는데, 여러 열거된 일들의 진위가 반반이었다. 조방청이 분해서 애써 변론해 더러운 욕설로 매도하며 날카로운 무기를 들고 말한 자를 칼로 찌를 정도였다. 다만 그 중 흠선동궁숙녀欽選東宮淑女 양씨楊氏가 퇴출되자 조방청이 사서 첩으로 삼고 더 이상 변론하지 않았고 이윽고 성지를 받들어 관적을 없애고 떠나 이 일에 대해 깊이 추궁하지 않았다. 이전 20년간 옛 예부시랑이 임강臨江의 태수가 된 일이 한 건 있었는데, 조방청의 일과 똑같아서 마침내 극형을 받고 오랫동안 옥에 갇혔다. 또 이전에 홍치 연간 초년 영양후寧陽侯 진보陳輔가 어린 나이에 부마 양위楊偉의 딸과 정혼을 했는데, 몇 해를 기다려도 장가를 들지 못했다. 이 때문에 내수현淶水縣 사람 학영郝榮의 아름다운 딸이 일찍이 궁궐에 들어갔다가 쫓겨났다는 소문을 듣고 양씨와의 일을 숨기고 그녀와 혼인했다. 이후에 애정이 없어지자 바로 양위의 딸과 혼인했는데, 문중에 들어오자마자 바로 이 일이 발각되었다. 이에 하옥되어 심의를 받아 작위를 없애고 평민으로 삼고, 훗날 그의 아들이 작위를 세습하도록 명했으니 오히려 관대한 처사였다. 정통 13년 시랑 제소齊韶가 내선백호內選百戶 사선史宣의 딸과 혼인했는데, 일이 발각되어 여름에 참형에 처해졌으니 그 화가 심했다. 또 몇 년 후 영종이 복위했을 때 고관 궁보宮保 오근吳瑾을 꾸짖으며 다음과 같이 말했다. "야선也先은 어찌 믿음을 잃었는가? 당시 여동생을 짐에게 시집보내는 것을 일찍이 허락했는데, 지금 그녀는 어디에 있는가?" 이에 야선이 "이미 석형에게 빼앗겼고 또 그 몸종을 다 죽였습니다"라고 했다. 황상께서 궁보 오근에게 말하지 말라 경계하시고 석형은 대역죄로 몰살되었다. 음탕한 사내가 여색을 탐하는 것이 이 지경으로 진정 하늘보다 담대하니 그중에 천수를 다한 자를 얻는 것은 요행이다.

원문 **人臣漁色無等**

今上壬寅, 吏部郎趙邦淸, 爲御史金忠工給事張鳳翔等論, 諸所臚列, 眞僞相半. 趙憤恨力辨, 醜詆穢詈, 至持利器欲剚刃言者. 獨其中有欽選東宮淑女楊氏退出, 爲趙買爲妾, 則不復置辨, 尋奉旨削籍去, 不深窮其事也. 前此二十年, 則有故禮部郎臨江守一事, 與趙正同, 竟坐極法長繫矣. 又前乎此, 則弘治初年, 寧陽侯陳輔, 幼聘駙馬楊偉女, 待年未娶. 因聞涞水縣人郝榮有女殊色, 曾入內廷簡出, 輔匿楊氏婚娶之. 後以寵衰, 仍娶楊女, 旣入門乃發其事. 至下獄會讞, 旋命革爵爲民, 俟他日伊子承襲, 猶爲寬政也. 若正統十三年, 侍郎齊韶娶內選百戶史宣之女, 事發至夏月論斬, 則其禍烈矣. 又數年, 則英宗返正時, 詰問達官吳宮保曰, "也先何以失信? 當時曾許以妹歸朕, 今女安在?" 也先云, "已爲石亨奪去, 且盡殺其媵矣." 上戒宮保勿言, 亨坐大逆夷滅. 淫夫漁色至此, 眞膽大于天, 其中得其良死者幸也.

[번역] 중앙관이 큰 가마를 피하다

　내각대학사에 대한 예우는 백관 중에 으뜸이라 대소 신료들이 길을 비키지 않은 적이 없다. 태재만이 내각대학사와 대등한 예우를 받았지만 그래도 온전히 같은 건 아니었다. 태재가 출타할 때면 대구경의 높은 관리와 한림학사가 길을 양보하고 말을 멈추고는 그가 지나가기를 기다렸고, 다른 오부의 일반 관료들은 모두 길을 비켰다. 비록 과도관의 지위가 높았지만 감히 대항하지 못했다. 소재가 출타할 때면 오부 정경과 같은 격식을 차렸는데, 다른 시랑들은 그렇지 않았다. 서길사는 예전부터 내각대학사와 태재를 위해서 그저 길을 피했고, 그 외의 시랑들은 모두 결국 길에서 두 손을 모으고 멀리 바라보았다.

　내 고향 사람 태재 오대거사五臺居士 육광조陸光祖는 금상 계미년과 갑신년에 먼저 이부시랑이었는데, 길에서 서길사를 만나서 길을 비키지 않으면 오히려 크게 곤욕을 치른다. 이 일을 내각대학사에게 고해도 바로잡을 수 없었기 때문에 분이 극에 달해서 사람들에게 다음과 같이 말했다. "지금 북경의 별종들은 위계질서를 알지 못하고 큰 가마를 피하지 않는 자들로 네 등급이 있다. 첫째는 내시이고 둘째는 부녀자이며 셋째는 조정에 들어온 코끼리이고 넷째는 서길사이다." 서길사들이 그가 더욱 성내고 원망한다는 소리를 듣고 함께 대항하려는 뜻을 두었는데, 지금은 어떻게 되었는지 알 수 없다. 또, 북경의 도찰원과 육과의 여러 공들은 육경을 만나면 반드시 길을 비켰다. 하지만, 남경에서는 그렇지 않았고, 매번 길에서 마주치면 결국 대등한 예의를 갖추었다. 도찰원의 어사는 여전히 당관이었기 때문에 함께 공식적으로 만나지 않았다. 육과의 급사중은 공사公私와 길흉을 구분하는 예를 갖출 때면 바로 정경과 나란히 서서 조금의 차등도 두지 않았으니 또한 특이하다.

京官避大轎[106]

閣臣禮絶百僚, 大小臣工, 無不引避. 唯太宰與抗禮, 然亦有不盡然者. 至太宰之出, 唯大九卿尊官及詞林, 則讓道駐馬, 以俟其過, 他五部則庶僚皆引避. 雖科道雄劇, 亦不敢抗. 至少宰之出, 其體同五部正卿, 他亞卿則不然矣. 至庶吉士向來止避閣師[107]及太宰, 餘卿貳俱竟于道上遙拱.

吾鄉陸五臺太宰, 先于今上癸未甲申間佐銓, 遇庶常于道上, 抑其引避, 反大受窘辱. 訴之閣下, 亦不能直, 因憤極語人曰, "當今京師異類, 不知等威, 不避大轎者有四等. 一爲小閣宦, 二爲婦人, 三爲入朝象隻, 四爲庶吉士." 諸吉士聞之益恚恨, 立意與抗, 今不知何如. 又如北京臺省諸公, 遇六卿必避. 而南京則不然, 每道上相値, 竟講敵禮. 西臺尙以堂官之故, 不與公會. 至六科遇有公私吉凶之禮, 直與正卿雁行並立, 無少差等, 亦異矣.

---

106 大轎 : 여덟 사람이 드는 큰 가마.
107 閣師 : 내각대학사 겸 한림원을 관장하는 학사.

  예부상서 석모石瑁는 산서 응주應州 사람으로 선덕 연간에 진사가 되었다. 처음에 금화지부金華知府였는데, 무능하고 나약해 마땅히 파직해야 한다는 평가를 받았지만 때마침 포정行布政行으로 승진해 남을 수 있었다. 복건포정이 되었을 때 또 무능하고 나약하다는 이유로 관직을 떠나야 했지만 때마침 남경 이부시랑이 되어 다시 남을 수 있었다. 마침 예경 소훤蕭暄이 황상의 질문에 제대로 답을 못해 남경으로 자리를 옮기자, 이문달李文達이 소훤을 대신할 사람으로 석모를 추천했다. 석모가 조회에서 앞으로 나가 성지를 받들 때 어도에 가지 않고 결국 오른쪽 계단으로 걸어갔다. 영종께서 매우 싫어하시며 그의 거동에 실수가 있으니 예부상서의 자리를 욕되게 했다 하시고는 억지로 사직하도록 명하셨다. 석모가 자진해 상소를 올리자 황상께서 또 "그의 성실함은 가상하나 게으르고 우둔할 따름이다"고 말씀하시고는 일단 유임하라고 명하셨다. 얼마 안 되어 석모가 병으로 나올 수가 없게 되자 관부의 일이 오랫동안 처리되지 않았다. 당시 효공황후孝恭皇后께서 승하하셨는데, 전례가 복잡해 비로소 우시랑 추간鄒幹에게 인장을 관리하도록 명하시니, 석모가 마침내 말없이 떠나 한참 후에야 북경의 자택에서 죽었다. 이 당시 감찰 대계가 매우 엄격했는데, 어떻게 승진해 부임하고도 태만하게 일하지 않았으며 의론의 대상이 된 자가 또 어떻게 아무 일 없던 것처럼 태연했는가? 억지로 스스로 상소를 올렸을 때 이문달 역시 죄를 인정하지 않은 것은 또 어째서인가? 저 석모란 자는 말할 것도 없이 특히 대신들의 부끄러움을 아는 도가 상실되었으니 이상하다 할 만하다.

원문 **大臣屢逐屢留**

禮部尙書石瑁[108]者, 山西應州人, 宣德[109]間進士也. 初爲金華知府, 以考察罷軟當罷, 適陞布政行得留. 及爲福建布政, 又坐罷軟去, 適陞南吏部侍郎再留. 會禮卿蕭瑄以奏對失上旨, 調南京, 李文達薦瑁以代蕭. 入朝, 出班承旨不上御道, 而竟趨右階. 英宗大不懌, 謂其擧動失措, 有忝禮臣, 勒令引退. 比自陳疏上, 上又云, "其人篤實可憐, 但遲鈍耳." 命姑留之. 未幾卽病不能出, 部事久廢. 時孝恭皇后上儷, 典禮煩冗, 始命右侍郎鄒幹[110]署印, 而瑁竟不言去, 久之始卒於京邸. 是時計典已重, 何以陞任卽廢不行, 而身被議者, 又何恬然若不聞? 此勒自陳時, 李文達亦不引罪, 又何也? 彼石瑁者何足言, 特大臣廉恥道喪可異耳.

---

108 石瑁 : 석모石瑁, 1399~1462는 명대 전기의 대신이다. 그의 자는 신자信子이고 응주應州 사람이다. 선덕 8년1433에 진사가 되어 호부관정에 제수되었고, 예과급사중, 금화지부, 복건우보정사, 남경예부좌랑, 예부상서 등을 지냈다.
109 宣德 : '선덕宣德'은 원래 '정통正統'으로 되어 있는데, 선덕 계축년의 과록科錄에 근거해 고쳤다宣德原作正統, 據宣德癸丑科錄改. 【교주】
110 추간 : 추간鄒幹, 1413~1491은 명대 여항餘杭 사람으로, 그의 자는 종성宗盛이다. 병부직방주사, 무선랑중, 예부좌시랑, 예부상서 등을 지냈다.

[번역] 대계大計의 연한과 조항

　감찰 대계의 법령은 지금 가장 상세하게 갖추어져 있다. 그러나, 효종 때는 아직 미비했었다. 홍치 연간 원년 언관이 북경의 5품 이하의 일반 관리에 대한 감찰을 주청드렸다. 여기에 연로하고 병들어 무능하고 나약해 아무 일도 하지 않는 것, 평소 행동이 신중하지 않은 것, 경박하고 상스러운 것, 재주가 미천한 것 등 다섯 가지 항목은 있었지만, 탐욕과 잔혹함이라는 조항은 없었다. 또, 5품 이하의 당상관에 대한 별도의 감찰에서는 연로함, 신중하지 못함, 경박함이라는 세 가지 항목 외에 또 평판에 걸맞지 않은 승진이라는 조항이 있었다. 대리시승의 경우만 또한 탐욕과 잔혹함이라는 두 조항이 없었다. 대개 당시 북경 조정 관리는 예의를 지켜야 하므로 차마 천민을 뇌물로 바쳐서 사람을 업신여기는 일을 하지 않았다. 또, 그해는 무신년이었기 때문에 애초에 기해년 감찰 해당 연도는 아니었다. 대개 근래의 관례에 따라 주상께서 새로 등극하시면 감찰 대계가 행해졌다. 그러나, 관리 선발을 주관하는 부서에서 처음 주청했을 때 황상께서 성화 13년의 관례를 따르라고 명하시니 단연코 등극을 염두에 두신 것은 아니었다. 또, 그 해는 정유년이었기 때문에 역시 기해년 감찰에 해당되지 않았다. 또한 당시 감찰 대계가 이미 11년이나 행해지지 않았기 때문에 지금 사람들이 걸핏하면 6년마다 대계를 행하는 것이 선대에서 정한 제도라고 말하는 것은 잘못이다.

이때 5품 이하의 관리는 두 가지 항목으로 다루었다. 대개 유사와 지방관을 감찰할 때도 이치에 합당한 것 같다. 또, 평판에 걸맞지 않는다는 조항 또한 이번 천거에서만 보이니 지금은 그래도 행할 만한 것 같다.

원문 **大計年分條款**

大計考察之法, 至今日詳備極矣, 然孝宗朝尙未然. 弘治元年, 言官奏請考察在京五品以下庶官. 則有年老有疾, 罷軟無爲, 素行不謹, 浮躁淺露, 才力不及, 凡五條, 而無貪酷. 又另察五品以下堂上官, 則年老不謹浮躁三款之外, 又有陞遷不協人望. 大理寺丞一員, 亦無貪酷兩條. 蓋其時待京朝官有禮, 不忍以簠簋屠儈, 輕加人也. 又其年爲戊申, 初非己亥年分. 意者如近例, 主上新登極大計. 然銓部初題本時, 上命照成化十三年例, 則斷非登極. 又其年爲丁酉, 亦非己亥也. 且其時計典不擧已十一年, 今人動云六年大計, 爲祖宗定制, 誤矣.

○ 此時五品以下官, 分作二項. 蓋如外計之有司與方面也, 亦似有理. 又不協人望一款, 亦僅見于此擧, 今日似亦可行.

번역 중앙관에 대한 감찰

　　중앙관은 6년에 한 번 감찰하는데, 예전에는 그러한 관례가 없었다. 성화 4년 과도관 위원魏元 등이 말씀을 올리면서부터 '이번에는 당상관에 대한 감찰이므로 인장을 맡는 관리가 모여 공식적으로 함께 감찰하라'는 성지를 받들었다. 성화 8년에 상주문이 비준되어 10년에 한 번 중앙관에 대한 감찰을 했다. 성화 13년에는 또 어사 대진戴縉 등이 북경과 남경의 5품 이하의 관리에 대한 감찰이 필요하다고 말씀을 올려 성지를 받들어 관례에 따라 관리들이 모여 감찰하게 되었다. 홍치 원년 2월 하남도도어사 오태吳泰 등이 또 감찰을 청해 '이번 감찰은 이부에서 진행하라'는 성지를 받았다. 이에 왕개암王介菴이 총재가 되었다. 당시 한림원을 관장하던 소첨 겸 강학 왕해汪諧가 한림원의 시독 이하의 관리에 대한 감찰을 청해 비준되어 성화 13년의 관례대로 행했는데, 자연히 내각대학사도 함께 감찰했다. 황상께서 "한림원 스스로가 감찰한 사례가 있지만 이부가 한림원을 관장하던 왕해와 함께 행하라"고 하셨다. 이해에 104명이 좌천되어 나갔는데, 한림원에서는 한 명도 없었다.

　　홍치 원년 윤달 2월에 이부와 도찰원에서 북경의 5품 이하 당상관을 감찰했는데, 태복시승 주면周冕 등 다섯 사람을 물러나게 했을 뿐이었다. 홍치 10년 정월에는 이과급사 이원李源 등과 13도 어사 서승徐昇 등이 북경과 남경의 5품 이하 관리와 지방 수령에 대한 감찰을 요구했다. 이에 황상께서 홍치 연간 원년의 전례에 따라 명하셨고, 감찰로 총 95명을 강등시켰다. 홍치 14년 윤 7월에 남경 이부상서 부한傳瀚이 10년에 한 번 하는 중앙관에 대한 감찰의 법규가 지나치게 느슨하다고 상주해 6년에 한 번 할 것을 청하자 이를 따랐다. 홍치 17년에 또 10년에 한 번 감찰하라는 조서가 내려졌고, 곧이어 급사중 허천석許天錫이 말씀을 올리자 6년에 한 번 하라는 명을 내리시고 법령을 만드셨다. 정덕 4년 기사년에 이부상서 유우劉宇와 시랑 장채張綵 등이 또 감찰을 청했는데, 이때는 홍치 연간에 감찰을 한 지 5년밖에 안 된 때였으니 아마도 역적 유근의 뜻이었던 것 같다. 이때부터 매 사巳년과 해亥년에 감찰을 행해 마침내 정기적인 관례가 되었다. 대개 지금까지도 이렇게 행한 지 100년이 채 안 된다.

원문 京官考察

京官六年一考察, 昔[111]無其例. 自成化四年, 用科道官[112]魏元[113]等言, 奉聖旨, 是有堂上官的, 還會掌印官, 公同考察. 八年奏准, 京官每十年一次考察. 十三年又用御史戴縉等言, 要考察兩京五品以下官, 奉旨照例會官考察. 至弘治元年二月, 河南道都御史吳泰等又請考察, 得旨云, 這

---

111 昔 : '석昔'자는 원래 '자者'자인데, 사본에 근거해 고침昔原作者, 據寫本改. 【교주】
112 官 : '관官'자는 사본에 근거해 보충함官字據寫本補. 【교주】
113 魏元 : 위원魏元, 생졸년 미상은 명대 조성朝城 사람으로, 그의 자는 경선景善이다. 천순 원년에 진사가 되어 예과급사중에 제수되었다.

考察事, 吏部看了來說. 則王介菴爲冢宰也. 時掌翰林院爲少詹兼講學汪
諧[114], 請將本院侍讀以下官, 准成化十三年例, 自會內閣大學士考察. 上
曰, "雖有本院自考事例, 吏部還會同翰林院掌官行事." 是年謫出者凡一
百四員, 而詞林無一人.

至弘治元年閏三月, 吏部都察院考在京五品以下堂上官, 僅去太僕寺
丞周冕[115]等五人耳. 弘治十年正月, 吏科都給事李源等十三道御史徐昇
等, 乞考察兩京五品以下及外任方面. 上命如弘治元年例, 考察共斥降九
十五員. 至弘治十四年閏七月, 用南吏書傅瀚奏, 謂京官十年一考察, 法
太闊略, 乞六年一考, 從之. 弘治十七年, 又詔十年一考, 尋以給事中許
天錫[116]言, 命六年一考, 著爲令. 至正德四年己巳, 吏部尙書劉宇[117]侍郎
張綵[118]等, 又請考察, 時距弘治考察時止五年, 蓋逆瑾意也. 自是巳亥[119]

114 汪諧 : 왕해汪諧, 1432~1500의 자는 백해伯諧이고 절강 인화 사람이다. 천순 4년에 진사
가 되어 편수에 제수되었다. 『영종실록英宗實錄』 편수에 참여해 수찬으로 승진했으
며 우춘방유덕, 우서자, 예부우시랑 등을 지냈다. 저서로 『인헌집寅軒集』 등이 전해
진다.
115 周冕 : 주면周冕, 생졸년 미상은 명대 전기의 관리다. 그의 자는 복경服卿이고 호는 눌암訥庵
이며, 은현鄞縣 사람이다. 우춘방을 지냈으며, 저서로 『영파지寧波志』 등이 전해진다.
116 許天錫 : 허천석許天錫, 1461~1508의 자는 계충啓衷이고 호는 동강洞江이다. 복건부 복주
민현閩縣 사람이다. 홍치 6년1493 진사가 되어, 서길사, 이부급사중, 공부급사중, 도
급사중 등의 벼슬을 지냈다.
117 劉宇 : 유우劉宇, 생졸년 미상의 자는 지대至大이고, 균주鈞州 사람이다. 성화 8년1472에 진
사가 되어 어사, 산동안찰사, 대동순무, 좌도어사, 병부상서, 이부상서, 문연각대
학사 등의 벼슬을 지냈다.
118 張綵 : 장채張綵, ?~1510는 섬서 안정安定 사람으로, 홍치 연간에 진사가 되어 이부주
사, 문선랑중, 이부상서 등을 지냈는데, 환관 유근의 실각으로 하옥되어 옥사했다.
119 사해巳亥 : 중화서국본에는 '기해己亥'로 되어있지만, 본문의 내용과 명대의 중앙관
인사평가인 경찰京察 또는 내계內計를 실시한 역사 사실에 근거해 '사해巳亥'로 수정

兩年考察, 遂爲定例. 蓋迄今尙未百年.

했다. 본문의 내용에 따르면 중앙관에 대한 인사평가를 6년에 한 번씩 실시할 것을 법령으로 정한 것이 홍치 17년1504이다. 그 뒤에 실시한 첫 번째 중앙관 인사평가는 정덕 4년1509 기사년己巳年이다. 지지地支에 따르면 사년巳年의 6년 뒤는 해년亥年이다. 실제로 정덕 4년 이후로 중앙관에 대한 인사평가는 기본적으로 사년과 해년에 6년마다 실시되었다. 〖역자 교주〗

홍치 6년 정월 황제를 뵈알할 때 시행한 대계에서 이부가 주현의 지방관 1,400명과 잡직 1,135명을 승진시키거나 폄적시켰다. 황상께서 다음과 같이 말씀하셨다. "인재를 얻기가 어려우니 일에 있어서는 실질을 중시하고 사람에 있어서는 잘못을 고치는 것을 중시한다. 선대에는 인재를 아껴야 하니 반드시 9년의 기한을 준 뒤에 내쳤다. 지금 한 사람이 근거 없는 말 때문에 그의 공적과 성실함을 없앤다면 그가 감히 이로움을 펼칠 수가 없을 것이니 어찌 세상을 다스림에 타당하겠는가? 그대들은 모두 옛 폐단을 시정할 수 없다. 연한이 6년이 안 된 지방관 지부의 경우 제멋대로 다스리고 평소 품행이 신중하지 않는 잘못이 있으면 부임하기 전에 미리 처리하라. 그리고 임지에 와서 2년이 채 안 된 다른 관리의 경우는 늙고 병들고 탐욕스럽고 잔혹함이 두드러지지 않는 한 모두 그대로 남겨야 한다." 이에 지방관 이하 산동첨사 왕경王經 등 58명은 모두 유임하고 부동지 장문얼張文臬 등도 모두 3년 미만이라 원래대로 일한다. 이때 태재 왕삼원王三原이 황상의 의심을 받아서 대전의 의식 행사도 그만두었다. 또한 성지에서 운운한 대로 인재를 얻기 어렵다는 말은 모두 『대학연의보大學衍義補』 안에 수록되어 있는데, 차규 구문장邱文莊 성지를 따라 쓴 것이다. 왕삼원은 이때 마땅히 사직해야했지만 오히려 황상의 은총에 연연했고, 석 달이 안 되어 유문태劉文泰의 사건으로 황상께서 정직하게 명예를 취하기 위해서는 그 자리에 있을 수 없으니 떠나라고 지적하셨으니 또한 기회를 엿볼 수가 없었다고 할 만하다. 또, 홍치 6년 지방관 감찰에 따르면 이부에서 대소 신료들 중 2,000명을 마땅히 내쳐야 한다고 했다. 내각대신 구문장[이름은 준濬]이 다음과 같이 상소를 올렸다. "태평성세에는 3년에 한 번 내쫓았는데, 지금 관리들이 반년이 안 되어 쫓겨나는 것은 다른 사람의 말만 믿은 것이니 모든 것이 반드시 사실은 아닙니다. 이는 태평성세 때의 말이 아니며 또한 선대의 제도도 아닙니다." 황상께서 그의 말이 옳다 여기시고 3년이 안 된 자들은 유임하셨다. 이러한 사실은 기록되지는 않았지만, 황태천黃泰泉이 쓴 구문장의 묘지명에 보인다. 구문장이 왕삼원을 배척해서 유문태의 상소를 특별하게 여기지 않은 것을 알 수 있다. 사서에서는 결국 구문장이 꺼린 것으로 기록되어 있다.

원문 **外官考察**

弘治六年, 正月朝覲大計, 吏部陞謫方面州縣等官, 一千四百員, 雜職一千一百三十五員. 上曰, "人材難得, 事貴得實, 人貴改過. 祖宗愛惜人材, 必待九年方斥[120]. 今因一人無稽之言, 沒其積勤, 使之不敢申理, 豈治世所宜有? 爾等皆因舊弊不能改正. 其方面知府, 年未滿六年, 有疾不妨治事, 素行不謹, 在未任之先. 餘官到任未及二年, 非老疾貪酷顯著者,

---

[120] 斥 : '척斥'자는 원래 '승陞'자로 되어 있는데, 사본에 근거해 고쳤다斥原作陞, 據寫本改.
【교주】

俱留治事." 于是方面官以下, 山東僉事王經等五十八人皆留, 而府同知張文臬等俱未三年, 亦視事如初矣. 此時王三原爲太宰, 已爲上所疑, 故大典亦中格. 且旨中人材難得云云, 皆『大學衍義補』中語, 邱文莊[121]爲次揆所擬旨也. 王此時卽宜辭位, 而猶戀戀恩遇, 不三月卽爲劉文泰事, 上指爲賣直沽名, 不能安其位而去, 亦可謂不見機矣. 又按弘治六年外計, 吏部具大小庶官當斥[122]者二千人. 閣臣邱濬上言, "唐虞三載黜陟, 今有居官未半載而斥者, 徒信人言, 未必皆實. 非唐虞之言, 亦非祖宗之制." 上然其言, 以故未三載者[123]俱留用. 此事實錄不載, 而見之黃泰泉所爲邱文莊志中. 可見邱之排王三原, 不特劉文泰疏矣. 史竟爲邱諱之.

---

121 邱文莊: 명대의 저명한 유학자이자 정치가인 구준邱濬을 말한다.

122 斥: '척斥'자는 원래 '승陞'자로 되어 있는데, 사본에 근거해 고쳤다斥原作陞, 據寫本改. 【교주】

123 者: '자者'자는 사본에 근거해 보충했다者字據寫本補.【교주】

심사평가서를 조사하다

　지금의 제도에 의하면 익명으로 된 문서는 금지해 쓸 수 없다. 중앙
관과 지방관의 인사고과 시 이부에서 발행한 심사평가서에 내용을 기
입해 제출할 때 각각 심사한 사람의 성명을 쓰지 않는다. 죄상을 가득
나열한 평가서가 누구의 손에서 나왔는지 알 수 없더라도 여전히 황상
께 올리는 것이 없다. 기미년 지방관 인사고과에서 절강 사람 참정 정
차려丁此呂가 신중하지 않다는 평가를 받아 파직되었는데, 마침 그가 억
울하다는 말을 하는 사람이 있었다. 이에 이부에서 결국 심사평가서를
올렸고, 정차려는 마침내 받은 뇌물을 토해내고 수자리로 보내졌다.
사람들이 원통해하더라도 결국 심사평가서가 누구에게서 나왔는지 알
지 못한다.

考察訪單

　今制, 匿名文書, 禁不得行. 唯內外大計, 吏部發出訪單, 比塡注繳納,
各不著姓名. 雖開列穢狀滿紙, 莫知出于誰氏, 然尙無入御覽者. 至己未
外計, 浙江參政丁此呂以不謹罷, 會有人言其枉. 吏部竟以訪單進呈, 此
呂遂追贓遣戍. 人雖冤之, 竟不曉單自何人.

번역 지방관 인사고과에 황상께서 비답을 주시다

정덕 3년 무진년에 조정에서 조사해 상소를 올리자 갑자기 다음과 같은 평가가 나왔다. "한림학사 오엄吳儼은 가정생활이 문란해 사직하고 병을 치료하게 하라. 어사 양남금楊南金은 병이 없으니 기만한 죄로 평민으로 삼는다." 오엄은 정묘년에 순천順天부의 향시를 주관할 때 '신하노릇이 쉽지 않다'라는 논제를 썼는데, 유근이 이것을 싫어했다. 양남금이 어사대에 있을 때 당관 유우劉宇에게 매질을 당해 수치스러움과 노여움으로 휴직을 청하자 유우가 그를 모략하고 유근이 중지를 얻어 그를 파직시켰다. 오엄은 나중에 기용되어 남경 예부상서가 되었고 시호는 문숙文肅이다. 그리고, 양남금 역시 복직되었다. 유우가 이처럼 권력을 믿고 법을 어지럽히다가 유근이 실각하자 겨우 직함을 뺏기고 벼슬을 그만두었으니, 진실로 요행히 처벌을 피한 것이다. 가정 연간 정사년 중앙관 인사고과에서 호부좌시랑 사구의謝九儀와 병부우시랑 심양재沈良材는 스스로 죄를 진술해 성지를 얻어 남경에서 기용되었다. 또, 과도관 습유拾遺의 상소 아래쪽에 황상께서 사구의의 사직과 심양재의 휴직에 대한 비답을 덧붙이셨다. 상소문 안에 두 사람의 이름이 없었던 것도 특이하다. 또, 이전의 지방관 인사고과에서 하남참정 왕신중王愼中 등 두 사람에 대해서 언급하지 않았는데, 황상의 비답에는 모두 신중하지 않다는 평가로 쉬게 했으니, 이것은 수규 하귀계의 뜻이었다.

그 후 금상 정축년에 별자리의 이상 징후가 보였을 때, 남경 형부원외 포대관包大欟이 경박하다는 평가를 받아 강등되었는데, 신중하지 않으니 휴직시키라는 황상의 비답이 있었다. 남경급사중 부작주傅作舟가 남경 병부랑중 여약우呂若愚는 처신을 잘못한다고 논하자 역시 신중하지 않음을 평가한 관례에 휴직시키라는 황상의 비답이 있었는데, 수규 장강릉의 뜻이었다.

원문 **外察附批**

正德三年戊辰, 朝覲考察. 疏入內忽批出, "翰林學士吳儼[124], 帷薄不修, 着致仕養病. 御史楊南金[125]無疾欺詐爲民." 儼丁卯主順天試, 以爲臣不易爲論題, 劉瑾惡之. 南金在臺時, 爲堂官劉宇所撻, 羞怒請告, 故宇讒之, 瑾從中旨罷去. 儼後起至南禮部尙書, 諡文肅. 而南金亦得復官. 宇之附權亂法至此, 瑾敗僅革宮銜致仕, 眞漏網. 嘉靖丁巳內計, 戶部左侍郞謝九儀兵部右侍郞沈良材[126], 各以自陳, 得旨調南京用矣. 又科道拾遺疏下, 上又附批謝九儀致仕, 沈良材閑住. 疏中無二人名也, 亦異矣.

---

124 吳儼 : 오엄吳儼, 1457~1519은 명대 중기의 대신이다. 그의 자는 극온克溫이고 호는 영암寧庵이며, 남직례 의흥현 사람이다. 성화 23년1487에 진사가 되어 서길사로 선발되었고 편수에 제수되었다. 시강학사, 예부좌시랑, 예부우시랑, 남경예부상서 등을 지냈다.

125 楊南金 : 양남금楊南金, 1457~1539은 명대 중기의 관리다. 그의 자는 본중本重이고, 등천주鄧州 옥천玉泉 사람이다. 호광첨사湖廣僉事, 호광참의湖廣參議 등의 벼슬을 지냈다.

126 沈良材 : 심양재沈良材, 1506~1567의 자는 덕부德夫 혹은 봉강鳳岡이며, 양주부 태주 사람이다. 가정 14년에 진사가 되어 병과급사중, 이과급사중, 남경대리시승, 병부시랑 등을 지냈으며, 저서로 『심봉강집沈鳳岡集』이 전해진다.

又先辛丑外察, 不及河南參政王愼中等二人, 內批俱以不謹閑住, 則首揆貴溪意也.

其後, 則今上丁丑星變考察, 南刑部員外包大爟, 以浮躁降, 內批以不謹閑住. 南兵部郎中呂若愚[127]不處, 南給事傅作舟論之, 內批亦照不謹例閑住, 則首揆江陵意也.

127 呂若愚 : 여약우呂若愚, 1531~?의 자는 가명可明이고 호는 망송望松이며, 절강 소흥 사람이다. 가정 44년1565에 진사가 되어, 장주지현, 서금지현, 남경행인사부사, 병부차가사랑중 등의 벼슬을 지냈다.

[번역] 인사고과에서 친인척을 사사로이 여기지 않다

　남경 예경 도승학[陶承學, 호는 사교四喬]은 평소 인망이 두터웠고, 장강릉과 같은 해에 진사가 되어 평소 서로의 말을 존중하는 사이였다. 탈정 사건이 일어나자 내심 조금 멀어졌다. 당시 장강릉과 같은 고향사람인 남경 급사 부작주가 그의 심복으로 도성에서 기세등등하게 행차하는데, 도승학이 또 그를 크게 예우하지 않자 장강릉에게 그를 참소했다. 마침 도승학이 또한 이 일로 미움을 받게 되었다. 신사년 인사고과에서 사람들을 모아 도승학을 탄핵하려 했는데, 상황이 안 되어 고심하다가 부작주가 도승학의 여러 죄상을 은밀하게 알렸다. 이에 장강릉이 크게 기뻐하며 그를 어사에 제수하고 탄핵 상소를 올리게 했다. 이때 상위정[商爲正, 호는 연양燕陽]이 서대에서 자질이 가장 뛰어났는데, 그는 도승학의 사돈이자 장강릉 문하 사람으로 도승학을 구하려 했지만 할 수가 없어서 장강릉에게 간절히 부탁했다. 그러나, 장강릉이 노하여 심한 언사로 그를 위협했다. 상위정이 만회할 계책이 없어서 도승학은 결국 과도관 진요秦耀 등에 의해 지탄받아 성지에 따라 사직했다. 상위정은 나중에 정위廷尉로 옮겨서 장차 크게 기용될 뻔했지만 역시 그만두겠다고 했다. 상위정은 민첩하고 능숙하기로 이름나 원래 장강릉에게 아첨하지 않는 자인데, 이 일로 헐뜯음을 당했으니 그가 화를 당할까 두려워 좌시했지만 마침내 면할 수 없었다고 한다. 임진년 지방관 인사고과에서 태재 육광조陸光祖가 인재선발을 맡았다. 이전 어사 도숙방屠叔方과 황정색이 모

두 그의 친인척이라서 둘 다 신임부사로 강등되었으니, 의론하는 자들이 박정하다고 하지는 않는다. 계사년 중앙 인사고과에서 이부상서 손롱孫鑨의 생질인 이부랑 여윤창呂胤昌이 경박하다는 명목으로 강등되었다. 이과도급사 황삼여黃三餘는 고공랑중 조남성趙南星의 사돈인데, 신중하지 않다는 평가를 받아 집에서 쉬게 되었다. 당시의 여론이 일치해 그의 공정함에 탄복했으니, 대개 사람들의 마음을 이처럼 잃어서는 안 된다.

원문 **大計不私至親**

南禮卿陶四喬承學[128], 素負人望, 又江陵同榜進士, 素以聲氣相重. 及奪情事起, 心稍不然. 時江陵同邑人傳作舟, 爲南給事, 方寄爪牙耳目, 雄行于都中, 陶又不甚禮之, 乃譖之于江陵. 會陶亦以事見忤, 適辛巳大計, 募人劾陶, 苦無事款, 適傳密寄陶諸罪狀至. 江陵大喜, 以授給事中御史, 俾入糾劾疏. 時商燕陽爲正[129]在臺中資最深, 爲陶姻家, 又江陵門人也, 苦救不能得, 乃懇之江陵公. 江陵怒, 以惡語劫之. 商無策挽回, 陶遂爲科道秦耀等所糾, 得旨致仕. 商後轉廷尉, 將大用, 亦以言罷. 商敏

---

128 陶四喬承學 : 도승학陶承學, 1518~1598의 자는 자술子述이고 호는 사교泗橋이며, 절강 회계 사람이다. 가정 26년1552에 진사가 되어, 중서사인에 제수되었으며 남경어사를 지냈다.

129 商燕陽爲正 : 상위정商爲正, 생졸년 미상의 자는 상덕尙德이고 호는 연양燕陽이며, 소흥 회계 사람이다. 융경 5년1571에 진사가 되어 형부귀주사주사에 제수되었다. 이후 강서도감찰어사, 산동순안, 복건순안, 제학북기提学北畿, 대리시소경 등의 벼슬을 지냈다.

練有能名, 本非附江陵者, 止此一事見訾, 謂其畏禍坐視, 遂不免. 至壬
辰外計, 司銓者爲太宰陸光祖. 前御史屠叔方黃正色, 皆其至戚, 俱以新
任副使貶降, 議者不言其薄. 癸巳內計, 則吏部郎呂胤昌, 爲吏部尙書孫
鑨嫡甥, 以浮躁降調. 吏科都給事黃三餘, 爲考功郎中, 趙南星之兒女至
戚, 以不謹閑住. 一時輿論翕然, 服其公, 蓋人心之不可泯如此.

6년에 한 번 있는 중앙관에 대한 인사고과는 그 법이 매우 엄격하다. 선대에도 공정하지 않음을 간언한 자가 있었는데, 돌아가신 증조부께서 위상신韋商臣 등이 한 일에 대해 간언하셨지만, 끝내 결과를 얻을 수 없었다. 목종 때 과도관을 조사한 후 급사 주세선周世選과 태복 위시량魏時亮 등을 기용했지만, 당시에 언관을 조사하지는 않았다. 본래 정식 규정은 아니어서 특별히 한때 고신정이 사사로운 의도에서 나온 것이므로 억울하다고 여긴 것이 공론이었다. 금상 신사년에 규정상 신중하지 않다는 이유로 관직을 떠난 자가 다음 해에 기용되었는데, 그가 바로 지금의 대사도 조세경[趙世卿, 호는 남저南渚]으로 처음 남경 호부랑일 때 특별히 상소를 올려 당시의 정치를 간언했었다. 이에 장강릉이 노해서 그를 그저 장사로만 승진시켰는데, 인사고과 때 명사들의 평가로 추천되었다. 이후 안경顔鯨, 관지도管志道, 장정곡張正鵠, 마유룡馬猶龍에 대해서도 당시의 여론은 억울하다고 하며 끊임없이 추천서를 썼지만 끝내 관례를 깨려하지 않았다. 대개 큰 예절이 겉으로 드러나지 않으니 이전의 현인들에 비할 수 없을 뿐이다. 신사년 이후부터 정해년, 계사년, 기해년, 을사년을 거치면서 네 번이나 관적에서 내쳐졌는데, 그를 기용하자고 의론하는 자가 없었다. 근래 신해년 조사에서 상황이 흉흉해 평가가 낮은 자를 내보내는 일을 하는 자는 공격당해 겉이 멀쩡하지 못하는 일이 일시에 또한 이루 셀 수 없이 많았다. 최근 마침내 형부의 서대화徐大化를 기용하자는 의론이 있었는데, 신중하지 못하다는 평가를 받아 중인이 되었다. 현명한 사람을 가두었을 때라 진실로 불쌍하고 안타까워했다. 그런데, 전대미문의 일이 한 번 일어나자 나중에 재주가 아깝다는 핑계를 대니 큰 법도로 막기가 어려울 것 같다.

원문 六年大計

京朝官六年一大計, 其法至嚴. 先朝亦有以不公爭之者, 如先王大父爭韋商臣等之類[130], 然終不能得. 唯穆宗時考察科道後, 起給事周世選太僕魏時亮等, 然非時考察言官. 本非典制, 特出高新鄭一時私意, 故公論皆以爲冤. 今上辛巳, 察典不謹去者, 次年卽起用, 爲今大司徒趙南渚世卿[131], 則初爲南戶部郎, 特疏譏切時政. 江陵怒, 劣陞長史, 旋中大計, 尤爲淸議所推也. 嗣後如顔鯨管志道張正鵠、猶龍, 亦時情稱枉, 薦章不絶, 終不肯破例. 蓋以非有大節表著, 不得比前諸賢耳. 自辛巳後, 凡經丁亥癸巳己亥乙巳四斥籍, 無有議起廢者. 唯邇來辛亥一察, 物情洶洶, 司黜幽者, 被彈射無完膚, 一時亦不能勝. 近日遂議起徐比部大化[132], 則不謹條中人也. 錮人明時, 誠可憫惜. 然天荒一破, 後來藉口憐才, 恐大典難以隄防矣.

---

130 類: '류類'자는 원래 '현顯'자로 되어 있는데, 사본에 근거해 고쳤다類原作顯, 據本改. 【교주】
131 趙南渚世卿: 명대 후기 이부상서를 지낸 조세경趙世卿을 말한다.
132 徐比部大化: 서대화徐大化, 생졸년 미상의 호는 희환熙寰이고, 절강 회계 사람이다. 만력 연간에 진사가 되었고, 성령城令을 지냈다.

번역 **관례를 벗어난 인사 평가**

홍치 연간 이후 인사 평가의 규정이 비로소 치밀하고 엄격해졌다. 세종 때 대례를 논한 여러 대신들은 사정을 봐줬지만 인사고과만은 엄격하게 했다. 교관 왕개王玠, 광록감사 전자훈錢子勳, 어사 오수虞守 수주동지隨州同知 풍방豐坊 등은 파직되었는데, 모두 세종께서 흥왕부에 계실 때 갖가지 아첨을 했지만 황상께서 끝내 관례를 깨지 않으셨으니 이처럼 엄격했던 것이다. 그러나, 강등된 조문화, 팽택彭澤, 저양재儲良才 등 여러 신하들도 조사 대상에 걸려들었는데, 권세 있는 간신이 그들을 보호하는 상소를 올려 옛 관직으로 유임되었다. 대개 죄가 가벼우면 폄적되고 죄가 중하면 쫓겨나는데, 특별히 이를 피한 것이다. 그 후 주융희朱隆禧가 비방을 올려 총애를 받아서 직함은 더했지만 끝내 기용되지 못한 것은 인사 평가 때문이다. 주융희가 나중에 구휼미와 장수를 기도했는데, 그의 아들 주제朱隮와 여희주呂希周 등이 왜구를 막은 공로로 모두 승진했다가 사직했으니 또한 인사고과의 규정 때문이었을 뿐이다. 이후 목종 경오년에 고신정이 사사로운 원한으로 장기張檟와 위시량魏時亮 등을 내쳤는데, 이 중 여러 명이 금상 초 원년에 모두 기용되었다. 금상 신사년에 대사농 조세경이 먼저 건의해 장강릉을 거슬러서 그저 초부장사로 승진했는데, 이때 또 신중하지 않다는 평가로 내쳐졌다. 얼마 안 가서 원래 직분을 회복해 지금까지 관직에 있다. 인사고과가 이때부터 오랫동안 유지될 수 없었다.

○ 가정 말년 도급사중 여여진厲汝進이 엄분의를 탄핵해 전시典史로 강등되었다. 얼마 안 가서 지방관 인사고과로 도망갔다는 이유로 내쳐졌다. 이때 조사 법규가 엄중했는데, 언관이 재상 엄분의가 원한을 갚아서 감히 그를 구할 자가 없었다고 했다. 이윽고 목종께서 등극하시어 언관들을 사면하시어 한 사람도 버려지는 자가 없었다. 여여진을 위한 추천서가 여러 차례 들어갔지만 유독 받아들여지지 않았다. 만약 지금이라면 삼공구경의 높은 자리에 올랐을 것이다. 고관대작을 어찌 말할 만하겠는가. 차라리 이광 한 사람에 그칠 뿐이다.

○ 가정 말년 유덕諭德 당여즙唐汝楫이 엄분의의 무리에게 탄핵을 당해 신중하지 않다는 평가를 받아 관례대로 휴직하게 되었지만, 인사고과 때문은 아니었다. 목종께서 등극하시고 옛 강관들을 두루 기용하셨는데, 당여즙만은 태상소경으로 승진시키고 사직하게 하셨다. 당시에 명사들의 논평이 이처럼 엄격했다.

원문 **考察破例**

弘治以後, 考察之法, 始密而嚴. 世宗于議禮諸臣, 無所不假借, 獨嚴于大計. 罷斥者如教官王玠光祿監事錢子勳御史虞守隨州同知豐坊輩, 俱百端獻媚于興邸, 而上終不爲破例, 其嚴如此. 然而降調諸臣如趙文華彭澤儲良才等, 亦係考察人數, 以權奸疏保, 留復舊職. 蓋以貶輕而斥重, 故特免也. 其後朱隆禧以進秘方見倖, 雖加銜終不見用, 蓋以考察之故.

而朱[133]後以助米及建醮祝壽, 其子際及呂希周輩以拒倭報功, 皆陞職致仕, 亦以計典故耳. 此後唯穆宗庚午, 高新鄭以私怨斥張檟魏時亮等, 諸人至今上初元皆起用. 今上辛巳, 大司農趙世卿, 先以建言忤江陵, 劣陞楚府長史, 至是又以不謹斥. 未幾卽復原職, 以至今官. 而大計自此不能永錮矣.

○ 嘉靖末年, 都給事中厲汝進[134], 以劾嚴分宜降典史矣, 未幾外計, 卽以逃斥之. 是時察典嚴重, 言者但指爲嚴相修怨, 而無敢救者. 卽穆宗登極, 大需言官, 無一遺棄. 而汝進屢入薦章, 獨不收召. 使其在今日, 則立致槐棘[135]矣. 萬戶侯何足道, 寧止一李廣哉.

○ 嘉靖末年, 諭德唐汝楫[136], 以分宜黨被劾, 用不謹例閑住, 然非考察也. 穆宗龍飛, 普進舊講官, 汝楫僅陞太常少卿與致仕, 當時淸議尙嚴如此.

---

133 朱: '주朱'자는 원래 '사史'자로 되어 있는데, 사본에 근거해 고쳤다朱原作史,據寫本改. 【교주】

134 厲汝進: 여여진厲汝進,1509~1567의 자는 자수子修이고 호는 문봉文峰이며, 북직례 영평부永平府 난주灤州 사람이다. 가정 17년1538에 지주부추관池州府推官, 이과도급사중을 지냈다.

135 槐棘: 삼공구경三公九卿의 지위.

136 唐汝楫: 당여즙唐汝楫,1512~1597의 자는 사제思濟이고 호는 소어小漁이며, 난계 사람이다. 가정 29년1550에 진사가 되었고, 수찬, 좌유덕 등의 벼슬을 지냈다. 태복시소경을 지냈다고도 한다.

만력야획편 萬曆野獲編

上

권12

수수秀水 경천景倩 심덕부沈德符 저

동향桐鄕 이재爾載 전방錢枋 편집

◎ 이부吏部

번역 중서사인에 대한 감찰

관리 감찰인 대계大計는 6년에 한 번 거행하는데, 홍치 연간 말년에 정해졌으며 법규가 가장 중요했다. 5품 이하는 모두 감찰을 받았다. 궁 안에서는 한림학사만 감찰을 면할 수 있어서 남다른 특혜를 받았음을 보여준다. 나중에 강독학사 또한 전례대로 할 것을 청해 마침내 함께 감찰을 면할 수 있었다. 방국坊局 등의 관직은 귀한 신분이었지만 각각의 관청에서 함께 이부의 처분을 받아들여야 했다. 내각에서 변론의 글을 지금의 제고制誥와 양방의 중서성으로 보냈다. 헌종 때에는 본원의 학사에게 명해 각신들과 회동해 강독학사 이하의 관직들과 함께 감찰하도록 하고 이부의 간여를 허락하지 않은 것은 모두가 문학시종의 체면을 중시했기 때문이었으니 다른 관직들에 비할 바가 안 되었다. 그러나, 가정 연간 이후로는 이부의 도찰원을 따라 정치를 행했다. 문화전文華殿과 무영전武英殿 두 곳의 중서에서 일하는 관직과 어용감의 각 부 수장의 경우는 모두 선대의 성은을 구해 감찰을 면한 것이다. 대개 또 다른 벼슬에서 공로를 인정받지 못한 자들을 제외하고는 특은이 없었다. 그리고 태의원太醫院과 흠천감欽天監은 특별한 기술이 있어서 또한 특은이 있었고 후대까지도 미쳤다. 태의원과 문화전, 무영전의 중서사인은 여전히 감찰을 받지 않았다. 흠천감은 지금도 여전히 그대로 감찰을 받지 않고 부모상을 당해도 사직하지 않았으며, 나이가 들어도 고향으로 돌아가지 않았다고 한다.

원문 **中書考察**

　大計六年一舉, 定於弘治末年, 其典最重. 五品以下, 俱聽考察. 內惟翰林學士得免考, 以示優異. 已而講讀學士, 亦請如例, 遂並免之. 其坊局等官雖貴, 則照各官同聽吏部處分矣. 至于內閣書辦, 卽今制誥兩房中書官. 憲宗朝, 命本院學士, 會同閣臣, 與講讀以下等官考察, 不許吏部干預, 皆所以重文學侍從之體, 非他官得比. 然嘉靖以來, 仍從吏部都察院爲政矣. 至於文華武英兩殿中書辦事等官, 以及御用監各項匠官, 例皆先期乞恩免考. 蓋又以他途, 擯之功令之外, 非特恩也. 又太醫院[1]及欽天監[2], 以方技亦如之, 迨其後也. 太醫與兩殿中書, 仍入計典. 惟欽天監則至今猶然, 不考察, 不丁憂, 不告老云.

1　太醫院 : 고대 의료 기관의 명칭으로 금金나라 때 사용하기 시작했다. 명청 시기에 태의원의 직위와 품계 등은 약간 다르다.
2　欽天監 : 기후와 절기 등을 관장하고 역법曆法을 제정하는 관서다.

[번역] 신해辛亥년 두 번의 감찰에 대한 논쟁

　　가정 30년 신해년에 북경의 관리에 대한 감찰이 있었다. 이해 정월 금의위경력錦衣衛經歷 심련沈鍊이 수보 엄숭을 규탄하는 항소를 올렸는데, 그 언사가 매우 엄격했다. 엄숭이 여기에 힘써 변론하며 심련은 불법을 저지르는 관리이므로 지금 북경 감찰을 꼭 시행해 시험 성적이 낮은 관리는 면직시켜야 한다고 했다. 황상께서 논하시어 심련을 체포해 다스리시고 북경 밖 보안주保安州로 내치시고 평민이 되게 하셨다. 엄격한 감찰이 행해졌는데, 이과도급사 장병호張秉壺가 이부상서 하방모夏邦謨가 임무에 충실하지 않다고 또 규탄해 성지에 따라 벼슬을 그만두었다. 만력 39년 신해년 북경 감찰이 마무리되기 1년 전에 어사 금명시金明時가 이부시랑학사 왕도王圖를 탄핵했는데, 그 언사 또한 엄격해 왕도가 변론의 상소를 올렸지만 처분을 받들지 못했다. 이듬해 2월 감찰일이 임박하자 하남도어사였던 장경조張京兆가 이부상서 손비양孫丕揚에게 밀서를 보내 김명시의 감찰을 면하게 해달라고 했다. 손비양이 그것을 읽고 진노해 황상께 바로 알려 장경조의 관직을 그만두게 하셨다. 김명시가 이에 변론의 상소를 올리면서 어명 아래 한 글자를 잘못 쓰자 황상께서 또한 대노하시어 형부에게 명해 재물을 바쳐 속죄하게 하시고 그를 평민으로 귀속시키셨다. 이에 형부주사 진취규秦聚奎가 태재를 먼저 공격했고, 어사대에서 이어 계속 공격했다. 손비양이 그 격문에 대해 변론했지만 공격이 멈추지 않았고, 1년이 안 되어 결국 사직하고 물러날 것을 청했다. 예부터 사찰총경司察家卿이 이처럼 탄핵을 당한 적은 없었다. 또 백간을 써서 탄핵을 면하고자 한 것이라고 지적했으니, 이 두 경우가 모두 신해년에 있었던 일이다. 마침 60년을 되돌아왔으니, 어찌 운명이 그런 것이 아니겠는가!

원문 辛亥兩察之爭

嘉靖三十年辛亥, 當大計京察. 是年正月, 錦衣衛經歷沈錬[3], 抗疏糾首輔嚴嵩, 其詞甚峻. 嵩力辨, 謂錬作縣敗官調簡, 今知京察必處, 以故建言祈免黜幽[4]. 上怒, 捕錬逮治, 斥口外保安州爲民. 計竣, 吏科都給事張秉壺[5], 又糾吏部尙書夏邦謨[6]不職, 得旨致仕. 萬曆三十九年辛亥, 當大

---

3 沈錬 : 심련沈錬,1507~1557의 자는 순보純甫이며 호는 청하산인靑霞山人이다. 절강 회계會稽 사람으로 금의위의 관직을 지냈으며, 가정 17년에 진사가 되어 율양지현溧陽知縣에 제수되었다. 금의위로 좌천된 일로 인해 육병陸炳과 알게 되었다. 성품이 강직하고 음주와 바둑에 취해 사람들의 비난을 받을 정도였는데, '십죄소十罪疏'를 올려 엄숭에게 탄핵당했다. 가정 36년1577 엄세번이 순안어사 노해路楷와 선대총독宣大總督 양순楊順을 보내 심련을 제거할 계획을 꾸몄는데, 백련교도 염호聞浩 등에게 사로잡혀 모반의 죄를 뒤집어쓰고 두 아들과 함께 살해당했다. 융경 초에 조서를 내려 그의 간언에 대한 포상으로 그를 광록시소경으로 추증했으며 그 아들 한 명에게 관직을 주었다. 천계 초년 시호 충민忠愍으로 추증되었다. 후대 사인들이 그의 덕을 추숭해 그의 작품을 모아 『청하집靑霞集』으로 만들었다.
4 黜幽 : 시험 성적이 낮은 관리를 면직시키는 것.
5 張秉壺 : 장병호張秉壺,1507~?의 자는 국진國鎭이고 호는 팔봉八峰이며, 복건 보전莆田 사람이다. 가정 17년1538 상해현지현上海縣知縣에 임명되었다.
6 夏邦謨 : 하방모夏邦謨,1485~1566의 자는 순유舜兪이고 호는 송천松泉으로, 중경시 점강현墊江縣 사람이다. 이부상서, 공부상서, 호부상서 등의 벼슬을 지냈으며, 가정 30년에 사직하고 귀향했다.

計京官. 先一年冬, 御史金明時[7]劾吏部侍郎學士王圖[8], 其詞亦峻, 圖疏辨未奉處分. 至次年二月臨考察日, 掌河南道御史張京兆具密啓于吏部尚書孫丕揚, 謂明時前疏要挾免察. 丕揚閱之震怒, 卽聞之上, 令閑住. 明時辨疏犯御名下一字, 上亦大怒, 發刑部贖罪爲編民. 于是刑部主事秦聚奎[9]首攻太宰, 臺省繼之. 丕揚辨其激, 而攻者不已, 不一年亦請致仕. 從來司察冢卿, 未有被彈射如此者. 且指白簡爲挾免, 亦惟此兩辛亥. 恰好六十年, 豈運數使然耶!

---

7 金明時 : 금명시金明時, 생졸년 미상의 자는 예환鯢桓이다. 만력 23년1595에 진사가 되어 강서 길안부吉安府 태화지현泰和知縣이 되었다. 민생에 관심이 많았고 공적이 뛰어나 이후에 어사로 승진했다.

8 王圖 : 왕도王圖, 생졸년 미상명나라 만력 연간의 대신이다. 섬서 요주耀州 사람으로, 자는 칙지則之이고, 시호는 문숙文肅이다. 만력 14년1586 진사가 되어, 만력 연간과 천계天啓 연간 동안 한림원검토, 우중윤右中允, 첨사詹事, 이부시랑, 예부상서 등의 벼슬을 지냈다. 숭정崇禎 연간 초기에 태자태보로 추증되었다.

9 秦聚奎 : 진취규秦聚奎,?~약1628의 자는 중묵仲默이고 한양漢陽 사람이다. 만력 29년1601에 진사가 되어 지오강현知吳江縣과 지적계현知績溪縣이 되었다. 형부주사로 들어가 급사중으로 발탁되었는데, 왕도 등의 탄핵을 받아 파직당했다. 희종熹宗 때 순천부승順天府丞으로 기용되어 부윤府尹으로 승진했다. 위충현魏忠賢의 아들 위량필魏良弼이 개봉부의 후작이 되자 그의 영역을 넓히고자 했다. 진취규가 이에 항소하자 위충현이 노하여 삭탈관직하게 했다. 1627년 사종思宗이 즉위한 후 대리시경으로 임명되었지만 부임하기 전에 죽었다.

[번역] 감찰 대계로 내각을 적발하다

6년마다 시행되는 북경 관리 감찰 대계는 이부도찰원이 주관했다. 감찰이 마무리됨에 따라 높은 대신들 가운데 육과와 도찰원 소속의 정치인들을 적발했다. 그러나, 각신들은 상주문의 비준 여부를 결정하거나 혹은 각 부와 원으로 내려보내 죄상의 여부를 다시 논의한 후 황상의 결정을 따른다. 따라서, 태재, 어사대부와 내각보신의 세 관직에 있는 자는 모두 감찰 대계를 하는 사람들을 지휘하므로 아직까지 고발된 자는 없었다. 목종이 등극하신 후 시행된 감찰에서 고신정이 언관들에게 미움을 사서 공격을 받았는데, 지위를 잃지는 않았다. 이에 고신정을 시기 질투하는 자들이 마침 이런 행동을 흔쾌히 여겼지만 이 일을 바로잡으려는 자는 없었다. 이 때문에 남경 급사중 잠용빈岑用賓과 어사 여교呂校가 대신들을 규탄하니 식자들 중 혹자는 격식이 맞지 않다고 했다. 그런데, 다시 나랏일을 맡아 권력을 장악하고 제멋대로 인사권을 휘두르니 또한 이때 일이 그렇게 돌아간 것이다. 또 3년 후 고신정이 쫓겨나고 장강릉이 정권을 독차지하니 내외부의 감찰 대계가 모두 그의 손으로 결정되었고, 부원은 그저 이부의 문서만 쓰는 일을 계속했다.

○ 매년 초겨울 조정의 죄인에 대한 심사는 모두 태재가 주관하며, 그렇게 해온 지가 오래되었다. 경오庚午년 가을 다시 심사 때가 닥치자 고신정이 수규 겸 이부를 관장해 일의 격식이 이전의 전례에 비할 바가 안 되니, 마땅히 그를 상서대행으로 보내야 한다고 했다. 그러나,

고신정이 성을 내며 직접 평의할 것을 자청했는데, 석방시킨 자들이 가장 많아서 다른 해의 수배에 달했다. 그리고, 선제께서 승하하신 것은 처방약을 오용한 것인데, 왕금王金 등이 대역죄인들을 또한 수자리로 보내는 것으로 바꾸었다. 대개 전임 수규 서화정을 연좌하고자 선제를 기만한 것이니 매우 부도덕하다. 마침내 목종께서 그 청을 들어주셨고 지난 일에 대해서는 결국 추궁하지 않으셨으니, 고신정은 이러한 행동으로 체면만 잃었을 뿐이다. 이후 만력 연간 무술년 조정의 심사에서 태재가 빠지고, 성지가 내려져 호부상서 양준민楊俊民이 주관하게 되어 이때 격식을 찾게 되었다.

원문 大計糾內閣

六年京官大計, 吏部都察院主之. 及事畢, 糾拾大僚, 屬科道爲政. 而閣臣票擬去留, 或下部院覆議罪狀當否, 以聽上裁. 則太宰御史大夫與內閣輔臣, 是三官者俱主持大計之人, 向未有糾及之者. 自穆宗登極考察, 而高新鄭爲言路所憎, 聚攻不去. 乃至南給事中岑用賓[10]御史呂校, 以大僚糾及之, 識者咸謂非體. 而時情正側目新鄭, 方以此擧爲快心, 無有救正之者. 以故己巳再出當國秉鈞, 恣情黜陟, 亦爾時激之使然. 又三年而高被逐, 江陵專政, 則內外大計, 一出其手定, 部院不過一承行吏書矣.

---

10 岑用賓 : 잠용빈岑用賓, 생졸년 미상의 자는 윤목允穆이고, 광동 순덕順德 사공沙滘 사람으로, 잠만岑萬의 맏아들이다. 가정 38년1559에 진사가 되어 남경호과급사중이 되었다. 융경 연간에 수보 고공高拱을 탄핵해 섬서의주현승陝西宜川縣丞으로 폄적되었다.

○ 每年初冬朝審罪犯, 俱太宰主筆, 相仍已久. 至庚午秋復當審時, 高以首揆兼掌吏部, 則事體非舊例可比, 謂宜遣他尙書代行. 而高奮然自請往讞, 所釋放最多, 較他年加數倍. 而王金等, 以先帝升遐, 誤用方藥, 坐大逆重辟者, 亦改遣戌. 蓋欲坐前任首揆徐華亭, 以誣罔先帝大不道也. 卒之穆宗允其請, 而往事終不究, 則高此一行徒傷相體耳. 後萬曆戊戌年朝審, 太宰偶缺, 旨下以戶部尙書楊俊民主筆. 甲辰年亦缺太宰, 又以戶部尙書趙世卿主筆, 斯得之矣.

　　기해년 감찰 대계는 가장 느슨했다. 태사 동기창[董其昌, 호는 사백思白]이 사적으로 사이가 벌어져 고공랑 석문石門 사람 주경순朱敬循에게 적발되어 외지로 나갔는데, 승복하지 않은 듯 했다. 남경에서 고관대신들을 적발했으니 대단하다 할만했다. 우도어사 심사효[沈思孝, 자는 계신繼山]와 이부우시랑 양기원[楊起元, 호는 복소復所], 병부좌시랑 허부원[許孚遠, 호는 경암敬菴]은 모두 한때 사람들의 명망에 오른 자들인데, 다 법망에 걸렸다. 그곳 사람들이 놀라워 했지만 그 원인을 알 수가 없었다. 좨주祭酒 풍거구馮巨區가 나에게 이것은 탄핵하는 상소가 아니고 천거하는 상소라고 했다. 그 때 석림石林 사람 축세록祝世祿이 남경의 이과에 있었는데, 한 사람이 육과六科의 인장을 관장해서 이런 일이 생겼다. 다음 감찰은 을사년에 있었는데, 축세록 또한 이를 면할 수 없었다. 앞의 세 공은 비방을 당했지만, 결국 전혀 허물이 없으니 축세록이 마침내 이름을 떨치지 못했다.

원문 己亥大計糾拾

　　己亥大計, 最爲平恕. 惟董太史思白其昌[11]以私隙, 爲朱考功石門敬循[12]所中外轉, 似未服人.

11　董太史思白其昌 : 명나라 말기의 저명한 서예가인 동기창董其昌을 말한다.

至於南京紏拾大僚, 則可異矣. 如右都御史沈繼山思孝吏部右侍郎楊復所起元[13]兵部左侍郎許敬菴孚遠[14], 皆一時人望, 盡入網中. 遠近駭愕, 莫知其故. 馮巨區祭酒謂余曰, 此非紏劾疏, 乃薦舉疏也. 時祝石林世祿[15]爲南史科, 以一人掌六科印, 遂有此舉. 至次察乙巳, 祝亦不免. 前三公者雖被指摘, 終無絲毫之玷, 而祝遂不振.

---

12 朱考功石門敬循 : 명나라 말기의 관리 주경순朱敬循, 생졸년 미상을 말한다. 대학사 주갱朱賡의 아들이다. 그의 자는 숙리叔理이고 호는 석문石門이다. 만력 20년1592 진사가 되어, 예부랑중, 계훈稽勳, 태상소경을 거쳐 우통정사로 생을 마쳤다.

13 楊復所起元 : 양기원楊起元, 1547~1599의 자는 정복貞復이고 호는 복소復所이다. 광동성 귀선현歸善縣 탑자호塔子湖 사람이다. 만력 5년1577에 진사가 되어, 편수, 국자감사업, 사경국세마, 국자감좨주, 남경예부우시랑, 예부상서 등의 벼슬을 지냈다. 만력 26년1598 북경 이부우시랑 겸 시독학사로 부임했지만 모친상으로 귀향해 이듬해 9월 병사했다. 시호는 문의文懿이다.

14 許敬菴孚遠 : 허부원許浮遠, 1535~1604의 자는 맹중孟中이고 호는 경암敬庵이며, 덕청현德淸縣 오우산록烏牛山麓 사람이다. 가정 41년1562에 진사가 되어 남경공부주사에 제수되었고, 이후 이부주사로 옮겼다. 상서 양박楊博의 미움을 사서, 병을 핑계로 귀향했다.

15 祝石林世祿 : 축세록祝世祿, 생졸년 미상의 자는 세공世功이며, 강서 덕흥 사람이다. 만력 17년1589에 진사가 되어 남경과급사로 뽑혔고 상보사경를 지냈다. 시와 초서에 능했으며, 시집 『환벽재環碧齋』 3권 등이 전해진다.

[번역] 을사乙巳년 두 곳의 감찰이 다르다

　　금상 을사년 감찰 대계에서 올린 상소에 대한 답이 내려오지 않다가 시간이 오래 지난 후 성지로 비답이 내려와 과도관 몇 사람을 특별히 유임시키고 관직을 내렸다. 수규 심사명沈四明이 전적으로 급사 전몽고錢夢皐와 어사 장사거張似渠의 무리를 감싸주고 여러 언관들과 함께 그를 유임시켰는데, 당시로는 특이한 일이어서 여러 신하가 쟁론했지만 을사년에 내려진 비답이 바뀐 사실은 몰랐던 것 같다. 가정 24년 봄 북경 감찰이 상소를 올렸는데, 내부에서 주사 주옥周玉 등과 어사 사유謝瑜를 청렴하지 않다고 해 명을 내려 탐욕을 부린 실례를 조사해 평민으로 만들었다. 주사 주집중朱執中은 경박하다고 해 관직을 없애고 쉬게 했다. 대개 관부에서 죄를 더하라는 의론이 일자 이과의 하남도습유河南道拾遺인 중윤 곽희안郭希顔과 광록소경 담상談相이 모두 그를 파면하라는 편에 서서 성지를 얻어 기용을 보류했다. 그 후 두 사람이 모두 극형을 받았는데, 모두 세종 때로 더욱 특이한 일이었다. 병부시랑 장한張漢이 탄핵 중이었는데, 황상께서 독단으로 금의관교錦衣官校에게 명해서 그를 풀어주고 북경으로 오게 하셨다. 아마 장한이 이전에 관부에 있을 때 총독대신을 거느리려 했는데, 군법으로 참형을 당하게 되자, 황상께서 그것을 받아들이시고 발령하지 않으신 것이다. 이때 올라온 상소를 보시고 황상이 노하셔서 화를 당했던 것이다. 그가 북경에 이를 즈음 형부의 평의가 늦어지자 진무시鎭撫司에서 고문하는 것으로 바꾸시고 마침내 진서위충군鎭西衛充軍으로 발령하셨다. 이 모든 일이 이전에는 없던 일이다. 북경과 남경의 감찰이 모두 매우 엄격해서 어사 계영桂榮은 또 전임 남경어사를 구제했는데, 지금 상주지부常州知府에 오른 부험符驗이 법을 집행하고 백성을 아꼈다. 그런데, 남경 고공랑인 상주 사람 설응기薛應旂가 사적인 원한을 품고 복수하려 했는데, 강등당하자 애원해서 원래 관직으로 복직했다. 황상께서 명하시어 부험은 폄적되었고 설응기는 외지로 좌천되었다. 계영의 계략이 있은 후 그를 구제할 것을 논했는데, 전례가 없었다. 황상께서 결국 묻지 않으셨다. 아마 을사년 전에 세종께서 대권을 잡으시고 사안의 경중을 막론하고 모두 독단으로 결정하신 듯하다. 을사년 후에는 시험으로 선발하는 일이 오랫동안 폐지되어 수많은 과도관과 수규가 언관들에게 은혜를 베풀고자 파격적으로 유임해서 기용했는데, 그 전례는 모두 기록되어 있지 않다는 것이다.

○ 이후 을사년 남경 감찰 때 급사중 저순신儲純臣이 이과에 머물렀는데, 원래 주계主計를 모시는 사람이어서 강등되지 않았다. 감찰 상소가 올려진 후 관서에서 습유의 상소를 초안하고 있으면 이를 아는 자들이 알려주고 두문불출하게 되니 또한 기이한 일이었다. 또, 이전에 6년에 한 번 있었던 기해년 감찰을 주관한 남경 이과 축세록은 이미 보경寶卿으로 승진했는데, 또 감찰해 폄적시키니 모든 이들이 흔쾌히 여겼다.

今上乙巳大計, 疏上不下, 久之中旨批出, 特留降調科道官數人. 蓋首
揆沈四明專庇給事錢夢皐御史張似渠輩, 因幷諸言官留之, 時以爲異事,
羣起爭之, 而不知前乙巳之更異也. 嘉靖二十四年春, 京察疏上, 內不謹
主事周玉等, 幷御史謝瑜[16], 命照貪酷例爲民. 浮躁主事朱執中, 革職閑
住. 蓋于部議加重焉. 卽而史科河南道拾遺, 則中允郭希顔光祿少卿談相,
俱在斥罷之列, 獨得旨留用. 其後二人俱受極刑, 亦在世宗朝, 更異矣. 惟
兵部侍郎張漢[17]在劾中, 上獨命錦衣官校扭解來京. 蓋漢先在部, 欲令總
督大臣, 得斬將以行軍法, 上銜之未發. 至是見疏觸怒, 故及禍. 比逮至,
以刑部讞遲, 改鎭撫司刑拷, 竟發鎭西衛充軍. 皆從來未有之事也. 及兩
京察事俱竣, 御史桂榮又申救先任南御史今陞常州知府符驗[18]執法愛民.
而南考功郎薛應旂爲常州人, 以私怨報復, 致之降調, 乞復原職. 上命符

---

16 謝瑜 : 사유謝瑜, 1499~1567의 자는 여경如卿이고, 자호는 강산로초姜山老樵다. 가정 11년
   진사가 되었고, 가정 16년1537에 남경 광동도어사로 발탁되었다. 이때 장찬張瓚의
   뇌물수수와 곽훈의 전횡, 엄숭의 부패 등을 비판하며 그들을 죽일 것을 상소했다
   가, 삭탈관직 당해 평민이 되었다. 융경 원년1567에 다시 어사로 불렸으나 그해 병
   으로 죽었다.
17 張漢 : 장한張漢, 1486~?의 자는 탁지濯之이고, 호광湖廣 승천부承天府 종상현鐘祥縣 사람
   이다. 정덕 9년1514에 진사가 되어, 가정 23년1544에 병부좌시랑으로 선부宣府, 대동
   大同 등의 총독을 맡았다. 이후 언관의 탄핵을 받아 진서위鎭西衛로 수자리를 갔다.
   20여 년간 수자리를 살다가 죽었고, 융경 초에 병부상서로 추증되었다.
18 符驗 : 부험符驗, 1493~1560의 자는 대극大克이고 호는 송암松巖이다. 가정 17년1538에 진
   사가 되어 복건도어사에 제수되었다. 가정 21년 이부상서 허찬許讚의 천거로 상주
   태수常州太守가 되었다. 가정 27년 복건복안지현福建安知縣이 되었고, 창덕동지彰德
   同知 등을 지냈으며, 가정 34년에 광서안찰사첨사를 지내다 죽었다. 저서로『혁제
   유사革除遺事』16권,『유대잡기留臺雜記』8권,『사례혹문四禮或問』등이 있다.

驗仍謫, 而調應旂于外. 在桂榮計後論救, 非故事也, 上竟不問. 蓋前乙巳, 世宗總攬大權, 或輕或重, 俱出獨斷. 後乙巳, 則考選久廢, 科道晨星, 首揆欲市恩言官, 破格留用, 要皆典故所不載也.

○ 後乙巳南察時, 給事中儲純臣[19]署吏科, 本在事主計人也, 亦以不及降調. 察疏發後, 尙在署草拾遺疏, 有相知者告之, 始杜門, 亦奇事也. 又前六年己亥主計, 南吏科祝世祿已陞寶卿, 亦以察謫, 中外稱快.

---

19 儲純臣 : 저순신儲純臣, 생졸년 미상은 오강吳江 사람이다.

[번역] 전랑銓郎이 돈을 내고 관직을 산 사람을 수색하다

　이부랑 가운데 돈을 내고 관직을 산 자가 가정 연간 말년에 가장 많았다. 나의 동향 사람 형부 항치원項治元은 삼천 금을 주고 엄숭으로부터 관직을 샀는데, 엄숭이 실각해 관직을 그만두고 기한飢寒으로 옥사하자 이때부터 이러한 풍조가 쇠해졌다. 그러나, 금상 신묘년과 임진년 사이에 오히려 법규를 천시하며 가소롭게 여기며 먼저 자리로 들어온 자는 병을 핑계 대며 반드시 한 사람을 추천해 자기 자리를 대신하게 했다. 일례로 금 5, 6백 냥을 주고 사례한 여요餘姚 사람 여윤창呂允昌은 토벌을 재촉했다고 비방당했다. 계사년에 감찰 대계가 행해지니 비로소 이런 일을 금지하도록 경계했다. 매번 한 사람이 정식 이부랑이 되면 반드시 병을 핑계로 사직을 청했고, 신임을 기다리며 고향으로 돌아갈 것을 간구하면 비로소 다시 선발했다. 이것이 옛 규범이었다. 갑오년 이후부터 장시형[蔣時馨, 호는 난거蘭居]이 상보尙寶를 다시 제수받아 마침내 선발 권한을 관장했는데, 탄핵하는 상소로 인해 쫓겨났으니 관리 선발 체재가 크게 망가졌다. 매수준[梅守峻, 호는 대유大庾]이 그를 계승해 호부랑중으로 들어와 관리를 선발했는데, 그 역시 죄로 관직을 떠났다. 석문 사람 주경순朱敬循도 예부시랑으로 다시 들어와 관리 선발을 관장해 태상시소경으로 승진했으니, 이 모든 것이 체재가 변화한 것이다. 이 이후로 모두 들어와 일을 주관했어도 직접 이부랑을 선발한 자는 없었다.

　○ 가정 연간 매번 세 사람을 살폈는데, 한 사람은 북경에 있고, 한

사람은 집에 있고, 한 사람은 벼슬을 하고 있으니, 다만 권력이 막강한 관리에게 재물을 주었을 뿐이다. 지금 집에 기거하는 자와 현재 직위에 있는 자 두 사람이니, 신임과 전임을 겸해서 모두 기용하기로 정한 것이다.

원문 **銓郎索頂首**[20]

　吏部郎以貨取者, 莫甚於嘉靖季年. 吾鄕項刑部治元, 以萬三千金得之于於嚴氏, 嚴敗亦逮至, 瘐死于獄, 自是此風頓衰. 然至今上辛卯壬辰間, 猶有陋規可笑, 凡先入者將引疾, 必薦一人自代. 例以五六百金爲謝, 至餘姚呂允昌, 有催討之謗. 癸巳入大計, 始相戒禁止. 至于每省一人轉正郎時, 必以疾請, 待新者將滿求歸, 始再出管[21]選. 此舊規也. 自甲午後, 蔣蘭居時馨[22]以尙寶改授, 竟掌選權, 爲白簡所逐, 而銓體大敝. 梅大庾守峻[23]繼之, 以戶部郎中改入管選, 亦被論去. 朱石門敬循[24]以禮部郎中改入, 亦掌選得陞太常寺少卿, 皆變體也. 自是而後, 皆以主事入, 亦無直至選郎者矣.

　○ 嘉靖間每省凡三人, 一在京, 一在家, 一在途, 徒以熱官享趨附費供

---

20 頂首 : 돈을 주고 다른 사람의 관직이나 재산을 취하는 것.
21 管 : '관管'자는 원래 '관館'자였는데, 사본에 근거해 고쳤다管原作館, 據寫本改. 【교주】
22 蔣蘭居時馨 : 명대 만력 연간의 관리 장시형蔣時馨을 말한다. 난거蘭居는 그의 호다.
23 梅大庾守峻 : 매수준梅守峻, 생졸년 미상의 호는 대유大庾이다. 만력 11년1583에 회시를 치렀는데, 모친의 병환 소식을 듣고 전시를 보지 못하고 귀향했다. 만력 16년에 호부주사에 제수되었다.
24 朱石門敬循 : 명나라 말기의 관리 주경순朱敬循을 말한다.

應耳. 今定爲二人, 里居與現任, 皆新舊兼用.

　육과도급사六科都給事의 승진을 보면 이과에서 당상관으로 대부분 승진하고 나머지는 하나는 중앙, 하나는 지방으로 나가게 되었으니 마치 서생이 공생貢生이 되기를 기다리며 감히 뛰어넘지 못한다. 중앙은 4품 당상관이고 지방은 3품 참정이니, 대개 정 7품 지방관이 종 3품이 되는 것은 또한 벼슬길에서 특별한 영광을 누린 것이라 사람들이 그를 매우 싫어하고 질투해서 7급 관직에 올라도 권세는 만분의 일로 줄었다고 한다. 이후에 노고로 승진하는 것, 공훈으로 승진하는 것, 정도가 아닌 방법으로 승진하는 것 등 세 가지 설을 회복했는데, 노고는 유리옥을 부리는 것과 같고, 공훈은 변방에서 공사를 감독하는 것과 같으며 정도가 아닌 방법으로 승진한다는 것은 이과에서 감찰을 관장하고 이전에 기용된 자들을 좋아하는 것과 같은 일을 말한다. 사람들은 처음에는 의지를 가지고 옮기는데, 먼 지방으로 간 자들은 자리를 중앙으로 옮기기 위해 계획을 세운다. 계축년에 웅정필[熊廷弼, 호는 지강芝岡]이 교육 관련 일로 인한 다툼이 예과도급사 주영춘周永春이 내부의 추천을 받지 못하는 것으로 파급되어 대중臺中 탕조경[湯兆京, 호는 질제質齊]이 태재를 공격하기 시작했다. 태재는 모든 중앙과 지방의 옛 법규를 말하며 법제가 아니라고 반박했는데, 오래도록 확정하지 못했다. 따라서 성지를 얻어 육과의 회의를 명했는데, 사람마다 각기 의견이 다름을 말하며 육과의 신하들이 내부에서만 발탁되어 가장 우둔한 자들이 지방으로 한두 명 나가게 되었다고 모두가 똑같이 얘기했다. 대개 조정에서 포정사와 안찰사를 얻어 군읍의 왕의 관직으로 강등시킨 것이니, 이 또한 어떤 전례에서 나온 일인지 알 수가 없다. 황상께서 오랫동안 격식에 맞게 관리를 기용하셨는데, 언관이 역할을 제대로 못했으며, 그들 모두 오랜 세월 동안 재물을 축적해왔다. 그들은 당상관을 쇠락한 관청처럼 여기고 황상을 조정과 같이 생각했다. 이때 주영춘 또한 지방관이 되어서는 안 되었는데, 다만 탕조경이 태재를 쫓아내려고 그를 잘못 끌어들였을 뿐이었다. 당시 지방관으로 도는 것은 악행을 막기 위해 범에게 자신을 던지는 것으로 여기고, 부지불식간에 앞다투어 먼저 주변을 보호하는 것이었다. 회의에 나와서 연례로 마침내 이 일을 거론하지 않은 것은 오랜 제도로 어지러운 내각이 훌륭하게 되기 어려울 것을 걱정한 것이다.

원문 **都給事陞轉**

六科都給事陞轉, 惟吏科多陞京堂, 餘則一內一外, 如庠士之挨貢, 不敢攙越. 內則四品京堂, 外則三品參政, 蓋外轉以正七得從三, 亦仕宦之殊榮, 而人多厭薄之. 因有官陞七級, 勢減萬分之語. 後復爲勞陞功陞閏陞三說：勞如使琉球之類, 功如邊功督工程之類, 閏陞則吏科管察, 及耆舊起用之類. 人始以意爲遷就, 而避外者多因之得計. 至癸丑年因爭熊芝岡廷弼[25]學差一事, 波及禮科都周永春[26], 不當內推, 臺中湯質齊兆京[27]

---

25 熊芝岡廷弼 : 명나라 후기의 장수이자 군사전문가인 웅정필熊廷弼, 1569~1625을 말한

起攻太宰. 太宰擧一內一外舊規爲言, 又駁之謂非典制, 說久不定. 因得旨命六科會議, 言人人殊, 而謂科臣但當內擢, 其最不肖者間出一二人于外, 則衆口如一. 蓋以瑣垣[28]得藩臬, 如郡邑之劣轉王官也, 此又不知出何典故矣. 上久格行取, 言路寥寥, 其中者, 俱積資歲久. 視京卿若冷局, 戀禁闈如鳳池. 此時周都諫亦不當得外, 特湯欲逐太宰, 誤引之耳. 時方視外轉爲御魑魅, 投虎豹, 不覺爭先護周. 至於會議出, 而年例遂因之不擧矣, 恐祖制終難高閣也.

다. 그의 자는 비백飛白이고, 호는 지강芝岡이며 호광 강하江夏 사람이다. 만력 26년 진사가 되어 추관이 되었고 감찰어사로 옮겼으며, 만력 36년1608 우부도어사, 순안 요동 등을 지내다가 귀향을 청했다. 만력 47년1619에 병부우시랑, 요동경략에 제수되었다. 희종 즉위 후 요동경략을 다시 지내고 광동순무 왕화정王化貞과 사이가 좋지 않아 결국 죄를 지어 하옥되어 당쟁이 시작되었다. 천계 5년1625 사형당했는데, 숭정 2년1629에 관작을 회복하고 시호 양민襄愍을 받았다. ● 지강芝岡은 중화서국본과 상해고적본『만력야획편』에 모두 '지강之岡'으로 되어 있지만, 『웅양민공집熊襄愍公集』에 근거해 고쳤다. 〔역자 교주〕

26 周永春 : 주영춘周永春, 1573~1639의 자는 맹태孟泰이고 호는 육양毓陽이며, 금향현金鄕縣 성북소城北笑 사람이다.

27 湯質齊兆京 : 탕조경湯兆京, ?~약1619의 자는 백굉伯閎이고, 의흥宜興 사람이다. 만력 20년1592에 진사가 되어 지풍성현知豊城縣에 제수되었고, 치적이 뛰어나 어사가 되었다. 저서로『영훤각집靈蘐閣集』8권이『사고총목四庫總目』에 전해진다.

28 瑣垣 : 조정.

[번역] 다섯 현인이 감찰을 따르다

　　정축년 겨울 장강릉의 탈정 사건이 있었는데, 북경과 남경의 대소구경들이 각각 공문 원본을 가지고 있었고, 어사의 수장 증사초曾士楚와 급사의 수장 진삼모陳三謨는 말을 맞춰 보류할 것을 청했다. 당시 한림학사 오중행과 조용현이 이를 바로잡으며 곤장 60대를 때리고 평민으로 만들었다. 이부의 애목艾穆과 심사효沈思孝가 이 일을 계속해서 곤장 80대를 맞았다. 마지막으로 진사 추원표鄒元標가 더 심하게 말을 하자 곤장 100대를 맞고 두 명의 이부 동료와 함께 수자리로 보내졌다. 신사년 북경 감찰을 통해 다시 일의 본말을 특별히 꿰어 영원히 장거정을 구금하려고 했는데, 오히려 이미 평민이고 수자리로 나갔으니 어찌 더 세심하게 공을 살피는 법이 필요했겠는가. 왕엄주의 『수보전首輔傳』에서 이 일을 비아냥거리며 장강릉은 민첩하고 학식 있는 사람인데 어리석음이 이와 같다고 했으니, 그가 오래 버티지 못함을 알 수 있다. 이 말은 사실 맞는 말이었고, 다섯 군자에 대해 경신년에 지방 감찰을 할 거라고 했지만 실은 그렇지 않았다. 당시 왕엄주가 그 일을 직접 보았는데, 잘못된 일이 여전히 있었으니 기술하기 어려웠던 점에 신뢰가 간다.

丁丑冬江陵奪情, 兩京大小九卿, 各有公本保留, 乃至御史則曾士楚爲
首, 給事則陳三謨爲首, 合詞請留. 時惟詞林吳趙[29]救正之, 廷杖六十爲
民. 比部艾沈[30]繼之, 杖八十. 最後進士鄒[31]則語益加厲, 杖一百, 與二比
部同遣戍. 至辛巳京察, 復別綴本末, 欲永錮之, 夫已氓已戍, 寧須更麗
考功法. 弇州『首輔傳』中姍笑之, 謂江陵敏識人, 而瞀亂若此, 知其不久
矣. 此實至言, 但謂將五君子入庚辰外計中, 則實不然. 當時弇州目睹其
事, 而謬誤乃爾, 信乎紀述之難也.

---

29 吳趙: 오중행吳中行과 조용현趙用賢을 말한다.
30 艾沈: 애목艾穆과 심사효沈思孝를 말한다.
31 鄒: 추원표鄒元標를 말한다.

6년마다 있는 북경 감찰에서 전장제도가 가장 중요하다. 기준에 미치지 못했는데 조급해하지 않고 연관된 공적이 전례보다 많은데도 한 단계 낮춰 지방관으로 보내는 것은 인재를 온전히 올바로 쓰지 않은 것이다. 그 후에는 발탁되어도 관직을 거리낌 없이 그만둬 버린다. 그러나, 그런 경우 임용을 보류하고 이전 직분 그대로 일을 한 자가 이전 조정에서 있었는데, 오랜 시간이 지나도 가벼이 보지 않는다. 을사년 대계에서 관서의 소재 양시교[楊時喬, 호는 정암正庵]와 좌도어사 온순[溫純, 호는 일제一齊] 등이 주 감찰자가 되어 정사를 돌보았는데, 책임자가 불공정하므로 유보하거나 폄적시켜야 하는 자가 여럿이었다. 그 중 급사중 전몽고錢夢皐와 어사 장사거張似渠 등 서너 명을 특히 주의해야 한다고 상소를 올렸다. 이는 온 조정의 재상들이 감히 발설하지 못한 말이었다. 그리고 보낭중補郎中 유원진[劉元珍, 호는 초반楚磐]과 주사 방시옹[龐時雍, 호는 요봉堯封]이 심사명이 전장제도를 무너뜨리고 세자의 불법을 속이고 감춘다고 특별히 상소를 올렸는데, 황상께서 이를 들어주셔서 모두 파직당했다. 마지막에 이부의 절강 사람 하찬연[賀燦然, 호는 도성道星]이 화려한 문필로 계속 상소를 올렸는데, 태평성세에는 감찰을 통해 신하를 강등시키거나 폄적시켜 빨리 대전을 완수하고, 감찰에 있어서 사사로움을 따르는 신하를 파면시켜 공정한 도를 서둘러 밝히시기를 청했다. 사사로움을 따르는 자라 하면 온삼원을 가리키는 것으로, 하도성이 예전에 심사명과 사이가 돈독해서 온삼원을 물리치고 심사명 편을 들었다. 당시 심사명이 내각에 들어오지 않겠다고 고하여 성지를 받자 하도성 역시 사직하고 평민이 되었다. 이 해 온삼원이 관직을 떠나고 이듬해 심사명도 그와 함께 재상직을 그만두었다.

○ 심사명과 온삼원이 서로 맞먹는 일이 하루아침의 일이 아니었지만 외부에는 굴레로 보여졌다. 그래서 갑신년에 온삼원이 2품에 올라 6년 만기를 채우고 전례에 따라 태자소보에 그치는 게 마땅했는데, 심사명이 그를 심복하며 특별히 태자태보로 올려줄 것을 청해서 거의 둘 사이의 틈을 잊고 사이가 좋아질 뻔했다. 얼마 안 되어 감찰을 관장하면서 그의 복심을 다시 다 드러내자 이 때문에 싫어하고 원망함이 더욱 깊어졌다. 그해 7월 온삼원이 사직하고 떠나자 심사명이 기세등등했으니 상황이 따라주지 않았다고 한다.

원문 **考察留用1**

六年京察, 典制最重. 其以不及浮躁處者, 系續增事例, 降一級調外, 以曲全人材. 其後拔擢, 不妨致們公輔. 然當其時卽留用, 仍故職供事者, 在先朝有之, 久不經見矣. 乙巳大計, 主察者爲署部少宰楊正庵時喬[32] 左都御史溫一齊純[33]爲政, 疏上旨出, 切責當事者不公, 而留臺當謫者數人.

---

32 楊正庵時喬 : 명나라 후기의 관리 양시교楊時喬를 말한다.
33 溫一齊純 : 온순溫純, 1539~1607의 자는 경문景文 혹은 숙문叔文이고 호는 일제一齊로, 섬서 삼원三原 사람이다. 가정 44년1565에 진사가 되어 수광지현壽光知縣에 제수되어되

其所注意則僅錢給事, 及御史張似渠等三四人而已. 舉朝相視不敢發. 而聽補郎中劉楚磐元珍主事[34]龐堯封時雍[35]特疏糾沈四明破壞典制, 庇奸欺君諸不法, 俱得旨譴罷. 最後浙人賀吏部道星燦然[36]繼上淸平之疏, 請亟下考察降謫諸臣, 以完大典, 亟罷主察徇私之臣, 以明公道. 徇私則指溫三原也, 賀故與四明厚善, 故斥溫之私, 以著沈之公. 時四明在告不入閣, 得旨賀亦罷爲編氓. 是年溫去位, 次年四明與商丘亦同罷相.

○ 沈四明與溫三原不相下, 已非一日, 然外猶示羈縻. 以故甲辰年, 溫考二品六年滿, 故事, 止當得太子少保, 沈特爲請加太子太保以悅之, 幾忘隙修好. 未幾管察, 盡處其腹心, 由是嫌猜愈深, 不可解矣. 其年七月, 三原得致仕去, 四明邃滋, 不爲物情所附云.

었고, 호과급사중으로 옮겼다. 이후 좌도어사의 관직에 올랐는데, 조세 확충으로 인해 사방에서 폐단이 속출하자 상소를 올렸지만 비답을 받지 못했다. 이후 수보 심일관과 뜻이 맞지 않아 사직을 청했다. 시호는 공의恭毅이다.

34 補郎中劉楚磐元珍 : 명나라 말기의 관리 유원진劉元珍,1571~1622을 말한다. 그의 자는 백선伯先이고 호는 본유本孺이며, 무석無錫 사람이다. 만력 23년1595 진사가 되어 남경예부주사에 제수되어 낭중으로 승진했다. 모친 봉양을 이유로 귀향했다가 남경직방으로 기용되었고 33년 북경 감찰이 되었다.

35 主事龐堯封時雍 : 명나라 만력 연간의 관리 방시옹龐時雍, 생졸년 미상을 말한다. 그는 산동 문상汶上 사람으로, 자는 경화景和다. 만력 20년1592에 진사가 되어 단도지현丹徒縣에 제수되었고, 이후 호부주사를 거쳐 병부주사가 되었다. 심일관을 공격했다가 신종의 노여움을 사서 삭탈관직당했다.

36 賀吏部道星燦然 : 명나라 후기의 관리 하찬연賀燦然을 말한다.

[번역] 감찰로 기용을 보류하다2

금상의 을사년 대계에서 상소가 올라와 성지를 내려 과도관 여러 명을 유임시키자 일시에 크게 놀랐고 처음 있는 일로 여겼다. 그러나, 가정 18년 기해년 고공낭중 조여렴趙汝濂이 중앙 감찰을 주관하면서 주사 조문화를 내치고자 했다. 당시 태재 허찬許讚이 그렇게 해서는 안 된다고 강력하게 주장하면서 조여렴이 권문사족이라고 하며 반드시 아문에 누가 된다고 상소를 올리니 조여렴이 스스로 감당하길 원했다. 이에 성지를 얻어 조문화가 유임되었다. 또 공부 소속 위성魏姓이란 자가 당상관인 상서 주서周敍의 미움을 사 내쳐지자 조여렴이 허락하지 않았지만 그 권한을 뺏을 수는 없었다. 과도습유가 상소를 올리게 되어 혼자 유임했다. 조문화가 이후 관직이 소보 겸 상서에 이르렀고 위성은 도어사가 되었다. 그러나, 조문화는 예전에 엄분의의 식객이었는데, 이때 엄분의는 대종백이었기 때문에 권위가 있어 충분히 칼을 씌울만했으니 상하 관계가 이와 같았다. 이전 가정 연간 정해년에 병부시랑 장총이 조급해하는 자를 감찰해 이부낭중 팽택彭澤을 그대로 유임시킬 것을 상소로 올렸는데, 그때 이미 회운부로 내려가 옛 관직을 고수하고 있다가 곧 우유덕으로 승진했으니 더욱 이상한 일이었다.

○ 조여렴은 운남 태화 사람으로, 처음 임진년 과거로 서길사가 되어 이부고공주사에 제수되었다가 이부에서 5년을 보낸 뒤 대계를 맡게 되었다. 전례에는 전랑이 대계를 맡는 자리에 제수된 적이 있었는데, 조

여렴이 이 관직을 받고 바로 정랑으로 옮겨 남경 상보경으로 승진했으며, 부도어사副都御史의 자리에 이르러 감찰원과 협력했다. 가정 30년 신해년에 또한 대계가 있어 스스로 지방관으로 가겠다고 말했는데, 재상 엄숭이 오랫동안 수규의 자리에 있었고, 조문화 또한 이경에 오른 지 오래되었을 때였다. 조문화가 유임되어 일을 했지만 실록에는 기재되지 않았다. 또, 가정 6년 정해년 대계에서 어사 섭충葉忠이 감찰을 받았는데, 황상께서 우임하라는 특명을 내리시고 곧이어 대리시승으로 승진했다. 이 일은 조문화와 팽역과 같은 시기에 있었지만 사서에서는 역시 기록하지 않았다.

원문 考察留用2

今上乙巳大計, 疏上, 旨下留科道數人, 一時大駭, 以爲創見. 然嘉靖十八年己亥, 考功郎中趙汝濂[37]主內察, 欲斥主事趙文華. 時太宰許讚[38]力持不可, 謂此權門私人, 疏一上必爲衙門累, 汝濂願以身當之. 及得旨, 文華果留. 又工部屬魏姓者, 爲堂官尙書周敍所憎, 被斥, 汝濂不許, 而

---

37 趙汝濂 : 조여렴趙汝濂, 1495~1569은 명나라 가정 연간의 대신이다. 그의 자는 돈부敦夫이고, 호는 운병雲屛이며, 운남 태화太和 사람이다. 가정 11년1532에 진사가 되어, 서길사, 고공사주사, 태상시소경, 우통정, 도찰원우부도어사 등의 벼슬을 지냈다. 가정 33년1567에 사직하고 귀향했고, 융경 원년1567에 정봉대부로 승진했다.

38 許讚 : 허찬許讚, 1473~1548의 자는 정미廷美이고, 호는 송고松皐이며, 하남 영보靈寶 사람이다. 홍치 9년1496에 진사가 되어, 대명부추관, 어사, 편수, 임치지현, 절강첨사, 광록시경, 형부시랑, 형부상서 등의 벼슬을 지냈다. 가정 23년 내각에 들어가 문연각대학사를 겸했다. 사후에 소사로 추증되었고, 시호는 문간文簡이다.

不能奪. 比科道拾遺疏上, 獨留之. 趙後官至少保尙書, 魏至都御史. 然趙故嚴分宜客, 是時嚴僅爲大宗伯, 而威焰已能鉗結上下如此. 至于前嘉靖丁亥, 兵部侍郎張璁, 疏留考察浮躁原任吏部郎中彭澤, 則已降兩淮運副, 仍守故官, 尋陞右諭德, 尤爲異矣.

○ 趙汝濂雲南之太和人, 初以壬辰科庶吉士, 授吏部考功主事, 居吏部五年而筦大計. 故事, 銓郎無竟授者, 汝濂得是官, 卽遷正郎, 陞南尙寶卿, 以至副都御史協院. 至嘉靖三十年辛亥, 亦以大計自陳調外, 則相嵩久在首揆, 而趙文華亦登貳卿久矣. 文華留用事, 實錄失載. 又嘉靖六年丁亥大計, 御史葉忠被察, 上特命留用, 尋陞大理寺丞. 其事與趙文華彭澤同時, 而史亦不書.

[번역] 하급 관리가 감찰로 유보되다

　　순안절강어사 좌상左瑺과 참정 유사열兪士悅, 첨사 시신施信이 소속 관리 가흥현승 조공趙恭을 감찰해 파직시켜 평민으로 만들자 조공이 궁에 가서 스스로 하소연하며 "유사열이 노복 이보李保가 헐뜯는 말을 편벽되게 듣고 저를 모함한 것입니다"라고 했다. 황상께서 이 일을 순무절강시랑 등의 관리에게 내리시어 살피게 하셨는데, 이부에서 심사한 결과 과연 조공의 말 그대로였다고 보고했다. 황상께서 좌상과 시신 두 사람에게 석 달 봉록을 주지 말고 유사열과 이보는 순무어사가 모두 심문해 죄를 다스리라고 명하셨다. 대개 이 일은 모두 정치적으로 참소를 당하는 데에서 시작된 것이므로 특별히 그 허물을 중요시했고, 또 노복과 함께 같은 하급 관등이 되었으니 극도로 치욕스러운 일이었다. 이 일은 정통 3년에 있었는데, 10년 후 또 유사열이 형부상서에 배수되었고, 다시 2년이 지나 태자소보가 되었으며 그 후 6년 뒤에 지위를 떠났다. 무릇 여러 고관들이 일개 읍좌를 규탄해 업신여기다가 오히려 좌천당했으니 당시에 무슨 체면으로 관리와 백성들을 대했겠는가? 이후에 무슨 체면으로 8년이나 오래되도록 어찌 한 가지 잘못으로 평생의 옥에 티를 만들어 금기하는 일을 했는가? 지금 승상의 명부에는 모함을 받았는데, 진실로 감히 스스로 원통함을 말하지 않았고, 또 원통함을 울부짖은들 죽을죄는 아니었다고 기록되어 있다. 당시 하급 관리 중 누명을 벗은 자가 매우 많았는데, 가흥은 내 고향이라서 이 일을 기록한 것이다.

卑官被察仍留

巡按浙江御史左瑺, 與參政俞士悅, 僉事施信, 考察所屬嘉興縣丞趙
恭, 罷軟爲民, 恭詣闕自訴, 云"士悅偏聽興隷李保之讒而陷之." 上下其
事于巡撫浙江侍郎等官核之, 果如恭言, 吏部覆覈以聞. 上命瑺信二人各
罰俸三月, 惟士悅與李保並付按臣鞫訊治罪. 蓋謂其事俱起于參政之受
譖, 故特重其譴, 且與興臺並下吏, 其辱極矣. 此事在正統三年. 又十年
而俞士悅者, 已拜刑部尙書, 又二年而加太子太保, 又六年而去位. 夫以
方面大僚, 糾一邑佐, 已誣反坐矣, 其時何顏對吏民? 他日何顏掌邦禁且
至八年之久, 豈一眚不足玷生平耶? 今丞簿卽受誣, 固無敢自鳴冤抑.
又[39]鳴且無死所矣. 是時卑官昭雪者不乏人, 因嘉興爲吾邑, 故紀其事.

---

39 又 : '우又'가 '즉卽'으로 되어 있다 寫本又作卽. 【교주】

번역 대계에서 이부와 도찰원이 서로 비방하다

중앙관과 지방관의 감찰대계는 모두 이부와 도찰원이 평의를 주관하는데, 흡족하지 않더라고 양쪽 평의를 조절하며 그래도 감찰이 끝나지 않으면 각 부와 도찰원에서 재차 공방한다. 성화 4년 겨울 별자리의 변화에 따라 조정 대신들을 감찰했다. 당시 남경의 이부우시랑 장륜張綸과 도찰원의 우첨도어사 고명高明이 그 일을 주관해 낭중 번맹시潘孟時 등 96명을 파직하라는 상소를 올리자 황상께서 관리를 모우 살피게 하시니 각 관의 인감을 관장하는 관리들이 파직 명단에 동의하지 않고 의심했다. 당시 시랑 엽성葉盛과 도급사 모굉毛宏이 다른 일 때문에 남경에 있어서 마침내 그들에게 부탁했다. 장륜이 상소를 올려 다음과 같이 말했다. "잠깐 관리를 모아 살피면 파직당할 사람 중에 원외난해蘭諧 등 세 사람의 인재는 아낄 만하고 좌부경력 오선吳宣 등 90인은 마땅히 내쳐야 합니다. 각 당상관들이 신의 말을 따르지 않고 도어사 고명은 강퍅하게 자기가 스스로 기용해버리니 열셋 도어사가 한 사람을 내칠 수가 없습니다. 고명은 불공정한 마음을 품었사옵니다. 비록 어사의 자리에 있지만 신의 나약함으로 나서지 못해 어진 자를 승진시키고 불초한 자를 물러나게 할 수가 없으니 원컨대 고명과 함께 파직시켜 주십시오." 고명 역시 어진 자를 꺼리고 일을 그르쳤다고 스스로 진술했는데, 황상께서 모두 허락하지 않으셨다. 엽성과 모굉이 다시 아뢰며 다음과 같이 말했다. "회시에서 장륜이 여러 사람의 중론을 대적할 수가 없어서 감찰 후 몹시 괴로워합니다. 고명 역시 장륜과 진심으로 상의하지 못하고 분한 마음만 쌓여 의심합니다. 두 사람 모두 마땅히 문책해야 합니다. 장륜이 보류하거나 파직시키자고 한 의론은 모두 감찰로 이미 판정이 난 상태인데 혹시나 분란이 더 심해질까 걱정입니다." 황상께서 이 말이 옳다 하시고 장륜과 고명에 대해서는 잠시 불문에 부쳤다. 생각건대 이부와 도찰원에서 대계를 함께 관장해서 사후에 이처럼 논쟁에 휘말리니 진실로 예전에는 없던 일이다. 이후에 계속되는 대계에서 사람들의 승복 여부에 대해서 모두 논하지 않고도 모두 올바르면 멈추었으니 시종일관 거스르는 자가 없었다. 융경 연간에 이부를 관장하는 대학사 고공高拱과 도찰원을 관장하는 대학사 조정길趙貞吉은 과도관을 감찰했는데, 일을 마친 후 서로 비방했다. 금상 신해년에 북경 감찰 총재 손비양孫丕揚과 부원 허국許國이 일을 마친 후 서로 좌시했는데, 성화 연간에 이미 그 조짐이 있었다.

원문 **大計部院互訐**

內外計典, 皆吏部都察院, 主持商推, 卽有未愜, 亦調劑兩平, 未有察事旣竣, 部院復自相攻者. 惟成化四年冬, 以星變察朝臣. 時南京則吏部右侍郎張綸都察院則右僉都御史高明主其事, 已奏上罷郎中潘孟時等九十六人矣, 上以會官考察, 各掌印官不同僉名爲疑. 時侍郎葉盛都給事毛宏, 以案他事在南京, 遂并以屬之. 綸乃上言, "頃會官考察, 其考退之中,若員外蘭諧等三人, 人材可惜, 左府經歷吳宣等十九人當斥. 各堂上官不從臣言, 而都御史高明, 剛愎自用, 十三道御史豈無一人可斥. 高明心懷不公. 雖居風憲, 臣柔懦不立, 不能進賢退不肖, 願與明俱罷." 高明亦以妬賢誤事自陳, 上皆不許. 比葉盛毛宏覆奏至, 則云, "會考時張綸不能對衆執論, 察後乃輾轉煩瀆, 高明亦不與綸誠心商推, 以致積忿猜疑. 二人俱宜逮問. 綸所議留議斥, 俱考察已定, 恐難紛更." 上是之, 綸與明姑不問. 按部院同管大計, 事後乃爭計如此, 眞向來未有之事. 此後累朝計典, 其服人與否俱不論, 然俱端卽休, 始終無忤. 直至隆慶間, 掌吏部事大學士高拱掌都察院大學士趙貞吉, 以考察科道, 事後相訐. 今上辛亥, 京察孫冢宰, 與許[40]副院事後相左, 則成化已兆其端矣.

---

40 許: 명대 만력 연간 내각 대신을 지낸 허국許國을 말한다.

번역 언관이 관례대로 자리를 옮기고서 따져 묻다

갑진년 봄 형과급사중 전몽고錢夢皐가 호광참의湖廣參議로 천거되었는데, 교지가 내려지기 전에 스스로 상소를 올려 "좌우급사중의 자리에서 지방관으로 옮겨야만 비로소 부사참의가 될 수 있습니다. 급사중에서 내쳐지면 첨사에 불과하므로 관직을 옮겼다 말하지 않고 강등된 것으로 말합니다. 지금 신은 다만 급사중의 자리에서 내쳐졌을 뿐인데, 참의로 천거를 받으니 어찌된 일입니까? 이부에서는 제가 뛰어나다고 여기나 신은 저 스스로 공이 없다고 판단합니다. 만약 이부에서 저를 내쫓는다면 신은 또 스스로 돌아보고 죄가 없다고 할 것입니다. 조서를 내려 이부에 물으시고 여러 신들의 공과 과오를 밝혀 주십시오. 어찌 해마다 관례를 따르십니까?"라고 했다. 이에 성지를 얻어 임용이 보류되었다. 생각건대 급사중이 관례대로 지방관으로 자리를 옮기면서 이를 면할 구실이 없었고 더군다나 오히려 인사권을 쥔 관리를 힐책하는 일은 없었다. 이에 주상께서 마침내 그의 청을 윤허하시니 말하길 좋아하는 자들이 심사명이 은밀히 황상을 알현해 전몽고를 보호했기 때문에 임용이 유보된 것이라고들 했다. 이후로 을사년 공과의 종조두鍾兆斗가 관례에 따라 자리를 옮겼는데, 또한 중승 온순溫純의 탄핵을 의론해 보류하길 자청했다. 아마 종조두의 일 또한 심사명이 관여하고 장사유張四維가 모두 마무리한 것 같다.

○ 생각건대 급사중 전몽고가 계묘년 겨울 요망한 서적 사건으로 곽

정역郭正域을 좌천시키고, 이 때문에 두 번이나 심리의 관직을 옮겨서 그를 박대했다는 공론이 일어났기 때문에 심사명이 그를 후대했다. 당시 전몽고를 관례대로 서리부사署吏部事로 천거했는데, 호부상서 조세경趙世卿이 이 일을 수규에게 미리 알리지 않아서 수규가 자신을 따돌렸다고 화가 나 마침내 명을 바꾸어 시랑 양시교楊時喬에게 관인을 맡겼다. 조세경은 처음 가짜 왕 사건을 의론할 때 초왕부 사건을 보류하는 데 뜻을 두었기에 우연히 심사명과 은밀하게 뜻이 맞은 것이지 처음부터 권력에 붙을 마음이 있었던 것은 아니다. 나중에 강하 사람 곽정역이 누명을 벗자 심사명 때문에 조세경에게까지 파급이 미쳐 잘못된 것이다.

○ 급사중 전몽고가 문하를 없애고 나다니지 않자 사람들은 그에게 침을 뱉을 수 있었다. 그러나, 종백 곽정역을 위법하게 좌천시킨 일이 원인이 되었다. 오화부동지吳化府同知는 초 땅 사람으로 시랑 곽정역의 고향 동기였는데, 당시 북경에서 감찰을 받고 요망한 서적 사건으로 좌천당했다는 소리를 듣고 궁궐 앞에 엎드려 상소를 올려 요망한 책은 새로 선발된 교관 완명경阮明卿의 필치에서 나온 것이라고 말했다. 완명경은 촉 땅 사람이자 급사중 전몽고의 가까운 인척이었다. 전몽고는 달가워하지 않고 곧 항소해 요망한 책은 곽정역에게 나온 것이라고 직접적으로 말했다. 곽정역은 차규 의발衣鉢의 문하이고 떠돌이 의생 심령예沈令譽는 곽정역 문하의 식객이어서 함께 이 일을 꾸며낸 것이었다. 또 심령애가 달관의 경지라서 강비양康丕揚을 도왔다. 전몽고가 죄를 얻

어 교지를 기다리며 할 말을 잃었으니, 한족인 무고한 완명경은 총체적으로 역시 개와 돼지 같은 부류일 따름이다.

원문 言官例轉反詰

甲辰春, 刑科給事中錢夢皐[41], 推湖廣參議未下, 夢皐自以疏請, 謂, "左右給事外轉, 始得副使參議. 若散給事不過僉事, 以處不稱職者, 謂之劣轉. 今臣特散給事耳, 參議之推, 胡爲乎來哉? 吏部以爲優, 臣則自揣無功. 以爲逐, 臣又自省無罪. 乞敕問該部, 明數臣功過, 何以充年例?" 得旨留用. 按科臣例轉, 無求免之理, 更無反詰銓司故事. 乃主上遂允其請, 說者謂四明密揭保錢, 故得留用. 自是乙巳年工科鍾兆斗例轉, 亦以論劾溫中丞[42], 因自請得留. 蓋鍾亦四明入幕也, 四維[43]俱掃地矣.

○ 按錢給事于癸卯冬, 以妖書[44]坐郭正域, 因及次轉沈鯉, 故公論以此薄之, 四明以此厚之. 時推錢年例者, 爲署吏部事, 戶部尙書趙世卿, 不先以白首揆, 首揆怒其異己, 遂改命侍郎楊時喬署印. 趙初議假王時, 意在存楚, 偶與四明暗合, 初非有心附權. 其後爲郭江夏昭雪者, 因四明以波及于趙, 誤矣.

---

41 錢夢皐 : 전몽고錢夢皐, 생졸년 미상는 부순富順 사람이다.
42 溫中丞 : 명대 후기의 관리 온순溫純을 말한다.
43 四維 : 명대 만력 연간에 내각수보를 지낸 장사유張四維를 말한다.
44 妖書 : 만력 26년과 31년 두 차례에 걸쳐 요서妖書 사건을 말한다. 이 사건은 당쟁으로 번져 나라의 혼란과 당쟁의 극성을 초래했고, 명대 정치사에서 장기간 동안 큰 병폐를 낳았다.

○ 錢給事之掃門無行, 人人能唾之. 然其坐郭宗伯以危法, 亦自有因. 府同知吳化者楚人, 乃去任侍郎郭正域之鄉同年也, 時以聽勘在京, 適妖書事起, 伏闕上疏, 謂妖書出自新選教官阮明卿[45]之筆. 阮蜀人, 又科臣錢夢皐之密戚也. 錢不能甘, 乃抗疏直謂妖書出于郭正域. 郭爲次輔衣鉢門徒, 而流醫沈令譽, 爲正域門下食客, 相與搆造此事. 又因沈令譽串入達觀, 以助康丕揚. 錢之得罪名教不待言, 而胡化之誣告阮明卿, 總亦犬豕一流耳.

---

45 阮明卿 : 완명경阮明卿, 생졸년 미상은 『명사』 114권의 기록에 의하면 요서妖書를 지은 인물이다.

임오년 이래 장강릉을 탄핵한 자들 대부분이 높은 관직을 취하고 떠났는데, 더욱이 그들을 본뜨기까지 하니 앞다투어 스스로 본 것들을 간언하고 또 물의를 일으킬 만한 일을 알게 되면 일이 일어나기 전에 미리 알렸다. 내가 직접 본 일로, 을유년 남경 예부시랑 마응도馬應圖가 재상의 권한이 막중함을 논하자 언관들이 곁에서 부추겨 변방을 지키는 자리로 폄적되어 떠났다. 당시 상공 왕태창이 막 하산했는데, 마응도의 상소가 있을 것을 미리 알고 마침내 당시의 상황을 언급하며 해가 바뀌면 너도나도 비방하는 풍조가 일어 저자와 우물가에서 간사한 무리들이 모이고 많은 사람들이 가리키는 마모모란 자 또한 간언의 명목을 빌어 감찰을 피할 것이라고 말했는데, 그의 말이 매우 심각했다. 당시 감찰 대계까지는 아직 일 년 남짓 시간이 있었는데, 정해년 봄 남경 감찰에서 결국 마응도의 상소 건에 대해서는 언급하지 않았으니 마응도의 상소가 미리 처리된 것이다. 신묘년 겨울 예과도급사중 호여녕胡汝寧은 미리 과거시험장에서 같은 군의 주사 요신饒伸이 시정에 밝지 않다고 논했다. 이 시기에 또 과거시험장의 일을 빌미로 남경 주시主試 유덕諭德 육가교陸可敎를 탄핵하고 중시를 치르던 어사 전일본錢一本의 아들 전괴춘錢魁春을 발탁했으니 중시에 사사로움이 있었다. 당시 사람들은 호여녕이 이전에 올린 상소의 잘못을 꾸며대 감찰을 면하고자 한 것이라고 했다. 계사년 감찰 대계 때는 마침내 엄격하게 파면시키지 못했다. 따라서, 이 상소는 보탬이 되지 않았다. 무술년에 순안감숙어사巡按甘肅御史 허문조許聞造가 전횡을 일삼는 간신인 시랑 장권몽張眷蒙과 도어사 위윤정魏允貞 등을 논했는데, 여러 공들이 모두 당시의 명망을 얻고 있었고 또 모두 서북 사람들이었다. 말하기 좋아하는 자들이 장권몽에 의해 비방당했던 지인들이 장권몽이 지위를 잃자 보복하고, 또 본래 절강 사람이라 절강 사람끼리 무리를 이룬 자들은 미리 북경 감찰 대상 지역에서 도피했다고 했다. 탄핵문이 여러 곳에서 쏟아져나와 그를 맹공하니 해서 허문조는 지방관으로 폄적되어 떠났다. 기해년 중앙 감찰에서는 허문조가 비록 자리에 없었지만 그를 미워하거나 안타까워하는 자들이 반반이었다. 근래에 계묘년과 갑신년 사이에 여러 경로로 나뉘어 탄핵이 사방에서 일어나 노비가 주인이 되는 상황이었고 명암이 바뀌었다. 을사년 감찰에서는 마침내 천자께서 수많은 의론을 유보하시고 조정에서 취합한 송사는 지금까지도 해결하지 못했다. 또, 나도 모르는 일들이다.

○ 홍치 연간 계해년 북경 감찰 전에 급사중 오순吳舜과 왕개王蓋가 스스로 의론이 있을 것을 알고 사전에 미리 이부상서 마문승을 비방하자, 마문승이 감찰을 사양하고 허락하지 않아서 결국은 두 신하를 내쳤다. 그런데, 당시에는 마문승이 옳다고 여겼는데, 나중에 감찰을 한 후 또 상소를 올려 변론하는 자가 있어서 마문승이 재고를 청하고자 했다. 당시 고공낭중 양단楊旦이 고집부리며 이를 따르지 않으려 하자 마침내 이전의 이론에 의거했다. 이때 인심은 여전히 그대로여서 주변

사람 중에 그를 도와 싸울 자가 없었으니, 옛날과 지금의 광경이 다르다. 가정 연간 신해년 정월 금의경력錦衣經歷 심련沈鍊이 엄숭을 탄핵하는 상소를 올리자 의론하는 자들도 감찰을 도피했으니 이 일은 엄중히 문책해야 한다고 했다. 이런 소리는 복수심에서 나온 것이니 어찌 심련의 곧은 소리를 해할 수 있겠는가?

원문 **考察脅免**

自壬午以來, 諸劾江陵者, 多取顯官去, 尤而效之, 爭以建言自見, 亦有知物議將及, 先事而發者. 以予所見, 如乙酉年, 南禮部郎馬應圖, 論宰相權重, 言官阿輔, 謫爲邊尉去. 時太倉相公新出山, 先知馬疏所由, 遂因論時事及之, 謂年來瀆訕成風, 乃有市井憸邪, 千人所指如馬某者, 亦得借建言之名, 以逃考察, 其詞甚峻. 時去大計尙年餘, 至丁亥春南察, 終不及馬, 則以馬疏先被處也. 至辛卯冬, 禮科都給事中胡汝寧[46], 先以科場論同郡主事饒伸, 爲時情所薄. 至是又以科場事, 劾南京主試諭德陸可敎, 取中擧人錢魁春, 乃御史錢一本子, 中式有私. 時謂胡借以飾前疏之謬, 欲免察典. 及癸巳春大計, 竟以不謹罷. 則此疏爲無益矣. 至戊戌年, 巡按甘肅御史許聞造論邪橫大臣爲侍郎張眷蒙都御史魏允貞等, 諸

---

46 胡汝寧 : 호여녕胡汝寧, 생졸년 미상은 강서 남창南昌 사람으로, 호는 사산似山이다. 만력 2년 진사가 되어 조양지현潮陽知縣에 제수되었고 예과급사중을 지냈으며, 저서로 『액원주의掖垣奏議』 등이 있다.

公皆負時望, 且皆西北人. 說者指爲張建私人, 因張去位, 爲之報復, 且本浙人浙黨, 預爲逃京察地也. 白簡紛然, 攻之不遺餘力, 許外謫去. 己亥內計, 許雖不處, 而恨之惜之者尙相半. 近日癸卯甲辰間, 徑路已分, 彈擊四起, 出奴入主, 暗避明攻. 乙巳一察, 遂至欽留滋議, 朝端聚訟, 迄今不解. 又非余所得而知矣.

○ 弘治癸亥京察之前, 給事中吳蕣王蓋自知有議, 先事論吏部尙書馬文升, 馬辭管察不允, 卒斥二臣. 而當時不以爲非, 察後又有疏辨者, 馬欲請再考. 時考功郎中楊旦, 執不肯從, 遂依先議. 是時人心尙古, 無旁囂者爲之佐鬪, 遠非今日光景也. 若嘉靖辛亥正月, 錦衣經歷沈鍊疏劾嚴嵩, 議者亦云逃察, 以此重譴. 此出仇口, 何足損沈直聲?

번역 위조문서

　역사책 중에 종회鍾會가 위서僞書를 만들어 보검을 얻고, 송나라의 여자 노비가 석개石介의 책을 베껴 썼다는 여러 일들은 모두가 진실이 아님을 의미한다. 근래 경술년 겨울 절강순안어사 환추環樞 정계방鄭繼芳이 급사 굉정宏庭 왕소휘王紹徽에게 부친 편지에서 이듬해 감찰대계에서는 모모란 자를 처리하고 수십명을 강등시키지 않고자 하는데, 이는 모두 태재 손부평孫富平의 뜻이라고 했다는 말이 전해진다. 급사 모동慕東 호흔胡忻이 이 일을 맡아 손부평에게 알리며 말미에 한 줄 더 붙여서 "가화선생嘉禾先生이 최근에 아들 하나를 낳았는데, 어른들이 소문을 내고 알리고 싶어하셨다"고 했다. 가화선생은 심계산沈繼山을 가리키며 그의 손자는 심심구沈深仇인데, 모두 후사가 없어서 일부러 이 말을 만들어 흘렸다. 손부평이 이 보고서를 읽고서 크게 노해 정계방과 왕소휘 등을 중징계하고자 했다. 하루는 나가서 소재 원보元圃 소운거蕭云擧에게 알리면서 또 이 관부는 험하고 독한 일을 이처럼 도모하니 다 제거하지 않으면 후세에 남길 것이 없고 화가 여기에서 그치지 않을 거라고 했다. 소운거가 한참을 살펴보더니 갑자기 그 위에 "사기가 아닌가?"라고 썼다. 손부평이 나이 들어 귀가 먹어서 글자를 써서 알린 것이다. 손부평이 뜻하지 않은 일이 일어나자 매우 놀라 성을 내다가 차츰 깨닫고는 마침내 이 편지를 봉투에 넣고 꺼내지 않았다. 그런데, 왕소휘는 관례에 따라 승진하고 소운거는 탄핵당했으니 이 역시 이 일 때문이었다. 어사 정계방은 북경 사람인데, 일찍이 취주聚洲 왕원한王元翰의 검은 행동을 밝히니 서북의 여러 공들이 분해 이를 갈았다. 두 급사 호혼과 왕소휘는 모두 태재 손부평과 동향 사람인데, 호혼은 고향을 빌미로 원한에 보복하고 굉정 왕소휘는 진秦 땅 사람이지만 의론을 하니 특이하므로 모두 기록한 것이다. 호혼의 기량은 공교로운 듯하지만 실은 졸렬한데, 다행히 손부평이 늙어빠져 못났으니 그의 계략이 행해진 것이다. 만약 영민한 사람을 만났다면 또한 실각했을 것이다.

원문 贋書

　史冊中, 如鍾會[47]作僞書以賺寶劍, 及宋女奴習石介[48]書諸事, 皆意未眞. 乃近年如庚戌冬, 有傳浙江巡按御史鄭環樞繼芳, 寄一書于王給事宏庭紹徽[49]者, 云次年大計, 欲處某某不下數十人, 皆富平太宰心膂也. 胡

---

47 鍾會 : 종회鍾會,225~264는 삼국시기 위나라의 군사전략가이자 서예가이다. 그의 자는 사계士季이며, 영천穎川 장사長社 사람이다. 현학에 정통하고 재주가 뛰어나 약관의 나이에 벼슬길에 올랐으며 장량張良에 견줄 만한 자로 평가받았다. 사례교위司隷校尉에 제수되었으며『위종사도집魏鐘司徒集』등의 저서가 전해지는데, 당나라 장회관張懷瓘의『서단書斷』에서는 그를 '묘품妙品'으로 평가했다.

48 石介 : 석개石介,1005~1045는 북송 초기의 관리이자 학자다. 그의 자는 수도守道 또는 공조公操이고, 연주兗州 봉부奉符 사람이다. 천성天聖 8년1030의 진사 출신으로, 국자감직강國子監直講, 태자중윤太子中允 등의 벼슬을 지냈다. 이학理學의 선구자로 일찍이 태산서원泰山書院을 창건했다. 조래서원徂徠書院에서『주역周易』과『춘추春秋』를 가르쳤기 때문에 '조래선생徂徠先生'으로도 불렸다.

49 王給事宏庭紹徽 : 명나라 말기의 대신 왕소휘王紹徽, 생졸년 미상를 말한다. 섬서 서안부西安府 함녕咸寧 사람이다. 만력 26년1598 진사가 되어, 호과급사중, 태상시소경, 좌첨도어사, 이부상서 등의 벼슬을 지냈다. 천계 7년1627 삭탈관직당하고 평민이 되

給事慕東忻[50]持以示孫富平, 其末又綴一行云, "嘉禾先生近生一子, 想丈所欲聞者, 幷報." 嘉禾指沈繼山也, 蓋孫沈深仇, 而俱無嗣, 故作此語激之. 孫閱之果大怒, 卽欲重處鄭王諸人. 一日出以示少宰蕭元圃云擧, 且云此曹爲謀險毒至此, 非盡芟之無遺類, 禍不止也. 蕭諦視良久, 忽泚筆其上曰, "得非詐乎?" 因孫老聵, 故作字示之. 孫出其不意, 甚驚恚, 已而稍悟, 遂篋此書不出. 而王之例轉, 蕭之被劾, 亦胎于此矣. 鄭御史京師人, 曾特疏發王聚洲元翰之墨, 故西北諸公切齒焉. 胡王二給事俱太宰同鄕, 胡挾粉楡報恩怨, 王宏庭雖秦人, 持議特異, 故幷中之. 胡之伎倆, 似巧實拙, 幸富平耄而拙, 其計乃得售. 使遇英敏之人, 且立敗矣.

　　었다. 저서로 『동림점장록東林點將錄』 등이 전해진다.
50 胡給事慕東忻 : 명나라 후기 내각대학사를 지낸 호흔胡忻을 말한다.

이부의 선발 법규로는 잡다한 무리가 적체되는 것을 근심하게 되므로 잠시라도 먼저 왕부의 관리가 되어 상소해 통하면 그것을 승전이라 하는데, 실은 내쳐지는 것이다. 이러한 법규는 성화 연간 이후에 만들어졌는데, 지금은 고칠 수가 없다. 무관은 일정한 법규가 없어서 황상께서 태수의 의견에 따라 관작을 올리시는데, 탄핵이 아니면 내칠 이유가 없었다. 하물며 그만두게 했다가 다시 기용하는 일은 더더욱 그렇다. 근래에 대사마 석동천石東泉이 처음으로 왕부의 관례에 따라 관등명을 적는 것을 시작했다는 설이 있는데, 시험 성적이 낮은 자가 거기에 성명을 등재해 충분히 관직을 얻을 수 있었다. 또한 당시에 고민을 해결했지만 이 무리들은 평소 술고래라 불려서 공부의 법으로 얽어맬 수가 없고 맘 놓고 혼을 낼 수가 없다. 석동천이 지위를 잃고도 관리 명부에 이름이 등재되어 있었는데도 말하지 않았다.

원문 **武弁王官**

吏部選法, 患雜流壅滯, 姑創爲王官, 以疏通之, 名曰升轉, 實罷斥也. 此法創于成化以後, 今不可改矣. 惟武弁則無之, 欽依守把以上, 非參劾無駈逐之理. 況廢而復起, 不可方物. 近年石大司馬東泉, 始倣王官例, 創爲添註一說, 凡劣考者則註焉, 有官無缺. 亦救時苦心, 然此輩素號錫鑞酒壺, 非考功法所可束縛, 恬不懲創. 石去位而添註亦不講矣.

현 왕조의 대신 중 천수를 누린 자가 간혹 있지만 한꺼번에 일시에 있었던 적은 없다. 화정華亭 사람 평천平泉 육수성陸樹聲은 예부상서 태자태보로 관직을 그만두었는데, 가정 연간 신축년에 진사가 되어 97세였다. 해풍海豐 사람 몽산夢山 양외楊巍는 우도어사로 관직을 그만두었는데, 가정 연간 정미년에 진사가 되어 94세를 살았다. 포기蒲圻 사람 송병松屛 사붕거謝鵬擧는 우도어사로 관직을 그만두었는데, 가정 연간 병진년에 진사가 되었다. 석태石埭 사람 송파松坡 필장畢鏘은 호부상서로 벼슬을 그만두었는데, 가정 연간 갑신년에 진사가 되어 93세를 살았다. 모두 금상 을사년 이후 3, 4년간에 나랏일을 그만두고 융숭한 예우를 받아 구순이 되었으며 모두 특별히 관리를 보내 안부를 묻고 사후에는 화려한 임종의 예우를 갖춘 자들로 매우 융숭한 격식을 갖추었다. 관작이 2품 아래로 팔순 이상을 장수한 자 또한 셀 수 없이 많다. 아마 황상의 장수를 사람들이 본받은 것이며 황상께서 무병장수하시니 또한 이런 일을 점칠 수 있었다고 본다.

○ 태재 양외가 사직을 청할 때 그의 모친이 아직 살아계셨는데, 나이 104세로 막 임종을 고했을 때였다. 종백 육수성은 나이 59세가 되어서야 비로소 천거되었는데, 소경 사백달嗣伯達이 등과한 지 17년이 지나고 증손까지 보았다. 중승 사붕거의 나이 90세 때 장자 사경조謝京兆는 나이 70여 세로, 좌우에서 그를 어린아이처럼 부축했으니 특히 있기

어려운 일이다.

원문 一時六卿眉壽

本朝大臣享高壽者間有之, 然未有聚于一時者. 如華亭陸平泉樹聲, 以禮部尙書太子太保致仕, 則嘉靖辛丑進士也, 得年九十七. 海豐楊夢山巍, 以右都御史致仕, 則嘉靖丁未[51]丁進士也, 得年九十四. 蒲圻謝松屛鵬擧[52] 以右都御史致仕, 則嘉靖丙辰進士也[53]. 石埭畢松坡鏘以戶部尙書致仕, 則嘉靖甲辰進士也, 得年九十三. 俱在今上乙巳以後三數年間, 其去國俱蒙優禮, 及九旬俱受特使存問, 身後飾終之典, 尤皆崇備. 若官未二品, 壽止八旬以上者, 又不勝紀也. 蓋上壽考作人之效, 而聖壽無疆亦可卜矣.

○ 楊太宰乞身時, 其母夫人尙在堂, 年百十四歲始告終. 陸宗伯年五十九, 始擧乃嗣伯達少卿見其登第者十七年, 又及見曾孫. 謝中丞九十時, 長公京兆君年七十餘, 扶持左右如嬰兒, 尤爲難遘.

---

51 丁未 : '정미丁未'는 원래는 '병진丙辰'이었는데, 『명과록明科錄』에 근거해 고쳤다丁未原作丙辰, 據名科錄改.【교주】

52 蒲圻謝松屛鵬擧 : 명대 후기의 관리 사붕거謝鵬擧, 1509~1601를 말한다. 그의 자는 촉남促南이고, 호광 포기蒲圻 사람이다. 가정 32년1553에 진사가 되어, 호부주사, 부도어사, 호부시랑, 우부도어사, 절강순무 등의 벼슬을 지냈다. 장거정과 사이가 좋지 않아 사직했다.

53 蒲圻謝松屛鵬擧以右都御史致仕, 則嘉靖丙辰進士也 : '포기蒲圻'부터 '병진진사丙辰進士'까지 모두 22자로, 사본에 근거해 보충했다. 또, 윗 구의 '양몽산득년구십사楊夢山得年九十四'의 '구십사九十四'는 사본에는 '구십삼九十三'으로 되어 있다蒲圻至丙辰進士共二十二字, 據寫本補. 又上句楊夢山得年九十四, 寫本作九十三.【교주】

번역 문관과 무관이 동시에 각각 번성하다

　　가정 말년 남경 예부상서 손승[孫陞, 호는 문각文恪]은 예전에 좌부도어사였을 때 예부상서로 추증되었으며 충열공忠烈公의 아들이다. 당시 장남 손롱孫鑨과 차남은 손정孫鋌이 모두 이미 진사가 되었을 때였으며, 손롱은 이부상서, 손정은 남경 예부시랑이었다. 그 세 아들의 명성이 금상의 명성보다 더할 정도여서 손승이 손종孫鋶으로 이름을 바꾸고 연달아 과거급제해 태복시경의 자리에 올랐다. 그의 어린 아들 손광孫鑛은 금상 갑술년 회시에 붙어 현재 남경원우도어사를 맡고 있다. 그의 손자 손여법과 손여유孫如遊 등은 과거에 갑제해 낭서가 되어 한림학사들이 매우 숭상했다. 또 영원백寧遠伯 이성량李成梁은 편비偏裨에서 요좌遼左로 기용되어 공을 세워 백작에 봉해지고 세습받았는데, 금상 초년의 일이었다. 지금 태자태보가 조정의 청을 받들어 적자인 친동생 이성재李成材가 총병이 되었고, 장남 이여송李如松은 태자태보좌도독이 되어 수차례 대수大帥에 올랐고 마지막에는 요동의 장수로 군대에서 죽어 소보로 추증되었고, 또 아들 한 명은 대대로 도독동지로 세습되었다. 차남 이여백李如柏 역시 요동의 장수로 우도독에 이르렀다. 셋째 아들 이여정李如楨은 음서로 금의위가 되었으며 지금 현재는 관위사도지휘사管衛事都指揮使이다. 넷째 아들 이여장李如樟은 도독동지로 귀주총병관으로 복역했다. 어린 아들 이여매李如梅는 현재 요동부총병관으로 장차 등단할 것이다. 또 조카 이여오李如梧, 이여고李如橒 또한 모두 부총병이니 일시에 문관과 무관으로 각각 그 성대함을 지극히 누렸다. 관직을 얻은 무관 이씨로 충열공에 비할 바 없으니 또한 전공을 세워 그 노고를 인정받아 이에 이른 것이니 당나라 이서평李西平의 여러 아들은 논할 바가 안 된다.

원문 文武同時各盛

嘉靖末年, 孫文恪陞爲南禮部尙書, 故左副都御史, 贈禮部尙書, 忠烈公子也, 時長子鑵次子鋌, 俱已登進士, 鑵仕至吏部尙書, 鋌仕至南禮部侍郎. 其三子名犯今上御名, 改名曰鍫, 繼登第, 仕至太僕寺卿. 少子鑛, 登今上甲戌會元, 現爲南掌院右都御史. 其孫如法如遊輩, 以甲第爲郞署, 爲詞林者尙多. 又寧遠伯李成梁, 從偏禆起遼左, 積功至封伯世襲, 事在今上初年. 今以太保奉朝請, 嫡弟成材爲總兵, 其長子太子太保左都督如松, 屢爲大帥, 最後帥遼歿于陣, 追贈少保, 又蔭一子爲世都督同知. 次子如柏, 亦爲遼帥, 至右都督. 第三子如楨, 以錦衣蔭, 今現爲管衛事都指揮使. 第四子如樟, 以都督同知, 充貴州總兵官. 幼子如梅, 現爲遼東副總兵官, 將登壇矣. 又嫡姪如梧如檟, 亦皆副總兵, 一時文武各極其盛. 李氏兜鍪騎士, 非可比忠烈公閥閱, 亦以戰功積勞至此, 卽唐李西平諸子所不論也.

송나라 때 포종맹蒲宗孟이 깨끗함을 좋아해 '대소세면大小洗面'과 '대소
세각大小洗脚' 등의 호로 불렸다. 같은 시기에 왕개보王介甫는 산발에 지
저분한 얼굴을 하고 다녔는데, 소로천蘇老泉이 보고서 죄수 같은 옷 꼴에
개돼지 같이 먹는다고 했다. 하지만 두 공이 모두 유명인으로 함께 사마
군을 미워했으니 실은 똑같았다. 가정 연간 양용수楊用修의 의복과 거처
가 최고조로 화려하고 정갈했는데, 같은 시기 당형주唐荊川는 찢어진 누
더기에 희멀건 국을 먹었으니 더럽고 누추함을 견디기 어려울 정도였
지만 두 공이 모두 대 유학자로 함께 세종께서 일찍 폐위되는 것을 거역
한 것은 똑같다. 대개 좋아하는 것이 극도로 다르고 각자가 타고난 재주
를 내뿜는데 어째서 하필 꼭 똑같은가? 근래에 선비들 중 추하고 보잘
것없는 것을 자처하는 이들이 있는데, 내 고향 사람 사공 정빈[丁賓, 호는
개정改亭]의 집안이 부유하고 후덕해 깨끗하고 더럽혀지지 않았다. 하지
만 그는 비루한 곳에 거처하고 버드나무 한 그루에 기대어 앉아 거친
천장막을 걸고 수십 년 동안 바꾸지 않는다. 책상과 의자가 먼지 구덩
이고 옷과 신발은 메추라기 똥으로 얽혀 속세와 단절하고 고행으로 불
도를 닦는 것 같다. 또, 사마 심사효[沈思孝, 호는 계신繼山]는 맑고 깨끗한 지
조로 말할 필요가 없지만 단정한 수염과 용모는 나이가 들수록 더해져
귀밑털이 난 검붉은 얼굴에 까만 머리가 윤나며 좌우로 흐트러지지 않
고 손을 하루에 열 번 씻는 것에 싫증내지 않으니 곱게 화장한 이들도

그의 정갈함에 비할 수 없다. 두 공은 모두 내 어릴 적 친구로 나와 쌓은 인연이 깊은데 매번 그 거동을 볼 때마다 내심 탄복을 한다. 그들의 명성이 자자한 것은 억지로 꾸며낸 것이 아니다.

원문 士大夫癖性

宋時蒲宗孟好潔, 至有大小洗面大小洗腳等號. 同時王介甫則蓬首垢面, 蘇老泉至目爲衣囚鹵而食犬豕. 然二公皆名流, 皆憎司馬君實則一也. 嘉靖中楊用修[54]衣服起居窮極華潔, 同時唐荊川破衲疏糲, 垢敝不堪, 然二公皆大儒, 皆忤世宗早廢則一也. 蓋好尙懸絶, 各出稟受, 何必盡同? 近來士人以惡菲自處者, 惟吾鄕丁司空改亭賓, 家世富厚, 所至皭然不淄. 然居處卑陋, 坐一柳木椅, 掛一粗布幃, 數十年不易. 几榻塵穢, 衫履鶉結, 絶似一苦行頭陀. 又沈司馬繼山思孝, 淸白之操不待言, 然整鬒修容, 老而彌甚, 虯鬢鐵面澡豆, 不離左右, 盥手日數十次不倦. 卽煙粉輩, 未喩其潔也. 兩公俱以小友畜予, 每見其擧動, 輒心折嘆服. 以其各有至處, 非强飾也.

---

54 楊用修 : 명 중기의 학자 겸 문학가 양신楊愼을 말한다.

사대부의 위엄 있는 모습

　　서북쪽 출신 사인들은 대부분 키가 크고 위엄 있는 외모를 지녔다고 예부터 전해오는데, 풍토 때문에 그렇다고 하지만, 사실은 다 그런 것은 아니다. 내가 본 바로는 지금 방백 주섭원[朱燮元, 호는 항악恒嶽]은 절강 산음山陰 사람이고 중승 왕사창[王士昌, 호는 두명斗溟]은 절강 임해臨海 사람인데 모두 8척의 장신으로 허리둘레가 어깨 너비의 열 배이다. 주섭원은 열 사람분의 음식을 먹을 수 있는데, 무게로 치면 400근이다. 왕사창은 그에 비할 바는 못 되지만 술 여러 말을 마셔도 취하지 않았다. 예전에 나와 마중량馬仲良의 처소에서 술을 마신 적이 있었는데, 좌중의 사람들이 모두 술꾼인데 마지막까지 자리를 지켜서 대적할 자가 없었다. 왕사창이 술에서 깨어 떠났다가 이튿날 다시 모여 술을 마셨는데, 왕사창이 큰 술잔을 꺼내 손님과 대작했다. 대개 황궁의 금고에 둔 복숭아씨를 깎아 만든 그릇에 한 되 남짓 되는 술을 받았는데, 나에게 보관해 둔 그 그릇을 주니 열 번을 따라 다니며 마셨다. 내가 처음에 그중 하나를 맡아 다 마시려고 애를 썼는데, 술에서 깨어나도 반은 취기가 남았다. 왕련王漣은 거기에 담긴 술을 아홉 그릇이나 맡아 가득 채워 마시고 일어나면서 비로소 몸을 비틀거렸다. 등촉을 크게 밝힌 후 다시 처음처럼 술을 권했다. 왕련이 기용되어 좌천되었다가 형부시랑으로 옮기고 싶어 했다. 당시 동료 왕문매[王文邁, 호는 거우居于]란 자는 북경 사람으로 신축년 진사가 되었는데, 거칠면서도 시에 능했고 외모도 가장 기이했다. 키가 4척에 불과하고 배가 불룩 튀어나왔으며 허리가 굽어 곱사등이라 걸음걸이는 비틀거려서 멀리서 보면 인데다 꼭 거미와 같았다. 매번 반포하는 글을 쓰면 빨리 가서 살피고 드나듦을 반드시 함께해야 하는데, 구경하는 자들이 길을 가득 메웠다. 왕중승이 담소하기를 좋아했는데, 왕문매도 익살스러운 풍자를 좋아해 매번 두 사람을 만나면 몸을 숙여 서로 악수하고 앙모하며 얘기를 들으니 옆 사람들이 포복절도하지 않는 자가 없었다. 왕문매의 집안사람은 풍채가 좋고 키가 크며 재색을 겸비하기로 북경에서 소문이 자자했는데, 그를 속된 말로 비난하는 경박한 자가 꽤 있었다.

○ 내가 알기로 선비 중에 키가 작은 자로는 태화泰和 사람 사마 곽자장[郭子章, 호는 청라靑螺], 여요餘姚 사람 형부시랑 손여법孫如法, 호는 사거俟居, 상숙常熟 사람 도운사 구여직[瞿汝稷, 호는 동관洞觀]이 있는데, 모두 키 작은 장부라 외모가 난쟁이 선비 같다. 그러나, 한때 명석하기로 이름나 당시에 출중한 자들이므로 소위 진실로 외모로 인재를 기용하는 일은 잘못된 일이다.

○ 또 태감 서씨徐氏란 자는 키가 한 장에 거의 달하고 살피듬도 있어 금상께서 서대한徐大漢이라 부르셨는데, 보기에는 왕중승에는 견줄 바가 못 되었다.

원문 士大夫偉狀

士人生西北者, 類多長身偉貌, 自昔相傳, 風土使然, 而實不盡爾. 以予所目睹, 今方伯朱恒嶽爕元[55], 則浙之山陰人, 中丞王斗暝士昌, 則浙之臨海人, 皆昂藏八尺, 腰腹十圍. 朱飲啖能兼十人, 其重四百斤. 王稍遜之, 然浮白數斗不亂, 曾與余飲于於馬仲良所, 坐人皆酒客, 終席不能敵. 王醒然而別, 次日復會飲, 王出其蟠桃盃以酌客, 蓋範禁帑所藏桃核鍛成者. 受酒升餘, 與余藏彄, 以十度爲率. 余初負其一, 勉強盡之, 已覺半醉. 王連負其九, 引滿而起, 始猶頹然. 及張燭後, 復藋酬如初也. 王起謫籍, 量移比部郎.

時同舍有王居于文邁[56]者, 京師人, 辛丑進士, 粗能詩, 其狀最奇, 長不過四尺, 腹大如箕, 腰背傴僂, 步履蹣跚, 遠望之, 宛然一蜘蛛也. 每綴班趨省, 出入必偕, 觀者塡路. 中丞喜談笑, 王居于亦善諧謔, 每遇兩人俯而相握手, 仰而聽啟口, 旁人無不絕倒. 居于內人, 頎而長, 有才色, 名聞都下, 頗有輕薄子爲俚詞嘲之者.

○ 士紳短小者, 如予所識, 泰和郭司馬青螺子章[57]餘姚孫刑部俟居如

---

55 朱恒嶽爕元 : 명대 말기의 대신 주섭원朱爕元, 1566~1638을 말한다. 그의 원래 이름은 무상懋賞이고, 자는 무화懋和, 호는 항악恒岳 혹은 석지石芝다. 절강승선포정사 소흥부 산음현 사람이다. 만력 20년1592에 진사가 되어, 대리평사, 소주지부, 광동제학부사, 병부상서, 좌주국左柱國 등의 관직을 지냈다. 천계 원년1621 사안奢安의 난을 평정했다. 처음 시호는 양의襄毅이고, 나중에 충정忠定으로 바뀌었다. 판단력이 뛰어나고 문장을 잘 쓰기로 알려졌으며, 저서로는 『독촉소초督蜀疏草』, 『주양의소초朱襄毅疏草』, 『주소사주소朱少師奏疏』 등이 있다.

56 王居于文邁 : 왕문매王文邁, 생졸년 미상는 순천부順天府 완평현宛平縣 사람이다. 만력 19년1601 진사에 합격해 행인사행인에 제수되었고 형부운남청리사지사로 승진했다.

法[58]常熟瞿都運洞觀汝稷[59], 皆渺小丈夫, 貌類侏儒. 然均爲一時名碩, 羽儀當世, 眞所謂失之子羽[60].

○ 又内監徐姓者, 長幾及丈, 肥亦稱之, 今上呼爲徐大漢, 其視王中丞, 不及肩也.

---

57 郭司馬青螺子章 : 곽자장郭子章, 1543~1618의 자는 상규相奎이고 호는 희보熙甫 혹은 청라青螺다. 강서 태화泰和 사람이다. 융경 5년1571에 진사가 되어 만력 10년1582에 광동조주부지부가 되었다. 만력 26년1598에 우부도어사순무귀주 겸 제촉초군사制獨楚軍事가 되었는데, 이화룡李化龍과 힘을 합쳐 양응룡楊應龍의 반란을 평정하는 등의 공을 세웠다.

58 孫刑部俟居如法 : 명 만력 연간의 관리 손여법孫如法을 말한다.

59 瞿都運洞觀汝稷 : 명대 후기의 관리 구여직瞿汝稷을 말한다.

60 失之子羽 : 외모로 사람을 기용하는 잘못을 말한다. 『사기·중니제자열전仲尼弟子列傳』에서 자우子羽가 외모로 인재를 취하는 실수에 대한 공자의 말에서 유래한 말이다.

번역 사대부가 화려하고 단정하다

옛 재상 장강릉은 성품이 화려하고 정갈함을 좋아해 의복은 반드시 선명하게 아름답고 눈에 띄게 입었으며 윤기 나고 향기로운 단장을 하고 아침저녁으로 옷을 갈아입고 나오니 이고李固와 하연何宴이라도 이를 능가하질 못했다. 순식간에 이런 습관이 유행해서 많은 이들이 사치스럽게 꾸미는 것을 좋아했다. 경경冏卿 어포漁浦 사람 서태시徐泰時가 당시 공부시랑으로, 그 집은 원래 소봉素封인데, 매번 손님이 오면 반드시 먼저 그 행색을 살핀 후에 옷을 걸치고 나가 접대했다. 두 사람이 꼭 똑같아서 조금도 차이가 없으니 조정대신들이 그것을 부러워했다. 근래 공경들은 소박한 관례를 따르는데, 협원중승協院中丞 허굉강[許宏綱, 호는 少微]이 붉은 자주빛으로 단장하니 그 향기가 멀리까지 퍼졌다. 세월이 흘러 당시 나이가 쉰이 되었는데도 주위의 시선을 한 몸에 받았으니 여전히 빛이 나서 여러 사람을 비출 정도였다. 호굉강이 관직에 있으면서 청렴하기로 소문이 났는데, 아마 이런 성품으로 그렇게 된 것인 듯하다. 또, 친구 적성赤城 사람 태수 금여가金汝嘉는 집안에 곡식이 조금도 없었고, 외모도 무척 초라했는데, 매번 그 집을 지나거나 들어갈 때 열 걸음 밖에서 향기가 코를 거스르고 고운 빛의 흰 명주옷이 산더미로 쌓여있으니 사치가 극에 달했다. 안쪽에 금을 넣은 향기 나는 삼태기를 만들었으니 또 기물에 탐닉했다. 관리에게 청렴결백하도록 했으니 고향 사람들에게 수천 냥의 빚을 지고도 갚을 수가 없을 뿐이었다. 대개 관작이 없을 때 여러 가지 심적으로 이런 일을 하면서 습관이 되어 없앨 수가 없었다. 또 대사공 진천晉川 사람 유동성劉東星은 겨울철에 망사포를 쓰고, 여름철에 솜 넣은 모시옷을 걸치니 그에게 연유를 묻자 굳이 계절에 따른 의복을 분간하지 않는다고 했다. 경경 겸천謙川 사람 풍거馮渠가 관복의 허리띠를 묶을 때 두세 개가 빠지니 동료들이 모두 웃어대도 태연히 기이하게 여기지 않았다. 이런 일이 있으니 뭔가 의도가 있는 듯하다.

　장강릉이 재상일 때 영남嶺南의 환관 중에 아첨하는 자가 있어 장수와 축하를 기리는 두루말이 서화를 제작했는데, 모두 푸른 융단으로 짠 바탕에 붉은 융단으로 '수壽' 자를 써 넣으니 천아융天鵝羢으로 만들어진 것이다. 당시에는 이것을 이상하게 여겼는데, 지금은 쉽게 볼 수 있다. 지금 번부에서 안찰사와 순무어사를 축하하고 장수들이 관찰사를 축하할 때는 모두 비단자수 문자를 수놓은 것을 따르니 곳곳에서 모두 그렇게 하고 값도 비싸지 않은데, 이미 습관화로 풍속이 된 것이다. 또 근래 한 어사가 강남의 안찰사로 오자 읍령들이 금으로 꽃, 새, 사람을 쌍으로 수놓은 베를 짜서 소변통 위에 덮었는데, 어사가 아무렇지도 않은 듯 그것을 눌렀다. 그 사람은 강서 사람으로 갑진년 서길사 출신이었다.

원문 **士大夫華整**

　故相江陵公, 性喜華楚, 衣必鮮美耀目, 膏澤脂香, 早暮遞進, 雖李固何宴, 無以過之. 一時化其習, 多以侈飾相尙. 如徐漁浦泰時[61]冏卿, 時爲工部郞, 家故素封, 每客至, 必先偵其服何抒何色, 然後披衣出對. 兩人宛然合璧, 無少參錯, 班行豔之. 近年公卿間, 例遵朴素, 惟協院中丞許少微玄綱朱紫什襲, 芳馥遙聞. 時年逾知命, 而顧眄周旋, 猶能照應數人. 此公居官以廉著聞, 蓋性使然也. 又友人金赤城汝嘉太守, 家無儋石, 貌亦甚寢, 每過入室, 則十步之外, 香氣逆鼻, 冰紈霧縠, 窮極奢靡. 至以中金爲薰籠, 又爲溺器. 而作吏頗淸白, 第負鄕人債數千, 不能償耳.

蓋八識[62]田中, 帶此結習, 不能劃也. 又如大司空劉晉川東星[63], 遇冬月, 則御紗袍, 遇暑月, 則披紵袍, 問之, 則曰, 力不辦時服也. 冏卿馮謙川渠束帶時, 缺其二三胯, 同寅皆笑之, 恬不爲怪. 此則似出有意矣.

○ 江陵時, 嶺南仕宦有媚事之者, 製壽幛賀軸, 俱織成靑闕爲地, 朱闕爲壽字, 以天鵝絨爲之. 當時以爲怪, 今則尋常甚矣. 今藩府賀其按撫, 將領賀其監司, 俱以法錦刺繡文字, 在在皆然, 價亦不甚戞, 蓋習以成俗也. 又近年有一御史按江南, 邑令輩至織成雙金刻絲花鳥人物, 冒之溺器之上, 御史安然享之. 其人江西人, 自甲辰庶常出者.

---

61 徐漁浦泰時 : 서봉시徐泰時, 1540~1598는 다른 이름으로 삼석三錫이라고도 한다. 만력 8년1581에 진사가 되어 공부영선주사에 제수되었고 이후 질태부사소경으로 승진했다.

62 八識 : 오관과 몸을 통해 인식할 수 있는 여덟 가지 인식 작용을 말하는 불교 용어.

63 劉晉川東星 : 유동성劉東星, 1538~1601의 자는 자명子明이고, 호는 진천晉川이며, 시호는 장정莊靖이다. 직례 심수현沁水縣 사람이다. 융경 2년1568에 진사가 되어, 한림원서길사, 형부주사원외랑, 제학부사, 호광우포정사, 우첨도어사, 좌부도어사, 이부우시랑, 공부상서 등의 관직을 지냈다. 저서로『명등도고록明燈道古錄』,『진천집晉川集』등이 전해진다.

[번역] **2품이 바로 삼고三孤인 소사, 소부, 소보에 제수되다**

　　문신이 상서의 자리에 오른 뒤 6년이 지나서야 비로소 동궁의 삼소三少인 소사, 소부, 소보가 되고, 만 9년을 채워야 비로소 태자태보의 직함을 더한다. 내각 대신은 동궁을 보필하는 중책으로 나이에 구애받지 않는데, 혹 태재 중에 6년 만에 태자태보의 자리에 오른 자가 있기도 하니, 다른 관부는 이에 비교할 바가 안 된다. 근래에 대사마 장원長垣 사람 이임환李霖寰이 근심을 없애고 뛰어난 공적을 세워 소보로 돌아왔다. 변방에서 세운 공로가 뛰어나기 했지만 다른 이들이 12년 동안 얻은 직함을 무명인 이임환이 바로 얻었는데, 이전의 관리들도 겨우 우도어사였다. 또, 소사, 소부, 소보의 삼고三孤의 관직은 반드시 황궁의 직함이 있어야 하는데, 이임환은 끝내 아무런 관직도 겸하고 있지 않은 상태에서 곧바로 1품의 기간만 채우고 소부로 승진해서 동궁의 태부를 겸했다. 대개 가정 초기 이래로 장영가가 유일하게 문연리서文淵吏書로 다른 관직을 겸하지 않은 채 소보가 되었는데, 지금 이런 일이 장원 사람 이임환에게 다시 재현된 것이다.

　　○ 영락 22년 인종께서 즉위하시어 대학사 양사기에게 소보의 관작을 올려주셨다. 이동양李東陽과 사천謝遷은 모두 상서로서 바로 소부에 제수되었는데, 그때가 홍치 18년의 일이었다. 상황께서 새로 즉위하셨기 때문에 가능한 일이었다.

文臣至尙書, 六年始得東宮三少, 滿九年始加太子太保腰玉. 惟閣臣以輔弼之重, 不拘年歲, 或太宰間以六年得之, 他曹不得比也. 近惟長垣李霖寶[64]大司馬, 以播功從憂中峻回少保. 雖邊功優異, 然他人以十二年得者, 李在田間得之, 其故官又僅右都御史也. 且三孤必帶宮銜, 而李竟無兼官, 直至一品考滿, 進少傅, 始兼東宮太傅. 蓋自嘉靖初, 張永嘉以文淵吏書得少保, 無兼官, 今始再見於長垣.

○ 永樂二十二年, 仁宗卽位, 加大學士楊士奇少保. 李東陽謝遷俱以尙書直拜少傅, 時弘治十八年. 上新卽位.

---

64 李霖寶: 명대 만력 연간의 대신 이화룡李化龍, 1554~1612을 말한다. 그의 자는 우전于田이고, 호는 임환霖寰이며, 장원長垣 사람이다. 명 신종 만력 2년1574에 진사가 되어 숭현지현崇縣知縣에 임명되었다. 요동순무 등을 지내면서 반란을 평정하는 등의 공로를 세워 병부상서로 승진했다. 시호는 양의襄毅이고, 소사와 태사로 추증되었다.

번역 해상의 시박사市舶司

　태조 초에 천하를 평정하고 직예 태창주太倉州 황도진黃渡鎭에 시박사를 설립하고 제거提擧 한 명, 부제거副提擧 두 명, 이목吏目 두 명, 역승驛丞 한 명을 관리로 두었다. 이후 바다의 이적들이 교활하게 간교를 부리면서 북경 근처에 정박하거나 기회를 틈타 도모해서 마침내 폐지했다. 홍무 7년 또 절강의 영파부寧波府와 광동의 광주부廣州府에 시박사를 설치했는데, 그 체제는 태창주에 설치한 것과 같았다. 그 후 영파부의 시박사도 곧 폐지되었고, 지금은 광주부의 시박사만 남아 있을 뿐이다. 대개 영파부의 시박사도 북경 근처인데, 백성들을 위해 간교함을 부릴 것을 방지한 것이다. 시장 무역 제도는 예전부터 있어 온 것인데, 송대에 남쪽으로 천도하면서 그 이윤이 더욱 박하게 되었기 때문이다.

　이적과 화친을 맺은 후 금나라와 무역을 더욱 확대해 세 곳의 시장을 독점하고 해마다 백여만의 돈 꾸러미를 들이고, 북조의 비단을 수입하는데도 전체 할당량의 절반이 좀 안 된다. 매 연말에 결국 비단 창고로 옮겨온 것을 잘 지키는데 조정에서는 관심도 없다. 지금의 서생들은 군사 대국의 계획을 알지도 못하고 해외로 왕래하는 길이 끊긴다고 요동하며 관직을 못 얻을까 봐 걱정한다. 그들은 광활한 민閩 땅의 대가들이 관부에서 이득을 취하는 것을 막고 사사로이 땅을 차지한다는 것을 모른다. 가정 연간 민 땅과 절강에서 왜구의 화를 당하는 일은 모두 호족들이 섬나라 왜구들과 사통한 것에서 시작되었다. 처음에는 무역에서 이득을 뺏는 일에 불과했지만 계속되자 그들의 보화를 억지로 탈취하고 강요하며 정당하게 나누어 주지 않았기 때문에 불만이 쌓여 전쟁을 일으켰다. 이에 신하들에게 붉고 흰 비단을 주고 위로한 일을 자세하게 알게 되었다. 지금 광동의 시박사에서는 오히려 관부에서 그 나머지를 거두어 군량미에 보태고 있다. 민 땅의 바다 무역을 금지하는 일이 갈수록 엄격해지면 바다의 권문 호족이 모두 해외 왕래를 통해서 봉직을 받는다. 최근 수년간 민남閩南의 사대부들 역시 두 가지 의론으로 나뉘는데, 복주부福州府와 흥주부興州府 두 부는 길을 주로 끊고 장주부漳州府와 천주부泉州府의 두 부는 길을 주로 통하게 하니 각기 서로 막상막하이다. 그러니 어떻게 관리가 시장을 관리할 때 인정과 법규를 동시에 행할 수 있겠는가? 하물며 시박사라는 관부의 명칭은 중국과 이민족이 배로 드나들며 머물러 정박할 수 있음을 보여주는데 어찌 광동에서는 관대하고 민 땅에서는 엄격할 수 있는가? 또 하물며 최근에 왜구가 고려를 침략했는데, 또한 어찌 민 땅과 광동으로 가는 해상의 길을 물어보았는가?

원문 海上市舶司[65]

　太祖初定天下, 於直隷太倉州黃渡鎭, 設市舶司, 司有提擧一人副提擧二人, 其屬吏目二人驛丞一人. 後以海夷狡詐無常, 迫近京師, 或行窺伺, 遂罷不設. 洪武七年, 又設於浙江之寧波府廣東之廣州府, 其體制一同太倉. 其後寧波尋廢, 今止廣州一司存耳. 蓋以寧波亦近畿甸, 爲奸民防也. 按市易之制, 從古有之, 而宋之南渡, 其利尤溥. 自和好後, 與金國博易, 三處榷場, 其歲入百餘萬緡[66], 所輸北朝金繒, 尙不及其半. 每歲終, 竟於盱眙歲幣庫搬取, 不關朝廷. 我朝書生輩, 不知軍國大計, 動云禁絕通番, 以杜寇患. 不知閩廣大家, 正利官府之禁, 爲私佔之地. 如嘉靖間, 閩浙遭倭禍, 皆起於豪右之潛通鳥夷, 始不過貿易牟利耳, 繼而强奪其寶貨, 靳不與直, 以故積憤稱兵. 撫臣朱紈談之詳矣. 今廣東市舶, 公家尙收其羨以助餉. 若閩中海禁日嚴, 而濱海勢豪, 全以通番致素封. 頻年閩南士大夫, 亦有兩種議論, 福興二府主絕, 漳泉二府主通, 各不相下. 則何如官爲之市, 情法可並行也? 況官名市舶, 明示以華夷舟楫, 俱得住泊, 何得寬於廣而嚴於閩乎? 況邇年倭侵高麗, 亦何曾問閩廣海道也?

65　市舶司 : 중국 송, 원, 명초에 해상 항구에 세운 해외 무역을 관리하는 관부로, 해관海關에 상당하는 대외무역기관이다. 명 홍무 3년1370에 태창太倉 황도黃渡 시박사를 폐지하고 홍무 7년1374에는 복건 천주泉州, 절강 명주明州, 광동 광주廣州의 시박사를 폐지했다. 청 강희 24년1685에 모든 시박사를 폐지하고 해관을 설립했다.

66　緡 : 동전의 가운데에 난 구멍에 실을 꿰어 놓은 돈 꾸러미인 민전緡錢.

[번역] 농사를 권장하다

　　한나라의 대사농大司農은 경제景帝 때 설치한 것이다. 대개 진秦나라가 새로 서면서 곡식을 관장하는 도위都尉를 두고 구경九卿의 반열에 두었으며, 또 별도로 곡식을 모으는 도위를 두어 이 일을 총괄하게 했으니 농사를 중시했던 것이다. 『시경詩經·칠월七月』편에서 '농부農夫'에 '논들의 대부[농전지대부農田之大夫]'라고 주를 달았고 곽박郭璞은 '지금의 아끼는 장부는 이 사람이다[금지장부시야今之嗇夫是也]'라고 했다. 속석束晳의 『권농부勸農賦』에서는 "백성의 천한 직분을 다스리는 일로 농사를 권장하는 일을 가장 훌륭하다고 본다"라고 했다. 대개 진晉나라 때도 이처럼 이 관직을 중시했다. 당나라 때는 절도사가 진鎭으로 나가면 영전리營田使를 겸하는 것을 좋아했고 조용사租庸使는 호부상서가 거느렸다. 송나라 때 주州와 군郡의 태수는 모두 권농사勸農使를 데리고 있었다. 원나라 세조 중통中統 2년에는 각 로路에 영을 내려 모두 권농사勸農司를 설치하도록 했는데, 가장 오래지 않은 일이다. 현 왕조 선덕 초에 절강의 항주부杭州府와 가주부嘉州府 두 부 속현의 권농주부勸農主簿를 두었다. 성화 원년에는 산동과 하남 등지에 각각 포정사에 권농참정勸農參政와 각 부의 동지통판현승同知通判縣丞 각 한 명을 두었다. 가정 6년에는 강남부 주현의 치농관治農官에게 조서를 내려 경영에 차별을 두지 않았다. 이와 같이 농사를 중시해왔다. 목종 초에 권세 있는 환관이 강남으로 나가 황제노릇을 하니 마침내 권농청勸農廳을 직조관織造館으로 바꿨다. 하지만, 내가 애초에 알았을 때는 '권농'이란 예전의 편액은 부서의 문에 있는 것을 봤는데, 지금은 바뀐 지가 오래되어 사람들에게 물어도 각 군에 이런 관직이 있었는지를 더 이상 알 길이 없다. 각지의 큰 번부에 참정을 두었는데, 시간이 오래 지나도 선발되어 제수된 자가 있다고 듣지 못하긴 했지만 그래도 이를 완전히 없애려는 뜻은 아니었던 것 같다. 아마도 군량을 운반하는 일에 그 일을 병합했던 것 같다.

○ 군주를 폐위하고 스스로 정鄭나라를 세운 왕세충王世充이 포위되어 도망가게 되었을 때 여러 곳에서 권농사인 조정 신하들을 만났는데, 사서에서는 승랑이 이런 행동을 하며 신선이 되는 듯 기뻐한 것이 이와 같다고 적고 있다. 지금 평화로움이 계속되는데도 오히려 폐지하고 설치하지 않는 것은 어째서인가?

○ 홍무 3년에는 한공韓公 이선장李善長의 말대로 사농사司農司를 하남에 두고 경 한 명, 소경 한 명, 승 네 명, 주부록사主簿錄事 각 한 명을 두었다.

원문 **勸農**

漢大司農, 爲景帝所置. 蓋改秦治粟都尉, 而列之九卿, 又別設搜粟都尉總之, 重農事也. 詩七月篇農夫注疏爲農田之大夫, 郭璞云, 今之嗇夫是也. 束晳勸農賦云, "考治民之賤職, 美莫美乎勸農." 蓋晉時猶重其官如此. 唐時節度出鎭, 尙兼營田使, 而租庸使則以戶部尙書領之. 至宋時州郡守臣, 俱帶勸農使. 元世祖中統二年, 令各路俱設勸農司, 最爲近古. 本朝宣德初年, 添設浙江杭嘉二府屬縣勸農主簿. 成化元年, 添設山東河南等各布政司勸農參政, 及府同知通判縣丞各一員. 嘉靖六年, 詔江南府州縣治農官, 不得營幹別差. 其重農如此. 至穆宗初, 大璫出領江南龍袍, 遂改勸農廳爲織造館. 然余初有識時, 尚見勸農舊扁于府署之門, 今改換已久, 問之人, 不復曉各郡曾有此官矣. 至于各大藩參政之設, 久不聞銓除, 然而無裁革之旨. 意者幷其事于糧道乎.

○ 僞鄭王世充, 圍困將亡時, 尚遣廷臣爲諸道勸農使, 史所云, 丞郎得爲此行者, 喜若登仙是也, 今承平反廢不設, 何耶?

○ 洪武三年, 用韓公李善長言, 置司農司於河南, 設卿一員少卿一員丞四員, 主簿錄事各一員.

[번역] 빈곤한 자를 구제하다

　　가정 8년 매년 기근이 이어지자 지방의 양식 창고를 헌납하는 사회법에 대해 의론이 활발했다. 광동첨사廣東僉事 임희원林希元이 『구황총언救荒叢言』을 올려 빈곤한 자를 구제함에 있어서 두 가지의 난제, 세 가지 편리함, 여섯 가지 시급함, 세 가지 권한, 여섯 가지 금기, 세 가지 경계해야 할 것에 대해 말했다. 두 가지의 난제는 인재를 얻기 어려움과 호부를 사찰하기 어려움이다. 세 가지 편함이란 극빈층의 백성은 쌀로 구휼해야 편하고, 차상위 빈곤계층의 백성은 돈으로 구휼해야 편하고, 약간 빈곤한 백성은 돈을 빌려주어 구휼해야 편함을 말한다. 여섯 가지의 시급함이란 죽을 지경인 빈곤한 백성에게는 죽 한 그릇이 시급하고, 병든 빈곤한 백성에게는 의약품이 시급하며 병석에서 일어난 빈곤한 백성에게는 탕국과 쌀이 시급하며 이미 죽어버린 빈곤한 백성에게는 장사를 치를 무덤이 시급하며 버려진 어린아이에게는 거두어 길러주는 것이 시급하며 크고 작은 죄로 갇힌 죄수에게는 관대한 구휼이 시급함을 말한다. 세 가지 권한이란 관부의 돈을 빌려 쌀을 매매하고, 공사를 벌여 구휼을 돕고, 소 같은 것들을 임대해주어 임시변통하게 하는 권한을 말한다. 여섯 가지 금기로는 약탈, 도둑질과 강도질, 쌀을 사들이는 것을 막는 일, 손해를 막는 일, 소를 잡는 일, 승려가 되는 일을 금하는 것이다. 세 가지 경계해야 할 것으로는 게으름, 법규에 얽매이는 것, 관리를 파견하는 일을 말한다. 크게 이 여섯 가지의 문제에 대해 말하면서 세부 항목으로 스물세 가지를 두었는데, 모두 옛 법을 참작하고 민정을 모두 실제로 체득한 것이다. 황상께서 그의 말에 기뻐하셨지만 결국은 행하지 않으셨다. 대개 빈곤한 자를 구제하는 길을 별다른 방도가 없고 다만 상부의 관리들이 마음을 기울여 계획을 잘 세워야 한다. 갑오년 하남에서 한번 구휼을 했는데, 소경 종화민鍾化民이 애를 많이 썼지만, 탐욕스러운 두 현령은 구휼을 내세워 스스로 공을 빛내 결국 대법전에 실려 구휼에 관한 법이 비로소 행해질 수 있었다. 경인년에 급사중 양문거楊文舉가 강남을 구휼했는데, 제멋대로 은밀하게 행해 묵형을 당해 산골짜기를 메우는 신세가 되었다. 임희원이 상소를 올려 진정으로 비곤을 구제할 정책을 처음으로 의론했지만 그 일을 거행할 자가 없었던 것이 한스러울 뿐이었다.

○ 사마광司馬光의 『구황소救荒疏』에는 다음과 같은 기록이 있다. "부잣집에 쌓아둔 재물에 대해 관리가 보증을 하고 그들에게 돈을 빌려준다. 이익이 날 것을 생각하고 넉넉해지기를 기다려 관부에서 거두게 된다. 이는 반드시 신용을 제시해야 하며 꼬임에 빠져서는 안 된다." 생각해보면 이러한 논의 또한 빈곤을 구제하는 정책 중 좋은 방안이다. 하지만 지금 시행된다면 관리들이 먼저 부자 백성에게 빌려주어 그들의 주머니를 채우게 하니 미미한 정도만이 빈곤한 백성에게 돌아갈 가능성이 있지 않은가.

원문 **救荒**

嘉靖八年, 以連歲饑荒, 條議紛紛, 多獻義倉[67]社會法. 惟廣東僉事林希元, 上『救荒叢言』, 言救荒有二難, 曰得人難, 審戶難, 有三便, 曰極貧之民便賑米, 次貧之民便賑錢, 稍貧之民便賑貸, 有六急, 曰垂死貧民急饘粥, 疾病貧民急醫藥, 病起貧民急湯米, 已死貧民急葬瘞, 遺棄小兒急收養, 輕重繫囚急寬恤, 有三權, 曰借官錢以糴糶, 興工作以助賑, 貸牛種以通變, 有六禁, 曰禁侵漁, 禁攘盜, 禁遏糴, 禁抑損, 禁宰牛, 禁度僧, 有三戒, 曰戒遲緩, 戒拘文, 戒遣使. 其綱有六, 其目有二十三, 皆參酌古法, 體悉民情. 上嘉其言, 然竟不行. 大抵救荒無他法, 惟上官悉心經畫. 如甲午河南一賑, 到少卿鍾化民力居多, 二貪令借賑自潤, 竟寘重典, 法始得行. 若庚寅年給事楊文舉賑江南, 恣意冥行, 雖以墨敗, 而孑遺已塡溝壑矣. 希元之疏, 眞荒政第一義, 恨無人能舉行耳.

○ 司馬光『救荒疏』云, "富室有蓄積者, 官給印歷, 聽其舉貸. 量出利息, 俟豐熟日, 官爲收索. 示以必信, 不可誑誘." 按此議亦荒政中良法. 但行于今日, 則有司先稱貸于富民, 以實其囊橐矣, 可望涓滴及貧民哉.

---

67 義倉 : 기근을 방지하기 위해 지방에 설치한 공공 양식 창고.

호부상서 금렴金濂은 정통 연간과 경태 연간에 유능한 신하로 불렸는데, 나중에는 언관들에게 탄핵당해 상소를 올려 변론하며 매우 고통스러워했다. 상을 치른 일을 숨긴 사실을 특히 변론하며 다음과 같이 말했다. "신을 공격하는 자들이 신이 복건에 있을 때 모친상에 오지 않았고, 돌아올 즈음에도 상을 치르지 않았다고 합니다. 당시에 군사 임무가 막중했지만 통곡하고 모친상에 갔습니다. 나중에 관직으로 돌아오라는 은혜를 입었는데, 귀향을 간청했지만 윤허하지 않으셨습니다." 무릇 국방의 일은 진실로 감히 회피해서는 안 되며 반드시 놓아주실 것을 주청드려야 마땅하며, 상중에 출정하란 황상의 명을 기다린 후에 명을 받들어야 한다. 부고를 듣고 막연해 하는 것이 이치인데 주상께서 무슨 연유로 상을 치러야 하는 것을 아시면서도 어찌 출정하라 하셨는가? 선덕 연간에 어사 금렴이 이미 상중인데도 출정해 지방을 순행했는데, 그때는 전쟁 중이 아니었다. 아마 당시에 선비들의 기풍이 천박해서 상을 당하고도 관직을 벗으면 무능하고 버려진 것이라고 했으므로 상례를 제대로 행하지 않는 일이 생겼고 이런 일이 익숙해져서 일상이 된 듯하다. 금렴이 상을 치르는 마음가짐이 더욱 심했을 따름인데, 죽어서 술양백沭陽伯으로 추증되고 시호는 영양榮襄이니 어찌 치욕스럽게 지위를 차지한 것이 아닌가?

戶部尙書金濂[68], 在正統景泰間號能臣, 最後爲言官所聚劾, 疏辨甚苦. 至辨匿喪一事尤支, 其言曰, "攻臣者, 謂臣往福建時, 母喪不臨, 比回又不發喪. 其時以軍務至重, 但痛哭而行. 後蒙取回, 乞歸不允." 夫金革之事, 固不敢避, 然必當奏請求放, 俟上奪情, 而後遵命可也. 豈有聞訃漠然之理, 卽主上何由知其情而奪之? 且宣德間, 金爲御史, 已奪情巡方矣, 其時非有金革也. 蓋當時士風忍薄, 凡遇喪而不得奪者, 謂爲無能見棄, 故衰絰視事, 習爲故常. 金則喪心之尤耳, 歿贈沈陽伯, 諡榮襄, 豈非忝竊[69]?

---

68 金濂 : 금렴金濂, 1392~1454의 자는 종한宗瀚이다. 선대는 북경 곽현灌縣 사람이지만, 증조부 금성金誠이 회안부 신성新城으로 옮기면서 산양현山陽縣으로 적이 바뀌었다. 영락 16년1418에 진사가 되어 호광도감찰어사에 제수되었다. 선덕 연간 초 광동 순안을 거쳐 강서와 절강의 순안어사를 지냈다.

69 忝竊 : 치욕스럽게 지위에 거하거나 이름을 더럽힘을 말함.

대사농 진거陳葉가 나라의 재정을 주관할 때 나라 재정이 매우 부족했는데, 이전의 전례에 대해 의론해 잘못으로 벼슬을 잃은 자가 다시 복직되었고, 일을 그만두고 고향에서 쉬는 자가 빈 직함을 들고 예복을 다시 입었다. 그 당시에 전례에 따라 여러 사람을 발탁했는데, 모두 재물을 주고 들어온 자들이라 맑고 결백한 뜻이 없었다. 회계會稽 난정蘭亭 사람 도윤의陶允宜[70]가 갑술년 진사가 되어 본래 타고난 재주와 명성으로 형부의 관직을 하다가 바로 지방관 황주부동지黃州府同知가 되어 고향으로 돌아갔다. 그 후 그는 갑자기 예전처럼 재물을 들여 원마소경苑馬少卿의 직함에 맞는 관복을 바꿔 입고 순안무를 찾아가 관직을 내려 스스로 소경이라 부르며 큰 연회에 술을 가져다주니 고을 사람들이 비웃으며 그를 살피지 않았다. 혹자는 도윤의의 비상한 재주가 일찍 쓸모없게 되어 이 일을 빌어 세상 사람들을 희롱했다고 한다. 진거는 이때 과거에서 같은 해에 진사가 된 이들과 사이가 돈독했지만 오히려 평소에 명교를 어그러뜨려서 그를 버려야 한다는 공론이 일어 결국 복직할 수 없었다. 그리고, 그가 잘못한 조목도 성지를 받들어 삭제했다.

---

70 陶蘭亭允宜 : 명대 후기의 관리 도윤의陶允宜를 말한다.

陳大司農槳[71]主計時, 國用苦乏, 議開事例, 以註誤失官者, 得復職, 其休致林下者, 得晉虛銜改章服. 其時亦有應例援納數人, 然皆貲郞異途, 無淸流肯屑意. 有會稽陶蘭亭允宜擧甲戌進士, 素負才名, 官比部, 尋外謫, 以黃州府同知罷歸, 忽入貲如例, 得改苑馬少卿銜, 遂服金緋, 謁撫按以下官, 自稱少卿, 置酒高會, 鄕人姍笑之不顧也. 或以陶高才早廢, 借此玩世云. 陳此擧祇爲所厚同年尙進士芾地, 然尙素犯名敎, 公論所棄, 卒不可復. 而註誤一條, 亦奉旨刪去.

---

71 陳大司農槳 : 명대 만력 연간에 호부상서를 지낸 진거陳槳, 생졸년 미상를 말한다. 그의 자는 백합伯合이고, 호북 응성應城 서향西鄕 사람이다. 융경 2년1568에 진사가 되어, 산동안찰사사, 산서안찰사부사, 산서포정사참정을 거쳐 호부상서에 올랐다. 사후 만력 36년1608에 태자소보로 추증되었고, 희종 천계 원년1621에 '전민殿敏'이라는 시호를 받았다.

[번역] 서북의 수전

　　서북 지역을 개간한다는 말은 원나라 우집虞集 때 시작되어 현 왕조 구준邱濬에게서 크게 주창되었는데, 모두 아직 시행되지는 않았다. 금상 을해년에 서정명[徐貞明, 자는 유동孺東]이 새로 관리로 들어와 서북 지역을 개간하자는 설을 처음 펼치며 『노수객담潞水客談』의 서론을 썼다. 그가 상소를 올리자 장강릉도 그의 말이 옳다고 여겨서 막 시행되려던 참이었다. 그런데, 서정명이 동향 출신 어사 부응정傅應禎과 사이가 돈독했는데, 당시의 일을 비난했다는 명목으로 얽혀 폄적되었다. 또, 10년이 지난 후 서정명이 시골에 있다가 기용되어 비로소 황상의 명을 받들고 상보소경 겸 하남도어사가 되어 수리水利에 전념하라는 칙서를 받았으니 이 일은 매우 중대했다. 만 1년이 다 되도록 이렇다 할 공적이 없자 서정명도 스스로 귀향을 자청하고 마침내 집에서 죽었다. 그러나 담론하는 자들은 지금 공적을 결국 이룰 수 있었음을 탄식하며 서정명이 그의 쓰임을 다하지 못한 것을 아쉬워한다. 내가 보기에 서정명의 상소는 혹은 빈민들에게 소를 주거나 부자들에게 책임을 부담지게 하는 것으로 모두 걸림돌이 있어 온당치 않다. 다만 건장한 사졸을 뽑아 둔전을 나누고 남쪽 사람들을 문서를 정리하자는 두 가지 설은 쓸 만하지만 군인인 장정을 뽑아 보충하는 비용을 전적으로 북경에서 해결하려는 설은 또 지엽적인 것에 불과하다. 나는 관부에서 개간하는 것은 부당하다고 생각하지만 사적으로 개간하는 것 또한 결국은 개인이 사사롭게 개간하는 것이므로 부당하다고 본다. 마땅히 편리한 방법을 두어야 하며 반드시 개간을 억지로 해서는 안 되지만, 먼저 앞다투어 원해서 개간하도록 유도해야 한다. 북경의 게, 새우, 조개 등과 같은 조무래기들을 내가 어려서 보고 그냥 지나치지 않았는데, 지금 저자거리에 비린 냄새가 가득 차 있다. 모두가 절동 사람들이 이득을 탐내어 거친 땅에 불모지만 쌓여가고 고인 물에서 생겨 자라난 것들이 무수히 많을 뿐이다. 물과 관계된 것들을 숭상하면 모종을 심고 씨를 뿌릴 땅은 개간할 수가 없으니 강남에서 염전으로 밭을 일구는 법만 하겠는가? 또 남쪽의 선비들이 북쪽 학교로 들어와 내달리며 부엉이와 올빼미를 쫓는 듯하니 이런 사업은 금지해 잠시 늦추고 명을 내려 약간의 밭을 개간할 수 있는 절강 사람들에게 상당한 작위를 주고 공적이 많은 자는 승급을 해주면 대대로 밭을 소유할 수 있게 하고, 원하지 않는 자는 크게 드러나는 공적을 버리고 자손들이 학문을 할 수 있도록 학교로 들게 하면 된다. 그 금액으로 각 읍에서 약간 명의 사람들이 시험을 치를 수 있도록 정하고 다만 그 금액을 엄격하게 제한해 함부로 거두게 하지 않아야 한다. 절동의 힘 있는 서리들이 모두 먼저 서로 주장하며 스스로 관부에서 나와 떠날 것이다. 시간이 지나면 땅을 일구는 게으른 백성들이 메마른 땅이 좋은 밭이 되는 것을 보고 또, 사냥할 수 있음을 보고 기뻐하며 권유하지 않아도 앞다투어 스스로 그 일을 업으로 삼을 것이다. 과거를 통해 기용되는 일이 세월이 흐르면서 점차 줄어들고 밭을 일구는 일이 점차 많아지면 이 일을 맡은 자들이 사안에 따라 시시각각 변화를 줄 수 있다.

○ 금상 경자년에 보정순무保定巡撫 왕응교王應蛟가 일찍이 바닷가의 둔전이 효력이 나타난다고 다음과 같이 상소를 올렸다. "천진로天津路는 예전부터 염전이 발견된 곳으로 밭을 경작하는 사람이 없는데, 신이 절강의 법으로 다스려 올 봄에는 소를 사들이고 기구를 만들어 도랑을 파고 제방을 쌓아 5,000여 무를 경작했습니다. 물가에 벼모종을 심어 매 무마다 4, 5석을 거둬들이고 촉두薥豆를 심어도 1, 2석은 거둘 수 있습니다. 처음으로 염전이 기름진 옥토로 바뀔 수 있다는 것을 믿게 되었습니다. 천진은 수도 북경의 문호로 매우 중요한 진鎭이므로 병사를 양성하는 데 매년 소비하는 60,000이 넘는 금을 모두 민간으로 2,000,000석을 얻을 수 있으니 천진의 세금뿐만 아니라 사농도 감당할 수 있습니다. 또한, 세 갈래 물길에 펼쳐있는 땅에 조수가 밀려들면 관개할 수 있습니다. 청컨대 관군이 바다에 둑을 만들어 바닷가의 개간지를 사용해 바다에서 해마다 도랑을 파고 제방을 쌓아 올려 양질의 밭을 최대한 만들게 해 백성들이 계속해서 경작할 수 있게 해 주십시오. 수년 후면 황무지가 모두 없어지고 병사들이 또 둔전을 지키며 백성들은 병사를 양성하는 데 비용을 대지 않게 될 것이니 이를 더욱 확고하게 보장할 수 있을 것입니다." 이 상소에서 뜻하는 대로 북방의 수리는 이런 효과가 분명하게 나타날 것이다. 남북으로 수도의 경계 지역을 확장하고 큰 물줄기의 남북을 더 확장해 그 지역의 풍토로 밭을 갈고 김을 맬 수 있다. 어찌 계속해서 구차하게 굴며 전혀 대책을 강구하지 않고 후일의 곤경을 좌시하는가? 슬프도다.

○ 서정명의 수리 개간 정책이 점차 실마리를 찾게 되었다. 서정명이 "이 과업을 반드시 이루면 강남의 조운漕運의 절반을 살필 수가 있습니다"라고 상소를 올렸다. 이 말이 알려지자 수도 경계의 권세 높은 지방 관리들이 크게 두려워하며 "이는 또한 우리 고을에 세금을 내게 할 것이다"라고 했다. 마침내 어사 왕지동王之棟가 탄핵 상소를 올려 수전水田을 위한 부역이 마침내 철회되었다. 왕지동은 직예 영진寧晉 사람이므로, 고향에 큰 해가 된다는 상소를 올렸다. 이후 중원의 사대부는 자손들을 매우 걱정하며 원한이 깊이 맺혀 풀어지지 않았다. 이때 왕징원汪澄源이 다시 이 의론을 일으켰는데, 뜻밖의 화를 면했으니 다행이다. 감히 이 일이 시행되기를 바란다. 서정명의 과장된 말은 진정으로 큰 실패를 경계하기에 족하다.

원문 西北水田

西北開墾之說, 始于元之虞集[72], 暢于本朝邱濬, 俱未見之施行. 今上乙亥, 徐孺東貞明新入省垣, 首申其說, 蓋卽所著『潞水客談』[73]緒論也.

---

[72] 虞集 : 우집虞集, 1272~1348은 원나라의 관리 겸 학자다. 그의 자는 백생伯生이고, 호는 도원道園이며, 세칭 소암선생邵庵先生이라고도 한다. 원 성종 대덕大德 초년에 유학교수가 되어, 국자감조교, 박사, 집현전수찬, 한림대제, 규장각시서학사, 통봉대부通奉大夫 등의 관직을 지냈다. 영종寧宗 사후에 병환으로 임천臨川에 돌아간 뒤 죽었다. 강서행중서성참지정사江西行中書省參知政事, 호군護軍, 인수군공仁壽郡公으로 추증되었으며, 시호는 문정文靖이다. 『경세대전經世大典』 편수에 참여했고, 저서로는 『도원학고록道學古錄』, 『도원유고道園遺稿』 등이 있다.

[73] 『潞水客談』 : 명대 서정명徐貞明이 쓴 지리서로, 한 권으로 되어있다.

疏上, 江陵亦以爲然, 方見施行. 而徐以所厚同里御史傅應禎[74], 譏切時事, 牽連謫去. 又十年孫東從田間起, 始奉上命, 以尙寶少卿兼河南道御吏, 奉敕專理水利, 事體甚重. 未匝歲, 竟無績可敘, 徐亦自請歸, 尋卒于家. 然談者至今歎功之終于可成, 惜徐未盡其用. 余觀徐疏, 或給牛于貧民, 或責成于富室, 俱窒礙未妥. 惟選健卒分屯, 及招南人占籍二說可用, 但又欲于勾補軍丁之費, 轉解京師, 說又支矣. 予以爲不當官開, 但當私開, 又不當竟自私開, 當設便利之術, 不勒其必開, 但誘之爭先願開. 京師蛙蠏鰻鰕蝦螺蚌之屬, 余幼目未經見, 今腥風滿市廛矣. 皆浙東人牟利, 堰荒積不毛之地, 瀦水生育, 以至蕃盛耳. 水族尙爾, 獨不可墾闢種蒔, 如江南圩田之法乎? 又南士入北庠, 驅之如逐鸂鶒, 此禁則暫弛之, 下令江浙之人, 能開田若干, 卽畀以勇爵, 多者遞與加級, 得世有其田, 不願者俟其功大著, 子孫得讀書, 附入觷序. 定額每邑若干人以待試, 但嚴限其額, 不得濫收. 則浙東之爲胥吏有力者, 悉先相倡, 自部署其曹偶以往矣. 久之土著惰民, 見磽确化爲良田, 亦見獵而喜, 不待勸誘, 爭占爲己業矣. 至于起科歲月之稍緩, 履畝勾較之稍寬, 是在當事者, 臨事時變通之矣.

○ 今上庚子, 保定撫臣王應蛟, 曾以海濱屯田奏效, 上疏云, "天津一路, 從來斥鹵, 無人耕墾. 臣以江浙治地之法行之, 今春買牛制器, 開渠

---

74 傅應禎 : 부응정傅應禎,?~1586은 강서 안복安福 사람으로, 자는 공선公善이고 호는 신소愼所이다. 장거정의 문하생으로 융경 연간에 진사가 되어 영릉零陵과 율수溧水의 지현知縣을 지냈다. 만력 3년1575에 어사로 발탁되었는데, 상소를 올려 장거정을 거역하자 수정해戍定海로 좌천되었고, 남경대리시승으로 옮긴 후 병으로 죽었다.

築堤, 耕得五千餘畝. 其蒔水稻者, 每畝收四五石. 蒔薥豆者, 亦可一二石. 始信斥鹵可變爲上腴也. 天津爲神京門戶重鎭, 養兵歲餉費六萬餘金, 俱加派民間. 若依今法墾得七千頃, 可得穀二百萬石, 非獨天津餉足, 而司農亦不匱矣. 且地在三岔河, 海潮上溢, 可以灌漑. 請以防海官軍, 用之海濱墾地, 海歲開渠築堤, 盡成良田, 一面召民承佃. 數年後, 荒蕪盡闢, 軍兵且屯且守, 民無養兵之費, 而保障益固矣." 味此疏, 則北方水利, 明白著效如此. 推之畿輔南北, 再推之大河南北, 其風土可施耕耨皆然矣. 奈何泄沓因循, 不一講究, 坐視他日危困? 哀哉.

○ 徐孺東之開水利, 已漸有緒. 徐遽疏言, "此役必成, 可省江南漕運之半." 此語聞, 而畿輔士紳[75]大怖, "是且加賦吾鄉." 遂入王御史之棟[76]彈章, 而水田之役遂輟. 王爲直隷寧晉人, 以故有桑梓[77]巨害之疏. 是後中原士夫, 深爲子孫憂, 恨入心髓, 牢不可破. 至是汪澄源復興此議, 其不掇奇禍幸矣. 敢望施行哉. 孺東誇詞, 眞足爲大言僨事之戒.

---

75 士紳: 신사紳士로, 지방의 권세 있는 관리.

76 王之棟: 왕지동王之棟, 1553~1610의 자는 양융養隆이고, 호는 주석柱石이며, 조주趙州 영진현寧晉縣 사람이다. 만력 11년1583에 진사가 되어 한림원서길사에 제수되었다. 만력 13년1585에 복건도어사가 되었고, 이후 회양안찰사, 노안부추관, 예부주사 등의 벼슬을 지냈다.

77 桑梓: 고향.

　　보정保定 순무 왕징원汪澄源은 둔전의 효과를 황상께 보고했는데, 임인년 봄에 다시 세부 사항을 의론하며 편리함을 진술했다. 그 중 한 가지는 수리에 대해 말한 것인데, 상소에서 다음과 같이 말했다. "신이 삼가 생각건대 수도 안의 직접 보고 들은 산천의 실제 모습에 따르면 역수易水로 금대金臺에 물을 댈 수 있고, 호수滹水로 항산恒山에 물을 댈 수 있으며, 당수滹水로 중산中山에 물을 댈 수 있고, 부수滏水로 양국襄國에 물을 댈 수 있습니다. 장수漳水는 업鄴 땅 아래에서 흘러나오고 서문표西門豹가 항상 사용하는 영해瀛海는 여러 강의 하류에 해당하므로 하중河中이라 부르고 강남의 택국澤國과 같다 여깁니다. 산 아래의 샘은 땅속의 물이 그곳에 있습니다. 각 부의 좌이佐貳 한 명과 주현의 정식 관리를 감독하고 수리를 잘 아는 남경 관리를 선발할 것을 의론했는데, 두루 조사하니 모처에서는 방죽을 쌓고 수문을 세울 수 있고, 모처에서는 도랑을 파고 제방을 쌓을 수 있으며, 높게 올려 물을 대고 아래로 내려서 수레로 물을 길으니 모두 남방의 물길을 열어 경작하는 법을 따른 것으로, 병사와 백성의 부역량을 헤아려 편리하게 처리해야 합니다. 여섯 군의 내부를 계산해 보니 수전을 만들 수 있는 곳이 수만 경 이상이나 됩니다. 매해 수확량은 곡식 천만 석이 넘을 것입니다. 수도 경계 지역이 이로부터 풍요로워질 것이며 영원히 가뭄과 장마의 우환이 없을 것입니다. 그러므로 불행히 배가 다니는 운하에 가시나무가 있어도 남쪽에서 꺾고, 북쪽에서 사들일 수 있으니 이는 나라의 무한한 이득을 가져올 것입니다." 이 상소를 각 부에 내리고 성지를 받들어 이를 시행할 것을 윤허하셨다. 이러한 그의 설은 수전과는 완전히 달랐으며 진실로 서북의 영원히 이득을 가져올 것이다. 얼마 지나지 않아 왕징원이 관직을 떠나자 이 의론도 내쳐졌고, 지금까지도 감히 의론하는 자가 없다. 빛나는 황상의 성지로도 진실로 다른 여러 사람이 말하지 않는다. 애석하다.

○ 이에 앞서 정유년 겨울 만세덕[萬世德, 호는 구택邱澤]이 천진에 관부를 세우고 수리 사업을 일으킬 것을 건의했는데, 도수주사都水主事 심조환沈朝煥이 이를 계승해 호부의 위아래에서 상주문을 올렸다. 만세덕은 천진의 해안 황무지는 모두 둔전을 만들어 양식을 얻을 수 있으므로 법을 제정하고 개간해야 한다고 의론했다. 심조환은 천진 남쪽에 연이은 정해靜海는 북쪽으로 직고直沽와 거리가 있어 모두 다 비옥한 땅에 속하므로 개간할 수 있다고 의론했다. 두 신하의 상소를 합쳐보면 진정으로 군대와 농사 두 가지 모두에 이익이 되는 정책이므로 순무에게 자문을 구하고 군대와 백성을 일깨워 스스로 공사의 기초를 대비하고 관리가 승인해서 오래도록 자신의 일을 삼아야 마땅하다. 3년 후 세금을 거두는 일이 막 허용되었는데, 매 무마다 곡식 한 말을 거두고 중간 등급은 여섯 되, 아래 등급은 세 되를 거두어 천진을 방어하는 비용을 준비해야 한다. 성지를 받들어 이를 시행해야 한다. 당시 중승 만세덕이 막부를 여는 것을 살피면서 운하에 하나의 부府만 할당해서 다른 곳에는 시행되지 못했다. 중승 왕징원은 수도 남쪽에 여섯 개의 부를 할당했

으니 천 리에 이어져 위쪽으로 비옥하지 않은 곳이 없었다. 두 명의 순무가 수도 경계 안에서 힘을 합해 하늘에 순응하고 수도의 경계 지역을 확장시켰는데, 혹시라도 삼태기와 가래로 공사를 일구니 나라의 군대가 필요로 한 것이며 동남쪽까지 할 필요는 없었다. 현명한 성지로 두세 번에 걸쳐 시행하는데, 다만 공연한 말만 하는 것은 아마도 북쪽 사람들이 편견을 고집해서 논리적으로 이처럼 비유하기 어려웠기 때문인 것 같다.

원문 **西北水利**

汪澄源之撫保定, 旣以屯田有效上聞, 至壬寅之春, 復上條議, 陳利便. 其一以水利爲言, 疏略曰, "臣謹按境內山川圖蹟, 質以耳目聞見, 易水可以漑金臺, 滹水可以漑恒山, 溏水可以漑中山, 滏水可以漑襄國. 漳水來自鄴下, 西門豹常用之瀛海當諸河下流, 故號河中, 視江南澤國不異. 至于山下之泉, 地中之水, 所在而有. 議督委各府佐貳一員及州縣正官, 幷選南官中能識水利者, 周循勘議, 某處可築壩建閘, 某處可通渠築堤, 高則灌注, 下則車汲. 悉照南方開水田法, 量發軍民夫役, 以便宜處置. 計六郡之內, 可成水田者, 奚啻數萬頃. 每歲收穫, 可益穀千萬石. 畿輔從此富饒, 永無旱澇之患. 卽不幸漕河有梗, 亦可改折於南, 取糴於北, 此國家無窮之利也." 疏下部覆, 奉旨允行. 此其說與水田相表裏, 眞西北永利. 未幾, 汪去任, 此議亦格, 至今無敢議及. 煌煌明旨, 固不及彼中旁撓之衆口也. 惜哉.

○ 先是丁酉之冬, 萬邱澤世德[78], 開府天津, 建議興水利, 都水主事沈朝煥繼之, 上並下戸部覆奏. 世德言天津瀕海荒蕪地土, 俱可屯糧, 宜設法招集開墾, 朝煥言天津南連靜海, 北距直沽, 盡屬膏腴, 可以開墾. 合二臣疏觀之, 眞兵農兩利之策, 宜咨撫臣, 開諭軍民, 自備工本, 官給印照, 俾永爲己業. 三年之後, 方許收稅, 每畝輸穀一斗, 中等六升, 下者三升, 咸備津門防餉之費. 奉旨卽擧行之. 時萬中丞以御倭創開幕府, 止轄河間一府, 故不他及. 若汪中丞所轄, 則畿南六府, 延袤千里, 無非上腴. 兩撫境內, 合之順天, 已盡帝畿, 倘並施畚鍤, 則軍國所需, 不必取給東南. 明旨再三申囑, 徒付空言, 蓋北人滯執偏見, 難以理喩如此.

---

78 萬邱澤世德：명대 후기의 관리 만세덕萬世德을 말한다.

◎ 하조河漕

선대에 해운 관청을 설치하다

　문황제의 정난의 변 이후 처음에는 북경으로 천도할 것을 의론했는데, 군대를 보내는 어려움 때문에 영락 5년 8월 조정대신들에게 해운에 대해 회의하라는 명이 내려졌다. 회의에서 의론이 결정되어 소주부蘇州府 태창위太倉衛에서 주청을 드려 해도도조운사사위戶호海道都漕運使司衛戶와 종 2품인 좌우운사 두 명, 종3품인 동지 두 명, 종4품인 부사 네 명, 경력經歷과 조마照磨의 각 수령관과 관리를 두어 모두 포정사를 돕도록 했다. 각 연해의 위소衛所는 모두 제주提調에 속했다. 상주문이 올라가자 태종께서 의론한 대로 행하셨다. 또, 불편하다고 말하는 자가 있어서 다시 논의하라 명하셨고, 마침내 이 일이 중지되었다. 정통 7년 3월에 또 남경의 선박 350척을 바닷길을 통해 계주薊州의 여러 창고로 옮기라고 명하셨다. 이에 해운에 대해 알기 위해서 선대에는 하루도 빠짐없이 연구했다. 후대에는 편안함에 익숙해져서 더 이상 의론하지 않았다. 따라서 그 사이에 이 일에 대해 말하는 자가 있으면 대부분 옆에서 비방하며 팔꿈치를 붙잡고 말렸다. 아마도 이에 대한 생각이 처음엔 매우 어려웠고 작은 실수라도 하면 목이 날아가는 죄를 짓게 되었을 것이다. 이미 동년배인 상보 서정명徐貞明이 서북의 수전을 개간하고자 했는데, 결국 싫어하는 자들이 방해했던 일이 있었으니 해운에 관한 일이야 말할 것도 없었다.

文皇帝靖難後, 初議遷都北京, 以餽餉艱苦, 乃于永樂五年八月, 下廷臣會議海運. 議已定, 奏請于蘇州府太倉衞, 設海道都漕運使司衙戶, 左右運使二員, 秩從二品, 同知二員, 秩從三品, 副使四員, 秩從四品, 經歷照磨各首領官及吏, 悉依布政司. 各沿海衞所, 俱屬提調. 奏既上, 太宗如議行矣. 又有言不便者, 乃命再議, 事遂中止. 至正統七年三月, 又命南京造洋船三百五十艘由海運赴薊州諸倉. 乃知海運一事, 先朝未常一日不講究. 後世習于便安, 不復議及. 卽間有建白者, 多旁掣製其肘. 蓋慮始甚難, 小有蹉跌, 罪及首事. 卽如 向年徐尙寶貞明[79]開墾西北水田, 終爲忌者所阻, 況海運乎.

---

[79] 徐尙寶貞明 : 명대 만력 연간의 수리에 관한 업적이 뛰어난 대표적인 인물 서정명徐貞明을 말한다.

　　원나라의 해운은 지정至正 19년에 시작되어 천력天曆 2년에 중지되었
는데, 50년 동안 이익을 얻었다. 처음 시작할 때 연燕 땅에 42,000석을
운반해 매우 성황이었고 마침내 360만 석까지 운반했다. 처음 이 일을
건의한 자는 백안伯顏이고, 이 일은 맡은 자는 장원張瑄과 주청朱淸이었
다. 이후 계속해서 또 도조운만호부都漕運萬戶府를 설립해서 매번 곡식의
공급가가 6냥 5전이었는데, 이후 찹쌀과 도정미까지 점점 더 많이 운
반했다. 그러는 사이 바닷길이 세 번 바뀌었는데, 마지막에는 새 길을
개척해서 유가항劉家港에서 배를 타고 숭명방양崇明放洋을 거쳐 절서浙西
에서 북경으로 가는 길이 겨우 열흘밖에 걸리지 않았다. 원나라 순제順
帝 때 뱃길이 통하지 않게 하고서야 장사성張士誠의 항복을 받아 뱃길에
의지해 쌀을 공납하게 했는데, 장사성은 연경에서 활약하다 죽는 운명
에 처하게 되었다. 민閩 땅의 대장군 진우정陳友定은 또 민 땅의 광활한
해양을 통해 잡화를 북경으로 운반해 망할 위기에서 잠시나마 구제되
었다. 대개 해운의 이로움이 이와 같았다. 현 왕종의 요동진은 해마다
전적으로 해운을 통해 곡식을 공급하고 있다. 문황제께서 북경으로 수
도를 옮기시자 해조도운사海漕都運使를 세울 것을 건의해 포정사와 비할
만한 지위를 얻을 수 있었다. 그러나, 중도에 철폐되었다. 지금 13개의
총總 가운데 차양총遮洋總 하나만 바닷길을 위해 설치했다. 바닷길에 대
해 의론하게 되면 해운의 어려움을 대비하기 위해 교래하膠萊河에 대해

서 의론하지 않을 수 없었다.

융경 5년 산동순무 양몽룡梁夢龍 등이 해운에 관한 의론을 상소하며 다음과 같이 말했다. "지금 운하로 물자를 운반하는 일은 옛날부터 많았는데, 쟁론하는 자들이 교하膠河를 개방하자는 설을 주장하지만 이 일은 신이 감히 맡을 수 없습니다. 과거에 급제한 후 바닷길에 대해 연구해보니, 남쪽으로 회안淮安에서 교주膠州까지와 북쪽으로 천진天津에서 해창海倉까지 각각 상인들이 왕래하고 있었습니다. 중간에 교주에서 해창까지의 일대에도 섬나라 상인들이 그 사이를 드나들고 있었습니다. 신들이 회안에서 운반해 온 쌀 2,000석과 교주에서 운반해 온 보리 1,000석을 관부로 보낼 때 각각 바다를 통해 천진으로 들이면서 바닷길을 시험해보니 모두 이로움이 있었습니다. 회안에서 천진까지의 길은 3,300리인데 바람이 순조로워 20일 만에 도착할 수 있었습니다. 하물며 선박은 모두 가까운 바다에서 이용하는데, 바다 가운데 있는 작은 섬과 연락해 바람을 만나면 의지할 수는 있어도 바다를 가로질러 건너는 것만은 못하고 풍파도 예측하기는 어렵습니다. 원나라 사람 은명략殷明略이 개척한 옛 길에 비해 실로 시간도 단축되고 편리합니다. 대략 매해 5월 이전에 바람이 순하고 부드러울 때는 이곳을 지나는 것이 좀더 빠릅니다. 진실로 바람이 약할 때는 함께 바닷길을 나서도 속력이 신통치 않고 날씨를 점쳐 실수가 없으면 1,000척의 선박과 10,000개의 노가 다른 어려움 없이 그대로 보존됩니다. 수도 창고에 비축된 양식으로 사람들을 구제하고 해운을 통한 물자 운반을 도와 힘들게 끄는 힘을 아끼고 수비하는 고충을 면할 수 있습니다. 이렇게 바다를 지켜낼 수 있는데, 지금 개의 송곳니가 이리저리 삐져나온 격이라 또 해금정책을 엄격하게 실시하시어 도성을 번화하게 할 수 있습니다. 매우 편리합니다."

이 일이 각 부에 하달되었는데, 해운법이 폐지된 지 오래되어 다시 모두 회복하기는 어려웠다. 이에 칙서를 내려 조사漕司에게 회안에서 바다를 통해 양식 120,000석을 실어오는 일을 살피게 하고 공부에서 즉시 은 15,000냥을 아껴 바다 선박을 돈을 주고 사 모으고, 회양淮揚 지역의 상인세도 잠시 15,000냥으로 허용해 선원의 비용을 충당해주기를 간청했는데, 바로 조서가 내려와 그에 따랐다. 시간이 좀 지나서 양몽룡 등이 또 해운을 관리하는 데 사관四款이 필요하다고 상소를 올렸다. 예를 들어 새로 집을 정비해 영산靈山을 숭상하는 일 등으로 성을 지켜 문호를 번성하게 하고 이윤을 내는 나루터를 증원하고 복구하는 일 등으로 현의 순검사궁병巡檢司弓兵이 물자를 경비하고 사적으로 먼 바다로 나가는 등의 일을 금하는 것은 모두 성지를 얻어 엄격하게 시행되었다. 따라서 바다를 막는 차양총은 급사중 호응가胡應嘉가 개혁을 의론한 지 얼마 되지 않아 이때 다시 설치되었다. 당시 조운漕運을 총관한 왕종림王宗沐이 해운의 세 가지 대세와 일곱 가지 편의함에 대한 상소를 상세하게 올려 성지를 받들었다. 이 일은 먼 오랜 일이 아니다.

元之海運, 始于至正[80]之十九年, 止于天曆[81]之二年, 凡受五十年之利.
初起時至燕者, 四萬二千石, 及其盛也, 遂至三百六十萬石. 其始建議者
爲伯顏, 任之者爲張瑄朱淸. 嗣後又設立都漕運萬戶府, 每糧石給價六兩
五錢, 以後香糯白粳, 以漸加矣. 其海道凡三易, 最後開新道, 從劉家港[82]
上船, 過崇明放洋[83], 自浙西至京師不過旬日耳. 至元順帝時, 漕河不通,
始納張士誠[84]之降, 賴其海道貢米, 以活燕京垂絶之命. 閩大將陳友定[85],

---

80 至正 : 원나라 제11대 황제인 혜종惠宗이자 몽고제국 제15대 대한大汗인 패아지근·타
환첩목이孛兒只斤·妥懽帖睦爾의 연호로, 1341년부터 1370년까지 30년간 사용되었다.

81 天曆 : 원나라 문종文宗 찰아독독한札牙篤汗, Jayaatu Khan, 패아지근·도첩목이孛兒只斤·圖帖
睦爾의 연호로, 1328년부터 1330년까지 3년간 사용되었다.

82 劉家港 : 영락 3년1405 정화鄭和가 서양으로 출발했던 항구로, 강소성 소주 태창시
동유하진東瀏河鎭에 위치한다. 원나라 때 양식을 운반하는 배가 이곳에서 출발했는
데, 가정 연간에 왜구들이 해안선을 타고 침략해 병사를 주둔시켰다. 명말에 항구
가 점차 진흙이 차올라 해운이 마침내 쇠퇴했다.

83 放洋 : 배를 타고 해외로 먼 길을 떠남.

84 張士誠 : 장사성張士誠, 1321~1367은 원나라 태주 백구장白駒場 사람으로, 원명은 구사九
四이다. 지정 13년1353 동생 장사덕張士德, 장사신張士信, 이백승李伯升 등과 염전과 농
경지에서 기병을 일으켜 반란을 도모했다. 흥화興化, 고우高郵 등을 정복하고 성왕誠
王이라 자칭하며 국호를 대주大周로, 연호를 천우天祐라 했다. 지정 15년1355에 통주
에서 강을 건너 상숙常熟을 정복하고 이듬해 평강平江을 점령한 뒤 융평부隆平府로
개칭했다. 1357년에 원나라에 항복하고 태위로 봉해져 절서를 할거했다. 이후 6
년 동안 원나라에 곡식을 공납했는데, 지정 23년1363 봄 여진족의 공격을 막은 후
자칭 오왕吳王이라 칭하면서 곡식 공납을 그만두었다. 이후 주원장과의 전쟁에서
패하고 응천부에서 사로잡혀 자결했다.

85 陳友定 : 진우정陳友定, 1329~1368은 원나라 말기의 충신으로, 원래 이름은 유정有定이
다. 그의 자는 영경永卿이고, 호는 국안國安이며, 청류현淸流縣 사람이다. 주원장이
나라를 일으키자 여러 차례 그와 전쟁을 했으며, 주원장의 부장 호심胡深을 죽였다.
이후 주원장에게 생포되어 죽임을 당했다.

又從閩廣大洋綱運雜貨至都下, 以暫濟危亡. 蓋海運之利如此. 本朝遼東一鎭, 歲餉專仰給于海運. 文皇徒都北京, 猶議立海漕都運使, 得比布政司, 已而中輟. 今十三總中, 遮洋一總, 尙爲海道設也. 議海道自不得不議膠萊[86], 以防海運之阻.

隆慶五年, 山東巡撫梁夢龍等, 上海運議曰, "今漕河多故, 言者爭獻開膠河之說, 此非臣所敢任. 第考海道, 南自淮安至膠州, 北自天津至海倉, 各有商販往來. 中間自膠州至海倉一帶, 亦有島人商賈, 出入其間. 臣等因遣官自淮安運米二千石, 自膠州運麥一千五百石, 各入海出天津, 以試海道, 無不利者. 其淮安至天津, 以道計三千三百里, 風便兩旬可達. 況舟皆由近洋, 洋中島嶼聯絡, 遇風可依, 非如橫海而渡, 風波難測. 比之元人殷明略[87]故道, 實爲省便. 大約每歲自五月以前, 風順而柔, 過此稍勁. 誠以風柔之時, 出幷海之道, 汛其不爽, 占候不失, 卽千艘萬櫓, 保無他患. 可以接濟[88]京儲[89], 羽翼漕河, 省挽牽之力, 免守幇之苦. 而防海衞所, 犬牙錯落, 又可以嚴海禁[90], 壯神都, 甚便."

---

86 膠萊 : 교래하膠萊河를 말한다. 산동 동부의 중요한 하류로, 산동 반도의 서부를 지나며 태기泰沂 산맥과 곤륜산맥의 중간에 위치한다. 명청 시기에 '해금海禁' 정책이 시행되어 교래의 운하가 점차 황폐해졌다.

87 殷明略 : 은명략殷明略, 생졸년 미상은 원나라 사람으로, 해운천호海運千戶를 맡아 지원 30년1293에 장강長江 입구에서 동쪽 사흑수駛黑水 바다까지 길을 개척하고 해상으로 물건을 실어나르는 항해노선을 분석해 연 1회에서 2회로 증선했다. 이것이 후대의 항해노선에 미친 영향력이 커서 '은명략항선殷明略線'이라 불린다.

88 接濟 : 재물 등으로 다른 사람을 도움.

89 京儲 : 수도 창고에 비축된 양식.

90 海禁 : 명대의 해금海禁은 14세기 명나라 조정에서 바다와 관련되어 진행되는 모든 일에 대해 제한을 둔 정책을 통칭하는 말이다. 원말 명초에 일본의 봉건 제후들이

事下部覆, 海運法廢已久, 難以盡復. 乞敕漕司[91]量撥漕糧十二萬自淮入海, 工部卽發節省銀萬五千兩, 雇募海舟, 淮揚[92]商稅, 亦許暫支萬五千兩, 充備召水手[93], 詔從之. 已而夢龍等, 又上海運經理之要四款, 如修葺大嵩靈山等衛城池, 以壯門戶, 增復利津等縣巡檢司弓兵, 以資警備, 及禁私從出遠洋等事, 俱得旨嚴行. 卽遮洋一總, 爲給事胡應嘉[94]議革未久, 至是復設. 時總漕王宗沐[95], 又有海運三大勢七便宜之疏更詳, 幷奉俞旨. 此非遠年事也.

할거하며 공격했는데, 패배한 봉건 군주, 무사, 상인, 왜구들이 중국 해안 지역에 침략해 약탈을 일삼자 홍무 연간에 주원장이 이를 방지하기 위해 해금정책을 실시했다. 초기 해금의 주요 대상은 상업활동에 제한을 두어 중국인의 해외무역 활동과 외국인의 무역 활동 등에 제한조치를 취했다. 영락 연간 정화鄭和의 서양 원정이 있었지만, 조공무역만을 허용하고 민간활동은 금지했다. 이후 왜구 때문에 해금정책은 점점 더 엄격하게 시행되었으며, 보호 차원의 효과는 있었지만 해외교류와 발전에 큰 걸림돌이 되었다. 영락 연간에 해금정책이 다소 느슨해졌지만 홍무 연간과 홍치 연간에는 재강화되었으며, 가정 연간의 해금정책은 고도로 강화되었는데, 융경 연간에 정책 조정을 통해 민간의 해외 통상을 허용했고, 중외무역과 교류 전면에 대한 해금조치를 해제했다.

91 漕司 : 부역과 세금, 돈과 양식의 공납 등을 관리하고 실어 나르는 일 등을 관리하는 관서나 관원.
92 淮揚 : 넓게는 회하淮河와 양자강揚子江 유역을 포함하며, 양주, 태주, 진강鎭江, 염성鹽城, 회안 등지를 말한다. 장강의 남북에 위치해 경항대운하京杭大運河에 근접하며 지리적으로 남북과 서동의 중요한 교통요지로, 음식, 방언, 풍속 등이 매우 유사하다.
93 水手 : 항해 중 일하는 선원으로, 화물과 승객의 안전 등을 위해 선장이 배치함.
94 胡應嘉 : 호응가胡應嘉, ?~1570의 자는 극유克柔 혹은 기례祈禮이고, 호는 기천杞泉이며, 남직례 회안부 술양현沭陽縣 사람이다. 가정 35년1556에 진사가 되어, 강서 의춘지현宜春知縣에 제수되었고, 곧바로 이과급사중 등을 거쳐 호광포정사좌참의, 진중의 대부晉中議大夫에 올랐다.
95 王宗沐 : 왕종목王宗沐, 1523~1592의 자는 신보新甫이고, 호는 경소敬所이며, 임해성관臨海城關 사람이다. 가정 23년1544에 진사가 되어, 형부주사, 광서안찰첨사, 광동참의, 광서제학부사, 강서안찰사, 산서우포정사, 산동좌포정사, 우부도어사 등의 벼슬을 지냈으며, 조운을 총감독하는 데 공을 세워 형부좌시랑에 올랐다.

영평부는 가정 경술년에 오랑캐들이 들어온 뒤부터 점차 연하燕河와 석문石門 두 곳에 길을 넓혔다. 주객의 병사를 위한 세금이 해마다 300,000석이 필요했다. 그런데, 노룡진盧龍鎭의 땅이 황폐하고 또 가뭄과 장마가 여전하니 상인들마저 그곳으로 가려는 자가 없어 완전히 체념하고 공급만 바라보니 어려움이 극심했다.

순무 온경규溫景葵가 처음으로 운하를 개통하자는 의론을 주장했고 그를 이어 순무 경수조耿隨朝가 조사해 다시 상주하자고 의론하며 다음과 같이 말했다. "영평부 안에는 청하靑河와 난하灤河가 있는데, 청하는 운하를 만들기에는 좀 커서 의론할 필요가 없는 듯합니다. 난하는 영평부의 서문 밖으로부터 154리를 흘러내려 기각장紀各莊에서 천진까지 모두 426리에 달하는데, 모두 해안가로 배가 다니고, 그 중 바다로 들어가는 곳은 겨우 120리이며 길을 따라 크고 작은 하류가 있어서 혹시라도 도중에 바람을 만나도 도처에 정박할 수가 있습니다. 마땅히 기각장에 창고를 지어서 일을 반으로 줄이고 공은 배가 되도록 해서 오래도록 이로움을 얻어야 합니다."

각 부에서 그의 말이 옳다 여기니 조서를 내려 시행하도록 했다. 이때부터 매년 운하를 개통하고 노룡진에서 조금 쉴 수 있게 되니 부근에 있는 난하의 여러 읍에서 마침내 그 땅을 즐겁고 행복한 땅이라 불렀다. 당시는 가정 말년이자 융경 초년 경이었으니 이 일을 주관한 자가 재상 서화정徐華亭과 사공 뇌례雷禮였다. 이에 북방의 운수 사업이 알려져서 모든 거마가 부족할 지경이었다. 한나라와 당나라 때의 도성 관문이 모두 막힌 운하를 개통하느냐의 여부에 따라 성쇠함이 달랐던 것을 알 수 있다. 그러므로, 원나라 때 운반길이 막혀 나라에서 그대로 따랐기 때문에 영평부에서 이런 논의를 내어 시급한 일로 여기고 상소에서도 격식을 차려 꼭 보여줬던 것이다. 해운의 어려움, 그리고 처음 생각해내는 일의 어려움까지 알 수 있을 따름이다.

원문 永平海運

永平府, 自嘉靖庚戌虜入[96]之後, 增設燕河石門二路. 主客兵餉, 歲需三十萬石. 而盧龍地瘠, 旱澇相仍, 又無商估肯至其地, 全仰給于挖運, 艱苦最劇.

撫臣溫景葵[97]始倡通漕之議, 繼之者則撫臣耿隨朝[98]勘議覆奏, 謂, "永

---

96 庚戌虜入 : 가정 29년1550 경술년에 몽고의 엄답俺答이 군사를 일으켜 대동大同을 침범하고 이어서 북경까지 포위하는 치욕을 당했는데, 이 사건을 '경술지변庚戌之變'이라고 한다.

97 溫景葵 : 온경규溫景葵, 1507~1576는 산서 대동 사람으로, 자는 여양汝陽 혹은 지충志忠이고, 호는 삼산三山이다. 가정 7년 거인이 되어 지현에 제수되었다가 어사로 발탁되었다. 강직한 성품을 지녔으며, 소주지부로 옮긴 뒤에 아첨하며 사사롭게 이익을 탐하는 자들을 색출해내니 관리들이 두려워 떨었고 백성들의 존경을 받았다. 도어사를 거쳐 요동순무를 지냈다.

98 耿隨朝 : 경수조耿隨朝, 1517~1597는 대명부大名府 활현滑縣 사람으로, 호는 경암敬庵이다. 가정 26년1547에 진사가 되어, 남경공부주사, 공부영선사서원외랑工部營繕司署員外郞, 호부낭중, 호광안찰사부사, 산서우참정 등의 벼슬을 지냈다. 저서로는 『명물류고

平境內, 有靑灤二河, 靑爲工頗鉅, 似不必議, 灤自永平西門外, 經流一百五十四里, 而至紀各莊入海. 自紀各莊至天津, 凡四百二十六里, 悉傍岸行舟, 其中放洋僅一百二十里, 沿途有大小沽諸支河, 倘中流遇風, 隨處可泊. 宜于紀各莊修造倉廠, 事半功倍, 可爲左輔永利."

部議以爲然, 詔下行之. 自是每歲通漕, 盧龍一鎭, 稍得休息, 而近灤諸邑, 遂稱樂土. 時値嘉靖之末, 接隆慶初元, 主之者, 華亭相[99]與雷司空禮[100]也. 乃知北方轉輸, 一切車馬全不足恃. 漢唐都關中, 俱視漕河通塞爲盛衰. 卽故元運道一梗, 而國隨之, 使永平此議, 在相嵩當事時, 其疏亦必見格. 可見海運之難, 亦難于慮始耳.

名物類考』 4권이 있다.
99 華亭相: 내각수보 서계徐階를 말한다.
100 雷司空禮: 명대의 대신 뇌례雷禮를 말한다.

경태 4년 장추하張秋河가 얕아서 물자를 실어 나르는 배들이 앞에 정박하지 못했다. 하남참의 풍경豊慶이 건의하며 다음과 같이 말했다. "회안의 청하현淸河縣 입구로부터 황하黃河로 들어와 개봉부開封府 형택현滎澤縣 하구에 이르고 위휘부衛輝府 조성현胙城縣으로 돌아 사문沙門에 정박합니다. 육지로 30리나 돌아서 위하衛河로 들어와 배로 운반해서 북경에 이릅니다." 이에 조서를 내려 조운을 총괄하는 신하들이 의론해 마침내 그만두게 되었다. 하지만, 산동의 운도가 막혀 이 역시 느려짐에 대비해야 했다. 이 해 하남첨사 유청劉淸도 회안에서 형택까지 돌아서 심하沁河로 들어와 무척현武陟縣 마곡만馬曲灣 장재강두裝載岡頭를 거치는 길이 190리인데, 심하의 물을 끌어와 위하衛河로 들여야 한다고 했다. 행인 왕연王宴도 유청의 말과 같이 강두岡頭를 열고 수문을 닫아 심하의 물을 나누어 남쪽으로는 황하로 들여보내고 북쪽으로는 위하로 들여보내 부세와 은, 곡식을 위한 비용을 더 걸을 수 있다고 했다. 황제께서 시랑 조영趙榮에게 명하시어 연회에 동석해 함께 상의하시고는 불편하니 그만두라고 답해주셨다. 지금 멀리 보면 200리의 심하를 개척하는 것이 황하 30리를 개척하는 것만 못하니 세 사람의 의론이 대체로 모두 같았고 과거 급제 후에도 대동소이했지만 시종일관 그 의견을 쓰지 않았다. 아마 이때 막 서유정徐有貞이 단복澶濮 사이에서 물길을 다스렸는데, 이미 그의 공로가 조금 드러나서 그의 말을 받아들일 수 없었던 것 같다. 그러나, 그의 말대로 했더라도 꼭 성사되지 않을 수 있으니 교래하膠萊河 근처에서 그것을 시험할 것을 청했다. 이때 진방주陳芳洲의 권한이 장강릉의 십분의 일이 될 수 있었겠는가?

○ 생각건대 수나라 양제煬帝가 물길을 열러 거渠 땅을 구제했기 때문에 심수의 남쪽으로 황가가 접해있고 북쪽으로 탁군涿郡과 길을 틀 수 있었다. 이때 도성 관문 안 사람들은 광릉廣陵으로 놀러 가고자 하면 꼭 이 길로 가야했다. 그런데, 심하의 물길을 통해 가능했기 때문에 분명한 효과가 이미 보여졌던 것이다. 지금 심하의 물로 문汶 땅을 구제하는 일이 요원하다고 굳이 말하지만, 개척해서 통하게 하면 미리 예방하고 근심하지 않을 것이니 어찌 길이 두세 배로 멀다고 안타까워하는 것인가. 그러니 법만 고수하려는 자들과는 말하기 어렵다.

원문 **黃河運道**

景泰四年, 張秋河[101]淺, 漕船不前. 河南參議豐慶建議, "請自淮安之淸河[102]口, 入黃河至開封府滎澤縣河口, 轉至衛輝府胙城縣, 泊于沙門. 陸挽三十里, 卽入衛河[103], 船運至京." 詔下總漕諸臣覆議, 卒見沮. 然山東運道有梗, 此亦可備緩急也. 是年河南僉事劉淸, 亦言, 自淮至滎澤[104],

---

101 張秋河 : 산동 안에 위치함.
102 淸河 : 청하현淸河縣으로 하북성 중남부에 위치함.
103 衛河 : 위하衛河는 황하 남쪽 운하의 지류로 산서 태행산맥에서 발원해 하남 등을 거쳐 하북에 이르는 운하.
104 滎澤 : 황하의 물이 불어나 모인 것으로, 제수濟水와 연달아 있다.

轉入沁河[105], 經武陟縣馬曲灣, 裝載岡頭, 一百九十里, 引沁水[106]以入衛河. 行人王宴, 亦如淸言, 欲開岡頭, 置閘分沁水, 南入黃河. 北入衛河, 只費衛輝一府稅銀糧, 便可挑浚. 帝命侍郎趙榮, 同宴相度, 還言不便而止. 今遙計之, 開二百里之沁, 不如開河三十里之便也, 三人所議大抵皆同, 第就中微有曲折小異, 然始終不用. 蓋是時方用徐有貞治河于澶濮間, 已稍見功緒, 宜其言之不雋也. 然用之亦未必成, 請以膠萊近事驗之. 是時陳芳洲之權, 可得比江陵之十一乎?

○ 按隋煬帝[107]開水濟渠, 因沁水南接于河, 北通涿郡. 此時都關中, 欲遊幸廣陵, 固宜取道于此. 然借沁通河, 則明效已見. 今以沁水較濟汶, 固云遼遠, 然有成跡可循, 則預防不虞, 亦何惜迂道二三程也, 然難與守經者言矣.

---

105 沁河 : 황하의 지류로 산서 평요현平遙縣 흑성촌黑城村에서 발원해 하남성으로 유입된다. 소수少水, 심수沁水, 계수洎水 등의 이명異名이 있다.

106 沁水 : 심하.

107 隋煬帝 : 수양제隋煬帝, 569~618는 양광楊廣을 말하며, 본명은 양영楊英이다. 수나라 제2대 황제로 개황 원년에 진왕晉王으로 책봉되었다가 황태자가 되어 즉위했다. 묘호는 세조이고 당나라 고조 이연이 양제로 추증했다.

　선부와 대동 두 진의 약식 운반길은 매우 힘들었다. 가정 말년 땅을 파서 운반하는 법을 시행하니 산에서 나는 곡식은 험지라서 통틀어도 무게도 안 되는 30석에 불과해서 일을 맡은 자들이 걱정했다. 당시에 어사 송의망宋儀望이 그 땅을 살피고는 상소를 올려 다음과 같이 말했다. "상건하桑乾河는 대동현 옹성역甕城驛의 옛 얕은 교량에서 발원해 여러 물줄기가 모여 동쪽으로 북경 노구교蘆溝橋로 모여드는데, 대략 천리에 걸쳐 변방에 이릅니다. 대동에서는 하촌下村에 가면 돌들이 엇섞여 있습니다. 선부에서는 흑룡만黑龍灣이 돌로 된 해안이라 역시 험지입니다. 하지만, 돌로 된 해안은 4, 5리에 불과해서 물이 깊은 곳에서 얕은 곳으로 나와 2, 3척 정도 차 있어 물길을 뚫으려 한다면 매우 용이할 것입니다. 당시에 순무 후월侯鉞이 작은 배를 타고 회래위懷來衛에서 하촌 용만龍灣까지 모두 길이 평탄해 방해요소가 없습니다. 또, 회래현에서 쌀 30석을 운반하면 물길을 거슬러 위로 올라가 옛 전교澱橋에 도달할 수 있으니 황하의 길이 트여 매우 편리하게 구제할 수 있습니다."

　상소를 올리자 당시 병부와 장부였던 섭표[聶豹, 시호는 정양貞襄]가 그 의론을 끝까지 고수하며 "전임도어사 조금趙錦도 일찍이 사람을 시켜 상건하를 따라 배를 타고 천 리를 가면 대동진의 성에 닿으니, 지금 좀더 개통해야 합니다"라고 또 말해서 마침내 운하를 개통했다. 또, 황하에서 오랑캐 기병을 막을 수 있으니 그 정책이 가장 훌륭했다. 이에 조서를 내려 공부에서 회의하도록 명하셨다. 장부 구양필진歐陽必進이 부역시키는 것을 꺼리며 길은 멀고 경비는 부족하니 더 잘 따져가며 거행할 것을 청한다고 했다. 구양필진은 재상 엄숭과 인척으로 사이가 돈독해 마침내 이러한 의견을 막았다. 갑인년부터 지금까지 60년이 흘렀는데, 아무도 이에 대해 언급하는 자가 없고 변방에 이렇게 대대적으로 조운이 가능한 곳이 있음을 깨닫지 못한다.

원문 宣大二鎭漕河

宣府大同二鎭, 糧餉運道最苦. 嘉靖末年, 行挖運之法, 山穀崎嶇, 率三十石而致一鍾, 當事者憂之. 時御史宋儀望[108]按其地, 疏稱, "桑乾河, 發源于大同縣甕城驛之古澱橋, 會衆水而東入京師之蘆溝橋, 凡一千里至塞上. 在大同, 則下村稍有亂石. 在宣府, 則黑龍灣有石崖亦險. 但石險不過四十五里, 而水自深卽淺者, 亦盈二三尺, 欲加疏鑿甚易. 時撫臣侯鉞[109], 曾駕小舟, 自懷來衛[110]至下村龍灣, 俱坦途無沮. 又自懷來運米

---

108 宋儀望 : 송의망宋儀望, 1514~1578의 자는 망지望之이고, 길안 영풍 사람이다. 가정 26년 1547에 진사가 되어 오현지현에 제수되었다. 어사 시절에, 호종헌과 완악阮鶚을 탄핵해 엄숭에 의해 이릉주판으로 좌천되었다. 엄숭이 실각한 후 대리시경에 올랐으나 장거정에 의해 파직당했다. 섭표聶豹를 스승으로 모셨고, 왕수인을 종주로 학문을 익혔으며 추수익鄒守益, 구양덕歐陽德, 나홍선羅洪先과 교유했다. 문집『화양관집華陽館集』등이 전한다.

109 侯鉞 : 중화서국본과 상해고적본『만력야획편』에는 '후월侯越'로 되어 있지만, 정사인『명세종실록』과『명사·열전』에는 '후월侯鉞'로 되어 있다. 두 역사서의 표기를 따라 '후월侯鉞'로 수정했다.[역자 교주] ◉ 후월侯鉞, 생졸년미상은 산동 동아東阿 사람으로, 자는 의보義甫이다. 가정 20년1541에 진사가 되어 공부주사에 제수되었고,

三十石, 溯流而上, 竟達古澱橋, 則河之通濟甚便."

疏上, 正兵部, 長部者爲聶貞襄豹[111], 極主其議, 且云, "前任都御史趙錦[112], 亦曾使人從桑乾河舟行千里, 直抵大同鎭城, 今稍加疏瀹, 遂可通漕." 又河成可以捍虜騎, 其策最善. 詔命會工部議之. 長部者爲歐陽必進, 憚于興役, 謂道遠費煩, 請再加勘明擧行. 歐與相嵩姻厚, 遂遏其議. 自甲寅至今六十年, 更無人談及, 幷不曉塞上有此渠可漕矣.

산서부사, 우첨도어사, 대동순무大同巡撫 등의 벼슬을 역임했다. 수차례에 걸쳐 전공을 세웠지만, 탄핵되어 관직이 삭제되었다.

110 懷來衛 : 영락 16년1418에 직예후군도독부直隸後軍都督府에 설치했으며, 하북 회래현 동남쪽에 위치한다.

111 聶貞襄豹 : 명 가정 연간의 유명한 청백리 섭표聶豹를 말한다.

112 趙錦 : 조금趙錦, 1516~1591은 절강 여요餘姚 사람으로, 그의 자는 원박元朴이고, 호는 인잉麟陽이다. 가정 23년1544에 진사가 되어, 강음지현江陰知縣, 남경감찰어사, 광록경, 우부도어사, 대리경, 공부시랑 등의 벼슬을 지냈다. 그 뒤 만력 연간 초에 남경 형부, 이부, 예부의 상서를 거쳐 형부상서에 올랐다. 시호는 단숙端肅이다.

번역 변하汴河의 옛 길

　천순 8년 7월 도찰원도사 금경휘金景輝가 다음과 같이 말했다. "안산安山에서 임청臨淸까지 250여 리에 걸쳐 운하를 개통해 모일 만한 곳으로는 문수汶水밖에 없습니다. 봄에 비가 적게 내리면 수맥이 점점 없어지고 다니는 배들이 물이 얕아 막힙니다. 변량성汴梁城 북쪽의 진교陳橋에 옛날부터 오래된 뱃길이 하나 있는데, 북쪽으로는 장원長垣에서 나와 조주曹州를 거쳐 거야현鉅野縣 안흥묘安興墓 순검사巡檢司의 땅과 경계를 이루니 운하를 개통해 드나들며 문수와 합쳐져 임청으로 통하는데, 매해 가을에 물이 불어나 그 사이를 왕래하는 배들이 있습니다. 유일하게 서쪽으로 이어진 진교만이 관청의 허가를 받았는데, 물길이 얕고 협소해 물이 적은 사이로는 다닐 수가 없으니 공사를 해서 물길을 여기를 청합니다. 또한 심수沁水를 나누어 끌어들일 수 있는데, 여전히 이갑二閘을 두어 열고 닫음을 관리하면 서주와 임청의 두 하천이 모두 이롭게 구제할 수가 있습니다. 그리고, 운하를 개통하면 또한 모두 길게 연장될 것입니다. 또, 장원 조운曹運의 여러 곳에서 곡식세를 처리해 급히 양식을 옮기는 노고를 없앨 수 있고 강수와 회수淮水의 민간 선박들도 서주의 간이 배다리에서 나와 진교에 도착하고 임청까지 갈 수 있으므로 제녕에서 길이 막혀 고생할 일이 없으니, 그 이로움이 많습니다. 이에 이 일을 공부에 하달하시고 실상을 보고하기를 청합니다." 그 후에 또한 격문대로 행해지지 않았다. 금경휘가 의론한 바에 따르면, 변수에서 문수로 들어

온 물길 자취가 아직도 있는데다 길을 뚫을 시간이 없으니 조금의 노력을 들이면 가능할 따름이다. 경태 연간에 비교하면 세 신하가 건의한 내용이 더욱 간단하고 비용을 아낄 수 있다. 이 설이 당시에는 이미 시행되지 않았다. 하지만, 심수를 활용해 물자를 운하로 운반하면 서북쪽에 있는 심수를 이용해 군대와 나라를 구제할 수 있는 일이 많을 것이다. 최근 규모가 줄었지만 상소를 살펴 참고해보면 대동소이하므로 채택해볼 만하다.

원문 **汴河故道**

天順八年七月, 都察院都事金景輝言, "通河自安山北至臨淸, 二百五十餘里, 僅有汶水. 若春月少雨, 則水脈漸微, 而舟行淺滯. 其汴梁城北陳橋, 舊有古河一道, 北由長垣, 經曹州至鉅野縣安興墓巡檢司地界, 乃出會通河, 合汶水通臨淸, 每秋水溢, 有舟往來其間. 惟陳橋迤西一舍許, 水道淺狹, 水小之際, 不能流通, 請興工開濬. 亦可分引沁水, 仍置二閘, 以司啟閉, 則徐州臨淸二河, 均得利濟. 而會通河之水, 亦皆增長. 且長垣曹鄲諸處糧稅, 可免飛挽[113]之勞, 而江淮民舟, 又可由徐之浮橋[114], 達陳橋至臨淸, 而無濟寧一路壅塞之苦, 其利多矣. 事下工部, 請按實以聞." 其後亦格不行. 按景輝所議, 則由汴入汶, 其遺跡尙存, 更不假開鑿,

---

113 飛挽 : 신속하게 양식을 옮길 수 있음.
114 浮橋 : 뗏목이나 널빤지를 대고 그 위에 널빤지를 깔아 만든 다리.

僅稱煩疏導之勞耳. 比之景泰中, 三臣建白, 尤爲簡便省費. 此說當時已置高閣. 然亦取給沁水, 以資漕河, 則沁在西北, 有濟軍國多矣. 近日範少參一疏, 大同小異, 可備采擇.

이전 태재 예악[倪嶽, 시호는 문의文毅]이 일을 맡고 있을 때 관중關中의 세 진鎭에 물자 운송이 되지 않는 것을 알고 일찍이 상소를 올려 다음과 같이 말했다. "지금 관협關陝의 필수품은 모두 산서와 하남에서 나오며 이 세 성은 모두 황하와 가까워 그 안에 험한 삼문三門과 맹진孟津이 있더라도 한나라와 당나라 때 양식을 운반했으니, 모두 이곳으로 나루를 건넜습니다. 그래서 지금 소금을 실은 배와 나무로 된 배의 왕래가 막힘이 없습니다. 지금 헤아려보면 산서의 쌀과 콩은 반드시 유림榆林에 있는 여러 창고로 운반해야 하고 하남의 것은 반드시 동관潼關과 섬주陝州의 여러 창고로 옮겨야 하는데, 여러 주위州衞는 모두 바다에 근접해 선박을 다니게 하면 육지로 운반하는 수고로움을 면할 수 있습니다. 하물며 황하는 마땅히 동관의 땅이므로, 북쪽으로 위하渭河로 운반함에 있어서 위하가 동쪽으로 흘러 낙하洛河까지 이어져 연안延安과 왕래할 수 있습니다. 그리고, 위하가 서쪽으로 흘러 경하涇河에 이어져 경양慶陽과 왕래할 수 있습니다. 또, 용문龍門의 위쪽에 있는 소하小河는 지름길로 연수延綏와 통해 있어 조금만 수리하면 반드시 배가 다닐 수 있습니다. 이것은 옛 자취를 염두에 두고 한 말이니, 험지를 피할 일도, 육지로 운송할 일도, 창고를 세워 거꾸로 옮길 일도, 배를 만들어 과대하게 운반할 일도 없습니다. 문득 작은 노고로 오랜 이로움을 얻을 것에 기쁩니다."

그런데 이 일은 결국 시행되지 않았다.

關陝三邊餉道

　故太宰倪文毅嶽在事時, 見關中三鎭, 轉輸不給, 曾上疏云, "今關陝所需, 皆出山西河南, 此三省俱近黃河, 其中雖有三門孟津之險, 然漢唐糧運, 皆由此濟. 卽今鹽船木筏, 往來無滯. 今計山西米豆, 必運至楡林諸倉. 河南必運至潼關陝州諸倉, 諸州衛皆瀕海通舟楫, 可免陸運之苦. 況黃河當潼關之地, 北運渭河, 渭東流接洛河, 可通延安. 渭西流接涇河, 可通慶陽, 龍門之上小河逕通延綏, 稍加修葺, 必可行舟. 是在按求古跡, 何處可避險, 何處可陸運, 何處可立倉倒運, 何處可造船裝運. 忽悅一勞而永利."

　事竟不行.

　금상 갑진년에 가하迦河가 완성되었다고 보고된 지 1년이 좀 넘었는데, 여러 설들이 논란이 되었다. 당시 중주中州의 범수範岫가 스스로 자리를 고수하며 북경에서 상소를 올렸는데, 대략 다음과 같이 말했다. "운하 공사가 필요한데, 경비로 은 80만 냥이 듭니다. 수십만 냥을 쓴다는 것은 과도하게 계산된 것이니 하물며 여기에 쌓아 올리면 저기에서 지키다가 제방이 터지지 않을까요? 어찌 특별하게 편리함을 구해 지속적인 계획을 하지 않으십니까? 신은 일찍이 심수의 입구 여러 곳을 왕래하며 심수가 산서에서 나와 태행을 꿰뚫고 남쪽으로 무릉현 동남쪽까지 이르러 황하로 들어가는 것을 보았습니다. 10년 전에 황하의 모래진흙이 심수의 입구를 막아서 심수가 황하로 흘러들어가지 못해 목란점木蘭店 동쪽에서부터 제방으로 물이 여러 갈래로 넘쳐흘러 위호衛澔로 들어갑니다. 옛날에 땅을 지키던 여러 신하들이 터짐 제방의 입구를 막고 축대를 올려 제방을 견고하게 해서 심수를 이끌어내어 황하로 들어가게 했습니다. 그래서 제방 주변에는 아직도 황하의 형태가 남아 있는데, 바로 위호衛澔를 막아 견고하게 지금 보존되어 있습니다. 만약 원래 제방을 쌓은 곳에 돌로 된 수문을 세우면 심수의 물줄기를 분산시켜 동쪽으로 위호로 흘러 들어갈 것이니 힘든 일이 쉬워질 것입니다. 또 원래의 충하沖河를 깊이 파 보수하면 두 해안에 가는 길이 두 배로 만들어져 힘든 일이 쉬워질 겁니다.

이 일의 공사비용을 따져보면 불과 은 2, 3만 냥이면 되고 일꾼도 불과 3만여 명이면 큰 공사를 완성할 수 있다고 보고 되었습니다. 이에 운반 선박을 끌어와 비주邳州에서 황하로 거슬러 올라가면 바로 심수의 입구를 막기 때문에 심수는 위호로 들어가 동쪽으로 임청에 도달할 것이므로 개통한 운하가 쓸모없을 것입니다. 만약 황하를 수백리 거스르는 일로 혹 염전이 녹을 걱정이 생기고 작은 길의 편리함이 없다고 말한다면, 운하 하나만 있으면 된다고 하는 자가 있을 이를 것입니다. 영양滎陽의 동쪽, 광무산廣武山의 남쪽을 조사하면 물줄기 하나가 동쪽으로 흘러 정주鄭州 중모中牟의 북쪽, 상부祥符의 서쪽을 지나 주선진朱仙鎭의 남쪽을 따라붙고, 위씨尉氏, 부구扶溝, 서화西華의 동쪽을 지나 심구沈邱의 남쪽까지 이를 것입니다. 원나라 때 정수鄭水란 곳은 그 지방 사람들이 가로하賈魯河라고 이름붙인 것입니다. 남쪽으로 주가周家의 입구에 이르고 영수潁水와 합류해 사하沙河라고 이름했습니다. 영천潁川 정양진正陽鎭에서 회수淮水로 들어와 바로 회안淮安을 막습니다. 지금 정양진에서 주선진朱仙鎭까지 배로 통행하는 데 거의 막힘이 없습니다.

주선진에서 북쪽과 서쪽으로 정주鄭州 서북 혜제교가 있는 곳까지 200리가 채 안 되는데, 물길 자체가 협소해서 약간이라도 보수해야 합니다. 만약 혜제교의 서쪽으로 큰 도랑을 하나 열어 물줄기를 분산하면 북쪽으로는 황하로 들어가 20리도 안 될 것입니다. 황하를 건너 북쪽으로 심수의 입구로 바로 들어가면 길이 더욱 편해집니다. 만약 정수鄭水가 미약해 운송배를 띄울 수 없다고 한다면 영양과 정주 사이에는 또 경수경水京, 색수索水, 수수須水같은 여러 하천이 있으니 모두 정수로 끌어들여 배를 띄워 운반할 수 있습니다. 20리마다 돌로 된 수문을 하나씩 세우면 운하를 개통하는 것과 같으니 약간의 경비가 들더라도 물길은 여유로울 것이니 경비와 일꾼을 계산해 봐도 4, 5만 냥이면 될 것입니다. 만약 이 길이 개통된다면 운송 선박이 천비갑天妃閘에서 나와 홍택호洪澤湖에서 회수로 들어가고 회수를 거슬러 영수로 들어가며 영수를 거슬러 정수로 들어가 억지로 끌어오는 일도 덜 힘들고 황하의 물도 쓰지 않아도 됩니다. 비록 물이 넘치고 천 번 만 번 변한다 해도 무슨 걱정이 있겠습니까? 하류가 편안하면 물자운송이 그치지 않을 것이니 하진夏鎭과 남양南陽 사이에도 계속 보수하시면 양쪽에서 얻는 이로움이 있어 모두 보존하실 것입니다. 배를 분산해서 들이면 수문을 지키는 어려움을 면할 수 있습니다. 만약 하류가 변천해 동쪽길이 막히면 정수를 전용하고 서려촌徐呂村로 가는 길은 물을 것도 없이 편리하게 되는 정책이니 이 점 간과하지 말아주십시오. 신은 이런 생각을 품은 지가 20여 년이 되었는데 운하를 개통하는 것을 막질 못하고 감히 가볍게 말씀드리지 못했습니다. 지금 누차 물길이 막히고 황하가 또 넘쳐흐르는 일이 수시로 일어나 잠기는 일이 더욱 심합니다. 더불어 중국의 기름진 땅이 없어지고 많은 계곡들만이 그 자리를 채워가는데, 누가 정책을 바꾸어 막기가 쉽겠습니까? 이런 방법으로 추진하신다면 완성하기 쉬운 공적을 세울 것입니다. 만약 신의 말이 쓸 만하면 먼저 무척현을 동쪽으로 끼고 위호에 이르게 하면 동서로 100여 리인데, 원래 이전의 물길이 있으니 장정 만여 명을 보내어 때에 맞춰 막힌 것을 없애고 물길을 터주는데, 대략 한 장을 파면 열 장의 물길을 넓힐 것입니다. 그리고, 목란점 동쪽에 있는 제방을 쌓아 올린 곳에 돌로 된 수문 하나를 세워 심수의 물길을 분산시켜 동쪽으로 흘러 위호로 들어갈 것입니다. 배가 도착하면 수문을 열어 운반길을 터주고 배가 없으면 수문을 닫아 물을 저장해두십시오. 내년 늦은 봄이면 공사를 완성할 수 있습니다. 잠시라도 운송 선박을 황하를 거슬러 올라가게 해 심수에서 위호로 들어가게 하면 시급한 일은 해결될 것입니다. 주선진에 물길을 깊이 파서 북쪽으로 흐르게 해 혜제교까지 완만하게 서쪽에 이르면 정수를 분산시켜 운송 선박이 다닐 수 있습니다. 따라서, 돈과 백성의 부역을 백배는 줄일 수 있으니 나라의 이로움이 무궁할 것입니다."

상소가 올라가자 성지를 얻어 공부에 하달되어 총하總河와 하남의 순무와 순안에게 시행하도록 하시며 의론을 살펴 모두 상주하도록 하셨다. 생각건대 범수의 상소에서 말한 내용은 경태 연간과 천순 연간에 여러 신하들이 간언한 것과 대략은 같은데, 이것이 더욱 상세하다. 지금 면밀하게 조사해 범수에게 가서 이 일을 맡도록 명하시니 또한 경색된 운하를 원활하게 이동할 수 있을 것이다.

今上甲辰, 泇河告成已年餘. 既而南陽稍淤, 異同之說遂起. 時中州範峀云守己以隆補在京上疏, 其略云, "河工之需, 用銀八十萬. 動夫數十萬, 過計者不無意外之虞, 況挑築于此, 能保不橫決于彼? 何不別求利便, 以爲永圖也? 臣嘗往來沁口諸處, 見沁水自山西穿太行而南至武陟縣東南入河. 十數年前, 河沙淤塞沁口, 沁水不得入河, 乃自木蘭店東, 決岸奔流入衞. 彼時守土諸臣, 塞其決口, 築以堅堤, 仍導沁水入河. 而堤外遺有河形, 直抵衞許, 固至今存也. 若于原決築堤處, 建一石閘, 分沁水一派, 東流入衞, 爲力甚易. 再將原沖河形, 補加修浚, 兩岸培爲纖道, 爲力亦易.

計其功費, 用銀不過二三萬, 用夫不過三萬餘名, 而大工告成矣. 乃引漕舟自邳州逆河而上, 直抵沁口, 因沁入衞, 東達臨淸, 則會通河可以不用也. 若謂逆河數百里, 或有灘溜之患, 無纖道之便, 則又有一河可緣者, 查滎陽之東廣武山南, 一水東流, 經鄭州中牟之北祥符之西, 緣朱仙鎭南, 經尉氏扶溝西華之東, 沈邱之南, 在元時名爲鄭水, 土人名爲賈魯河者也. 南至周家口, 與潁水合流, 名爲沙河. 至潁川正陽鎭入淮, 直抵淮安. 今自正陽至朱仙鎭¹¹⁶, 舟楫通行, 略無阻滯.

---

115 賈魯河: 회하淮河의 지류인 사영하沙潁河의 지류로, 항상 홍수가 범람해서 예부터 작은 황하라고도 불린다. 동북쪽으로 정주를 지나고 중모中牟를 지나 개봉으로 흘러 들어간다.
116 朱仙鎭: 하남성 개봉 서남부에 위치하며, 광동 불산진佛山鎭, 강서 경덕진景德鎭, 호북 한구진漢口鎭과 함께 4대 유명한 진鎭으로 불린다.

自朱仙鎮而北而西, 至鄭州西北惠濟橋[117]地方, 不及二百里, 河身略窄, 稍當修浚. 若于惠濟橋西, 開一支渠, 分水一派, 北入黃河, 不及二十里耳. 渡河而北, 直入沁口, 爲道甚便. 如謂鄭水微弱, 不任漕舟, 則滎鄭之間, 又有京水索水須水諸泉, 皆可引入鄭水, 以濟漕挽舟. 每二十里建一石閘, 如會通河之比, 則蓄泄有時, 水自裕如, 計其工費丁力, 亦不過四五萬兩耳. 若此道既通, 則漕舟出天妃閘[118], 卽由洪澤湖入淮, 逆淮入潁水, 逆潁入鄭水, 牽挽尤穩, 黃河又可不用矣, 雖沖溢萬變何慮焉? 如河流安妥, 不至侵漕, 則夏鎮南陽之間, 仍加修浚, 兩利而俱存之. 分舟幷進, 可免守閘之困. 如河流變遷, 東道有梗, 則專由鄭水, 而徐呂[119]之道可無問, 便利之策, 無逾此者. 臣懷此已二十餘年, 因會通河無阻, 不敢輕言. 今屢浚屢塞, 而黃河又沖決無時, 侵逼益甚. 與其竭海內脂膏, 以塡不測之壑, 孰若改弦易轍? 就此易竟之功緒也. 如果臣言可用, 先將武陟迤東至于衞水之滸, 東西百餘里, 原有河身故道, 發夫萬餘名, 及時挑浚[120], 約深一丈闊十丈, 卻于木蘭店東, 築堤處所, 修建石閘一座, 分導沁水一派, 東行入衞. 舟至則啟閘以通漕, 舟盡則閉閘以掩水. 明歲春末, 其功可成. 姑將漕舟逆河而上, 由沁入衞, 以濟目前之急, 卻于議修

---

117 惠濟橋 : 혜제교惠濟橋는 지금의 창저우[常州] 시 치수옌[戚墅堰] 지역에 위치하며, 북송 선화 연간에 건설되었다.

118 天妃閘 : 강소 회음현 서남쪽에 있다. 만력 6년1578에 반계순潘季馴이 제갑濟閘을 감라성 남쪽 태산泰山 북쪽으로 옮겼는데, 그 위치가 천비天妃의 묘 입구라서 속칭 '천비갑天妃閘'으로 불린다.

119 徐呂 : 서려촌徐呂村을 말한다.

120 挑浚 : 막힌 부분을 없애고 물길을 개통하는 것.

浚朱仙鎮汭北, 至惠濟橋汭西, 分導鄭水以通漕舟. 則帑藏民力, 可省百倍, 而國家之利賴無窮矣."

疏上, 得旨下部行總河[121]及河南撫按, 勘議具奏. 按範疏所陳, 與景泰天順間諸臣建白略同, 而其說更詳. 及今查勘, 卽命範往任其事, 亦可濟惠通河之梗.

---

121 總河: 물길을 관리하는 관직명.

[번역] 여량홍呂梁洪

　　서주徐州의 여량홍呂梁洪은 세상에서 가장 험한 길이다. 당나라 위지
공위지공尉遲恭이 개척해서 처음으로 배를 띄워 다닌 곳이다. 송나라 원우元祐
연간에 점차 도랑을 통하게 했고, 현 왕조에서는 마침내 운하를 만들
었다. 그러나, 물 밑에 어지럽게 널린 돌들이 악어 이빨처럼 늘어서 있
고, 빠른 급류가 교룡이 침을 내뿜듯 한다. 공자께서 물살이 이는 것을
보시고 물살이 3,000겹 흐르고 물거품이 40리에 일어나는 곳이 바로
이 여량홍이라 하셨다. 물이 불어날 때 물살을 타면 삽시간에 흘러내
려가고 물살을 거스르려고 해도 조금밖에 못한다. 만약 가뭄이 들면
다니는 배가 바닥의 돌에 걸려 전복된다. 내가 어렸을 때려서 부친을
붙잡고 이곳을 지나는데, 험한 곳이 점차 평탄해졌다는 소리를 듣고
닻을 내리는 뱃일꾼 200명이 배 하나를 끌어당기는데 나이를 불문하
고 모두 사람 꼴이 아니었다. 나중에 시험 보러 북쪽으로 올라가는 길
에 물밑이 울퉁불퉁해서 모두 드러났는데, 진흙에 길이 막혀 있었는데
도 물살은 날로 거세어졌다. 소자유蘇子由가 "여량홍이 들쑥날쑥하니
앞에서 길이 끊겼네"라고 한 말 그대로였는데, 결국은 순한 물길이 되
었다. 그 후 수년간 가하泇河에 운하를 만든다고 알려져서 다니는 자들
이 더 이상 팽성의 길로 가지 않자 여량홍의 관홍주사管洪主事가 한가롭
게 지내며 이끌어 만날 만한 손님이 한 명도 없었다고 전해진다.

원문 呂梁洪[122]

徐州呂梁, 爲宇內險道. 自唐尉遲恭開鑿, 始通舟楫. 至宋元佑間, 漸成通渠. 本朝遂以爲運河. 然其下亂石如鱷齒排連, 驚湍如蛟涎噴薄. 孔子觀瀾處, 稱爲懸流三千仞流沫四十里者, 卽其地也. 遇水溢時, 順流者一瞬而下, 逆泝者以尺寸許. 若値旱涸, 行舟一遭伏石, 立葬魚腹. 余幼時侍先人過此, 聞其險已漸夷, 然猶用縴夫二百人挽一舟, 老稚相顧無人色. 自後以應試北上, 則所謂水底嵯岈, 俱沒不見, 蓋爲于泥所壅, 河身日高. 蘇子由[123]所云, "呂梁齟齬, 橫絶乎前." 其後數年, 則伽河告成, 行旅不復取道彭城, 其管洪主事, 高枕空壘, 閴無一客可延接矣.

---

122 呂梁洪: 강소 동산현銅山縣 동남쪽에 위치한다. 사수沙水가 여현呂縣의 남쪽을 지나는데, 물 위에 다리가 있어서 '여량呂梁'이라 한다. 그 아래에 거대한 돌이 있어서 배 운항에 걸림돌이 되었는데, 동진東晉 태원 9년384에 사현謝玄이 부견苻堅을 공격할 때 양식 운반이 어려워 여량수를 조운에 이롭게 했다. 명 가정 연간에 보수를 해 조운이 편리해졌다.

123 蘇子由: 북송 시기의 관리이자 문학가인 소철蘇轍, 1039~1112을 말한다. 그의 자는 자유子由 또는 동숙同叔이고, 만년의 호는 영빈穎濱이다. 미주眉州 미산眉山 사람이며, 당송팔대가唐宋八大家 중 한 사람이다. 가우嘉祐 2년1057에 형 소식蘇軾과 함께 진사에 급제했다. 벼슬은 제치삼사조례사속관制三司條例司屬官, 하남추관河南推官, 비서성교서랑秘書省校書郎, 우사간右司諫, 어사중승御史中丞, 상서우승尙書右丞, 문하시랑門下侍郎, 태중대부太中大夫 등을 역임했다. 사후에 단명전학사端明殿學士로 추증되었고, 시호는 문정文定이다.

옛 팽성彭城인 서주는 유비, 항우, 조비, 조조가 다투던 땅으로, 남북
으로 분열되어 이 땅의 득실에 따라 나라의 강함과 약함이 결정되는
것으로 여겼다. 현 왕조에서는 직례에 속한 주州로, 네 개의 읍인 풍읍
豐邑, 패읍沛邑, 소읍蕭邑, 탕읍碭邑을 거느리니 봉함을 받은 경계 또한 그
렇게 협소하지는 않다. 하지만, 서주 태수의 권한이 약해서 성城에 속
해 있으면서도 약속받은 권한을 다 받들 수가 없고 겨우 헌신하는 신
하 한 명이 성 안에 거하면서 병마절도사라 불린다. 군무에는 참여하
는데, 겨우 병부의 병사 수백 명이 세상사를 경계하지 않으면 바로 와
해된다. 마땅히 서주를 '부府'로 승격시키고 땅을 나누어 팽성현으로
편입시켜야 하고, 옛날에 해당하던 네 개의 읍을 합해 다섯으로 만들
어야 한다. 남쪽으로 비주邳州, 숙주宿州를 합하고 북쪽으로 추주鄒州와
등주滕州, 제녕濟寧을 합하면 우뚝 서서 강한 군郡이 될 것이다. 내가 예
전에 이런 생각이 들었고, 최근에 강북순무인 중승 이수오李修吾도 이런
뜻을 지니고 있었는데, 결국은 여론과 맞지 않아 그만두었다. 요컨대
이 일은 반드시 빨리 시행되어야 하고, 만약 일이 더 늘어지면 양을 잃
고 우리를 고치는 격을 면할 수 없을 것이다.

○ 서주는 지대가 낮아 축축해서 제방 위에서 보면 가마솥 바닥에
거하는 것 같아 변량汴梁과 유사한데, 제방을 견고하게 더 높이 쌓아도
변량에 거의 미치지 못한다. 내가 알기로 예전의 원로들이 모두 눈앞

에서 이미 세 사람이 빠져 죽었다고 했다. 높은 언덕으로 급히 운룡산雲龍山과 자방산子房山 등 같은 성을 옮겨야 해서 모두 좋은 땅을 골라 건축을 할 수 있었지만 그렇게 하지를 못했으니 결국 허탈한 탄식만 남았다. 또 성 아래의 홍하洪河는 고금의 큰 길인데 가하㵎河를 개통한 후 병사와 백성 모두가 더 이상 다니지 않게 되었다. 상인들이 간간이 다닐 뿐 우물이 있는 마을이 모두 한산해져 전혀 도회지 같지 않다. 의당 가운데를 나누어 다니게 하면 의외의 불편함을 없앨 수 있다. 지금 지키는 자도 미약하고 천 리에 아무도 다니는 자가 없고 하루아침에 들풀만이 무성한 곳에서 함성 소리가 들리는 듯하니, 이 땅은 그래도 여전히 전장터인 것 같다.

원문 **徐州**

　徐州爲古彭城, 劉項備操所爭之地, 南北分裂, 視此地得失爲強弱. 本朝以直隸降而爲州, 然領豐沛蕭碭四邑, 封疆亦已不狹. 但州守權輕, 屬城不盡奉約束, 僅一憲臣居城中, 稱兵使[124]者. 而一參戎同事, 所部兵止數百人, 脫有風塵之警. 立見瓦裂. 宜改徐爲府, 以其分土爲彭城縣, 幷舊屬邑而五. 南則益以邳宿, 北則益以鄒滕濟寧, 便可屹然成壯郡. 予向有此臆見, 近日李修吾中丞撫江北, 亦主此議, 竟以時論不同而止. 要之是舉必當亟行, 若遇有事更張, 不免亡羊補牢矣.

---

[124] 兵使 : 병마절도사의 줄임말.

○ 徐州卑濕, 自堤上視之, 如居釜底, 與汴梁[125]相似, 而堤之堅厚重復, 十不得汴二三. 餘見彼中故老, 皆云目中已三見漂溺. 須急徒城于高阜, 如雲龍子房[126]等山, 皆善地可版築, 不然終有其魚之歎. 又城下洪河, 爲古今孔道, 自通迦後, 軍民二軍, 俱不復經. 商賈散徒, 井邑蕭條, 全不似一都會. 宜仍遣漕艘[127]之半, 分行其中, 以防意外之梗. 今守御 單弱, 千里幾無行人, 一旦草澤奮臂, 此地仍爲戰場矣.

---

125 汴梁 : 하남의 개봉.
126 雲龍子房 : 운룡산雲龍山과 자방산子房山을 말하며, 모두 서주의 성 남쪽에 있다. 운룡산은 석불산石佛山이라고도 하며, 그 북쪽에 자방산이 위치해 있다. 자방산은 해발 146미터의 산으로, 계명산鷄鳴山으로도 불린다. 운룡산, 구리산九里山, 호부산戶部山과 함께 서주 4대 명산으로 일컬어진다. 초나라와 한나라의 전쟁에서 장량張良이 사병들에게 퉁소를 불어 초나라 병사들을 해산시킨 데에서 유래해 자방산으로 불린다.
127 漕艘 : 조운에 사용되는 선박.

가하에 대해 처음에 논의할 때 비용이 수백만 냥이 들어서 선대에 실사한 자가 직접 그 일을 맡으면 모두 단호하게 개통할 수 없다고 했다. 여러 차례 논의도 하고 또 중단도 되었는데, 인천印川 사람 사공 반계순潘季馴이 처음에 물길을 여는 여력으로 갈허령葛墟嶺의 옛 길을 찾았지만 물길을 통하게 할 시간은 없었다. 그런데, 양응룡[楊應龍, 호는 서중舒中]이 한 장韓莊의 상소에 따라 물길을 열었다. 이를 계승한 양일괴[楊一魁, 호는 후산後山]와 저철[褚鐵, 호는 애소愛所] 등 여러 공들은 모두 경영을 생각해 점차 미루었는데, 유동성[劉東星, 호는 진천晉川]이 일을 맡아 거의 절반에 달하는 공을 세웠다. 이화룡[李化龍, 호는 임환霖寰]은 파주播州 양응룡의 난을 평정함으로써 운하와 관련된 일을 맡았는데, 마침내 가하의 일에 전념하기로 결심했다. 처음에는 물이 얕고 진흙이 있어 험난했던 것이 지금은 마침내 사통팔달의 길이 되었다. 회수와 황하에 걸친 300리의 험난한 길을 피하고 소요된 경비가 선대에서 치른 것의 십분의 일도 되지 않았으니, 진실로 대대로 이어져 온 공적이 아니었다. 이는 교래하膠萊河도 반드시 개통해야 한다고 생각했기 때문이다. 왕년에 장강릉이 나랏일을 맡았을 때 유응절[劉應節, 호는 백천白川]과 서식[徐栻, 호는 봉죽鳳竹] 두 사람이 모의해 재빠르게 도모하고자 했다. 남사공 유응절이 주관했고 소사공 서식이 칙서를 받들어 그 일을 전담했다. 당시 동성東省 순무 이세달[李世達, 시호는 민숙敏肅]이 또한 그의 말을 주장해 장긍랑에게 빨리 완성하도록 권했다. 시간이 좀 흐르자 동성의 관리들이 징발되는 것을 괴로워하며 무리지어 떠들어대자 장강릉 또한 걷잡을 수가 없었다. 두 사람이 다른 곳으로 기용되니 그들의 역할도 도중에 그만두게 되었다. 교하膠河의 막힌 거리는 겨우 100여 리이고 모래와 돌도 단단해 삼태기와 가래질이 실로 어려웠는데, 요컨대 갈허령에만 가면 된다. 지금 나라의 재정이 어렵거나 혹 이런 큰 부역을 일으키기가 어려워서 물길을 찾는 것을 잊으면 도처에 닿을 수가 없으니 남북으로 각각 하나의 성城을 세워 운송 물자를 보내고 받는 지역으로 하고 그 가운데 성을 더 세워 운송할 때 잠시 쉬어가는 곳으로 삼고, 세 성에 각기 주와 읍의 위소좌이衛所佐貳를 두어 지키면 된다. 헤아려보면 수레에 싣고 배로 들어오기까지 겨우 3, 4일 만에 기한 내에 운반할 수 있다. 그리고, 호부랑 한 사람에게 총책임을 지고 전적으로 관리해 수나라와 당나라의 낙구洛口, 하음河陰, 그리고 현 왕조의 임현臨縣과 덕현德縣의 두 창고의 전례대로 하게 해야 한다. 그 방법이 경비를 줄일 것 같은데, 그렇게 하는 듯하면서도 다음으로 정책을 미룬다. 내가 일찍이 중간에 여러 공들에게 말했는데, 상당수가 또한 수긍했지만 결국 반대하는 상소가 있어서 시행하지 못한 것은 시작의 어려움을 걱정했기 때문으로, 이미 오랜 일이다.

○ 가하泇河의 완성에 있어서는 공부랑 매수상[梅守相, 호는 춘우春宇]의 공이 가장 많은데, 겨우 4품의 봉록을 얻었다가 곧이어 재물을 모으자 부사로 승진해 떠났다. 결국 아직까지 그의 노고에 보답을 받지 못했다고 한다.

洳河初議, 費數百萬, 先朝往勘者, 及身當其事者, 皆謂斷不可開. 屢
議屢止, 至潘印川季馴司空, 始以挑河餘力, 尋葛墟嶺故道, 尙未暇浚治.
而舒中楊應龍[128]稍從韓莊疏鑿之. 繼之者如楊後山一魁[129], 褚愛所鐵諸
公, 俱相度經營, 漸有次第, 至劉晉川東星在事, 則功已將半矣. 迨李霖
寰化龍[130]從平播起任河事, 遂決計專治洳河. 初尙淺淤艱阻, 今遂成康
衢[131]. 避淮黃三百里之險, 而所費不及先朝所估十分之二, 眞不世功也.
因思膠萊河亦必可開. 往年江陵當國, 用劉白川應節徐鳳竹栻[132]二人謀,
銳欲圖之. 以劉爲南司空主之, 徐則以少司空奉敕專領其事. 時李敏肅世
達[133]撫東省, 亦主其說, 勸江陵亟成之. 旣而東省仕紳, 苦于徵發, 羣起

---

128 舒中楊應龍 : '중화서국본에는 '양楊'자가 '양陽'자로 되어 있지만, 『명신종실록』과
『명사·열전』에 근거해 '양楊'으로 수정했다. 『역자 교주』 ⦿ 양응룡楊應龍, 1551~1600은
부친 양열楊烈의 파주선위사播州宣慰司의 관직을 세습했고, 만력 14년1586에 도지휘
사로 승진했으며 표기장군에 봉해졌다. 1599년에 반란을 일으켜 패망하고 스스
로 자결했다.

129 楊後山一魁 : 양일괴楊一魁, 1536~1609의 자는 자선子選이고, 호는 후산後山이다. 가정
44년에 진사가 되었다.

130 李霖寰化龍 : 명대 만력 연간의 대신 이화룡李化龍을 말한다.

131 康衢 : 사통팔달한 대로.

132 徐鳳竹栻 : 서식徐栻, 1519~1581의 자는 세인世寅이고, 호는 봉죽鳳竹이며, 소주부 상숙常
熟 사람이다. 가정 26년1547에 진사가 되어, 의춘지현宜春知縣, 남경도찰원어사南京都
察院御史, 절강포정사도사浙江布政司都事, 절강안찰첨사浙江按察僉事, 남경공부상서南京工
部尙書 등의 벼슬을 지냈다.

133 李敏肅世達 : 명대 만력 연간에 형부상서를 지낸 이세달李世達, 1534~1600을 말한다. 그
의 자는 자성子成이고, 호는 절암漸庵이며, 시호는 민숙敏肅이다. 섬서 경양涇陽 사람
이다. 만력 35년1556에 진사가 되어, 호부주사, 우통정, 남경태복경, 남경이부상서,
남경병부상서, 형부상서, 좌도어사 등의 벼슬을 지냈다.

嘩之, 卽江陵亦不能違改. 二人他用, 役亦中罷. 其膠河之中梗者, 僅百餘里, 沙石磽确, 畚鍤良難, 要之不過如泇河之葛墟止矣. 今國計方絀, 或難興此大役, 妄意水道所不接處, 南北各設一城, 以爲發運收運之區, 中道再築一城, 爲運夫憩頓之所, 三城各以州邑衞所佐貳守之. 度起車至入舟, 僅三數日, 可克期搬運. 而總以一戶部郎專管, 如隋唐洛口河陰, 及本朝臨德二倉事例. 其道近費省, 似亦策之次者. 余曾間語言路諸公, 頗亦首肯, 終未有抗疏及之者, 蓋慮始之難, 久矣.

○ 泇河之成, 工部郎梅春宇守相[134]功最多, 僅得加四品服俸, 尋積資陞副使去 竟未有以酬其勞云.

---

[134]梅春宇守相 : 매수상梅守相, 생졸년 미상의 자는 대보臺甫이다. 만력 17년1589에 진사가 되어 공부주사에 임명되었고, 그 후 낭중, 광서안찰사, 남경호부원외랑 등의 관직을 지냈다.

　　회하淮河의 북쪽 1리는 지가하支家河라 불리는데, 안동현安東縣에서 해주로海州路까지다. 지가하에서 연하漣河 해구까지는 총 380리인데, 그 가장자리로 큰 바다가 있다. 또, 감유현贛榆縣을 지나 안동위安東衛에 이르는데, 산동의 경계 지역이다. 안동위에서 석구소石臼所, 하하소夏河所, 영산소靈山所를 지나면 마침내 교주膠州 두영頭營에 이르고, 또 마만麻灣 해구에 이르는데, 총 280리이다. 모두 해안의 빈 땅을 따라가면 도중에 육로 마가만馬家灣까지가 육로이다. 이 때문에 반드시 공사를 해서 개통해야하지만 겨우 5리의 구간이라 가깝다. 한번 마만구麻灣口에 들어가면 파랑묘把浪廟를 따라 평도주平度州를 지나 래주萊州에 이르는데, 해창구海倉口에 속하는 곳은 모두 작은 운하로 모두 370리이다. 해창구에서 큰 바다로 들어가면 바로 직고直沽 천진위天津衛까지 이어진다. 바다를 통틀어 모두 400리이다. 대개 착공하는 구간은 겨우 500리일 뿐인데 그렇지 않다고 의심한다. 하지만 이때는 가정 11년으로, 어사 방원의方遠宜가 직접 그쪽으로 다니면서 그림으로 설명해 둔 것들을 모았고, 그 후 산동부사 왕헌王獻이 그 일에 대해 말해다. 얼마 안 되어 급사 이용경李用敬과 어사 하정옥何廷鈺이 또 이에 대해 말했지만 모두 결과적으로 시행하지 못했다. 만력 3년에 이르러 남경 공부상서 유응절이 처음으로 교래하 공사의 부역을 맡겠다고 건의하면서 다음과 같이 말했다. "교주에서 남북으로 왕래하지 못하는 구간은 약 50, 60리이지만 도랑과 호수가 그곳의 절반을 차지하므로 운반해야 하는 거리는 겨우 수십 리이니, 호수를 빌려 운송길을 터주고 바다까지 나가는 수고로움을 없앨 수 있습니다." 유응절은 산동 유현 사람이며 그곳에서 자랐기 때문에 방원의에 비해서 그의 말이 더 정확했다. 당시 강릉공 장거정이 그의 의론에 치중했고, 또 번왕의 신하 중 재주 있는 자를 뽑아 그 일을 돕게 했다. 그때 산동참의 이학례李學禮가 상좌였는데, 그것의 편의를 더 상세하게 조목조목 갖추어 상소를 올렸다. 공사를 시작한 지 얼마 안 되어 제노齊魯 지역의 관리들이 왈가왈부하고 또 유응절을 꾸짖으며 씀바귀가 뽕나무와 가래나무에 해를 입히니 어찌 달가워하는 마음이겠냐고 했다. 유응절이 매우 두려워하며 부역시키는 일을 그만두었으니 장강릉 역시 어찌할 수가 없었다. 공사가 마침내 중도에 멈추어 지금까지 감히 이에 대해 의론하는 자가 없다. 생각건대 이 길은 원나라 사람이 개통한 옛 길로, 멀리 돌아 바다로 운반하는 일을 피하고 여러 섬의 많은 어려움을 면할 수 있으니 가장 경비를 아끼고 편리한 방법이다. 지금 이 일을 말하는 자들은 모두 만약 공사를 하지 않고 육로 200리에 중간 분수령을 만들어 직고直沽를 막아 배에서 수레로, 다시 배로 차례대로 물건을 옮긴다면 이 또한 편리한 방법이라고 했다. 내가 이전에 성에 창고를 두자고 말한 적이 있는데, 대개 여기에 근거한 것이다. 당시에 유응절이 상소를 올려 많은 인부를 동원해 수개월의 공사를 하고 수만금의 경비가 들고 수십 리에 불과한 거리를 판다고만 했으니, 얼마나 꺼려하며 하지 않았겠는가? 그의 설이 분명했는데, 유응절의 의견이 얼마나

분분했는지, 장강릉이 왜 그만두었는지는 잘 모르겠다. 일을 맡는 것이
이렇게 어려운 것임을 말한 것이다.

원문 **膠萊便道**

　淮河之北岸一里, 名支家河, 安東縣至海州路也. 自支家河至漣河海
口, 共三百八十里, 其外卽爲大海矣. 又歷贛榆縣, 至安東衛, 卽山東界.
由安東衛過石臼所夏河所靈山所, 逕至膠州頭營, 又至麻灣海口, 共二百
八十里. 俱循海壖而行, 其中止有馬家灣爲陸路. 此則須以畚鍤開通, 然
只五里而近. 一入麻灣口, 卽從把浪廟, 經平度州以至萊州, 所屬海倉口
俱小河, 共三百七十里. 自海倉口入大洋, 便直抵直沽天津衛. 凡泛海共
四百里. 蓋所疏鑿者止五百里耳, 疑其未然. 但此嘉靖十一年, 御史方遠
宜親歷彼方, 彙爲圖說者, 其後山東副使王獻言之, 未幾給事李用敬, 御
史何廷鈺又言之, 皆不果行. 至萬曆三年, 南工部尙書劉應節[135], 始建議
直任膠萊河之役, 謂, "膠州南北不通者, 約百五六十里, 然溝與湖居其
半, 應挑者止數十里, 可借潮水通漕, 而無放洋之苦." 劉卽山東之濰縣
人, 生長其地, 所談較方遠宜更確. 時江陵公力主其議, 又選藩臣有才者
佐其事. 時山東參議李學禮爲上佐, 具疏條其便宜更詳. 興工未幾, 齊魯
縉紳大嘩, 且詈劉荼毒桑梓, 將甘心焉. 劉愊甚謝役, 江陵亦無如之何.
工遂中罷, 至今無敢議及者. 按此爲元人所浚故道, 以避海運不轉尖, 可

---

[135] 劉應節 : 유응절劉應節은 명나라 중기의 대신이다.

免成山諸島之險, 最爲省便. 今談者俱云, 若不興工, 則中間分水嶺陸路
二百里, 可從舟次車剝再入水卽抵直沽[136], 亦是便計. 余向有建城置倉
之說, 蓋本于此. 當時劉白川上疏, 只云以萬夫之力, 興數月之工, 椎數
萬金, 掘數十里, 何憚而不爲? 其說鑿鑿[137], 不知東省何以嘩. 江陵何以
輟. 任事蓋難言之矣.

---

136 直沽 : 옛 지명으로, 원나라 때 발전해 명나라 영락 연간 2년1404에 천진성을 축조
해 남북 조운과 해운의 통로가 되었다.
137 鑿鑿 : 분명한 모양.

[번역] 가하泇河의 완성

소보 이화룡李化龍이 준하浚河와 가하의 운하를 개통한 지 겨우 1년 만에 상을 당해 귀향하게 되자 대신 총독을 맡은 자가 조시빙曹時聘이다. 조시빙은 평소에 조금의 칭송도 받지 못한 터라 남양제南陽堤로 좌천되어 다소 불필요한 사람이 되어가다가 마침내 큰 공사를 일으키면 이로움이 될 거라 생각하며 다음과 같이 말했다. "가하만 의지하기에는 부족하고 황하는 크게 해를 끼치니 60만 냥을 들여 양식 40만을 운송해 대하의 물이 넘쳐흐르는 것을 막기를 청합니다." 공과급사 송일한宋一韓이 그를 따라 의견을 같이하며 "황하를 움직일 수 없으니 어찌 해를 피할 수 있겠습니까?"라고 했다. 또, "황하의 물이 소양昭陽으로 범람해 조릉祖陵까지 해를 끼치니 운하를 관리하는 여러 신하들이 책임이 가벼운 일만 선호하고 책임이 막중한 일을 피하며 쉬운 일만 도모하고 어려운 일은 거절하며 새로 부임한 조시빙의 공사하자는 의론을 돕는다는 명목으로 암암리에 소보를 공격합니다"라고 했다. 이화룡이 분을 참지 못하고 상중이라도 글을 올려 다음과 같이 말했다. "신이 황하를 버리고 가하를 살린 것이 아니라 형세가 부득이 그런 것입니다. 가하는 260리에 달하는 고요한 물길로, 360리의 험한 길을 대신해 8,000척의 운송 선박이 두 달도 안 되어 다 지나갈 수 있는데, 오랫동안 이로운 것이 아니라고 합니까? 예전에 신이 부모상을 당하기 전 일 년 만에 가하를 개통하고 일 년 만에 황하의 해로움을 막았습니다. 신이 당시의 상황이 어려워 나라의 경비 절약을 위해 계획한 것입니다. 그래서 가하의 공사가 조기에 완성되었고 신이 이전에 300만 냥이 드는 공사를 20만 냥으로 해냈습니다. 황하의 공사가 늦어지는 것은 신이 수만 명이 소요되는 공사를 지금 80만의 부역으로 해낼 수 없기 때문입니다. 신은 진실로 죄를 피할 생각이 없습니다. 대개 현명한 성지로 새로 수리를 맡은 신하를 정하시고, 만약 부족하면 먼저 60만을 쓴 후 또 20만을 청하겠나이다." 이에 성지를 내리시고 잠시 의견 조정을 한 후 새 공사를 재촉하라 명하셨다. 큰 공을 세웠는데 상은 내리지 않고 시기하는 무리들은 지나치게 질책하니, 진실로 사람을 무너지게 한다.

○ 병오년 8월 조시빙이 또 상소를 올려 옛 하신河臣 이화룡이 가하를 개통한 공로를 극찬했다. 그리고 "신이 물길을 통하게 하는 일을 관리한 이후 금년이면 33년이 되는데, 양식을 운반하는 수많은 선박이 가하를 건넜으니 가하로 인해 이목을 빛나게 할 수 있었습니다. 이에 잘한 일은 마땅히 밝혀주시기를 청합니다. 대개 80만의 자금과 40만의 양식을 빌려 공사를 완공한 상황인데, 모두 다 귀향해 흩어졌습니다"라고 했다. 공과에서는 더 이상 반박하지 못했고, 황상께서도 그의 말을 윤허하시고 더 이상 꾸짖지 않으셨다.

원문 泇河之成

李少保化龍[138]浚泇通漕, 甫一年而以憂歸, 代總督者曹時聘[139]也. 曹素無素絲之譽, 適南陽堤稍壞, 曹遂思大興工作, 因以爲利, 謂. "洳不足恃, 而河且爲大害, 請發帑金六十萬, 留漕糧四十萬, 以遏大河之決." 工科給事宋一韓從而和之, 謂, "河不勝徒, 安可勝避?" 且云, "河潰昭陽, 害及祖陵, 治河諸臣, 擇輕避重, 圖易辭難, 蓋暗攻少保以佐新督興工之議." 李不勝憤, 從憂中上書, 謂, "臣非棄黃而事洳, 勢不得已也. 洳以二百六十里之安流, 代三百六十里之險道, 八千運艘, 不兩月過盡, 謂非百年永利耶? 向非臣丁憂, 則一年開洳, 一年挽黃矣. 臣以時勢艱窘, 圖爲國家省費. 故洳之成早, 臣得以二十萬成前估三百萬之工, 黃河之成遲, 故臣不得以數萬成今估八十萬之役. 臣誠無所逃罪. 蓋明指新河臣溪墾其中, 且六十萬後, 又請二十萬也." 旨下, 姑調停之, 命催新工而已. 大功不賞, 而娼妒之輩, 彈射已及之, 眞令人解體.

○ 丙午之八月, 曹時聘又上疏極稱舊河臣李化龍開洳之功. 且云, "自臣接管改挑後, 三十三年及今年, 糧艘盡數渡洳, 則洳之可賴昭昭耳目. 仍列善後事宜以請. 蓋借以完興工之局, 而八十萬之帑金四十萬之漕糧, 俱銷歸無存矣." 工科旣不駁, 上亦允其言, 不復詰.

---

138 李少保化龍 : 명대 만력 연간의 대신 이화룡李化龍을 말한다.

139 曹時聘 : 조시빙曹時聘, 1548~1609은 하북 획록현獲鹿縣 사람이다. 융경 5년1571에 진사가 되어, 도찰원우첨도어사, 응천부순무, 공부우시랑 등의 벼슬을 지냈다. 특히 만력 32년1604에 공부우시랑에 임명되면서 물길을 총괄하는 책임을 맡았다.

참고문헌

原典類

沈德符 撰, 楊萬里 校點, 『萬曆野獲編』 共三冊, 上海：上海古籍出版社, 2012.

_____, 『萬曆野獲編』 全三冊, 北京：中華書局, 2015.

https://ctext.org/, Chinese Tex Project.

_____, 『萬曆野獲編』, 臺灣史語所傅斯年圖書館 所藏鈔本 影印本.

_____, 『萬曆野獲編』, 姚祖恩 扶荔山房刻本.

_____, 四庫全書總目編委會 編, 『傳世藏書 子庫 雜記2－萬曆野獲編』, 海南國際 新聞出版中心, 1996.

_____, 『萬曆野獲編』(上·下), 北京：文化藝術出版社, 1998.

_____, 『歷代筆記榮華－萬曆野獲編』, 北京：北京燕山出版社, 1998.

_____, 『萬曆野獲編』(全五冊), 北京：偉文圖書, 1976.

_____, 孫光憲 等編, 『萬曆野獲編』, 北京：學苑出版社, 2002.

黃洪憲, 『秀水縣志』, 明萬曆年間刻本, 金蓉鏡重排印本, 1925.

永瑢 等 撰, 『四庫全書總目』, 中華書國, 1965.

陶希聖 等, 『明代宗敎』, 臺北：臺灣學生書局, 1968.

張廷玉 等 撰, 『明史』, 北京：中華書局, 1974.

魏 收 撰 『魏書』, 北京：中華書局, 1974.

紀 昀, 『閱微草堂筆記』, 上海：上海古籍出版社, 1980.

錢謙益, 『列朝詩集小傳』, 上海：上海古籍出版社, 1983.

朱彝尊, 『靜志居詩話』, 北京：人民文學出版社, 1990.

著書類

邱樹森 主編, 『中國歷代職官辭典』, 南昌：江西敎育出版社, 1991.

萬 依 主編, 『故宮辭典』, 上海：文匯出版社, 1996.

張撝之·沈起煒·劉德重 主編, 『中國歷代人名大辭典』, 上海：上海古籍出版社, 1999.

張國星, 『魯迅·胡適等解讀「金瓶梅」』, 遼寧：遼海出版社, 2002.

劉葉秋, 『歷代筆記槪述』, 北京：北京出版社, 2003.

陳寶良, 『明代社會生活史』, 北京：會科學出版社, 2004.

龔延明, 『中國歷代職官別名大辭典』, 上海：上海辭書出版社, 2006.

李東陽 等, 『大明會典』 共五冊, 揚州：廣陵書社, 2007.

趙中南 等, 『明代宮廷典製史』, 北京：紫禁城出版社, 2010.

朱國禎, 『湧幢小品』, 上海：上海古籍出版社, 2012.

楊繼光, 『「萬曆野獲編」詞彙研究』, 廈門：廈門大學出版社, 2014.

論文類

趙冬玫, 『沈德符戲曲思想研究』, 首都師範大學 碩士學位論文, 2006.

賀 軍, 『沈德符與「萬曆野獲編」』, 內蒙古師範大學 碩士學位論文, 2008.

李 媛, 『明代國家祭祀體系研究』, 東北師範大學 博士學位論文, 2009.

季群英, 『「萬曆野獲編」文學史料類纂考辨』, 華中師範大學 中国古代文学碩士學位論文, 2010.

馮海瑛, 『「萬曆野獲編」分詞理論與實踐』, 廣西師範學院 碩士學位論文, 2010.

李 君, 『明代文官制度與明代文學』, 南開大學 中國古代文學博士學位論文, 2013.

張秀芳, 「沈德符與「萬曆野獲編」」, 『文史知識』 第5期, 1992.

陳 楠, 「明代大慈法王釋迦也失在北京活動考述」, 『中央民族大學學報』 第4期, 2004.

敬曉慶, 「沈德符『西廂記』評論得失檢討」, 『西北師大學報』(社會科學版) 第4期, 2009.

李淑萍, 「『萬曆野獲編』－描摹明代政治風雲的歷史畫卷」, 『河南社會科學』 第4期, 2009.

李日強, 「風尚·政策·社會變遷－『萬曆野獲編』史料一則解讀」, 『書屋』 第10期, 2010.

楊繼光, 「『萬曆野獲編』點校獻疑」, 『江漢大學學報』 第30卷 第2期, 2011.

範知歐, 「沈德符家族藏書事跡始末鉤沉」, 『文獻季刊』 第4期, 2011.

楊繼光, 「『萬曆野獲編』點校獻疑」, 『江漢大學學報』 第30卷 第2期, 2011.

王福梅, 「明皇室與北京洪恩靈濟宮」, 『中國道教』 第2期, 2012.

胡夢飛, 「明代『萬曆野獲編』的寫作特點及其史料價值」, 『徐州工程學院學報』 第6期, 2012.

胡正艷, 「繁華背後的落寞－從『萬曆野獲編』管窺明代後期的文學思潮」, 『海南廣播電視大學學報』 第2期, 2012.

韓 慧, 「晚明曲論家沈德符的成就及影響」, 『蘭臺世界』 第6期, 2014.

林家豪, 「沈德符史學思想探析－基于『萬曆野獲編』的史料記載」, 『嘉興學院學報』 第6期, 2015.

宋貞和, 李承信, 蔡守民, 「『萬曆野獲編』飜譯 및 註釋(1)」, 『中國語文論叢』 第77輯,

2016.

李承信, 蔡守民 宋貞和, 「『萬曆野獲編·士人』 飜譯 및 註釋」, 『中國語文論叢』 第79輯, 2017.

蔡守民, 宋貞和, 李承信, 「『萬曆野獲編』 飜譯 및 註釋(2)」, 『中國學論叢』 第55輯, 2017.

宋貞和, 李承信, 蔡守民, 「『萬曆野獲編』 飜譯 및 註釋(3)」, 『中國學論叢』 第57輯, 2017.

李承信, 蔡守民 宋貞和, 「『萬曆野獲編·婦女』 飜譯 및 註釋(1)」, 『中國語文論譯叢刊』 第42輯, 2018.

_____, 蔡守民 宋貞和, 「『萬曆野獲編·山人』 飜譯 및 註釋」, 『中國語文論叢』 第85輯, 2018.

_____, 蔡守民, 「『萬曆野獲編·婦女』 飜譯 및 註釋(2)」, 『中國語文論叢』 第89輯, 2018.

_____, 「沈德符『萬曆野獲編』의 구성 및 서술 체계 연구-『歸田錄』과의 연계성을 고려하여」, 『中國語文論叢』 第91輯, 2019.

_____, 蔡守民, 「『萬曆野獲編·婦女』 飜譯 및 註釋(3)」, 『中國語文論叢』 第94輯, 2019.

_____, 蔡守民, 「『萬曆野獲編·徵夢』 飜譯 및 註釋」, 『中國語文論叢』 第101輯, 2020.

_____, 蔡守民, 「『萬曆野獲編·果報』 飜譯 및 註釋(1)」, 『中國語文論叢』 第106輯, 2021.

_____, 蔡守民, 「『萬曆野獲編·果報』 飜譯 및 註釋(2)」, 『中國散文研究集刊』 第12輯, 2022.

찾아보기

가남풍(賈南風) 2_92, 95
가람(伽藍) 3_374
가로하(賈魯河) 4_499, 500, 503
가사도(賈似道) 3_305, 306
가상장공주(嘉祥長公主) 2_341, 343
가속(賈餗) 3_75, 77
가정(嘉靖) 1_4, 34, 36, 45, 47~57, 62, 68~70, 72, 73, 75, 77, 84, 91, 92, 104, 105, 114, 116, 119, 122, 126, 130~132, 134~136, 150~152, 167~169, 173~175, 181, 200, 227, 230~233, 236, 240, 248, 255~260, 266~270, 274, 277, 292, 293, 295, 298, 300, 302~304, 306~308, 314~316, 318~320, 322~325, 327~331, 333~336, 338, 344, 351, 354, 355, 357, 359, 367, 368, 370~374, 376~390, 392~401, 403, 405, 406, 411, 412, 421~425, 429, 432, 434, 436, 440, 442, 457, 461, 476, 481, 482, 2_4, 30, 32, 33, 35, 37~39, 48~51, 62, 64, 66, 67, 75, 83, 116~121, 123, 125, 126, 128~138, 145, 147, 148, 179, 181, 184~187, 190, 191, 196~199, 201, 208, 210, 211, 225, 226, 228, 229, 233, 241~245, 248, 253~257, 259~266, 268, 272, 274, 276~282, 284~287, 290, 291, 295, 301, 303, 304, 306~308, 316, 323, 324, 329, 330, 335, 337, 342, 344, 346, 348~352, 354, 356, 357, 362, 363, 368, 370, 386, 389~394, 396, 399~401, 403, 406, 409, 412, 418, 420, 422~424, 428, 433, 434, 438, 439, 441, 442, 444, 446, 448, 455, 456, 458, 462, 463, 3_4, 27, 28, 38, 43, 45, 56, 57, 59, 72, 74, 76~78, 81, 85, 91, 93~95, 97~99, 101, 117, 120, 122, 123, 163~174, 192, 193, 195~201, 203, 208, 210, 216, 217, 219, 220, 228, 229, 232~234, 237, 239, 241, 244, 246, 248, 250, 252, 254, 256, 258~268, 270, 274~276, 283~286, 289, 292, 295~297, 300, 302~306, 318, 319, 323, 324, 326, 327, 330, 334, 335, 345, 346, 351, 362, 363, 367, 374, 379, 4_4, 34, 37, 44, 50, 51, 54, 65, 70, 71, 86, 87, 91, 93, 100, 105, 106, 111, 113, 119, 120, 126, 128, 129, 134, 138~140, 172, 189, 191~193, 195, 196, 198, 204, 206~210, 213~219, 221, 222, 232, 233, 240, 242, 261, 262, 264, 265, 275~277, 285~292, 295, 302, 303, 319~322, 334, 339, 341, 356~359, 361, 379, 380, 382, 387, 388, 391~394, 397, 400, 401, 403, 405, 406, 414, 416~418, 430, 431, 437~442, 450, 451, 453, 455, 456, 458, 459, 461, 482, 484~487, 491~493, 507, 513, 515, 517
가흥(嘉興) 1_31, 32, 124, 125, 2_338, 3_161, 162, 176, 310, 4_292, 303, 330, 352, 420
각거(角距) 1_429, 3_31, 276, 314, 4_128
각사(閣師) 4_365
각시(閣試) 1_176, 178, 3_254, 4_231, 232
간의대부(諫議大夫) 1_64, 67, 142, 445, 448, 4_251, 253
갈개(褐蓋) 2_438, 439
갈단숙(葛端肅) 1_172, 174, 3_353, 354
갈필(葛㻶) 1_138, 148
감국(監國) 1_214, 216, 393, 2_181, 215, 218, 307, 308, 3_156, 157, 159, 176
감국(監局) 1_334, 465, 3_79, 80, 83, 84, 88, 89, 108, 109, 4_143, 146
감로지변(甘露之變) 3_77, 78
갑방(甲榜) 3_87, 243, 4_138, 256
강구(康衢) 4_513
강도공주(江都公主) 2_341, 343
강동지(江東之) 2_292, 294

강보(江保) 1_187, 190, 2_213, 215, 217, 218

강악(講喔) 1_451

강어사비양(康御史不揚) 4_74, 245

강여벽(江汝璧) 1_397~399, 4_219

강연(江淵) 3_165, 167, 183, 185, 4_166, 169

강연(講筵) 1_195, 446, 448, 451, 454, 457, 4_110, 139, 227, 230

강왕우심(康王祐衿) 2_271

강우(江右) 3_308, 310, 312, 314, 318, 341, 4_353, 355~357

강응린(姜應麟) 2_161, 162

강자고(姜子羔) 1_439, 440

강장(講章) 1_409, 451, 454

강제(康濟) 2_335

강희(康熙) 1_6, 30, 31, 33, 37, 159, 325, 326, 425, 2_6, 3_6, 4_6

개국(開局) 1_80, 85, 119, 331, 333, 432

개부(開府) 2_339, 340, 4_292, 352, 475

객용(客用) 3_310, 4_28~30

객좌신문(客座新聞) 1_26, 28

거겸(居謙) 3_219, 221, 4_39, 40

거공(擧貢) 4_212

거록후정원(鉅鹿侯井源) 2_337

거벽(巨擘) 1_192

거용관(居庸關) 1_213~215, 255

거인(擧人) 1_5, 24, 31, 36, 81, 89, 92, 174, 188, 191, 248, 338, 434, 454, 2_5, 252, 450~452, 3_5, 119, 175, 177, 181, 182, 188, 219, 221, 242, 248, 346, 374, 4_5, 34, 84, 103, 105, 106, 134, 136, 140, 155, 156, 211, 212, 254, 430, 486

거혈(去血) 1_461

건륭(建峰) 1_58, 467

건문(建文) 1_46, 51, 59, 73, 78, 80, 81, 83, 85~90, 93, 95~103, 106~109, 111~113, 115, 117, 118, 120~122, 139, 149, 158, 174, 182, 190, 194, 350, 418, 419, 431, 432, 2_24, 28, 47~49, 169, 202~205, 219~222, 225, 226, 228, 229, 237, 252, 321, 330, 332~334, 336, 341, 343, 362, 364, 463, 3_23, 46, 47, 163, 172, 191, 4_153, 154, 266, 269

건문군(建文君) 1_58, 84, 85, 109, 112~114, 117, 121, 122

건방(乾方) 1_470

건방(建坊) 4_46

건서인(建庶人) 1_106, 2_53, 56, 251, 3_190, 191

건성(建成) 1_119, 446, 448, 449

건원(乾元) 1_352, 416, 2_144, 146, 147

건원용구(乾元用九) 1_413, 416

건의(褰義, 건(褰)) 1_58, 59, 66, 90, 91, 148, 166, 4_166, 169

건저(建儲) 1_298, 2_159, 194, 198, 3_377

건창후장연령(建昌侯張延齡) 2_118, 358, 3_70, 241

건청궁(乾靑宮) 1_47, 424, 425, 2_158, 3_145, 285, 286

건하(褰夏) 1_59, 166

걸(桀) 1_44, 449

걸교(乞巧) 1_478

걸승(乞陞) 1_235, 239, 2_287, 3_67, 68

검(黔) 2_231, 235, 4_209, 210

검주(劍州) 1_130, 132

계계(揭稽) 3_187~189

견수(遣戌) 1_288, 2_182, 194, 291, 295, 3_198, 217, 233, 4_65, 78, 377, 398, 412

견신(見新) 1_360

견총(見寵) 2_265, 268, 271

경간왕(涇簡王) 2_224, 229

경경(㑋卿) 3_196, 197, 4_82, 85, 300, 301, 309, 311, 447, 449

경공왕(景恭王) 2_190, 191, 223, 228, 274, 3_376, 377, 4_177, 179

경당(京堂) 4_206, 207, 286, 336~338, 409

경도(慶都) 2_337, 338, 345, 347

경력(經歷) 1_303, 308, 319, 368, 2_450~452, 3_128, 4_96, 97, 310

경력사(經歷司) 3_307, 310

경미(敬美) 3_295

경부풍림왕태한(慶府豐林王台瀚) 2_261

경비(敬妃) 2_35, 37~39, 72, 74, 75

경비문씨(敬妃文氏) 2_39

경사(卿寺) 3_220, 4_118, 119, 140, 149

경사도초동(耿司徒楚侗) 3_345

경산후최원(京山侯崔元) 2_266, 336, 337

경수조(耿遂朝) 4_485, 486

경술로입(庚戌虜入) 4_486

경신전(景神殿) 1_327, 328, 2_356, 357

경왕(景王) 2_190, 191, 228, 274, 275, 4_177, 179

경원(慶遠) 1_190

경이(卿貳) 3_160, 4_140, 215~218, 330, 365

경저(京儲) 4_483

경제(景帝) 1_149, 164, 174, 184, 186, 187, 191~193, 195, 209, 211, 213, 215, 217, 431, 2_76, 78, 129, 130, 139, 144, 146, 150, 204, 224, 230~232, 342, 345, 444, 445, 3_39, 40, 46, 183, 190, 319, 4_109, 266

경좌(卿佐) 3_256, 257, 4_129

경주방어사(涇州防禦使) 1_263, 265

경태(景泰) 1_71, 91, 120, 125, 131, 149, 150, 166, 191, 194, 195, 202, 203, 209, 212~214, 219, 238, 239, 419, 443, 2_36, 78, 79, 88, 136, 137, 139, 141, 206, 224, 227, 229~231, 233~235, 246, 247, 249, 250, 331, 335, 411, 416, 417, 453, 3_37~40, 46, 47, 61, 68, 137, 139, 168, 175, 176, 178, 182~185, 187, 188, 214, 293, 371, 4_116, 138, 163, 164, 167, 169~172, 187~189, 262, 263, 278, 279, 295, 296, 462, 463, 488, 489, 495, 496, 502, 505

경필(警蹕) 4_227

경함(傾陷) 3_275, 4_34

경해(警efficiency) 2_211, 212

경황후(景皇后, 왕후(汪后), 성왕비(郕王妃), 폐후왕씨(廢后汪氏)) 2_77~79, 130

계단(契丹) 1_198, 2_272

계명산(雞鳴山) 1_52, 54, 4_510

계부(計部) 3_128

계악(桂萼, 계안인(桂安仁), 계문양(桂文襄), 계견산(桂見山)) 1_131, 136, 164, 167, 169, 248, 272, 274, 291, 293, 296, 298, 300~302, 306, 315, 316, 319, 336, 340, 345, 346, 397, 398, 2_110, 111, 125, 241, 243, 259, 276, 349, 3_208, 230, 231, 239, 240, 249, 4_200

계애왕(薊哀王) 2_253, 254, 357

계옥(啓沃) 1_409, 451

계찰(季札) 2_270, 272

계탁(季鐸) 1_208, 211

계효(繼曉) 1_234, 237, 238, 3_12, 71~74

고경(孤卿) 1_403, 405

고경(高潁) 2_384, 387, 388

고경(孤卿) 3_168

고경양(顧涇陽) 4_104, 107, 339

고경양헌신(顧涇陽憲臣) 4_341

고곡(高穀) 1_195

고곤륜계우(高昆崙啓愚) 3_378, 379, 4_62, 259

고공(高功) 2_288, 290

고공원외랑(考功員外郎) 2_246, 249, 4_111, 158, 159

고관(考館) 3_197, 198, 4_214, 237

고광선(邰光先) 2_288, 290

고권(誥券) 1_264, 2_429

고력사(高力士) 1_457, 3_136, 138~141

고만(考滿) 2_396, 4_110, 124, 176, 179, 186, 194, 250, 281, 290, 299, 307, 311, 338, 451

고명(誥命) 1_237, 260, 269, 316, 320, 2_145, 387,

3_204, 289

고명(顧命) 3_272, 277

고문강(顧文康, 고곤산(顧崑山), 고문강미재정
신(顧文康未齋鼎臣)) 2_114, 115, 3_373, 374

고보살(高菩薩) 3_49, 50

고부고록(瓿不瓠錄) 4_59

고손지(高孫志) 1_83, 85, 86

고신(告身) 2_434, 3_289, 379, 4_65

고신정(高新鄭, 고공(高拱), 신정(新鄭), 고중
현(高中玄), 신정고소사(新鄭高少師)) 1_
408, 2_150, 151, 180, 306, 3_26, 259, 260, 263,
294, 329, 340, 342, 348, 350, 353, 355, 368,
4_99, 126, 136, 206, 295, 296, 298, 304, 335,
384, 386, 396, 397

고안(固安) 2_343, 345, 347, 457~459, 462, 463

고안군주(固安郡主) 2_341, 342

고안백진경행(固安伯陳景行) 2_463

고알(告訐) 2_195, 3_351

고오(考誤) 2_97, 100, 374

고요사(高饒事) 4_84

고유(故諭) 1_216

고의(高儀) 1_348, 351, 4_289, 290

고정(考訂) 1_333, 476

고제(高齊) 1_285, 286, 2_144, 146, 1470

고채(高宋) 3_48, 50

고칙(誥敕) 1_352, 3_289, 4_138~140, 142, 264,
265

고침(藁砧) 2_387

고황제(高皇帝, 태조고황제(太祖高皇帝), 태조
(太祖)) 1_42, 63, 65, 81, 328, 2_26, 27, 30,
31, 34, 35, 42, 58, 59, 99, 102, 180, 199, 200,
2_219, 220, 338, 365, 368, 373~375, 3_147,
148, 234, 236, 4_25

곡(斛) 3_305, 306

곡단(曲端) 1_263, 265

곡대용(谷大用) 1_476, 3_24, 27, 56, 57

곡도(穀道) 3_140

곡부(谷府) 2_374

곡비(曲庇) 1_384

곡제(曲制) 2_136, 3_85, 86

곤계(昆季) 4_70

공평서(孔玄緖) 1_164, 166, 167, 3_323

공랑(功郞) 1_342, 344, 4_124, 290, 298, 299, 383,
403, 417, 431

공사(功司) 3_78, 4_289, 290, 299

공사(貢士) 4_181, 182

공양후(恭讓后) 2_137

공용고(供用庫) 3_28, 122, 123

공천윤(孔天允) 2_323, 324, 3_193, 197

공함(空銜) 2_439

공황(龔黃) 4_311

과당(過堂) 1_172, 4_315

과도(科道) 1_235, 239, 305, 428, 429, 2_296, 298,
348, 350, 3_67, 105, 109, 111, 112, 115, 128,
232, 254, 261, 359, 4_51, 159, 182, 203, 210,
233, 281, 331, 333, 336, 345, 365, 371, 379,
382, 385, 397, 403, 404, 417, 418, 423

과의(科儀) 1_360

과제(科第) 3_172, 173, 4_105

곽광(霍光) 1_281, 282, 4_39, 41

곽도(霍韜, 곽위애(霍渭厓), 남해(南海), 곽남
해(霍南海), 곽위애도(霍渭厓韜), 곽문민
(霍文敏)) 1_307, 311, 312, 314~316, 319, 331~
333, 335, 2_129~131, 186, 187, 189, 439, 3_
208, 210, 230~232, 240, 274, 4_217

곽사마청라자장(郭司馬青螺子章) 4_445, 446

곽선(霍瑄) 3_137, 139, 140

곽안양(郭安暘) 3_286

곽용(郭鏞) 2_97, 100

곽자흥(郭子興) 1_42, 233, 374, 2_392, 393, 420

곽정역(郭正域, 곽강하(郭工夏), 곽명룡(郭明龍))
2_107, 187, 188, 311, 313, 317~319, 3_208,

210, 237, 238, 4_425~427

곽종(郭宗) 4_144, 146, 427

곽진(郭鎭) 2_329~331, 362, 363

곽청(廓淸) 2_452

곽태후(郭太后) 2_117, 119

곽훈(郭勛) 1_164, 167, 168, 370, 371, 476, 3_260,
276, 284, 286, 333, 4_218

곽희안(郭希顔) 1_398, 399, 4_196, 198, 401, 403

관각(館閣) 2_169

관덕전(觀德殿) 1_300, 303, 340, 343

관리(冠履) 2_152

관문(觀文) 3_179~181

관방(關防) 1_418, 3_28, 30, 31

관백(關白) 4_279, 348, 349

관병(觀兵) 1_476

관선(館選) 4_90, 204, 205, 210, 232

관설(關說) 3_352

관우묘(關羽廟) 1_210

관장(官莊) 1_235, 240

관정(觀政) 4_142, 333

관중교경숙세녕(關中喬景叔世寧) 4_172

괄창(括蒼) 2_366, 369, 370

광덕공주(廣德公主) 2_332, 335

광동(礦洞) 1_463

광록경(光祿卿) 1_74, 76, 165, 169, 285, 287, 449,
2_29, 40, 43, 56, 3_186, 188, 323, 4_71, 285,
302, 303, 493

광록시(光祿寺) 1_76, 104, 105, 165, 166, 229,
244, 245, 248, 283, 284, 287, 300, 304, 316,
320, 401, 2_26, 29, 148, 149, 162, 194, 440,
441, 3_121, 354, 4_91, 132, 248, 339, 341, 394,
417

광무(廣袤) 2_96

광세(礦稅) 1_434, 462, 465, 3_126, 133, 327, 328,
4_61, 64, 113

광종(光宗) 1_135, 138, 147, 148, 229, 2_37, 162,

165, 174, 4_44, 58, 64, 196, 198

광평후원용(廣平侯袁容) 2_336, 337

광하세전(廣廈細旃) 1_451

광한전(廣寒殿) 1_176, 196, 197

괘인총병관(掛印總兵官) 1_414, 417, 418

괴극(槐棘) 4_388

굉효전(宏孝殿) 1_45, 49

교단(郊壇) 1_52, 54

교래(膠萊) 4_479, 483, 489, 490, 511, 513, 515,
517

교렵(校獵) 3_84

교방사(敎坊司) 1_208, 210, 285, 287, 4_249, 250

교사(郊祀) 1_77, 100, 230, 250, 251, 282, 371,
372, 480

교수(敎授) 1_83, 86, 87, 189, 243, 2_194, 4_102,
181, 182, 208, 210

교왕과정(矯枉過正) 2_302

교유(敎諭) 1_89, 319, 3_161, 162, 4_307

교지(交趾) 1_186, 188, 189, 214, 216, 2_218

교행간(喬行簡) 4_43, 44

구경(九卿) 1_435, 436, 2_156, 159, 3_120, 159,
220, 354, 357, 359, 377, 4_53, 136, 188, 248,
252, 253, 289, 290, 322, 331, 365, 388, 412,
456, 457

구경산(邱瓊山) 3_212, 214

구고례(舅姑禮) 2_335

구동관여직(瞿都連同觀女稷) 4_446

구란(仇鸞, 구함녕(仇咸寧), 함녕후구란(咸寧
侯仇鸞)) 1_164, 167, 168, 414, 415, 419, 420,
2_390, 395, 397~399, 402, 404, 3_286, 287,
297, 299

구문장(邱文莊) 3_60, 61, 182, 4_374~376

구복(邱福) 1_414, 415, 418, 420

구사(九絲) 4_33, 35

구석(九錫) 4_60, 63

구신(具臣) 2_358

구양영숙(歐陽永叔, 구양(歐陽)) 3_117, 120, 4_
　45, 46
구양필진(歐陽必進) 1_379, 382, 402, 403, 405,
　2_395, 397, 4_492, 493
구엄(仇嚴) 3_299
구월(仇鉞) 1_168, 2_398, 399
구첩전(九疊篆) 1_413, 416
구취(邱聚) 3_24, 27
군작(郡爵) 1_331, 333, 2_299
궁곤(宮閫) 1_410, 2_22, 24
궁관(宮觀) 3_257, 291
궁권(宮眷) 2_118, 3_286
궁료(宮僚) 1_190, 2_83, 187~189, 249, 4_193,
　194, 244, 258, 262
궁방(宮坊) 4_207
궁보(宮保) 1_404, 406, 3_177, 259, 261, 4_114,
　116, 215, 216, 254, 256, 362, 363
궁서(宮庶) 3_196, 199, 4_191, 193, 266, 269
궁액(宮掖) 1_198, 367, 3_50, 277, 314
궁위(宮闈) 1_3, 2_3, 21, 166, 167, 3_3, 367, 4_3
궁유(宮諭) 2_187, 188, 3_291, 292, 313, 315
궁윤(宮允) 4_73, 74
궁첨(宮詹) 2_387, 4_84
궁함(宮銜) 3_177, 178, 182, 4_379, 451
권강(勸講) 1_451
권근(權謹) 3_156, 157, 161, 162
권련(眷戀) 2_207
권여(權輿) 1_232, 240, 260, 3_23, 4_156
권영균(權永均) 2_26, 29, 440
권제(眷弟) 2_461, 4_345
권진(勸進) 1_42, 293, 3_327, 379, 4_260
귀근(貴近) 2_215, 4_252
귀비곽씨(貴妃郭氏) 2_36
귀비손씨(貴妃孫氏) 2_31, 36
귀비왕씨(貴妃王氏) 2_36, 37, 198
귀비장씨(貴妃張氏) 2_36

귀애(貴嬡) 2_297, 298
귀유광(歸有光) 4_136, 139
귀의(皈依) 4_244
귀전록(歸田錄) 1_3, 8, 10, 20, 22, 2_3, 8, 10, 3_3,
　8, 10, 4_3, 8, 10
귀정(歸政) 3_357, 4_40
귀합(貴恰) 2_296~299
규거(糾擧) 3_115
규범(閨範) 2_24, 111~113, 166, 167
규지(揆地) 1_169, 200, 219, 2_169, 250, 355, 3_
　182, 196, 197, 226, 246, 363, 4_27, 59, 105,
　117, 125, 129, 139, 253, 260, 316
극법(極法) 1_212, 3_61, 4_363
극전(極典) 2_291, 315, 400, 401, 3_38, 73, 112,
　4_26
극평구사(尅平九絲) 4_34
근습(近習) 3_89
근신전(謹身殿) 1_348, 350, 351, 419, 3_166, 169,
　4_134
금강(金剛) 1_234, 236
금극후(金克厚) 2_348, 350
금근거(金根車) 1_251, 252
금련(禁臠) 2_336, 4_227
금렴(金濂) 4_462, 463
금록대초단(金籙大醮壇) 1_322, 325
금릉(金陵, 백문(白門)) 1_52, 54, 70, 107, 121,
　206, 2_434, 3_250, 291, 292, 350, 352, 4_28, 30
금릉고상서린(金陵顧尙書璘) 3_250
금명시(金明時) 4_393, 395
금밀(禁密) 3_246, 4_154
금복(禁服) 1_286
금부(金符) 1_311, 313, 2_204, 206, 283, 286, 337
금성(禁城) 1_470
금성(金城) 2_337, 339, 340
금시조(金翅鳥) 4_123, 125
금액(禁掖) 1_465, 3_366, 4_26

금어(禁籞)　1_359, 360

금오(金吾)　1_219, 403, 405, 2_408, 409, 412, 3_
44, 200, 201, 206, 207, 335, 338, 4_302, 303

금유자(金幼孜)　1_83, 89, 138, 149, 164, 166, 188,
4_228, 230, 261, 262

금은두엽(金銀豆葉)　1_194

금의관(錦衣官)　1_331, 334, 2_396, 3_140, 4_401,
403

금장종(金章宗, 완안씨(完顔氏))　1_132, 133,
198

금중(禁中)　1_65, 233, 252, 425, 472, 478, 2_155,
163, 387, 3_60, 139, 4_253

금충(金忠)　3_21~23, 4_362, 363

금치위(金齒衛)　3_165, 167, 186, 188, 378, 379

금해릉양왕(金海陵煬王)　1_177

급사중(給事中)　1_72, 143, 234, 238, 240, 245,
282, 319, 320, 344, 359, 382, 389, 2_159, 229,
290, 3_22, 69, 74, 115, 178, 188, 223, 233, 261,
268, 341, 357, 4_116, 132, 139, 159, 172, 198,
210, 223, 232, 253, 281, 283, 299, 327, 333,
340, 372, 382, 388, 397, 404, 426, 430, 431

기류(氣類)　3_87

기문미행(期門微行)　1_257

기보(起補)　2_320

기복(起復)　3_223

기부(夔府)　1_19, 21, 22

기비(紀妃)　1_219, 2_75, 88

기산(岐山)　1_421, 423

기산야기(枝山野記)　3_37, 38

기선(紀善)　2_310, 312, 4_158, 159, 208, 210

기숙(耆夙)　3_214, 4_327

기신(忌辰)　1_207

기영(祁鍈)　2_265, 267, 271

기왕(沂王)　1_123, 125, 217, 218, 2_224, 229

기적(奇籍)　2_336

기전(畿甸)　1_240, 4_455

기전(紀傳)　1_10, 72, 2_10, 235, 388~390, 3_
10, 4_10, 46

기주(記注)　3_366, 4_230

기폐(起廢)　1_384, 3_261, 4_385

기혜왕(岐惠王)　2_223, 227, 228

길간왕(吉簡王)　2_222, 225

길흉례(吉凶禮)　1_425

김영보(金英輔)　3_33

김흑(金黑)　1_11, 162, 163, 2_11, 3_11, 4_11

ㄴ ─────────────────────

나공원(羅公遠)　1_112, 121

나규봉(羅圭峯)　3_209, 211

나문장흠순(羅文莊欽順)　4_222

나방지공(羅芳之功)　2_424

나윤(羅倫, 나문의(羅文毅), 나이정(羅彝正))
3_184, 185, 191, 209, 210, 4_45, 46, 197, 199

나종백만화(羅宗伯萬化, 나강주(羅康州), 나강
주만화(羅康洲萬化))　4_222

나통(羅通)　1_213~216

나회(羅恢)　1_83, 87

낙수(洛水)　1_421, 422

낙우인(雒于仁)　1_447, 452

난파(欒巴)　1_83, 87

남경례부좌시랑(南京禮部左侍郎)　3_175, 177,
178

남궁대전(南宮大典)　4_237

남내탈문(南內奪門)　1_209

남대(南臺)　3_294, 296, 316, 318, 4_277

남도행(藍道行)　3_298, 300

남부(南部)　3_169, 4_77

남사구(南司寇)　4_30

남충(藍忠)　2_27, 29

남태상사(南太常寺)　1_103, 104

남해자(南海子)　3_111, 112

남화백방영(南和伯方瑛)　2_234

납간(納諫) 1_450

납면(臘麪) 1_77

납회(納誨) 1_454

내각대학사(內閣大學士) 1_168, 272, 414, 419, 458, 3_51, 52, 300, 4_44, 84, 124, 364, 365, 370, 372, 434

내관감(內官監) 1_352, 2_348, 350, 3_28, 40, 176, 178, 4_171, 172

내교장(內敎場) 1_474, 476

내대(內臺) 3_55

내령대(內靈臺) 3_54, 55

내부(內府) 1_182, 185, 232, 242, 307, 2_23, 24, 376~378, 3_28, 122, 123, 139, 157, 286, 309, 4_51, 143, 146

내서당(內書堂) 3_55, 4_59

내선(內膳) 1_394

내수(內豎) 1_215, 3_41, 86

내안악당(內安樂堂) 2_31, 33

내외명부(內外命婦) 2_144, 145

내원(內苑) 2_68, 70, 4_143, 145

내재(內宰) 2_144, 145

내전(內殿) 1_322, 324, 354, 355, 481

내침(內寢) 1_420

내탕(內帑) 1_165, 169, 439, 4_226, 227

내포(內庖) 1_244, 245

내행창(內行廠) 2_182, 336, 3_24, 27, 30, 31

내형(奈亨) 1_74, 76, 4_181, 182

내훈(內訓) 2_23, 24, 110, 112

노감(勞堪, 노도정감중승(勞道亭堪中丞)) 2_289, 291, 293, 294

노구교(盧溝橋) 2_204, 206, 4_491

노룡(老龍) 1_64, 67

노부(鹵簿) 1_251

노왕(潞王) 1_250, 252, 2_224, 228, 245, 248, 4_178

노왕부(潞王府) 2_224, 228

노왕조휘(魯王肇煇) 2_209, 210

노우(盧瑀) 4_280, 281

녹사(錄事) 1_306, 316, 320, 4_309, 311, 457, 458

녹정(祿禎) 2_356, 357

농서공주(隴西公主) 2_329, 330

농장(弄獐) 3_282

뇌례(雷禮, 뇌풍성(雷豐城), 뇌사공례(雷司空禮)) 1_366~369, 402, 403, 405, 2_118, 4_486, 487

뇌전(雷電) 3_379

누각박사(漏刻博士) 1_208, 210

누강공(婁江公) 4_88~90, 96, 97

누판(鏤版) 1_451

능병(勒兵) 2_301, 3_34

늠생(廩生) 4_295, 296

능운익(凌雲翼) 2_419, 423, 424

능원초(凌元超) 2_419, 424

능이(陵夷) 1_420

능인(能仁) 1_47, 234, 236

능침(陵寢) 1_107, 321, 478, 2_55, 57, 76, 77, 102, 126, 127, 134, 136, 251, 252

ㄷ

단도(丹徒) 1_167, 272, 285, 287, 2_152, 445, 3_171, 173, 192, 196, 216, 217, 225, 226, 253, 254, 263, 264, 4_211, 212, 415

단봉(丹鳳) 1_421, 423, 3_138

단불(段拂) 3_290, 291

단서(丹書) 1_312, 314, 3_33

단양(丹陽) 1_229, 271, 272, 3_342, 344

단영군(團營軍) 2_332, 335

단폐(丹陛) 1_251, 394, 4_230

단홍첩(單紅帖) 4_59

달정비(達定妃) 2_26~28

달효(達孝) 1_141, 2_56, 74, 127

담악남희사(譚岳南希思) 3_362, 363

담약수(湛若水, 담문간(湛文簡)) 1_379~382,
　384, 386, 2_423
담양(曇陽) 4_37, 39, 41
담왕(潭王, 담왕재(潭王梓)) 2_26, 27, 222, 225
담제(禪制) 4_81, 83
담창(覃昌) 1_350, 353, 3_53~55, 64, 68, 4_144,
　146
답저거(踏猪車) 1_251, 253
당고(唐皋) 3_192, 196
당고종(唐高宗) 2_338, 339
당대(堂對) 4_44
당덕종(唐德宗) 2_331
당문황(唐文皇, 태종(太宗), 소진왕(小秦王))
　1_160
당상(糖霜) 3_306
당선종(唐宣宗) 2_119, 183
당순종(唐順宗) 1_79, 4_198
당안공주(唐安公主) 2_329, 331
당여즙(唐汝楫) 3_194, 197, 4_387, 388
당완초효순(唐完初效純) 4_91
당육전(唐六典) 1_230~232
당일암(唐一庵, 당추(唐樞)) 1_381, 386
당조연대기(唐朝年代紀) 3_138, 141
당종(唐宗) 1_184, 2_75
당주(唐冑) 1_137, 139, 152, 341, 343, 2_138, 141
당현종(唐玄宗) 1_94
당형천(唐荊川) 3_293, 295, 4_441, 442
당호(當互) 2_230, 232
당황(堂皇) 1_222
대각(臺閣) 4_258
대간(臺諫) 2_118, 4_252
대경법왕(大慶法王) 1_259, 260, 268, 269
대계(大計) 1_377, 481, 482, 2_182, 294, 320, 3_
　126, 128, 367, 4_64, 65, 319~321, 338, 366,
　368, 369, 374, 375, 377, 382, 385, 387, 388,
　391, 392, 394~397, 399, 401, 403, 405, 406,
　413, 414, 416~418, 421~423, 428, 430, 432,
　433
대고(大誥) 2_372, 4_155, 157
대교(大橋) 4_365
대규(大圭) 1_348, 352
대당(大璫) 1_197, 246, 353, 478, 2_165, 312, 3_
　61, 85, 105, 106, 109, 120, 128, 148, 246, 300,
　304, 315, 345, 4_57, 80, 146, 458
대동부(大同府) 2_208, 210
대량(大梁) 2_220, 221
대례속주(大禮續奏) 1_302, 307
대례집의(大禮集議) 1_92, 302, 306, 307
대륜(戴綸) 1_186~192
대명공주(大名公主) 2_332~334
대명동문(大明東門) 1_291, 294
대배(大拜) 1_188, 3_178, 196~199, 237, 250, 4_
　64, 80, 113, 142, 201, 223, 237, 239, 253, 265,
　346
대벽(大辟) 3_238, 296, 4_218
대비(大比) 1_174
대사공(大司空) 1_435, 436, 3_154, 308, 310, 4_
　33, 34, 36, 37, 302, 303, 448, 449
대사구(大司寇) 3_100, 101
대사마(大司馬) 1_127, 191, 2_394, 396, 426, 428,
　3_154, 236, 238, 240, 241, 323, 324, 4_41, 104,
　106, 268, 270, 275, 277, 302, 303, 326, 327,
　435, 450, 451
대상(大祥) 2_136, 4_83
대성(臺省) 1_472, 2_159, 3_117, 120, 246, 261,
　289, 4_203, 210, 234, 281, 340, 342, 365, 395
대쇄(臺瑣) 3_29, 4_331, 340
대식(對食) 3_49, 50
대양(對揚) 1_440, 3_367, 4_332, 333
대옥(大獄) 1_405, 2_113, 286, 295, 3_231, 233,
　241, 259~261, 306, 4_133, 320
대왕(代王) 2_146, 208, 210, 230, 420, 4_46

대원(臺垣) 3_261, 271, 276

대자은사(大慈恩寺) 1_53, 56, 57, 75, 77, 4_143, 146

대장공주(大長公主) 2_26~29, 145, 333, 338, 352, 354, 362~364

대장추(大長秋) 2_337, 338, 3_90

대점(大漸) 1_461, 2_60, 141, 3_51, 52

대조회(大朝會) 1_46, 50, 250, 251, 325, 348, 350

대종백(大宗伯) 1_171, 173, 174, 217, 219, 270, 299, 343, 348, 351, 3_93, 94, 193, 197, 4_77, 103, 105, 114, 115, 192, 193, 416, 418

대진(戴縉) 3_24, 27, 4_370, 371

대통교(大通橋) 3_65, 69

대패(大霈) 1_344, 2_163, 414, 3_284, 4_388

대학연의(大學衍義) 1_447, 450, 3_60, 61, 4_374, 376

대행(大行) 1_232, 426, 427, 2_62, 63, 99, 102, 456, 3_348, 374, 4_145, 278, 396

대행황태후(大行皇太后) 1_231

대협(大祫) 1_354, 355

대혼(大婚) 2_68, 70, 81~83, 87, 90, 3_201, 355, 357, 4_28, 29, 226, 227

대흥륭사(大興隆寺) 1_208, 210

덕안공주(德安公主) 2_329, 330, 357

덕청공주(德淸公主) 2_348, 350

덕평(德平) 1_50, 174, 2_457~459

도간(都諫) 2_164, 165, 4_84, 245, 327, 337, 338, 410

도걸(涂杰) 2_192, 194

도공태자(悼恭太子) 2_35, 38, 84, 86, 87, 89, 90

도금(淘金) 1_485

도단후(徒單后) 1_132, 133

도독(都督) 1_91, 103~105, 128, 131, 181, 184, 195, 208, 211, 212, 215, 217, 219, 232, 239, 260, 275, 277, 279, 280, 368, 417~419, 442, 2_28, 68, 70, 80, 82, 215, 216, 234, 248, 341,

343, 382, 386, 391, 399, 402, 403, 406, 416, 421, 433, 441~443, 459, 461, 463, 3_28, 44, 72, 74, 77, 154, 215, 4_35, 184, 303, 308, 310, 439, 440

도록사(道錄司) 1_234, 237, 417

도뢰(圖賴) 1_378

도만(都蠻) 4_35

도부(桃符) 1_474, 476, 4_44

도사교승학(陶四喬承學) 4_382

도석궤(陶石簣) 4_243~245

도신(道臣) 2_291, 301

도양혜용(屠襄惠溥) 4_116

도어사(都御史) 1_88, 92, 114, 119, 135, 150, 152, 166, 168, 172, 175, 199, 201, 214~216, 240~242, 258, 277, 344, 377, 394, 395, 403, 405, 434, 436, 457, 461, 481, 2_68, 108, 112, 113, 129~131, 165, 179, 182, 234, 251, 252, 256, 257, 265, 282, 285, 287, 290, 293~295, 374, 383, 387, 400, 411, 413, 417, 423, 428, 430, 451, 453, 3_27, 38, 59~61, 68, 91, 101, 266~268, 275, 277, 295, 303, 317, 319, 321, 324, 330, 345, 354, 355, 360, 363, 4_34, 53, 54, 65, 69~72, 85, 106, 116, 120, 129, 131, 133, 179, 188, 248, 261, 262, 275~277, 285, 286, 289, 290, 336, 339~341, 345, 371, 372, 399, 400, 410, 413~418, 421~423, 429, 430, 433, 437~440, 446, 449~451, 484, 486, 491, 493, 513, 521

도어사숙방(屠御史叔方) 3_314

도윤의(陶允宜, 도란정윤의(陶蘭亭允宜)) 3_327, 4_464

도준(挑浚) 4_490, 504

도중문(陶仲文, 도전진(陶典眞)) 1_53, 57, 268, 270, 370~372, 2_276~278, 282, 283, 285, 353, 354, 3_97, 285, 298, 300

도지감(都知監) 3_137, 140

도지휘첨사(都指揮僉事) 1_131, 211, 213, 215, 419, 2_66, 67, 216, 342~344, 399, 3_44

도찰원(都察院) 1_119, 135, 170, 172, 175, 232, 242, 305, 306, 308, 332, 334, 394, 416, 436, 461, 472, 2_130, 131, 156, 159, 165, 290, 400, 430, 3_29, 38, 40, 41, 127~129, 239, 241, 259~261, 272, 275, 277, 303, 310, 354, 363, 4_54, 118, 119, 158, 159, 188, 208, 234, 257, 258, 286, 289, 290, 309, 311, 339~341, 343, 364, 365, 370, 372, 391, 392, 396, 397, 417, 421~423, 494, 495, 513, 521

도훈(屠勳) 2_106, 109

독고후(獨孤后) 2_387

독권관(讀卷官) 4_140, 182, 219, 262

독무(督撫) 1_418, 3_126, 134, 4_31, 32

독사관견(讀史管見) 4_45, 47

독첨(督僉) 1_91, 211, 212, 277, 419, 2_215, 216, 342, 343, 391, 399, 441, 442

독화(黷貨) 2_346, 3_303, 4_225

동경(冬卿) 1_402, 405

동고(同考) 2_247, 250, 4_159, 169, 256, 371

동고관(同考官) 3_162, 4_158, 182, 236, 237

동과(銅瓜) 2_304

동관(冬官) 1_405, 424, 425, 4_154

동궁(東宮) 1_54, 62, 89, 151, 188, 217, 219, 235, 236, 240, 406, 437, 438, 454, 460, 462, 2_34, 53, 56, 84, 85, 87, 89, 91, 93, 100, 103, 104, 106, 107, 156, 159, 161, 162, 169, 179, 182, 184, 185, 188, 190, 191, 196, 198, 248, 323, 3_22, 52~54, 73, 106, 177, 210, 340, 341, 4_110, 134, 136, 137, 139, 196, 198, 254, 256, 261, 262, 362, 363, 450, 451

동궁모비(東宮母妃) 2_37

동궁삼소(東宮三少) 4_109, 110, 451

동당(同堂) 1_298, 397, 399, 2_133

동륜(董倫) 1_80, 83, 85, 86

동문지역(東門之役) 2_195

동사백(董思白, 동사백기창(董思白其昌), 동현재(董玄宰), 동태사사백기창(董太史思白其昌)) 4_62, 64, 91

동산(同產) 2_28, 360, 460

동상서빈(董尚書份, 동종백빈(董宗伯份)) 1_422

동서전(東西銓) 4_128

동안문(東安門) 1_275, 277, 291, 293, 2_104, 107, 3_337, 338

동안왕현완(東安王顯梡) 2_308

동오흥(董吳興) 3_286, 287

동원왕견수공(東垣王見溙) 2_271

동월(董越) 2_245, 248, 4_178, 179

동조(冬曹) 1_405, 4_34

동조(東朝) 1_218, 2_88, 189, 191, 3_55

동중봉기(董中峰記) 3_232

동중서문하평장사(同中書門下平章事) 1_144, 147, 148, 2_142, 3_77, 86, 153~155, 4_84

동진(童眞) 4_37

동창(東廠) 1_457, 2_182, 336, 454, 455, 3_24~31, 98, 99, 102~110, 112

동천주(滝川州) 1_92, 123, 126

동평왕주능(東平王朱能) 1_139, 140

동혈(同穴) 1_442, 2_64, 74, 79, 123

동홍(冬烘) 2_346

동화문(東華門) 1_70, 277, 291, 293, 294, 2_148, 149

두건덕(竇建德) 1_180, 183, 184

두보(杜甫, 두릉(杜陵)) 1_19, 22, 181, 182, 184, 185

두우(斗牛) 1_199~201, 2_439

두의(竇儀) 2_168~170

두황상(杜黃裳) 4_81, 83, 84

둔박(屯剝) 2_33

등박부명과호남사(登樸父名過號南沙) 4_270

등상(滕祥) 1_350, 353, 367, 369

등상은(鄧常恩) 3_71, 73

등소(滕昭) 2_251, 252

등양사위(騰驤四衛) 3_91

등올(橙杌) 2_463, 3_286

등위(等威) 2_152, 4_107, 365

등유(鄧愈) 2_40, 41, 418, 420

등인(等因) 1_215, 382, 4_483

등절(燈節) 1_172

등현서(登賢書) 3_250, 251

ㄹ ─────────────

라마(剌麻) 1_163

렴(嫌) 4_69, 70

린복(麟服) 2_437, 438

ㅁ ─────────────

마곽암응도(馬廓菴應圖) 4_346

마균양(馬鈞揚) 3_65, 68, 212~214

마나야가나내(麻那惹加那乃) 1_158, 159

마두랑(馬頭娘) 2_145, 147

마록(馬錄) 3_259~261, 276

마룡타랑전장관사(馬龍他郎甸長官司) 1_83,
　　87, 88

마문승(馬文升) 1_150, 235, 239, 3_337, 4_429,
　　431

마문장자강(馬文莊自强) 4_113

마방(馬房) 1_283, 284

마일제(馬日磾) 4_187, 188

마존량(馬存亮) 3_75~77, 138, 141

마쾌선(馬快船) 3_269

마탁(馬鐸) 4_187, 188

마후라(摩睺羅) 1_478

막리지(莫离支) 3_80, 84

막우(莫愚) 1_223, 224

막정한운경(莫廷韓雲卿) 3_351

만구택(萬邱澤, 만구택세덕(萬邱澤世德)) 4_
　　348, 349, 475

만귀(萬貴) 1_219, 2_254, 379, 380

만귀비(萬貴妃, 소덕귀비(昭德貴妃), 만비(萬
　　妃)) 1_217, 219, 226, 238, 2_31, 33, 34, 51,
　　64, 67, 80~82, 84, 85, 87, 88, 91, 93, 94, 166,
　　167, 199, 200, 253, 254, 379, 380, 3_53, 54

만기(萬幾) 1_310, 321

만당(萬鐘) 4_119, 120

만랄가(滿剌加) 3_32, 34

만랄가국(滿剌加国) 1_153, 156, 157, 160

만력(萬曆) 1_3~5, 10, 20, 21, 23~28, 36, 37, 47,
　　49, 51, 80, 81, 85, 103, 105, 118~120, 126,
　　129, 132, 135, 149, 152, 166, 173~175, 197,
　　198, 227~229, 231, 233, 252, 267, 282, 293,
　　298, 299, 325, 351, 352, 358, 360, 364, 430,
　　434, 436, 442, 452, 457~459, 461~463, 465,
　　468, 470, 472, 481, 482, 484, 2_3~5, 10, 32,
　　37~39, 59, 60, 88, 107, 112, 113, 152, 158,
　　162, 163, 165, 167~169, 172, 188, 194, 195,
　　209, 211, 224, 228, 245, 248, 256~258, 267,
　　270, 271, 280, 281, 291, 294, 295, 301, 302,
　　307, 309, 311, 313, 315, 320, 348, 350, 357,
　　360~364, 386, 387, 391, 403, 404, 406, 411,
　　412, 414, 416, 421~424, 429~431, 439, 442,
　　449, 459, 461, 3_3~5, 10, 28, 29, 50, 81, 85, 86,
　　96~99, 101, 105, 115, 119~123, 133, 156, 157,
　　161, 162, 172, 194, 197~199, 201, 208, 224,
　　226, 237, 244, 246, 263, 265, 268, 269, 274,
　　275, 292, 310, 315, 321, 324, 327, 355, 357,
　　360, 363, 370, 371, 374, 4_3~5, 10, 26, 30, 32,
　　34, 35, 37, 40, 44, 63, 64, 67, 70, 72, 74, 84, 85,
　　90, 91, 93, 97, 100, 107, 113, 116, 123~125,
　　129, 130, 132, 149, 204, 205, 209, 210, 222,
　　223, 232, 237, 239, 244, 298, 299, 315, 317,
　　322, 327, 331, 336, 337, 340, 341, 345, 346,

349, 385, 393~395, 397, 398, 400, 406, 410,
415, 423, 426, 430, 433, 445, 446, 451, 465,
470, 471, 478, 493, 504, 513~515, 517, 521
만력야획편(萬曆野獲編) 1_3, 5~10, 19, 21, 24,
25, 27, 28~32, 71, 85, 87, 94, 122, 135, 139,
152, 166, 188, 197, 203, 204, 215, 216, 238,
249, 256, 276, 307, 308, 310, 325, 420, 429,
461, 2_3, 5~10, 42, 51, 94, 130, 148, 170, 206,
207, 216, 234, 258, 277, 286, 298, 312, 331,
343, 360, 380, 421, 422, 441, 452, 458, 459,
3_3, 5~10, 27, 35, 77, 217, 237, 276, 301, 328,
349, 4_3, 5~10, 54, 70, 86, 91, 102, 130, 139,
186, 239, 244, 314, 320, 327, 337, 349, 410,
492
만사(滿四) 1_465, 2_410, 413
만생첩(晚生帖) 4_59
만서(嫚書) 1_242
만수성절(萬壽聖節) 1_77, 465
만시장(萬侍長) 2_91, 94
만안(萬安, 만미주(萬眉州), 만문강(萬文康))
1_226, 2_93, 194, 3_53, 55, 63, 67, 209, 211,
363, 4_180, 182, 187, 188
만연어룡(漫衍魚龍) 1_271~273
만전도사(萬全都司) 4_356, 357
만행(萬行) 1_234, 236
만희(萬喜) 1_217, 219, 2_379, 380
말감(末減) 1_347, 2_301, 3_241, 348
말질(末疾) 3_217
말희(妹喜) 2_92, 95
망단(蟒緞) 3_200, 201
망옥(蟒玉) 2_167, 361, 3_84, 85
망의(蟒衣) 1_199~201, 479, 480, 2_166, 360, 437,
439, 3_79~81, 84
망자존대(妄自尊大) 2_212
매대유수준(梅大庾守峻) 4_406
매직(賣直) 1_80, 369, 2_339, 3_27, 4_64, 116, 376

매춘우수상(梅春宇守相) 4_514
맥복(麥福) 3_25, 28, 98, 99
맹재인(孟才人) 2_73, 75
맹현(孟賢) 2_213~216
면유(面諭) 2_152
면절정쟁(面折廷諍) 4_197
명강(冥鏹) 1_427
명경(明經) 1_435, 436, 3_162, 351, 4_255, 256,
324
명령자(螟蛉子) 3_304
명륜대전(明倫大典) 1_55, 303, 307, 312, 314,
336, 337, 339, 345, 346, 3_231, 232
명지(明旨) 1_210, 282, 2_172, 4_474, 475
명황(明皇) 2_92, 94
모공(冒功) 1_384, 2_393, 417, 423, 3_112, 335,
4_97
모동래(毛東萊, 모동래기(毛東萊紀)) 1_311~
313, 3_225, 226, 335
모문간징(毛文簡登) 1_374
모백온(毛伯溫) 4_275, 277
모의천하(母儀天下) 2_22, 137
모초지간(茅焦之諫) 1_346, 347
모토(茅土) 2_308, 400, 430, 446
모후(母后) 1_46, 50, 130, 292, 295, 317, 346, 347,
441, 442, 474, 2_24, 50, 51, 63, 76~80, 114,
126, 127, 129, 130, 135, 138, 141, 151, 4_28,
30
목문희(穆文熙) 4_321, 322
목종(穆宗) 1_45, 48~51, 61, 62, 72, 119, 123, 125,
131, 132, 137, 139, 141, 151, 152, 172, 174,
175, 202, 203, 248, 252, 266, 267, 323, 326,
329, 330, 342, 344, 349~355, 357, 359, 382,
393, 395, 428, 435~440, 442, 457, 461, 467,
468, 2_30, 33, 37, 62, 64, 65, 73, 75, 119, 126,
127, 180, 182, 190, 191, 224, 228, 264, 266,
268, 272, 274, 284, 287, 288, 290, 345, 347,

350, 360, 403, 404, 428, 457~459, 463, 3_51, 52, 77, 172, 174, 234, 237, 249, 250, 307, 309, 334, 336, 340~342, 344, 347, 349, 376, 4_54, 79, 80, 100, 113, 136, 140, 204, 205, 221, 222, 308, 384~388, 396~398, 456, 458

목천(木天) 4_205

목화려(木華黎) 1_58, 59

몽능(蒙能) 2_230~235

몽음(蒙陰) 4_81, 83

묘의(廟議) 1_136, 306, 398

묘진경(苗晉卿) 3_219, 220

묘화원군(妙化元君) 1_49, 268, 269, 2_126, 128

무강왕주현괴(武岡王朱顯槐) 2_307

무공(繆恭) 1_103, 105, 106

무당산(武當山) 1_202, 203, 235, 239

무대(撫臺) 3_342, 345, 4_345

무롱(舞弄) 1_389

무릉(茂陵) 1_47, 2_51, 62~64, 99, 102, 122, 124, 4_188

무변(武弁) 3_338, 4_183, 184, 435

무사(舞榭) 1_360

무삼사(武三思) 2_339, 385, 3_138, 141

무선사(武選司) 2_376, 377

무신(撫臣) 1_242, 2_234, 294, 301, 4_279, 455, 470, 475, 486, 492

무안번얼(撫按藩臬) 2_439

무일전(無逸殿) 1_322~324, 362, 363, 4_51, 52

무정후곽영(武定侯郭英) 1_141, 2_364

무정후곽훈(武定侯郭勳) 2_330, 363, 390, 3_94

무주(武周) 1_183, 2_92, 95, 96, 339

무청(武清) 1_131, 2_346, 347, 389, 390, 457~463, 3_43, 45, 110, 112

무청후위(武清侯偉) 2_460, 461

무회시(武會試) 2_396

묵칙(墨敕) 2_452, 4_116

문달(門達) 3_186, 188

문대수(文大帥) 2_394, 396

문도(問徒) 3_352

문사원(文思院) 4_144, 146

문상(聞喪) 3_224, 4_57

문성제(文成帝) 1_99, 101, 102, 3_140

문언박(文彥博) 4_103, 105

문연각(文淵閣) 1_54, 68~70, 89, 117, 132, 136, 150, 151, 167, 184, 227, 238, 247~249, 272, 292, 322, 326, 401, 414, 415, 419, 420, 459, 2_49, 247, 250, 3_30, 31, 52, 61, 164~168, 180, 182~184, 214, 237, 259, 261, 362, 363, 4_44, 66, 67, 90, 100, 113, 135, 139, 167, 169, 341, 372, 417

문왕(文王, 서백(西伯)) 1_44, 391, 394, 2_186~188, 265, 4_354

문이(文移) 3_31, 128, 4_154

문제(文帝) 1_47, 51, 52, 59, 61, 73, 80, 81, 85, 87, 88, 93, 95, 97, 99, 100, 106, 107, 109, 111, 113, 118, 139, 158, 174, 182, 183, 276, 418, 431, 432, 2_40, 43, 44, 47~49, 125, 144, 146, 169, 204, 219~221, 252, 321, 330, 334, 463, 3_46, 47, 49, 50, 140, 163, 191, 4_266, 269

문화전(文華殿) 1_52, 54, 287, 291, 293, 294, 322, 325, 419, 424, 425, 446~448, 453, 2_23, 24, 184, 185, 3_156, 157, 161, 162, 180, 4_134~138, 140, 141, 143~149, 164, 196, 198, 229, 230, 391

문황제(文皇帝, 문황(文皇), 문(文)) 1_52, 100, 120, 121, 125, 157, 160, 164, 165, 170, 172, 179, 196, 197, 328, 348, 358, 359, 424, 2_26, 29, 34, 36, 40, 43, 47, 48, 58, 59, 72, 114, 138, 146, 199, 200, 204, 217, 219, 279, 280, 331, 341, 373, 440, 441, 445, 3_21, 25, 30, 158, 4_155~158, 173, 175, 228, 477~479

물론(物論) 1_384, 3_359, 4_97, 133

미공가아사주(眉卬嘉雅四州) 1_127

미근십론(美芹十論) 1_20, 23

미류(彌留) 1_425, 2_74, 3_341, 349
미봉관(彌封官) 4_219, 220, 261, 262
미원(薇垣) 4_311
미원장(米元章) 3_290, 291
미월(彌月) 1_438, 2_357
민(緡) 3_309, 4_51, 455
민규(閔珪) 2_105, 106, 108
밀계(密揭) 2_159, 194, 3_246, 254, 328, 4_67, 87, 89, 90, 212, 426

ㅂ ─────────────────

박변관(博鬢冠) 2_27, 29
박피낭초(剝皮囊草) 4_288
반독(伴讀) 1_187, 191, 3_55, 175~177
반미(潘美) 1_138, 142, 143
반사(班師) 1_262, 264
반성(潘成) 1_213~216
반신창(潘新昌) 4_109, 111, 113
반접(反接) 1_277
반정(返正) 2_70, 77, 3_154, 4_198, 363
반한(反汗) 1_463
반행(班行) 2_343, 3_182, 357, 4_230, 449
발해(發解) 4_84, 203
방건(方巾) 4_33, 35
방곡(坊曲) 3_138
방국(坊局) 1_89, 3_309, 310, 4_76, 77, 154, 191~194, 248, 253, 259, 263, 391, 392
방기(方技) 4_174, 392
방덕청(方德淸) 1_225, 227, 228
방등(放燈) 1_172, 4_197
방면(方面) 4_159, 179, 307, 310, 369, 372, 375, 376, 420
방반(龐牛) 3_66, 69
방안(榜眼) 1_227, 287, 2_324, 3_52, 193~198, 4_42, 43, 111, 116, 156, 157, 231, 232, 238, 239, 306, 307

방양(放洋) 4_479, 482, 487, 517
방예(方銳) 2_125, 126, 441, 442, 444~446, 458, 462, 463
방위(房幃) 2_351
방중약(房中藥) 2_282, 285, 4_51
방헌부(方獻夫, 방남해(方南海), 방서초(方西樵), 방(方)) 1_164, 165, 168, 169, 302, 307, 311, 312, 314, 382, 3_239, 253, 254, 4_126, 128
방현(方賢) 3_63, 67
배광정(裴光廷) 3_138, 141
배담(裴談) 2_382, 385
배수계수(拜手稽首) 4_40
백구하대전(白溝河大戰) 1_182
백내화(白奈花) 1_276
백두(白頭) 3_354
백안(伯顔) 1_58, 59, 2_420, 4_479, 482
백택(白澤) 2_438, 439
백행순(白行順) 4_187, 188
백향산(白香山) 4_293, 294
번(璠) 1_366, 368, 404, 406, 3_317, 319, 375, 377, 4_34, 35
번개(樊凱) 2_332, 333, 335
번문(番文) 4_184
번백(藩伯) 4_291, 292
번부(藩府) 1_331, 333, 2_159, 181, 203, 225, 325, 3_178, 356, 357, 4_448, 449, 457
번상(藩相) 2_375
번승(番僧) 1_77, 236, 259, 260
번얼(藩臬) 1_277, 2_439, 4_49, 103, 106, 140, 322, 352, 410
번저(藩邸) 1_174, 432, 2_201, 3_176, 377
범광(范廣) 1_208, 211, 212
법온(法醞) 4_227
법종(法從) 3_34, 35
벽옹(璧雍) 1_28, 53
벽하원군(碧霞元君) 1_286, 288, 4_67

변경(汴京)　1_176, 177, 206, 327, 328, 3_366

변량(汴梁)　1_177, 4_494, 495, 508, 510

별전(別殿)　4_252, 253

병마사(兵馬司)　1_87, 103, 106

병부상서(兵部尚書)　1_73, 88, 119, 135, 150, 152,
　　167, 168, 187, 191, 235, 239, 240, 277, 279,
　　280, 340, 343, 379, 380, 382, 383, 436, 457,
　　474, 476, 2_83, 89, 130, 131, 231, 234, 265,
　　287, 301, 391, 396, 400, 411, 413, 417, 422~
　　424, 428, 3_21, 22, 68, 77, 91, 111, 155, 165,
　　166, 168, 177, 181, 182, 202, 203, 212, 225,
　　226, 249, 250, 268, 274, 320, 321, 324, 337,
　　338, 349, 354, 4_69~72, 106, 208, 210, 275~
　　277, 340, 347~349, 372, 403, 445, 451, 513

병부좌시랑(兵部左侍郎)　1_152, 279, 280, 383,
　　394, 2_69, 252, 265, 386, 423, 3_175, 177, 188,
　　219, 220, 324, 4_262, 263, 337, 399, 400, 403

병사(柄事)　1_353

병우(騈偶)　4_241

병위(丙魏)　1_141, 3_301

병장국(兵仗局)　1_194, 478, 3_108, 109

병전(秉銓)　2_248, 3_68, 4_120, 124, 129, 303, 348

병주(兵主)　2_435, 436, 3_226

보공석(輔公祏)　2_169, 170

보궐(補闕)　1_64, 67, 3_155

보궤(簠簋)　3_61, 173, 296, 304, 359, 4_78, 317,
　　369

보랑중류초반원진(補郎中劉楚磐元珍)　4_415

보련(步輦)　1_250~252, 4_54

보무(步武)　3_198, 4_52

보부삼고(保傅三孤)　3_159

보새(寶璽)　1_411

보안사(保安寺)　1_53, 54, 56, 389

보의(黼扆)　1_483

보좌(黼座)　2_185

복결(服闋)　2_100, 3_224, 4_48, 203

복궐(伏闕)　1_295, 321, 2_159, 295, 4_427

복궐고구(伏闕叩口)　1_257

복렵(伏獵)　3_282

복법(伏法)　1_237, 277, 2_301, 307, 400, 412,
　　3_379, 4_189

복벽(復辟)　1_120, 131, 149, 166, 195, 203, 206,
　　208, 209, 211, 212, 232, 419, 2_77, 139, 141,
　　205, 224, 225, 229, 337, 445, 3_160, 168, 175,
　　177, 183, 184, 363, 4_188

복알(伏謁)　2_211

복양암여량(卜養庵汝梁)　2_430, 431

복어(服御)　1_158, 2_158

복왕(福王)　1_95, 148, 2_38, 164, 165, 184, 185,
　　245, 248

복요(服妖)　2_96

복의(濮議)　1_298, 337, 339, 4_46

복재(覆載)　2_308

복종(覆宗)　3_174

복주(覆奏)　1_343, 2_272, 3_44, 67, 68, 4_154,
　　423, 475, 486

복청(福淸, 섭복청(葉福淸))　1_471, 472, 3_355~
　　379, 4_42, 44, 66, 67, 75, 77, 121~125, 236,
　　237, 307

본병(本兵)　1_383, 384, 476, 3_112, 214, 226, 4_
　　349

본생(本生)　1_233, 292, 295, 2_242, 243, 271, 4_
　　181

봉공(封公)　2_347, 3_299, 374, 4_83

봉교(鳳橋)　1_295

봉국중위(奉國中尉)　2_260, 261

봉란(奉鑾)　1_285, 287

봉복(捧腹)　1_395, 2_325, 4_331

봉사(奉祠)　3_176, 178, 4_171, 172, 208, 210

봉선전(奉先殿)　1_45~47, 49~51, 303, 327, 328,
　　354, 355, 442, 2_126, 127

봉어(奉御)　1_235, 240, 3_27, 52, 112, 314, 4_29,

30

봉자전(奉慈殿) 1_45, 47, 48, 2_122, 124

봉재(奉齋) 1_246

봉전(封典) 2_200

봉천문(奉天門) 1_51, 71, 97, 100, 199, 200, 350, 403, 405, 2_376, 378

봉천전(奉天殿) 1_46, 50, 100, 230, 232, 322, 325, 348, 350, 403

부거(副車) 1_251, 252

부곽(附郭) 3_177

부교(浮橋) 2_320, 4_495

부규(傅珪) 1_259, 260

부당(部堂) 1_362

부대(符臺) 1_413, 415, 4_322

부랑(部郞) 1_142, 175, 222, 257, 391, 436, 2_186, 246, 247, 249, 290, 295, 302, 346, 348, 371, 372, 429, 448, 3_141, 203, 220, 231, 232, 239, 267, 274, 293, 295, 302, 323, 4_36, 61, 64, 76, 91, 106, 115, 119, 138, 179, 188, 189, 209, 309, 310, 321, 322, 346, 358, 405, 512

부묘(祔廟) 1_49, 140, 305, 343, 344, 355, 2_56, 57, 123, 124, 126, 136, 141, 142

부문각(敷文閣) 1_63, 65

부방(副榜) 3_177

부복(部覆) 1_305, 3_67, 4_420, 474, 484

부성문(阜成門) 1_53, 54, 56, 210, 389

부소(膚訴) 4_29

부수(斧繡) 1_417

부예(不豫) 1_299, 359, 409, 412, 461, 2_94, 119, 3_354

부우덕(傅友德, 부영공(傅穎公), 우덕(友德)) 1_134, 139, 152, 2_418, 420

부원(副院) 4_82, 85, 423

부원(部院) 3_129, 4_397, 422, 423

부원대신(部院大臣) 1_461

부위(簿尉) 4_354

부응정(傅應禎) 4_466, 470

부인(符印) 1_415

부주(符呪) 2_290

부지일거(付之一炬) 3_123

부치(不齒) 1_287, 3_83, 274, 4_147, 210

부필(富弼) 1_138, 145, 385, 2_418, 422

부한(傅瀚) 1_241, 242

부험(符驗) 4_402, 403

부현(傅玄) 2_92, 94, 95

부형(腐刑) 1_190, 4_171, 172

북원(北苑) 1_196, 197

북평포정사(北平布政司) 1_123, 125, 2_332, 334

분교(分郊) 1_232

분로이주(汾潞二州) 1_126

분수(分守) 4_291, 292

분정항례(分庭抗禮) 3_371

분후(粉侯) 2_336

불경(拂經) 2_124

불락협(不落夾) 1_74~77

비각(祕閣) 1_63~65, 70, 431, 432, 3_341, 4_25, 26

비공(飛鞚) 1_475

비굉(費宏, 비연산(費鉛山), 연산비문헌(鉛山費文憲), 비연산굉(費鉛山宏)) 1_56, 164, 167, 309, 310, 372, 432, 3_171, 173, 208, 210, 228, 252, 253, 4_209, 210

비녕(卑佞) 3_276

비답(批答) 1_217, 301, 444, 2_135, 173, 262, 3_365, 366, 4_25, 115, 121, 124, 378, 379, 401, 415

비린(批鱗) 2_127

비만(飛挽) 4_495

비문통(費文通) 1_56, 2_138, 141

비백(飛白) 2_23~25, 4_410

비부(比部) 3_327, 328, 345, 352, 4_346, 357, 412, 445, 465

비부(祕府) 1_78, 80
비어(飛魚) 1_199, 200, 285, 286, 479, 480, 2_ 437~439
비주(妃主) 2_27
비천야차(飛天野叉) 4_355
빈어(嬪御) 1_359, 2_35, 59, 102, 441
빈장(嬪嬙) 2_22
빈천(賓天) 2_74, 3_341
빈풍정(豳風亭) 1_322~324, 362, 363

ㅅ ─────────────

사걸(謝杰) 1_103, 105
사경(四更) 1_205, 206
사계(司計) 1_331, 334
사계서(史繼書) 2_419, 424
사기(事奇) 3_31, 4_138, 277, 296
사념교계진(史念橋繼辰) 4_232
사농(司農) 1_142, 3_359, 4_82, 85, 319, 320, 386, 388, 456~458, 464, 468, 471
사도(司徒) 1_277, 2_165, 314~316, 3_154, 343, 345, 4_83, 84, 347, 349, 385, 433
사례수당(司禮首璫) 1_200
사례장인대당(司禮掌印大璫) 1_246, 3_310
사류(射柳) 1_475, 3_84
사륙(四六) 4_240~242, 264, 265
사륜부(絲綸簿) 3_361~363
사리(司李) 3_128
사마광(司馬光, 사마공(司馬公)) 1_138, 146, 385, 450, 2_23, 418, 422, 4_103, 105, 460, 461
사맹(四孟) 1_103, 104, 354, 355
사방(司房) 3_105, 107, 308, 310, 313, 315
사병(謝病) 2_159, 4_37
사보(師保) 3_163, 256, 257
사보관(四輔官) 4_153, 154
사봉(斜封) 2_452, 4_116
사봉묵칙(斜封墨敕) 4_116

사빈서승(司賓署丞) 4_148, 149
사사(謝辭) 2_30, 32
사사문(四司門) 4_289, 290
사상(沙相) 2_426, 428, 429
사신(史臣) 1_231, 233, 3_167, 224, 4_212, 264, 265
사신(士紳) 4_445, 471
사신(詞臣) 1_66, 71, 193, 194, 230, 232, 266, 267, 271, 274, 287, 341, 344, 421, 422, 453, 454, 475, 2_142, 387, 3_160, 209, 233, 310, 4_64, 125, 154, 161, 169, 172, 183, 184, 193, 198, 207, 227, 230, 250, 253, 337
사악(司樂) 1_208, 210, 287, 3_63, 68
사안(謝安) 3_213, 215
사업(司業) 1_9, 51, 174, 397, 399, 448, 469, 472, 2_9, 32, 262, 265, 3_9, 195, 199, 208, 210, 306, 4_9, 70, 192, 194, 206, 207, 222, 312, 314, 339, 341, 400, 467, 473, 486
사유(四維) 2_294, 3_197, 222~224, 371, 4_183, 184, 231, 232, 286, 424, 426
사유(謝瑜) 4_401, 403
사은주(思恩州) 1_109, 110, 114~116, 2_176
사인(寺人) 1_215, 237, 3_61, 69
사잠(四箴) 1_447, 451, 452, 2_265
사장(使長) 2_202
사전(祀典) 1_66, 105, 140, 284, 2_73, 74, 145
사제(史際) 2_419, 423~425
사조(邪媟) 3_349
사조상룡(四爪象龍) 2_439
사주(使主) 2_435, 436
사직랑(司直郞) 3_180, 4_164, 257, 258
사질여(思質伃) 3_295
사천(謝遷, 사문정공(謝文正公), 여요(餘姚), 사목제(謝木齊), 사여요천(謝餘姚遷), 사여요(謝餘姚)) 1_238, 2_54, 55, 57, 81, 83, 97~100, 102, 121, 123, 229, 3_171, 173, 202,

213, 214, 225, 4_450, 451

사촉(四囑)　1_123, 126, 127

사통(嗣統)　2_452

사필(史筆)　2_97, 100, 130, 131

사향(司香)　3_53, 55

사호(史浩)　1_138, 147, 148

산관(散館)　3_208, 210, 254, 4_169, 170, 182, 203,
　210, 232~235, 237, 270

산관(散官)　4_219

산기사인(散騎舍人)　2_437, 438

산기상시(散騎常侍)　1_67, 94, 2_95, 307, 442,
　3_140, 141, 215

산릉(山陵)　2_33, 63, 74, 100, 102, 135, 137, 139,
　141

산선장수(傘扇長隨)　3_83

산음왕가병(山陰王家屛, 산음(山陰), 왕산음
　(王山陰))　1_252

삼고(三孤)　1_272, 405, 2_405, 406, 3_32, 158,
　159, 4_104, 106, 450, 451

삼군(三軍)　1_276, 486

삼궁(三宮)　1_458, 2_90, 100, 103, 153, 3_106

삼도(三途)　4_352

삼법사(三法司)　3_259~261, 4_333

삼양(三楊)　1_73, 149, 166, 169, 454, 2_298, 3_
　172, 4_80, 176

삼원(三元)　1_150, 4_83

삼조정(三詔亭)　4_39, 40

삼청상(三淸像)　1_358, 360

상곡(上谷)　1_183, 255, 257, 2_374

상로(商輅, 상문의(商文毅), 상순안(商享安))
　1_139, 149, 150, 193, 195, 2_53, 56, 77, 121,
　123, 3_64, 68, 181, 182, 209, 210, 264, 4_262,
　263

상림우감승(上林右監丞)　1_302, 306

상명(尙銘)　3_24, 27, 103, 106, 4_56, 57

상백(常伯)　4_53, 55

상보승(尙寶丞)　1_368, 404, 434, 459, 2_188, 316,
　353~355, 4_321, 322

상빈(上賓)　1_131, 363, 369, 383, 425, 2_77, 94,
　3_214, 344

상생(庠生)　1_282, 3_120

상서(庠序)　2_324

상서령(尙書令)　1_143, 277, 2_43, 3_153, 154

상선(上仙)　1_355, 395, 442, 443, 2_52, 103, 3_191

상시(上諡)　2_77, 254, 415, 416

상신(商臣)　2_306, 308, 4_384, 385

상연양위정(商㷆陽爲正)　4_382

상우춘(常遇春)　1_42, 141, 418, 2_47, 49, 388,
　418, 420

상재(桑梓)　2_369, 3_269, 296, 4_68, 74, 181, 471,
　517

상전(上牋)　1_293

상조(常朝)　1_50, 454, 480, 483, 4_230

상주국(上柱國)　4_60, 63

상청(常淸)　2_211, 280, 281

상표(上表)　1_359, 438, 2_265, 272

상헌왕(湘獻王)　2_222, 225

새경(璽卿)　4_309, 311

서거(鋤去)　1_64, 146, 180, 2_329, 330, 3_106,
　276, 4_177

서계(徐階, 서문정(徐文貞), 서화정(徐華亭),
　화정(華亭), 문정공(文貞公), 화정상(華
　亭相))　1_132, 139, 151, 200, 365, 368, 383,
　385, 402, 406, 432, 2_290, 412, 3_218, 220,
　300, 301, 319, 324, 365, 376, 4_105, 487

서공돌돌(書空咄咄)　4_207

서광조(徐光祚)　1_84, 91, 92

서구고(徐九皐)　1_68~70, 72, 73

서궁보경(徐宮保瓊)　4_116

서길사(庶吉士)　1_9, 81, 118, 150, 176, 178, 242,
　258, 260, 351, 382, 399, 422, 459, 461, 472,
　482, 2_9, 88, 107, 131, 162, 165, 188, 278, 287,

294, 387, 411, 428, **3**_9, 59, 61, 85, 105, 158, 164, 167, 168, 176, 178, 192~195, 198, 208~210, 211, 214, 252~254, 267, 309, **4**_9, 44, 70, 71, 74, 82, 84, 91, 113, 119, 120, 155~157, 159, 163~169, 171, 172, 175, 180~183, 187, 188, 192, 195, 198, 200~203, 206, 208~210, 213, 215, 231, 232, 234, 236, 237, 240, 244, 249, 266~269, 280, 281, 315, 335, 337, 364, 365, 372, 379, 416~418, 448, 449, 471

서서내(西內)　1_246, 365, 367, 421, 422, 2_89, 3_286, 338, 4_215, 216

서녕후송호(西寧侯宋琥)　3_22

서단(西壇)　1_53, 56

서달(徐達, 서무녕달(徐武寧達))　1_41~43, 68, 70, 137, 139, 141, 414, 418, 2_24, 42, 379, 380, 388, 420, 463

서대(西臺)　1_172, 174, 175, 472, 2_159, 3_243, 259~261, 4_53, 54, 126, 128, 334, 336, 365

서려(徐呂)　4_501, 504

서료(庶僚)　3_209, 4_119, 290, 365

서리(胥吏)　3_86, 4_142, 292, 295, 296, 325, 357, 470

서맹소전(徐孟昭傳)　4_155, 157

서반(序班)　2_440, 442, 3_34, 4_148, 149, 304, 305

서봉죽식(徐鳳竹栻)　4_513

서부(徐溥, 서의흥(徐宜興), 서문정(徐文靖))　1_231, 234, 237, 238, 3_214, 292

서분(舒芬)　1_255, 257, 3_192, 196

서붕거(徐鵬擧)　2_432~434

서비부대화(徐比部大化)　4_385

서사(筮仕)　1_216, 3_157, 4_164, 253, 292

서상(西廂)　1_271, 273

서상(庶常)　2_384, 387, 3_61, 159, 196~198, 210, 254, 4_85, 156, 157, 168~170, 176, 181, 184, 194, 201, 203, 207, 210, 214, 216, 232, 233, 242, 269, 271, 337, 365, 449

서선술(徐善述)　4_254, 255

서성(舒城)　2_333, 334, 336

서시(西市)　2_395, 397, 399~401, 3_111, 112, 295, 297, 300, 317, 319, 329, 330

서성초(徐成楚)　3_113, 115

서시(西施)　1_196, 198, 2_94

서앙(徐昂)　1_244~246

서어포태시(徐漁浦泰時)　4_449

서엄서(徐崦西, 서엄서진(徐崦西縉))　3_266, 267, 275

서영(瑞燦)　2_356, 357

서욱(徐旭)　4_157~159

서원(西苑)　1_278, 304, 322~360, 362, 363, 365, 368, 392, 395, 407, 409, 411, 412, 422, 437, 469, 470, 474, 476, 2_144, 146, 264, 266, 4_50~52, 86

서원옥(徐元玉, 서무공(徐武功), 서천전(徐天全), 서무공유정(徐武功有貞), 서천전유정(徐天全有貞))　2_408, 411

서원호광계(徐元扈光啓)　4_341

서위(徐渭)　1_391, 394, 4_242

서유동정명(徐孺東貞明, 서상보정명(徐尙寶貞明))　4_340, 469

서자(庶子)　1_54, 111, 118, 148, 186, 188, 219, 442, 2_31, 152, 202, 203, 267, 271, 285, 305, 307, 437, 438, 3_158, 159, 208~210, 373, 4_84, 134, 138, 192, 194, 237, 262, 263, 266, 267, 269, 270, 372

서주(徐州)　1_86, 123, 126, 2_188, 400, 430, 442, 3_156, 157, 189, 4_495, 506~510

서지증지악(徐知證知諤)　1_55, 56

서창(西廠)　1_238, 2_182, 336, 3_22~24, 26, 27, 30, 31

서척(徐陟)　3_219, 220

서천(西天)　1_77, 234, 236, 237, 259, 260

서판(書辦)　1_287, 3_68, 4_134~144, 146, 164,

325, 392
서학모(徐學謨, 서종백태재(徐宗伯太宰)) 1_391, 395, 4_136, 139, 189, 190
서할(徐鍻) 3_291~293
서함(序銜) 4_154
석갈(釋褐) 3_173
석개(石介) 3_187, 189, 4_432, 433
석녀(石女) 2_426, 429
석류(錫類) 1_378, 2_153
석모(石瑁) 4_366, 367
석박(石璞) 3_181, 182
석서(席書) 1_84, 92, 300~302, 304, 306, 307, 316, 317, 320, 340, 343, 3_167, 169, 240
석성(石星, 석동천(石東泉)) 2_391, 418, 419, 422, 3_111, 112, 268, 4_349
석수장문간(石首張文簡) 2_358
석신사(惜薪司) 3_65, 69
석윤상(石允常) 3_137, 139
석전(石田) 1_27, 28
석토분모(錫土分茅) 3_34
석형(石亨) 1_129, 131, 149, 195, 203, 204, 208, 209, 211, 212, 2_346, 347, 389, 390, 411, 3_168, 186, 188, 378, 4_363
석희재(石熙載) 1_138, 142, 143
선관(選官) 1_317, 321, 2_350, 376, 377, 4_302, 303, 327
선덕(宣德) 1_11, 57, 66, 84, 89, 91, 117, 120, 130, 133, 134, 149, 150, 162, 163, 166, 186~188, 192, 194, 195, 210, 223, 224, 277, 306, 454, 2_11, 28, 36, 56, 69, 152, 196, 197, 204~206, 215, 226, 227, 233, 234, 236~238, 247, 250, 333, 337, 338, 383, 387, 411, 442, 445, 3_11, 23, 37, 38, 156, 157, 163, 165~170, 172, 178, 4_11, 79, 80, 134, 135, 137~140, 144, 146, 163~165, 168, 171, 172, 184, 208, 210, 255~258, 280, 281, 319, 320, 366, 367, 456, 458, 462, 463
선덕랑(宣德郞) 1_130, 133, 134
선덕문(宣德門) 1_130, 134
선덕태후(宣德太后) 1_130, 133, 134
선덕후(宣德侯) 1_130, 134
선랑(選郞) 1_92, 368, 3_44, 4_118, 119, 302, 303, 311, 314, 316, 317, 321, 322, 356~358, 367, 372, 406
선롱(先隴) 2_330
선부(宣府) 1_129, 130, 132, 134, 254~256, 263~265, 418, 419, 2_37, 374, 417, 3_80, 84, 120, 4_106, 310, 311, 339, 340, 344, 403, 491, 492
선부(選簿) 2_376, 378
선신(先臣) 2_320
선위사(宣慰使) 1_115, 2_342~344
선음(宣淫) 3_138, 4_361
선인후(宣仁后) 2_22
선잠(先蠶) 1_322, 324, 2_144, 146, 147
선잠단(先蠶壇) 2_144, 146, 147
선장(鏇匠) 3_145, 146
선종실록(宣宗實錄) 1_73, 84, 90, 91, 188, 3_163, 4_281
선종장황제(宣宗章皇帝, 장(章), 선종(宣宗)) 1_65, 91
선천(先天) 1_132, 385, 425, 2_144, 146, 147, 339
선화(宣和) 1_65, 70, 94, 98, 101, 147, 268, 269, 3_35, 36, 53, 54, 4_46, 504
설간(薛侃) 1_336~339, 2_179~183, 3_240, 241, 270, 274
설거정(薛居正) 1_138, 142
설문청(薛文清, 설선(薛瑄)) 1_117
설방산(薛方山, 설응기(薛應旂)) 1_114, 115
설어(褻御) 1_246, 465
설인고(薛仁杲) 1_180, 183
설초(設醮) 1_246
섬라국(暹羅國) 3_32, 34

섭문장(葉文莊) 3_37, 38

섭신(葉紳) 1_234, 238

섭쌍강표(聶雙江豹), 섭정양(聶貞襄), 섭정양표
　(聶貞襄豹)) 1_383

섭혜중(葉惠仲) 1_83, 88

성경(成敬) 1_71, 293, 2_79, 3_176, 178, 4_171,
　172

성고왕재완(成皋王載垸) 2_280

성국주씨형제(成國朱氏兄弟) 3_287, 309

성단(聖斷) 1_343, 2_101, 3_40, 363

성명(星命) 1_206, 3_74, 250

성모(聖母) 1_233, 292, 295, 318, 321, 373, 374,
　476, 2_24, 76, 77, 82, 133, 150, 151, 153, 155,
　157, 159, 460, 4_57, 58

성복(成服) 2_200

성산후왕통(成山侯王通) 1_91

성시(省試) 2_396, 4_37

성영(成英) 3_88, 89

성왕(郕王, 경제(景帝), 성려왕(郕戾王), 경황제
　(景皇帝)) 1_149, 191, 216, 2_78, 341, 342,
　3_177

성용(盛庸) 1_179, 182, 414, 418, 419

성원(省垣) 1_472, 2_159, 3_34, 35, 261, 4_469

성유(聖諭) 1_190, 450, 463, 2_82, 159, 169, 3_
　300, 364, 366, 4_26

성전(腥膻) 1_264

성제(聖製) 1_66, 310, 2_24, 4_25, 26

성체(聖體) 1_454, 461, 2_98, 3_348, 349

성학(聖學) 1_72, 448, 454

성헌(成憲) 1_334, 335

성화(成化) 1_47, 48, 77, 118, 125, 132, 149~151,
　162, 163, 166, 167, 181, 184, 187, 190~192,
　194, 209, 212, 217, 219, 223, 224, 226, 234,
　235, 237~239, 242, 248, 256, 258, 260, 272,
　277, 281~284, 293, 313, 331, 334, 419, 443,
　476, 484, 485, 2_29, 38, 50, 51, 53, 54, 56, 57,
　66, 67, 72~77, 81~83, 86~94, 96, 101, 109,
　121, 123, 154, 176, 200, 206, 210, 225, 227,
　242, 243, 251~254, 257, 271, 284, 286, 298,
　299, 335, 341~343, 345, 346, 353, 354, 364,
　379, 380, 389, 390, 400, 413, 415~417, 422,
　433, 434, 447, 448, 450~453, 3_24, 26, 27, 32,
　34, 42, 43, 46, 47, 52~57, 69, 78, 95, 96, 170,
　171, 173, 175, 178, 181, 182, 184~186, 188,
　195, 199, 209~211, 226, 230, 232, 263, 264,
　283, 284, 4_70, 106, 114, 116, 137, 138, 140,
　143~146, 175, 176, 183, 189, 191, 193, 195,
　197, 199, 228, 230, 262, 263, 280, 281, 283,
　284, 332, 333, 368~372, 379, 421~423, 435,
　456, 458

성효후장씨(誠孝后張氏) 2_51

세마(洗馬) 1_54, 149, 184, 186, 188, 189, 2_249,
　3_114~116, 4_113, 163, 164, 400

세무(稅務) 1_460, 463, 3_48

세상(世賞) 3_335

세실(世室) 1_303, 304, 306, 308, 321, 330, 343,
　344, 354, 355, 399

세자견렴(世子見濂) 2_242

세직(世職) 1_131, 209, 211, 212, 2_377, 404

소경방(邵經邦) 1_345, 346

소구생근고(蕭九生近高) 4_337

소대(召對) 1_55, 226, 448, 452, 3_181, 215,
　364~366, 4_26, 98

소대(昭代) 1_467

소도량방사(邵陶兩方士) 1_57

소련복식(燒煉服食) 1_237

소릉(昭陵) 1_180, 184, 2_63, 64, 138, 141

소명봉(蕭鳴鳳) 3_242, 243, 248~250

소문(昭文) 1_64, 71, 3_155, 179, 180, 341

소문우상(昭文右相) 3_153, 155

소부(少傅) 1_147, 151, 270~272, 367, 369, 401,
　405, 420, 422, 2_81, 83, 174, 179, 182, 259,

261, 287, 394, 396, 402, 403, 3_159, 160, 165, 168, 177, 200, 201, 212, 214, 226, 264, 265, 271, 276, 283, 284, 358, 359, 4_106, 185, 186, 215, 216, 450, 451

소사구(少司寇) 2_288, 290, 293, 295

소상(瀟湘) 1_26, 28

소설(小說) 1_6, 20, 22, 23, 28, 120, 273, 2_6, 388, 389, 3_6, 371, 4_6, 46, 143, 146

소설(昭雪) 2_218, 238, 295, 370, 372, 3_70, 86, 269, 348, 4_420, 426

소성(紹聖) 1_65, 78~80, 147

소소소(蘇小小) 1_196, 198

소시(召試) 4_216

소악봉(蕭岳峯) 4_104, 106

소양(昭陽) 2_148, 149, 4_519, 521

소여훈(蕭如薰) 2_382, 386

소옹(邵雍, 소강절(邵康節), 소요부(邵堯夫)) 1_385, 386, 467, 4_103, 105

소원절(邵元節) 1_53, 57, 268, 270, 371, 372, 2_276, 277, 3_285

소의(昭儀) 2_59, 60, 144, 147, 440, 441

소자(蕭鎡) 3_166, 168, 4_165, 167~170

소자왕(巢刺王) 1_111, 119

소자유(蘇子由) 4_506, 507

소자첨(蘇子瞻) 3_82, 86

소장루(梳妝樓) 1_197

소재(少宰) 1_392, 395, 2_193, 195, 315, 457, 459, 3_153, 155, 195, 198, 257, 266, 267, 271, 273, 275, 277, 291, 292, 312, 314, 4_33~35, 81, 84, 104, 107, 119, 120, 122, 125, 128, 130, 236, 237, 300, 302, 303, 309, 311, 313, 314, 328, 330, 335, 337, 343, 345, 364, 365, 413, 414, 432, 434

소제(少帝) 1_95, 117, 120

소참(少參) 4_48, 449, 496

소창(小唱) 3_140

소천(所天) 4_37

소첨사(少詹事) 1_61, 62, 150, 168, 398, 399, 2_83, 3_158, 159, 211, 237, 267, 4_107, 113, 157, 182, 211, 212, 244, 261, 262, 340, 342

소하대전(小河大戰) 1_182

소허공(小許公) 4_31, 32

소혜(蘇蕙) 1_387~389

소황제(昭皇帝, 인종(仁宗)) 1_141, 2_34, 36

소회(昭晦) 3_90

손백담(孫柏潭) 4_104, 107

손부평(孫富平, 부평((富平), 부평손태재(富平孫太宰)) 3_358, 359, 368, 4_62, 65, 73, 74, 82, 121~124, 128, 130, 319, 320, 323, 324, 353, 355, 432~434

손빈(孫斌) 1_213~215

손수(孫燧) 4_69, 71

손여법(孫如法, 손형부사거여법(孫刑部俟居如法)) 2_161, 162, 4_439, 440, 444, 446

손여요(孫艅姚, 손입봉롱(孫立峯籠), 롱(籠)) 4_122, 124

손왈공(孫曰恭) 3_291~293

손청(孫淸) 1_285, 287

손충(孫忠) 2_36, 440, 442

손해(孫海) 4_28, 30

손현(孫賢) 4_187, 188

송경렴(宋景濂) 4_173, 174

송금강(宋金剛) 1_180, 183

송명제(宋明帝) 1_276, 2_308

송문제(宋文帝) 1_62, 2_127

송복안의왕(宋濮安懿王) 1_298

송상구(宋商丘) 4_127

송의망(宋儀望) 4_491, 492

송태조(宋太祖, 송조(宋祖), 태조(太祖)) 1_58, 121

송효종(宋孝宗) 1_132

쇄원(瑣垣) 4_410

쇄원(鎖院) 2_174

쇄철록(瑣綴錄) 2_84, 86, 88, 89

수고(壽考) 2_29, 79, 265, 3_207, 4_35, 70, 438

수공(垂拱) 1_31, 462, 2_92, 94~96, 339

수궁(壽宮) 1_322, 323, 325, 326, 357~360, 362, 363, 365~369, 392, 395, 402~406, 412, 424, 425, 2_85, 89, 125~127, 138, 141, 239~243, 463, 3_375, 376, 4_81, 84

수권(殊眷) 1_273, 2_126

수규(首揆) 1_254, 256, 272, 336, 339, 365, 368, 370~372, 407, 409, 456, 458, 2_48, 49, 76, 77, 91, 93, 116, 118, 129, 130, 157, 159, 192~195, 254, 255, 314, 315, 349, 351, 355, 3_42, 44, 76, 78, 98, 117, 119, 156, 157, 170, 171, 173, 192, 193, 196, 197, 201, 208~212, 214, 220, 222, 224~226, 228, 229, 234, 237, 239, 241, 253, 254, 256, 258, 263~265, 291, 292, 337, 338, 347, 348, 350, 351, 353, 354, 378, 379, 4_25, 26, 61, 64, 66, 67, 75~77, 82, 85, 92, 93, 95, 97, 101~104, 106, 122~126, 128, 129, 180, 181, 187, 188, 211, 212~214, 217, 218, 221~223, 238, 239, 244, 245, 264, 265, 295, 296, 298, 299, 304, 305, 308~310, 311, 335, 338, 358, 359, 378~380, 396~398, 401~404, 417, 418, 425, 426

수녕공주(壽寧公主) 2_359, 360

수당(首璫) 1_200, 246, 3_98

수동일기(水東日記) 1_190, 3_37, 38

수문(修文) 1_95, 3_180, 4_32, 93

수보(首輔) 1_36, 47, 51, 55, 56, 72, 81, 90, 116, 132, 136, 149~151, 167~169, 195, 198, 200, 226~228, 233, 238, 252, 256~258, 267, 272, 293, 298, 313, 324, 364, 368, 372, 383, 394, 406, 420, 432, 457, 458, 459, 461, 472, 485, 2_77, 93, 107, 115, 123, 152, 182, 194, 199, 201, 229, 315, 319, 346, 364, 386, 412, 452, 3_38, 44, 52, 85, 157, 167, 168, 173, 174, 183, 184, 186, 188, 197, 204, 209, 210, 214, 217, 218, 220, 224, 226, 229, 246, 257, 264, 269, 274, 276, 292, 300, 301, 319, 335, 357, 363, 369, 371, 374, 379, 4_29, 30, 32, 38, 40, 44, 64, 67, 71, 75, 77, 84, 85, 90, 93, 97, 102, 128, 140, 232, 239, 246, 250, 321, 322, 393, 394, 397, 411, 412, 415, 426, 487

수사(酬謝) 2_290

수서양단(首鼠兩端) 2_320

수수(水手) 4_484

수안황태후(壽安皇太后, 신비소씨(宸妃邵氏), 효혜소후(孝惠邵后), 귀비소씨(貴妃邵氏)) 1_48, 303, 307, 2_62, 64

수양제(隋煬帝) 1_449, 4_490

수원(修怨) 3_174, 351, 4_270, 388

수유(受遺) 1_313, 2_83, 347, 3_220, 4_30, 129

수정왕(壽定王) 2_223, 228

수제(守制) 3_223, 224, 4_184

수주(秀州) 1_123~125

수준(修濬) 3_69

수즙(修葺) 1_360, 361, 2_77, 258, 4_484, 498

수차(需次) 2_249, 4_265

수찬(修撰) 1_4, 53, 56, 96, 148, 150, 167, 191, 195, 211, 227, 248, 257, 267, 313, 341, 344, 374, 2_4, 43, 83, 88, 186, 188, 3_4, 158, 159, 165, 167, 168, 184, 185, 192~199, 209~211, 253, 254, 277, 291, 292, 341, 4_4, 70, 71, 107, 113, 134, 138, 155~159, 162~164, 166, 167, 169, 180, 181, 183, 184, 186, 188, 191~194, 197, 199, 259, 260, 307, 315, 372, 388, 469

수춘도(繡春刀) 1_480

수판(手板) 2_212, 4_106

수황(壽皇) 1_48, 233, 464, 465, 2_91, 93

수회왕(秀懷王) 2_223, 227

숙황제(肅皇帝, 세종(世宗), 숙황(肅皇)) 1_47,

125, 307, 308, 424, 2_30, 32, 34, 37, 50, 199~
201, 3_80

순검(巡檢) 1_218, 220, 315, 317, 319, 321, 413,
416, 417, 4_481, 484, 494, 495

순리(循吏) 4_311, 350, 352

순비장씨(順妃張氏) 2_118

순상위(馴象衛) 1_286, 288

순성어사(巡城御史) 3_309, 310

순신(純臣) 3_274

순안어사(巡按御史) 1_336, 338, 413, 414, 416,
2_282, 285, 288, 290, 292, 294, 430, 3_125,
126, 137, 139, 259~261, 273, 276, 278, 343,
344, 4_360, 394, 432, 433, 463

순유(巡游) 2_209, 210

순작관(巡綽官) 2_394, 396

순제(順帝) 1_113, 121, 122, 140, 204, 2_22, 3_87,
138, 141, 162, 4_479, 482

순천부(順天府) 1_76, 105, 211, 233, 287, 323,
326, 368, 442, 2_63, 79, 140, 142, 188, 291,
387, 428, 461, 3_50, 73, 128, 4_84, 349, 395,
445

순행(巡幸) 1_250, 251, 2_208, 209

순황제(純皇帝) 1_125, 2_34, 36, 199, 200, 422

숭간왕(崇簡王) 1_48, 2_204, 206, 223, 227

숭덕대장공주(崇德大長公主) 2_362, 364

숭문문(崇文門) 1_291, 293, 294

숭정(崇禎) 1_29, 31, 37, 325, 418, 472, 2_38, 107,
152, 162, 165, 360, 361, 374, 4_107, 125, 132,
395, 410

숭축(嵩祝) 1_465

습유(拾遺) 1_64, 67, 376, 377, 3_77, 4_111, 313,
314, 378, 379, 401~404, 416, 418

승도아문(僧道衙門) 1_416, 417

승봉(承奉) 1_431, 432, 2_340, 437, 439

승상(丞相) 1_43, 67, 141, 142, 148, 191, 281, 282,
2_40~42, 44, 70, 146, 174, 175, 3_153~155,

300, 319, 4_44, 419

승응(承應) 1_174, 2_387, 4_250

승전(陞轉) 2_381, 4_193, 409

승천대지(承天大志) 1_431, 432

승천부(承天府, 승천(承天)) 1_123, 125, 2_190,
191, 208, 210, 211, 223, 226, 402, 403, 405,
441, 442, 4_34, 403

승천증대사공성오(承天曾大司空省吾) 4_34

승칙(承敕) 4_142, 155, 157

시강학사(侍講學士) 1_55, 83, 85, 86, 95, 119,
132, 151, 193~195, 260, 272, 305, 306, 351, 2_
83, 243, 3_181, 192, 196, 202, 203, 214, 379, 4_
110, 138, 162, 182, 186, 188, 244, 379

시교생(侍教生) 4_104, 106

시독신(施篤臣) 2_288, 291

시마(緦痲) 2_132, 133

시박사(市舶司) 1_257, 3_185, 4_453~455

시반(侍班) 1_454

시생(侍生) 4_59, 60, 291, 292

시서(侍書) 1_453, 454, 2_109, 249, 423, 4_135,
139

시세종(柴世宗, 주세종(周世宗)) 1_113, 121,
427

시종(侍從) 1_54, 66, 67, 69, 72, 120, 170, 217,
219, 252, 345, 477~479, 2_217, 218, 246, 360,
383, 3_32, 35, 157, 180, 4_118, 119, 131, 153,
154, 160, 224, 228, 229, 251~253, 257, 391,
392

시종(詩綜) 1_32, 34, 35, 37

시초(視草) 1_160, 2_113, 3_363, 377

식당(植黨) 1_383, 482, 4_130

식비(飾非) 2_265

식종(飾終) 1_314, 2_452, 4_438

신궁감(神宮監) 1_302, 306

신귀(新貴) 2_244, 3_173

신농(神農) 1_323, 326

신도(新都) 1_151, 247~249, 254, 256, 311~314, 337, 339, 407, 409, 2_337, 339, 409, 412, 450, 452, 3_117, 120, 183, 185, 219, 220, 222~226, 228, 229, 240, 241, 263, 264, 334~336, 342, 4_191, 193, 217, 218

신성(神聖) 1_47, 3_55, 99, 4_214

신수이처(身首異處) 2_301, 378, 400

신시행(申時行, 신오문(申吳門), 오문(吳門), 신오현(申吳縣), 신문정상공(申文定相公), 신요천(申瑤泉), 오현(吳縣)) 1_225, 227, 252, 364, 444, 446, 448, 457~459, 2_382, 386, 3_208, 210, 228, 246, 4_67, 85, 93, 95, 97, 215, 231

신어(神御) 1_327, 328

신역(伸域) 2_172, 256~258

신유(宸游) 1_470, 4_227

신유안(辛幼安) 3_281, 282

신종(神宗) 1_3, 4, 23, 27, 37, 47, 49~51, 65, 78~82, 85, 119, 120, 132, 134, 138, 145, 146, 151, 173, 175, 228, 229, 385, 436, 442, 452, 457, 462, 468, 2_3, 4, 22, 23, 37, 38, 64, 152, 163, 165, 194, 198, 228, 258, 294, 350, 351, 360, 361, 421, 422, 428, 459, 461, 3_3, 4, 28, 50, 83, 105, 133, 172, 274, 328, 349, 4_3, 4, 30, 40, 54, 58, 64, 70, 100, 105, 204, 244, 349, 415, 451, 513

신총헌(辛總憲) 4_341

신추영(神樞營) 3_266, 268

신포서(申包胥) 3_329, 330

신한(宸翰) 1_389, 2_24

신호(宸豪, 영서인(寧庶人), 영왕(寧王), 영왕신호(寧王宸豪)) 1_135, 250, 252, 259, 261, 263, 264, 265, 275~277, 285, 288, 305, 314, 2_105, 108, 119, 230, 232, 284, 286, 3_75~77

실지자우(失之子羽) 4_446

심덕부(沈德符, 경천(景倩)) 1_3~10, 20, 21, 24,

27~29, 31, 34, 36, 87, 88, 91, 135, 136, 152, 197, 228, 242, 325, 2_3~10, 207, 312, 3_3~10, 177, 4_3~10

심도(沈度) 4_134, 138

심려(心膂) 2_397, 3_246, 247, 274, 300, 4_129, 433

심련(沈鍊) 4_393, 394, 430, 431

심리(審理) 1_87, 187, 191, 3_176

심리(沈鯉, 심귀덕(沈歸德), 심상구리(沈商邱鯉), 귀덕(歸德), 심상구(沈商邱)) 1_173, 297, 299, 350, 353, 2_315, 439, 4_100, 425, 426

심리정(審理正) 3_175, 176

심사효(沈思孝, 수수심계산사마(秀水沈繼山司馬), 심계산(沈繼山), 심계산사효(沈繼山思孝)) 3_191, 359, 4_35, 46, 73, 74, 348, 349, 399, 411, 412, 441

심수(沈水) 4_449, 489, 490, 494~496, 499, 500, 502~504

심양재(沈良材) 4_378, 379

심일관(沈一貫, 사명(四明), 심사명(沈四明)) 1_120, 459, 461, 2_107, 157, 159, 315, 364, 3_208, 210, 237, 269, 4_44, 221, 239, 415

심자목(沈子木) 1_111, 118, 119

심찬(沈粲) 4_134, 138

심하(沁河) 4_488~490

ㅇ

아경(亞卿) 3_175, 178, 4_109, 110, 365

아나피(阿那瓌) 2_40, 41, 43, 44

아도(阿堵) 3_311, 369

아반(牙盤) 1_246

아속길팔(阿速吉八) 1_202~204

아영지사(娥英之事) 3_204

아출(阿朮) 1_58, 59

아패(牙牌) 1_259, 261, 262, 264, 2_341~343, 3_40, 41

악성(樂聖) 4_44

악소(惡少) 2_429

악신로(樂新爐) 3_102, 105

악악왕(岳鄂王, 무목(武穆)) 2_433

악정(岳正) 1_208, 211, 2_318, 3_165, 166, 168

악회왕후희(岳懷王厚熙) 2_254

안가(晏駕) 1_184, 206, 277

안동(安童) 1_58, 59

안락(安樂) 1_385, 386, 2_89, 337, 339

안락행와(安樂行窩) 1_385, 386

안륙(安陸) 1_47, 123, 125, 291, 293, 300, 303, 304, 317, 321, 336, 338, 425, 432, 2_211, 222~224, 226, 228, 443

안변백허태(安邊伯許泰) 1_264

안숙정대사마(安肅鄭大司馬, 정락(鄭駱)) 3_324

안신(按臣) 3_126, 345, 4_40, 361, 420

안양(安陽) 1_145, 146, 2_211, 332~335, 3_226, 286, 4_63

안이수(顏頤壽) 3_239, 241, 259

안찰사(按察司) 1_72, 92, 114, 208, 210, 439, 440, 2_130, 209, 291, 448, 451, 453, 4_129, 307, 356, 357

안평(安平) 2_125, 126, 444~446, 457, 458, 462, 463

안혜왕(安惠王) 2_222, 226

알유(猰㺄) 4_354, 355

애숙(挨宿) 4_156, 157, 165, 168

애충(哀沖) 1_103, 104, 2_37, 254, 255, 274

애침(艾沈) 4_412

액정(掖庭) 2_58, 60

약오지귀(若敖之鬼) 1_117

약원(若元) 1_59, 242

양가립(羊可立) 2_292, 294

양각민수겸(楊恪愍守謙) 2_400

양경(楊慶) 2_214~216

양경조(兩京兆) 1_416

양관(楊綰) 4_81, 83

양광(兩廣) 1_135, 382, 384, 418, 2_108, 423, 424, 3_38, 94, 230, 232, 266, 267, 4_181

양남금(楊南金) 4_378, 379

양단숙재(梁端肅材) 4_320

양대장(楊大章) 3_248, 250

양동명(楊東明) 4_131, 132

양무(梁武) 1_133, 2_265

양박(楊博, 양양의박(楊襄毅博)) 1_139, 151, 152, 2_402, 404, 3_348, 349, 4_276, 400

양방(兩坊) 3_180

양방(梁方) 3_43, 44, 53, 54

양방(梁芳) 1_235, 238, 283, 284, 3_71~74

양방양전(兩房兩殿) 4_164

양복소기원(楊復所起元) 4_400

양부(楊博) 1_66, 73, 138, 149, 152, 164, 166, 188, 454, 3_165, 167, 172, 4_79, 255, 256, 266~268

양부조양왕우사(襄府鄱陽王祐樞) 2_260, 277

양사기(楊士奇, 양문정(楊文貞), 양(楊), 양동리(楊東里), 서양(西楊), 문정(文貞)) 1_66, 69, 73, 78~80, 82~85, 87, 89, 91, 138, 149, 157, 160, 164, 166, 188, 391, 393, 454, 2_214, 216~218, 3_158~160, 163, 172, 179, 180, 361, 364, 365, 4_79, 165, 166, 168, 169, 256, 261, 262, 450, 451

양사성(梁師成) 1_78, 80, 3_53, 54, 82, 86

양성전유년(梁惺田有年) 4_337

양순길(楊循吉) 1_111, 118

양시교(楊時喬, 양상요(楊上饒), 양소재(楊少宰)) 2_315, 457, 459, 4_130, 335, 337, 413, 414, 425, 426

양신(楊愼, 양신도(楊新都), 양승암(楊升庵), 양용수(楊用修)) 1_248, 254, 256, 311, 312, 337, 341, 344, 407, 2_409, 3_117, 183, 192, 196, 219, 222, 223, 225, 231, 233, 263, 335,

342, 4_191, 442

양안아(楊安兒) 1_202, 203

양어사사지(楊御史四知) 4_63

양영(楊榮) 1_66, 73, 84, 89, 90, 129, 131, 149,
164, 166, 188, 454, 2_217, 218, 3_95, 172,
4_79, 166, 169

양원상(楊元祥) 2_383, 386

양음(諒陰) 1_62, 2_100

양응룡(楊應龍) 2_248, 294, 4_446, 511, 513

양의(楊儀) 3_202, 203

양일청(楊一淸, 양단도(楊丹徒), 양문양(楊文
襄), 양문양석종(楊文襄石淙), 양단도일
청(楊丹徒一淸), 양수암(楊邃菴), 양수암
일청(楊邃菴一淸), 양석종(楊石淙), 단도
양문양(丹徒楊文襄)) 1_164, 167, 169, 272,
287, 309, 310, 2_199, 201, 256, 257, 392, 398,
3_76, 165, 168, 171, 173, 208, 210, 216, 217,
233, 253, 270, 274, 4_212

양잠(梁潛) 2_217, 218

양장왕(梁莊王) 2_222, 226

양저(梁儲, 양남해(梁南海), 양문강(梁文康))
1_248, 256, 257, 311~314, 3_228

양정화(楊廷和, 양문충정화(楊文忠廷和), 신
도공(新都公), 양신도(楊新都), 신도양문
충(新都楊文忠), 양신도정화(楊新都廷和))
1_136, 139, 150, 151, 248, 249, 256, 258, 291~
293, 296, 298, 312~314, 336~339, 2_450, 452,
3_170, 171, 183, 184, 220, 226, 228, 240, 252,
334, 335, 337, 4_195, 198, 217

양제(兩制) 4_119, 135, 139, 164, 251, 253, 265

양편수방주명(楊編修芳洲名) 4_218

양해풍(楊海豐) 4_127, 129

양헌왕(襄憲王) 2_204~206, 222, 225

양형암도빈(楊荊巖道賓) 4_237

양홍(楊洪) 1_414, 419

양환(楊桓) 1_242, 243

양후산일괴(楊後山一魁) 4_513

어관승은(魚貫承恩) 2_103

어극(御極) 1_27, 313, 454, 461, 465, 468, 2_151,
154, 290, 3_67, 4_100, 201, 205

어마감(御馬監) 1_238, 323, 326, 457, 473, 475,
3_28, 37, 38, 89

어마감승(御馬監丞) 3_50, 73, 88, 89

어문(御門) 1_50, 51, 160, 483

어용(御容) 1_328, 360

어우(御宇) 1_468, 2_22

어일강(御日講) 1_122, 457

어조은(魚朝恩) 1_456~458, 3_103, 106

어집(御集) 1_64, 65, 3_179

어차(御箚) 1_298

어탑(御榻) 2_72, 74

언검천무경(鄢劍泉懋卿) 3_295

엄곡(嚴嵩) 1_380, 384, 3_334

엄답(俺答) 1_168, 381, 385, 2_400, 4_486

엄상숙(嚴常熟, 엄문정눌(嚴文靖訥)) 3_234,
237, 286, 339, 340, 4_42, 44

엄숭(嚴嵩, 엄분의(嚴分宜), 분의(分宜), 엄개
계(嚴介溪), 개계(介溪)) 1_72, 114, 151,
164, 168, 230~233, 241, 341, 343, 344, 351,
384, 394, 402, 2_49, 134, 278, 346, 397, 400,
403, 3_228, 229, 237, 268, 293, 295, 297, 299,
300, 4_93, 120, 139, 264, 393, 394, 403, 405,
417, 430, 431, 492

엄윤(閹尹) 1_464, 465

엄인소태재청(嚴寅所太宰淸) 4_292

엄정지(嚴挺之) 4_109, 111

업하(鄴下) 2_336, 4_474

여강(呂強) 3_88, 90, 110, 111

여계(女戒) 2_21, 22

여계림(呂桂林) 4_99, 100

여곤(呂坤, 여씨(呂氏), 여사구(呂司寇), 여신
오곤(呂新吾坤)) 2_111~113, 167, 4_73, 74

여관(女官) 1_415, 3_112

여기(呂紀) 4_143, 145

여념(黎恬) 4_280, 281

여량홍(呂梁洪) 4_506, 507

여례(輿隷) 2_421, 4_420

여문안(呂文安) 3_235, 237, 238, 248, 250

여본(呂本) 2_47~49, 3_234~238

여순(黎淳) 1_217, 3_209~211, 4_191, 193, 262, 263

여습(餘習) 2_202, 412, 4_240~242

여안왕(汝安王) 2_223, 228

여앙(餘殃) 2_286

여약우(呂若愚) 4_379, 380

여양대장공주(汝陽大長公主, 여양(汝陽)) 2_352, 354

여양적(呂陽翟) 2_312

여여진(厲汝進) 4_387, 388

여운구계등(余雲衢繼登) 4_113

여원(呂原) 3_166, 168, 176, 178

여이간(呂夷簡) 1_138, 143, 144

여이호(呂頤浩) 1_138, 146, 147

여중목남(呂仲木柟, 여경야남(呂涇野柟)) 3_277

여홍(女紅) 2_71

여훈(女訓) 2_23, 24, 110~113

역사(歷事) 4_169, 333

역현(嶧縣) 2_40, 43, 440, 442

연가(宴駕) 2_215

연곡(輦轂) 1_28, 3_149

연권제(年眷弟) 4_106

연리(椽吏) 2_426, 428

연만생(年晩生) 4_106

연빈객(捐賓客) 4_93

연산(燕山) 1_7, 70, 418, 2_7, 3_7, 36, 108, 109, 4_7

연상소(演象所) 4_75, 77

연수(延綏) 1_418, 2_290, 3_56, 57, 4_339, 340, 497, 498

연영(延英) 4_134, 137

연운(燕雲) 1_65, 3_33, 36, 297, 300

연전장니(連錢障泥) 1_475

연중승표(連中丞標) 4_336

연창궁사(連昌宮詞) 1_358, 360

연첩(年帖) 4_146

연평(延平) 1_188, 211, 368, 2_89, 337, 338

연하(輦下) 1_28, 2_424, 3_331

열심(熱審) 3_283, 284

염류(炎劉) 3_207

염홍양(冉興讓) 2_359~361

영가공주(永嘉公主, 영가대장공주(永嘉大長公主), 영가(永嘉), 영가정의대장공주(永嘉貞懿大長公主)) 2_329~331, 354, 357, 362, 364

영관(伶官) 1_174, 286

영국공(英國公) 1_84, 90, 91, 132, 135, 140, 230, 232, 2_36, 415, 416, 440, 462, 463

영국공왕진(寧國公王眞) 1_139, 140

영녕공주(永寧公主) 2_348, 350, 351, 359, 360

영락(永樂) 1_51, 52, 54, 55, 66, 68, 70, 76, 78, 80~83, 86, 88~91, 110, 115, 116, 120, 129, 131, 132, 140, 141, 149, 150, 153, 154, 156~159, 163, 166, 170, 172, 176, 177, 188, 189, 191, 194, 195, 215, 277, 294, 306, 350, 351, 358, 359, 374, 391, 393, 416, 419, 440, 448, 484, 485, 2_24, 26~29, 36, 47~49, 51, 56, 69, 75, 93, 94, 96, 138, 141, 152, 203~206, 208~210, 213, 215~220, 222, 223, 226, 227, 236, 237, 246, 249, 250, 298, 332~334, 337, 338, 383, 387, 411, 416, 440~443, 445~448, 3_21~24, 26, 32, 34, 37, 38, 95, 96, 156~159, 163, 167, 177, 178, 188, 292, 4_134, 135, 137, 138, 142, 153~159, 163~176, 181, 183, 184, 186~188,

208, 210, 236, 237, 255~262, 280, 281, 306, 307, 450, 451, 463, 477, 478, 482, 484, 493, 518

영릉(永陵) 2_62, 64, 99, 102, 134, 136, 140, 142

영모(翎毛) 4_143, 145

영상왕(穎殤王) 2_253, 254

영순공주(永淳公主, 영순대장공주(永淳大長公主)) 2_348, 350, 364

영안공주(寧安公主) 2_30, 32, 357

영암(靈巖) 1_196, 198

영양(迎養) 1_377

영요(英燿) 2_277, 303, 304, 308

영요(英耀) 2_304~308

영정왕(郢靖王) 2_222, 226

영제궁(靈濟宮) 1_52~55, 57, 469, 470

영종(寧宗) 1_11, 125, 129, 131, 135, 138, 147, 148, 409, 410, 2_11, 434, 3_11, 4_11, 469

영주위(永州衛) 1_303, 308

영중(郢中) 1_424, 425

영지(令旨) 1_214, 293, 2_151, 153, 3_184

영진백류취(寧晉伯劉聚) 3_43, 44

영춘후왕녕(永春侯王寧) 2_336

영평공주(永平公主) 2_332, 334

영포(英布) 3_81, 85

영효(永孝) 1_327, 328

예경(禮卿) 1_72, 140, 390, 393, 395, 2_115, 123, 130, 141, 207, 243, 358, 363, 364, 446, 3_44, 161, 162, 4_113, 239, 243, 244, 366, 367, 381, 382

예기(禮記, 예경(禮經)) 1_21, 86, 447, 450

예령(睿齡) 1_438, 2_198, 215, 4_198

예묘(禰廟) 1_108, 301, 305, 355, 2_243, 3_201

예문지(藝文志) 1_6, 68, 72, 80, 2_6, 3_6, 4_6

예문희겸(倪文僖謙) 4_115

예부상서(禮部尙書) 1_36, 49, 51, 55, 62, 69, 72, 84, 85, 89, 91, 92, 119, 120, 136, 137, 146, 149, 150, 151, 167, 168, 173, 174, 188, 226~228, 238, 239, 242, 258~260, 270, 292, 299, 300, 306, 313, 314, 316, 317, 320, 341, 343, 349, 351, 371~374, 382, 388, 391, 395, 422, 458, 459, 461, 472, 2_43, 49, 56, 88, 107, 114, 121, 129, 138, 186~188, 204, 240, 241, 243, 247, 250, 278, 320, 356, 358, 362~364, 385, 445, 450, 452, 3_42, 44, 52, 61, 85, 86, 95, 97, 141, 164, 166~168, 178, 194, 197, 198, 210, 211, 214, 231, 232, 237, 267, 287, 292, 354, 4_44, 64, 69~71, 77, 91, 100, 107, 111~113, 115, 116, 125, 160, 162, 165, 169, 208, 210, 222, 236~238, 289, 290, 303, 315, 330, 341, 366, 367, 378, 379, 395, 400, 437~440

예부시랑(禮部侍郞) 1_36, 73, 80, 81, 83, 85, 117, 136, 147, 150, 151, 191, 194, 227, 242, 305, 382, 3_61, 77, 165, 166, 208, 210, 278, 291, 292, 4_46, 63, 69, 71, 83, 112, 113, 137, 138, 182, 217, 218, 278, 279, 362, 405, 428, 439, 440

예선군우동사혜(倪選君禹同斯蕙) 4_316, 317

예손(裔孫) 2_364, 411, 413, 420, 421, 461

예수(禮數) 1_328, 2_89, 4_250

예악(倪岳, 예문의악(倪文毅岳)) 1_235, 239, 2_204, 205, 207

예조(藝祖) 2_168, 169

예황제(睿皇帝, 영종(英宗), 예황(睿皇)) 1_71, 115, 211, 2_34, 36, 76, 337

오경화(鄔景和) 2_264, 266

오국륜(吳國倫, 오명경(吳明卿)) 3_319, 4_136, 139

오대사(五代史) 1_143, 4_45, 46

오대전씨(五代錢氏) 1_134

오로(五輅) 1_250, 251

오문(吳門) 1_225, 227, 381, 384, 444, 456, 457, 2_409, 412, 4_42, 44, 82, 85, 93, 99~102, 122,

124, 127, 129, 231, 232

오배삼고두(五拜三叩頭) 2_208, 211

오부(烏府) 4_235

오부륙부(五府六部) 1_239

오부첨서관(五府僉書官) 1_105

오사모(烏紗帽) 1_275, 276

오산(鰲山) 4_197, 198

오성십이루(五城十二樓) 1_469, 470

오수수붕(吳秀水鵬) 2_248

오숭인(吳崇仁) 1_225, 226, 228

오안(吳安) 2_444~446

오엄(吳儼) 4_378, 379

오원제(吳元濟) 1_171, 173

오월(吳越) 1_36, 130, 134, 196, 198, 205, 206,
　　344, 3_318, 319

오육(吳育) 4_101, 102

오정거(吳廷擧) 1_255, 258

오조(吳趙) 3_224, 357, 4_199, 412

오종요(吳宗堯) 3_130, 131, 133

오중(吳中) 1_164, 166, 271, 272, 2_195, 264, 266,
　　382, 383, 386, 387, 408, 411, 3_191, 209, 210,
　　222, 370, 371, 373, 374, 378, 379, 4_46, 131,
　　132, 197, 215, 216, 411, 412

오태(吳兌) 2_426, 428

오현(五賢) 3_191, 379, 4_46, 412

오확(吳擭) 4_92, 93

오후(吳后) 2_67, 82, 137, 254

옥궤말명(玉几末命) 1_462

옥로(玉輅) 1_250~252

옥사(獄詞) 1_288

옥성(獄成) 2_301, 3_261

옥저(玉筯) 1_414, 420

옥전백(玉田伯) 1_233, 2_457, 458

옥제(玉帝) 1_329, 330

옥첩(玉牒) 2_85, 89, 201, 356, 357

옥축고명(玉軸誥命) 1_260

옥환(玉環) 2_92, 94

온경규(溫景葵) 4_485, 486

온교(溫嶠) 1_226, 229

온성후(溫成后) 2_140, 142

온일제순(溫一齊純, 온중승(溫中丞)) 4_414

옹비진씨(雍妃陳氏) 2_357

옹주새(雍州璽) 1_241, 242

완명경(阮明卿) 4_425~427

완의국(浣衣局) 1_194, 2_108, 109, 3_137, 140

완점(完竇) 2_312

완평(宛平) 2_426, 428, 429, 4_445

왕거우문매(王居于文邁) 4_445

왕경(王景, 왕경창(王景彰)) 1_78, 80, 81, 83, 85

왕경(王瓊, 왕공양(王恭襄)) 1_476, 4_126, 128

왕광양(汪廣洋) 2_175, 176

왕국용(王國用) 2_371, 372

왕금(王金) 2_286, 3_284, 347, 348, 4_397, 398

왕급사굉정소휘(王給事宏廷紹徽) 4_433

왕기(王畿, 왕용계(王龍溪)) 1_379, 382~384,
　　386

왕단(王旦) 1_138, 142, 143, 4_103, 105

왕단의서(王端毅恕, 삼원왕단의(三原王端毅),
　　왕삼원(王三原)) 2_287, 4_115

왕대신(王大臣) 3_25, 29, 118, 120

왕도(王圖, 왕요주(王耀州)) 4_125, 393, 395

왕도간덕완(王都諫德完, 왕희천덕완(王希泉德
　　完)) 2_165

왕도곤(汪道昆, 왕태함(汪太函)) 2_383, 386,
　　390, 4_93

왕두명사창(王斗溟士昌) 4_314, 315

왕래(王來) 2_205, 207, 231, 234

왕록(王祿) 1_336, 338

왕륜(王淪) 2_246, 249

왕립천진사계현(王笠川進士繼賢) 3_86

왕망(王莽, 신망(新莽)) 2_60, 146, 3_359, 4_40,
　　187

왕문(王文, 왕문의(王毅愍)) 1_164, 166, 211, 216, 227, 380, 381, 384, 385, 2_77, 386, 3_159, 185, 232, 249, 250

왕문각(王文恪, 왕문각오(王文恪鰲)) 1_271, 272, 3_167, 363

왕문록(王文祿) 4_103~105, 107

왕문통일녕(王文通一寧, 왕일녕(王一寧)) 4_137

왕백곡(王伯穀) 4_92, 93

왕보(王黼) 3_53, 54, 256, 257, 305

왕사기(王士騏, 왕담생사기(王淡生士騏)) 4_90, 329, 331

왕삼빙(王三聘) 2_282, 285

왕세정(王世貞, 왕엄주(王弇州), 엄주(弇州)) 1_10, 34, 36, 109~111, 116, 261, 319, 349, 352, 2_10, 374, 386, 3_10, 295, 4_10, 59, 93, 201

왕세충(王世充) 1_180, 183, 449, 4_457, 458

왕수인(王守仁, 왕문성(王文成), 신건백(新建伯), 문성선생(文成先生)) 1_134, 135, 302, 306, 307, 382~384, 386, 2_188, 408, 411, 412, 423, 428, 3_75, 77, 243, 308, 310, 4_275, 277, 492

왕승훈(王承勳) 2_408, 412, 426~429

왕신(王紳) 1_83, 85~87

왕안석(王安石, 왕개보(王介甫)) 1_80, 138, 145, 146, 2_23, 364, 3_256, 257, 360, 364, 366

왕애(王涯) 3_75~77

왕양성(王陽城) 3_271, 275

왕여령(王與齡) 3_217, 218, 302~304

왕여옥(王汝玉) 4_254~256

왕오(王五) 3_245, 246, 4_96

왕용급(王用汲) 2_318, 320

왕우옥(王禹玉) 2_140, 3_82, 86

왕우태긍당(王宇泰肯堂) 4_90

왕원한(王元翰, 왕급사원한(王給事元翰)) 1_481, 482, 4_433

왕월(王越) 2_415, 417

왕위(王偉) 2_457, 459, 462, 463

왕유(王瑜) 2_214, 216

왕응기(王應琦) 1_234, 237

왕이지학(王李之學) 1_36

왕재진(王在晉) 3_321

왕전(王篆, 이릉왕소재전(夷陵王少宰篆), 왕이릉(王夷陵)) 3_268, 275, 4_33~35, 61, 64

왕정상(王廷相) 2_129, 130, 4_275, 276

왕조적(王祖嫡, 왕사죽조적(王師竹祖嫡)) 1_111, 118, 4_266, 269

왕종목(王宗沐) 4_481, 484

왕준(汪俊) 1_373, 374

왕증(王曾) 1_138, 143, 144

왕지고(王之誥) 3_288, 289

왕지동(王之棟) 4_469, 471

왕직(汪直) 1_235, 238, 2_415, 417, 3_22~24, 26, 27, 30, 33, 35, 43, 44, 73, 74, 103, 106

왕직(王直) 1_139, 149, 2_264, 3_158, 159, 4_79, 165~167, 169, 180, 181, 185

왕진(王振) 1_200, 453~455, 3_21, 23, 30, 31, 39, 41~44, 56, 57, 91, 92, 362, 363, 4_167, 169, 180, 181, 189

왕진계(王晉溪) 3_225, 226

왕치(王治) 1_342, 344, 2_23, 24

왕탁(王鐸) 2_382, 385

왕태창(王太倉, 태창(太倉), 태창상공(太倉相公), 누강공(婁江公), 누강(婁江)) 1_296, 297, 298, 444, 456, 458, 2_192, 193, 195, 3_229, 264, 265, 326, 327, 378, 379, 4_62, 66, 67, 75, 77, 81~83, 90, 99, 100, 103~105, 122, 124, 127~129, 202~205, 221, 223, 238, 239, 344, 346, 428

왕해(汪諧) 4_370, 372

왕회극세양(王懷棘世揚) 4_340

왕횡(汪鈜, 왕영화(汪榮和)) 1_317, 320, 382, 2_129~131, 179, 182, 3_273, 274, 278, 4_126, 128, 217, 218, 275~277, 287, 288

왕흥(王興) 3_266, 268

외간(外艱) 3_223

외계(外計) 1_377, 440, 2_319, 4_54, 314, 320, 369, 376, 377, 383, 388, 412, 422

외리(外吏) 1_172, 3_126, 196, 197, 4_169, 210, 212, 223, 253, 286

외부(外傅) 2_461, 3_121

외신(外腎) 3_86

외위지휘(外衛指揮) 2_418, 422, 437, 439

외정(外廷) 1_476, 478, 2_60, 167, 3_22, 106, 204, 246, 4_249

요간왕(遼簡王) 2_26, 28, 222, 226, 296~298

요광효(姚廣孝) 1_78, 80, 82, 83, 89, 137, 139, 140, 4_173, 174

요균경(廖均卿) 2_139, 141

요급사문울(姚給事文蔚, 요양곡문울(姚養穀文蔚)) 4_74

요기(姚夔, 기(夔)) 2_53, 54, 56, 57, 72, 74, 121~124

요기(廖紀) 1_84, 91, 92, 340, 343, 376, 377, 4_211, 212

요도(潦倒) 3_250

요도남(廖道南) 1_52~55, 3_162

요래(姚淶) 1_53, 56

요서(僚胥) 2_336, 4_32

요서(妖書, 요서사(妖書事)) 1_459, 2_107, 188, 310, 311, 313~315, 317, 319, 3_26, 29, 117, 119, 120, 4_90, 426, 427

요송(姚宋) 1_141, 142

요수일해이(遼水一海夷) 1_160

요순(堯舜) 1_25, 27, 32, 44

요술(妖術) 2_290

요승(廖升) 1_83, 85, 86

요우직(姚友直) 2_246, 249, 4_163, 164

요평중(姚平仲) 3_364, 366

용대(容臺) 4_194

용도(龍圖) 1_63, 64, 67, 101, 146, 3_179, 181, 4_102, 251, 252

용도천장(龍圖天章) 1_64

용비(龍飛) 1_387, 388, 438, 2_33, 183, 191, 226, 250, 3_55, 4_139, 179, 205, 388

용어(龍馭) 1_461

용어상빈(龍馭上賓) 2_60

용연(龍延) 3_123, 124

용열(容悅) 1_11, 390, 2_11, 115, 358, 3_11, 115, 204, 4_11

용잠(龍潛) 1_124, 125

용태(龍蛻) 1_425

용하변이(用夏變夷) 1_450

용호산(龍虎山) 1_57, 268~270

우겸(于謙, 우숙민(于肅愍), 우충숙겸(于忠肅謙), 숙민(肅愍)) 1_66, 131, 139, 149, 166, 208, 209, 211, 212, 214, 216, 2_76, 77, 204, 206, 231, 234, 335, 411, 418, 421, 422, 3_39, 41, 338

우계(祐楑) 2_242, 243, 286

우규(祐揆) 2_240~244

우담(于湛) 1_376, 377

우동아(于東阿, 우상공(于相公), 동아우곡봉신행(東阿于穀峯愼行)) 2_293, 295, 3_194, 198, 379, 4_75, 77, 238, 239

우렬(右列) 1_480, 2_343, 353, 453, 3_287, 335, 4_253, 270

우령(優伶) 1_286, 4_250

우면(于冕) 2_418, 422

우문호(宇文護) 4_39, 41

우사악(右司樂) 1_210, 285, 287

우선객(牛仙客) 4_109, 111

우씨공주(寓氏公主) 2_145, 147

우연취일(虞淵取日) 2_159

우옥(牛玉) 2_72, 74, 80, 82, 3_53, 54

우옥(禹玉) 2_142, 3_86

우우(友于) 3_221

우인(優人) 1_174, 2_385, 387

우전(祐楫) 2_263, 265, 268, 271, 272

우조(優詔) 1_265, 287, 2_101, 3_224

우집(虞集) 4_466, 469

우탁(優擢) 1_319

운룡자방(雲龍子房) 4_510

운모련(雲母輦) 1_251~253

운부(運副) 1_398, 399, 3_241

울도왕(蔚卓王) 2_98, 101, 104, 106, 253, 254, 356, 358

울라부인(菀㲉婦人) 2_145, 147

울림주(鬱林州) 1_186, 189

웅극(雄劇) 1_417, 4_234, 365

웅준(雄峻) 3_31

웅지강정필(熊芝岡廷弼) 4_409

웅충(熊翀) 1_241, 242

원광(怨曠) 3_50

원군(元君) 1_59, 268~270

원도어사(袁都御史) 2_373, 374

원도의(源道義) 1_153, 154, 158

원리선복징(袁履善福徵) 3_351

원립(爰立) 2_51, 3_379, 4_222, 253

원마(苑馬) 1_304, 439, 440, 3_354, 4_464, 465

원명(圓明) 1_234, 236, 259, 260

원문영위(袁文榮煒, 원원봉(袁元峯), 원문영(袁文榮)) 1_422

원복(遠服) 2_364

원서(爰書) 2_235, 304, 3_369

원세조(元世祖) 1_56, 59, 198, 389, 4_458

원소(袁紹) 2_304, 305

원소원자(元霄圓子) 1_76

원손(元孫) 1_141, 441, 442, 2_161, 163, 352, 354, 364, 3_198

원시천존(元始天尊) 1_360, 421, 423

원외랑(員外郞) 1_118, 213, 215, 305, 346, 374, 2_291, 422, 3_328, 4_74, 172, 486, 514

원우(元祐) 1_145, 146, 2_21, 22, 4_506

원위(元魏) 1_101, 102, 3_50, 140

원자(元子) 2_161, 162, 184, 185, 192, 194, 253, 254, 3_201

원재(元載) 1_458, 3_136, 139, 305, 306

원제(元帝) 1_356, 2_60, 144, 146, 147

원조(遠祖) 2_330

원종고(袁宗皋, 원석수(袁石首)) 1_291, 292, 2_247, 250, 3_196, 4_178

원중랑(袁中郞) 2_301, 302

원초객(袁楚客) 2_338, 340

원태(元台) 3_257

원풍(元豊) 1_130, 134, 145, 146, 2_22, 23, 3_83, 86

원회(元會) 1_171, 174, 254, 256

위견천윤정(魏見泉允貞) 4_345

위경력(僞經歷) 4_353, 354, 393, 394

위공왕(衛恭王) 2_223, 227

위력전(韋力轉) 3_137, 139

위무대장군(威武大將軍, 위무대장군총병관(威武大將軍總兵官)) 1_259, 260, 262~265, 279, 280

위문제(魏文帝) 2_43

위소(衛所) 1_308, 2_234, 422, 4_353, 477, 478, 483, 512, 514

위소(危素) 4_160, 161

위송(僞宋) 2_169, 170

위시량(魏時亮) 3_260, 261, 4_384~386, 388

위야(魏野) 4_103, 105

위원(魏元) 1_203, 4_370, 371

위원충(魏元忠) 2_338, 340

위장거교(魏莊渠校) 3_232

위조(魏朝) 3_96, 97, 4_56, 58

위징(魏徵) 1_446~450

위하(衛河) 4_488~490

위학(僞學) 1_379, 382

위한(僞漢) 2_26, 27, 392, 393, 4_160, 162

위현충(魏玄沖) 1_202, 203

위휘부(僞輝府) 2_223, 224, 228, 405, 406, 4_488, 489

위흥(韋興) 3_71, 73

유가항(劉家港) 4_479, 482

유강(兪綱) 1_187, 191, 3_175, 176, 4_109

유개지(劉攽之) 3_281, 282

유건(劉健, 낙양(洛陽), 유회암(劉晦菴), 낙양 유문정(洛陽劉文靖), 유문정건(劉文靖健), 유낙양(劉洛陽), 회암(晦菴)) 1_139, 150, 230~232, 238, 2_54, 55, 57, 121~124, 229, 450, 452, 3_170, 186~188, 214, 225, 4_102

유경(劉暻) 2_367, 373~375

유관(流官) 1_110, 117

유광복(劉光復) 1_225, 228

유광규(劉玄規) 3_138, 141

유근(劉瑾, 근(瑾)) 1_150, 200, 288, 476, 2_63, 83, 119, 179, 181, 332, 335, 454, 455, 3_24, 27, 75, 76, 88, 106, 219, 220, 225, 234, 361, 362, 4_109, 110, 145, 177, 222, 378, 379

유기(劉基, 문성(文成)) 1_137, 140, 446, 450, 2_176, 365~370, 373~375, 408, 411, 3_179, 4_174

유념대(劉念臺) 3_271, 275

유대(劉臺) 3_323, 324, 4_25, 26

유대하(劉大夏, 유화용(劉華容)) 1_139, 150, 3_214, 4_252, 253

유덕(諭德) 1_260, 2_98, 102, 243, 420, 3_180, 194, 197, 198, 208, 210, 239, 241, 315, 4_84, 191~194, 261, 262, 280, 281, 339, 341, 372, 387, 388, 416, 418, 428, 430

유도(劉燾) 3_266~269

유도(留都) 2_235, 322

유릉(裕陵) 1_48, 71, 443, 2_53, 54, 56, 57, 62~64, 73, 74, 99, 102

유림(榆林) 1_255, 257, 4_497, 498

유명(遺命) 1_460, 462, 2_57, 72, 74, 4_127

유문안정지(劉文安定之) 1_184

유문태(劉文泰) 3_212, 214, 4_374~376

유박야(劉博野, 박야유문목(博野劉文穆), 박야 (博野)) 1_217, 219, 225, 226, 3_184, 185, 203, 212, 214

유발지변(劉珨之變) 2_257, 258, 4_349

유백천응절(劉白川應節) 3_101, 4_513

유사(瘐死) 2_294, 390, 397, 401, 3_123, 4_406

유산(兪山) 1_187, 191, 3_175, 176, 4_109, 110

유소로일유(劉小魯一儒) 4_37

유수광(劉壽光, 유각로(劉閣老)) 1_225~227

유수유(劉守有, 유금오수유(劉金吾守有)) 3_25, 28, 4_302, 303

유식(侑食) 1_59, 139, 140, 174, 2_102

유신(儒臣) 1_194, 195, 332, 334, 454, 2_21, 3_106, 4_255, 256

유아(流亞) 1_353, 3_281

유영성(劉永誠) 3_42, 43, 56, 57

유왕(裕王) 1_48, 50, 61, 62, 123, 125, 132, 151, 350, 437, 442, 2_190, 191, 458, 463

유우(劉宇) 3_225, 226, 4_371, 372, 378, 379

유육유칠(劉六劉七) 1_264, 265, 3_321

유윤(劉鈗) 1_164, 169

유일상(劉一相) 4_62, 64

유자(猶子) 3_101

유저(裕邸) 1_61, 62, 353, 437, 2_30, 33, 191

유적(流賊) 2_413, 3_320, 321, 334, 335

유조(遺詔) 1_292, 296, 298, 311, 339, 348, 351, 2_214, 215, 3_51, 52, 296, 339, 341, 4_177, 178

유중(留中) 1_472, 2_194, 3_349, 357

유지기(劉知幾) 1_93, 94
유진천동성(劉晉川東星) 4_449, 513
유체(遺體) 2_429, 3_206, 207
유초빈(遊楚濱) 4_31, 32
유춘(劉春) 1_314, 2_240, 241, 243, 244
유치(劉鷹) 2_367~370
유태(游泰) 1_129, 132
유편(遺編) 1_31, 3_61
유표(劉表) 2_304, 305
유행(游幸) 1_255, 360, 4_145
유현(劉鉉) 4_180~182
유후(留後) 3_32, 34
유휴인(劉休仁) 1_275, 276
유흑달(劉黑闥) 1_179, 183
육경(六卿) 1_55, 334, 366, 368, 405, 481, 482,
    2_175, 176, 3_100, 101, 175, 177, 4_50, 51, 69,
    70, 121, 123, 251, 253, 309, 311, 364, 365, 437,
    438
육공부기서(陸工部基恕) 3_324
육과십삼도(六科十三道) 3_41, 354
육광조(陸光祖, 장간태재(莊簡太宰), 육오대(陸
    五臺), 육장간(陸莊簡), 육평호(陸平湖), 육
    장간광조(陸莊簡光祖)) 3_323, 324, 4_35,
    116, 118, 123, 129, 289, 290, 298, 299, 318,
    364, 381, 383
육궁(六宮) 1_100, 2_83, 97, 98, 100, 101, 104, 106
육무관(陸務觀) 4_293, 294
육문유(陸文裕) 1_114, 117
육백달(陸伯達) 4_89, 91
육병(陸炳, 육무혜(陸武惠)) 1_168, 2_248, 390,
    394~396, 402, 403, 405, 406, 444, 445, 3_286,
    287, 299, 301, 323, 324, 332, 333, 4_115, 117,
    394
육비(六飛) 1_273, 313, 2_221
육사(六師) 1_264
육소백기룡(陸少白起龍) 3_374

육수덕(陸樹德) 1_342, 344
육수정(毓秀亭) 4_283, 284
육완(陸完, 육전경(陸全卿)) 1_275, 277, 4_176
육정(六丁) 4_26
육조(六曹) 1_481, 4_128, 314
육찬(陸粲, 육정산급사찬(陸貞山給事粲)) 3_
    208, 210, 231~233, 252, 254, 267, 269, 270,
    274
윤대(尹臺) 1_61, 62
윤비(綸扉) 3_198, 199, 224, 4_270
윤직(尹直, 윤문화직(尹文和直)) 2_84, 86, 88,
    89, 3_166, 168
윤청(尹淸) 2_26, 28
윤통(允熥) 2_49, 224, 228, 252
융경(隆慶) 1_48, 49, 51, 62, 114, 118, 119, 122,
    129, 131~133, 135, 151, 152, 172, 174, 175,
    227, 252, 258, 338, 342, 344, 348, 350~353,
    367~369, 374, 380, 384, 386, 434, 436, 437,
    457~459, 461, 467, 468, 2_88, 107, 119, 126,
    127, 150, 152, 182, 188, 194, 195, 222, 228,
    263~266, 284, 286, 290, 292, 294~297, 299,
    303, 304, 307, 309, 315, 320, 400, 408, 412,
    422, 424, 459, 3_51, 52, 85, 194, 198, 219, 220,
    256, 258~260, 263, 265~267, 274, 284, 301,
    309, 324, 348~351, 353~356, 358, 359, 369,
    376, 4_26, 44, 70, 71, 79, 80, 91, 113, 125, 168,
    170, 192, 193, 239, 276, 277, 295, 296, 314,
    315, 335, 338, 340, 358, 382, 394, 397, 403,
    417, 422, 423, 446, 449, 465, 470, 480, 483~
    485, 487, 521
융경공주(隆慶公主) 1_130, 132
융경군왕재정(隆慶郡王載珽) 1_132
융복(戎服) 2_91~93, 96
은계(恩鐠) 2_297, 298
은기(銀記) 1_169, 4_58
은명(恩命) 1_188, 2_363

은명략(殷明略) 4_480, 483
은반(殷盤) 4_310, 311
은사(恩赦) 2_70
은석정(殷石汀) 2_419, 424
은역성(殷嶧城) 3_193, 197, 4_42~44
은영연(恩榮宴) 2_394, 396, 4_249, 250
은운(殷芸) 1_20, 23
은작국(銀作局) 1_193, 194
은지(恩地) 3_254, 296
은태자(隱太子, 건성(建成)) 1_111, 119
은효조(殷孝祖) 3_138, 140
을과(乙科) 3_182, 4_138, 140, 180, 182, 293, 294, 344, 345, 350
을람(乙覽) 1_454, 4_227
음교(陰教) 2_22
음위(陰痿) 3_206, 207
음자(廕子) 2_353, 354, 363, 364, 3_201
음적(陰賊) 3_274
읍사(邑司) 2_338, 340
응견(鷹犬) 2_181, 335, 3_275
응룡(應龍) 1_151, 366, 368, 3_193, 197, 206, 207, 4_302, 303
응명신보(凝命神寶) 1_97, 99, 100
응방(鷹坊) 3_257
응봉사(應奉司) 3_256, 257
응암(凝菴) 4_89, 91
응전(鷹鸇) 2_375
응제(應制) 1_271, 272, 4_227, 254, 256
응제률시(應制律詩) 1_272
응주개선(應州凱旋) 1_263
응천부윤(應天府尹) 2_418, 422, 423
의경효강황후(懿敬孝康皇后) 2_47, 49
의명(儀銘) 1_187, 191
의문태자(懿文太子) 1_85, 93, 95, 103~105, 107, 108, 111, 117, 2_47, 48, 223, 226, 252, 341, 343
의빈(儀賓) 2_276, 277, 296, 298, 332, 334, 337, 341~344
의사(義師) 1_59, 3_26
의성(宜城) 2_337, 339
의위(依違) 2_141, 424, 3_377
의장(儀仗) 1_219, 250, 251, 292, 295, 425
의제일사(儀制一司) 1_67
의조(儀曹) 2_345, 346
의주(儀注) 1_295, 2_133, 137, 197
의지(懿旨) 1_214, 2_151, 153
의지(擬旨) 2_315, 3_362, 4_96, 98, 376
의진현학(儀眞縣學) 1_282
의창(義倉) 4_461
이강(李綱) 3_364, 366, 4_231, 232
이견(李堅) 2_332~334, 336
이견라(李見羅) 1_433, 434
이경(貳卿) 1_423, 4_36, 37, 253, 312, 314, 417, 418
이경륭(李景隆) 1_78, 80~83, 88, 96, 179, 182, 2_237, 238
이계륭(李繼隆) 1_138, 143, 144
이계선(李繼先) 1_247, 248
이고렴(李古廉) 1_193, 194
이고충(李古冲) 3_235, 237
이과(吏科) 1_170, 172, 238, 320, 344, 428, 429, 2_422, 3_259, 261, 339, 341, 355, 357, 4_64, 82, 84, 136, 139, 155, 157, 171, 172, 223, 234, 235, 261, 262, 298, 299, 313~315, 326, 327, 335, 338, 341, 370, 372, 379, 382, 383, 388, 393, 394, 399~404, 408, 409, 484
이광(李廣) 1_234, 235, 237~239, 2_348~351, 417, 3_58, 60, 66, 70, 4_283, 284, 387, 388
이권(異眷) 1_393, 2_94, 400, 3_105, 223, 236, 276, 4_201
이극용(李克用) 2_382, 385, 386
이덕(李德) 3_39~41
이도아(李道兒) 2_306, 308

이동양(李東陽, 장사(長沙), 이서애(李西涯), 장사이문정공(長沙李文正公), 이장사(李長沙), 장사이문정(長沙李文正)) 1_49, 139, 150, 151, 238, 2_54, 55, 57, 66, 67, 121, 123, 229, 3_205, 206, 213, 214, 216, 226, 364, 4_450, 451

이릉신사(二陵信史) 1_113, 121, 122

이목(吏目) 1_83, 87, 88, 4_453, 455

이몽양(李夢陽) 2_117, 118

이묵(李默) 2_402, 403, 3_237

이문민포정정상(李文敏蒲丁廷相) 4_110

이문요(李文饒) 3_75~78

이문전(李文全) 2_460~462

이문충(李文忠) 1_81, 2_330, 418, 421

이민숙세달(李敏肅世達) 4_513

이밀(李密) 1_446, 448

이방(李芳) 1_349, 350, 352, 353, 4_57, 58

이보국(李輔國) 1_456~458, 3_106, 136, 138, 139, 141

이복달(李福達) 1_386, 3_259~261, 271

이복달일안(李福達一案) 3_276

이본녕헌사(李本寧憲使) 4_314

이부(吏部) 1_3, 9, 67, 86, 92, 144, 148, 150, 170, 172, 222, 227, 232, 234, 236, 238~240, 245, 260, 262, 272, 304, 315, 319, 330, 334, 351, 368, 374, 376, 377, 379, 381, 403, 405, 2_3, 9, 88, 98, 102, 129, 130, 186, 187, 195, 209, 212, 243, 246, 249, 250, 290, 301, 302, 314, 316, 320, 348, 350, 383, 387, 395, 423, 451, 453, 457, 3_3, 9, 62, 63, 65~67, 69, 159, 165, 177, 211~214, 219, 220, 225, 226, 232~234, 236~239, 241~243, 259, 261, 271, 275, 284, 302, 303, 339, 341, 342, 345, 4_3, 9, 31, 32, 34, 44, 73, 88~91, 104, 107, 110, 113~115, 117, 119, 122, 126~130, 136, 139, 141, 158, 159, 177, 179, 185, 186, 211, 212, 221~223, 234, 235, 266, 267, 269, 270, 276, 277, 283, 284, 289, 290, 292, 295, 298, 302, 303, 307~309, 312~314, 316, 318~324, 326~337, 339, 341, 343, 345, 347, 354~356, 362~364, 366, 367, 370, 372, 375~377, 383, 392, 395, 397, 398, 400, 406, 415, 418, 420, 422, 423, 425, 426, 435

이부상서(吏部尚書) 1_59, 64, 67, 84, 88, 90~92, 114, 117, 148, 150~152, 166~168, 183, 226, 227, 235, 239, 240, 256, 267, 275, 277, 314, 376, 377, 382, 401, 436, 444, 459, 461, 476, 2_49, 56, 75, 130, 174, 188, 248, 287, 315, 316, 320, 402, 403, 451, 452, 3_51, 68, 77, 158, 159, 165, 166, 168, 177, 181, 182, 184, 185, 187, 188, 212, 214, 215, 225, 226, 231, 237, 253, 254, 274~276, 283, 284, 287, 292, 324, 348, 349, 354, 355, 357, 4_35, 65, 69, 71, 100, 102, 116, 120, 122, 123~129, 132, 166, 169, 185, 186, 221, 222, 275~277, 280, 281, 287~289, 291, 292, 299, 312, 314, 318, 326, 327, 361, 371, 372, 382, 383, 385, 393~395, 403, 429, 431, 433, 439, 440, 513

이부좌시랑(吏部左侍郞) 1_51, 119, 173, 191, 227, 258, 292, 314, 435, 436, 458, 459, 461, 2_188, 316, 3_38, 175, 177, 183, 185, 232, 267, 272, 277, 292, 4_208, 210

이사(二司) 2_212, 4_291, 292, 320

이서(吏書) 1_239, 3_167, 168, 4_142, 372, 397, 450, 451

이서진군(二徐眞君) 1_52, 54~56

이선장(李善長, 이한공(李韓公)) 1_41, 43, 2_367, 370~372, 420, 4_457, 458

이순형식(李順敻植) 3_105, 4_232

이승훈(李承勛) 3_91, 4_275, 276

이심(理審) 1_83, 87

이양(李讓) 2_332~334, 336

이어사식(李御史植, 이순형식(李順敻植)) 2_294

이여송(李如松) 2_258, 386, 3_118, 120, 4_439

이연진(李延聿, 연진리대천대(延聿李對泉戴)) 4_122, 124, 125, 128, 130, 319, 320

이영원(李寧遠) 4_95, 97

이요(螭坳) 4_230

이욱(李煜) 1_205, 206, 477, 478

이원(梨園) 1_271, 273, 3_256, 257

이원(李遠) 2_445, 446

이원도간(吏垣都諫) 4_84

이윤(伊尹) 1_446, 449, 3_99, 326, 327

이응정(李應楨) 4_134, 138

이의(吏議) 4_286, 296, 315

이이(離異) 3_47

이임구(李任邱, 이문강(李文康), 이임구시(李任邱時), 이문강시(李文康時), 임구이문강(任邱李文康)) 1_52, 53, 55, 56, 167, 3_229, 256, 258

이임환(李霖寰, 이임환화룡(李霖寰化龍), 이소보화룡(李少保化龍)) 4_450, 451, 513

이자성(李孜省) 1_164, 166, 167, 234, 237, 238, 3_71~74, 4_283

이재(爾載) 1_32

이적지(李適之) 3_153, 154, 4_42, 44

이전(異典) 1_259, 261, 2_59, 4_44, 110, 169, 306, 307, 339, 340, 342

이정(李貞) 2_329, 330, 333, 336, 421, 4_306, 307

이정기(李廷機, 이진강(李晉江), 이온릉(李溫陵), 진강이구아(晉江李九我)) 2_318, 319, 3_195, 198, 4_64, 77, 236, 246

이조(二趙) 2_149

이종성(李宗城) 2_389, 391

이주(伊周) 3_327

이주로(利州路) 1_123, 126, 132

이중승(李中丞, 이수오(李修吾), 회상(淮上)) 2_427, 429, 3_134, 371, 4_88, 90

이중환(理中丸) 3_305, 306

이찬화(李贊華) 2_270, 272

이창문응책(李菖門應策) 3_268

이춘방(李春芳, 흥화이문정(興化李文定), 이흥화(李興化)) 1_266, 267, 432, 3_197, 332, 333, 4_140

이탁오(李卓吾) 3_344, 346, 4_243, 244

이항(李沆) 1_138, 142, 143

이현(李賢, 이문달(李文達), 이남양상업(李南陽相業), 이남양(李南陽), 이문달현(李文達賢)) 1_21, 32, 111, 117, 138, 149, 2_54, 57, 72, 74, 245, 248, 3_63, 68, 95, 96, 165, 167, 184, 185, 191, 323, 362~364, 4_45

이화(李和) 2_30, 32, 357

이흥(李興) 3_32, 34

익곤궁정씨(翊坤宮鄭氏) 2_38

익단왕(益端王) 2_223, 227

인기(印記) 1_165, 169, 3_309

인륜지시(人倫之始) 2_70

인성황태후(仁聖皇太后) 1_441, 442, 2_154, 457

인수(印綬) 1_417

인수감(印綬監) 2_376~378, 3_71, 73

인수궁(仁壽宮) 1_133, 235, 240, 324

인신(印信) 1_414, 416, 418

인종실록(仁宗實錄) 1_73, 84, 89~91, 139, 3_163

인효황후(仁孝皇后) 2_23, 24, 110, 112, 138, 139, 141

일갑(一甲) 1_287, 2_201, 3_192~194, 196~198, 4_155~157, 165, 168, 187, 188, 215, 216, 239, 294, 302, 303

일모도원(日暮途遠) 4_117

일색(一索) 2_200

일승월항(日升月恒) 1_468

일주막전(一籌莫展) 3_250

일품부인(一品夫人) 1_268~270, 2_145, 3_95~97

임경(林烓) 4_69, 70

임무달(林茂達) 4_285, 286

임성(臨城) 2_440, 442

임욕즙(林欲楫) 4_236, 237

임윤(林潤) 3_316~318

임인궁비지변(壬寅宮婢之變, 궁비지변(宮婢之變), 궁비양금영등모시대변(宮婢楊金英等謀弑大變)) 1_371, 425

임자(任子) 3_68, 69, 324, 4_37, 294, 310, 311, 322

임장무(林長懋) 1_186, 187, 189, 190, 4_257, 258

임청주(臨清州) 2_208, 210

임하(林下) 1_169, 313, 3_217, 292, 4_110, 294, 322, 465

임한(林瀚) 4_69, 70

임형태(任亨泰) 2_40, 42

입각(入閣) 1_188, 313, 457, 3_155, 159, 168, 169, 184, 185, 197, 214, 226, 237, 241, 264, 330, 340, 4_67, 77, 90, 98, 110, 116, 142, 201, 212, 237, 260, 415

입근(入覲) 1_389, 2_205, 4_331

입소(入紹) 1_292, 298, 313, 359, 399, 2_182, 250, 272, 413, 3_61, 227, 4_159

입재한록(立齋閒錄) 1_10, 186, 190, 2_10, 3_10, 4_10

입제(入齊) 2_289

입직(入直) 1_184, 325, 453, 454, 2_70, 390, 3_167, 203, 232, 333, 4_137, 139, 159, 256

입찬(入纘) 1_125, 134, 292, 467, 468, 2_64, 3_84, 4_172

잉비(媵婢) 2_153

ㅈ ————————————

자간(刺奸) 3_26, 27

자궁(自宮) 1_252, 3_85, 148

자녕(慈寧) 1_457, 2_37, 4_456, 457

자랑(貲郞) 1_248, 4_147, 164, 357, 465

자모(慈母) 2_30~32

자성황태후(慈聖皇太后, 생모리(生母李), 자성태후(慈聖太后)) 1_50, 441, 442, 456, 457, 2_23, 24, 34, 37, 64, 152, 154, 351, 457, 459, 461, 3_272, 276, 4_28, 29, 79, 80

자세(藉勢) 2_380

자수황태후(慈壽皇太后, 장후(張后), 소성태후(昭聖太后), 효강장후(孝康張后), 효강후장씨(孝康后張氏), 경황후(敬皇后), 효강(孝康)) 1_291, 293, 2_36, 51, 67, 118, 357, 3_276

자용(自用) 3_274, 4_423

자육자통(自肉自痛) 2_431

자이이척(自貽伊戚) 3_327

자정(資政) 3_179~181, 291

자주(磁州) 2_208, 211

작주(爵主) 2_435, 436

잠녀(蠶女) 2_145, 147

잠번(潛藩) 1_126, 2_191, 3_341

잠영(岑瑛) 1_109, 110, 115, 2_176

잠용빈(岑用賓) 4_396, 397

잠저(潛邸) 1_123, 130, 132, 133, 188, 358, 359, 2_224, 229, 266, 3_37, 38, 4_79, 80

잠준(岑濬) 1_110, 2_175, 176

잡류(雜流) 2_354, 355, 4_137, 145, 147, 164, 174, 435

장가(張檟) 1_348, 351, 4_386, 388

장가만(張家灣) 1_286, 288

장각(張覺) 3_33, 36

장거정(張居正, 장태악상공(張太岳相公), 장강릉(張江陵), 강릉(江陵), 장(張), 강릉공(江陵公)) 1_36, 48, 51, 113, 122, 129, 132, 151, 165, 169, 179, 182, 198, 200, 233, 267, 335, 351, 429, 432, 447, 451, 457, 2_152, 195, 288~292, 294, 320, 386, 405, 410, 415, 416, 423~425, 3_51, 52, 76, 96, 97, 101, 190, 191, 197, 200, 222, 235, 244, 246, 249, 268, 274, 275,

312, 313, 339, 341, 364, 365, 379, 4_26, 28, 31~34, 40, 46, 56, 57, 59, 60, 64, 95, 97, 113, 118, 350, 351, 411, 438, 470, 492, 516

장경(張鯨) 3_25, 28, 102~111, 114, 115

장경태자(莊敬太子, 장경(莊敬)) 1_104, 105, 2_37, 184, 185, 190, 191, 196, 198, 274, 4_261, 263

장계(張桂) 1_303, 305~307, 319, 320, 343, 347, 399, 2_260, 277, 351, 3_197, 198, 210, 232, 233, 241, 250

장공주(長公主) 2_26, 28, 29, 145, 329, 330, 350, 421

장공직방(長公職方) 1_457

장굉(張玄) 1_350, 353, 2_406, 407, 3_28, 102, 103, 105, 106, 108, 109, 118, 120, 4_56~58

장구령(張九齡) 1_232, 3_153~155, 222, 223

장구리소경선방(章邱李少卿先方) 2_295

장군(長君) 2_386, 3_309, 319, 4_311

장권관(掌卷官) 4_261, 262

장기(張岐) 2_451, 453

장기렴(張其廉) 4_329, 331

장녕(長寧) 1_48, 2_337, 339

장락(長樂) 1_105, 2_22, 92, 96, 154, 155, 277, 290, 3_330, 4_188

장례(蔣禮) 4_187, 188

장릉(長陵) 1_166, 256, 2_24, 73~75, 99, 102, 126, 127, 139, 141

장만(張巒) 1_293, 2_450~452, 3_203, 204

장면(蔣冕, 장전주면(蔣全州冕), 장전주(蔣全州)) 1_258, 311, 313, 2_409, 3_334, 335

장문달(張問達, 장성우문달(張誠于問達), 장도간(張都諫)) 2_318, 320, 4_243~245

장문의치(張文毅治, 다릉장문의(茶陵張文毅)) 3_163

장문잠(張文潛) 1_79

장반(長班) 2_439, 3_100

장방(張放) 2_68, 70

장병호(張秉壺) 4_393, 394

장보(張輔) 1_84, 90, 91, 140, 230, 232, 2_36, 416, 463

장복(章服) 2_322, 4_465

장비(張泌) 1_164, 165, 169

장사(長史) 1_88, 187, 190, 191, 229, 291, 292, 431, 432, 2_245~250, 279, 281, 296, 298, 315, 373~375, 3_178, 192, 196, 293, 295, 350, 352, 4_177~179, 283~386, 388

장사성(張士誠) 1_43, 134, 140, 141, 152, 4_162, 479, 482

장삼봉(張三丰) 1_112, 120

장서강수붕(張西工壽朋) 4_357, 358

장성(張誠) 3_25, 28, 98, 99, 102~115, 119, 121, 308, 310, 313, 315, 4_33, 35, 57~59, 244

장성장후(章聖蔣后, 장성황태후(章聖皇太后), 장성태후(章聖太后), 장성(章聖)) 1_232, 2_241, 244

장소(章疏) 1_408, 409, 2_381, 3_188, 241, 4_230, 314

장수(長隨) 3_39, 40, 62, 63, 67

장숙하씨(莊肅夏氏) 2_130

장승(張昇) 3_208, 209

장시형(蔣時馨, 장란거시형(蔣蘭居時馨)) 4_321, 322, 405, 406

장신(張紳) 3_161, 162

장신건(張新建, 신건(新建)장신건상공(張新建相公)) 1_484, 3_194, 198, 4_66, 67, 82, 99, 100, 114, 116, 121, 122, 124, 128, 130, 221, 223, 238, 239, 323, 328, 330

장엄(莊嚴) 1_234, 236

장역(匠役) 1_334

장영(張永) 1_167, 230, 232, 337, 370, 371, 476, 2_116~119, 129, 179, 180, 182, 256, 257, 336, 388, 390, 3_56, 57, 75~77, 93, 94, 103, 106,

117, 120, 192~194, 196, 197, 216, 217, 229, 231, 252~254, 256, 258~260, 263, 264, 266, 267, 270~274, 276, 4_126, 128, 204, 205, 217, 264~266, 269, 276, 296, 297, 450, 451

장영(張瑛) 1_186, 188, 3_166, 167, 169

장왕견패(莊王見沛) 2_286

장원(張袁) 2_250

장원(掌院) 2_86, 90, 3_261, 277, 4_123, 125, 186, 194, 289, 290, 440

장원충양몽(張元冲養蒙) 4_84, 232

장위(張位) 1_458, 484, 2_187, 188, 3_198, 4_67, 85, 100, 124, 223, 239

장이녕(張以寧) 1_85, 4_160~162

장익(張益) 4_163, 164, 166, 169, 338

장인(張寅) 3_259~261, 276

장장년(張長年) 3_161, 162

장종(蔣琮) 3_71~74

장종지(張宗之) 3_138, 140

장좌(張佐) 1_431, 432, 3_76, 78

장준(張浚) 1_138, 147, 3_375, 376

장진인(張眞人) 1_268, 269

장차틈궁일사(張差闖宮一事) 1_227, 228

장채(張綵) 1_234, 236, 238, 240, 3_225, 226, 320, 361, 362, 4_371, 372

장초(張超) 1_99, 102

장총(張璁, 장(張), 장영가(張永嘉), 장부경(張孚敬), 장소부(張少傅), 장라봉(張蘿峯), 영가공(永嘉公)) 1_131, 136, 151, 164, 272, 274, 291, 293, 296, 298, 300~303, 306, 309, 310, 315, 316, 319, 324, 336, 340, 343, 345, 346, 368, 398, 435, 2_110, 112, 125, 127, 133, 241, 243, 255, 259~261, 276, 349, 392, 393, 3_77, 171, 173, 208, 210, 217, 230~232, 274, 276, 367, 4_200, 201, 416, 418

장추하(張秋河) 4_488, 489

장포판(張蒲坂, 포판(蒲坂), 포판장봉반(蒲坂張

鳳磐), 사유(四維)) 2_292, 294, 3_194, 197

장학령(張鶴齡) 1_92, 293, 2_104, 119, 389~391, 452, 454, 455, 3_58, 60, 88, 90

장한(張漢) 4_401, 403

장향(璋鄕) 1_189

장현(臧賢) 1_285~287

장황제(章皇帝) 1_63, 65, 66, 196, 197, 2_34, 36

장황제(莊皇帝) 1_48, 2_34, 37

장훈(張勳) 3_110~112

재고(在告) 2_70, 3_198, 250, 344, 4_415

재궁(梓宮) 1_320, 427, 2_62, 64, 125, 127, 135, 137, 141

재궁(齋宮) 1_49, 97, 100, 357~360, 3_316, 318, 4_51, 52

재륜(載綸) 2_276~278, 282~285, 306, 308

재새(載璽) 2_267~269, 271, 272

재유(在有) 1_28, 465

재초(齋醮) 1_150, 151, 422, 2_101, 265, 269, 272, 277, 290, 3_341, 365, 376, 377

저궁(儲宮) 1_125, 2_38, 56, 187

저보(邸報) 3_112, 139, 4_64

저사(儲嗣) 2_100, 101

저순신(儲純臣) 4_402, 404

저애소부(褚愛所鈇) 3_268

저양왕(瀦陽王) 1_233, 374, 2_393

저임(抵任) 1_222, 3_173, 174, 237, 265, 4_74, 307, 324, 346

적례(敵禮) 2_211, 3_86, 4_105, 303, 365

적모(嫡母) 1_441, 442, 2_150~154, 345, 347, 457, 458

적몰(籍沒) 1_88, 169, 190, 211, 2_294, 397, 3_109, 121, 305, 306, 309, 310, 314, 315, 319, 4_30, 35, 44, 58, 63

적방진(翟方進) 3_298, 300

적신지탄(積薪之歎) 4_193

적전(籍田) 1_250, 252

적제(赤帝) 3_206, 207

적제성(翟諸城, 적문의란(翟文懿鑾), 적석문(翟
石門)) 1_167, 2_409, 412, 3_229, 265, 335,
336, 4_42, 44

적출(嫡出) 2_30, 32, 254

전각(殿閣) 1_55, 129, 188, 210, 305, 324, 325,
327, 348~351, 357, 403, 447, 465, 469, 2_140,
3_153, 155~157, 165, 167, 168, 179, 180, 205,
207~209, 256, 257, 4_135, 141, 143, 153, 154,
255, 256, 267

전남(滇南) 2_221

전녕(錢寧) 1_285~288, 4_108, 110

전랑(銓郎) 4_341, 405, 406, 416, 418

전려(傳臚) 1_257

전루(箭樓) 1_294, 3_127, 128

전류(錢劉) 3_281

전목재(錢牧齋, 수지(受之)) 1_36

전몽고(錢夢皐) 2_310, 311, 314, 315, 4_73, 401,
403, 413, 424~427

전방(專房) 2_93

전법(篆法) 1_416

전보(典寶) 3_176, 178, 4_171, 172, 208, 210

전봉(傳奉) 3_67, 68, 4_115, 146, 147, 201, 210,
284

전봉관(傳奉官) 1_239, 3_67, 4_283

전부(典簿) 1_304, 306, 326, 3_89, 119, 121, 4_30

전부(錢博, 전문통부(錢文通博)) 3_51, 4_177, 178

전분(田蚡) 3_317, 319

전사(典史) 2_162, 194, 426, 428, 429, 4_62, 65,
344, 346, 387, 388

전사(銓司) 3_275, 4_314, 331, 426

전사성(全思誠) 3_161, 162

전상(轉詳) 2_430

전새국승(典璽局丞) 3_51, 52

전서산(錢緒山) 1_381, 385, 386

전선(銓選) 3_236, 4_355

전성(前星) 2_181, 183

전수(傳首) 2_235

전승(傳陞) 1_235, 239, 2_358, 451~453, 4_115,
283, 284

전시(銓試) 3_214, 215

전씨(錢氏, 이재(爾載)) 1_32, 134, 287, 288, 442,
2_53, 54, 56, 57, 62, 63, 69, 71, 74, 123, 150,
152, 154, 4_198

전유(傳諭) 1_448, 2_89

전적(典籍) 1_68, 70, 247, 248, 287, 4_135, 138,
139, 153, 154, 254, 256

전조(銓曹) 3_214, 4_222, 331

전지(傳旨) 1_173, 2_159, 4_146

전지부약갱(錢知府若賡) 1_434

전질(鐫秩) 1_377

절당(浙黨) 3_269, 4_431

절도사(節度使) 1_80, 124, 128, 133, 134, 144,
173, 2_273, 385, 386, 433, 436, 3_32, 34~36,
77, 155, 4_111, 456, 508, 509

점한(粘罕) 3_36

접제(接濟) 4_483

정간(丁艱) 2_461, 3_229, 238, 4_54, 203, 330

정갑(鼎甲) 2_324, 4_156, 165, 167~170, 192,
194, 200, 201, 215, 216, 239, 242, 259, 260

정강지화(靖康之禍) 1_101

정경(正卿) 1_117, 404, 406, 2_383, 387, 3_248,
250, 4_200, 201, 275, 276, 364, 365

정관(貞觀) 1_54, 119, 448, 449, 452, 2_144, 146

정관정요(貞觀政要) 1_446, 448, 450, 451

정군(淨軍) 3_27, 72~74, 81, 85, 88, 89, 122, 123,
4_28~30

정궁(正宮) 1_425

정기(庭機) 4_69, 70

정난(靖難) 1_51, 52, 59, 78, 80~83, 85, 86, 88,
90, 91, 95, 106, 108, 129, 131, 139~141, 179,
182, 184, 195, 349, 352, 418, 419, 431, 432,

2_28, 115, 169, 203, 205, 219~222, 226, 228, 321, 333, 334, 336, 337, 406, 415, 416, 435, 436, 440, 442, 445, 446, 463, 3_21~24, 26, 139, 4_477, 478

정남정서진서평강진삭정만평만정로(征南征西鎮西平羌鎮朔征蠻平蠻征虜) 1_417, 418

정단간(鄭端簡) 1_114, 117, 2_116, 118, 3_159, 160

정덕(正德) 1_47, 55, 56, 66, 68, 71, 72, 77, 92, 110, 115, 117, 129, 131, 135, 136, 141, 150, 162, 163, 167, 168, 230~233, 245, 247, 248, 250, 252, 254~260, 263~265, 271, 272, 277~282, 288, 292, 293, 305, 307, 313~315, 318~321, 332, 338, 346, 374, 377, 382, 383, 399, 411, 424, 425, 468, 474, 476, 2_40, 43, 50, 51, 63, 64, 66, 67, 76~79, 81~83, 89, 104~108, 119, 130, 175, 176, 179~182, 188, 208, 210, 211, 228, 230, 232, 233, 241, 243, 256, 257, 271, 277, 279, 280, 284, 286, 299, 335, 336, 350, 358, 398~400, 403, 409, 412, 416, 432, 433, 450, 452, 454~456, 458, 3_27, 28, 43, 45, 59, 61, 79, 83, 88, 89, 164~168, 170, 173, 186, 188, 192, 196, 216, 217, 219, 220, 225, 226, 228, 229, 234, 236, 237, 243, 261, 263, 264, 276, 277, 321, 324, 325, 334, 335, 361, 362, 4_70, 109, 110, 114, 115, 134, 138, 145, 146, 177, 178, 200~203, 208, 210, 275~277, 285, 286, 295, 306, 307, 320, 334, 340, 342, 371~373, 378, 379, 403

정도(正途) 4_138, 182

정동(鄭同) 3_32, 34, 35

정랑(正郎) 3_128, 4_310, 311, 321, 322, 341, 406, 417, 418

정법(正法) 1_365, 367, 2_107, 3_54, 74, 126

정본(政本) 1_229, 3_257

정본립(程本立) 1_83, 87

정비노씨(靖妃盧氏) 2_274

정사(偵伺) 3_26

정사(正使) 2_436, 4_278

정사당(政事堂) 4_118, 119

정성(鼎成) 1_395, 4_242

정성영삼공(定成英三公) 2_463

정세자(鄭世子) 2_267, 270

정세자재육(鄭世子載堉) 2_270

정수(頂首) 4_406

정시(廷試) 2_396, 3_181, 182, 4_137, 140, 169, 181, 182, 219, 237, 261, 262

정신(廷臣) 1_304, 305, 335, 395, 437, 2_77, 127, 182, 264, 319, 3_35, 47, 246, 289, 4_458, 478

정신(廷訊) 2_182

정안(定安) 2_337, 339, 340

정앙(庭楹) 4_69, 70

정양좌문(正陽左門) 1_291, 293, 294

정양중문(正陽中門) 1_291, 294

정왕후완(鄭王厚烷) 1_395, 2_264~266, 270

정우(丁憂) 2_153, 3_96, 185, 191, 203, 264, 4_203, 210, 392, 521

정원후(靖遠候) 2_408, 411

정위(廷尉) 3_375, 377, 4_381, 382

정의(廷儀) 3_219, 220

정인(正人) 1_101, 3_40, 275, 4_63, 85, 178

정자(正字) 1_148, 4_83, 135, 139, 153, 154

정적(正嫡) 2_163, 358

정전(正殿) 1_56, 174, 261, 328, 348, 350, 2_60, 185, 3_181, 4_134, 137, 253

정절(旌節) 1_128, 3_34

정정왕(鄭靖王, 첨준(瞻埈)) 2_223, 227, 271

정조(正朝) 1_134, 325

정중(鄭衆) 3_88, 90, 110, 111

정지(偵知) 2_182, 3_143, 232, 319

정지(政地) 1_257, 4_239

정진(鄭辰) 2_68, 69

정차담(精扯淡) 3_216~218
정차려(丁此呂) 2_447, 449, 3_379, 4_62, 64, 377
정책(程策) 3_116, 311, 368, 369
정천(井泉) 1_164, 165, 169
정촌패대전(鄭邨壩大戰) 1_182
정침(正寢) 1_349, 352, 2_71
정탈(定奪) 3_68
정통(正統) 1_48, 56, 68~71, 73, 74, 76, 90, 109~
    111, 113~117, 122, 125, 131, 149, 150, 166,
    184, 191, 194, 195, 199, 200, 205, 206, 210~
    215, 224, 226, 227, 294, 325, 351, 382, 417,
    419, 443, 454, 2_36, 51, 53, 56, 68, 70, 78, 79,
    206, 222, 225, 227, 233, 235, 242, 247, 249,
    250, 252, 257, 287, 296, 298, 337, 338, 383,
    387, 411, 413, 416, 433, 3_38, 40, 41, 44, 46,
    47, 51, 52, 55, 112, 140, 158, 159, 163, 168,
    170, 172, 173, 177, 183, 184, 240, 241, 302,
    4_115, 137, 138, 167~169, 177, 178, 180, 181,
    183, 184, 186~188, 259, 260, 262~265, 280,
    281, 308, 362, 363, 367, 419, 420, 462, 463,
    477, 478
정통(程通) 4_283
정형(正刑) 2_430
정화(政和) 1_64, 80, 98, 101, 147, 329, 330, 2_
    336, 423, 434, 3_179, 366
정화(鄭和) 1_112, 120, 159, 3_21, 22, 32, 34,
    4_482, 484
정흥왕장무(定興王張懋) 2_415
제기(緹騎) 2_403, 3_126, 134
제녕주(濟寧州) 2_56, 208~210
제대(制臺) 3_330
제민(齊民) 2_438, 439
제배(除拜) 1_328
제본(題本) 1_472, 4_369
제사제직지단(帝社帝稷之壇) 1_323
제사직장(諸司職掌) 1_230~232

제생(諸生) 1_191, 243, 321, 391, 394, 2_56, 261,
    3_248, 250, 287, 350, 352, 4_176, 242, 328,
    330, 352, 361
제성구월림순(諸城邱月林橓, 구월림(丘月林))
    3_268
제수(制帥) 3_33, 36
제수(緦帥) 2_310, 311, 398, 400, 405, 406, 412,
    413, 3_26, 29, 119, 121, 312, 314, 323, 324,
    332, 333, 4_302, 303
제수현(諸壽賢) 2_193~195
제순(帝舜) 1_391, 394
제신무(齊神武) 2_44
제왕묘(帝王廟) 1_43, 52~54, 56, 388, 389
제왕부(齊王榑, 제서인(齊庶人)) 2_27, 28
제장(祭葬) 2_74, 380, 3_178
제칙(制敕) 3_317, 319, 4_134~142, 164
제학부사(提學副使) 1_92, 115, 117, 175, 285,
    287, 2_119, 131, 323, 324, 3_232, 245, 247,
    4_30, 64, 71, 445, 449, 484
제향(祭享) 1_303, 305, 2_146
제희(帝姬) 2_336, 347, 351
조가(趙家) 3_155
조가회(趙可懷) 2_300, 301, 318, 319
조강왕후욱(趙康王厚煜, 조왕(趙王)) 2_280
조견(朝見) 1_215, 2_211
조고(祖姑) 2_29
조국공(曹國公) 1_78, 81, 83, 88, 2_237, 238, 330,
    389, 421
조근(朝觀) 1_389, 440, 4_198, 375, 379
조금(趙錦) 4_491, 493
조길상(曹吉祥, 조(曹)) 1_131, 208, 209, 211,
    212, 2_411, 3_91, 92, 186, 188, 378
조남저(趙南渚, 조남저세경(趙南渚世卿)) 2_
    314, 315, 3_359, 4_320, 385
조내강상공(趙內江相公) 4_341
조대함(趙大咸) 3_360

조란계(趙蘭谿, 난계(蘭谿), 조곡양(趙鵠陽))
　3_228, 229, 4_66, 67, 99, 100, 114, 116, 128,
　130, 221, 223, 238, 239
조랑(曹郞)　1_240, 3_295, 4_115, 117, 311, 341
조묘(祧廟)　1_301, 305, 342, 2_62, 64, 122, 125,
　363
조문화(趙文華)　1_236, 240, 370, 371, 383, 394,
　402, 403, 405, 2_402~404, 410, 3_235~238,
　313, 314, 4_120, 386, 387, 416~418
조방(朝房)　4_48, 49, 118, 119, 304, 305, 316, 317
조보(趙普)　1_58, 59, 138, 142
조빈(曹彬)　1_138, 142, 144
조사(漕司)　4_481, 484
조사마감(趙司馬鑑)　4_106
조사정(趙士楨)　4_148, 149
조소(漕艘)　4_510
조송(趙宋)　1_64, 73
조수(漕帥)　2_426, 429
조시빙(曹時聘)　4_519~521
조심(朝審)　3_283, 284, 4_398
조아(爪牙)　3_41, 274, 4_382
조여렴(趙汝濂)　4_416~418
조여우(趙汝愚)　1_135, 138, 148
조옥(詔獄)　1_347, 462, 2_159, 406, 455, 456,
　3_107, 232, 4_218
조왕고수(趙王高燧)　2_215, 216, 218
조용현(趙用賢, 조정우(趙定宇), 조정우용현
　(趙定宇用賢))　2_195, 3_191, 209, 210, 222,
　4_46, 197, 221, 222, 411, 412
조우동(趙友同)　4_173
조위(曹瑋)　1_138, 143, 144
조정(趙鼎)　1_138, 146, 147
조제(祖制)　1_77, 212, 322, 324, 2_271, 354, 4_262,
　288, 338, 410
조주(漕舟)　3_69, 4_503~505
조준곡(趙浚谷)　3_302~304

조지(條旨)　1_299, 472, 482, 2_194, 3_237, 330,
　4_30, 139, 253
조진(朝眞)　1_326
조참(朝參)　1_77, 261, 2_455, 456, 3_101, 4_294
조천궁(朝天宮)　1_57, 208, 210, 387, 389
조환(趙宦)　1_435, 436
존관(尊官)　2_436, 3_23, 4_140, 181, 279, 365
존이(尊彝)　3_85
존중(存中)　1_27, 28
존행(尊行)　1_352, 2_436
종고사(鐘鼓司)　3_79, 83, 107
종교(機橋)　1_251, 252
종급사우정(鍾給事羽正)　4_327
종룡(從龍)　1_188, 3_176, 178, 196, 209, 4_258
종루(鍾漏)　3_174
종문륙화민(鍾文座化民)　4_341
종번(宗藩)　1_3, 338, 2_3, 102, 259, 261, 277, 3_
　3, 4_3
종산(鍾山)　1_41, 43, 2_138, 141
종인(宗人)　1_308, 368, 2_41, 180, 182, 261, 307,
　357, 448, 4_117, 308, 310
종자(樬子)　1_74, 76
종조(宗祧)　2_83, 101, 182
종호(宗號)　1_267, 330
종회(鍾會)　4_432, 433
좌도(左都)　1_135, 166, 172, 175, 403, 405, 461,
　2_108, 131, 383, 387, 400, 413, 3_275, 360,
　4_53, 54, 116, 275~277, 289, 290, 339, 340,
　341, 372, 413~415, 513
좌도독(左都督)　1_105, 277, 419, 2_386, 390,
　444~446, 461, 3_28, 44, 100, 4_439, 440
좌망(坐蟒)　1_199, 200, 2_438, 439, 3_201
좌명(佐命)　1_450, 2_375
좌사(座師)　1_174, 2_403, 4_64, 132, 210
좌서자(左庶子)　1_89, 94, 118, 397, 399, 472, 2_
　83, 97, 100, 246, 249, 3_210, 4_191, 193

좌순문(左順門) 1_68, 70, 4_167, 169
좌우참정(左右參政) 2_342~344
좌장(左藏) 1_464, 465, 3_310
좌정일(左正一) 1_234, 237
좌초(左貂) 2_165, 3_55, 4_57
좨주(祭酒) 1_83, 89, 151, 194, 227, 228, 382, 458, 459, 2_49, 107, 186~188, 195, 262, 264, 311~ 313, 320, 3_61, 193, 194, 197, 198, 214, 230, 232, 237, 290, 292, 350, 352, 354, 379, 4_69~ 71, 91, 100, 111, 113, 158, 159, 173, 174, 180, 182, 244, 252, 253, 262, 263, 312, 314, 345, 399, 400
주경(周景) 2_332~335
주고(主考) 3_116, 210, 254, 311, 4_85, 107, 170, 237
주고공석문경순(朱考功石門敬循) 4_399, 400
주고후(朱皐熙, 왕고후(王皐熙), 한서인(漢庶人), 한부고후(漢俯皐熙)) 1_149, 2_204, 205, 217, 225, 230, 232, 236, 237, 416
주공정희주(朱恭靖希周) 3_292
주국조(朱國祚) 3_195, 198, 4_329, 330
주남(朱楠, 남(楠)) 2_199, 200
주녕(朱寧) 1_275, 277
주례(周禮) 1_232, 257, 281, 282, 329, 330, 332, 334, 416, 2_144~146, 3_60, 61
주맹간(周孟簡) 2_247, 250, 4_156, 157
주면(周冕) 4_370, 372
주면(朱㴆) 3_72, 74
주밀소오필(朱密所吾弼) 3_357
주백기(周伯琦) 4_160, 161
주본(奏本) 1_472
주봉상(朱鳳翔) 2_418, 419, 421
주부(主簿) 1_23, 79, 245, 300, 304, 307, 385, 440, 2_36, 3_105, 4_148, 149, 294, 354, 456~458
주빈(朱彬, 강빈(江彬)) 1_262~265, 3_77
주사(主事) 1_111, 114, 116, 118, 175, 187, 190,

248, 305, 314, 330, 343, 346, 366, 368, 370, 371, 377, 383, 429, 434, 436, 476, 2_130, 194, 195, 291, 302, 315, 319, 348, 350, 423, 449, 454~456, 3_44, 60, 64, 66, 68~70, 86, 161, 162, 187, 189, 226, 232, 238, 254, 324, 375, 377, 4_71, 139, 146, 147, 159, 172, 181, 182, 209, 210, 270, 271, 310, 311, 314, 336, 359, 395, 403, 406, 415, 417, 418, 430, 473, 475, 506, 507
주사방요봉시옹(主事龐堯封時雍) 4_415
주상국금정(朱相國金庭, 주산음(朱山陰), 주금정갱(朱金庭賡), 주금정(朱金庭)) 3_85
주선진(朱仙鎭) 4_500, 502~505
주세종(周世宗) 1_427
주수(朱壽) 1_260, 262~264, 268, 269, 279, 312, 314
주승(朱升) 2_21, 22
주씨(朱氏, 주죽타(朱竹垞)) 1_32, 264, 265, 288, 437, 2_40, 42, 416, 421, 3_77, 286, 287, 307, 309
주액지우(肘腋之憂) 3_99
주야(朱耶) 1_285, 286
주영(朱永, 선평왕주영(宣平王朱永)) 1_414, 419, 2_389, 390, 415, 416
주영춘(周永春) 4_408~410
주온(朱溫) 2_382, 385, 386
주우계(朱祐榮) 2_239, 240, 242, 243, 284, 286
주우봉정익(朱虞封廷益) 4_30
주유경(朱維京) 2_192, 194
주유훈(朱有爌) 2_219~221
주응치(周應治) 2_300, 301
주의(周誼) 2_45, 46
주자(冑子) 2_353, 412, 4_164
주자양(朱紫陽) 4_101, 102
주작(朱爵) 4_221~223
주재로(朱載壐, 숙황제제오자(肅皇帝第五子))

2_201, 254

주저(朱邸) 1_438, 2_203

주적(註籍) 3_357

주정왕숙(朱定王橚, 오왕숙(吳王橚), 태조제오
자(太祖第五子), 조제오자(祖第五子)) 2_
220

주제희(朱濟熺) 2_236, 237, 3_178

주찬(誅竄) 3_160, 227

주침(周忱) 2_247, 249, 4_156, 157, 165, 168

주평원(周平園) 2_173, 174

주표기(走驃騎) 1_475

주필(駐蹕) 1_292, 2_210

주항악섭원(朱恒嶽燮元) 4_445

주혜주(周惠疇) 1_285, 287, 4_134, 138, 143, 146

주홍약(周弘禴) 3_102, 105

주후작(朱厚爝) 2_276, 278, 282, 284, 285

주후희(朱厚熙, 흥헌제지장자(興獻帝之長子))
2_201, 253, 254

주희충(朱希忠, 정양왕희충(定襄王希忠)) 2_
356, 357, 405, 406, 415, 416, 3_25, 29, 271,
276, 287, 307

준절(遵節) 1_187, 190

중경공주(重慶公主, 중경대장공주(重慶大長公
主)) 1_48, 2_332, 334, 335, 364

중관(中官) 1_11, 159, 163, 215, 224, 237, 284,
352, 475, 2_11, 89, 215, 252, 3_11, 22, 26, 31,
50, 117, 120, 284, 4_11, 283, 284

중구(中冓) 2_384

중군관(中軍官) 3_131, 134

중궤(中饋) 3_146

중귀(中貴) 1_246, 444, 476, 3_35, 49, 57, 83, 276,
4_44, 58, 214

중뢰(中牢) 2_144, 146

중복(重服) 2_30, 33

중봉대부(中奉大夫) 2_342, 343

중사(中使) 1_223, 224, 2_338, 3_117, 119~121

중사(中舍) 1_54, 55, 4_164

중사사(中使司) 2_337, 338, 340

중서(中書) 1_43, 55, 59, 66, 90, 101, 143, 144,
146, 147, 167, 169, 247, 248, 285, 287, 298,
308, 312, 314, 421, 423, 445, 458, 2_40~42,
119, 142, 175, 210, 245, 248, 249, 251, 252,
308, 385, 421, 3_63, 67, 77, 82, 86, 130, 133,
153~155, 215, 220, 262, 306, 317, 319, 321,
366, 4_32, 44, 46, 83, 84, 118, 119, 132, 134,
135, 137~149, 156, 157, 163, 164, 169, 175,
176, 182, 251~253, 264, 265, 304, 305, 309~
311, 382, 391, 392, 469

중서과(中書科) 2_352, 354, 4_142, 164, 304

중서방(中書房) 4_134, 137, 145, 147

중승(中丞) 1_140, 146, 147, 433~436, 2_95, 289,
291, 427, 429, 430, 434, 3_129, 132~134, 245,
246, 257, 266~268, 302, 303, 326~328, 340,
341, 344, 346, 370, 4_88, 90, 177, 179, 251,
253, 285, 286, 291, 292, 334, 336, 343, 345,
424, 426, 437, 438, 443~447, 449, 473, 475,
507~509

중원(中元) 1_103, 104, 3_301, 303, 304, 358, 359

중원(中原) 1_123, 126, 141, 477, 478, 2_421, 4_
187, 188, 208, 210, 353, 355, 469, 471

중위(中尉) 2_233, 261, 263, 265, 3_75~77, 138,
141

중윤(中允) 1_52, 54~56, 186, 189, 260, 398, 399,
422, 2_180, 182, 3_161, 162, 180, 194, 197,
4_71, 74, 84, 110, 125, 188, 191~194, 211, 212,
244, 257~260, 395, 401, 403, 433

중전(重典) 1_321, 409, 478, 2_302, 4_461

중주(中州) 2_204, 207, 373, 374, 3_320, 321, 323,
324, 4_347, 349, 499, 503

중지(中旨) 1_246, 295, 2_207, 313, 452, 453,
3_265, 354, 4_116, 184, 379, 403

중춘(中春) 2_144, 145

증계(曾棨) 4_156, 157, 165, 168

증공량(曾公亮) 1_138, 143, 145

증상(蒸嘗) 2_124

증석당(曾石塘) 3_329, 330

증수(增修) 1_302, 307, 3_97

지경연(知經筵) 1_193, 195, 3_256, 257

지부(知府) 1_83, 88, 101, 109, 110, 115~117,
    189, 190, 211, 214, 216, 223, 224, 376, 377,
    383, 395, 433, 434, 2_142, 175, 176, 263, 266,
    287, 296, 298, 386, 430, 448, 3_86, 166, 168,
    187, 188, 250, 251, 266, 268, 306, 330, 346,
    350, 351, 4_53, 54, 70, 102, 308, 310, 356, 357,
    366, 367, 374, 375, 402, 403, 445, 446, 486

지서(支庶) 2_203, 218, 233

지원(至元) 1_59, 196, 198, 210, 242, 2_163, 3_50,
    162, 180, 4_482, 483

지자(支子) 2_106, 202, 203, 261, 438

지정(至正) 1_43, 71, 76, 116, 117, 134, 140, 233,
    248, 374, 2_22, 42, 67, 70, 77, 82, 83, 107, 108,
    176, 181, 210, 225, 250, 298, 420, 421, 443,
    3_162, 172, 173, 4_138, 161, 169, 203, 210,
    296, 372, 478, 479, 482

지제고(知制誥) 2_142, 4_264, 265

지존(至尊) 1_43, 57, 213, 215, 268, 326, 363, 364,
    479, 480, 2_33, 92, 96, 114, 115, 184, 185, 269,
    272, 3_47, 143

지친(至親) 2_397, 4_382

직고(直古) 4_376, 473, 475, 515~518

직공(職貢) 1_224, 4_279

직금회문체(織錦回文體) 1_387~389

직방(直房) 3_30, 31, 146, 333, 4_142, 215, 216

직사(直舍) 3_339, 340

진강백(陳康伯) 1_138, 147

진경저(陳景著) 4_306, 307

진광(陳洸) 1_315, 316, 319, 320

진구(陳矩) 2_310, 312, 3_25, 26, 29, 60, 61, 98,

99, 117~123

진국공(鎭國公) 1_259~265, 268, 279, 280

진금강삼모(陳鎔工三謨) 1_429

진길(陳吉) 2_282, 285

진대사농거(陳大司農蕖) 4_465

진록표(進錄表) 1_82

진망(陣亡) 2_334, 3_47

진명뢰(秦鳴雷) 3_193, 197, 290, 292

진무(陳懋) 1_193, 195

진무묘(眞武廟) 4_66, 67, 75~77, 99, 100

진무열(陈茂烈) 4_306, 307

진무영병변(振武營兵變) 2_434

진무제(晉武帝) 1_356, 2_95, 442

진문(陳文) 3_51, 52, 61

진문단이근(陳文端以勤) 4_71

진미공(陳眉公) 3_365~367, 4_43, 44, 88, 90

진민왕(秦愍王) 2_40~42

진봉오(陳鳳梧) 3_58~61, 66, 70

진산(陳山) 1_186, 188, 3_166, 169

진새시말(秦璽始末) 1_5, 241, 242, 2_5, 3_5, 4_5

진성(陳省) 2_288, 290, 292, 294

진수내신(鎭守內臣) 1_223, 224, 3_25, 28, 91, 93,
    94

진수서승(珍羞署丞) 1_300, 304

진순(陳循, 진려릉순(陳廬陵循)) 1_193, 195,
    3_37, 38, 4_180, 181

진신(縉紳) 1_81, 174, 2_307, 456, 3_220, 241, 304,
    4_30, 32, 97, 147, 198, 242, 244, 517

진옥(辰玉) 4_81, 82, 84

진왕(晉王) 1_121, 331, 333, 356, 2_208, 210, 236~
    238, 339, 387, 3_176, 178, 4_490

진우정(陳友定) 4_479, 482

진우폐(陳于陛, 진남충(陳南充), 문헌우폐(文
    憲于陛)) 1_111, 119, 120, 4_69, 71, 239

진우폐(陳南充, 문헌우폐(文憲于陛)) 1_119

진윤견(陳允堅) 4_329, 331

진인(眞人) 1_41, 42, 55, 234, 237, 259, 260, 268~270, 371, 372, 451, 2_276, 278, 282, 283, 285, 286, 288~290, 353, 354, 445, 446, 3_95, 97, 298, 300, 4_107

진정(陳情) 3_47

진종(眞宗) 1_64, 65, 138, 142~144, 329, 330, 3_179

진중(秦中) 3_369, 4_125

진증(陳增) 3_130~134, 327, 328

진찬(陳瓚) 3_260~262, 4_53~55

진춘(進春) 2_140, 142

진취규(秦聚奎) 4_393, 395

진태래(陳泰來) 2_192, 194

진해서공(晉海西公) 2_307

진헌장(陳獻章) 1_349, 352, 382

진형중(陳瑩中) 3_79, 83

진회(秦檜) 1_94, 135, 147, 2_418, 419, 423, 433, 434, 3_290, 291, 302, 303, 337, 338, 4_45, 46

집현(集賢) 1_64, 73, 145, 3_77, 86, 155, 179, 180, 341, 4_134, 137, 469

집현좌우(集賢左右) 3_153, 155

징색(徵索) 4_176

ㅊ ─────────────────

차강인의(差强人意) 3_197

차규(次揆) 1_271, 272, 311, 313, 365, 368, 456, 458, 2_81, 83, 157, 187, 292, 294, 310, 311, 314, 315, 3_25, 171, 173, 228, 256, 258, 296, 341, 349, 359, 4_66, 67, 73, 74, 113, 180, 181, 202, 203, 205, 210, 216, 223, 239, 311, 376

차대(次對) 4_251, 252

차파견삼(箚巴堅參) 1_236

차협(汦頰) 2_258

착착(鑿鑿) 4_518

착혼돈규(鑿混沌竅) 3_44

찬수관(纂修官) 1_79, 82~86, 88, 302, 307, 3_163,

4_25, 173, 174, 244

참번(參藩) 2_249, 4_178, 179

참수(參隨) 3_133

참열소평아(參烈昭平牙) 3_32, 34

참유(僭踰) 1_389, 2_358

참의(僭擬) 1_92, 2_438

참의(參議) 1_43, 106, 376, 377, 429, 2_68, 70, 245, 248, 277, 332, 334, 335, 344, 428, 450~452, 3_156, 157, 339, 341, 376, 4_30, 34, 35, 48, 64, 158, 159, 178, 179, 252, 253, 261, 262, 314, 315, 356~359, 379, 424, 426, 484, 488, 489, 516, 517

참최(斬衰) 2_30, 32

창부(倡父) 2_335, 336

창언(昌言) 1_335, 338, 339, 2_420, 439, 3_106, 296

창영(昌英) 4_183, 184

채각사(採榷使) 1_465

채경(蔡京, 경(京), 채원장(蔡元長)) 1_65, 80, 98, 101, 205~207, 2_336, 3_35, 83, 297, 300, 305

채국희(蔡國熙) 3_329, 330, 350, 351

채백관(蔡伯貫) 3_261

채허대헌신(蔡虛臺獻臣) 2_319

채호(菜戶) 3_50, 123, 142, 143, 145, 146

채확(蔡確) 1_138, 146

책립(冊立) 1_298, 351, 438, 2_82, 118, 159, 163, 191, 197, 198, 363, 3_35, 265

책부원구(冊府元龜) 1_271, 273

책파(策罷) 3_173

처사(處士) 1_83, 85

척계광(戚繼光) 2_382, 386, 3_29

척리(戚里) 1_470, 2_96, 443, 459, 463

척신(戚臣) 2_264, 266, 341, 343, 437, 438

척원(戚畹) 2_380, 442, 448, 460, 461

천가(天家) 1_299, 2_31, 436, 3_128

천객(遷客) 4_345
천경(踐更) 3_121
천관(天官) 1_67, 92, 332, 334, 2_144, 145, 3_243
천력(天曆) 4_479, 482
천부(天府) 1_42, 94, 239, 416, 2_126, 188
천비갑(天妃閘) 4_501, 504
천사성(天駟星) 2_144, 147
천석(擅夕) 2_100~102
천수산(天壽山) 1_107, 316, 320, 2_32, 37, 63, 64, 75, 99, 102, 129, 131, 139, 141, 442
천순일록(天順日錄) 1_117, 190, 3_362~364, 366
천신(薦新) 1_45, 46, 322, 324
천어(天語) 1_226, 389, 3_362, 4_230
천자제일호(天字第一號) 1_260, 261
천장(天章) 1_63, 64, 3_179, 4_26
천조(天曹) 3_237
천조(踐阼) 1_425
천추만세(千秋萬歲) 2_64
천탁(遷擢) 4_258
천포(天庖) 1_77, 4_227
천황(天潢) 2_261, 273, 278, 324
철간(鐵簡) 2_374, 375, 3_374
철권(鐵券) 2_376, 377, 3_289, 4_142
철종(哲宗) 1_65, 80, 138, 145~147, 2_22, 23, 3_33, 86, 4_105
첨례(瞻禮) 1_328
첨부(諂附) 2_257, 3_276, 291, 4_54
첨사(詹事) 1_54, 62, 114, 118, 314, 331, 333, 2_100, 102, 107, 247, 250, 383, 387, 423, 3_22, 202, 203, 208, 210, 211, 232, 267, 310, 315, 341, 354, 4_74, 81, 82, 84, 113, 125, 139, 154, 192, 194, 204, 252, 253, 261, 262, 269, 309, 311, 395
첨원(僉院) 3_272, 277, 4_82, 85
첨절(忝竊) 4_210, 463
첨주(添注) 4_354

침휘(詹徽) 4_275, 276
첩자사(帖子詞) 2_140, 142
청강왕견전(淸江王見澱) 2_242
청경(淸卿) 2_442, 4_194, 286
청궁(靑宮) 2_102, 103, 191, 229, 324, 3_74
청금(靑衿) 4_176
청명(淸明) 1_103, 104, 475, 3_305, 306, 359
청사(靑詞) 1_267, 362, 363, 421, 422, 2_388, 390, 4_200, 201, 216
청선(聽選) 1_303, 317, 321, 2_102
청포(靑袍) 4_33, 35
청하(淸河) 1_139, 2_40, 42, 4_488, 489
청화(淸華) 2_387, 3_340, 341, 4_159, 193, 207, 210, 322
체첨(掣籤) 4_324
초계(醮戒) 2_30, 32
초당(貂璫) 3_31, 120
초방(椒房) 2_451, 3_60
초방(焦芳, 초필양(焦泌陽)) 1_110, 117, 2_175, 176, 3_225, 226, 4_202
초사(招詞) 2_286
초상(初喪) 1_426, 427, 2_133, 200
초상(苕上) 2_427, 430
초왕영계(楚王榮誡) 2_277
초왕현용(楚王顯榕) 2_277
초원(初元) 1_219, 351, 352, 384, 436, 476, 2_127, 152, 249, 286, 433, 463, 3_29, 40, 120, 182, 284, 359, 4_29, 48, 113, 146, 184, 199, 388, 487
초장(醮章) 4_216
초침(椒寢) 2_198
초황중(焦黃中) 2_175, 4_177, 178, 200~203, 208, 210
초횡(焦竑, 초약후(焦弱侯), 초약후태사(焦弱侯太史)) 2_186~189, 375, 3_360
총각(總角) 4_29
총독계료(總督薊遼) 3_295

총병관진국공(總兵官鎭國公) 1_268

총재(冢宰) 1_67, 3_66, 69, 234, 237, 284, 347, 348, 4_31, 32, 121~124, 180, 181, 185, 186, 304, 305, 318, 326, 327, 347, 349, 370, 372, 422, 423

총재(總裁) 1_51, 78, 80~86, 89, 91, 120, 230~233, 331, 333, 431, 432, 3_158, 159, 163, 164, 256, 258, 4_70, 113, 159, 173, 174, 255, 256

총제(總制) 1_167, 262, 264, 3_128, 129, 168, 4_240~242

총조(總曹) 2_408, 412, 3_266, 268, 4_484, 489

총하(總河) 4_502, 505

총헌(總憲) 3_271, 275, 4_82, 84, 287, 288, 341

최안(崔安) 3_32, 34, 35

최장전기(崔張傳奇) 1_273

추간(鄒幹) 3_42, 44, 128, 4_366, 367

추강정간(鄒康靖幹) 3_44

추덕부(鄒德溥, 추사산덕부(鄒四山德溥)) 3_115, 313, 315

추봉(追封) 1_47, 135, 147, 148, 269, 298, 384, 2_34, 36~38, 58, 60, 74, 113, 142, 165, 199~201, 239, 240, 242, 243, 253, 254, 271, 329~331, 333, 336, 356, 357, 374, 393, 416, 433, 458, 3_44, 141, 4_156, 157

추부(樞府) 3_57

추비빙연(抽秘騁姸) 4_242

추설(追雪) 1_219

추수익(鄒守益) 1_434, 2_186~189, 4_492

추지(鄒智) 3_209, 211

축건(竺乾) 1_269

축리(祝釐) 1_374, 389

축석림세록(祝石林世祿) 4_400

축융(祝融) 1_352

춘경(春卿) 1_52, 55, 3_339, 340, 4_102, 112, 113

춘명(春明) 3_224

춘신군(春申君) 2_310, 312

춘조(春曹) 1_404, 2_350, 358, 4_210, 330

출각(出閣) 2_185, 188, 194, 248, 3_159, 341, 4_139, 179

출유(黜幽) 4_385, 394

출척(黜陟) 3_237, 275, 4_125, 376, 397

출합(出閤) 2_30, 32

충년(沖年) 1_194, 3_109, 4_129

충성백여상(忠誠伯茹瑺) 1_88

충작(充灼) 2_230, 233

췌류(贅瘤) 4_125

취우(聚麀) 2_176

치미(鴟尾) 1_483, 3_83

치번(寘鐇, 안화왕치번(安化王寘鐇)) 2_230, 232, 235, 256, 257, 398, 399, 3_75, 76

치세여문(治世餘聞) 2_105, 108

치신록(致身錄) 1_112, 113, 120

치전(致奠) 3_50

친번(親藩) 1_99, 2_29, 181, 211, 258, 261, 271, 277, 291, 346, 436

친잠(親蠶) 1_323, 326, 2_144~146, 394, 396

친진(親盡) 2_364

침묘(寢廟) 1_52, 56

침원(寢園) 1_103, 104, 107, 108, 2_56

E ────────────

탁인(橐人) 3_47, 49

탄장(彈章) 2_77, 298, 3_115, 209, 220, 304, 4_64, 471

탈정(奪情) 1_428, 429, 2_195, 3_96, 184, 185, 190, 191, 209, 210, 222, 223, 264, 271, 275, 320, 322, 323, 325, 353~355, 357, 362, 363, 4_45, 46, 53, 54, 56, 57, 183, 184, 197~199, 381, 382, 411, 412, 462, 463

탈종(奪宗) 2_165, 274, 275

탐화(探花) 2_324, 3_192~194, 196~198, 293, 4_156, 236~239, 306, 307

탑호거(闒虎車) 1_251, 253

탕계백곽자(湯溪伯郭資) 4_157

탕목읍(湯沐邑) 2_347

탕질제조경(湯質齊兆京) 4_409, 410

탕현조(湯顯祖) 4_315

탕화(湯和) 2_418, 420

태감(太監) 1_114, 120, 132, 151, 187, 190, 191, 194, 200, 212, 215, 218, 219, 228, 234~239, 244~246, 259, 261, 288, 312, 314, 326, 349, 352, 367, 369, 431, 432, 454, 457, 462, 484, 485, 2_27, 29, 63, 72, 74, 80, 82, 84, 85, 88, 89, 97, 100, 181, 182, 214, 216, 251, 252, 256, 257, 292, 335, 336, 348, 350, 377, 406, 407, 434, 447, 3_21, 22, 25~35, 37~44, 46, 47, 51~61, 71~76, 78, 81, 89, 91, 92, 95~100, 102, 103, 105, 108, 109, 113, 117, 118, 122, 123, 127, 133, 136, 145, 146, 148, 176, 178, 244, 271, 285, 308, 310, 313, 327, 337, 342, 347~349, 4_28~30, 56~59, 79, 108, 143, 144, 146, 171, 172, 175, 176, 180, 181, 228, 349, 444

태강공주(太康公主) 2_356, 357

태굉(台浤) 2_256, 257

태교(泰交) 4_26

태뢰(太牢) 1_282, 2_144, 146

태릉(泰陵) 1_47, 2_79, 100, 102

태묘(太廟) 1_45, 46, 50, 137, 138, 139, 140, 245, 300~306, 308, 318, 321, 324, 327, 328, 340, 343, 354, 355, 397, 398, 2_24, 36, 51, 62~65, 121, 122, 124, 125, 127, 130, 136~139, 141, 236, 237

태복시소경(太僕寺少卿) 1_307, 440, 2_424, 3_175, 176, 4_74, 85, 317, 388

태복시승(太僕寺丞) 1_303, 307, 315, 319, 440, 2_449, 4_136, 139, 140, 309, 311, 370, 372

태사(太師) 1_43, 59, 81, 91, 92, 101, 141, 143, 147, 148, 152, 154, 226, 227, 240, 256, 259, 260, 262~264, 267, 273, 279, 280, 444, 445, 472, 2_142, 165, 174, 287, 368, 370~372, 389, 390, 394, 396, 403, 406, 442, 3_35, 68, 86, 93, 94, 167, 177, 220, 226, 298, 4_42, 43, 63, 102, 105, 157, 347, 348

태상소경(太常少卿) 1_79, 83, 85, 86, 103, 105, 242, 270, 366, 368, 404, 406, 2_165, 194, 320, 3_183, 184, 268, 287, 295, 317, 366, 4_64, 137, 140, 181, 182, 306, 307, 322, 387, 388, 400

태상시전부(太常寺典簿) 2_353, 354

태원(太原) 1_229, 255, 257, 449, 474, 476, 2_42, 210, 236~238, 266, 385, 3_77, 226, 276, 4_507

태원부(太原府) 2_208, 210

태의원(太醫院) 1_87, 407, 409, 3_63, 64, 67, 68, 214, 4_173, 391, 392

태자빈객(太子賓客) 4_109, 110, 254, 256, 262, 263

태자소보(太子少保) 1_88, 114, 136, 148~150, 152, 187, 191, 260, 406, 2_83, 88, 108, 247, 250, 278, 421, 3_101, 156, 157, 168, 175~177, 202, 203, 241, 268, 4_71, 109, 110, 113, 116, 208, 210, 254, 255, 276, 340, 349, 414, 415, 419, 465

태자소부(太子少傅) 1_91, 258, 3_168, 175~177, 4_110

태재(太宰) 1_67, 285, 287, 340, 343, 379, 382, 400, 401, 2_245, 248, 395, 397, 410, 413, 450, 452, 3_153, 155, 182, 225, 226, 234~238, 266, 268, 271, 275, 323, 324, 368, 369, 4_73, 74, 114~116, 119~124, 128, 130, 132, 133, 175~178, 189, 190, 209~212, 221, 222, 266, 269, 275~277, 291, 298~300, 302, 303, 312~314, 316, 317, 319, 320, 323, 324, 326~331, 333, 353, 355, 360, 361, 364, 365, 374, 376, 381, 383, 393, 395~398, 408~410, 416, 417, 432~434, 437, 438, 450, 451, 497, 498

태정제(泰定帝) 1_202~204

태조실록(太祖實錄) 1_73, 78~90, 95, 194, 431, 3_163, 4_158, 159

태종실록(太宗實錄) 1_90, 165, 188, 2_29, 216, 343, 441

태주(台州) 1_103, 105, 106, 3_139

태창(太倉) 1_36, 116, 225, 227, 235, 239, 323, 326, 444, 2_194, 195, 386, 423, 3_37, 38, 228, 229, 261, 295, 328, 373, 374, 4_25, 26, 38, 39, 41, 64, 79, 80, 83~85, 90, 95, 97, 105~107, 124, 129, 430, 453, 455, 477, 478, 482

태평(太平) 1_25, 27, 42, 44, 64, 65, 74, 77, 94, 106, 143, 170, 172, 180, 184, 242, 273, 331, 400, 440, 453, 454, 467, 2_94, 337~339, 420, 448, 3_131, 134, 139, 4_102, 114, 227, 249, 340, 375, 413

태화백(泰和伯) 2_457, 458

태후려씨(太后呂氏) 2_48

토관(土官) 1_110, 115~117, 2_176, 344, 413, 3_187, 189

토아산(兔兒山) 1_469, 470

토지주(土知州) 1_109, 115

통감(通鑑) 1_86, 88, 146, 447, 450, 451, 462, 4_70

통균(統均) 4_129, 292, 299, 314

통보(通譜) 2_93

통사(通事) 1_211, 280, 2_46, 308, 4_184

통적(通籍) 2_155

통정(通政) 1_88, 106, 167, 308, 429, 434, 2_101, 104, 107, 278, 450~452, 3_266, 268, 4_248, 252, 253, 261, 262, 339, 340, 345, 358~400, 417, 513

통정사(通政司) 1_103, 106, 111, 118, 172, 232, 308, 315, 319, 2_278, 310, 311, 450~453, 3_64, 68, 88, 89, 156, 157, 244, 246, 354, 4_30, 144, 146, 252, 339

통체(通體) 2_429

통판(通判) 1_145, 187, 190, 2_279, 281, 3_83, 105, 140, 189, 4_102, 140, 211, 212, 257, 258, 268, 270, 280, 281, 294, 357, 456, 458

특간(特簡) 3_292

ㅍ ─────

파책(波磔) 2_23, 24

판교삼낭자목인(板橋三娘子木人) 3_371

판여(板輿) 1_250, 252

팔국(八局) 1_193, 194

팔법(八法) 1_444, 2_23~25

팔보(八寶) 1_101, 415, 4_58

팔식(八識) 4_449

팔의(八議) 2_369

팔좌(八座) 3_261, 262, 4_70

팔호(八虎, 팔당(八黨)) 1_476, 2_257, 3_27, 43, 45, 84, 217

패상(霸上) 1_284

패주(霸州) 1_235, 240

패표(牌票) 3_128

팽려(彭蠡) 2_365, 368

팽시(彭時, 팽문헌(彭文憲), 팽문헌시(彭文憲時)) 1_139, 149, 150, 485, 2_53, 54, 56, 57, 72, 74, 86, 121, 123, 3_42, 44, 183, 184, 4_187, 188

팽택(彭澤) 1_311, 314, 2_179, 180, 182, 3_239~241, 270, 274, 4_386, 387, 416, 418

팽화(彭華) 3_166, 168

편검(編檢) 4_120, 207, 210, 235, 265

편맹(編氓) 1_224, 2_266, 277, 3_233, 241, 4_415

편비(偏裨) 1_152, 476, 2_399, 436, 4_439, 440

편찬(貶竄) 2_127

평강(平康) 3_136, 138

평량현(平涼縣) 1_300, 304

평사(評事) 1_447, 451, 452, 2_194, 285, 287, 294,

4_163, 164, 166, 169, 445

평안(平安) 1_179, 182, 2_202, 203, 399, 445,
3_134

평양왕제황(平陽王濟黃) 2_237

평음왕용(平陰王勇) 2_416

평천(平泉, 육평천(陸平泉)) 1_287, 4_89, 91,
103, 105, 108~110, 437, 438

폐고(蔽皋) 1_288, 3_73, 112

폐후오씨(廢后吳氏, 오씨(吳氏), 오후(吳后))
2_82, 120

포군(鋪軍) 1_170, 173

포기사송병붕거(蒲圻謝松屏鵬擧) 4_438

포녀(褒女) 2_46

포순(鮑恂) 3_161, 162

포증(褒贈) 2_75

포택이주(蒲澤二州) 1_126

표매(摽梅) 2_198

표미거(豹尾車) 1_251~253

표방(豹房) 1_275, 277, 278

표의(票擬) 3_236, 4_397

표전(表牋) 2_159

풍개지(馮跬之, 풍구구(馮具區)) 2_104, 107

풍당(馮瑭) 1_457, 458, 2_294, 3_29, 78, 85, 101,
361~363, 4_59

풍방(豐坊) 1_319, 321, 329, 330, 341~343, 4_386,
387

풍승(馮勝) 1_414, 418

풍원민시가(馮元敏時可) 3_376

풍은(馮恩, 풍남강은(馮南岡恩)) 1_379, 381,
2_144, 145, 3_294, 296

풍존인앙근자리(馮尊人仰芹子履) 4_314

풍탁암(馮琢菴, 풍탁암기(馮琢菴琦), 풍탁암종
백기(馮琢菴宗伯琦)) 2_363, 364, 4_245

풍희(豐熙) 1_341, 344, 3_231, 233, 240, 241

피아마흑마(皮兒馬黑麻) 1_208, 212

필담(筆談) 1_26~28

필주(筆麈) 2_84, 88, 295

필진(筆麈) 2_293, 295

ㅎ ─────────────

하가(下嫁) 1_132, 2_333~335, 342, 343, 346, 350,
360

하간왕장옥(河間王張玉) 1_139

하령(遐齡) 2_155

하리부찬연(賀吏部燦然, 하백암찬연(賀伯菴燦
然), 하리부도성찬연(賀吏部道星燦然))
4_74

하문정(何文鼎, 하정(何鼎)) 2_117~119, 3_58~
62, 66, 67

하방모(夏邦謨) 4_393, 394

하상(下殤) 2_200, 254, 357, 358

하수(下壽) 4_270

하언(夏言, 하문민언(夏文愍言), 하귀계(夏貴
谿), 하문민(夏文愍), 하계주(夏桂洲), 하
귀계(夏貴溪), 하계주(夏桂州)) 1_49, 72,
137, 138, 140, 164, 317, 320, 323, 326, 383,
388, 390, 402, 476, 2_49, 115, 118, 129~131,
179, 182, 362, 363, 390, 396, 3_166, 168, 228,
229, 240, 241, 275, 283, 284, 288, 297, 299,
338, 4_86, 87, 200, 201

하연(何淵) 1_300~305, 307, 308, 319, 321, 340,
343

하원길(夏原吉, 하(夏)) 1_58, 59, 66, 80, 83, 84,
89, 91, 164, 166

하조(河漕) 1_3, 2_3, 3_3, 4_3

하택(何澤) 3_71, 73, 88, 89

하표(賀表) 1_391, 393, 395

하피(霞帔) 2_173, 174

학사(學士) 1_22, 26, 27, 51, 63~68, 72, 73, 79~
81, 83, 85, 86, 89, 90, 92, 95, 117, 119, 132,
136, 143, 145, 146, 149~151, 166~168, 174,
176, 177, 179, 184, 188, 195, 226~228, 234,

237, 238, 248, 256, 258, 260, 267, 273, 292,
300, 304~306, 309, 310, 313, 317, 320, 340,
341, 343, 344, 351, 392, 395, 399, 401, 408,
409, 419, 420, 422, 431, 432, 458, 459, 461,
472, 2_21, 22, 49, 54, 57, 63, 83, 88, 89, 140,
142, 170, 173, 174, 188, 247, 250, 320, 358,
384, 411, 3_51, 52, 61, 63, 67, 68, 77, 78, 85,
86, 153, 155~162, 164~169, 179~186, 188,
192, 197, 198, 202, 203, 208~210, 214, 231~
233, 237, 240, 241, 259~261, 269, 276, 282~
284, 287, 291, 292, 306, 324, 325, 332, 333,
345, 354, 378, 379, 4_32, 44, 46, 61, 62, 69, 71,
100~102, 107~111, 113, 115, 118, 119, 123,
125, 134, 137, 138, 153, 154, 161~165, 167~
169, 182, 183, 185~187, 191~193, 195, 197,
202, 206, 211, 219, 221, 222, 226, 228, 229,
236, 238, 246, 249~253, 255, 256, 259~265,
278, 280, 281, 294, 335, 339, 341, 343, 351,
364, 365, 372, 378, 379, 391~393, 395, 400,
411, 417, 422, 423, 439, 450, 451, 469, 507
학사직학사대제직각(學士直學士待制直閣)
　　1_64, 65
한경당태사(韓敬堂太史)　3_309
한고(漢高)　1_276, 3_206, 207
한광무(漢光武)　1_356
한기(韓碕)　1_138, 143, 145
한림(翰林)　1_9, 22, 32, 51, 55, 56, 66, 68, 81, 85,
86, 89, 90, 95, 96, 117, 136, 143, 145, 146,
149~151, 167, 178, 184, 189, 191, 194, 195,
227, 242, 248, 256, 257, 260, 267, 287, 292,
304~306, 341, 344, 351, 374, 399, 422, 453,
454, 459, 461, 472, 479, 480, 2_9, 21, 22, 42,
83, 88, 89, 107, 131, 140, 142, 165, 168~170,
173, 174, 188, 218, 243, 245, 246, 248~250,
278, 358, 364, 383, 384, 387, 411, 423, 428,
3_9, 51, 52, 61, 77, 85, 86, 158, 160, 164, 165,

167, 168, 179~185, 192~196, 198, 202, 208,
210, 211, 214, 231~233, 237, 252~254, 261,
267, 277, 282, 287, 291~293, 295, 341, 354,
379, 4_9, 44, 61, 62, 64, 69, 71, 76, 79, 84, 88,
91, 96, 100, 102, 103, 107, 108, 110, 111, 113,
115, 116, 118~120, 123, 125, 134, 135, 138,
139, 153~169, 171, 173, 175, 176, 178~189,
191~195, 197, 198, 200, 202, 204~207, 211~
213, 215, 217~219, 221, 222, 224, 226~229,
231, 232, 234, 236~238, 244, 246, 248~268,
278, 279, 294, 307, 335, 337, 339, 341, 343,
345, 364, 365, 370, 372, 378, 379, 391, 392,
395, 411, 439, 449, 469, 471
한림원겸평박제사문장사(翰林院兼平駁諸司
　　文章事)　4_153, 154
한무제(漢武帝)　1_60, 2_263
한세충(韓世忠)　1_138, 146, 147, 2_423
한언(韓嫣)　2_68, 70
한원(翰苑)　4_154, 250
한원천(韓原川, 한포주(韓浦州))　1_429
한원천즙(韓元川楫)　1_429
한정(韓鼎)　2_97, 98, 101
한중부(漢中府)　1_83, 85, 87
한창려(韓昌黎)　1_79
한충언(韓忠彥)　1_138, 146
한탁주(韓侂胄)　1_135, 148, 4_60, 63
한헌왕(韓憲王)　2_222, 226
함산공주(含山公主)　2_26, 28, 354
합문사(閤門使)　2_373, 374
항려(伉儷)　1_269, 270, 2_70, 71, 115, 159, 360,
　　3_50, 146
항백(巷伯)　3_61
항양의(項襄毅)　2_410, 413, 3_24, 27
항유창(恒裕倉)　1_322, 324
항태학묵림(項太學墨林)　3_309
항해일맥(沆瀣一脈)　1_383

해금(海禁) 4_455, 481, 483, 484

해낭(奚囊) 3_126

해진(解縉, 해(解)) 1_78, 80, 81, 89, 129, 131, 157, 160, 176, 177, 2_372, 3_241, 4_156, 157, 196, 198

해충개(海忠介, 해강봉(海剛峯)) 1_433, 434, 3_350, 351, 4_288

핵실(覈實) 1_333

행문(倖門) 2_364, 3_67, 68

행상(行狀) 2_369, 3_277, 304

행인(行人) 1_80, 160, 338, 344, 381, 2_46, 179, 181, 294, 3_95, 96, 223, 224, 268, 295, 345, 377, 4_63, 65, 90, 91, 278, 279, 286, 328, 330, 336, 340, 343, 345, 380, 445, 488, 490, 510

행인사정(行人司正) 2_181, 4_181, 182, 339, 341

행재(行在) 1_191, 279, 280, 454, 2_208, 210, 211, 213, 215, 4_169, 172, 279

행전(行殿) 1_292, 293, 2_211, 403

행취(行取) 4_77, 410

행태복(行太僕) 1_304, 439, 440

행행(行幸) 2_70, 209

향담(鄕談) 2_431

향용(饗用) 3_198

향전(享殿) 2_99, 102

허경암부원(許敬菴孚遠) 4_400

허귀(許貴) 3_137, 139

허론(許論) 2_262, 264, 3_235, 237

허빈(許彬) 3_165~168, 4_183, 184

허소미(許少微) 4_348, 349, 449

허신안(許新安, 신안(新安), 허흡현(許歙縣), 허(許)) 3_194, 198, 4_89, 99, 100, 209, 210

허찬(許讚) 1_400, 401, 4_319, 403, 416, 417

허천석(許天錫) 4_371, 372

헌룡(軒龍) 2_38

헌막(憲幕) 3_127, 128

헌부(憲副) 3_203

헌사(憲使) 4_103, 106, 313, 314

헌신(憲臣) 4_307, 341, 509

헌장록(憲章錄) 1_109, 114, 115, 312, 314

헌절(憲㦃, 주헌절(朱憲㦃)) 2_222, 226, 276, 278, 288~290, 292, 294, 296~299, 306, 308, 3_313, 314

헌종(憲宗, 헌묘(憲廟), 헌(憲), 순황제(純皇帝)) 1_46~48, 71, 75, 77, 91, 123, 125, 129, 132, 139, 141, 149~151, 163, 164, 167, 169, 173, 190, 191, 209, 211, 212, 217~219, 221, 223, 225, 226, 229, 237, 238, 240, 298, 307, 360, 419, 443, 485, 2_31, 33~38, 50, 51, 62~64, 66, 67, 72, 74, 78~80, 82, 84, 87~91, 93, 94, 99, 102, 117, 119~124, 135, 150, 152, 166, 167, 181, 182, 200, 201, 204, 206, 207, 222~229, 247, 251, 254, 255, 266, 284, 287, 337, 343, 350, 368, 370, 380, 413, 415, 417, 422, 3_24, 26, 27, 35, 43, 44, 47~49, 55, 56, 61, 73, 74, 76, 77, 103, 106, 165, 173, 214, 222, 223, 337, 338, 4_116, 144, 146, 280~284, 391, 392

헌지(軒輊) 2_39, 4_140

헌직(憲職) 4_262, 341

헌체(獻替) 1_131, 3_120, 367

헌회태자(憲懷太子) 1_50, 61, 62

혁제(革除) 1_51, 52, 101, 108, 4_403

현경(顯慶) 2_144, 146

현괴(玄怪) 1_26, 28

현구(玄龜) 1_422

현궁(玄宮) 2_54, 57, 62~64, 72, 74, 121, 123, 125, 127, 134, 136, 140, 142

현량(賢良) 3_156, 157

현릉(顯陵) 1_47, 317, 320, 2_300, 301

현무신(玄武神) 1_235, 239

현비(賢妃) 1_50, 2_22, 29, 34, 35, 37, 38, 40, 43, 87, 90, 92, 96, 150, 152, 227, 440~442, 444~446

현비백씨(賢妃柏氏) 2_38

현비오씨(賢妃吳氏) 2_152, 445

현비하씨(賢妃何氏) 2_36

현세보(現世報) 2_349, 351

협수(協守) 3_140

형가(形家) 2_434

형공(邢恭) 4_165, 168

형공왕(衡恭王) 2_222, 225

형관(刑官) 1_350, 353, 376, 378, 402, 405, 4_323, 324

형관(邢寬) 3_293, 4_185, 186

형왕(衡王) 2_47, 48, 49, 223, 225~227

형왕견숙(荊王見潚) 2_101

형채기(荊釵記) 2_202, 203

형택(滎澤) 4_488, 489

형헌왕(荊憲王) 2_223, 227

혜제(惠帝) 2_48, 92, 95, 168, 169

혜제교(惠濟橋) 4_500, 502, 504, 505

호광(湖廣) 1_10, 36, 47, 51, 72, 88, 92, 125, 149, 150, 151, 198, 203, 293, 303, 307, 308, 316, 317, 320, 321, 331, 333, 392, 395, 418, 419, 425, 484, 485, 2_10, 28, 42, 107, 131, 211, 222, 223, 225~227, 231, 234, 277, 285, 291, 298, 301, 358, 405, 406, 413, 420, 428, 442, 448, 451, 453, 3_10, 60, 72, 74, 78, 86, 91, 93~95, 97, 115, 161, 162, 211, 243, 266, 268, 324, 345, 360, 376, 4_10, 26, 34, 40, 64, 139, 172, 180, 181, 188, 280, 281, 286, 337, 339, 340, 379, 403, 410, 424, 426, 438, 449, 463, 484, 486

호광(胡廣, 호문목(胡文穆)) 1_80, 83, 89, 485

호급사흔(胡給事忻, 호급사모동흔(胡給事慕東忻)) 4_124

호로(胡虜) 2_152, 3_254

호명중(胡明仲) 4_45, 46

호부(戶部) 1_3, 9, 76, 84, 89, 90, 91, 105, 137, 141~143, 151, 172, 175, 188, 195, 222, 232, 235, 239, 240, 242, 246, 258, 262, 272, 322~324, 326, 331, 333, 341, 343, 362, 363, 377, 401, 434, 461, 476, 2_3, 9, 101, 119, 130, 247, 249, 290, 295, 315, 320, 424, 429, 3_3, 9, 61, 65, 66, 69, 101, 123, 124, 127, 128, 166, 168, 177, 226, 268, 289, 304, 330, 345, 353, 354, 4_3, 9, 36, 37, 54, 85, 106~108, 110, 125, 129, 155, 157, 172~174, 181, 182, 188, 280, 281, 302, 303, 310, 311, 317, 319, 320, 322, 341, 348, 359, 379, 385, 398, 406, 426, 438, 457, 463, 475, 510, 514

호분(胡奮) 2_440, 442

호엄(胡儼, 호제주(胡祭酒)) 1_83, 89, 4_173, 174, 262, 263, 340

호여녕(胡汝寧) 1_281, 282, 4_428, 430

호영(胡熒) 1_112, 120, 164, 166, 2_139, 141, 3_158, 159, 4_165, 169

호응가(胡應嘉) 3_339, 341, 4_481, 484

호자소(胡子昭) 1_83, 86, 87

호종(扈從) 1_157, 252, 476, 480, 3_159, 201, 338, 4_258

호종헌(胡宗憲, 호양무종헌(胡襄懋宗憲)) 1_391, 394, 2_418, 421, 3_313, 314, 4_86, 87, 492

호주(湖州) 1_130, 134, 2_108, 430, 431, 4_303

호집(豪堨) 2_297, 299

호찬종(胡纘宗) 4_177~179, 200, 201

호천상제(昊天上帝) 1_329, 330

호충비(胡充妃) 2_441, 443

호한(浩汗) 1_451

호현(鄠縣) 1_241, 242, 2_374, 3_161, 162

호희(胡熙) 1_247, 248

홍려서반(鴻臚序班) 2_440, 442

홍려시경(鴻臚寺卿) 2_332, 335, 440, 441, 3_177, 354

홍려시승(鴻臚寺丞) 3_175~177, 4_278, 279

홍무삼십오년(洪武三十五年) 1_51, 88

홍문각(弘文閣) 3_179, 180, 4_255, 256

홍문관학사(弘文館學士) 1_141, 305, 445, 2_
365, 368, 3_141, 180, 4_161, 162

홍범(洪範) 1_348, 351

홍양혜종(洪襄惠鍾) 2_400

홍연(紅鉛) 2_285

홍유(鴻猷) 1_255, 257, 312, 314

홍정(弘正) 1_71, 335, 4_310

홍조선(洪朝選, 홍방주(洪方洲)) 2_289, 290,
292~294, 297, 299

홍종(洪鐘) 4_277

홍치(弘治) 1_47, 66, 68, 71, 77, 92, 103, 105, 106,
114, 118, 130, 134, 135, 149, 150, 167, 168,
170, 173, 176, 178, 201, 219, 226, 227, 230~
239, 241, 242, 252, 264, 281, 282, 285, 287,
292, 293, 331~334, 343, 374, 382, 393, 395,
401, 419, 476, 2_54, 57, 66, 67, 81~83, 88, 97,
98, 100~102, 104~106, 108, 119, 121, 123,
130, 131, 186, 187, 199, 201, 204, 206, 210,
223~225, 227~229, 232, 242, 245, 248, 257,
260, 271, 277, 278, 284, 286, 287, 298, 334,
337, 341, 343, 348~350, 364, 391, 411, 421,
451~453, 3_33, 35, 58, 60, 62, 65, 67, 69, 71,
73, 91, 182, 184, 185, 193, 197, 202, 203, 208,
209, 211~215, 220, 232, 233, 240, 241, 251,
267, 274, 290, 292, 337, 338, 348, 349, 4_70,
71, 110, 114, 120, 145, 178, 179, 202, 203, 222,
264, 265, 280, 281, 283, 285, 286, 306~308,
320, 332, 362, 363, 368~376, 386, 387, 391,
392, 417, 429, 431, 450, 451, 484

홍포(紅鋪) 1_173

홍학사매(洪學士邁) 4_102

홍희(洪熙) 1_66, 84, 90, 91, 137, 139~141, 166,
194, 195, 2_26, 28, 32, 56, 214, 216, 227, 337,
338, 3_23, 161, 162, 179, 180, 283, 284, 4_
255~258, 278, 279

화개전(華蓋殿) 1_73, 117, 136, 151, 188, 195,
226, 238, 256, 348, 350, 351, 419, 2_411,
3_165~169, 184, 185, 4_134

화규(華奎, 초종(楚宗)) 2_107, 277, 278, 303,
304, 308

화성(禾城) 1_29, 31

화자(化者) 1_427, 4_207, 427

화평(和平) 1_99, 101, 102, 3_241, 4_129

확곽첩목아(擴廓帖木兒) 2_40~42, 4_160~162

환사군(桓使君) 3_213, 215

환시(宦寺) 1_215, 2_89, 215, 3_22, 23, 36, 78, 138,
257

환장(還葬) 2_330

환희불(歡喜佛) 1_53, 57

황관(黃綰) 1_301, 305, 306, 315, 319, 3_208, 210

황관(黃冠) 1_389, 2_354

황국정(黃國鼎) 4_236, 237

황귀비심씨(皇貴妃沈氏) 2_32, 37

황귀비염씨(皇貴妃閻氏) 2_37

황귀비왕씨(皇貴妃王氏) 2_37

황금(黃錦) 3_25, 28, 98, 99

황노직(黃魯直) 1_79

황명전례(皇明典禮) 2_168, 169

황문(黃門) 1_215, 320, 3_87, 4_40, 88, 90, 97

황비(黃扉) 1_430, 3_247, 4_110

황사(皇嗣) 2_101

황상진(況上進) 3_309, 310

황소(黃巢) 2_382, 385, 386, 3_107

황승원(黃承元) 4_343, 345

황신헌휘(黃愼軒輝) 4_244

황엄(黃儼) 1_187, 190, 191, 2_213, 215~218

황우(皇祐) 1_486, 487

황의암여량(黃毅菴汝良) 4_237

황자징(黃子澄) 1_81, 93, 95, 98, 2_220, 224, 229,
4_155~157

황정의(黃廷儀) 4_238, 239

황제원비서릉씨(黃帝元妃西陵氏) 2_147

황종명(黃宗明, 황경재종명(黃敬齋宗明)) 1_
301, 305, 307, 4_217, 218

황초(黃初) 2_144, 146

황회(黃准) 1_83, 89, 90, 138, 148, 164, 166, 188,
3_158, 159, 4_163, 164

회강왕(淮康王) 2_239, 242, 286

회동관(會同館) 1_155, 156, 159, 160

회래위(懷來衛) 4_491~493

회무(淮撫) 3_134, 358, 359, 371, 4_91

회상(淮上) 2_379, 380, 430, 3_246, 4_88~90

회상무안(淮上撫按) 2_427, 430

회서도(淮徐道) 2_427, 430

회양(淮揚) 2_251, 252, 3_131, 133, 4_471, 481,
484

회원(會元) 3_254, 4_83, 157, 209, 210, 216, 440

회은(懷恩) 1_187, 190, 192, 2_47, 49, 84, 85, 87~
90, 223, 226, 3_53~55, 71, 73

회음(淮陰) 2_408, 412, 426, 429, 430, 4_504

회전(會典) 1_4, 49, 150, 151, 230~232, 260, 331,
333, 422, 2_4, 3_4, 4_4, 111, 113

회천(回天) 3_29, 44

회천지력(回天之力) 2_123

횡사(橫賜) 1_246, 4_227

횡자(橫恣) 1_306, 2_456, 3_41

효각두후(孝恪杜后, 효각후두씨(孝恪后杜氏),
강비두씨(康妃杜氏)) 1_45, 49, 50

효결진후(孝潔陳后, 효결후진씨(孝潔后陳氏),
효결(孝潔)) 1_45, 48, 49, 2_137

효공손후(孝恭后, 태후손씨(太后孫氏), 효공손후
(孝恭孫后), 장황후(章皇后)) 2_34, 36, 50,
51, 58, 59

효렬방후(孝烈方后, 효렬후방씨(孝烈后方氏),
덕비방씨(德妃方氏), 효렬후(孝烈后), 효
렬황후(孝烈皇后)) 1_49, 2_446

효렴(孝廉) 1_29, 31, 2_314, 315, 3_315

효릉(孝陵) 1_42, 107, 108, 180, 184, 233, 374,
2_31, 48, 49, 73, 74, 80, 82, 99, 102, 126, 127,
138, 141, 3_27, 53, 74, 81, 85, 88, 89

효목기후(孝穆紀后, 기비(紀妃), 숙비기씨(淑
妃紀氏), 효목후기씨(孝穆后紀氏)) 1_45,
47, 2_123, 124

효복(枵腹) 1_256

효빈(效顰) 4_85, 142

효숙주후(孝肅周后, 효숙후(孝肅后), 인수황
태후(仁壽皇太后), 효숙(孝肅), 성자인수
태황태후(聖慈仁壽太皇太后)) 1_45, 47,
48, 442, 2_50, 51, 53, 56, 63, 74, 155

효의황후(孝懿皇后) 1_45, 50, 133, 2_65, 459,
4_79, 80

효자고황후(孝慈高皇后, 고후(高后), 효자마후
(孝慈馬后), 효자후(孝慈后)) 1_107, 373,
374, 2_32, 41, 115

효자록(孝慈錄) 1_61, 62, 2_30~32

효장태후(孝莊太后, 효장후(孝莊后), 효장전
후(孝莊錢后), 자의황태후전씨(慈懿皇太
后錢氏), 효장전씨(孝莊錢氏), 자의(慈懿),
효장(孝莊)) 2_72, 74, 123

효정왕후(孝貞王后) 2_50, 51, 123

효정후왕씨(孝貞后王氏, 효정왕후(孝貞王后))
2_63, 79

효제충신(孝弟忠信) 1_381, 384, 385

효종(孝宗) 1_45~48, 66, 71, 75, 77, 92, 105, 106,
118, 125, 129~133, 136, 138, 139, 141, 147~
151, 167, 170, 171, 173, 199, 201, 217~220,
223~226, 230~232, 234, 236~238, 240, 244,
245, 260, 283, 284, 293, 296, 298, 301, 305,
318, 321, 336~339, 373, 374, 393, 395, 426,
427, 474, 476, 2_30, 31, 33, 48~51, 55, 57,
62~64, 66, 67, 73, 75~77, 79~85, 87~91, 93,
97~102, 104, 106~108, 117~124, 205, 207, 225,
241, 243, 253, 254, 277, 286, 287, 356, 357,

364, 368, 370, 391, 433, 447, 448, 450~453,
3_54, 55, 58~60, 65, 67, 69, 71~74, 88, 90,
153, 155, 202~206, 208, 209, 212~215, 232,
276, 4_177, 179, 252, 253, 283, 368, 369

효화제(孝和帝) 2_382, 385

후군도독부(後軍都督府) 1_105, 259, 279, 419,
2_390, 406, 4_493

후득권(侯得權) 3_47

후월(侯鉞) 4_491, 492

후주(後周) 1_58, 59, 121, 134, 142, 143, 427, 450,
2_144, 146, 170

훈 2_110, 111

훈귀(勳貴) 1_174, 2_412, 430

훈도(訓導) 1_83, 87, 189, 217, 218, 315, 319,
2_218, 3_177, 4_158, 159, 166, 169, 173, 174,
181, 182, 185, 186, 254~256

훈위(勳衛) 2_437~439, 3_120

훈지(塤箎) 4_124

훈지상화(塤箎相和) 4_124, 245

훈척(勳戚) 1_3, 8, 479, 2_3, 8, 352~354, 438, 3_3,
8, 4_3, 8

훙서(薨逝) 2_75, 82, 102, 172, 191, 330, 4_179

휘공왕후작(徽恭王厚爝) 2_277, 278

휘엽(徽煠) 2_230~233, 235

휘일(諱日) 1_206, 2_48, 49

휘종(徽宗, 선화제(宣和帝), 조길(趙佶)) 1_63~
65, 80, 94, 98, 101, 122, 138, 142, 145~147,
269, 279, 280, 329, 330, 413, 415, 2_263, 336,
423, 3_33, 35, 36, 153, 155, 179, 256, 257, 4_46

휘호(徽號) 1_48, 202, 203, 413, 415, 416, 441,
442, 2_36, 93, 130, 150~153, 162, 163, 3_283,
284

휴녕(休寧) 2_22, 3_323, 324, 4_148, 149

휴징(休徵) 2_191

흉(䘏) 1_382, 2_172, 372, 3_284, 4_159, 256

흉전(䘏典) 1_384, 3_43, 44, 90, 296

흑각대(黑角帶) 1_250, 252

흠정(欽定) 1_49, 355, 3_292

흠종(欽宗) 1_65, 93, 94, 101, 138, 142, 3_33, 35,
36, 257, 364, 366

흠차(欽差) 1_280, 332, 334, 3_30, 31, 130, 133

흠천감(欽天監) 1_210, 2_57, 141, 213, 215, 3_64,
68, 4_391, 392

흥문서(興文署) 1_69, 73

흥저(興邸) 1_123, 125, 129, 132, 292, 311, 313,
2_136, 181, 183, 228, 244, 250, 301, 403, 4_387

흥종(興宗) 1_42, 93, 95, 107, 108, 2_47, 48

흥종강황제(興宗康皇帝) 1_95, 2_48

흥헌록(興獻錄) 1_84, 91

흥헌제(興獻帝, 흥헌왕(興獻王), 흥왕(興王), 헌
황제(獻皇帝)) 1_45~48, 233, 315, 319, 431,
432, 2_34, 37, 156, 158, 199, 201, 264, 266,
301, 362, 363, 458

희녕(熙寧) 3_39, 41

희단(姬旦) 4_39, 40

희령(稀齡) 2_430

희문(戲文) 2_202, 203